Rachel Hauck
Der Hochzeitsladen

RACHEL HAUCK

Der Hochzeitsladen

Aus dem amerikanischen Englisch
von Anja Schäfer

SCM

SCM

Stiftung Christliche Medien

Der SCM Verlag ist eine Gesellschaft der Stiftung Christliche Medien, einer gemeinnützigen Stiftung, die sich für die Förderung und Verbreitung christlicher Bücher, Zeitschriften, Filme und Musik einsetzt.

© der deutschen Ausgabe 2017
SCM-Verlag GmbH & Co. KG · Max-Eyth-Straße 41 · 71088 Holzgerlingen
Internet: www.scm-verlag.de · E-Mail: info@scm-verlag.de

Originally published in English under the title: *The Wedding Shop*
Published by arrangement with The Zondervan Corporation L.L.C. a subsidiary of HarperCollins Christian Publishing, Inc.
Cover art used by permission of The Zondervan Corporation L.L.C.
All rights reserved. This work published under license.

Die Bibelverse sind, wenn nicht anders angegeben, folgender Ausgabe entnommen:
Elberfelder Bibel 2006, © 2006 by SCM-Verlag GmbH & Co. KG, Witten.

Übersetzung: Anja Schäfer
Umschlaggestaltung: Kathrin Spiegelberg, Weil im Schönbuch
Titelbild: Getty Images
Satz: Satz & Medien Wieser, Stolberg
Druck und Bindung: CPI books GmbH, Leck
Gedruckt in Deutschland
ISBN 978-3-7751-5772-8
Bestell-Nr. 395.772

Für meine Jugendfreundinnen,
mit denen ich zusammen geträumt habe
und draußen Fahrrad gefahren bin, mit denen ich gemeinsam
in unseren Kellern und Kinderzimmern Fantasiewelten
erschaffen habe und so getan habe, als wären wir Mary Tyler Moore
oder die Freundin eines der Osmand-Brüder.
Wir mögen uns Jahrzehnte nicht gesehen haben,
aber bis heute hallt unser Lachen in meinem Herzen nach.

Prolog

Haley

Sommer 1996
Heart's Bend, Tennessee

Der Duft von Regen ließ sich in der Nachmittagsbrise schon erahnen, die durch die sommergrünen Bäume wehte und unheilvolle, schwarze Wolken wie zerklüftete Berggipfel zusammenschob. Haley betrachtete den Himmel, während sie ihr Fahrrad am Rand des Gardeniaparks fallen ließ. Sie hatte ein gemischtes Schokoladen-Vanille-Eis in der Hand.

»Es regnet gleich, Tammy. Beeil dich!« Haley blickte über die Schulter zu ihrer »Festung«, einem verlassenen Gebäude, in dem einst der Hochzeitsladen gewesen war.

Der Wind wurde stärker und ein tiefes Donnergrollen hallte durch den Park. Haley fröstelte und krallte ihre Zehen in die Flip-Flops.

»Tammy!«

»Warte kurz! Er taucht mein Eis gerade erst in die Schokolade.«

Haley mochte Tammy, das hübscheste Mädchen der Klasse, schon seit sie sich im ersten Schuljahr kennengelernt hatten.

»Nimm doch einfach Schokoladeneis.« Ein Donnerschlag unterstrich Haleys Worte und wurde dabei effektvoll von einem kurzen Blitz unterstützt.

»Aber ich mag es lieber mit Glasur.«

»Wir werden nass!«

Am Eisstand zuckte Tammy grinsend mit den Schultern und nahm die Eiswaffel entgegen, die Carter Adams ihr jetzt endlich durchs Fenster reichte. Haley konnte Carter nicht ausstehen. Er war ein Freund ihres ältesten Bruders Aaron und jedes Mal, wenn er bei ihnen zu Hause war, stichelte er und ärgerte sie so lange, bis sie anfing zu kreischen.

Dann stürzte immer Mama ins Zimmer: »Um Himmels willen, sei leise, Haley. Was soll dieses Geschrei?«

Kam Aaron ihr dann etwa zu Hilfe? Oder gab Carter zu, dass er sie geärgert hatte? Neiiiin ... Das wäre ja zu viel verlangt! Wenn sie erst erwachsen war, würde sie andere verteidigen. Ihnen helfen. Sie würde denen beistehen, die drangsaliert wurden!

Als Jüngste in einer Familie mit vier Brüdern lernte man auch als Mädchen, sich zu verteidigen. Sie mochte ihre Brüder zwar, aber nicht, wenn sie sich wie *Jungs* aufführten.

»Wohin sollen wir gehen?« Tammy setzte sich auf eine Bank und forderte Haley mit einer Geste auf, ebenfalls Platz zu nehmen.

Mit der Zungenspitze fing sie vorsichtig das Vanilleeis auf, das durch die aufgeplatzte Schokoladenglasur tropfte. »Zu euch? Wir können *Mario* spielen.«

»Nee, das haben wir schon so oft gemacht. Außerdem spielt bestimmt gerade einer von meinen Brüdern.« Haley warf einen Blick auf ihre Festung, den alten Hochzeitsladen. »Oder zu euch?«

Haley mochte die stille, geordnete Ruhe bei den Easons lieber. Als Einzelkind hatte Tammy *alles* für sich allein. Sogar ein eigenes Badezimmer.

Ein eigenes Badezimmer! Haley musste sich eines mit Seth und Will teilen, die zwei und vier Jahre älter waren. Mama nannte es das »Adam-und-Eva-Badezimmer«, aber ihr kam es mehr wie ein Adam-und-Adam-Badezimmer vor, in dem kein Platz war für eine Eva. Eines Tages würde Haley andere verteidigen, jawohl, und ein eigenes Badezimmer haben. Und damit war die Sache erledigt.

»Ich finde deine Brüder nett.«

»Nett? Dann probier mal aus, mit ihnen zusammenzuwohnen.« Haley kräuselte die Nase. »Meine Brüder sind laut und duften – und zwar schlecht.«

Über ihnen grollten weitere Donner, jetzt kam noch leichter Sprühregen dazu. Im Fahrradkorb sprang Tammys Pieper an.

»Das ist Mama«, sagte sie und versuchte zu verhindert, dass ihr Eis an den Seiten heruntertropfte und die Serviette durchweichte, die um die Waffel gewickelt war. Sie griff nach ihrem Pieper. »Eine Drei.«

Aha, eine Drei. Das bedeutete »Sei vorsichtig.« Normalerweise schickte Mrs Eason eine Eins – übersetzt: »Komm nach Hause.«

Die Dunkelheit lag schon über dem großen Park in der Innenstadt, dem zentralen Platz von Heart's Bend, auf dem der Wind die Regentropfen umherwehte. Blitze zuckten über den schwarzblauen Himmel.

Tammy zitterte. »Lass uns lieber irgendwo Schutz suchen. Mama wird mich nachher fragen, wo wir waren.«

»Sollen wir in unsere Festung gehen?« Haley zeigte hinter sich auf das verlassene Gebäude.

Wie aufs Stichwort öffnete der Himmel seine Schleusen und es goss wie aus Eimern. Tammy ließ ihr Eis fallen und stürzte kreischend und lachend zu ihrem Fahrrad, während das Wasser unablässig aus den Wolken schoss.

»Los!«

»Warte auf mich!« Haley umklammerte die Waffel, sprang auf ihr Fahrrad und radelte die First Avenue hinunter, als stünde ihr Leben auf dem Spiel. »Huuuuuui!« Sie duckte sich unter den trommelnden Regentropfen hinweg. Das Wasser fühlte sich schön kühl an auf ihrem heißen, klebrigen Gesicht.

Als sie über die Straße sauste, wechselte die Ampel auf Rot und sie sprang mit ihrem Fahrrad auf den Gehweg der Blossom Street. Sie ließ ihr Rad im Schatten der alten Eiche fallen, schob mit der Hand das tropfende Dschungelmoos zur Seite und rannte mit Tammy um die Wette zur hinteren Veranda.

Die Wolken krachten aneinander, erklärten sich den Krieg und schwangen ihre Lichtschwerter. Es schien, als würde ganz Heart's Bend vom Kampfschweiß der Gewalten übergossen, als sich die beiden Mädchen auf die breiten Holzdielen fallen ließen.

Haley sprang auf die Füße, lehnte sich aus der Verandatür und klammerte sich mit ihrem Arm an den morschen Rahmen des Fliegengitters: »Hahaha, hier kriegt ihr uns nicht!«

»Komm, lass uns reingehen.« Tammy ruckelte am Knauf der Hintertür, öffnete das Schloss und schlüpfte hinein.

Haley folgte ihr und blieb drinnen gleich vor dem Raum stehen, den Mama als »Dienstkammer« bezeichnet hätte. Sie schüttelte den Regen aus ihrem glatten blonden Haar. Die Stille des Gebäudes beruhigte sie. Sie erzählte ihr etwas, das Haley zwar nicht verstehen, aber eindeutig spüren konnte. Und wie jedes Mal hatte Haley das Gefühl, als betrete sie einen Ort, der ein Zuhause war.

Daddy nannte so etwas den sechsten Sinn – was auch immer das bedeutete. Aber irgendwie hatte Haley ein Gespür für Zeit und Raum und all das, was jenseits der sichtbaren Welt lag. Der Gedanke faszinierte sie. Und, wenn sie ganz ehrlich war, machte er ihr gleichzeitig entsetzliche Angst.

»Guck mal, das geht gar nicht ab.« Lachend schüttelte Tammy ihre Hand vor Haleys Gesicht. Fetzen der weißen Papierserviette, die an ihrem Eis gewesen war, klebten an den verschmierten Fingern.

Haley griff danach, riss die Fetzen ab und stopfte sie in ihre Tasche. Sie wollte diesem Gebäude nicht schaden, wie all die Leute, die versucht hatten, hier ein Geschäft zu führen, nachdem es kein Hochzeitsladen mehr war. Eine Gemeinheit, eine elende Gemeinheit, wie respektlos Leute mit einem Gebäude und allem, wofür es stand, umgingen.

Haley mochte erst zehn Jahre alt sein, aber sie hatte all die Geschichten über die früheren Kundinnen und über Miss Cora und all das Gute, das sie getan hatte, gehört. Man musste diesem Gebäude Respekt zollen.

»Lass uns Braut spielen!« Tammy lief die mächtige, breite Treppe hinauf. Das gedrechselte und geschwungene Geländer erinnerte Haley an einen großen Palast. Und genau das war dieser Laden für Heart's Bend: ein prächtiger Palast. Damit junge Frauen heiraten konnten. »Du bist diesmal die Braut, Haley. Steig die Stufen hinunter vom ...«

»... Mezzanin.«

»Ja, genau.« Tammy leckte sich Schokolade von den Fingern und wischte die Hand an ihren Shorts ab. »Woher weißt du noch mal, dass es Mezzanin heißt?«

»Ich habe gehört, wie Mama das Wort benutzte, als wir irgendeinen Dokumentarfilm gesehen haben.« Haley machte Schnarchgeräusche. Mama ging es immer nur um Wissen. In der Morganfamilie musste alles der Bildung dienen. Selbst Weihnachtsgeschenke. Daddy sei Dank, der Mamas Bildungshunger wenigstens in den Ferien Einhalt gebot.

Mama war Ärztin und Daddy Ingenieur. Sie arbeiteten viel und hatten eine Haushälterin-Schrägstrich-Köchin eingestellt, Hilda, und ein Kindermädchen, Tess. Die beiden waren okay. Ein bisschen komisch vielleicht. Als Haley vor Kurzem gefragt hatte, ob eine von ihnen ihr helfen könnte, einen Kuchen zu backen, hatten beide sie aus dem Haus vertrieben.

»Geh schwimmen. Da habt ihr Kinder schon einen riesigen Pool im Garten und lümmelt trotzdem hier drinnen herum. Was für eine Schande, sag ich euch, was für eine Schande. Zu meiner Zeit hatten wir ...«

Hildas Geschichten, die mit »zu meiner Zeit« begannen, verjagten Haley und ihre Brüder immer blitzschnell aus dem Haus.

So war der Alltag in der Morganfamilie. Daddy und Mama waren jeden Abend zum Essen zu Hause, weil Mama Wert auf gemeinsame Mahlzeiten legte. Allerdings gehörten intelligente Gesprächsthemen mit dazu. Ständig betonte sie: »Es gibt nichts *Wichtigeres* als Bildung.«

Wirklich? Außer vielleicht noch die Sache mit den Zielen, Mamas zweiter Spleen. An Silvester musste sich jeder von ihnen Ziele setzen. Sie bestand darauf, dass sich die Familie hinsetzte und sie aufschrieben, was sie erreichen wollten. Sogar Daddy. Aus der Nummer kam man nicht heraus.

In den vergangenen drei Jahren hatte Haley immer geschrieben: »Einen Welpen bekommen.« Bisher hatte es nicht geklappt. Welchen Sinn hatten Ziele, wenn ihre Eltern sie nie dabei unterstützten, sie zu erreichen?

»Spielst du jetzt die Braut oder nicht?«, fragte Tammy. »Ich war beim letzten Mal schon die Braut. Diesmal darf ich die Ladenbesitzerin spielen.«

Haley joggte die Treppen hinauf. Sie war lieber Inhaberin als Braut.

»Okay, aber wen soll ich heiraten?«

»Wen willst du denn heiraten?«

»Keinen. Ich hab doch schon gesagt, dass Jungs stinken.«

Tammy verzog das Gesicht zu einer Grimasse. »Dann tu einfach so, als wär's nicht so. Also, wen jetzt?« Sie drehte den Türknauf zu dem Zimmer unter der Dachschräge. Sie taten immer so, als hingen darin die Brautkleider.

Aber die Tür war verschlossen. Wie immer.

Haley fiel nur ein Junge aus der Schule ein, der sie nicht dauernd nervte. Sie sah durch das Licht, das in die Mezzaninfenster fiel, zu ihrer Freundin hinüber: »Cole Danner?«

»Cole?« Tammy seufzte, zog noch eine Grimasse und stemmte die Hände in die Hüften: »Cole gehört mir.«

»Ich will ihn ja gar nicht. Mann, wir tun doch nur so. Er sieht am besten von allen aus der Klasse aus und ich glaube, er stinkt am wenigsten.«

»Okay, wird schon in Ordnung sein, wenn wir nur so tun als ob. Aber wenn wir erwachsen sind, ist er für mich reserviert.«

»Cole? Den kannst du gerne haben. Ich heirate erst, wenn ich alt bin, dreißig oder so ... oder sogar vierzig.«

Tammy lachte. »Aber du musst meine Brautjungfer sein, versprochen?«

»Versprochen.« Natürlich würde sie alles für ihre beste Freundin Tammy tun.

Über ihnen grollte ein Donner. Aber die alten Mauern des Hochzeitsladens waren solide.

Haleys Großmutter und deren Freundin Mrs Peabody hatten sich ihre Brautkleider hier ausgesucht. Als Mama und Daddy sich kennenlernten, hatte sie in Boston Medizin studiert und er war am Technischen Institut. Sie hatten nur standesamtlich geheiratet. Sonst hätte Mom ihr Kleid bestimmt auch bei Miss Cora gekauft.

Jedenfalls wollte Haley das gerne glauben. Schon mit zehn Jahren hatte sie ein stark ausgeprägtes Traditionsbewusstsein.

Daddy und Mama waren wieder nach Heart's Bend zurückgezogen, als Haley zwei war, um näher bei der Familie zu sein und der Kälte zu entfliehen. Mama hatte ihre eigene Praxis für Sportmedizin eröffnet. Sie war ganz schön berühmt, so weit Haley das beurteilen konnte. Die Sportler kamen von überallher, um sich von ihr behandeln zu lassen.

»Du brauchst einen Schleier.« Tammy griff nach einem herumliegenden Zeitungspapier, strich es auf dem Boden glatt und drapierte es auf Haleys Kopf.

Haley lachte, duckte sich weg und der schwarz-weiße Schleier rutschte ihr vom Kopf. »Wenn ich mit Läusen nach Hause komme, rastet Mama aus.« Sie lief zur Treppe, die in die zweite Etage führte. »Komm, wir gucken uns oben mal um. Vielleicht finden wir da etwas, das wir nehmen können.«

Aber die zweite Etage war vollgestellt mit Kisten und altem Computerzubehör. Die Farbe blätterte von den Wänden, auf dem Boden lag ein vermoderter Teppich und das Badezimmer war demoliert.

Tammy fröstelte. »Ich find's hier gruselig. Lass uns wieder ins Mezzanin gehen.«

Aber Haley entdeckte etwas, das unter der Teppichkante hervorragte. Sie bückte sich und zog ein Schwarz-Weiß-Foto hervor.

Tammy hockte sich neben sie. »Hey, das ist doch Miss Cora. Ich habe ein Foto von ihr in der Zeitung gesehen.«

»Ich weiß, ich erinnere mich auch.« Haley sah sich in dem muffigen Zimmer um. »Meinst du, sie hat hier gewohnt?«

»Ich hoffe nicht. Es ist ekelhaft hier.«

Haley betrachtete den eindringlichen Blick der Frau. Als würde sie sich nach etwas sehnen. In Haleys Magen rumorte es. Es prickelte auf ihren Armen. Ihr sechster Sinn schon wieder: Er witterte etwas, das sie spüren, aber nicht sehen konnte.

»Guck mal, Wäscheklammern. Und ein Stück Tüll. Das können wir als Schleier nehmen.« Tammy stand neben einem Bücherregal und hielt ihre Fundstücke hoch.

»Lass uns einfach spielen, ich hätte ein Kleid und einen Schleier.« Haley musterte das Gesicht auf dem Bild. Miss Cora war nicht besonders hübsch, aber sie sah freundlich aus und hatte genau so eine seltsame altmodische Frisur wie ihre Großmutter auf Fotos. Und in ihrem Blick lag Neugier. Und Traurigkeit. Ganz sicher war sie traurig.

Dabei hatte sie nur fröhliche Geschichten von Miss Cora gehört. Hatte sie die Boutique gerne geführt? Ob sie auch so viele Brüder wie Haley hatte? Das konnte ein Mädchen schon traurig machen. Oder war sie ein Einzelkind wie Tammy?

»Hal, komm, bevor meine Mama mich nach Hause piepst.«

Ein Donner dröhnte zustimmend. Haley stopfte das Foto in ihre Shorts und sprang die Treppe hinunter.

»Ich habe mich anders entschieden. Du bist die Braut. Ich bin Miss Cora, die Ladenbesitzerin.«

»Miss Cora?«

»Warum denn nicht? Ist doch nur ein Spiel, oder? Außerdem, wenn Cole der Bräutigam ist, dann ist es besser, wenn du die Braut bist. Du bist später schon mit ihm verheiratet, wenn ich überhaupt erst anfange, ans Heiraten zu denken.«

Auf dem Mezzanin begab sich Haley schnell in Pose und lief die Stufen ins Foyer hinab. »Oh, hallo Mrs Eason. Ihre Tochter steckt sich gerade noch den Schleier an.« Sie tat so, als öffne sie die Eingangstür des Geschäfts. In Wirklichkeit war die Tür verriegelt. »Bitte nehmen Sie doch Platz.«

Oben hörte man Tammy über das Mezzanin laufen, dann stieg sie, den Hochzeitsmarsch summend, die Stufen herab, einen langsamen

Schritt nach dem anderen. Haley pustete sich den Pony aus der Stirn. Die drückend schwüle Luft im Laden trieb ihr den Schweiß ins Gesicht, in dem der Staub klebte.

»Ist sie nicht wunderschön, Mrs Eason?« Haley hüpfte über eine imaginäre Linie, um in die Rolle von Tammys Mutter zu schlüpfen und legte sich die Hände auf die Wangen: »Du große Güte, mir kommen die Tränen – mir kommen die Tränen!« Sie fächelte sich mit den Fingern Luft zu. »Liebling, du bist wunderschön, ganz wunder-wunderschön.«

Tammy führte ihren Zeitungsschleier vor, hob den Rock ihres Fantasiekleides etwas an und schwärmte, sie könne es gar nicht »erwarten, Cole Danner zu heiraten«.

Bei ihren Worten blitzte es krachend. So gewaltig und so laut diesmal, dass die Fenster klapperten. Tammy sprang in Haleys Arme.

Dann fielen sie lachend und johlend zu Boden, ihre Hände trommelten auf den morschen Holzdielen. Als sie sich wieder beruhigt hatten, blickte Haley zur hohen Decke hinauf.

»Lass uns dieses Geschäft eines Tages besitzen, ja?« Sie drückte Tammys Hand fester. »Wir gehen ans College, treten vielleicht der Marine bei oder so ...«

»Der Marine? Ich trete doch nicht der Marine bei!« Tammys Protest klang entrüstet. »Aber ich eröffne mit dir den Hochzeitsladen.«

»Aber vorher reisen wir noch. Wir lernen Menschen kennen, fahren nach Hawaii und *dann* übernehmen wir den Laden.«

»Wir bleiben für immer beste Freundinnen.« Tammy verhakte ihren kleinen Finger mit Haleys.

»Für immer beste Freundinnen.«

»Eines Tages kommen wir hierher zurück und eröffnen den Hochzeitsladen.«

»Versprochen mit dem kleinen Finger!«

»Versprochen!«

Blitze zuckten und schienen erneut das vordere Fenster zu berühren. Haley sprang auf und rannte kreischend durchs Geschäft, Tammy war ihr dicht auf den Fersen.

Denn beste Freundinnen spielten zwar in Fantasiewelten zusammen. Aber Fantasiewelten existierten nur vorübergehend.

Beste Freundinnen dagegen blieb man für immer. Und Versprechen mit dem kleinen Finger durften niemals gebrochen werden.

1

CORA

April 1930
Heart's Bend, Tennessee

Der Morgen begann wie jeder andere Werktag damit, dass Cora den Weg auf der Rückseite des Ladens hinaufstieg, die Tür aufschloss und die Lichter anschaltete.

Aber heute lag durch die Helligkeit der Sonne, die durch die Bäume schien, ein Anflug von Hoffnung in der Luft. Eine pulsierende Erwartung.

Lass es heute geschehen!

Cora hängte ihren Hut und die Strickjacke an die Haken in der Garderobe und stellte sich ans erste Fenster. Sie schob die Gardine zur Seite und betrachtete den Ausschnitt des Flusses, der durch die Bäume schimmerte. Dabei wünschte sie sich *ihn* herbei.

Obwohl sie das Frühlingsgrün und den Duft der Gardenien liebte, vermisste sie den ungehinderten Blick durch die Bäume, der sich bot, wenn sie keine Blätter trugen. Im Winter konnte sie von der Ladenterrasse meilenweit auf den Hügel blicken. Bei aller Ungemütlichkeit der kühlen grauen Wintertage, ihr Blickfeld war in der winterlichen Kargheit größer.

Nun war zwar der Frühling gekommen, aber *er* noch immer nicht. Sie sehnte sich so sehr danach zu sehen, wie er mit langen, festen Schritten vom Hafen heraufkam. Zu sehen, wie er mit seinem muskulösen Körperbau die Straße einnahm, während ihm sein blonder Haarschopf ins Gesicht geweht wurde und sich die weiten Ärmel seiner weißen Uniformjacke über seine kräftigen Arme wölbten.

Komm heute, Liebling.

»Cora?« Die Hintertür fiel ins Schloss und ließ sie ihren Posten räumen. »Ich bin hier!« Odelia, Coras Angestellte und Schneiderin, betrat das Haus, begleitet von einem kalten Windstoß und dem Duft von Zimt. »Es tut mir leid, dass ich zu spät bin. Ich musste noch in die Röhre gucken.« Sie kicherte und verlagerte das Gewicht der Kleider, die sie auf dem Arm hielt. »In die Röhre gucken ... verstehen Sie? Wegen der Brötchen. Ich hätte zum Varieté gehen sollen! Jedenfalls sprang außerdem der alte Wagen nicht an und Lloyd musste mich mit dem Lieferwagen herfahren.«

Cora beugte sich von hinten über ihre Schulter: »Hmmm, die duften himmlisch. Und keine Eile. Wir haben noch eine Stunde Zeit, bevor alle kommen. Mama ist auf dem Weg.«

»Gut, sehr gut. Es gibt keine bessere Gastgeberin als Ihre Mama.« Odelia stellte die heißen Brötchen in die Dienstkammer im Erdgeschoss, wo Mama Geschirr für Tee und Kaffee und das Konfekt der Bäckerei *Haven's* bereitstellen würde. »Selbst Ihre Tante Jane hat gesagt, an Esmé komme sie nicht heran. Jetzt hole ich noch schnell die restlichen Kleider aus dem Lieferwagen. Lloyd hat auf der Farm zu tun und wird nicht gern aufgehalten.«

»Ich helfe Ihnen dabei.« Cora lief hinter Odelia aus dem Gebäude und den Weg zur Blossom Street hinunter. »Guten Morgen, Lloyd!«

»Cora.« Er nickte mit dem Kinn in ihre Richtung, zog den Hut kurz über die Augen und reichte ihr mehrere Kleider, die auf Bügeln hingen. »Hab noch zu tun.«

»Nun sei mal still. Was glaubst du denn, was wir hier den ganzen Tag machen? Flohhüpfen spielen?« Odelia stellte sich mit den Zehen auf den Wagenreifen und stieg auf die Ladefläche, wo sie von ihrem Mann die Kleider entgegennahm. »Pass auf, dass du sie nicht an dich drückst. Sonst stinken sie nach Pferd und Schwein.«

»Odelia, hier, reichen Sie sie mir herunter.« Cora nahm drei weitere Kleider entgegen.

Mit ihren Schneiderkünsten war diese Frau eine Säule des Geschäfts, und trotzdem blieb sie ihr ein Rätsel. Sie war ein Arbeitstier, halb Irin, halb Cherokee, und hatte weiche, braune Haut, die ihr Alter nicht erkennen ließ. Mama sagte, sie würde einen Besen fressen, wenn sie auch nur einen Tag jünger als sechzig sei.

Als sie die Kleider ausgeladen hatten, brauste Lloyd davon. Odelia rief ihm nach: »Hol mich ab, du alter Kauz, sonst gibt es kein Abendessen.«

»Wie lange sind Sie beide noch mal verheiratet?«, fragte Cora und fiel in Gleichschritt mit ihrer Angestellten. Odelia stammte noch aus Tante Janes Zeiten. Sie hatte sie zur Ladeneröffnung 1890 eingestellt.

»Seit Jesus ein Säugling war.« Sie überprüfte eines der weißen Seidenkleider. »Wenn Lloyds alte Decke auch nur einen Fleck hinterlassen hat, schlage ich ihn.«

Aber bei Licht auf dem Mezzanin betrachtet, sahen die Kleider tadellos aus. Die weißen Röcke schimmerten vor Jungfräulichkeit und Schönheit. Niemand in Heart's Bend konnte mit Nadel und Nähmaschine besser umgehen als Odelia.

»Ich bereite die Vitrinen vor.« Cora lief die Stufen hinunter. Der Treppenaufgang mit seinen glänzenden, gedrechselten Holzstäben teilte den Laden in zwei Hälften: den großen Salon zur Linken und den kleinen Salon zur Rechten.

Cora hatte den großen Salon wie ein Wohnzimmer in Hollywood eingerichtet, zumindest so, wie sie das aus den Filmen und Magazinen erahnen konnte: Auf den Holzdielen lagen Plüschteppiche und an den Wänden hingen auffällige Tapeten.

In den Lichtschein, der durch das Schaufenster hereinfiel, hatte sie verschnörkelte Sessel gestellt, die den langen, geschwungenen Diwan aus poliertem Holz und mit schwerer, goldener Polsterung umrahmten. Hier ließ sie ihre Kundinnen und deren Mütter, Großmütter, Schwestern, Cousinen, Freundinnen, Tanten und Nichten Platz nehmen. Hier warteten sie darauf, dass die Braut in ihrem Hochzeitskleid die Treppe herabstieg.

Wenn die Braut es wünschte, stiegen auch die Brautjungfern die Stufen hinab und führten den anderen Damen ihre Kleider vor. Gelegentlich bestand ein Vater darauf, der Versammlung beizuwohnen.

Denn, so lautete die Begründung immer, jedenfalls sei er derjenige, der die Rechnung zu begleichen habe.

Im kleinen Salon lagen in den Vitrinen eine Vielzahl an Schleiern, Handschuhen, Beuteln, Taschen, Strümpfen und jedes erdenkliche Accessoire, das sich eine Braut nur wünschen konnte. Etliche Schneiderbüsten und Schaufensterpuppen führten Brautkleider, Abendmoden und eine sehr züchtige Unterwäschekollektion vor.

Cora blieb unten an den Stufen stehen. Was wollte sie noch mal machen? Ach ja, die Vitrinen. Und sie musste los, um das Konfekt von der Bäckerei zu holen. Aber sie blieb an der Eingangstür stehen, blickte durch das geschliffene Glas und konnte die Regung ihres Herzens nicht unterdrücken. Aus gespannter Erwartung wurde glühende Unruhe.

Rufus, wo bist du?

In seinem letzten Brief hatte er geschrieben, er komme diesen Frühling mit der *Cumberland*. »Halte im März nach mir Ausschau.« Aber nun war bereits Anfang April und im Gardeniapark und entlang der First Avenue blühte schon der Hartriegel.

Sie befürchtete, dass er krank oder verwundet war. Oder, schlimmer noch, dass sein Schiff auf Hindernisse gestoßen und gesunken war und ihn die schnelle Strömung unter die Wasseroberfläche gezogen hatte.

»Haben wir denn noch genug Zeit, um am Fenster herumzulungern?«

Cora drehte sich um und sah, wie ihre Mutter durch den kleinen Salon kam, ihre Frisur überprüfte und schließlich ihren Rock glatt strich. »Ich habe nur geschaut, wie kalt es ist.« Cora klopfte mit dem Knöchel auf das kalte Glas am Thermometer. Ein segensreicher Zufall.

»Geschaut, wie kalt es ist, oder den Fluss beobachtet?«

Mama gefiel der Gedanke, dass Cora ein offenes Buch war. Eines, das für sie allzu leicht zu lesen war.

»Ich mache noch die Vitrinen fertig, bevor ich zur Bäckerei gehe. Könntest du die oberen Fenster öffnen und frische Luft hereinlassen?

Wenn die Dunlaps kommen, wird es hier warm werden. Sie kommen mit vielen Personen.«

»Du weißt aber schon, dass er nicht schneller auftaucht oder sich in einen Mann verwandelt, der Wort hält, wenn du aus dem Fenster starrst?« Mama entriegelte das Fenster neben der Tür und öffnete es.

»Du bist ungerecht. Er hält sein Wort.«

»Wenn er es nach Belieben ändern und dich dann davon überzeugen kann, dass es die Wahrheit ist, dann wirst du wohl recht haben. Erwähntest du eine Bestellung bei der Bäckerei? Ich habe in die Kammer geschaut und nur Odelias Zimtwecken gesehen.«

»Ja, wenn ich die Vitrinen eingerichtet habe, laufe ich hinüber zu *Haven's*. Beginnst du um fünf vor Kaffee und Tee aufzubrühen?«

»Ich habe mich in diesem Laden schon vor deiner Geburt um die Bewirtung gekümmert. Ich weiß, wann ich Kaffee und Tee aufzusetzen habe. Allerdings weiß ich nicht, was ich mit Odelias Brötchen machen soll. Die Frau kann aus trockenem Gras die bezauberndsten Kleider nähen, aber ihre Backkünste lassen sehr zu wünschen übrig. Kein Wunder, dass man Lloyd nie lächeln sieht.«

Cora unterdrückte ein Lachen. »Pst, Mama. Sie hört dich noch. Du musst aber zugeben, dass sie wundervoll duften.«

»Das ist richtig. Aber ich habe ihr auf den Kopf zugesagt, dass ihre süßen Brötchen steinhart sind.« Mama lief zum Treppenaufgang. »Habe ich recht, Odelia?«

»Wie bitte, Esmé?«

»An Ihren Backkünsten beißt man sich die schärfsten Zähne aus.«

»Das erzählen Sie mir nun schon seit zwanzig Jahren, aber Lloyd scheint es nicht geschadet zu haben.«

»Außer, dass er niemals lächelt.« Mama drehte sich zu Cora um und flüsterte hinter vorgehaltener Hand: »Weil er keine Zähne mehr hat.«

»Mama, hör auf.« Cora musste das aufsteigende Lachen unterdrücken. »Du hast mich bessere Manieren gelehrt. Nun benimm dich wie eine gute Christin.«

»Die Wahrheit zu sagen, gehört zum Christsein hinzu.« Mama lief zum letzten Fenster und öffnete das Oberlicht. Im großen Salon schlug die Standuhr zur vollen Stunde.

Acht Uhr. Cora musste sich zusammenreißen. Sie holte die Glasköpfe aus den unteren Schubladen der Vitrinen und legte die Schleier darauf, drapierte die langen Tüllbahnen um das Glas und legte sie auf dem polierten Holz aus. Bei anderen Köpfen schob sie verzierte Kämme in das spröde Kunsthaar.

Anschließend legte sie lange, weiße Seidenhandschuhe mit Perlmuttknöpfen heraus und arrangierte Perlen auf blauem Samt.

Heute Vormittag kam eine wichtige Kundin. Eine Miss Ruth Dunlap aus Birmingham. Eine Braut aus der höheren Gesellschaft, die bereits seit Langem mit dem Laden verbunden war. Ihre Mutter, Mrs Laurel Schroder Dunlap, war in Heart's Bend geboren und aufgewachsen und hatte ihr Kleid und ihre Brautausstattung 1905 bei Tante Jane gekauft. Sie erwartete, dass ihre Tochter königlich behandelt wurde. Und das zu Recht.

Jane Scott hatte ihre Brautmoden in den späten 1880er-Jahren in Mailand und Paris geschneidert und nach dem Tod ihrer Mama, Großmutter Scott, mit in ihre Heimat Tennessee gebracht. Bis dahin hatte keiner der Frauen von Heart's Bend, all die Bauersfrauen, die Frauen die einsam in den Bergen leben, Farbige und ehemalige Sklavinnen, jemals Kleider gesehen, die auch nur im Entferntesten denen glichen, die Tante Jane mit in die Stadt brachte.

Aber sie waren hingerissen von ihnen. Tante Janes eleganter Stil machte das Kleinstadtgeschäft zu einer Legende im gesamten mittleren Tennessee und nördlichen Alabama. Es war der Beginn einer außergewöhnlichen Kleinstadttradition und das Geschäft wurde der Stolz von ganz Heart's Bend.

»Cora, ich weiß, dass du es nicht magst, wenn ich dir in die Quere komme«, sagte Mama, als sie zurückkehrte in den kleinen Salon. »Aber ...«

»Nein, da hast du recht. Ich bin schließlich kein Kind mehr.« Cora überprüfte die letzte Vitrine. Alles schien am richtigen Platz zu liegen.

Mit einem Lächeln in Mamas Richtung lief sie hinauf ins Mezzanin und an ihren Schreibtisch. Sie wühlte in den Papieren und schob eine große Kiste mit Post zur Seite. Arbeit für morgen, wenn Miss Dunlap nach Alabama zurückgekehrt war.

Mama folgte ihr nach oben.

»Du bist *kein* Kind mehr. Und das genau ist der Punkt!« Mama stützte sich mit den Händen auf die Tischkanten und beugte sich über Cora. »Du bist dreißig Jahre alt, Liebling. Ich war mit achtundzwanzig bereits verheiratet, hatte zwei Kinder zur Welt gebracht und war Präsidentin des Vereins für gleichberechtigtes Wahlrecht in Tennessee.«

»Cora, möchten Sie einen Schleier für Miss Dunlap auswählen?« Odelia kam aus dem breiten, langen Lagerraum heraus. »Ich denke, Handschuhe würden ebenfalls gut zu ihrem Kleid passen.«

»Ich habe die Schleier und Handschuhe in die Vitrinen im kleinen Salon gelegt, dann kann sie selbst wählen, wenn sie ihr Kleid anprobiert hat.«

Tante Jane hatte an nichts gespart, als sie Hugh Cathcart Thompson, einen Architekten aus Nashville, beauftragte, den Hochzeitsladen zu entwerfen. Er war an Eleganz nicht zu überbieten.

Es war ein Gebäude für den Laden *und* zum Wohnen. Zwar hatte Cora die zweite Etage noch nicht für sich hergerichtet, aber Tante Jane hatte dreißig Jahre lang über ihrem geliebten Geschäft gelebt.

»Wie wäre es noch mit einem Kleid, mit dem sie den Hochzeitsempfang verlässt? Mit legerer Kleidung? Wir haben die Vorführmodelle von Elsa Schiaparellis Strick-Kollektion da.«

»Ja, natürlich. Wir lassen ihr die Wahl. Wir können bestellen, was immer sie möchte. Die Strickmoden sind noch immer en vogue.«

Cora mochte Schiaparellis Entwürfe. Sie wirkten, als wüsste sie, dass Frauen reale Persönlichkeiten waren, die auch reale Arbeiten zu verrichten hatten.

»Odelia, Sie müssen mir helfen. Bitten Sie Cora, ihr Herz nicht zu verschließen.« Mama strich mit der Hand über Coras dunkles Haar. »Um mehr will ich dich ja gar nicht bitten. Geh mit einem anderen

Mann aus. Steh nicht nur am Fenster und warte auf den Kapitän. Du führst ein Geschäft für Brautmoden und bist doch nie selbst eine Braut gewesen.«

»Danke, Mama. Das war mir selbst noch gar nicht bewusst gewesen.« Bei der Einwohnerzahl von Heart's Bend wusste sicherlich jeder Bewohner, dass die dreißigjährige Inhaberin des Hochzeitsladens noch nie selbst Braut gewesen war. »Warst du es nicht, die mir beibrachte, meinem Herzen zu folgen?«

»Ja, aber damals konnte ich noch nicht ahnen, dass es in einer Sackgasse enden würde.« Mama begann, die Stufen hinabzusteigen. »Ich sage nichts mehr. Ich will nicht, dass du verärgert bist, wenn die Dunlaps kommen. Soll ich das Konfekt abholen? Ich habe noch Zeit, bevor ich Kaffee und Tee aufsetzen muss.«

»Nein, Mama. Ich habe gesagt, dass ich gehe.« Sie musste kurz entkommen, brauchte die frische Luft, den Spaziergang, um ihre Gedanken zu ordnen, und einen Augenblick, um von ihm zu träumen, ohne dass Mama etwas sagte.

In den vier Jahren, in denen sie Rufus St. Claire kannte und liebte, hatte er sie nie belogen. Niemals. Er war zu spät gekommen, war von Verladezeiten und den Launen des Flusses aufgehalten worden, aber er hatte immer Wort gehalten, war die First Avenue hinaufgelaufen, mit einem spitzbübischen Grinsen, die Arme voller Geschenke, seine Küsse immer noch liebevoller und leidenschaftlichen als die Male zuvor.

Dann hatte er mit seinen seidigen Lippen in ihr Ohr geflüstert: *Eines Tages wirst du mich heiraten.*

Cora fröstelte und ließ sich auf einen Stuhl sinken. Sie vermisste ihn so sehr, dass es wehtat. Den ganzen Winter und Frühling über war sie zurechtgekommen, hatte sich mit seinen Briefen begnügt. Bis zu dieser Woche, bis es endlich Ende März war, sie aber nicht in das Gesicht des Mannes blicken konnte, den sie liebte.

Cora stieg vom Mezzanin hinunter, wo drei ovale, mit Kirschen verzierte Spiegel für das Ankleiden und Zurechtmachen der Kundinnen angebracht waren. Sie fühlte nichts anderes als die zukünftigen

Bräute, die sie liebte und bediente. Ach, wie sehr wünschte sie sich das zu erleben, was ihnen bevorstand.

Sie hatte von ihrem großen Tag in diesem Laden geträumt, seitdem sie ein kleines Mädchen war: Davon, die breite Treppe zu den melodischen *Ohs* und *Ahs* von Mama und Odelia, von der Mutter ihres Bräutigams, sollte diese noch leben, und von Verwandten und Freundinnen herabzuschweben.

Sie würde an ihrem gesüßten Tee nippen und an einem Butterkringel mit Hagelzucker knabbern, voller Vorfreude und Elan angesichts dessen, was ihr bevorstand.

Sie kämpfte dagegen an, sich langweilig, alt und einsam zu fühlen. Aber er *hatte* es doch versprochen! Und solange sich nichts änderte, würde sie ihrem Herzen folgen und hoffen und warten.

»Esmé, ob Sie so freundlich wären, mir einmal kurz zu helfen?«, fragte Odelia und deutete auf die Puppe, der sie das Kleid übergestreift hatte, das Miss Dunlap bei ihrem ersten Besuch vor einem Monat ausgewählt hatte. Miss Ruth Dunlap hatte sich für ein Kleid nach einem Schnittmusterbogen der Firma *Butterick* entschieden und Odelia hatte es zurechtgezaubert.

Cora freute sich auf Ruths Blick, wenn sie ihr Kleid sah. Es war immer ein aufregender Moment, wenn das Gesicht der Braut, diesen wunderschönen Ausdruck bekam, der förmlich sagte: *Es geschieht wirklich. Ich werde heiraten!*

Als die Uhr acht Uhr dreißig schlug, klopfte Cora die Sofakissen im großen Salon auf und vergewisserte sich, dass die Vorhänge weit geöffnet waren. Das Geschäft war bereit.

»Miss Dunlap wird hingerissen sein«, sagte Cora und lief zur Treppe. »Mama, Odelia, ich hole jetzt das Konfekt. Mama, erinnere mich daran, eine Schallplatte auf den Phonographen zu legen, wenn die Dunlaps vorfahren.« Tante Jane hatte immer Wert darauf gelegt, dass Musik spielte, wenn die Braut hereinkam und Cora wollte diese Tradition fortführen. Denn spielte nicht die Liebe selbst das allerschönste Lied?

Cora nahm ihren Hut und ihre Strickjacke und huschte ins Privé im Erdgeschoss, um ihren Hut zu richten. Als sie ihr Spiegelbild sah, hielt sie inne.

Dreißig. Sie war dreißig Jahre alt. Kein Mädchen mehr. Nicht einmal mehr eine junge Frau. Sie war eine erwachsene, eine berufstätige Frau. Wo waren bloß die Jahre geblieben? Wo hatte sie ihre Jugend verbracht?

Bis zum Krieg war sie in Rand Davis verliebt gewesen, ihren Freund aus der Highschool. Dann war er nach Hause zurückgekehrt und hatte Elizabeth White geheiratet.

Sie wünschte ihnen alles Gute. Möge Gott sie segnen. Cora war so voller Trauer über den Tod ihres großen Bruders Ernest Junior gewesen, der in Somme gefallen war, dass sie nie Kummer um Rand verspürt hatte.

Sie beugte sich näher zum Spiegel, berührte vorsichtig ihre Augenwinkel, von denen eine dünne Linie zu ihren Wangen verlief.

In den Zwanzigern schien alle Welt zu heiraten. Das Geschäft brummte. Nur für sie hatte sich nie eine Tür geöffnet.

Denn, so glaubte sie, sie hatte auf Rufus gewartet. Ach, als sie ihn zum ersten Mal gesehen hatte ... Ungeniert war er in den Laden spaziert und hatte eine Lieferung persönlich zugestellt. »*Das wurde auf der* Wayfarer *abgegeben. Dachte, ich bring's mal lieber selbst vorbei.*«

Seine blauen Augen ruhten auf ihr und ließen sie nie wieder los. Ohne zu zögern, gab sie seinem Locken nach. Seine Stimme machte es ihr unmöglich, sich vom Fleck zu rühren oder auch nur ein vernünftiges Wort herauszubringen.

Tante Jane musste damals für sie einspringen. Sie zeigte ihm, wo er die Stoffballen ablegen konnte und entschuldigte sich für Cora.

Cora wandte sich von ihrem Spiegelbild ab und strich sich über das kurz geschnittene Haar. Sie war keine Schönheit. Ansehnlich, sagte Mama gerne. Groß und schlank, mit der Figur eines Backfisches statt der einer gereiften Frau von dreißig Jahren. Aber sie kleidete sich nach der neusten Mode und bewahrte sich das wenige an Figur, das sie vorzuweisen hatte, ohne Hilfe von Zigaretten oder Schlankheitskuren.

Sie verließ den Laden durch den Vordereingang und lief in Richtung des Stadtkerns von Heart's Bend. In der kleinen, aber wohlhabenden Stadt, die im Schatten von Nashville lag, herrschte geschäftiges morgendliches Treiben.

Ladenbesitzer fegten ihre Eingänge und unterhielten sich miteinander. Und sie war eine von ihnen.

Niemand hatte damit gerechnet, dass Tante Jane vor fünf Jahren sterben würde, mit siebzig, durch den Ausbruch von Malaria, von der die Behörden behauptet hatten, sie wäre bekämpft. Weder ihre robuste Tante hatte es kommen sehen, noch irgendjemand sonst.

Also hatte Cora die Zügel im Laden übernommen. Voller Stolz.

Unten an der Straße wehte der Duft von gebackenem Brot durch die Luft, zusammen mit dem beißenden Gestank von Pferdeäpfeln. Rosie, die Stute, die den Milchkarren zog, wedelte mit dem Schweif, um die Stechmücken zu vertreiben.

Cora überquerte die Blossom Street, lief durch die First Avenue und versuchte, sich an der Schönheit des Tages zu erfreuen, und damit Mamas Bemerkungen abzuschütteln. Sie erkannte Constable O'Shannon auf der anderen Seite der breiten Chaussee, am Eingang zum Gardeniapark. Er sprach mit einem Hünen von Mann in blauen Hosen, die in schwarzen Lederstiefeln steckten. Dazu trug er eine weite Uniformjacke, die sich an den Ärmeln aufblähte. Der Wind blies ihm das zerzauste, goldene Haar ins Gesicht.

Rufus?

»Rufus!« Sie legte die Hände an den Mund und rief seinen Namen ungeachtet aller Anstandsregeln, ungeachtet aller Ohren, die überall auf Tratsch lauerten. »Liebling, du bist hier!«

Sie lief auf die Straße, wich einem vorbeifahrenden Wagen aus. Der Fahrer hupte, aber sie scherte sich nicht darum. Ihr Rufus war hier!

Der Wind nahm zu, als sie loslief, um ihn zu begrüßen. Ihr Herz raste vor Liebe.

Das erwartungsvolle Prickeln am Morgen hatte sie also nicht getäuscht. Er *war* zurückgekehrt. Genau, wie er gesagt hatte. »Rufus, Liebling, du bist hier!«

Haley

Silvesterabend
Heart's Bend, Tennessee

Der Notizblock auf ihrem Schoß war leer. Mom würde jede Minute die Treppe heraufrufen: »Es ist so weit!« und sie hätte nichts vorzuweisen.

Der andere Zettel, der auf der Kommode ihres alten Kinderzimmers lag, sagte dafür alles. Er besiegelte ihre Zukunft. Er erfüllte ihre ehrgeizigen Eltern und Brüder mit Stolz.

Das Kellogg-Institut für Management und Marketing an der Northwestern University.

Dabei hatte sie bereits vier Jahres ihres Lebens auf dem College verbracht. Dann weitere sechs bei der amerikanischen Luftwaffe. Hatte sich als Captain verdient gemacht. Vor drei Jahren war sie sechs Monate im afghanischen Bagram gewesen.

Der Kriegsschauplatz hatte sie verändert. Sie war dankbar, dass sie ihre letzten Jahre bei der Luftwaffe in Kalifornien verbringen durfte. Umgeben von Sonne und Brandung.

Aber nichts hatte sie auf das letzte Jahr vorbereitet. Zuerst die stürmische, liebestrunkene, kranke Romanze mit Dax Mills. Ihr Verstand war der Macht seines Charmes erlegen. Es war, als wäre sie aus ihrer Haut geschlüpft und eine andere Frau geworden.

Sie konnte seinem Sog nicht entkommen und hätte sich beinahe selbst verloren, wenn nicht der Anruf sie wachgerüttelt hätte. Tammy Eason, die schon seit der ersten Klasse ihre beste Freundin gewesen war, litt an einem aggressiven Hirntumor und lag im Sterben.

Wie war das möglich? Sie war doch erst achtundzwanzig! In vier Monaten wollte sie den Mann ihrer Träume, Cole Danner, heiraten. Haley sollte ihre Brautjungfer sein.

Statt einer Hochzeitsansprache hatte sie nun eine Grabrede gehalten.

Haley pfefferte den Notizblock durchs Zimmer. Welche Rolle spielte das alles noch? Ziele? Träume? Erfolge feiern? Sich einen Namen machen? Eine Stelle in einem Top-Unternehmen ergattern?

War nicht am Ende alles nur Holz, Heu und Stroh? Ein falscher Schuss, den das Leben abfeuerte, konnte einem alles zunichtemachen.

Nach der Beerdigung füllte Haley die nötigen Formulare aus, um ihre militärische Laufbahn zu beenden, machte ein für alle Mal Schluss mit Dax. Sie ließ die Selbstzerstörung und Verzweiflung hinter sich, sprang auf ihre Harley und durchquerte den Südwesten des Landes, um sowohl ihren Instinkt dafür, was richtig und falsch ist, wiederzuentdecken als auch Glaube und Hoffnung.

Und in diesen Wochen hörte sie Gott. Wie ein Echo ihrer jesusverrückten Jugendzeit. Seine liebevolle Stimme war wie ein sanfter Regen auf dem dürren, zerklüfteten Boden ihres Inneren.

»*Fahr nach Hause.*«

Es war leichter, seinem Flüstern zu folgen, als sie sich vorgestellt hatte. Denn in seiner Stimme lag genau die Liebe, nach der sich ihr hungriges Herz und ihre dürstende Seele so sehr sehnten.

Aber nach Hause? Zu ihren Eltern? Das war eine Herausforderung.

Zu Hause bestand Mom darauf, dass sie sich um einen Studienplatz bewarb. Und hier saß sie nun. In ihrem alten Kinderzimmer, an einem weiteren Silvesterabend, an dem sich die gesamte Familie Morgan Ziele setzte. Und sie hatte keine. Moms mahnende Worte kamen in den Sinn: »*Wer keine Ziele hat, kann auch nichts erreichen.*«

Mal ehrlich, sie wollte auch gar nichts erreichen. Sie wollte die Teile ihrer Persönlichkeit wiederfinden, die sie verloren hatte – nicht im Krieg, wie so viele ihrer Kameraden, sondern in der Liebe.

»Klopf, klopf.« Mom steckte den Kopf ins Zimmer. »Wie sieht's hier oben aus?«

Haley zeigte auf ihren Notizblock: »Großartig.«

Mom lehnte sich gegen den Türrahmen. »Du kannst schreiben, was du in der Highschool immer geschrieben hast: ›Einen Bikini zur Schule anziehen‹ oder ›An meinem Geburtstag um Mitternacht im Evakostüm über den Marktplatz fahren‹.«

Haley lachte. »Das habe ich nur geschrieben, um dich zu ärgern.« Ihre Mutter, die erfolgreiche Sportmedizinerin, brauchte hin und wieder einen kleinen Konflikt. Und den hatte ihr Harley immer nur zu gern geliefert.

Mom hatte sich immer aufgeregt und behauptet, Haley wolle sie nur ärgern (genau!), während ihre vier Brüder in Gelächter ausbrachen. Dann hatte Dad, der Maschinenbauingenieur, der sich zwar selbst zwingen musste, nicht laut loszulachen, für Mom Partei ergriffen: »*Hal, hör auf.*«

»Ich muss immer wieder an Tammy denken.« Mom lief zum Fenster, das von einem sanften, weißen Licht ausgeleuchtet war. Es war der Schein von Dads Weihnachtslichterkette, die das Zimmer mit einer hellen Wärme füllte.

»An sie habe ich auch gedacht.« Haley stellte sich neben sie ans Fenster und sah unten Daddys Schuhspitzen. Er stand unter dem Verandadach und blickte auf die Straße.

Er hatte ihr zu Hause immer ein Gefühl von Sicherheit vermittelt. Als sie sich in ihre eigenen Abenteuer stürzte, ahnte sie nicht, dass es auch Männer wie Dax gab.

Sie kannte nur die liebevolle Art ihres Vaters und die neckende Geschwisterliebe ihrer Brüder.

»Ich habe kürzlich Shana Eason getroffen«, erzählte Mom. »Sie sah aus, als hätte sie ihre Seele verloren: Sie lief mit völlig leerem Blick umher und wirkte ziellos.«

»Sie und Harm haben ihr einziges Kind verloren, Mom.«

»So etwas kann ich mir nicht vorstellen, das kann ich einfach nicht.« Mom hob Haleys Notizblock auf und reichte ihn ihr zurück.

»Als du in Bagram warst, bin ich oft nachts aufgewacht und habe gebetet.«

Haley sah zu ihrer Mutter hinüber. Ihr Geständnis ließ sie aufhorchen. »Ich dachte, du hältst nichts von Gebet.«

»Eigentlich halte ich auch nichts davon. Aber es stimmt wohl: Im Schützengraben gibt es keine Atheisten. Keine Mutter ist Atheistin, wenn eines ihrer Kinder im Krieg ist.«

Haley nahm ihren Notizblock und kehrte zu ihrem Platz auf dem Boden zurück. »Sind schon alle da?« Wenn Ziele anstanden, kamen alle Brüder nach Heart's Bend. Zwei aus Atlanta, einer aus Nashville, der vierte aus Orlando.

»Gerade sind Seth und Abigail gekommen.«

»In ihrem neuen Mercedes?« Er war Anwalt, sie Psychiaterin.

»Ja.« Mom grinste. »Und das wirst du eines Tages auch. Du übertrumpfst sie alle. Du bist so klug wie Seth und Zack zusammen.«

Weshalb saß sie dann auf dem Boden und hatte keinerlei Vision für ihr Leben?

Ihre Brüder waren so ehrgeizig wie ihre Eltern, David und Joann Morgan. Alle hatten ebenso ehrgeizige Frauen geheiratet. Unter den vier Ehepaaren, sie war als einzige der Geschwister nicht verheiratet, gab es sechs Doktortitel. Die beiden anderen Faulpelze hatten nur einen Abschluss in Jura.

Sie selbst dagegen konnte lediglich den einfachen Dienstgrad eines Captains vorweisen. Captain Morgan. Wie der Rum. Der Titel hatte ihr beim Militär eine zweifelhafte Berühmtheit eingebracht und war Anlass für einige Späße gewesen.

Auf diese Weise hatte sie auch Dax kennengelernt. Ihr Freund Rick Cantwell hatte ihn damit gelockt, »Captain Morgan« zu treffen.

Dax hatte geglaubt, eine Flasche goldbraunen Getränks vorzufinden. Stattdessen war da diese »heiße Blondine mit den wunderschönen blauen Augen« gewesen.

Von unten ertönte ein Schrei. »Football«, sagte Mom.

»Wer gewinnt?« Haley brauchte gar nicht zu fragen, wer spielte. Irgendein College-Team.

Dad hatte den Plan für das Turnier der Nachsaison im Fernsehzimmer an die Wand gehängt. Heute spielten die Mannschaften der ehemaligen Colleges der Morgans: Alabama und Tennessee.

»Vorhin hat Alabama geführt. Meine Behandlung ihres Quarterbacks nach seinem Unfall im letzten Jahr zahlt sich aus. Seine Pässe haben wieder eine Trefferquote von siebzig Prozent.«

Haley sah ihre Mutter an, die sich erneut an den Türrahmen lehnte. Sie war so sehr auf ihre Arbeit fixiert und war so medizinvernarrt, dass sie gar nicht merkte, was für eine Legende sie unter College-Sportlern war. Trainer und Sportdirektoren hatten ihre Nummer im Kurzwahlspeicher.

»Ist dir eigentlich bewusst, wie erfolgreich du bist, Mom?«

Mama war introvertiert und eine Intelligenzbestie. Sie war ein Einzelkind. Ihre Mutter war im Zweiten Weltkrieg Witwe geworden und hatte dann einen viel älteren Mann, ihren Vater, geheiratet.

»Nicht wirklich. Nur, dass ich gut bin in dem, was ich tue. Und ich liebe meinen Beruf.«

Haley richtete sich auf. »Genau das! Das ist mein Ziel für dieses Jahr. Ich will etwas machen, worin ich gut bin und was ich richtig gerne mache.«

Mom griff nach dem Brief von der Universität. »Geh ans Kellogg-Institut. Am College lagen dir Management und Marketing doch.«

»Wahrscheinlich ...« Haley starrte auf ihren leeren Notizblock.

Die College-Zeit war sieben Jahre her. Gefühlt war es eine Ewigkeit. War sie wirklich noch dieselbe wie damals? Wollte sie noch Karriere machen, indem sie andere davon überzeugte, was sie kaufen oder verkaufen sollten?

»Zögerst du wegen Dax? Was ist zwischen euch beiden denn vorgefallen? Dein Dad und ich mochten ihn gern.«

Sie hatte schon auf diese Frage gewartet. »Wir haben uns getrennt. Ende der Geschichte.«

Ein Schrei unterbrach ihre Antwort, darauf folgten Männerstimmen, die gemeinsam jubelten und sich beglückwünschten.

»Ich glaube, unsere gemeinsame Zielfindung heute Abend wird dir helfen, Haley,« sagte Mom.

»Das sagst du, seitdem ich sieben bin.«

»Deine Ziele haben dich aufs College geführt, zur Luftwaffe und bis zum Dienstgrad als Captain. Jetzt bist du wieder zu Hause und vor dir liegt das Studium an der Uni. Wolltest du nicht immer Abenteuer erleben?«

»Abenteuer hatte ich genug. Nach der Luftwaffe wollte ich immer nach Hause kommen und mit Tammy den alten Hochzeitsladen wiedereröffnen.« Bei der Erinnerung an die alten Spiele mit ihrer besten Freundin in dem Gebäude musste Haley lächeln. »Mannomann, ich glaube, ich habe seit der Highschool nicht mehr daran gedacht. Aber wenn Tammy noch am Leben wäre, würde sie jetzt betteln: ›Lass uns das Geschäft wiedereröffnen, Hal. Jetzt ist die Zeit gekommen!‹«

»Den alten Hochzeitsladen? Wie bitte? Davon habe ich ja noch nie etwas gehört. Warum solltet ihr den alten Laden übernehmen wollen? Das Gebäude gehört der Stadt und mein letzter Stand ist, dass es abgerissen werden soll – zum Glück!« Mom öffnete die Zimmertür und rief hinunter: »Dave, ist bald Halbzeitpause? Dann können wir mit unseren Zielen starten.«

Haley stand auf. »Den Laden abreißen? Weshalb denn?« Ihr Traum mit Tammy erwachte. Es durchfuhr sie wie ein Blitz und breitete sich in ihrem Inneren aus. »Den können sie doch nicht abreißen! Er gehört zur Geschichte von Heart's Bend und ist ein Zentrum der Hochzeitstradition.«

»Ich würde es gerne sehen, wenn der Laden verschwindet. Er ist ein Schandfleck. Warum solltest du ausgerechnet den alten Hochzeitsladen wiedereröffnen wollen? In Nashville gibt es jede Menge großartiger Brautmodenläden. Und Petra Cooks Tochter hat ihre gesamte Brautausstattung online gekauft. Haley, du bist viel zu intelligent und zu talentiert, um dich an einen solchen Laden zu binden und verwöhnte Frauen zu bedienen.«

»Wann hat die Stadt beschlossen, das Gebäude abzureißen?«

»Das ist schon lange im Gespräch, aber die Kundinnen von damals ...«, Mom schüttelte den Kopf und breitete in gespielter Verzweiflung die Arme aus, »... kommen plötzlich hinterm Ofen hervor, protestieren und nennen das Geschäft einen geschichtsträchtigen Ort der Stadt. Dabei liegt er gar nicht in der Altstadt. Außerdem braucht *Akron* den Platz für Parkplätze. Der Bauträger restauriert die alte Mühle und es entstehen Lofts darin. Daneben ist ein Einkaufszentrum geplant. *Akron* hat die alte Kuhweide dafür gekauft.«

»Da, wo wir im Sommer Baseball gespielt haben? Und an Thanksgiving und Weihnachten Football?«

»Ja, endlich kommt auch Heart's Bend im 21. Jahrhundert an.«

Was sie hörte, tat Haley in der Seele weh. Sie hatte viel verloren im letzten Jahr: sich selbst durch Dax, ihre Stellung als Captain der Luftwaffe und ihre beste Freundin.

Sie wollte nicht auch noch ihren letzten Traum verlieren.

Ihren *gemeinsamen* Traum.

Haley griff nach ihrem Notizblock und einem Stift: »Jetzt weiß ich mein Ziel für das kommende Jahr!«

Mom beugte sich vor, um Haleys Notizen zu sehen. »Wirklich? Okay, schön. Ich freue mich schon darauf, ihn zu hören.« Sie wandte sich zum Gehen. »Kommst du?«

»Einen Moment noch.« Haley wollte die Sache zu Ende denken. Wenn sie sich ein Ziel setzte, musste sie sich auch die nötigen Schritte überlegen.

Doch je mehr sie darüber nachdachte, desto dringender wollte sie das Brautgeschäft wieder mit Leben füllen. Sie notierte auf ihrem Notizblock: »Den Hochzeitsladen wiedereröffnen!«

Haley legte den Block auf ihr Bett und stellte sich daneben. Als sie auf ihren Neujahrsvorsatz hinunterblickte, wurden die Worte mit einem Mal lebendig und flüsterten ihr zu, dass sie genau dafür nach Hause zurückgekehrt war.

3

COLE

3. Januar
Heart's Bend, Tennessee

Veränderungen erfordern Mut. Das galt schon für die kleinsten Schritte. Wie ein Dinner mit der Freundin einer Freundin. Ganz zwanglos. Kein Date. Nur eine Verabredung mit einer Frau, die er kaum kannte.

Er hatte beschlossen, dass dieses Jahr gut werden würde. Er wollte seine Schuldgefühle, Zweifel und den Tod, der noch in der Luft hing, abschütteln und seiner Zukunft ins Auge blicken. Sein Geschäft ausbauen. Vielleicht eine Frau finden.

Und was sonst, außer mit seinen Brüdern Football zu gucken, würde er an einem Sonntagabend schon machen, wenn er sich nicht mit der Freundin einer Freundin zum Abendessen traf?

Sein Kopf sagte ihm, dass es an der Zeit war. Nur sein Herz zauderte noch.

Er nahm seine Schlüssel von der Kommode und lief nach unten und nahm die letzten Stufen zum Wohnzimmer mit einem einzigen Schritt. Dort saß sein mittlerer Bruder Chris, der in Georgetown Betriebswirtschaft studierte und über die Ferien zu Hause war, mit einer großen Käsepizza auf dem Schoß im Fernsehsessel.

Sein kleiner Bruder Cap studierte im zweiten Jahr an der Vanderbilt-University und arbeitete heute Abend im *Ella's*, dem kleinen Restaurant ihrer Mutter.

Cole schnippte gegen den Fuß seines Bruders und erwischte einen triefend nassen Socken. »Mann, im Ernst jetzt?« Cole schnitt eine Grimasse und schüttelte die Hand in der Luft. »Wo bist du denn gewesen?«

»Wir haben mit Kiefer und ein paar Jungs eine Partie Touchfootball im Gardeniapark gespielt. Ich hab dir eine Nachricht geschickt.« Chris rappelte sich aus dem Sessel auf, trug die Pizza in die Küche und bot Cole ein Stück an. »Und wo warst du? Und wo gehst du hin?«

Cole zögerte und wusch sich die Hände am Waschbecken. Seine Verabredung war seine Sache, die musste er durchziehen, ohne dass Chris, Cap oder Mom sich einmischten.

»Ich treffe mich mit einer Freundin.«

Er hatte sich mit ihr eigentlich in Nashville treffen wollen, wo sie wohnte, weit weg von den neugierigen Blicken seiner Heimat, aber sie hatte darauf bestanden hierherzukommen. Sie sagte, sie liebe Heart's Bend und sei schon eine Weile nicht mehr hier gewesen.

»Eine Freundin?« Chris schob sich den letzten Bissen eines Pizzastücks in den Mund und redete weiter: »Was für eine Freundin?« Der kleine Bruder beugte sich vor und schnupperte. »Aftershave? Du hast ein Date!«

»Nein, nein, kein Date. Ich treffe mich bloß mit der Freundin einer Freundin.«

»Ein Date!«, johlte Chris und griff nach einem weiteren Stück Pizza. »Das ist gut, Brüderchen. Schließlich ist Tammy jetzt schon neun Monate unter der Erde.«

»Hey, ein bisschen mehr Respekt, wenn ich bitten darf.« Cole holte sich eine Flasche Wasser aus dem Kühlschrank.

»Ich habe Respekt. Aber du kannst dich nicht ewig hier im Loch verkriechen. Tammy würde das gar nicht wollen.« Chris zeigte auf die Gitarre, die in einem Glaskasten über dem Esstisch hing. »Es sei denn, du willst mit deinem Herzen dasselbe machen wie mit deiner Gitarre.«

»Diese Gitarre da ist ein Klassiker und eine Stange Geld wert.« Cole musste Chris nicht erzählen, dass es eine seltene Fender-Stratocaster war, die er zusammen mit seinem Dad gekauft hatte, als er dreizehn war.

»Wie hast du die Frau denn kennengelernt? Welche Freundin hat euch verkuppelt? Geht ihr ins *Ella's*? Denn Mom würde sich das auf keinen Fall entgehen lassen.«

Ihrer Mutter, Tina Danner, gehörte der alte Diner in Heart's Bend. Sie arbeitete dort, seitdem Dad fortgegangen war ... auf Einladung des FBI.

»Das ist ein *Blind Date*, okay? Und nein, nicht ins *Ella's*. Glaubst du, ich bin verrückt?«

»*Blind Date*?«, sagte Chris mit süffisantem Grinsen, in den Augen das Flackern eines arroganten Studenten höherer Semester. »Es ist also doch ein *Date*, Bruderherz.«

Natürlich hatte er recht. Aber Cole konnte es sich noch nicht ganz eingestehen. Und aus genau diesem Grund hätte er darauf bestehen sollen, dass sie sich in Nashville trafen. Das Problem an einer Kleinstadt in Tennessee war, dass jeder wusste, wo man arbeitete, wie man hieß und wie niedlich und wie laut und falsch man in der ersten Klasse im Krippenspiel gesungen hatte.

»Wir treffen uns im *Burger Barn*.« Cole griff nach einer Serviette und warf sie seinem Bruder zu. »Du hast Soße am Kinn.«

Chris fing die Serviette elegant auf. »Machst du Witze? Die ganze Stadt geht am Wochenende ins *Burger Barn*.«

»Es ist Sonntagabend, nicht wirklich mehr Wochenende. Und die *Barn* liegt am Stadtrand, sogar noch hinter dem alten Hochzeitsladen und ist somit gut versteckt. Kaum jemand kommt da zufällig vorbei.«

»Ach stimmt, die Gemeindeleute gehen nach dem Sonntagabendgottesdienst ja sofort nach Hause, ich vergaß.«

»Um acht Uhr sind alle da raus.«

»Reverend Smith beendet den Abend immer noch mit einer Runde Rootbeer und einem Medley aus ›The Old Rugged Cross‹ und ›This Is My Story‹.« Chris schob Cole die Pizzaschachtel zu. »Nimm dir ein Stück. Du siehst aus, als könntest du eine Stärkung gebrauchen.«

Cole beäugte ein kleines Stück. Nun, da er fertig und bereit zum Gehen war, gab sein leerer Magen unter den Rippen hungrige Laute von sich. Er hatte auch heute, am Sonntag, gearbeitet. Er hatte eine Renovierung beendet, die sowohl Zeitplan wie auch Budget gesprengt hatte, und mittags keine Zeit zum Essen gehabt.

Wegen der Feiertage war sein Team im Verzug und er wollte offene Aufträge gerne abschließen, um startklar für neue zu sein. Er hatte etliche Angebote eingereicht und erwartete für Mitte des Monats ein volles Auftragsbuch. Das brauchte er auch, denn dem *Bauunternehmen Danner* gingen gerade sowohl Projekte als auch das Geld aus.

Mit einem Blick auf seinen Bruder biss er in die Pizza. »Weiß Mom eigentlich, dass du hier bist? Sie hätte dir sonst etwas zum Abendessen gemacht.«

»Sie arbeitet. Sie und Cap haben eine Schicht für jemanden übernommen, der krank geworden ist.« Chris war mal in Moms, mal in Coles Haus, wie es ihm gerade so passte. »Ich dachte, ich gucke hier ein bisschen Football. Bei den Pokalspielen bist du doch morgen dabei, oder? Ein paar Jungs kommen noch rüber. Ach, erinnerst du dich an Jason Saglimbeni? Er ist wieder in der Stadt. Wir haben überlegt, ob wir noch ein bisschen Musik machen, bevor ich wieder nach Washington fahre. Ich habe schon über ein Jahr kein Schlagzeug mehr gespielt.«

»Ihr macht das schon!«

»Ach komm, Cole. Hol die Stratocaster aus ihrem Glasturm und spiel ein bisschen mit. Dad hätte sich ...«

»Du brauchst mir nicht zu erzählen, worüber Dad sich gefreut hätte.« Cole sah auf die Uhr. »Es ist mir nämlich egal.«

»Du kannst dich nicht ewig vor ihm verstecken.«

»Wer sagt denn, dass ich mich verstecke?«

»Ich. Wann hast du das letzte Mal Gitarre gespielt? Oder mit Dad geredet.«

»Hey, sieh mich an.« Cole breitete die Arme aus. »Neun Monate, nachdem meine Verlobte gestorben ist, gehe ich zu einem Date. Ich finde, damit habe ich fürs Erste genug vollbracht.«

Genaugenommen war sie seine ehemalige Verlobte, aber das wusste niemand. Außer vielleicht Haley, Tammys beste Freundin. Die Trennung und Tammys Diagnose hatten sich überschnitten, und damit war der Wirbelsturm ausgebrochen.

Es folgten Tod und Trauer. Er hatte keinerlei Gefühlsreserven mehr für eine Runde Musik oder Gespräche mit dem Versager von einem Vater.

Cole blieb an der Tür stehen, die zum überdachten Durchgang und zur Garage führte. »Lass deinen Pizzakarton nicht rumliegen, sondern räum ihn weg, wenn du fertig bist.«

Die abendliche Kälte war erfrischend nach der hitzigen Konfrontation mit Chris. Dad und Musik. Cole hatte seit Dads Inhaftierung nicht mehr Gitarre gespielt.

Erst drei Jahre nach der Festnahme hatte das FBI den Fall vor Gericht gebracht. In der Zwischenzeit schöpften Mom, Cole, Chris und Cap Hoffnung. Vielleicht hielt die Anklage wegen Betrugs nicht stand.

Aber da braute sich schon neuer Ärger zusammen. Dad verlor sein Bauunternehmen, begann zu trinken und von jetzt an war ihr Familienname ohnehin besudelt.

Cole startete den Motor seiner Harley 750 und hakte das Gespräch mit Chris ab. Vergangenes war vergangen. Dads Ruf war nicht sein eigener.

Altes ist vergangen ... alles ist neu geworden.

Er legte den Gang ein, zog den Helm auf und atmete die Abendluft ein, die eindeutig nach Schnee roch. Laut den Prognosen der Bauern würde es in diesem Winter eine Menge Niederschlag geben. Das wäre schlecht fürs Geschäft und Coles Rücklagen reichten nicht für einen langen, mageren Winter aus.

Einmal Kupplung und Gas und weg wäre er, unterwegs zu einem *Date!*

Aber er musste gar nicht dahin. Er könnte auch absagen, wieder ins Haus gehen, sich mit seinem Bruder Pokalspiele ansehen und noch eine Pizza bestellen.

Augenblick mal – genau das hatte er schon vergangenes Jahr getan: sich versteckt, zurückgezogen. Jetzt hatte ein *neues* Jahr begonnen. Zeit, nach vorn zu blicken und sein Leben zu leben.

Er rollte aus der Garage und schloss das Tor hinter sich. Im Wagen wäre es wärmer gewesen, aber er brauchte jetzt das Tempo, musste die Kälte spüren, die durch Jeans und Lederjacke drang, damit seine müde Trägheit verschwand.

Er fuhr die Straße hinunter, vorbei an goldenen Fenstern, hinter denen Familien zusammensaßen, vorbei am festlichen Blinken einiger übrig gebliebener roter, blauer und grüner Lichterketten, bog rechts auf die River Road ab und fuhr weiter in die Stadt und zur First Avenue.

Er nahm das Gas weg, als er am alten Hochzeitsladen vorüberfuhr, einem dreistöckigen Backsteingebäude, das von Ulmen beschattet wurde. Die großen Schaufenster waren dunkel. Wie ein trauriges Augenpaar beobachteten sie, wie die Welt vorüberzog.

Der Charme dieses Hauses und die Rolle, die das Geschäft in Heart's Bend gespielt hatte, hatten ihn immer beeindruckt. Seine beiden Großmütter und eine Großtante hatten ihre Brautkleider bei Miss Cora gekauft.

Aber die Tage des Gebäudes waren gezählt.

»Tut mir leid«, flüsterte er gegen das Visier. »Aber du hast schöne Zeiten erlebt, oder?«

Eine Windböe rauschte vorbei und das überflüssige »Zu verkaufen«-Schild, das im gelben Licht der Straßenlaterne kaum zu sehen war, schwang an seinem weißen Balken hin und her.

Die Stadt hatte versucht, das Gebäude an Geschäftsleute zu verkaufen, die es wieder zu einem florierenden Teil der Innenstadt machen sollten, aber bislang hatte nur die *Akron-Entwicklungsgesellschaft* dafür geboten. Die aber wollte nur das Land. Nicht das Gebäude. Sie brauchte einen Parkplatz für ihre neuen Lofts und ein Einkaufszentrum.

Das Gebäude in der First Avenue 143 abzureißen, war einer der Aufträge im Winter, für die Cole ein Angebot eingereicht hatte.

Es war an der Zeit. Das alte Geschäft hatte in den vergangenen fünfunddreißig Jahren überwiegend leer gestanden. Früher war es dafür bekannt gewesen, dass Frauen zu Miss Cora, einer angesehenen Bürgerin von Heart's Bend, strömten, um sich hier ihre Brautausstattung auszusuchen. Aber die Zeiten waren lange vorbei.

Tammy hatte emotional immer noch etwas mit dem Laden verbunden. Offenbar hatten sie und Haley hier als Kinder gespielt und als Zehnjährige beschlossen, den alten Hochzeitsladen eines Tages wiederzueröffnen. Ihm wieder zu seinem alten Hochzeitsglanz zu verhelfen.

Aber Cole hatte da so seine Zweifel. Tammy erwog ein Jurastudium und Haley war bei der Luftwaffe und kämpfte im Krieg. Und offen gestanden konnte er sich nicht vorstellen, dass ausgerechnet diese Frau eine Brautboutique führte.

Er war zweimal in seinem Leben zusammengeschlagen worden. Einmal in der ersten Klasse von Jeremy Wayne, nachdem er ihn einen Lügner genannt hatte, und einmal in der fünften Klasse von Haley Morgan, was sehr viel peinlicher gewesen war. Und alles nur, weil er gesagt hatte, sie sei hübsch.

Cole ließ den Motor aufheulen und brauste weiter. Er hatte nicht die Zeit, um in Erinnerungen zu schwelgen.

Als er an der *Burger Barn* ankam, sah er eine Frau auf der Bank davor sitzen. Ihre schlanken Beine schauten unter dem Saum eines rosafarbenen, pelzbesetzten Mantels hervor. Sie stand auf, als er näher kam.

Cole stellte den Motor aus, zog den Helm ab und fuhr sich durch die Haare. »Betsy?«

»Mariah sagte schon, dass du ein heißer Typ bist, aber ich wusste nicht, dass du sogar Harley fährst.«

»Mariah übertreibt gern.« Aber die Bewunderung tat gut.

Als er sich zu Betsy auf die Bank setzte, konnte Cole im Schein der Restaurantbeleuchtung ihr Gesicht erkennen. Sie war schön, hatte rabenschwarzes Haar und volle Lippen. Ein leichter, wilder Duft umgab sie.

»Nein, ich glaube diesmal hatte sie recht.« Sie strahlte und hakte sich bei ihm unter. »Vielleicht kannst du mich später auf eine Spritztour mitnehmen?«

»Ja, mal sehen.« Diese Frau war forsch. »Appetit?«

»Kurz vorm Verhungern.«

Ihr Atem strich über seine Wange und sie drückte seinen Arm. Sie hatte Hunger – aber worauf?

Cole lief zur Eingangstür und hielt sie seiner attraktiven, ja sogar rassigen Begleitung auf. Fühlte sich doch gut an, oder? Eine Abwechslung. Eine Frau, die ganz anders war als die vorige. Das hier war eindeutig besser, als mit Stinkesocken-Chris zu Hause zu sitzen.

Er ließ sich vom Kellner einen Tisch für zwei zuweisen, lehnte sich zurück und gönnte seinen Nerven eine Pause.

Betsy mochte vielleicht nicht die Richtige sein, aber immerhin war sie hier, in diesem Moment, eingehüllt in eine wunderschöne rosa Verpackung. Coles neue Zukunft begann in diesem Augenblick, hier und jetzt.

CORA

Sie blickte ihm in die Augen. Einem Flussschiffer. Aber nicht *ihrem* Flussschiffer. Nicht Rufus St. Claire.

»Hallo …?«, sagte er mit leichtem Amüsement im Blick.

Constable O'Shannon schaltete sich ein: »Kapitän Riske, darf ich Ihnen Miss Cora Scott vorstellen? Sie führt ein Bekleidungsgeschäft am Ende der Straße.«

»Einen Hochzeitsladen«, sagte sie und sah dem Kapitän weiterhin in die Augen. Ihm schien ihr Unbehagen Freude zu bereiten. »Ich führe einen *Hochzeitsladen*.«

»Aber Sie haben auch Kleider, oder nicht?«, beharrte O'Shannon rechthaberisch. Immerhin war er das Gesetz der Stadt.

»Ja, das ist richtig. Kleider für die Zeit nach der Hochzeit. Für die Flitterwochen.« Sie wurde rot vor Scham. »Die Brautausstattung.«
»Flitterwochen?« Riske neckte sie ihrer Schamesröte wegen. »Mir gefällt der Klang dieses Wortes.« Der Kapitän beugte sich ein wenig zu nah an sie heran und der würzige Duft von Trockenfleisch wehte herüber.

Cora trat einen großen Schritt zurück. »Es tut mir fürchterlich leid, dass ich Sie belästigt habe.« Sie wäre am liebsten davongestürzt, fürchtete aber, über ihre zitternden Beine zu stolpern.

»Eine hübsche Frau ist niemals eine Belästigung«, versuchte Kapitän Riske mit ihr zu schäkern.

Cora war nicht im Entferntesten versucht, darauf einzugehen. Sie hatte das Wörtchen »hübsch« von einem Mann noch nie besonders geschätzt. Außer von Rufus. Er hatte sie seine »schöne Koralle« genannt.

»Brauchen Sie etwas?« Das Amüsement des Kapitäns grenzte an Spott.

»Natürlich nicht«, sagte sie. Außer von hier zu verschwinden. Sie hörte ihren Puls hämmern, als sie sich umdrehte. Ihre Absätze klapperten auf dem Asphalt. Ihre Enttäuschung kreischte ihr in den Ohren.

Rufus war nicht gekommen.

Cora eilte in Richtung Geschäft, durch die ersten Strahlen der aufgehenden Sonne hindurch. Sie schluckte die Tränen hinunter, wünschte, sie könnte ihr Herz betäuben. Weshalb war er nicht gekommen? Weshalb die Verspätung?

Er hatte doch gesagt, sie würden sich im Frühling wiedersehen. Und sie hatte ihm geglaubt.

Seitdem er ihr seine Liebe erklärt und sie gebeten hatte, auf ihn zu warten, hatte sie sich innerlich gewappnet, war seiner Bitte gefolgt und ihm treu geblieben. Sie hatte sich mit keinem anderen Mann verabredet. Egal, wie lange es noch dauerte, bis er sie heiratete.

Kein Mann hatte ihr je Worte der Liebe zugeflüstert. Abgesehen von Daddy. Und selbst er sprach sie nicht sehr oft aus.

Das Geschäft lag nur zwei Straßen entfernt, aber es fühlte sich wie ein Marsch von mehreren Meilen an. Würde sie je die Eingangstreppe erreichen? Ihren sicheren Hafen?

Das monotone Klappern ihrer Absätze auf dem groben Gehsteig rauschte in ihrem Kopf und wühlte sie auf. Aber das Geräusch war die einzige Möglichkeit, dem Polizisten, dem Kapitän und der peinlichen Situation zu entkommen. Der einzige Weg, ihrer Enttäuschung zu entfliehen.

An ihrem Hals bildeten sich Schweißperlen und ebenso unter ihrem dunklen, welligen Haar. Sie beschleunigte ihren Schritt, aber der Laden schien nicht näher zu kommen.

Cora raffte ihren Rock zusammen und begann zu laufen. Ihre Muskeln gehorchten der Anweisung. Schneller, schneller. An den Geschäften vorbei, um die morgendlichen Fußgänger mit ihren verschwommenen Gesichtern und ihren körperlosen Stimmen herum.

»Cora, wohin willst du denn in diesem Tempo?«

»Cora, Liebes, ist alles in Ordnung?«

Sie stolperte über den Besen von Mr Griggs, der den Gehsteig vor seinem Herrenbekleidungsgeschäft fegte, und wäre beinahe auf den Asphalt gestürzt. Sie fing sich gerade noch und eilte weiter, mit klopfendem Herzen und brennenden Lungen.

Als Cora die Blossom Street überqueren wollte, um den Hintereingang des Ladens zu erreichen, verließ sie, ohne sich umzusehen, den Gehsteig und krachte in etwas, das nach ihr griff und ihre Hüfte umfasste.

»Lass mich los ...« Sie schwang ihre Ellbogen nach oben und schüttelte ihn und versuchte sich zu befreien.

»Cora, ich bin's, Birch. Beruhige dich! Sag schon, wo ist denn das Feuer?«

Sie seufzte auf, ließ ihre Anspannung fallen und blickte in das leuchtende Funkeln von Birch Goods himmelblauen Augen. Die rubinroten Lippen über seinem kantigen Kinn mit dem Grübchen verzogen sich zu einem Lächeln.

»Birch, es tut mir leid. Ich habe dich nicht gesehen.« Cora wand sich aus seinen Armen. Diesmal gab er sie vorsichtig frei. »Ich ... ich bin spät dran, für das Geschäft. Ich ... ich musste das Konfekt holen.« Er sah auf ihre leeren Hände. Sie versuchte nicht, ihm etwas vorzumachen, indem sie die Hände verbarg. »Was ist denn da hinten vorgefallen?« Er deutete in Richtung Park.

»Ich ... ich weiß es nicht.« Sie presste ihre Finger an die Stirn, wandte ihren Blick ab und versuchte versöhnlich zu lachen. Aber ihre Stimme blieb schwach und zitterte. »Ein Fall von Verwechslung.«

Sie blickte dahin zurück, wo der Kapitän gestanden hatte, aber er war fort. Wäre sie nicht wie ein verängstigtes Kind in Panik geraten, hätte sie ihn fragen können, ob er ihrem Rufus auf dem Fluss begegnet war. Ging es ihm gut? War er auf dem Weg zu ihr?

»Aber du zitterst ja am ganzen Leib.« Birchs Hände strichen über ihre Arme und zogen sie an sich. »Ruhig, alles wird gut.« Seine starken Arme hüllten sie ein.

Cora lehnte ihre Wange gegen sein kariertes Hemd und atmete den vertrauten Duft von Laugenseife und Heu ein. »Wie sehr habe ich mich gerade blamiert?«

»Ich weiß es nicht. Hat dich jemand beobachtet?« Birch Good, ein Farmer und Freund, war so unerschütterlich wie der Kalkstein in Tennessee.

Sie hob den Kopf mit leisem Lachen. »Du offenbar.«

»Nur, weil du mich beinahe überrannt hast.«

»Verzeih mir, ich habe dich einfach nicht gesehen«, sagte Cora und tätschelte seine breite Farmerbrust. Dann strich sie ihre zerzausten Haarspitzen, die ihr über die Augen hingen, beiseite. »Manchmal habe ich einen Tunnelblick.« Das Adrenalin ebbte ab und nahm auch das Zittern mit sich fort.

»Wer war das, Cora? Wer, dachtest du, stünde dort drüben?«

»Vielleicht ein anderes Mal, Birch. Ich muss wirklich weiter. Wir haben heute früh eine Kundin aus Birmingham.« Sie versuchte, seinem Blick standzuhalten, aber ihre Augen wanderten noch einmal zum Park zurück.

Birch folgte ihrem Blick. »Der Flussschiffer?«

Cora beschloss, weder zu verneinen noch zu bejahen. »Sie ist zudem eine ganz besondere Kundin: Ihre Mutter ist in Heart's Bend aufgewachsen und hat vor fünfundzwanzig Jahren ihr Kleid bei Tante Jane gekauft. Es ist aufregend, die Töchter früherer Kundinnen einzukleiden.« Cora wandte sich dem Geschäft zu und achtete diesmal auf den Verkehr, bevor sie den Gehsteig verließ.

»Rufus St. Claire?« Birch folgte ihren Schritten. »Du dachtest, er wäre es, habe ich recht?«

Cora sah ihn mitten auf der Straße an. »Wenn du alles weißt, weshalb fragst du mich dann? Was machst du überhaupt zu dieser Stunde in der Stadt? Hast du nicht eine Farm zu bewirtschaften?«

Sie kannte Birch schon seit Ewigkeiten. Ihre Väter waren Schulkameraden gewesen. Es ärgerte sie, wie vertraut er sich gab, und wie gut ihr seine Anwesenheit tat.

»Ich hatte in der Bank zu tun und dachte, ich gönne mir ein Frühstück im Diner. Der alte Junggeselle ist seine eigenen Kochkünste leid.« Birch lief neben ihr über die Straße und zum Geschäft.

»Warum heiratest du dann nicht?« Birch war fünf Jahre älter als sie und bewirtschaftete die großen Ländereien seiner Familie. Etliche Frauen wären gerne seine Braut.

»Bewirbst du dich für diesen Posten?«

»Du hast Humor. Ich vermute, jeden Sonntag nach dem Gottesdienst wartet eine lange Schlange von Frauen darauf, dich zum Mittagessen einladen zu dürfen.«

»Ich habe tatsächlich ein Auge auf eine Frau geworfen. Das Dumme ist bloß, dass sie den Blick nicht erwidert.«

»Dann finde eine, die es tut.«

Seine Worte trafen sie, offenbarten eine Wahrheit, die sie schon lange vermutete. Aber sie war hoffnungslos verliebt in einen Mann, der auf dem Fluss lebte. Dieses Dilemma war beglückend und erschreckend zugleich. Aber sie würde nicht davon abrücken. Sie hatte sich entschieden und ihr Wort gegeben.

Cora lief die Hintertreppe hinauf und streckte sich zur Tür aus. »Es war schön, dich zu sehen, Birch.«

»Hast du eine Empfehlung für eine Frau, die meinen Blick erwidern könnte?«

»Du liebe Zeit, Birch, das kannst du doch wohl selbst herausfinden.«

»Du dachtest, es wäre Rufus St. Claire, nicht wahr?«

Sie wollte hineingehen, aber Birch umfasste vorsichtig ihre Hüfte.

»Ich wüsste nicht, weshalb dich das etwas angeht.«

»Liege ich falsch?«

Cora musterte ihn einen Augenblick, las in seinem Blick, in seiner Mimik. »Hast du etwas dagegen?«

Sie wünschte, sie hätte die Frage nicht gestellt. Denn wenn er etwas dagegen hatte, wäre das beunruhigend. Schlimm genug, dass Mama es missbilligte.

Birch war in der Bankenkrise von 1914, als Daddy für eine Weile verschwunden war, für ihre Familie da gewesen. Hatte ihrem Bruder Ernest jr. geholfen, Dinge im Haus zu erledigen.

1918 war er, anders als EJ, aus dem Krieg nach Hause zurückgekehrt. Er hatte fast jeden Abend nachgesehen, wie es Cora, Mama und Daddy ging.

»Es gefällt mir nicht, dass er dir Kummer bereitet.«

»Er bereitet mir keinen Kummer.«

»Weshalb bist du dann blind davongelaufen? Weshalb deine düstere Miene? Die Panik?«

Das Schlagen von Wagentüren durchschnitt die Luft und Cora sah in den Laden. Mama winkte sie herein. »Birch, ich muss gehen. Meine Kundin kommt.«

»Was ist mit dem Konfekt?«

»Wir müssen ohne zurechtkommen. Odelia hat ihre Zimtwecken mitgebracht.«

»Die Felsbrocken?« Er verzog das Gesicht und Cora presste sich die Hand auf den Mund, um ihr Lachen zu verbergen. »Du kannst doch deiner speziellen Kundin aus dem fernen Birmingham nicht Odelias Zimtwecken anbieten.«

»Sie ist so stolz darauf.«

»Das mag ja sein, aber der alte Dr. Walsh ist unterwegs beim Fischen. Wenn sie sich also einen Zahn abbrechen ...«

Durch die offenen Fenster hörte Cora den Phonographen und Mamas süßliche Stimme: »Willkommen im Hochzeitsladen, herzlich willkommen.«

»Was würde Tante Jane dazu sagen?«, flüsterte Birch.

»Sie würde sagen, serviere ihnen Tee und Kaffee und vergiss das Konfekt.«

»Nein, ich meine doch, dass du diesem nichtsnutzigen Flusskapitän hinterherschmachtest.«

»Sie hätte gesagt: ›Folge deinem Herzen, Cora Beth.‹« Ihre alte Tante hatte bedauert, dass sie die Arbeit der Liebe und Ehe vorgezogen hatte. Sie war als alte Jungfer gestorben. Cora wollte nicht das gleiche Schicksal erleiden. »Sie würde wollen, dass ich glücklich bin.«

»Das würde sie bestimmt. Aber mit einem Mann, der es gut mit dir meint.« Birch entfernte sich. »Ich hole deine Bestellung ab. Bei *Haven's*, nehme ich an?«

»Cora!« Mama erschien an der Tür. »Warum trödelst du? Sie sind hier. Guten Morgen, Birch.«

Er tippte sich an die Mütze. »Guten Morgen, Mrs Scott.«

»Wo ist das Konfekt, Liebling?« Mama deutete mit geweiteten Augen und nervösem Blick auf Coras leere Hände. »Mrs Dunlap möchte ein kleines Vermögen in die Brautausstattung ihrer Tochter investieren und das Geringste, was wir tun können, ist, ihr eine Tasse Tee und ein Petit Four zu servieren. Andernfalls bietet Odelia ihr noch Zimtwecken an und einen Notfall beim Zahnarzt können wir nicht gebrauchen. Ich glaube, der Doktor ist unterwegs zum Fischen.«

Cora rollte mit den Augen und sah zu Birch hinüber. »Habt ihr beide euch abgesprochen? In Ordnung, Birch, würdest du das Konfekt abholen? Lass es für mich anschreiben und bring es her. Mama stellt in der Kammer Tee und Kaffee bereit.«

»Und was ist mit den Küsschen?«, sagte Mama. »Es sind keine mehr da.«

»Küsschen?«, wiederholte Birch mit Belustigung in der Stimme. »Kann ich mit den Küsschen vielleicht aushelfen?«

»Du nun wieder«, sagte Mama kichernd, wandte sich um und ging hinein.

»Mama meint *Schokoladen*-Küsschen, Birch«, sagte Cora. Du liebe Güte, waren sie denn Kinder, dass sie über das Wort *Küsschen* kicherten? »Du findest sie bei *Kidwells*.«

»Küsschen?«, sagte er erneut mit einem Grinsen und in neckendem Tonfall. »In einem Hochzeitsladen? Die Anspielung ist ja sehr hintersinnig.«

»Nun geh schon. Für einen Farmer redest du geradezu hochgeistig daher, Birch.«

Cora wandte sich zum Gehen, aber er griff nach ihrem Arm und hielt sie vorsichtig fest. Seine Nähe raubte ihr den Atem und wirkte plötzlich entwaffnend. Sie schluckte, legte die Hand auf die Brust und versuchte sich zu sammeln.

»Du möchtest Schokoladenküsschen, richtig?«

»Ja, w-warum fragst du?«

»Ich will nicht die falschen mitbringen. Schokoladenküsschen kenne ich bisher nicht.« Der Hauch seiner Worte strich über ihre Wange und ließ ein Prickeln auf ihrer Wirbelsäule zurück.

»Na d-dann, probiere doch eins, wenn du zurückkommst.«

»Das werde ich.«

Cora sackte gegen die Tür, als Birch sie losließ und sich pfeifend aufmachte, um seine Besorgungen zu erledigen.

Der Klang seiner Stimme, als er »*Küsschen*« gesagt hatte, kribbelte ihr noch immer auf der Haut. Er sollte sich bloß auf etwas gefasst machen! Wenn er zurückkam würde sie ihm gründlich die Meinung sagen. Welche Melodie hatte er bloß gepfiffen, als er davongetrottet war?

Cora ging hinein, grübelte über sein Pfeifen nach und versuchte, sich an den Text zu erinnern. Ach ja! Dieses alberne Lied von Helen Kane: »I Wanna Be Loved by You« -

Ich möchte von dir geliebt werden, von niemandem als dir.
Mit Schwung warf Cora die Hintertür ins Schloss. Birch Good konnte dieses Lied getrost für eine andere Frau pfeifen. Denn sie gehörte zu Rufus St. Claire.

4

HALEY

Am Sonntagabend schob Haley ihre Harley 750 aus der Garage in die Kälte, fuhr erst gen Norden Richtung Innenstadt, dann zur First Avenue.

Sie brauste unter den Straßenlaternen hindurch, denn sie musste einfach mal rauskommen.

Als Jüngste war sie es zwar gewohnt gewesen, mit den Eltern allein zu leben. Aber seit dem College war sie auf sich gestellt und deshalb war es ein komisches Gefühl, wieder zu Hause zu wohnen.

Ihre Eltern hatten klare Strukturen, einen Rhythmus, der zu ihrem Leben passte, und Haley fühlte sich wie ein Eindringling. Aber nach Tammys Tod und der Trennung von Dax ermöglichte ihr die Rückkehr nach Hause den Neuanfang, den sie brauchte.

Während sie durch die Dunkelheit fuhr, die längst die Dämmerung abgelöst hatte, begannen Haleys Gedanken sich zu verselbstständigen und sprudelten einfach drauflos.

Die Zielfindung in ihrer Familie vor drei Tagen war gut verlaufen. Bis Haley gesagt hatte: »*Den alten Hochzeitsladen wiedereröffnen.*«

Zuerst hatten alle sie nur angestarrt. Ihre Brüder verstummen zu lassen, war allein schon eine Leistung.

Ihre Schwägerin Jodi aus Chicago wollte wissen, was der Hochzeitsladen war, und die Jungs überboten sich mit ihren Erklärungen. Aber, Mannomann, sie waren total dagegen.

Sie pflichteten Mom bei, die lautstark das Schweigen brach.

»*Du warst Captain der Luftwaffe! Wie kannst du da jetzt die aufgeblasene Hochzeitsindustrie unterstützen?*«

»Ein Master von der Kellogg-Universität wird dir guttun, Haley. Ein Bekannter von mir hat nach seinem Abschluss dort eine Stelle mit sechsstelligem Gehalt an Land gezogen.«

»Von Uniform und Logistik zu Tüll und Seide? Das kannst du nicht ernst meinen!«

Schließlich schritt Dad ein und sagte, Haley müsse ihre Entscheidung selbst treffen. Und bislang habe sie ihr Leben doch ganz gut auf die Reihe bekommen. *Danke, Dad.*

»*Außerdem*«, sagte er, »*war Aaron ein* sehr *netter Bursche und hat sich dann entschieden, Rechtsanwalt zu werden. Wir haben auch ihn bei seiner Entscheidung unterstützt.*«

Boahahahaha! Dads trockener Humor löste die Spannung und lenkte den Abend der Zielfindung wieder in die richtigen Bahnen.

Aber Mom? Sie blieb steif, reserviert und sagte nur noch wenig. Falls sie etwas sagen wollte, fand sie die richtigen Worte nicht.

Ein Stück weiter die Straße hinab hingen an etlichen Häusern noch immer die Lichterketten und Haley erlaubte es sich, für einen Moment sentimental zu werden.

Sie liebte ihre Heimat mit all ihren Wichtigtuern und dem Kleinstadtgehabe. Es war großartig, hier aufzuwachsen. Nach der Zeit im Militär musste Haley sich selbst, ihre Werte, ihren inneren Einklang und ihre Fähigkeit zu fühlen neu finden.

Sie war unsensibel geworden und abgestumpft. Haley gab Gas und brauste weiter die River Road entlang, als könnte das Tempo ihre Sünden lockern und in Scherben auf der Straße zurücklassen.

Vor ihr tauchte eine rote Ampel auf und Haley nahm das Gas weg, betätigte die Kupplung und schaltete herunter. Diese Ampel war neu. Somit gab es nun vier in der Stadt. Nachdem sie ihre Ziele besprochen hatten, hatte Dad ihr von der *Akron Entwicklungsgesellschaft* erzählt, dem Unternehmen, das den Hochzeitsladen abreißen wollte.

Vor ein paar Jahren hatten sie sich im Südosten der Stadt niedergelassen und luxuriöse Häuser für Nashvilles Elite errichtet, die hier Wohnraum suchte. Nach und nach hatten sie sich in Heart's Bend ausgebreitet, hatten Verträge geschlossen und Land erworben.

In der Ferne hallte ein Knall durch die Luft. Jemand feierte noch immer das neue Jahr. Vor zwei Jahren, frisch von ihrem Einsatz in Bagram zurückgekehrt, brachte schon das kleinste Geräusch ihr Herz zum Rasen.

Es hatte ein Jahr gedauert, bis sie sich so weit stabilisiert hatte, dass sie nicht mehr bei jedem Geräusch aufsprang und sich fragte, ob das eine Rakete oder Gewehrkugel sein konnte, die ihr Leben bedrohte. Zur selben Zeit hatte Tammy zu Hause gegen den Krebs gekämpft.

Die Ampel sprang auf Grün und sie fuhr los, die First Avenue entlang und auf den Hochzeitsladen zu. Sie musste ihn einfach sehen. Ihn fühlen. Bestätigt bekommen, dass ihr Neujahrsentschluss real war und nicht nur ein neuerlicher Affront gegen Mom. Dafür wurde sie inzwischen zu alt.

Haley fuhr an den alten Schaufenstern vorbei. Dad saß im Innenstadt-Ausschuss, der die Wiederbelebung des alten Stadtkerns, der Seele von Heart's Bend, plante.

Sie brauste an *Ella's Diner* vorbei. Die Lichter innen drängten sich ans Fenster und winkten ihr zu. Sie musste unbedingt bald einmal reinschauen und Tina, Cole Danners Mutter, Hallo sagen.

Haley hatte viele Freitag- und Samstagabende hier verbracht, mit Tammy zusammen am Tresen Schokoladen-Milchshakes getrunken und Pommes gegessen und mit ihr darauf gewartet, einen Blick auf Cole zu erhaschen.

So was machte man schließlich für die beste Freundin, oder?

Haley blinzelte ins Licht, das sich mit Schatten abwechselte, als sie das Stoppschild am Gardeniapark erreichte, um zur First Avenue 143 zu gelangen.

Die Straße bog leicht nach rechts ab und schon lag das hohe, dunkle Gebäude vor ihr. Die großen Schaufenster lagen unter den winterlich-kahlen Ästen dreier großer Bäume. Haley fuhr zum vorderen Gehweg und stellte den Motor ab. Sie nahm ihren Helm ab und betrachtete das Gebäude mit offenem Blick und Herzen.

»Hallo, altes Haus. Ich bin's nur und komm jetzt öfter.«

Ein dunkler, trauriger Ort, wie er im Buche steht. Hatte es hier immer schon so ausgesehen? Oder war ihr Blick jetzt nur klarer und durch ihre Lebenserfahrung geschärft?

Als Mädchen war ihr der Laden lebendig und romantisch erschienen.

Aber in dieser mondlosen Nacht verhüllten dunkle Schatten den Laden.

Haley holte ihr Handy und eine große, schwarze Taschenlampe aus dem Motorradkoffer. Sie schob sich das Handy in die Hosentasche, knipste die Lampe an und ließ den breiten, langen Strahl über den verlassenen Laden schwenken.

Die rote Backsteinfront mit den beiden großen Schaufenstern links und rechts der Tür war von Efeu verdeckt. Der wilde Vorgarten, der die Größe einer Briefmarke hatte, war zugewuchert.

Aber selbst in dieser trostlosen Dunkelheit erkannte Haley die Schönheit und spürte einen Hauch von Leben.

Sie kämpfte sich durch das Unkraut bis zur Vordertreppe und versuchte, durch die Fenster zu blicken, aber von dem schmalen Treppenabsatz aus, der nicht breiter war als die Tür, konnte sie nichts erkennen. Das Geländer war verrostet, deshalb konnte sie sich nicht aufstützen. Sie lief um das Haus herum und trat auf eine Wurzel oder Ranke, etwas, das aus dem Boden herausragte.

Mit einer Hand auf dem Backstein fing sie sich stolpernd auf, schimpfte leise vor sich hin und kämpfte sich um den Laden herum, durch abgefallene Äste und trockene, tote Blätterhaufen hindurch.

Hochzeitsladen, was ist bloß mit dir geschehen?

Auf der Rückseite sah sie, dass sich die Veranda zur Seite neigte, weg von der Backsteinmauer.

Die Fliegengittertür hatte sich aus den Angeln gelöst. Haley öffnete sie und trat auf die alten, vermoderten Holzdielen der Veranda. Sie tastete sich langsam zur Ladentür und spähte durch das dreckige Glas.

Da ... in dem kleinen Raum hatten sie und Tammy den süßen Tee von Mrs Eason aus ihren Thermoskannen getrunken und Hochzeitsladen gespielt.

Haley versuchte, den Türknauf zu drehen, um, wie vor zwanzig Jahren schon, hineinzuschleichen, aber das alte Metallstück wollte ihr nicht gehorchen. Sie ließ sich nur ein wenig hin und her rütteln. Dann probierte sie, die Fenster aufzuschieben, aber sie waren fest verschlossen.

Sie presste ihre Nase gegen das Fenster links von der Tür und sah in die Dunkelheit. Sie versuchte zu erkennen, ob hier ihre Zukunft lag. Hatte sie einen brauchbaren Neujahrsvorsatz gefasst?

In den letzten zehn Jahren seit dem College hatte sie nicht viel gebetet. Selbst die Katastrophe mit Dax hatte sie nicht auf die Knie gehen lassen. Erst seit dem Tag, als Gott unterwegs von New Mexico nach Texas zu ihr gesprochen hatte, schickte sie mehr und mehr Worte gen Himmel.

Herr, soll ich das wirklich machen? Oder bin ich verrückt? Hänge ich nur nostalgisch an einem Mädchentraum? Einen Hochzeitsladen zu eröffnen ist albern, oder? Das passt so gar nicht zu mir.

Sie erwartete nicht wirklich eine Antwort. Wie war das, Gott zu hören? Sie hatte es vergessen. Nach der langen Zeit schien ihr, als seien all die Momente, in denen sie als Teenager Gott »reden« gehört hatte, reine Einbildung gewesen, ihrer bloßen Vorstellungskraft entsprungen.

Mit fünfzehn hatte sie sich den Leitsatz eines Reiseevangelisten zu eigen gemacht: *Lebe für Gott und alles andere wird sich fügen.*

Bis zum College war sie gut damit gefahren, in der Luftwaffe hatte sie einen guten Teil ihres Glaubens verloren. Und was übrig geblieben war, hatte sich mit Dax in Luft aufgelöst. Sie hatte sich ins Abenteuer gestürzt. War Männern und ihrer eigenen Vorstellung von Liebe nachgerannt.

Vielleicht war jetzt die Zeit gekommen, Gott mit derselben Hingabe nachzujagen.

Der Wind strich kalt und frisch vorbei und verhieß bald Schnee. Haley ließ den Lichtstrahl über den Boden gleiten und leuchtete zu der Stelle, wo sie und Tammy gelegen, ihre kleinen Finger verhakt und sich ihr Versprechen gegeben hatten.

Manches Mal hatte sie diesen Augenblick schon im Traum neu durchlebt. Vor allem in Afghanistan. Als sehne sich ihr Herz nach der Unschuld der Kindheit und der Behaglichkeit zu Hause.

»Altes Haus, du bist mein Freund, oder?« Konnte man das Gefühl haben, zu einem Gebäude zu gehören?

»Hey, Sie da, haben Sie das Schild nicht gesehen? Hier ist Zutritt verboten.«

Die dröhnende Bassstimme ließ Haley auf dem Absatz kehrtmachen. Sie hielt ihre Taschenlampe wie eine Waffe. »Wer ist da?«

Eine dunkle Gestalt drang durch den Schutt und das Gestrüpp, von der die ramponierte Veranda umgeben war. »Sie wissen, dass Sie sich auf städtischem Eigentum befinden?« Er trat in den Strahl ihrer Taschenlampe und Haley konnte seine Gesichtszüge und das Haar erkennen, das ihm um den Kopf wehte. »Sie müssen dieses Grundstück verlassen!«

»Cole?« Sie richtete ihren Lichtstrahl auf ihn.

Er leuchtete ihr mit seiner Taschenlampe ins Gesicht. »Haley?«

»Ja, ich bin's!«

Er kämpfte sich durch das restliche Dickicht, sprang auf die Veranda und hob sie mit einer festen Umarmung von den Beinen. »Was machst du denn hier? Als ich dich das letzte Mal gesehen habe, bei der Beerdigung, da hast du noch vom Leben in Kalifornien geschwärmt.«

»Tja, da hatte ich keine Ahnung.«

»Du sagst es!« Ein leises Lachen untermalte seine Worte.

»Wie lange bist du in der Stadt?«

Sie zuckte die Schultern. »Weiß ich noch nicht. Die Uni könnte anstehen. Wenn ja, dann bin ich Ende der Woche schon wieder weg.«

Er strahlte ihr erneut ins Gesicht. »Und wenn nicht?«

»Dann halte ich mich vielleicht häufiger hier auf.« Sie sah sich zur Ladentür um. »Und sehe zu, welchen Unfug ich hier anstellen kann.«

»Unfug? In Heart's Bend?« Sein leises Lachen berührte eine verschlossene Kammer in ihrem Herzen. »He, weißt du noch, wie du mich in der fünften Klasse verprügelt hast, weil ich gesagt habe, du wärst hübsch?«

Sie lachte. »Ach du Schreck, was hat dich denn jetzt daran erinnert? »Das Wort *Unfug* vermutlich.«

»Na, diese Art Unfug meine ich nicht.« Sie sah ihn an. »Wahrscheinlich habe ich mich nie dafür entschuldigt, dass ich dich verprügelt habe.«

»Nein.« Cole rubbelte sich den Kiefer, als täte der Hieb einer Zehnjährigen immer noch weh. »Aber es war schon hart. Ich war gedemütigt.«

Sie lachte wieder. Es fühlte sich an, als entfalte sich in ihr eine Winterblume.

»Das tut mir leid. Für meine Boxkünste kannst du Seth und Zack verantwortlich machen. Sie stellten mich vor die Wahl: Entweder musste ich mich verteidigen oder grün und blau schlagen lassen.«

»Das war beim Militär sicherlich von Vorteil. Wie geht's dir denn?«

»Gut. Und dir?«

»Gut. Viel zu tun. Jedenfalls bemühe ich mich darum. Ich versuche, jetzt nach den Feiertagen wieder alles anzukurbeln.«

»Klar. Hattest du ... äh ... schöne Weihnachten?« *Hast du Tammy vermisst?*

»Ja. Und du?«

»Ich auch. Du kennst ja unsere Familie ... da geht's immer drunter und drüber.«

»Ich habe kürzlich Seth getroffen. Er kam in den Diner. Wirkte ziemlich glücklich. Seine Frau scheint super zu sein.«

»Abigail? Sie ist eine Heilige! Sie hält Seth im Zaum.«

»Dann hast du das Militär also verlassen?«

»Ja. Schon im Oktober. Habe ein paar Monate gebraucht, um runterzukommen, Freunde zu besuchen und so.« Sie breitete die Arme aus: »Und nun bin ich hier.«

»Nie mehr: ›Ja Ma'am, Captain Morgan‹?«

Sie grinste, schüttelte den Kopf und freute sich, wie locker sie sich unterhalten konnten. »Und keine Rumwitze mehr.«

Cole lachte. »Darum kommt man einfach nicht herum. Und was

kommt jetzt? Jurastudium? Medizin? BWL? Erobern und plündern, die Welt beherrschen?«

»Oh, da verwechselst du mich mit dem Rest meiner überehrgeizigen Familie.« Haley verlagerte ihr Gewicht und schob ihre kalten Hände in die Jackentaschen. »Ich glaube, ich bleibe einfach in der Stadt.« Sie deutete auf den Laden. »Und möbel dieses Schätzchen hier wieder auf.«

»Was denn? Dieses hier?« Cole schlug gegen die Backsteinmauer. »Den Hochzeitsladen? Du machst Witze!«

»Nein.«

»Aber warum? Der fällt doch schon auseinander und wird bald abgerissen.«

»Weil Tammy und ich uns ein Versprechen mit dem kleinen Finger gegeben haben: Eines Tages wollten wir den Hochzeitsladen wiedereröffnen.«

Cole lehnte sich gegen die Mauer. »Ich glaube nicht, dass sie dich darauf festnageln wird, Haley.« Er senkte den Kopf. »Schließlich ist sie nicht mehr hier.«

»Vielleicht ist das umso mehr ein Grund dafür. Um ihr Andenken zu bewahren. Und um ein Versprechen einzulösen.« Haley lief ans Ende der Veranda und sah zur Blossom Street mit der einsamen, gelben Straßenlaterne hinüber. In ihrer Brust regten sich Emotionen. »Was ist mit dir? Was treibt Cole Danner den ganzen Tag? Wie geht es dir?«

Er zuckte mit den Achseln. Sie kannte die Bewegung: Ihn beschäftigte etwas. »Ich hatte ein Date heute Abend.«

Haley leuchtete ihm mit der Taschenlampe direkt in die Augen. »Wirklich? Kenne ich sie?«

Er schüttelte blinzelnd den Kopf und hob eine Hand schützend vor den Lichtstrahl. »Nein. Sie ist die Freundin einer Freundin. Kannst du das Ding da runternehmen?«

Haley senkte die Taschenlampe. »Und was machst du dann hier?«

»Das Date endete abrupt, als ich irgendetwas sagte, das sie an ihren Ex-Freund erinnerte. Der sie übrigens betrogen hat! Und, zack, war ich der Bösewicht und es hieß: ›Die Rechnung bitte!‹. Aber vorher hat sie noch die ganze Litanei runtergebetet von ›Alle Männer sind Lügner und Betrüger‹.«

Die kannte Haley auch zu Genüge. »Das tut mir leid, Cole. War das dein erstes Date seit Tammy?«

»Ja.« Er klopfte gegen die Holzbalken der Veranda. »Ich weiß, ich bin erst dreißig, aber ich fühle mich plötzlich zu alt für so was. Sich verabreden. Das hat schon in der Highschool nicht wirklich Spaß gemacht, wieso sollte das jetzt anders sein? Die Erwartungen sind dieselben und doch ist es anders: Heute setzt man sich mit seinem ganzen Ballast an den Tisch.« Er wandte sich zu ihr. »Aber du trägst keinen Ballast mit dir rum, oder? Bitte sag, dass du keinen Ballast hast. Denn die Welt braucht *einen* Menschen ohne Ballast, und das bist du, Haley.«

»Erklär mich nicht zur Heiligen.« Haley trat einen Schritt zur Seite, spürte, dass sie sich innerlich verschloss, und sank ein wenig in sich zusammen. Sie trug wahrscheinlich mehr Ballast mit sich herum als jeder andere. Zumindest als jeder andere auf dieser Veranda.

Cole war Tammys Freund, aber auch Haley war immer mit ihm befreundet gewesen. Sie hatten immer locker miteinander reden können. Einmal hatten sie sich sogar den ganzen Abend auf der Football-Tribüne unterhalten, nachdem seine Mannschaft eine besonders ärgerliche Niederlage gegen den Rivalen aus Memphis hatte einstecken müssen. Cole hatte als Kicker der Mannschaft das entscheidende Field Goal vergeben. Tammy hasste Football. Sie ging nur Cole zuliebe mit zu den Spielen.

Mannomann, Tammy hätte sie beide fast umgebracht, als sie erfuhr, dass sich ihr Freund und ihre beste Freundin den ganzen Abend *unterhalten* hatten und nicht an ihre Handys gingen.

»Und«, sagte Haley und tätschelte einen Backstein, »glaubst du, der alte Laden ließe sich wieder aufbauen?«

»Ich glaube, das wäre Zeitverschwendung. Er wird abgerissen, sobald die Stadt an *Akron* verkauft. Ich habe selbst ein Angebot für den Abriss eingereicht.«

»Wie bitte? Nein, Cole. Die können ihn nicht abreißen.« Haley lehnte ihre Wange gegen die Wand. »Ich bin hier. Ich lasse nicht zu, dass sie dir wehtun.«

Cole lachte freundlich und mitfühlend. »Jetzt lässt du glatt die alten Zeiten wieder aufleben. Du und Tams ... alte Träumerinnen wart ihr. Wie kannst du bloß nach deiner Zeit bei der Luftwaffe immer noch die rosarote Brille tragen? Haben deine Einsätze nicht alle Seifenblasen zerplatzen lassen?«

»Ich habe keine rosarote Brille auf, Cole. Aber gerade wegen des Krieges will ich den Laden wiedereröffnen. Wenn Liebe, Ehe und Familie nicht mehr sind, welche Hoffnung bleibt uns dann? Weshalb führen wir denn Kriege? Ich habe unsere Freiheit verteidigt, unsere Lebensweise und auch das Recht eines Mannes, um die Hand der Frau anzuhalten, die er liebt. Und das Recht jeder Frau, den Mann ihrer Träume zu heiraten.« Sie leuchtete mit der Taschenlampe zum Fenster. »Außerdem wusste ich immer schon, dass dieser Laden meine Zukunft sein würde.«

»Willst du mich auf den Arm nehmen? Der verheißt nicht gerade eine große Zukunft.« Cole trat gegen die morschen Balken der Überdachung. »Bist du sicher, dass es nicht nur die Trauer um Tammy ist? Der Wunsch, Kind zu sein?«

»Nein, na ja, vielleicht. Aber – na und? Ich habe in den letzten sechs Jahren viel gesehen, Cole, und wenn dieser Hochzeitsladen das Schicksal ist, das Gott für mich bereithält, dann wäre es mir eine Ehre und ich würde mich glücklich schätzen.«

»Glücklich? Obwohl du genauso gut zur Uni gehen und eine der ›glorreichen Morgans‹ werden könntest, die ihren Teil der Welt erobern?«

Haley stampfte mit dem Fuß auf. »Das hier ist mein Teil der Welt. Und ich werde ihn erobern!«

In seinem Lachen schwang Mitleid mit. »Viel Glück dabei. Aber ich sage dir, das Gebäude wird abgerissen.«

Seine Worte standen zwischen ihnen. Haley versuchte, sie zu Boden zu ringen. Tränen füllten ihre Augen. »Warum nicht für Tammy,

Cole?« Ihr Geständnis war leise und ehrlich. »Warum nicht für mich und für den Traum unserer Kindheit?« Sie drehte sich zu ihm um. »Ich vermisse sie.«

»Ich auch.« Er schwieg und räusperte sich.

Haley legte die Hände an die Augen und sah erneut durchs Fenster. »Wie sollte ich deiner Meinung nach vorgehen, um dieses Gebäude zu bekommen?«

»Meinst du das ernst?« Cole tippte sich erstaunt an die Stirn. »Vorne steht ein ›Zu verkaufen‹-Schild. Ruf den Makler an. Keith Niven. Erinnerst du dich an ihn? Er war in der Klasse von deinem Bruder Will. Er wird eine Idee haben.«

»Eine gute Idee?«

»Haley, darf ich dir als Freund etwas sagen? Häng dein Herz nicht zu sehr an diesen Laden. Ich verstehe, dass einen nostalgische Gefühle und Neujahr und all das zum Nachdenken bringen können, aber *Akron* hat ein dickes Konto und die Stadt braucht das Geld. Der Stadtrat ist begeistert vom neuen Einkaufszentrum und von der Idee, die alte Mühle in Lofts zu verwandeln.«

»Warum hat man dann nicht längst alles abgerissen?«

»Weil eine Armee alter Frauen, die vor vierzig, fünfzig, sechzig Jahren ihr Brautkleid hier gekauft haben, bei jeder Stadtratsitzung aufgetaucht ist und sich für den alten Laden eingesetzt hat. Der Stadtrat hat schließlich klein beigegeben. Aber ich glaube nicht, dass er das noch einmal tun wird. *Akron* bietet eine hohe Summe. Mehr als es wert ist. Die Stadt kann es sich nicht leisten, an dem Gebäude festzuhalten.«

»Wodurch ist es überhaupt in den Besitz der Stadt gekommen?«

»Steuerschulden. Die kannst du in deine Träume auch gleich mit einbauen.«

»Du machst mir keine Angst. Cole, dieser Laden ist eine Legende in Heart's Bend. Die Hälfte aller Familien aus dem Ort hat irgendeine Verbindung zum Hochzeitsladen.«

»Das ist eine hohe Schätzung, Haley. Hier wohnen mehr und mehr Zugezogene und immer weniger Alteingesessene.« Er trat mit dem Fuß gegen eine lose Bodendiele, bückte sich, überprüfte die Unterseite und platzierte sie mit seinem Stiefelabsatz wieder an der richtigen Stelle. »Heart's Bend muss nach vorne blicken, die Vergangenheit hinter sich lassen und sich der Zukunft stellen. Dieses Haus ist ein Schandfleck.«

»Ich bin sehr für Fortschritt, aber das heißt nicht, dass wir unsere Geschichte völlig aufgeben müssen. Heart's Bend hatte einen erstklassigen Hochzeitsladen, und zwar ... schätzungsweise neunzig Jahre lang. Er gehört zu unserer DNA. Ganz zu schweigen, dass er fünfzig Milliarden Dollar Umsatz gemacht hat, Cole. Ich habe mich schlau gemacht.«

»Haley, in dieser Gegend läuft kein Geschäft. In diesem Gebäude waren schon ein Buchladen, ein Plattenladen und eine Computer-Reparatur-Werkstatt. Nichts davon lief. Drummond Branson hatte die Idee, hier eine Touristen-Information zu eröffnen, aber die Stadt sagte, sie habe schon genug städtische Gebäude zu unterhalten. Sie wollen jemanden, der ihnen das Grundstück abnimmt.«

»Eine Touristen-Information? Ein Buch- und Plattenladen? Ein Computergeschäft? Nein, nein, nein, Cole. Natürlich laufen solche Läden hier nicht. Wenn jemals ein Gebäude eine Berufung hatte, dann dieses hier. Hier kann nichts erfolgreich sein, was mit Hochzeiten nichts zu tun hat.« Ihre Stimme schwoll in der Dunkelheit an und traf auf die Kälte, was ihre Leidenschaft und ihren Entschluss umso mehr befeuerte.

Cole gab sich geschlagen und trat einen Schritt zurück. »Ein Gebäude mit einer Berufung?«

»In der sechsten Klasse habe ich eine Hausarbeit über Miss Cora geschrieben. Ihre Großtante Jane hat einen Architekten aus Nashville beauftragt, den Hochzeitsladen zu entwerfen. Dafür ist er gedacht. Nichts anderes wird hier Erfolg haben.«

»Du bist mit Feuereifer bei der Sache, hm?«

Haley blickte erneut durch das Fenster. »Je länger, desto mehr.« Sie wandte sich vom Fenster ab und lief umher, um nachzudenken.

»Vorsicht, Haley, einige Bretter sind locker.«

»Ich schaffe das. Ich meine, zum Henker noch mal, ich habe Logistikeinsätze für die US-Luftwaffe geleitet. Hier und in Afghanistan. Ich *schaffe* das, einen Hochzeitsladen zu eröffnen.«

»Und du hast hunderttausend auf der hohen Kante?«

Sie blieb abrupt stehen, von Coles Frage gebremst. »Hunderttausend?«

»So viel wird die Renovierung kosten. Mindestens.«

»Wow.« Haley lehnte sich gegen die Mauer. Der Wind wirbelte um sie herum und warnte sie vor der drohenden Kälte, aber ihr inneres Feuer brannte noch stärker. »So viel?«

»Gar nicht zu reden von deinen Geschäftsausgaben: Website, Visitenkarten, Einrichtung, Werbung.« Cole lief zur anderen Seite der Veranda. »Ohne Erfolgsgarantie. Und in der Zwischenzeit lauert die *Akron Entwicklungsgesellschaft* wie ein hungriger Wolf im Rathaus darauf, dass ihr der Stadtrat diesen Knochen hier zuwirft.« Er trat gegen die Mauer. »Sie wird ebenfalls aufs Ganze gehen. Zusätzlich zu ihrem Angebot oberhalb des Marktwerts stellt sie in Aussicht, die Straßen auf dieser Seite der Stadt fünf Jahre lang zu unterhalten. Allerdings ...« Cole kam zurück in ihre Richtung.

»Allerdings was?«

»Allerdings gibt es in den Stadtverordnungen eine Klausel, die besagt, dass sie das Gebäude jedem guten Samariter überlassen müssen, der bereit ist, die Renovierung zu stemmen, Steuern zu zahlen und ein Geschäft zu betreiben.«

»Machst du Witze? Was für eine Verordnung ist das denn?«

»Eine uralte, die niemand je geändert hat. Der Hochzeitsladen fällt unter irgendeine Bestimmung für die Innenstadt. Die Stadt muss eine Renovierung einem Verkauf vorziehen. Hör zu, der alte Laden hing jetzt ewig in der Schwebe ...« Cole schüttelte den Kopf. »Niemand weiß, was damit zu tun ist.«

»Außer den Frauen, die ihre Brautausstattung hier gekauft haben.«

»Ja, aber sie gehören zu einem aussterbenden Geschlecht. Und niemand hat sich bislang angeboten, wieder einen Hochzeitsladen daraus zu machen.«

»Wenn ich also bereit bin, den Laden zu betreiben, müsste ihn der Stadtrat mir überlassen?«

»Sie müssen es ehrlich in Betracht ziehen, ja.« Cole stellte sich neben sie. »Haley, hast du die Hunderttausend, um ein hundertsechsundzwanzig Jahre altes Gemäuer wiederherzurichten?«

»Nein, aber von einer solchen Kleinigkeit wie Geld lasse ich mich nicht aufhalten.«

»Ja, genau, was hat schon diese Kleinigkeit namens Geld zu sagen?« Er klopfte sich auf den Oberschenkel. »Willst du wirklich einem Kindheitstraum nachhängen und eine Menge Geld verbrennen, das du nicht besitzt, für ein Gebäude, das die besten Tage bereits hinter sich hat? Tammy würde es verstehen, wenn du deine Meinung änderst, glaub mir.« Er stützte die Arme in die Seite und atmete tief aus.

»Ehrlich gesagt, Tammy ...«

»Wenn ich gestorben wäre, würde sie es für mich auch tun. Das weiß ich ganz genau.«

Cole runzelte die Stirn. »Hat sie das gesagt? Wann habt ihr beide denn zuletzt über das Geschäft gesprochen?«

»Das weiß ich nicht mehr genau, vor ein paar Jahren oder so.« Vielleicht während ihrer Collegezeit. »Aber ich kenne sie ... ich *habe* sie gekannt. Und sie hätte es getan. Sie hat an Versprechen mit dem kleinen Finger genauso geglaubt wie ich. Ich will das machen!« Sie spürte eine glühende Überzeugung.

»In Ordnung, du willst einen Hochzeitsladen eröffnen? Dann stelle ich dich jemandem bei *Akron* vor. Vermutlich macht er dir einen guten Preis in ihren neuen Gebäuden.«

Haley richtete ihr Gesicht dem kalten Wind zu. »Ich will nicht einfach irgendeinen Hochzeitsladen aufmachen! Ich will *den* Hochzeitsladen wiedereröffnen. Heart's Bends Hochzeitsladen, der von Miss Jane Scott gegründet und von Miss Cora weitergeführt wurde. Diese Frauen wollten den Land- und Farmfrauen ihrer Zeit ein wenig Prunk und Glamour bieten. Meine Aufgabe ist es, diese Tradition für die Frauen meiner Generation fortzuführen.«

»Du hast einen Dickschädel, weißt du das?«

»Ich nenne es lieber Willensstärke.«

Cole lief einmal die gesamte Veranda entlang und wieder zurück, blieb neben Haley stehen und zog die Schultern hoch. »Ich weiß nicht, wie es dir geht, aber mir ist kalt. Ich werde jetzt mal nach Hause fahren.« Er ließ das Licht über die Treppe gleiten. »Pass auf die unterste Stufe auf. Die ist ziemlich verrottet.«

»Ja, ich fahre auch. Es wird mit jeder Minute kälter.«

Cole drückte die Fliegengittertür auf, ergriff Haleys Hand und leuchtete mit dem Strahl der Lampe über die Stufen. »Vorsicht.«

Er hielt weiterhin ihre Hand. Ganz fest. Mit einer solchen ... Fürsorge.

Dieses Gefühl war ungewohnt, so viel war klar. Es nahm Besitz von ihrer Hand und schoss Wärme ihren Arm hinauf. Haley löste ihre Hand und schüttelte sie in der Kälte. Sie befreite sich von seiner Berührung.

Was sollte dieses Gefühl?

»Ich springe einfach runter.« Sie floh förmlich von der Veranda und hüpfte über die morschen Stufen nach unten. Cole tat es ihr nach und lief neben ihr um das Gebäude herum nach vorn.

Haley blieb neben ihrem Motorrad stehen, knipste ihre Taschenlampe aus und ließ sich von der Dunkelheit einhüllen. Dann sah sie kurz zu Cole hinüber, der neben seinem Motorrad stehen blieb. Es war das Gleiche wie ihr eigenes.

»Du fährst eine Harley 750?«

»Jawohl.«

Sie sah ihn einen Augenblick an und sagte dann gleichzeitig mit ihm: »Verrückt.«

Er lachte. »Dieser ganze Abend ist ziemlich verrückt. Aber auf eine gute Weise. Hey, wir ... wir sollten, na ja, irgendwann mal zusammen eine Tour unternehmen.«

»Ja, vielleicht«, sagte sie. »Wenn es wieder wärmer wird. Heute Abend war mir ziemlich kalt auf der Maschine.«

Vertraute Worte. Dax hatte ihr das Fahren beigebracht, damit sie mal »*zusammen eine Tour unternehmen*« konnten. Sie hatte ihre Ersparnisse in dieses Motorrad gesteckt und am Ende stand es nur in der Garage. Dax hatte nie Lust zu fahren. Zumindest nicht mit ihr.

»Da hast du recht. Ich bin mit der Maschine zu meinem Date gefahren. Ich hätte lieber den Wagen nehmen sollen.«

Ihr Gespräch ebbte ab und Haley fröstelte. Sie freute sich auf zu Hause und die Wärme. »Na dann, wir sehen uns.«

»Ja, wir sehen uns.«

Sie ließ ihre Maschine an und sah zu Cole hinüber. »Ihr wärt mittlerweile verheiratet, wenn sie noch leben würde.«

»Ja ... ja, vermutlich.« Seine Stimme brach ab.

»Tut mir leid, das hätte ich nicht sagen sollen.«

»Unsere Wunden heilen nur, wenn wir darüber reden, oder? Jedenfalls sagt man das so.«

»Heilen deine Wunden denn, Cole?«

»Ja. Das tun sie. Und deine?«

Haley sah zur Silhouette des alten Hochzeitsladens hinüber und legte den Gang ein. Angesichts von Dax und Tammy lag noch ein langer Weg vor ihr.

»Ich weiß es nicht«, sagte sie und nickte zum Laden hinüber. »Aber ich glaube, das hier ist ein guter Anfang.«

5

Cora

»Einen Kaffee, bitte.« Cora trottete in die Küche. Das frühe Tageslicht drang durch das Fenster und erhellte den Raum. Sie zog ihren Stuhl zurück und ließ sich mit einem Seufzer fallen. Einen Augenblick lang schloss sie die Augen, um den Windhauch zu genießen, mit dem der Duft eines frisch gepflügten Ackers durch das Fliegengitter hereinwehte.

»Du liebe Güte … du willst einen Kaffee?« Mama lief zum Herd und griff mit ihrer in ein dickes Küchenhandtuch gewickelten Hand nach dem Kaffee-Perkolator. »Du siehst erschöpft aus. Hast du nicht geschlafen?«

»Nur unruhig.« Cora starrte auf den dunklen Kaffeestrahl, der sich in ihre Tasse ergoss. Sie machte sich nichts aus der schwarzen Brühe, aber der Schlaf hatte sich bis in die frühen Morgenstunden nicht einstellen wollen. Als sie schließlich weggedöst war, erwachte sie kurz darauf mit Herzrasen, während die Dämmerung schon morgendliche Farben an die Zimmerwände malte.

Sie zuckte beim ersten Schluck zusammen. Der heiße, bittere Geschmack passte zu ihrer Erinnerung an gestern Morgen, als sie Rufus gesehen, sich aber geirrt hatte.

»Ich kann dir auch einen Tee machen«, sagte Mama.

»Kaffee ist gut.« Aber war es wirklich nötig, diese bittere Plörre zu trinken?

»Dann solltest du lieber etwas dazu essen. Dein Magen ist Kaffee nicht gewöhnt.«

»Ich habe keinen Hunger.«

Ungeachtet dessen füllte Mama am Herd einen Teller mit Pancakes und Würstchen, die sie im Ofen warm hielt.

Bevor sie sich angezogen hatte und zum Frühstück hinuntergegangen war, hatte Cora Rufus' letzten Brief aus dem Briefstapel genommen, der von einem roten Band zusammengehalten wurde. Er war von Anfang März. Sie hatte ihn schon so häufig gelesen, dass sie jedes Wort kannte. Sie musste nur seine Stimme hören.

Allerliebste Cora,
ich sehne mich danach, dich zu sehen. Meine Pflichten haben mich von dir ferngehalten. Ich musste nach Norden und es zerreißt mich förmlich. Du darfst nicht meinen, ich hätte dich vergessen. Das wäre gar nicht möglich. Ich denke Tag und Nacht an dich, Nacht und Tag.
Ich war heute Abend in der Nähe eines Fernsprechapparats und als die Hafenarbeiter unsere Ladung löschten, bat ich um Erlaubnis, es benutzen zu dürfen. Aber der Hafenmeister verwehrte mir den Zugang. Selbst als ich zusagte, die Fernsprechgebühren zu übernehmen.
Daher muss ich dir doch hier vom nördlichen Mississippi schreiben. Der Abend ist kalt und still und lässt mich deine Wärme ersehnen. Der Mond scheint hell. Es tröstet mich zu wissen, dass du dasselbe Licht siehst wie ich.
In Kürze werde ich in den Süden zurückkehren. Gib mich nicht auf. Schreibe mir zum Hafen in St. Louis. In wenigen Wochen hole ich deinen Brief ab.
Gute Nacht für heute.
Mit meiner ganzen Liebe
Rufus

Es gab also keinen Grund, sich zu sorgen. Er würde kommen, sobald es ihm möglich war. *Sei unverzagt, Cora Beth!*

Bis dahin musste sie nur Mamas Blick ertragen, die den gefüllten Teller, die Butterschale und den Sirup vor sie stellte.

»Iss.«

»Du kannst mich nicht zwingen. Ich bin keine fünf mehr, Mama.«

»Dann führ dich auch nicht so auf.«

Mama setzte sich auf ihren Platz und hob mit sanftem Grinsen ihre

Tasse. Konnte man sich als Mädchen wirklich der eigenen Mutter widersetzen?

Cora nahm das Buttermesser und bestrich ihre Pancakes. Der süße Geschmack weckte sanft ihre Geschmacksknospen. Mama buk die besten Pancakes weit und breit. Selbst Matilda, die Köchin im Diner von Heart's Bend, hatte um das Rezept gebeten. Aber so etwas hielt Mama geheim. Das war ihre Art, Macht auszuüben.

»Was steht heute in der Zeitung?« Cora griff nach der *Tribune* auf dem Teller ihres Vaters.

»Cora ... nicht.« Mit einem Bissen Toast im Mund stand Mama auf und streckte sich nach der Zeitung aus.

Aber Cora schlug ihr über die Zeitung auf die Hand und drehte sich von ihr weg. »Weshalb? Was steht denn drin?« Sie überflog die Titelseite und blätterte um. Ihr Blick blieb an Hattie Lerners Kurznachrichten »Aus unserer Stadt« hängen.

Eine reine Klatschspalte. Blanker, unbestätigter Tratsch.

Gestern Nachmittag wurde die Inhaberin des Hochzeitsladens, Miss Cora Scott, beobachtet, wie sie die First Avenue entlanglief, als stünde ihr Haar in Flammen. Der Verfasserin ist nicht bekannt, weshalb die Tochter von Bankpräsident Earnest James Scott durch die Stadt eilte, aber angesichts einer heißen Verfolgung durch Birch Good fragen wir uns, ob hier Liebe im Spiel ist. Oder wartet sie noch immer auf ihren geheimnisvollen Flussschiffer?

Cora rang nach Atem. »Was in aller Welt ...? Wie ... Das ist ja geradezu Verleumdung! Sie veröffentlichen mein Privatleben in der *Tribune*. Dieser Frau sollte ich ordentlich die Meinung sagen.«

»Beruhige dich und denke erst einmal nach. So etwas ist doch gut fürs Geschäft.«

»Weshalb um alles in der Welt sollte meine öffentliche Demütigung gut fürs Geschäft sein?«

»Sie hat dich, den Laden, deinen Vater und die Bank im selben kurzen Satz erwähnt.« Ihre Mutter blickte auf, als ihr Vater die Küche betrat. Er war frisch geduscht und sah stattlich aus in seinem maßgeschneiderten Anzug, dem gestärkten weißen Hemd und der dunkelblauen Krawatte. Er duftete nach Seife, Talkumpuder und Haarcreme. »Da bist du ja, Ernie. Setz dich. Ich hole dir Frühstück.«

Mit einem Zwinkern zu Cora setzte ihr Vater sich an den Tisch und griff nach seiner Serviette. »Das heiße Wasser war so wohltuend heute Morgen, da bin ich noch eine Weile in der Wanne geblieben.« Er dankte Mama, als sie einen Teller vor ihn stellte und ihm Kaffee einschenkte. »Worüber habt ihr beide gerade gesprochen?«

»Hattie Lerner fühlte sich bemüßigt, mir hinterherzuspionieren und darüber zu berichten.« Cora klatschte die Zeitung neben seinen Teller auf den Tisch.

»Ich habe eingewandt, dass sie den Laden, die Bank und euch beide namentlich im selben Satz erwähnt hat. Das ist doch gute Reklame. Würdest du mir nicht zustimmen, Ernest?« Mama nahm eine Zigarette aus ihrer Schürzentasche und stellte sich an die geöffnete Hintertür.

»Ich sehe unsere Namen gern schwarz auf weiß gedruckt, aber ...« Er hob die Zeitung hoch und las. »Warum bist du denn die Straße hinuntergelaufen, Cora?«

»Ich hatte es eilig, ich war zu spät dran fürs Geschäft.« Sie hatte sich immer damit zurückgehalten, mit ihren Eltern und vor allem mit ihrem Vater über Rufus oder die Liebe zu sprechen.

»Und Birch hat dich verfolgt?«

»Nein, das hat er nicht.« Er hatte sie *aufgefangen*, als sie beinahe vor einen Wagen gelaufen wäre. »Noch einmal: Hattie hat alles völlig falsch aufgefasst.«

»Von falscher Auffassung kann sie immerhin ganz gut leben.« Ihr Vater zerteilte seine Pancakes und bestrich sie dick mit Butter und Sirup. »Esmé, bist du für das Dinner der Bank am Freitag ausstaffiert? Es kommen all die hohen Tiere aus Nashville. Sogar Rogers Caldwell persönlich.«

Cora stellte sich vor, wie die Brust ihres Vaters um weitere Zentimeter schwoll. Er war voller Stolz über seine Erfolge mit der Bank.

Nach dem Krieg hatte er ein kleines Bankhaus gegründet und in weniger als einem Jahrzehnt war er der Bankenkette *Caldwell and Company* beigetreten und zu einer ihrer wichtigsten Filialen avanciert.

»Ich bin gewappnet, Ernie.« Mama war attraktiv, hatte eine schmale, schlanke Figur und war stets für einen gesellschaftlichen Anlass gerüstet. Selbst in ihrer Kittelschürze wirkte sie elegant und gepflegt.

»Ich habe mir ein Kleid im Laden ausgesucht.«

Mit der Kaffeetasse in der einen und der Zigarette in der anderen Hand lehnte sie sich gegen die Wand. Eine dünne Rauchschwade wehte durch das engmaschige Netz der Tür.

»Im Frühling haben wir eine Kollektion bezaubernder, konfektionierter Abendkleider bekommen«, sagte Cora. »Die Kundinnen wählen sie für ihre Aussteuer.«

»Tante Jane mit ihrer abenteuerlichen Idee.« Daddy schüttelte den Kopf. »Haute Couture für die Frauen aus Tennessee.« Jane war Daddys Tante, die kleine Schwester seines Vaters. Aber für Cora war sie wie eine weitere Großmutter gewesen.

»Gestern hatten wir eine Kundin aus Birmingham, die schon zu Janes Zeiten hier gewesen ist«, sagte Mama. »Sie hat praktisch das gesamte Sortiment bestellt, nicht wahr, Cora?«

»Wenn sie sich mehr als ein Hochzeitskleid hätte aussuchen können, hätte sie das ganz sicher getan. Deshalb ließ ihre Mutter sie noch Abendroben, Reisekleidung und Unterwäsche aussuchen.«

Daddy hob schnell die Hände. »Ich möchte nichts von Frauenunterwäsche wissen.«

»Merkwürdig, vor ein paar Abenden klang das noch ganz anders bei dir.«

»Esmé!«

»Mama!«

Sie kicherte und sog genüsslich an ihrer Zigarette.

Coras Vater räusperte sich und hielt den Blick fest auf sein Frühstück gerichtet. Er zerteilte seine Pancakes, bis sein Messer über den Teller scharrte. »Übrigens habe ich mir gestern dein Konto angesehen, Cora. Die Zahlen sehen gut aus. Ich habe mit Janes Anwalt gesprochen und um dein restliches Erbe gebeten. Du bist jetzt dreißig, somit hast du die Auflagen erfüllt.«

»Aber ich dachte, du wolltest es nicht antasten und die Summe weiter anwachsen lassen. Du sagtest doch, wir hätten genügend Geld.«

»Ich glaube, es ist klug, das Geld in Sicherheit zu bringen. Ich weiß nicht, was die Yankees vorhaben, und mir ist lieber, wenn sich das Geld in meiner Bank befindet, wo ich ein Auge darauf haben kann.«

»Wenn du das für klug hältst ...«

Cora führte ihre Bücher selbst, behielt alles im Blick. Aber ihr Vater kannte sich so gut mit Geld aus, wie die meisten anderen Männer mit Boxstatistiken oder Baseball-Tabellen. Sie vertraute ihm. Immerhin hatte er dank seiner Erfahrung die Bank trotz überstandener Bankenkrisen und Konkurse zu dem gemacht, was er eine neue Form von Bank nannte. Sein Motto lautete: »Heart's Bends Genossenschaftsbank – Ihr Geld ist bei uns sicher.«

Als Tante Jane gestorben war, hatte sie Cora den Laden und eine hübsche Summe hinterlassen.

»Bist du denn sicher, dass uns die Bankenkrise von letztem Oktober nicht auch hier unten erreichen wird, Ernie?«, fragte Mama.

Daddy schüttelte den Kopf und tränkte ein Stück Pancake in den Sirup. »Das ist unwahrscheinlich. Es wird sich alles beruhigen. Ich investiere sogar schon wieder. Um ehrlich zu sein, mache ich mir mehr Sorgen um die Malaria-Epidemie als um irgendeine Bankenkrise. Führe deine Geschäfte ordentlich, Cora, und dir wird nichts passieren. Hast du schon weiter darüber nachgedacht, ein Haus zu kaufen? Das wäre eine gute Investition.«

»Willst du mich loswerden?«

»Nein und das weißt du auch. Für eine Alleinstehende besitzt du eine Menge Geld. Du könntest das Haus vermieten und dein finanzielles Polster weiter vergrößern.«

»Wenn es dir recht ist, würde ich lieber warten, bis ich in das Haus meines Ehemannes ziehe. Und außerdem«, sagte Cora und deutete zwischen ihren Eltern hin und her, »bin ich die Schmiere zwischen

euch beiden harten Knochen und das wisst ihr auch.« Wenn man die ... ähm ... Debatten über Unterwäsche einmal bei Seite ließ.
»Da hat sie dich kalt erwischt, Ernie.« Mama drückte ihre Zigarette im Aschenbecher aus und goss sich Kaffee nach. »Aber lass uns nicht zu sehr abschweifen, Cora. Mich würde noch immer interessieren, weshalb du gestern die First Avenue entlanggerannt bist. Du wolltest das Konfekt abholen, bist aber eine Viertelstunde später mit leeren Händen, hochrotem Kopf und völlig außer Atem zurückgekommen.«
»Lass uns nicht zu viel Tamtam um nichts machen, Mama.«
»Sie hat Birch Good für die Besorgung losgeschickt, Ernie, und er hat ihr glücklich den Gefallen getan.«
Ihr Vater musterte sie mit einer hochgezogenen Augenbraue. »Hmmm ... Birch Good wäre ein feiner Ehemann. Er ist nicht so ein Hallodri.«
»Hallodri? Wo hast du das Wort denn gehört? Versuchst du gerade, dich mondän zu geben?«
»Ich höre so einiges. Ich bin Bankdirektor und damit Verantwortungsträger in dieser Stadt. Mir obliegt es, mit der Zeit zu gehen. Mit jemandem, der so fleißig ist wie Birch, kannst du nichts verkehrt machen, Tochterherz. Die Goods sind seit Jahren freie Landbesitzer. Allem Vernehmen nach geht es Birch gut.«
Ob er damit nun richtig lag oder nicht, ihr Vater bewertete das Leben und die Liebe anhand von Dollars und Cents. Cora fügte sich ihm und seiner Ausdrucksweise und fand die Liebe in seinem Herzen in den Dollarzeichen in seinen Augen. Zweimal schon hatte er die Familie wegen schlecht angelegten Geldes und Fehlinvestitionen verlassen. Das erste Mal in der Bankenkrise von 1907, als er das gesamte Treuhandvermögen des Großvaters in TC&I investiert hatte.
Er war drei Monate verschwunden und kam schließlich wieder, als sein Großvater ihm das Geld gab, um seinen Fehler zu bereinigen.
Und dann noch einmal 1914, als er Geld bei irgendeinem Geschäft verlor. Erneut half sein Großvater ihm aus der Klemme und verhalf ihm zu soliden Kriegsinvestitionen. Zu Beginn der Zwanzigerjahre

konnte er seine eigene Bank gründen, die nun seit zehn Jahren existierte und florierte. Er hatte seine Lektion gelernt.

Das war auch gut so, denn der Großvater war nicht mehr da, um ihm aus der Patsche zu helfen.

Aber die Geschichte mit Birch? Das war etwas ganz anderes.

»Wenn er so ein toller Hecht ist«, sagte Cora und kramte dafür selbst in ihrem Collegewortschatz, »wie kommt es dann, dass ihn noch keine an der Angel hat?«

»Er ist klug und wartet auf die Richtige.« Daddys albernes Grinsen sagte: »*Er wartet auf dich.*«

»Dann viel Glück dabei.« Cora trug ihr Geschirr zum Spülstein, tauchte es in das kalte, schaumige Wasser und griff nach dem Lappen. »Wenn du mich fragst, kommt er auch langsam in die Jahre. Weshalb bummelt er noch herum? Ein fünfunddreißigjähriger Mann mit einer gut laufenden Farm sollte eine Frau an der Seite haben. Es ist ja nicht so, dass er herumstreunen und sich die Hörner abstoßen würde.« Sie stellte das Geschirr in den Abtropfständer und trocknete sich die Hände ab. Auf dem Weg nach draußen drückte sie ihrem Vater einen Kuss auf das lichter werdende Haar. »Einen guten Tag dir! Bäh, das nächste Mal aber weniger Brillantine, Daddy.«

»Wie bitte? Was meinst du?«

»Das weißt du genau, Ernie. Ich habe es dir bereits hundert Mal gesagt. Unsere Kopfkissenbezüge werden nie mehr so aussehen wie früher.«

Cora blieb an der Tür stehen. »Wir sehen uns dann im Laden, Mama.«

»Ich weiß nicht, weshalb du Birch nicht in Erwägung ziehst.« Diese Frau konnte es einfach nicht lassen. Sie musste ihre Meinung im ganzen Haus kundtun. »Du sagst, er komme langsam in die Jahre, aber darf ich dich darauf hinweisen, dass du ebenfalls nicht jünger wirst?«

»Nein, das darfst du nicht.« Cora nahm ihre Handtasche und ihre Strickjacke vom Haken neben der Tür. Sie kannte ihr Alter selbst.

»Mit dreißig sollte man längst Mann und Kind haben.«

»Und das werde ich. Sehr bald.« Da, sie machte Mama schon Hoffnung.

Als Cora auf die Veranda trat, kam gerade Liberty, das Hausmädchen der Scotts, die Auffahrt herauf, die zur Rückseite des Hauses führte. »Liberty ist da, Mama. Danke, dass du meine Angelegenheiten in alle Welt hinausposaunst.«

»Sie kann mich nicht durch die Wände hören.«

»Guten Morgen, Liberty«, sagte Cora, und während sie auf die Veranda trat, streifte sie sich ihre Lenkradhandschuhe über.

»Morgen, Miss Scott.«

Cora blieb mitten auf dem Weg stehen. »Liberty«, sagte sie, als sie eine leichte Beschwingtheit im Schritt der jungen Frau bemerkte und ein Strahlen auf ihrem dunklen, hübschen Gesicht. »Strahlst du etwa?«

Liberty blieb mit abgewandtem Blick stehen. »Vielleicht.«

»Erzähl mir, warum.« Cora erkannte den Glanz der Liebe in ihren Augen. Sie hatte ihn schon viele Male bei ihren Kundinnen gesehen.

»Ich hab mich gestern Abend verlobt, Miss Cora.« Sie hob die Hand und zeigte ihr einen schmalen Goldring mit einer kleinen Perle. »Ist der nicht schön? Das Kostbarste, das ich je besessen habe. Und mein Verlobter ist zum Vorarbeiter bei *DuPont* befördert worden, jawohl.«

»Herzlichen Glückwunsch.« Cora zog sie an sich. »Du musst auf jeden Fall in den Laden kommen und dir ein Kleid aussuchen.«

Zusammen mit der Firma *L&N-Frachtverschiffung* und dem Cumberland machte die *DuPont*-Fabrik Heart's Bend zu einem Juwel im Herzen von Tennessee. Ihre kleine Stadt florierte. Die Yankees konnten ihre einbrechende Wirtschaft für sich behalten.

»In den Laden kommen? Oh, Miss Cora, ich glaube nicht ...«

»Doch, das glaube ich sehr wohl und ich bestehe darauf.« Zum Henker mit der Rassentrennung. »Komm an deinem freien Nachmittag vorbei. Dann werden wir sehen, was wir für dich finden.«

»Vielen Dank, Miss Cora, aber wir sparen unser Geld für die Kirche und einen kleinen Empfang.«

»Ach was, das Kleid ist mein Geschenk für dich! Du bist uns immer ein gutes Hausmädchen gewesen.«
»Mittwochs ist mein freier Nachmittag. Samstags arbeite ich in der Fabrik und putze die Büros.«
»Mittwochnachmittag ist gut. Dann also heute?«
»Wenn Sie sicher sind.«
»Ich bin mir ganz sicher.«
Cora schlüpfte hinter das Steuer ihres Wagens, kurbelte das Fenster hinunter und steckte den Schlüssel in die Zündung.

Als Tante Jane gestorben war hatte sie ihr mehr Geld hinterlassen, als sie sich je zu besitzen erträumt hatte, und auch ihr Vater war darüber erstaunt gewesen. Cora hatte sich einen eigenen Wagen gegönnt. Ihr Vater war sprachlos. Aber es war ein hübsches Gefährt und äußerst sportlich. Tante Jane hätte dem gewiss zugestimmt.

Rufus fand, der Wagen stehe ihr gut zu Gesicht. Wenn er in der Stadt war, setzte er sich gern ans Steuer und sie ließ sich nur zu gern von ihm chauffieren.

Die wahre Liebe war überall um sie herum. Immer. Im Geschäft. Zu Hause – den Streitereien ihrer Eltern zum Trotz. Nun hatte die süße Liberty ihr Glück gefunden.

Wie lange musste sie selbst noch warten? Hörte Gott ihre nächtlichen Bitten denn nicht?

Andererseits, wenn die wahre Liebe eine solche Freude mit sich brachte, wie sie aus Libertys hübschem Gesicht gestrahlt hatte, würde Cora auf Rufus warten, bis Menschen zum Mond flogen. Es scherte sie nicht, ob sie dann vierzig, fünfzig oder hundert Jahre alt wäre, sie sehnte sich nach dieser Art von Liebe.

Cora ließ die Kupplung kommen und rollte durch die schattige Straße. Sie verdrängte das Bild von Birch Good, das begleitet von den Worten ihres Vaters – *»Er ist kein Hallodri«* – durch ihren Kopf wanderte.

Er war durchaus stattlich und körperlich in guter Verfassung mit den von der Farmarbeit gestählten Muskeln. Er war freundlich, zuvorkommend und über alle Maßen zuverlässig. Ein Fels in der Brandung und ... langweilig.

Am Ende der Straße kam Cora zum Stehen und ließ ihren Kopf aufs Lenkrad sinken. *So unglaublich langweilig.*

Mit ihm wäre jeder Tag wie der andere: aufstehen vor dem Morgengrauen, Knochenarbeit auf der Farm, bei Dämmerung ins Bett sinken und in einen erschöpften Schlaf fallen. Und wofür? Damit das Wetter, die Schädlinge oder die Marktpreise alles zunichtemachten?

Sie stellte sich vor, wie er sie morgens höflich küsste und abends dann wieder. Einmal in der Woche würden sie sich lieben, jeden Sonntag zur Kirche gehen und anschließend bei ihren Eltern zu Mittag essen.

Am Volksfest würde er vielleicht am Freitagabend mit ihr zur *Bluegrass Taverne* fahren, um die Musikkapelle zu hören, ein Glas Sarsaparilla zu trinken und sich einen Teller frittiertes Hühnchen zu teilen.

Der Gedanke daran rief bei ihr Herzrasen hervor. »Herr, bitte, nein, ich flehe dich an!«

Als hinter ihr jemand hupte, riss sie den Kopf hoch und ließ gleichzeitig die Kupplung los. Sie blickte auf und sah Mr Carmichael mit gerunzelter Stirn im Rückspiegel.

Als ob er noch nie zu lange an einem Stoppschild gewartet hätte! Ewigkeiten hatte er schon am Ende der Straße gestanden und Zeitung gelesen, bevor er zu seinen sechs Kindern nach Hause gefahren war.

Als Cora die zwei Meilen zum Laden zurückgelegt und an der Blossom Street im Schatten geparkt hatte, stand ihr Entschluss fest: Sie liebte Kapitän Rufus St. Claire und wenn die Chance bestand, dass sie mit ihm irgendein Abenteuer, irgendeine Art von *Leidenschaft* erleben konnte, würde sie bis in alle Ewigkeit auf ihn warten.

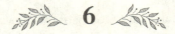

6

HALEY

Am Dienstagmorgen wartete Haley vor dem Ladeneingang auf den Makler Keith Niven. Sie trug eine Kuriertasche über der Schulter und beobachtete den Verkehr, der um die Ecke Blossom Street und First Avenue floss. Obwohl dichter Schnee vom blassgrauen Himmel fiel, konnte sie von dieser Stelle aus den nordöstlichen Teil von Heart's Bend überblicken: gegenüber lagen die Läden der First Avenue, dahinter der Gardeniapark und unten die Main Street.

Der Tag war trübe und verschneit, aber dennoch war sie glücklich. Vor ihr lag etwas Gutes.

Gestern hatte sie eine Stunde lang mit Drummond Branson gesprochen, dem Leiter des Innenstadt-Ausschusses und des Geschichtsvereins. Er war außerdem in der Region ein angesehener Bauunternehmer und Gutachter.

Wenn irgendjemand wusste, wie ihr Traum in Erfüllung gehen konnte, dann war es Mr Branson. Er gab ihr die Originalgrundrisse des Ladens, Ratschläge für die Renovierung, die Finanzierung und für den Umgang mit dem Stadtrat.

Heute Abend fand im Rathaus eine Sitzung statt, in der es genau um dieses Stadtviertel ging.

»Als Geschichtsverein liegt uns daran, dass dieses Gebäude erhalten bleibt. Deshalb räumen wir Ihnen viel Spielraum ein, solange Sie es bei den Originalplänen belassen.« Er klopfte auf die Dokumentenrolle mit den ursprünglichen Architektenzeichnungen. »Cole Danner wäre hervorragend für diese Aufgabe geeignet, wenn Sie ihn gewinnen können.«

»Und was wäre mit Ihnen? Könnten Sie die Renovierung nicht durchführen?«

»Renovierungen sind nicht mein Metier. Außerdem sind meine Auftragsbücher voll. Derzeit führen wir mehr Gutachten durch als Baumaßnahmen.«

Hmmm. Blieb also Cole. Das musste bis später warten. Das Knistern, oder wie man es auch immer nennen wollte, das sie zwischen ihnen wahrnahm, verursachte ihr Unbehagen. Seine Nähe war zu angenehm. Als er Tammys Freund und Verlobter war, hatte diese natürliche Barriere zwischen ihnen bestanden. Aber jetzt ...

Nein. Sie konnte keine Gefühle für ihn hegen. Sie war nicht nach Hause gekommen, um sich zu verlieben. Ihre Gefühle für ihn waren rein nostalgischer Natur. Zuneigung aufgrund der Vergangenheit.

Aber wenn er ihr helfen konnte, den Laden in Schuss zu bringen, würde sie mit seiner Gegenwart für die Dauer der Renovierungsarbeiten umgehen können.

Das Beste an ihrem Treffen mit Drummond war seine Ermutigung, dass es gelingen konnte, den Stadtrat zu überzeugen, ihr das Gebäude zu schenken. *Schenken!* Ohne Steuerschulden. Unter der Bedingung, dass sie versprach, es zu restaurieren. *Und* wenn sie dort ein Jahr lang erfolgreich ihr Geschäft führte. Sie waren damit auf die Nase gefallen, als sie es anderen Existenzgründern überlassen hatten, die das Gebäude verunstaltet und sich nach sechs Monaten aus dem Staub gemacht hatten.

Drummond sagte darüber hinaus, dass es möglich wäre, dass die Stadt Geld für die Renovierung locker machen würde. Die Töpfe für die Innenstadt, die er verwaltete, waren schon ausgeschöpft, aber die Stadt hatte weitere Gelder für die Erhaltung historischer Gebäude bereitgestellt. Er nannte Haley außerdem den Namen einer Darlehensberaterin bei der *Downtown Genossenschaftsbank*, die gern kleine Unternehmen unterstützte.

Geschichtlich betrachtet hatte die *Downtown Genossenschaftsbank* Miss Coras Vater, Ernest Scott einen Rückschlag beschert, als er in den Zwanzigerjahren die *Heart's Bend Genossenschaftsbank* eröffnet hatte.

Womit sie wieder in der Gegenwart angekommen war, in der sie den Gehweg vor dem Laden auf und ab lief und auf Keith wartete. *Beeil dich, Mann. Es ist kalt!*

Sie hatte, auf Drummonds Empfehlung hin, auch Cole eingeladen. Aber er hatte schon gesagt, dass er nicht sicher war, ob er es schaffen würde. *Also schön.* Sie war auch gar nicht sicher, ob sie ihn sehen wollte. Obwohl sie jedes Mal das Gefühl hatte, dass ein Blitz sie durchfuhr, wenn sie an ihn dachte.

Jedenfalls hatte sie sich gestern Abend weiter über Brautmoden informiert, wie man einen Hochzeitsladen führt, einen Geschäftsplan aufsetzt und recherchiert, mit was man alles rechnen musste, wenn man ein altes Gebäude renoviert.

Sie hatte einen Etat aufgestellt, der ehrlich gesagt mehr ein Schuss ins Blaue war, und ihr Vermögen aufgelistet, das aus zehntausend Dollar Erspartem und ihrer Harley bestand.

Als sie in der Luftwaffe war, hatte sie auf großem Fuß gelebt. Hatte zu viel Geld ausgegeben. Ein weiterer Aspekt ihrer Beziehung mit Dax. Er gab gern Geld aus.

Aber das war letztes Jahr. Aus und vorbei. Es war an der Zeit, ihm nicht länger die Schuld zuzuschieben, sondern selbst die Verantwortung für ihre unklugen Entscheidungen zu übernehmen. Dies war ihre Chance, neu anzufangen, ein neues Leben zu beginnen und die letzten Überbleibsel von Dax aus ihrem Gedächtnis zu streichen.

Ein dunkler Mercedes blieb am Bordstein stehen. Ihr Adrenalinpegel schnellte in die Höhe, ähnlich wie damals, wenn ihre Versorgungseinheit ein streng geheimes Teil für ein Flugzeug oder einen Panzer entwickeln musste. *Es geht los!*

»Haley?« Ein schlanker, dunkelhaariger Mann sprang voller Elan auf den Gehsteig, zog seine Handschuhe aus und streckte ihr seine warme Hand entgegen. »Keith Niven.« Er betrachtete das Rotklinkergebäude, während er seine Handschuhe in die Manteltasche schob. »Sie werden zur Stadtlegende, wenn Sie mit diesem Schandfleck noch irgendetwas erreichen. Seitdem Miss Cora den Laden 1979 geschlossen hat, ist es niemandem gelungen, hier erfolgreich einen Laden zu betreiben.«

»Weil niemand versucht hat, einen Hochzeitsladen zu eröffnen.« Anerkennend richtete er seinen Blick auf sie hinab. »Eine Frau mit einer Vision. Das gefällt mir.« Er hob das Schlüsselbund. »Sehen wir ihn uns an.«

Haley folgte ihm und hörte sich die Geschichte des Ladens an. Sie kannte sie schon, ließ sie sich aber gern erneut erzählen.

»1890 wurde er von Jane Scott, einer wahren Schönheit, erbaut. Sie war ausgezogen, um am Broadway Theater zu spielen, landete aber in der Pariser Modeszene. Nach wenigen Jahren kehrte sie, so erzählt man sich, mit gebrochenem Herzen nach Hause zurück und hatte die Idee, Haute Couture nach Heart's Bend zu bringen. Ihr Vater half ihr, den bedeutenden Architekten Hugh Cathcart Thompson aus Nashville zu engagieren. Sie erbaute den Laden, der auch ihre eigene Wohnung im zweiten Stock beherbergte, und führte die Brautmoden in Heart's Bend ein. Sie vererbte das Geschäft an ihre Großnichte Cora, die es mehr als fünfzig Jahre lang weiterführte.« Keith drehte den Knauf und öffnete die Tür.

»Es waren sogar fünfundfünfzig Jahre.« Haley erinnerte sich an dieses und weitere Details aus ihrer Hausarbeit in der fünften Klasse, die sie auf ihrem Kindercomputer getippt hatte. Das Foto, das sie gefunden hatte, als sie zehn war und vor dem Regen in den Laden geflüchtet war, lehnte damals an ihrer Schreibtischlampe.

»Sehr gut. Da wissen Sie bereits mehr als ich. Der Geschichtsverein mag auch ein paar Informationen haben und Sie können darauf wetten, dass in der Stadt noch einige weißhaarige Damen leben, deren Brautausstattung von hier stammt.« Keith tat, als nippe er mit gespreiztem kleinen Finger an einer Teetasse, und ging zur Seite, damit Haley den Flur betreten konnte. »Was sagen Sie?«

Haley kräuselte die Nase. »Woher kommt dieser Geruch?«

Sie stand mit Keith in dem schmalen Flur, der von Wänden begrenzt wurde, die hier noch nicht gestanden hatten, als sie mit Tammy Brautladen gespielt hatte.

»Hallo, sorry, dass ich zu spät komme.« Cole drängte sich zwischen ihnen durch in den Flur und schüttelte Schnee von seinem dunkelbraunen Haar. Seine blauen Augen leuchteten über seinen roten Wangen.

»Weiter sind wir noch nicht gekommen«, sagte Haley.

»Sieh dir das an.« Cole stieß mit dem Fuß gegen eine der Trennwände, umfasste die Kante und rüttelte daran. »Das entspricht nicht den Bauvorschriften, vermutlich gibt es dafür keine Genehmigung.«

»Die Wände sind auch nicht in den ursprünglichen Plänen eingezeichnet.« Haley zog ein Papier aus ihrer Kuriertasche. »Drummond Branson hat mir eine Kopie der Originalpläne gegeben. Er sagte, der Geschichtsverein lasse mir viel Freiraum, solange wir bei den Grundrissen bleiben.«

Cole nahm die Pläne zur Hand, studierte die Zeichnung und sah sich dann im Laden um. »Hier müsste eigentlich alles offen sein.«

»Genau.« Haley lief durch die Tür nach rechts. Die Wände verhinderten, dass das Licht durch die vorderen Schaufenster hereinfallen konnte. »Hier war der große Salon, glaube ich, der größte Saal im Haus. Ich weiß nicht genau, wofür Miss Cora ihn nutzte.« Sie lief wieder hinaus in den Flur. »Hier ist die Treppe und hier ...«, sie schlüpfte durch die Tür zu ihrer Linken »... ist der kleine Salon.«

Im kleineren Salon lag ein schmutziger Teppichboden, auf dem sich eine fast schwarze Spur von der Eingangstür nach hinten durchzog. »Das ist ja widerlich.«

»Ja, das letzte Geschäft war ein Reparaturdienst für Computer«, sagte Keith, »Microfix oder so ähnlich. Der Besitzer war ein ziemlicher Chaot.«

Cole verschwand in einem Raum, der nach einer Art Vorratskammer aussah, machte irgendeinen Lärm und erschien wieder. »Die Wände sind feucht. Wahrscheinlich ist das Dach undicht. Das bedeutet Schimmel.«

Schimmel? Das klang nicht gut. »Glaubst du, man braucht wirklich hunderttausend, um es instand zu setzen?«

»Mindestens.« Coles matter Tonfall ließ erkennen, dass er von dem Projekt noch nicht überzeugt war. »Die Sanitär- und Elektroinstallationen müssen erneuert, die Badezimmer renoviert, die Böden geschliffen und gebeizt werden, gar nicht zu reden von dem, was sich sonst noch hinter den Wänden verbirgt, Asbest zum Beispiel. Das Dach muss erneuert werden. Die Fenster, die Lampen …« Er streckte die Hand aus, rieb sich mit dem Daumen über die Fingerspitzen. *Geld.*

»Die *Akron Entwicklungsgesellschaft* hat der Stadt für dieses Grundstück viel Geld geboten«, sagte Keith. »Es könnte sein, dass Sie es mit denen auch noch zu tun bekommen, Haley.«

»Das habe ich ihr auch schon gesagt.« Cole nun wieder. Er schien von *Akrons* Plänen begeisterter zu sein als von ihren. »Die Stadt hegt keine nostalgischen Gefühle mehr für dieses Gebäude. Es leben nicht mehr viele Frauen, die ihre Brautausstattung hier gekauft haben. *Akron* dagegen hat einen guten Ruf in der Stadt, sie sind gesellschaftlich anerkannt und sie haben im Südwesten der Stadt gerade einen Spielplatz für Kinder mit besonderen Bedürfnissen gebaut. *Akron* ist durchaus beliebt bei den Leuten.«

»Andererseits wollten sie im letzten Jahr eine alte Hochzeitskapelle abreißen, die Coach Westbrook gebaut hat. Hat mir fast meinen Ruf zerstört.« Keith schnaufte und keuchte, verlagerte sein Gewicht von einem Fuß auf den anderen und sagte: »Tja dann, Haley, was denken Sie?«

»Ich denke daran, dass Tammy auf diesen Stufen stand und einen Schleier aus Zeitungspapier trug.« Haley lief die halbe Treppe hinauf.

Cole schüttelte den Kopf und sah zu ihr hinauf. »Du kannst nicht aus ein paar sentimentalen Erinnerungen heraus eine Renovierung stemmen und ein Geschäft aufbauen.«

»Hältst du mich für blöd?« Sie lief die restlichen Stufen ins Mezzanin hinaus. »Die Erinnerungen sind das Sahnehäubchen obendrauf. Also, was denkst du, muss hier oben getan werden?«

Cole folgte ihr, wiederholte seine Liste von Elektro- und Sanitärinstallationen, Abschleifen der Dielen, fügte diesmal neue Fenster hinzu und blieb gleich rechts neben der Treppe vor einer Tür stehen. »Niemand weiß, was hier drin ist.« Der Türknauf ließ sich nicht drehen. »Verschlossen.«

Sein Handy klingelte in der Hosentasche. Er sah aufs Display und steckte das Handy wieder weg.

»Wenn ich darüber nachdenke, fällt mir ein, dass meine Großmutter in den Vierzigerjahren ihr Kleid bei Cora gekauft hat. Nach dem Krieg«, sagte Keith und probierte die Schlüssel vom Schlüsselbund durch. Aber keiner passte. »Sie müssen es aufbohren, Cole.«

»Ich? Ich bin nur hier, um eine Schätzung abzugeben.«

Haley beugte sich hinunter, um besser sehen zu können. »Vielleicht finden wir den Schlüssel noch. Ich würde den Türknauf gern retten. Er sieht alt aus.« Sie richtete sich wieder auf und deutete auf die Treppe, die in den zweiten Stock führte. »Sehen wir in der Wohnung nach. Ich würde dort gern einziehen.« Haley führte sie an, erreichte die oberste Etage und war trotz des kalten, verschneiten Luftzugs, der durch die hohen Oberlichter hereinströmte, sofort begeistert.

Cole wies auf die kaputten Scheiben. »Dafür kannst du noch einmal zehntausend Dollar rechnen, Haley.«

Sie wandte sich an Keith: »Drummond hat gesagt, wenn ich zur Stadtratssitzung gehe, würden sie es mir vielleicht schenken.«

»Haley, du bist verrückt«, sagte Cole.

»Nein, bin ich nicht. Warum denken alle, ich wisse nicht, was ich tue? Ich war zurechnungsfähig, als ich ans College gegangen bin, als ich Wirtschaftslehre studiert habe, als ich zur Luftwaffe ging, zumindest, wenn man nicht meine Mutter fragt. Ich war zurechnungsfähig, als ich Captain wurde und als ich wieder ausgeschieden bin. Und genauso zurechnungsfähig bin ich jetzt auch.«

»Dieses Gebäude wird Unsummen verschlingen, Haley. Selbst wenn sie es dir schenken, musst du hundertzwanzigtausend Dollar investieren.«

Keith lehnte sich mit verschränkten Armen gegen die Ziegelwand der Mauernische und beobachtete sie amüsiert: »Sie beide streiten sich wie ein altes Ehepaar.«

»Oh nein, sagen Sie das bloß nicht.« Coles Sohlen hoben sich von den stumpfen Hartholzdielen, als er sich in das demolierte Badezimmer beugte und in das Zimmer, das aussah wie das Schlafzimmer. Weiße Gardinen wehten vor dem Fenster. Sie tanzten im Luftzug, der durch den Türspalt hereindrang.

»Wir sind die Letzten, die ein Paar werden würden.« Haley warf einen Blick in das Zimmer, das die Küche gewesen sein konnte.

Mit etwas Fantasie konnte sie über die kahlen Räume, den Dreck und die kaputten Fenster hinwegsehen und sich ein gemütliches Zuhause vorstellen.

Noch besser: Sie konnte sich vorstellen, wie sie selbst hier zur Ruhe kam, Kundinnen bediente, die Vergangenheit hinter sich ließ und hier unverheiratet wie Miss Cora lebte.

Ein oder zwei Jahre oder auch ein Jahrzehnt ohne Tragödien klang geradezu himmlisch.

»Da hast du recht.« Coles Handy gab wieder Töne von sich. Er sah stirnrunzelnd aufs Display und steckte es wieder weg.

»Musst du rangehen?«, fragte Haley.

»Nein.« Er schüttelte den Kopf.

»Ihre größte Schwierigkeit ist nicht das Geld, Haley«, sagte Keith, der noch immer an der geziegelten Nische lehnte, »und auch nicht, dass Sie beide viel zu stark leugnen, ein Paar sein zu wollen. Ihr Problem ist *Akron*. Die setzen sich mit allem, was möglich ist, für ihren Parkplatz ein. Abgesehen von sentimentalen Gefühlen spricht nichts dafür, diesen Laden zu erhalten. *Akron* hat bereits die Hälfte der Lofts verkauft, die in der alten Windmühle entstehen sollen, und hat mit dem Ausbau noch nicht einmal begonnen.«

»Das ist mir egal. Heart's Bend braucht diesen Hochzeitsladen. Er ist dafür bestimmt, hier zu sein.«

»Dann sollten Sie am besten zum Stadtrat gehen, bevor der sich auf die Seite von *Akron* schlägt«, sagte Keith.

»Ich werde heute Abend da sein.« Haley wandte sich an Cole. »Es wäre hilfreich, wenn ich dich als Bauleitung angeben könnte.«

»Hilfreich? Ich bin kein Sozialarbeiter. Aber ich kann gern ein Angebot abgeben.« Wieder klingelte sein Handy. Er machte sich nicht einmal mehr die Mühe, es aus der Tasche zu holen. Er löste etwas Vermodertes aus der Wand. »Die Rohrleitungen sehen schlecht aus. Rechne noch einmal zehntausend Dollar mehr.«

»›Rechne noch einmal zehntausend Dollar mehr.‹ Das kannst du dir auf deinen Grabstein gravieren lassen. Cole Danner ... Er ist jetzt im Himmel, aber rechnen Sie noch einmal zehntausend Dollar mehr.«

»Hey, ich bin hier nicht derjenige, der Geld zum Fenster rauswerfen will.«

Warum kämpfte sie gegen Cole? Das führte doch zu nichts. Seitdem sie die Versorgungseinheiten geführt hatte, wusste sie, dass eine freundliche Antwort immer mehr bewirkte als eine feindselige.

Sie sah ihn lächelnd an. »Hiermit bitte ich dich hochoffiziell um ein Angebot. Bitte nennen Sie mir Ihren Preis.«

»Wir werden sehen. Wenn du das Gebäude bekommst.« Er lief die Stufen hinab. Sein Handy surrte und klingelte erneut. »Ich muss los.«

»Danke, dass du gekommen bist!«

Keith lehnte am Geländer und sah die Treppe hinab. »Tja, Sie beide wären wirklich ein perfektes Paar.«

»Hören Sie auf. Er war mit meiner besten Freundin verlobt.« Haley begann ins Mezzanin hinabzusteigen. »Sehe ich Sie heute Abend?«

»Das lasse ich mir nicht entgehen. Sie sind genau rechtzeitig nach Heart's Bend zurückgekommen. Ein oder zwei Tage später und *Akron* hätte alles platt gemacht.«

7

Cora

Juni 1930

»Die Post! Cora, bist du da? Habe heute eine ganze Schiffsladung für dich. Buchstäblich. Das Postschiff ist fast gesunken wegen deiner ganzen Bestellungen.«

»Wie bitte?« Cora lehnte sich über das Geländer des Mezzanins und sah ins Foyer hinab, wo Morris gerade durch die Eingangstür kam. »Das ist unmöglich.« Aber zu seinen Füßen stand ein Sack voller Briefe. Cora eilte die Stufen hinab. »Sind Sie sicher, dass die alle für mich sind?«

Sie ließ sich auf ein Knie hinab, vergrub ihre Hände in dem Sack und griff mit beiden Händen nach einem Stapel Briefe. »Oha! Odelia wird in Ohnmacht fallen, sage ich Ihnen. In Ohnmacht!«

Morris hatte natürlich übertrieben. Es war nicht einmal genug Post, um ein Kanu zum Sinken zu bringen, geschweige denn ein Postboot. Aber: Hilfe! Trotzdem waren unglaublich viele Briefe in ihrem Postfach eingegangen.

»Wo kommen die alle her? Haben Sie so viele Brieffreundinnen oder was?«

»Letzten Herbst habe ich eine Annonce in den April- und Maiausgaben von *Modern Priscilla* geschaltet. Ich dachte, wir könnten Odelias Dienste anpreisen. Manche Damen haben keine Stadt in der Nähe, wünschen sich aber ein Brautkleid oder ein Kostüm für die Flitterwochen. Erbarmen! Ich hätte nie gedacht, dass wir so viele Rückmeldungen bekommen.« Sie schob die Briefe aus ihrer rechten Hand zu Morris. »Ich glaube nicht, dass wir das alles bewältigen können.«

»Meine Güte, Cora, Sie haben bei neunhunderttausend Frauen geworben.«

Sie lachte leise und blickte zu ihm auf. »Und woher wissen Sie, wie viele Leserinnen *Modern Priscilla* hat?«

»Ich habe das Titelbild gesehen, als ich sie ausgetragen habe. Was glauben Sie denn? Dass ich ein Abonnement habe?« Er brummte missbilligend und gab vor, beleidigt zu sein.

»Nun sehen Sie sich die Absender an: Oregon, Kalifornien, New Mexico, Louisiana, Vermont. Von überallher.« Ihr kleiner Hochzeitsladen hatte das ganze Land erreicht. Mit einer kleinen Annonce!

Das musste sie heute Abend Rufus schreiben.

»Bedeutet das, Odelia verdient Geld?« Morris wusste alles über jeden in der Stadt. »Sie und Lloyd können es brauchen. Die Steuern bringen sie um auf der Farm.«

»Ja, es bedeutet, dass sie Geld verdient – und die Steuern bringen uns alle um.« Cora hob den Sack auf, um ihn nach oben zu tragen, aber Morris nahm ihn ihr von der Schulter.

»Lassen Sie das einen Mann erledigen.«

Auf der Mezzaninebene bat Cora Morris, den Postsack in der Mauernische zu verstauen.

»Ich hole den Sack wieder ab, wenn Sie fertig sind. Werfen Sie ihn nicht weg.« Er schickte sich an, die Stufen wieder hinunterzugehen, hielt aber inne und schwang herum.

»Ah, das hätte ich beinahe vergessen. Die hier habe ich auch noch für Sie, Cora.« Er reichte ihr einige Briefe aus seiner Posttasche. »Ein paar Briefe, die direkt an den Laden, nicht ans Postfach adressiert waren.«

»Danke.« Cora nahm den kleinen Stapel entgegen. Nach der Fülle an Bestellungen fühlte sie, dass sie, nun ja, Glück hatte. Heute würde sie einen Brief von Rufus bekommen!

»Alles Klärchen, ich bin dann mal wieder weg. Sehen wir uns beim Tanzabend der Veteranen? Ich glaube, Ihre Mutter sitzt im Planungsausschuss.«

Cora ging eilig die Briefe durch. Ihr Puls rauschte in den Ohren.

»Wie? Der Tanzabend? Äh ...« Cora sah Morris und seine wirren roten Haare und versprengten Sommersprossen. »Natürlich.«

Sie hatte Rufus im Mai davon geschrieben und ihn gebeten zu kommen. Er hatte versprochen, alles daranzusetzen. Aber seine Arbeit hatte ihn im Frühling auf den Colorado verschlagen. Er schrieb ihr liebevolle Briefe, in denen er die Rocky Mountains beschrieb und ihr versprach, sie eines Tages dorthin mitzunehmen. Ach, wie sehr sie sich wünschte, mit ihm hinzufahren. »Und Sie und Gena?«

»Gena? Nein, sie erwartet jeden Tag Nummer sechs.« Morris kratzte sich am Kopf und wirkte auf Cora in diesem Augenblick viel älter als fünfunddreißig. »Ich sag's Ihnen, kaum fasse ich sie an, wächst in ihrem Bauch schon der nächste Zwerg.«

»Morris!« Sie legte die Hände auf ihre errötenden Wangen.

Er beugte sich zu Cora hinüber. »Sie ist genauso liebeshungrig wie empfänglich, sag ich Ihnen.« Er zwinkerte und verschlimmerte ihre Verlegenheit nur noch.

»Ich glaube nicht, dass dies ein angemessenes Gesprächsthema ist.« Morris schnellte hoch, als werde ihm sein vertrauliches Geständnis plötzlich bewusst. Er schritt zu den Stufen. »Sie kommen also zum Tanzabend? Mein Vetter Bert kommt extra aus Knoxville. Er sagt, er würde gern ein Tänzchen mit Ihnen aufs Parkett legen.«

»Ihr Vetter Bert?« Die Briefe kribbelten in ihrer Hand. Einer davon musste von Rufus sein. Sie spürte es.

»Sie haben ihn beim Weihnachtstanzabend kennengelernt. Da haben Sie Twostep mit ihm getanzt.«

»Ach richtig, Bert, ich erinnere mich.« Ein wahrer Traktor. Coras Füße schmerzten schon, wenn sie nur daran dachte, noch einmal mit ihm zu tanzen.

»Gut. Wir sind auf Brautschau für ihn.«

»Das glaube ich gern.« Bei Berts Anblick würde sie auf dem Absatz kehrtmachen. Nicht, dass sie unhöflich sein wollte. Sie wollte nur nicht in den Armen eines anderen als Rufus liegen. Und ganz gleich, wie ihr Vater und Mama, Morris, Bert und die Einwohner von Heart's Bend dazu standen, sie würde es auch gerne dabei belassen.

Als Morris die Treppe hinuntergegangen war, kam Odelia herauf und blieb wie angewurzelt vor der Mauernische stehen. »Was in aller Welt ist denn das?« Sie deutete auf den kleinen Postsack, aus dem weiße Umschläge herausquollen.

»Bestellungen.«

»Bestellungen!« Odelia sank in den Sessel neben der Wand und zog den Sack zu sich heran. »Von der kleinen Annonce, die Sie in *Modern Priscilla* geschaltet haben? Das müssen ein paar Hundert sein. Wie wollen wir denn die alle bearbeiten?« Panik sprach aus ihrer Stimme. »Ich werde zusätzliche Kräfte einstellen müssen, Cora. Sie wissen, dass ich dafür weitere Kräfte brauche!«

»Dann stellen Sie welche ein.« Tante Janes Geld lag auf der Bank und wartete auf einen passenden Zweck. Umso mehr, seit der Anwalt den Rest ihres Vermögens für sie freigegeben hatte.

Sie gab so wenig wie möglich davon aus. Außer für Gehälter, Warenbestände und die Instandhaltung des Ladens rührte sie das Geschäftsguthaben kaum an. Da konnte sie durchaus ein paar Hundert Dollar für Material und Arbeitskräfte erübrigen.

In letzter Zeit war sie jedoch versucht, ein paar Scheine unter die Matratze zu legen. Mama bewahrte ein paar Zwanziger in einer Blechbüchse unter der hinteren Veranda auf.

Ihr Vater erklärte sie für verrückt, aber Mama sagte: »Man kann nie wissen.«

»Cora, sehen Sie sich das bloß an: Eine Kundin hat ihr Geld schon mit der Bestellung geschickt. Dreißig Dollar in bar für ein Kostüm für die Flitterwochen. Gutgläubige Närrin.«

»Odelia, warten Sie.« Cora griff nach dem Klemmbrett und dem Kassenbuch auf dem Schreibtisch. »Nicht, dass Sie etwas vertauschen. Am Ende wissen wir nicht mehr, wer was bestellt und wer schon bezahlt hat.«

»Haben diese Leute noch nie etwas von einer Nachnahmesendung gehört? Woher wollen sie wissen, dass wir keine Bauernfängerei betreiben? Cora, warum um in alles in der Welt haben Sie bloß eine Annonce aufgegeben?«

»Weil es gute Geschäfte bedeutet. Eine zusätzliche Einnahmequelle. Wir helfen den Frauen, die sonst keine Gelegenheit hätten, an ein hübsches Kleid zu kommen. Ich glaube, Tante Jane wäre begeistert. Sie fand immer, jede Frau verdiene ein bezauberndes Hochzeitskleid und Kleidung für die Zeit danach. Egal, wie arm jemand ist oder wie abgelegen jemand wohnt. Diese Annonce erlaubt es uns, im ganzen Land das anzubieten, was wir auch den Frauen hier in Heart's Bend anbieten. Stellen Sie sich vor, Odelia, Sie werden etwas für …«, Cora griff nach einem der Briefe, »… Martha Snodgrass aus Stow in Vermont nähen!«

»Als hätte ich hier nicht schon genug zu nähen.« Odelia griff nach der Kleiderhülle. »Ich habe hier Miss Dunlaps Abendkleid.«

Von unten war ein liebenswürdig geträllertes »Hallo? Cora?« zu hören.

»Wenn man von ihnen spricht …« Cora erhob sich. Die Dunlaps kamen heute zur letzten Anprobe. Die Hochzeit war in zwei Wochen. Cora beugte sich über das Mezzaningeländer. »Mrs Dunlap, Ruth, verehrte Damen, herzlich willkommen! Ich bin sofort bei Ihnen.«

Die Dunlaps reisten mit dem üblichen Gefolge an: Großmütter, Tanten, Schwestern, Cousinen und Freundinnen. Aber Morris' Worte gingen Cora noch nach. »Odelia, ist alles in Ordnung zu Hause? Mit Lloyd?«

»Du liebe Güte, nicht Sie auch noch. Uns geht es gut. Ich wünschte, es würden mich alle in Ruhe lassen.« Sie stopfte die Bestellungen zurück in den Postsack und verschwand im langen, schmalen Lagerraum.

Sie schob die Kleiderständer umher und schaltete hinten das Licht an. »Ich sehe zu, dass ich Ruths Aussteuer zusammenstelle. Es tut mir leid, dass ich zu spät dran bin.«

»Sie würden mir sagen, wenn Sie Hilfe brauchen, nicht wahr?«

»Ja. Und jetzt lassen Sie mich in Frieden. Lassen Sie die Kundin nicht warten.«

Cora sah Odelia in die Augen. Ihre Seele schien von einem traurigen Schleier getrübt zu sein. »Worum es auch geht, Odelia, ich kann Ihnen helfen.«

»Sie können mir helfen, indem Sie meinen Arbeitsbereich verlassen. Verschwinden Sie. Nun beeilen Sie sich schon.«

»Ganz wie Sie wünschen, aber ...«

»Natürlich wie ich wünsche.«

Cora begrüßte die Dunlap-Gesellschaft. Ihre Gedanken hingen noch bei Morris und Odelia, dem Sack Bestellungen und einer Handvoll Briefe, die sie noch durchsehen musste, und von denen einer von ihrer großen Liebe stammen konnte.

»Nehmen Sie Platz.« Cora führte die Gruppe in den Hauptsalon. »Ruthie, gehen Sie gleich aufs Mezzanin. Odelia wartet schon auf Sie.«

»Ich kann gar nicht sagen, wie aufgeregt ich bin!« Die junge Braut eilte mit geröteten Wangen die Stufen hinauf.

Mrs Dunlap setzte sich mit übertriebenem Seufzen auf das Sofa. Ihre Haltung war steif und sie sah kaum zu den anderen, das waren ihre jüngste Tochter, ihre beiden Nichten, ihre Mutter und die Mutter und Großmutter des Bräutigams, hinüber.

»Sind wir bereit für Ruths großen Tag?« Mama betrat in ihrer zarten Spitzenschürze über dem gestärkten und geplätteten blauen Kleid den Salon, schlank und würdevoll wie eine wahre Hollywoodschönheit. »Sie wird eine wunderhübsche Braut sein. Darf ich jemandem Eistee anbieten?«

Eisige Stille. Niemand hob die Hand.

»Meine Damen, heute ist ein wunderschöner Tag. Wir werden Ruth in ihrem Brautkleid erleben. Ist alles in Ordnung?« Cora sah nacheinander in die Gesichter und versuchte, die Quelle des Unbehagens auszumachen. Bei Mrs Welker, der Mutter des Bräutigams, hielt sie inne. »Mrs Welker?«

Das hellbraune Haar der zukünftigen Schwiegermutter glänzte leuchtend dank L'Oréal, da war sich Cora sicher.

»Nun sage ich es.« Mrs Welker hob ihr Kinn und strich mit der Hand über den Rock.

Mrs Dunlap seufzte. »Ist das wirklich notwendig, Fleming?«
»Laurel, es tut mir leid, dass du es dir anhören musst, aber es ist wahr.« Mrs Welker erhob sich. »Kürzlich kam eine Neuigkeit ans Licht und wir wissen nun, was ich bereits die gesamte Zeit vermutet habe: Ruth ist nicht gut genug für meinen Jungen.« Sie drehte sich zu Cora um. »Machen Sie kein Aufheben um ein weißes Kleid für dieses Mädchen. Sie ist keine Jungfrau mehr.«

»Fleming!«, fauchte Mrs Dunlap so hastig von ihrem Sitzplatz aus, dass der Hut auf dem Kopf nach vorn rutschte. »Wie kannst du es wagen?«

»Es tut mir leid, wenn die Wahrheit schmerzt. Aber wenn du glaubst, dass sie in diesem Yankee-College abends in ihrem Zimmer saß und ihre Gebete sprach, dann habe ich Neuigkeiten für dich.«

»Fleming Welker, hör sofort auf damit. Du besudelst mit deinen Lügen nicht den Ruf meiner Tochter.«

»Lügen? Du weigerst dich bloß, die Wahrheit zu hören, Laurel.«

»Mrs Welker ... Mama ... Was ist hier los?« Ruth wartete auf der untersten Stufe, sittsam und vornehm, in einem taubengrauen Ausgehkleid mit gebauschten Ärmeln und einem Gürtel um die schmale Taille.

»N-nichts, Liebling.« Mrs Dunlap trat auf die Stufen zu. »Du siehst wunderschön aus. Das Kleid betont die Farbe deiner Augen.«

»Lüg sie nicht an, Laurel. Ich habe deiner Mutter gerade erzählt, was für eine moderne junge Frau du am Wellesley-College warst.«

Ruths fein geschnittenem Gesicht entwich jede Farbe. »Ich weiß nicht, wovon Sie sprechen.« Sie sah zwischen ihrer Mutter und ihrer zukünftigen Schwiegermutter hin und her.

»Du weiß genau, was ich meine.«

»Fleming, wirst du *bitte* still sein?«, sagte Mrs Dunlap. »Ruth, Liebling, ist das dein Kleid für nach der Hochzeit? Es ist wunderschön.«

»Mama, sei still. Mrs Welker, was glauben Sie denn, was ich getan habe?«

Mrs Dunlap trat zwischen ihre Tochter und ihre Angreiferin und wirkte wie eine wohlfrisierte Bärin. »Sie behauptet, du seiest ...

Große Güte, ich kann dieses Wort nicht einmal in den Mund nehmen.«

»Sie behauptet ich sei was?«

»Freizügig. Gewesen. Im College.«

»Und wo haben Sie das gehört?« Ruth schritt mit erhobenem Kinn um ihre Mutter herum.

Cora ergriff Mamas Arm und schob sie in den kleinen Salon, während sie zugleich innerlich die junge Braut anfeuerte.

»Warte, was machst du denn da? Ich will das mit anhören«, flüsterte sie.

»Mama, sei still.« Cora drängte sich an die Wand. »Wir können von dieser Seite aus zuhören.«

»Ich habe so meine Quellen«, sagte Mrs Welker.

»Schön.« Ruth sprach langsam und betont. »Haben Ihnen Ihre Quellen auch verraten, dass Ihr Sohn eine junge Frau geschwängert hat?«

Der ganze Raum rang nach Atem, beinahe buchstäblich. Cora spürte, dass die Luft dem Raum entwich, und eine kleine Weile lang konnte sie selbst keinen Atem holen. Dann atmete jede Frau, jeder Winkel, jeder Lichtstrahl und jede Diele aus.

»Wie kannst du es wagen …«

»Kein gutes Gefühl, nicht wahr, Fleming?« Mrs Dunlaps hochgestochener Tonfall übernahm das Kommando.

»Ruth Dunlap, ich lasse nicht zu, dass du meinen Sohn derart verunglimpfst.«

»Er hat es mir gestanden, nachdem er um meine Hand angehalten hat. Sein Gewissen hat ihn nicht in Ruhe gelassen.«

Mama ergriff Coras Hand. »Ich habe mehr als zwanzig Jahre lang mit Jane und dir in diesem Geschäft gearbeitet, aber ich habe noch nie … einfach niemals …«

»Komm Mama.« Cora griff nach ihrer Hand und versuchte, sie in die Kammer zu ziehen. »Wir sollten nicht lauschen.«

»Lauschen? Man kann sie praktisch von der Straße aus hören. Das Schlimmste ist gesagt. Nun wollen wir mal sehen, wie es weitergeht.«

Cora seufzte, wollte schon protestieren, lehnte sich aber mit Mama mucksmäuschenstill gegen die Wand. Sie wollte wissen, wohin diese Tragödie führte.

»Mrs Welker«, in Ruths Stimme schwang Erregung, »ich bin vielleicht nicht die perfekte Christin, zu der Mama mich erzogen hat. Aber wenn Sie meinen, Ihr Sohn sei deshalb zu schade für mich, sollten Sie lieber noch einmal nachdenken.«

»Er ist ein junger Mann, er muss sich noch die Hörner abstoßen!«

»Jetzt aber halblang, Fleming. Die berühmten zweierlei Maß? Nun wirf Ruthie nicht vor, was wir damals schon als ungerecht empfunden haben. Du konntest Ruthie noch nie leiden und nun versuchst du, einen Keil zwischen meine Tochter und deinen Sohn zu treiben.«

»Ich mag sie durchaus. Aber ... mein Stu kann eine Bessere finden.«

Cora schlug sich mit der Hand auf den Mund. Was für ein unverblümtes Geständnis! Tränen schossen ihr in die Augen. Ruth sollte nun eigentlich ihre glücklichsten Tage durchleben, feierlich und voller Liebe und Harmonie. Aber Mrs Welker hatte dem Ganzen einen bitteren Stempel aufgedrückt.

Schweißperlen tropften langsam seitlich an Coras Gesicht hinunter. Sie lehnte mit dem Rücken an der Wand und Mamas feuchte Hand klammerte sich an ihre.

Von der Standuhr hörte man *tick-tack*, *tick-tack*, das einzige Geräusch im Salon.

»Was werden sie jetzt wohl tun?« Mamas geflüsterte Frage war gefolgt von einem kurzen Gebet: »Herr, hilf!«

Nicht ein einziger Ton war aus dem großen Salon zu vernehmen. Es war, als wären alle verschwunden. Weitere Schweißperlen flossen Coras Wange hinunter. Mama drückte ihre Hand so fest, dass es wehtat.

»Bring Tee und Konfekt.« Cora befreite ihre Hand aus Mamas Griff, holte tief Luft und lief um die Ecke. »Ach, Ruth, dieses Kleid steht Ihnen fantastisch, einfach fantastisch. Sie haben einen exquisiten Geschmack. Diese Taille betont Ihre Figur ganz hervorragend.«

Ruth saß geduckt auf der untersten Stufe. Rinnsale bahnten sich ihren Weg durch ihr hell gepudertes Gesicht. »Alles ist ruiniert, alles.«

»Nein, nein, kommen Sie nur, nichts ist ruiniert.« Cora setzte sich neben die niedergeschlagene Braut und umarmte sie. »Familie ist nicht immer einfach, nicht wahr?«

»Sie hasst mich. Meine Schwiegermutter hasst mich.«

Cora beugte sich nah an sie heran: »Lieben Sie ihn?«

Ruth sah Cora in die Augen und wischte ihre Tränen fort. »Ja, sehr.«

»Liebt er Sie?«

»Von ganzem Herzen. Das sagt er mir jeden Tag, zweimal sogar.«

»Dann können Sie Ihren Familien gemeinsam entgegentreten. Warum lassen Sie die Vergangenheit nicht einfach sein, was sie ist – vergangen?«

»Bitte sehr, meine Damen ...« Schwungvoll kam Mama herein, in den Händen ein Tablett mit Tee und Süßigkeiten. Ihr geschliffener Südstaaten-Charme bezwang die Spannungen im Salon. »Mrs Dunlap, Mrs Welker, liebe Damen, ich sage Ihnen eins: Ist es nicht ein Segen, eine große Familie zu sein? Sie als Brautjungfern, gehören Sie zur Familie oder sind Sie Freundinnen? Beides? Oh, eine Cousine. Ich hatte auch eine Cousine als Brautjungfer.«

Während Mama ihren Charme versprühte, munterte Cora Ruth auf.

»Kommen Sie, probieren wir Ihr wundervolles Abendkleid an.« Cora nahm Ruth an die Hand und führte sie hinauf ins Mezzanin. »Odelia hat bestimmt für Sie gezaubert.«

Sie begleitete Ruth durch die restliche Anprobe und entlockte ihr ein Lächeln, als sie die Kleider vorführte, die sie für ihre Flitterwochen in Florida gekauft hatte. Mama servierte Konfekt, bis nichts mehr übrig war und sie Odelias alte, steinharte Zimtwecken aufschneiden musste. Sie servierte sie mit einem Pfund Butter und einer frischen Kanne Kaffee.

»Ich dachte, wenn ich dafür sorge, dass sie ihren Mund voll haben, können sie nicht streiten.«

Aber eine leichte Spannung lag dennoch über dem großen Salon und Ruth weigerte sich, darüber hinwegzugehen. Sie lehnte es rundweg ab, ihr Brautkleid ein letztes Mal vorzuführen.

»Ich möchte von Mrs Welker nicht noch eine einzige verletzende Äußerung hören. Aber sie würde kommen. Wenn nicht mit Worten, dann durch ihre Blicke. Haben Sie ihr Stirnrunzeln bemerkt bei jedem Kleid, das ich vorgeführt habe? Ach, Mama, meine arme Mama, was soll ich ihr bloß erzählen?«

»Sie sind eine erwachsene Frau, die demnächst heiraten wird. Hauptsache, Sie sind aufrichtig gegenüber Ihrem Ehemann.«

»Er weiß alles, wirklich alles. Genauso wie ich von ihm. Im College liegen die Dinge anders, das Lebensgefühl ist anders. Die alten Regeln scheinen dort nicht zu gelten.«

»Aber das tun sie, oder?«

»Mehr als uns je bewusst sein wird.« Tränen glänzten in Ruths Augen. »Mehr als uns je bewusst sein wird.«

»Ich lasse Odelia dein Hochzeitskleid einpacken und mit den anderen Kleidungsstücken ins Auto bringen. Niemand muss Sie darein sehen, bis Sie sich bereit dazu fühlst.«

»Glauben Sie, dass es Stu gefallen wird?«

»Natürlich wird es ihm gefallen. Aber die Frau in dem Kleid wird ihm noch viel, viel besser gefallen.«

Hinter dem Raumtrenner half Cora ihr, aus dem Kleid zu schlüpfen, und reichte es dann Odelia.

Als Ruth in ihren eigenen Kleidern heraustrat, setzte sie sich sorgfältig ihren Hut auf den Kopf und blieb vor Cora stehen. »Ich möchte mich noch einmal für Mrs Welker entschuldigen. Sie wollte gern, dass Stu eine andere heiratet: die Tochter ihrer alten Highschool-Freundin. Sie und ich waren gemeinsam am Wellesley-College. Ich vermute, von ihr hat sie die Geschichten gehört«, Ruth bewegte ihre Hände, als sie nach den richtigen Worten suchte, »über mich und so weiter. Mrs Welker ging davon aus, Stu habe unsere Hochzeit längst abgesagt.«

»Denken Sie immer daran, dass Stu sich für Sie entschieden hat«, sagte Cora und begleitete Ruth die Treppe hinab. »Lassen Sie sich von niemandem Ihren besonderen Tag ruinieren.«

»Das setze ich mir zum Ziel.« Ruth drückte Cora einen Kuss auf die Wange. »Vielen Dank, dass Sie so freundlich und diskret waren. Mama? Mrs Welker? Sind alle so weit?«

Als die Gesellschaft gegangen war, sank Cora aufs Sofa.

»Was für eine Aufregung«, sagte Mama und räumte die Porzellanteller und das Teeservice ab. »Niemals zu meinen Lebzeiten habe ich eine solche Fehde erlebt. Es wird nun an den beiden liegen, ihre Ehe zum Gelingen zu bringen.« Mama wandte sich in Richtung Dienstkammer. »Ich richte uns Sandwichs. Möchtest du eins?«

»Ja, und für Odelia auch, bitte. Danke, Mama.«

Cora schloss einen Moment die Augen. Die arme Ruth. Aber wenn sie und Stu einander liebten …

Sie richtete sich auf, ihr Puls raste. Rufus! Gewiss lag in dem Poststapel auf ihrem Schreibtisch ein Brief von ihm.

Sie rannte die Stufen hinauf, plumpste auf ihren Schreibtischstuhl und griff nach den Briefen. Ihre Hand zitterte, als sie nach einer Postkarte mit seinem Namen griff. Cora starrte auf das Bild von St. Louis. Hatte er ihr eine Postkarte geschickt?

Aber die Karte war *an* ihn adressiert, nicht *von* ihm.

Rufus St. Claire

Heart's Bend, Port
Heart's Bend, TN

Morris musste sie fälschlicherweise mitgebracht haben, weil er dachte, sie wäre von Rufus an sie gerichtet. Cora musterte die fremde, schöne Schrift und drehte die Karte um.

Rufus, Liebling, bitte rufe an, sobald du an Land gehst. Höchst dringlich. In Liebe dein, Miriam

Rufus? Liebling? In Liebe dein, Miriam? Die Karte flatterte zwischen ihren kalten, zitternden Fingern.

Wer war Miriam? Cora las den Satz wieder und immer wieder und verdrängte die panische Hitze.

Rufus ... Liebling ...

Mama nannte Cora dauernd *Liebling*. Vielleicht hatte Rufus eine Schwester, die er nie erwähnt hatte. Oder eine junge Tante. So wunderbar er war, er liebte es, ein wenig rätselhaft zu sein. Cora konnte nicht leugnen, dass sie diesen Charakterzug anziehend fand.

Vielleicht war sie eine Cousine. Miriam klang nach einem schönen Namen für eine Cousine. Sie hatte eine Cousine mütterlicherseits, die Miriam hieß.

In Liebe dein.

Warum war sie in Liebe sein? Wenn Cora im Krieg Briefe an Ernest Junior geschrieben hatte, hatte sie unterschrieben mit: »Deine dich liebende Schwester Cora.«

Wenn sie an Rufus schrieb, unterzeichnete sie mit »Meine Gedanken sind bei dir, Liebling, bis in Ewigkeit.«

Ein düsterer Stich breitete sich zwischen ihren Rippen aus, schoss ihr in die Muskeln und sank in ihre Knochen. Ein Schauer aus Angst ließ aus dem Frösteln ein regelrechtes Zittern werden.

Ruhig, Cora. Keine Panik. Denk nach. Sei vernünftig. Was könnte eine Frau mit einer so rätselhaften Nachricht sagen wollen? *Nichts.* Welche Frau schickt schon eine Postkarte, nur um damit um einen Anruf zu bitten?

Ein Gedanke durchzuckte sie. Ach, vielleicht die Frau eines Kameraden! Eines sehr engen Kameraden. Solche Beziehungen gab es.

Cora atmete aus und drückte die Postkarte an ihre Brust. Ja, Miriam musste die Frau eines Freundes sein, eines Schiffskameraden, vielleicht eines Kapitäns, mit dem er in der Vergangenheit gesegelt war. Vielleicht sogar eines alten Schulfreunds oder eines Kameraden aus der Armee.

Beinahe hätte sie grundlos Panik bekommen. Die Mahnung ihres Vaters, immer besonnen zu bleiben, war doch nicht auf so taube Ohren gestoßen, wie er immer befürchtet hatte. Cora betrachtete erneut die Handschrift und stellte sich eine schlanke, hübsche Frau mit besorgter Miene vor.

Es gab keine Absenderadresse. Keinen Nachnamen. Die Verfasserin blieb die rätselhafte Miriam.

»Cora, Odelia, die Sandwichs sind bereit.« Mamas freundliche Stimme drang die Treppe hinauf.

Sie schob die Postkarte in ihre Handtasche. Sie würde sie heute Abend mit nach Hause nehmen und wenn sie ihm später schrieb, würde sie Miriam erwähnen. Gewiss brauchte Cora sich ihretwegen keine Sorgen zu machen. Rufus stand zu seinem Wort. Wenn sie ihm persönlich begegnete, würde er sie mit jedem einzelnen leidenschaftlichen Kuss davon überzeugen.

8

COLE

»Was sagen Sie? Wir hätten Sie gern bei uns.« Brant Jackson, Leiter der *Akron Entwicklungsgesellschaft,* reichte Cole ein gefaltetes Papier. »Werden Sie unser Projektmanager. Dieses Gehalt sollte Sie dazu ermuntern.«

Cole griff nach dem Papier. Er hatte sich von Keith und Haley im Hochzeitsladen verabschiedet, um die vergangene Stunde in *Akrons* mobilem Büro im Südwesten der Stadt zu sitzen und sich ihr Angebot anzuhören. Er hatte das Vorhaben für die Lofts in der Innenstadt begutachtet und Pläne für eine Reihe von Geschäften in der Querstraße zur alten Innenstadt an der Main Street und First Avenue, westlich des alten Hochzeitsladens.

Er hatte alles aus der Distanz verfolgt, bis er ihr Angebot sah: Sechsstellig. Plus Bonus. Sein Herz schlug ein wenig schneller. *Cool bleiben, Mann, cool bleiben.* »Sehr großzügig.«

»Wir glauben, Sie sind der richtige Mann für diesen Job.«

Der Anruf kam völlig unvermittelt am Montagnachmittag. *Akron* bat ihn, sich für die Position des Bauleiters vorzustellen.

»Was ist mit meinen Leuten? Mein Bauunternehmen ist robust, aber wir sind noch klein und wachsen erst langsam.«

»Wir wollen nicht Ihr Bauunternehmen, Cole. Nichts für ungut, aber wir wollen Sie. Wir haben unsere eigenen Leute.« Mit verständnisvollem Nicken beugte Brant sich vor: »Mit den Gewerkschaften läuft alles bestens. Ihre Aufgabe wird nur sein, die Teams zu beaufsichtigen und mir Bericht zu erstatten.«

Die anderen Herren am Tisch, allesamt in gestärkten Button-

Down-Hemden und beigefarbenen Bundfaltenhosen, lächelten und nickten.

Der sechsstellige Betrag war mehr, als er in den letzten zwei Jahren und darüber hinaus verdient hatte.

»Sie haben den Ruf, Projekte rechtzeitig oder sogar früher fertigzustellen. In dem Fall erhalten Sie einen zusätzlichen Bonus.« Sam Bradford, der Mann zu Brants Linken, schlug mit der Hand auf den Tisch. »Das ist ein unfassbar gutes Angebot, Cole. Was zögern Sie da noch?«

Cole lehnte sich zurück und legte das Papier auf den Tisch. »Was ist mit meinen Leuten?«

»Stellen Sie Ihren Angestellten gute Arbeitszeugnisse aus. Sie werden schon Stellen finden. Wir haben einfach schon unsere festen Teams.«

»Ich verstehe.« Aber es gab nicht viele Handwerker wie die in seiner Firma. Seine wichtigsten Leute, Gomez, Hank und Whiskers, kannte er schon seit seiner Kindheit. Sie waren Freunde seines Vaters. Die besten Handwerker der Region. Sie konnten alles bauen, ausbessern, reparieren, planen. »Warum kann ich meine Leute nicht einstellen?«

Brant tauschte Blicke mit Sam aus. »Das können Sie. Es werden viele Arbeiten nebenbei anfallen. Wir haben große Pläne für die Innenstadt von Heart's Bend. Sie wird das Juwel von Tennessee. Aber unsere festen Teams bestehen aus *Akron*-Leuten, die unsere Methoden und Standards kennen.«

»Warum befördern Sie nicht von ihnen jemanden zum Bauleiter? Ich käme von außen dazu.« Cole lehnte sich vom Tisch zurück, weg von dem nagenden Zweifel, der jede Begeisterung bremste. Eigentlich hätte er gerade an die Decke springen und Hurra schreien sollen, aber ...

»Cole.« Sam drehte sich von der Kaffeemaschine aus zu ihm um, wo er gerade seine dreckige Tasse auffüllte. »Die Sache ist die, wir brauchen in diesem Gefecht eine Menge Munition. Sie sind unser

Scharfschütze: der Junge, der von hier kommt, den die Leute kennen und dem sie vertrauen.«

»Sie wissen über meinen Vater Bescheid, oder?« Der Knastbruder.

Brant winkte ab. »Alte Kamellen. Wir machen Söhne nicht verantwortlich für die Sünden ihrer Väter.«

»Damit sind Sie eine seltene Ausnahme.«

Er übertrieb, aber es war ein gutes Gefühl, gelegentlich Dampf abzulassen über seinen alten Herrn und ihm die Schuld an den Aufträgen zu geben, die ihm durch die Lappen gingen. Zum Henker, es war ohnehin seltsam, weshalb er ausgerechnet in derselben Branche gelandet war wie sein alter Herr. Eine Art göttliche Komödie.

»Wo liegt das Problem? Schlagen Sie ein!« Brant klatschte in die Hände, als wäre alles geklärt. Großspurigkeit schwang mit in seinem forschen Grinsen.

Aber Cole willigte nie sofort ein. Er überlegte gern und dachte die Dinge zu Ende. Die Vorzüge dieses Angebots lagen auf der Hand: Wenn er diese Stelle antrat, hätte er zweifellos ein leichtes Leben. Kein Klinkenputzen mehr für Aufträge. Keine schlaflosen Nächte mehr, in denen er sich fragte, wie er die Gehälter bezahlen sollte. Kein Ringen mit den Rechnungen, kein Verzicht, kein Ablehnen von Aufträgen, weil ihm die nötigen Ressourcen fehlten.

Zudem verhieß diese Stelle, dass er den Ruf seines Vaters endgültig abschütteln konnte.

Cole griff nach dem Angebot, das noch immer auf dem Tisch lag.

»Sie haben mir auf jeden Fall ein großzügiges Angebot unterbreitet.«

»Dazu kommt noch ein ganzes Paket an Zusatzleistungen: Krankenkasse, Zahnarzt, Sehhilfen, Altersvorsorge, flexible Urlaubszeiten. Wenn ein Projekt fertig ist und wir auf das nächste warten, können Sie sich so lange freinehmen, wie Sie wollen.«

»Das kann man sich ja beinahe gar nicht entgehen lassen.« Er lächelte. Das Ganze begann, ihm Spaß zu machen.

»Natürlich. Kommen Sie, sagen Sie Ja.«

»Ich würde gern erst noch darüber nachdenken.«

Sam und Brant tauschten Blicke miteinander aus. Was *verschwiegen* sie ihm? »Die Sache ist die, Cole, wir brauchen Sie heute Abend für die Stadtratssitzung.«

»Mich? Wieso?«

»Weil das briefmarkengroße Grundstück an der Ecke Blossom Street und First Avenue das wertvollste der Stadt ist. Zumindest für uns.« Brant beugte sich zu Cole hinüber. »Es liegt genau im Zentrum des neuen Entwicklungsplans. Unser gesamtes Vorhaben in der First Avenue ist ohne das Grundstück hinfällig.«

»Wir bieten der Stadt das Zweieinhalbfache dessen, was es wert ist«, sagte Sam. »Wir können den Stadtrat nicht zum Umdenken bewegen. An dem hässlichen Teil hängen irgendwelche sentimentalen Gefühle.«

»Lassen sich die Parkplätze denn nur an der Ecke Blossom Street und First Avenue verwirklichen?« Cole lief zur Stadtkarte, die an der Wand des Containers befestigt war. »Was ist mit der Ecke Elm und Pike Street? Das ist altes Ackerland und liegt nur eine Straße weiter.«

»Den Acker nutzen wir für unsere Einkaufsmeile. Gleich rechts neben der Stelle, auf die Sie gerade zeigen, wird ein Starbucks eröffnen.«

»Aber wir haben doch ein großartiges Café in der Stadt: *Java Jane's*. Was wird dann aus Jane?«

»Sie muss eben konkurrenzfähig bleiben.« Brants Feixen weckte Coles Sorge. »Nichts geht über einen guten, harten Wettbewerb.«

»Wettbewerb mit einer landesweiten Kette?«

»Cole, klären Sie das mit dem Stadtrat, wenn Sie damit nicht glücklich sind. Die Pläne sind bereits abgesegnet.«

Jetzt verstand er, weshalb Drummond Branson die E-Mail-Postfächer der halben Stadt mit der dringenden Bitte bombardierte, zur Stadtratssitzung zu kommen.

»Die Touristen werden vor allem in der Innenstadt einkaufen. Sie müssen irgendwo parken, in eine Straßenbahn springen und die Highlights besuchen können.«

»Welche Highlights?«

»Wir haben ein Dutzend Fachgeschäfte nebeneinander geplant. Ganz zu schweigen von der Hochzeitskapelle, einem wahren Juwel, das wir entdeckt haben. Hochzeiten werden ein Anziehungspunkt für Heart's Bend werden.«

Cole sann über die Bemerkung nach. Letztes Jahr kam die Nachricht, dass der alte Coach Westbrook, eine Trainerlegende im American Football, in den frühen Fünfzigern für seine Angebetete eine Hochzeitskapelle an der River Road erbaut hatte. Allerdings hatte er sechzig Jahre gebraucht, um sie schließlich zu heiraten.

»Die Kapelle öffnet nur für vier Hochzeiten im Monat. Sie will kein billiges Hochzeitsziel werden.«

»Das wird sich ändern, sobald man den Bedarf erkennt. Und die möglichen Umsätze.« Sams Miene verfinsterte sich mit einem scharfen Funkeln in den Augen.

»Es geht doch nicht immer nur ums Geld«, sagte Cole überzeugt, aber ohne innere Leidenschaft. Er selbst konnte eine Finanzspritze durchaus gebrauchen – bei dem schlechten Wintergeschäft.

»Es geht nicht immer nur ums Geld. Aber Geld macht *alles* sehr viel besser.«

»Eine Frau aus der Stadt möchte den alten Hochzeitsladen wieder eröffnen.« Cole klopfte mit dem Knöchel auf die Karte. »Würde das nicht in Ihr Konzept der Spezialgeschäfte passen? Und zur Hochzeitskapelle?«

»Sicher. Wir würden ihr eine Ladenfläche genau hier anbieten, in der neuen Einkaufsmeile.« Brant zeigte auf eine Fläche nordöstlich vom alten Laden. »Aber die Ecke da?« Er schlug mit der Hand auf Miss Coras Geschäft. »Die muss Parkfläche werden. Wir haben lange hin und her überlegt, aber es gibt keine Möglichkeit, die Lofts oder die Einkaufsmeile ohne das Grundstück an der Ecke Blossom Street und First Avenue zu realisieren. Kein Parkplatz, kein Bauprojekt.«

Cole sah ihn einen Augenblick an und ging dann zur Tür. »Ich würde gern noch weiter nachdenken. Ich weiß Ihr Angebot zu schätzen, aber wenn ein Mann ein sechsstelliges Gehalt mit Zusatzleistungen auf dem Silbertablett präsentiert bekommt, sollte er sich einen

Augenblick Zeit nehmen und auf den Boden der Tatsachen zurückkehren.«

Brant lachte gezwungen und allzu laut und klopfte ihm auf die Schulter: »So oder so, setzen Sie sich heute Abend zu uns. Wir können Sie auf unserer Seite gebrauchen, damit der Stadtrat sieht, dass wir mit Geschäftsleuten vor Ort zusammenarbeiten.«

Sam füllte sich erneut Kaffee nach. »Es wird Zeit, dass die Stadt aktiv wird. Das alte, hässliche Gemäuer ist wirklich kein Schmuckstück. In den letzten dreißig Jahren stand es meistens leer. Es ist eine Gefahr für die Menschheit.« Er zeigte auf Cole. »Sie wissen, dass ich recht habe.«

»Ich kann Ihr Angebot noch nicht annehmen, aber wenn Sie wollen, komme ich heute Abend.«

Unter dem kalten, stahlgrauen Himmel lief Cole zu seinem Lieferwagen.

Verflixt. Dieses *Akron*-Angebot war Gold wert. Er wäre für die nächsten paar Jahre abgesichert. Vielleicht sogar sein Leben lang. Allerdings ärgerte ihn, dass er seine Leute wegschicken müsste. Aber Angebote wie dieses bekam man nicht alle Tage. Blödsinn! Wenn er der Boss war, konnte er einstellen, wen er wollte, oder? Er konnte seinen Männern zu Nebenarbeiten verhelfen.

Er startete den Motor und fuhr vom Parkplatz Richtung *Ella's Diner*. Mom war immer gut in solchen Dingen. Sie hatte das Talent, Dinge zu durchschauen und Integrität und Geschäftssinn gleichermaßen im Blick zu halten.

Er rutschte auf seinem Sitz zurück und schob den Gurt zur Seite, weil ihn irgendetwas im Brustkorb kniff. Er musste etwas Falsches gegessen haben. Cole stellte die Musik lauter und rockte mit zum neuen Lied von Laura Hackett Park.

Er trommelte sich mit der Hand auf die Brust. Sodbrennen? Ach nein, er hatte heute ja noch gar nichts gegessen. Hatte nicht mal einen Kaffee getrunken.

Haley kam ihm in den Sinn. Der Stich hinter seinen Rippen wurde stärker. Cole wischte sich Schweiß von der Stirn. Die sinkenden

Temperaturen draußen änderten nichts, die Hitze kam von dem Druck in seinem Inneren.

War es die Sorge um seine Leute? Ach was, die Jungs würden schon Arbeit finden, bis er sie für *Akron* anheuern konnte. Das war schon früher so gewesen und das würde auch so bleiben. Sie waren die Besten. Und dieser alte Laden kümmerte ihn nicht. Er hegte da keinerlei sentimentale Gefühle in Bezug auf Tammy. Sie hatte nie mehr über den Laden gesprochen. Zumindest wusste er nichts davon.

Aber er hatte Haley erlebt, wusste von ihrem Herzenswunsch und, verflixt noch mal, wenn er sich auf *Akrons* Seite schlug, würde er ihren Traum platzen lassen. Warum sie das alte Biest wiederbeleben wollte, leuchtete ihm nicht ein, aber welches Recht hatte er, sich ihr in den Weg zu stellen?

Er rang die gesamte Strecke in die Stadt mit seinen Gedanken und auch noch, als er das *Ella's* betrat und auf seinen Barhocker am Tresen sank.

Welche Rolle spielte es, was Haley wollte? Er musste selbst sehen, wo er blieb. Musste sein Leben weiterleben. Selbst wenn das bedeutete, dass er auf der anderen Seite stehen musste als sie.

CORA

Die Uhr auf ihrem Schreibtisch läutete Mitternacht. Zwölf helle, melodische Glockenschläge. Cora erhob sich vom Schreibtisch, dehnte sich, knetete ihren Nacken. Ein duftender Junihauch wehte durch das offene Fenster herein und schäkerte mit den Vorhängen.

Es war ein langer, aber lohnender Tag gewesen. Es hatte fast eine Woche gedauert, aber sie hatte die Bestellungen, die auf die Annonce hin eingegangen waren, bearbeitet und einen Zeitplan für Odelia erstellt, was durch die Einmischung der Schneiderin zweimal so lang wie beabsichtigt gedauert hatte. Dann hatte sie damit begonnen, jede Kundin anzuschreiben.

Vielen Dank für Ihre Bestellung einer Brautausstattung bestehend aus zwei Kleidern. Die Lieferung ist für den 1. Oktober 1930 vorgesehen, zahlbar bei Zustellung.
Herzlich, Cora Scott
Eigentümerin des Hochzeitsladens
Heart's Bend, TN

Auf ihrem Schreibtisch lagen zwei Stapel: einer für die Barzahlungen und einer für die Bestellungen per Nachnahme. Cora und Odelia waren sich einig, dass sie zuerst die bereits bezahlten Bestellungen abarbeiteten und dann die Bestellungen per Nachnahme.

Die Bestellungen verhießen vom Sommer bis zum Herbst fünfzehntausend Dollar Umsatz. Odelia wäre beinahe in Ohnmacht gefallen.

»Du lieber Himmel, das ist viel Geld. Wie soll ich bloß alle diese Kleider nähen? Sie brennen darauf, dass ich zusätzliche Kräfte einstelle, nicht wahr?«

»Bitte tun Sie das. Mamas Hausmädchen Liberty und ihre Mama sind sehr gute Schneiderinnen.«

»Ich habe auch ein paar Namen im Kopf. Darf ich ihnen einen guten und nicht nur einen passablen Lohn anbieten? Es ist nicht richtig, eine Frau von ihrer Familie wegzuholen, möglicherweise sogar neben einer weiteren Stelle, wenn es sich für sie nicht lohnt. Und manche dieser Kleider sind äußerst detailreich. Schließlich wollen wir keine Halsabschneider sein.«

»Natürlich nicht.« Aber Cora musste erst erfahren, was Odelia für einen guten Lohn hielt. Nachdem sie sich auf einen Stundenlohn statt eines Festpreises pro Kleid geeinigt hatten, setzte Odelia sich daran, mögliche Kandidatinnen aufzuschreiben, diejenigen mit Telefon anzurufen und sich bei denjenigen einen Besuch vorzunehmen, die keins besaßen.

Bis zum Ende der Woche wollte sie zwölf Frauen eingestellt haben, die zehn Kleidungsstücke pro Woche fertigen konnten.

So aufregend und bewegend das alles war, Cora überlegte dennoch, ob sie weitere Annoncen schalten sollte. Wenn weiterhin so viele Antworten eintrafen, bräuchte sie eine Fabrik, um mit den Anfertigungen nachzukommen.

Das also war ihr Tag gewesen. Ein langer Tag. Eigentlich sollte sie nach Hause gehen. Immerhin hatte es schon zur Mitternacht geläutet. Aber sie wollte noch die Post durchsehen. Sich erholen.

Diese Woche war kein Brief von Rufus gekommen. Aber zwei Kundinnen vom Herbst hatten an Cora geschrieben. Sie schickten Fotografien von ihrer Hochzeit.

Sie zog die Bilder aus den Umschlägen, holte zwei Wäscheklammern aus einem Baumwollbeutel in der untersten Schublade und lief zur Außenwand der Nische. Sie hängte die Bilder an den Bindfaden, den sie über die Ziegelmauer gespannt hatte. Genaugenommen hingen sogar mehrere Schnüre übereinander. Alle mit Bildern von Kundinnen. *Ihrer* Kundinnen.

»Bitte schön, Myra Deshler, willkommen an meiner Wand.« Cora hängte Myras lächelndes Gesicht an die Schnur. Wirkte sie nicht ganz aus dem Häuschen, wie sie da am Arm ihres Gatten lehnte? Er war noch dazu ein gutaussehender Gatte. Myra hatte zehn Jahre auf ihn gewartet und gesagt, sie hätte auch weitere zehn gewartet, wenn Hammond Purdy erst dann in ihr Leben getreten wäre.

Das nächste Foto stammte von der jungen und sehr hübschen Laura Canyon, die Marshall Warren bei einem Tanzfest in Memphis kennengelernt und zehn Wochen später geheiratet hatte.

Liebe gab es in den unterschiedlichsten Größen und Verpackungen und in den seltsamsten Ausprägungen.

Cora trat einen Schritt zurück, bewunderte all die Bräute und die Wege der Liebe, die diese Frauen ihr schenkten. Sie fühlte sich geehrt, eine kleine Rolle in ihrem Leben spielen zu dürfen. Dieses Geschäft war ihre Berufung. Und eines Tages würde sie selbst – vielleicht – ihr Brautfoto an diese Wand hängen.

»Cora?«

Beim Klang der vertrauten Männerstimme wirbelte sie herum. »Daddy?« Sie beugte sich über das Mezzaningeländer. »Was machst du denn hier?«

»Es ist nach Mitternacht, Liebling. Deine Mutter hat mir keine Sekunde Schlaf zugestanden, bevor ich hier nicht vorbeischaue.« Er hob ein Bein. »Sieh her, ich trage schon meinen Pyjama darunter.«

Cora lachte. »Und deinen scheußlichen Pullover.«

Ihr Vater griff nach dem abgetragenen Wollpullover, der recht knapp seine schlanke Figur umhüllte. »In diesem Prachtstück werde ich begraben.«

»Nicht wenn Mama ein Wörtchen mitzureden hat.« Viermal hatte sie in den letzten zehn Jahren versucht, das »grässliche Ding« wegzuwerfen, aber ihr Vater hatte ihn jedes Mal aus der Altkleiderkiste gerettet.

»Mit etwas Glück geht sie vor mir heim.«

»Daddy, jetzt hör dich einmal reden! Und alles bloß wegen eines Pullovers.«

»Mit der Pfeife, den Schuhen und dem Lieblingspullover eines Mannes hat man nicht zu scherzen. Und jetzt komm mit nach Hause. Ich werde morgen an meinem Schreibtisch einnicken. Und du weißt, dass es sich für einen Bankdirektor nicht schickt, bei der Arbeit zu schlafen.«

»Möge es uns erspart bleiben.« Cora drehte sich zum Mezzanin um. »Lass mich noch meine Sachen holen und abschließen. Du weißt, dass mein Wagen unten steht, oder?«

»Du kannst mit mir nach Hause fahren und ich bringe dich dann morgen früh wieder hierher. Weshalb arbeitest du zu so später Stunde überhaupt noch?«

»Ich sortiere die Bestellungen von der Zeitschriftenannonce.« Cora schaltete die Mezzaninlichter aus, griff nach ihrer Handtasche und lief treppab. »Bis Ende des Jahres werden wir eine hübsche Summe verdient haben ... wenn alles gut geht. Odelia ist dabei, Näherinnen anzuheuern.«

»Das ist meine Tochter!« Ihr Vater applaudierte. Er machte einen Diener, stellte sich neben sie auf die Treppe und legte einen Arm um sie.

Das war der Vater, den Cora kannte und liebte. Merkwürdig, sich vorzustellen, dass seine Freundlichkeit und Großzügigkeit tief in seiner Seele eine Finsternis verbargen, die ihn dazu brachte, in schlechten Zeiten seine Familie zu verlassen. Mit seinem kruden, unbesonnenen Handeln in Krisenzeiten riss er alle um sich herum förmlich mit in den Abgrund.

Aber war ihm nicht einfach nur seine Arbeit wichtig? Mama warf ihm vor, er habe ein weiteres Kind – die Bank. Er neigte in der Tat dazu, sich in den Bankgeschäften zu verlieren.

»Ich komme wohl ganz nach dir, Daddy.« Cora rückte sich den Hut zurecht. »Übereifrig in meiner Arbeit.«

»An harter Arbeit und Eifer ist nichts auszusetzen.«

Das Verschwinden und die demütigende Rückkehr ihres Vaters hatten bei Cora Vorsicht geweckt. Ganz sachte. Man konnte nie wissen, ob sein empfindliches Temperament und sein schwaches Selbstvertrauen ihn erneut von zu Hause vertreiben würden. Sie dankte dem Himmel, dass ihn die Bankenkrise im letzten Jahr nicht erreicht hatte.

»Wenn dir dieses Geschäft liegt, finden wir eine bessere Lösung, um den Bestellungen nachzukommen, als dass Odelia umherläuft und Leute einstellt«, sagte ihr Vater. »Weiß der Himmel, für diese Frau würde ich niemals arbeiten.«

»Und für welche Frau auf Erden würdest du arbeiten?« Cora drückte den Arm ihres Vaters.

»Nun, deiner Mama stehe ich doch erheblich zu Diensten. ›Ernie, könntest du den Ofen reparieren? Ernest, du musst auf der Stelle die Toilette instand setzen.‹« Er lachte. »Aber das ist der Ehe Lauf. Sieh einmal, das Werk am Ende der Straße steht zum Verkauf. Wenn du interessiert bist ...«

»Eine Kleiderfabrik? Ich bin Inhaberin eines Hochzeitsladens, nicht Fabrikdirektorin. Die Annonce war ein Experiment. Wir werden sehen, ob ich es fortführe. Dann können wir uns weiter unterhalten.«

Cora genoss es, aufgeweckte Kundinnen mit wunderschönen Kleidern auszustaffieren. Aber am wichtigsten waren ihr die *Kundinnen*. Sie lagen ihr am meisten am Herzen. Die Damenrunden, in denen über Liebe, Zuhause und Familie gesprochen wurde. Diese Erwartung und Vorfreude auf diese Reise, auf der sich zwei Leben zu einem verbanden, würden ihr fehlen, wenn sie Fabrikantin würde.

Sie würde Odelias bärbeißige und verdrießliche Art vermissen.

»Wollen wir?« Ihr Vater bot ihr seinen Arm an.

Mit dem Schalter neben der Tür löschte sie das Licht und trotz Dunkelheit schien der Laden zu leuchten. Cora schrieb es der Liebe zu, die diese Gemäuer erfüllte. Manchmal fühlte sie sich in diesem Laden wie in ihrer Kirche, der Baptistengemeinde auf der First Avenue.

Manchmal fragte sie sich, ob dieses Licht dem Jenseits entsprang. Sie hatte etwas Ähnliches einmal bei einer Zeltevangelisation bemerkt. Der Prediger auf der Bühne betete mit einer solchen Inbrunst, dass Cora fest überzeugt war, dass ein Glanz aus seinem Mund kam, wann immer er den Namen Jesus aussprach.

Sie zitterte vor Angst, aber sie konnte ihren Blick nicht von ihm abwenden. An diesem Abend entschied sie sich, Jesus nachzufolgen. Wenn er die Worte eines Mannes zu Gold machen konnte, musste er wundervoll sein.

Aber Alter und Erfahrung hatten ihr einen Großteil ihrer Hingabe geraubt. Es war zu lange her, dass sie irgendein Licht gesehen hatte. Das Warten auf Rufus ließ sie zuweilen in Kälte und Dunkelheit versinken und sie haderte, *ja, gib es ruhig zu,* sie haderte damit, weiterhin zu hoffen.

Aber er hatte doch versprochen ...

Cora lief neben ihrem Vater zu seinem Wagen, den er an der Blossom Street geparkt hatte. Die Anstrengungen des Tages setzten ihr zu. Sie war dankbar, dass ihr Vater sie fuhr. Und bei ihr war.

»Danke, dass du gekommen bist, Daddy.«

Er küsste sie auf die Wange und hielt ihr die Beifahrertür auf. »Natürlich. Was nützt ein Vater, wenn man nicht auf ihn zählen kann?«

HALEY

In Saal A des Rathauses war es hell, warm und stickig. Haley schlüpfte hinein, suchte sich einen Platz in der drittletzten Reihe, öffnete den Reißverschluss ihrer Jacke und steckte ihre Handschuhe in die Taschen.

Die Wärme brannte im kalten Gesicht. Vom Haus ihrer Eltern mit der Harley herzufahren, war eine eisige Angelegenheit.

Sie hatte sich den Nachmittag über vorbereitet, hatte sich Gedanken gemacht und ihre Rede vor dem Stadtrat mit Spielzeug aus ihrer Kindheit geprobt, das sie in ihrem Schrank gefunden hatte: eine ramponierte Barbie, ein lädierter Ken, zwei Bären, die schon bessere Tage gesehen hatten, und eine einäugige Raggedy-Ann-Puppe. Besitztümer, die ihre unsentimentale Mutter *nicht* an dem Tag weggeworfen hatte, als Haley aufs College gegangen war. Sie sagte, Haley würde sie vielleicht eines Tages haben wollen. Vielleicht stimmte das ja, aber heute dienten sie ihr als aufmerksames Publikum.

Sie hatte auch das alte Foto von Miss Cora gefunden, das sie an jenem Sommernachmittag beim Spielen mit Tammy gefunden hatte. Es lag in einer Schachtel mit ihren alljährlichen Zielen, die Haley im Lauf der Zeit aufgeschrieben hatte. Ein weiter Teil von Haleys Vergangenheit, den Mom aufbewahrte.

Haley blickte auf ihre Notizen und das Foto von Miss Cora. Es gab ihr das Gefühl, die frühere Besitzerin wäre bei ihr und feuere sie an.

Eine Rede zu schreiben, war Haley nicht fremd. Sie hatte schon viele Male vor ihren Kollegen und Vorgesetzten und denjenigen, die sie bei der Luftwaffe befehligte, gesprochen. Heute Nachmittag ging es darum, ihre Worte weise zu wählen.

»... der Hochzeitsladen gehört in so hohem Maße zu Heart's Bend, wie wir es vielleicht nicht einmal ahnen ... jede Familie verbindet etwas mit ihm ...«

Dieser Teil der Rede erforderte Emotion und Leidenschaft, die der Stadtrat von einer Frau erleben musste, die eine Vision hatte. Leidenschaft war nicht ihre große Stärke. Ihr lag mehr die logischere und systematischere Herangehensweise. Aber sie musste kämpfen, denn wenn sie den Stadtrat nicht überzeugte, hatte sie verloren.

Um sieben Uhr war es noch recht leer im Saal. Vorne trafen sich drei Männer und zwei Frauen auf dem Podium. Das musste der Stadtrat sein.

Durch die Seitentür traten drei geschniegelte und gestriegelte Geschäftsmänner ein, die der Duft des Geldes umwehte. Sie nahmen in der ersten Reihe Platz.

»Wie ich sehe, ist *Akron* pünktlich und sitzt ganz vorne.« Keith Niven setzte sich auf den Stuhl neben Haley.

»Wo sind alle anderen?« Haley sah um sich und registrierte die leeren Stühle.

»Wer weiß? Die Leute sind an vielem nicht interessiert, solange sie einfach leben können, wie sie wollen.« Keith wandte sich ihr zu. »Ich habe nachgedacht: Wenn Sie diesen Laden haben wollen, müssen Sie den Mund aufmachen und kämpfen. Sie müssen klar und prägnant sein.«

»Keith, ich bin mit vier älteren Brüdern groß geworden. Ich war Captain in der Luftwaffe. Ich glaube, ich kriege das hin.«

»Aber Ihr Gegner heißt *Akron*. Die haben schöne Worte. Und Geld. Wie viel Geld haben Sie?«

Sie zog eine Grimasse. »Und weshalb sind Sie hier? Um mir den Rücken zu stärken oder mich zu entmutigen?«

»Ich denke nur praktisch.« Keith stieß ihr sanft den Ellbogen in die Seite und zeigte mit dem Daumen zur Tür. »Hey, eine ältere Dame. Vielleicht war sie eine von Miss Coras Kundinnen.«

Haley sah die Dame ebenfalls. Sie war Ende siebzig, vielleicht Anfang achtzig. Sie konnte tatsächlich eine von Coras Kundinnen sein. Sie kam zu Haleys Stuhlreihe und setzte sich ans andere Ende.

»Guten Abend«, sagte sie und beugte sich zu Haley hinüber. Ihre Augen strahlten klar und blau, ihr Wollmantel dagegen war an den Ärmeln ausgefranst und ihr graues Haar schütter.

»Guten Abend.«

Sollte sie fragen, ob sie bei Cora gewesen war? Woher sollte sie wissen, dass Haley sich für den Laden einsetzte? Vielleicht wollte sie einfach verhindern, dass *Akron* ihn abriss.

»Entschuldigen Sie, aber sind Sie ...«

Keith stieß sie erneut mit dem Ellbogen an. »Sehen Sie mal, wer sich gerade auf die Seite des Feindes schlägt.« Er beugte sich vor, stützte die Arme mit dem Handy in der Hand auf die Knie und textete etwas.

Cole.

»Das ist nicht der Feind, Keith. Den *Feind* habe ich gesehen und vertrauen Sie mir, an den kommt *Akron* bei Weitem nicht heran.«

»Ach, die tragen bloß eine andere Uniform.«

»Wenn Sie das sagen.« Sie sah Cole in die Augen und schnitt eine Grimasse. *Was machst du da?*

Er zuckte die Achseln, schenkte ihr ein halbherziges Lächeln und setzte sich hinter die Herren von *Akron*.

Keiths Handy piepste in der Stille des Saals. Er lehnte sich zu Haley hinüber. »Cole sagt, sie haben ihm eine Stelle angeboten.«

»*Akron* hat Cole eine Stelle angeboten?«

»Ich habe Ihnen doch gesagt, die haben Geld. Ich habe mich selbst von ihnen blenden lassen. Das hätte die Stadt beinahe die Hochzeitskapelle gekostet.«

»Aber Sie haben die Wahrheit erkannt und so wird es der Stadt auch ergehen.«

Und Cole. Er würde die Wahrheit erkennen. Sie wollte ihn in ihrem Team.

»Aber mit einer Menge Asche kann man sich viel Loyalität erkaufen.«

»Mit einer Menge Asche? Jetzt hören Sie endlich auf, über deren Geld zu reden. Sie nehmen mir ja meinen gesamten Optimismus.«

»Ich bereite Sie nur gut vor.« Keith lehnte sich zurück, ließ es dabei bewenden und stützte den Arm auf seine Stuhllehne.

Ach, Keith. Sein demonstratives Gehabe war anstrengend, aber Haley bewunderte seine Fähigkeit, losen Bekannten das Gefühl zu geben, mit ihm befreundet zu sein.

Nach und nach füllten sich die Reihen. Haley war überrascht und froh, ihren Vater zu sehen. Sie winkte ihm über den Gang hinweg zu. Er reagierte mit einem kurzen Nicken.

Drummond Branson rutschte in die Reihe neben Dad und streckte ihr väterlich seinen erhobenen Daumen entgegen.

Der Aufschlag des Amtshammers durchzuckte sie. Ihre Hand schnellte auf ihr Herz. Bei einem heftigen, lauten Knall hatte sie immer noch den Impuls, schnell Schutz zu suchen und nach ihrer Waffe zu greifen.

»Das da ist Linus Peabody, der Stadtdirektor, faktisch der Chef des Stadtrats.« Keith, der Stadtschreier. »Sowohl die Rose als auch der Dorn, wenn Sie verstehen, was ich meine.«

»Danke Ihnen allen, dass Sie gekommen sind. Das sieht nach einer großen Beteiligung aus – dank Drummond Bransons E-Mails.« Der Redner warf Drummond ohne Regung in Stimme oder Mimik einen Blick zu. »Wir sind hier, um über den Antrag von *Akron* zu beraten, sowohl Gebäude wie auch Grundstück an der Ecke Blossom Street und First Avenue zu erwerben. Die Adresse lautet First Avenue 143. Wie Sie wissen, ist dieses Grundstück in unserem Besitz, seitdem der letzte Besitzer es aufgab und Steuerschulden hinterlassen hat. Den gesamten Schriftverkehr können Sie online einsehen.«

Haley hörte zu und wischte ihre feuchten Handflächen an ihrer Jeans ab.

»Wir werden zuerst *Akron* anhören, dann Sie alle. Drummond, ich vermute, dass Sie etwas vorbringen wollen.«

»Heute nicht, Linus. Ich bin hier, um Haley Morgan zu unterstützen. Sie will den Hochzeitsladen wieder aufleben lassen. Der Geschichtsverein steht hinter ihr.«

»Nun, dann ...« Das Stadtratsmitglied klang amüsiert, blieb aber distanziert. »Ich freue mich, von ihr zu hören. Brant, dann fangen Sie gern an.« Linus schickte sich an, Platz zu nehmen, wandte sich dann aber doch noch einmal an den Saal: »Nur damit die Sache klar ist: Die bauliche Entwicklung des nordöstlichen Stadtgebiets haben wir bereits bewilligt. Wir sind mitten in den Planungen und können loslegen. Heute geht es nur noch um das allerletzte Puzzleteil. Blacky Krantz, ich weiß, dass Sie schon darauf warten, eine der neuen Wohnungen, eines der Lofts, zu beziehen. Hören Sie Brant gut zu und bevor Sie sich versehen, sind Sie drin.«

Einer der Herren aus der ersten Reihe stand auf. »Ich bin Brant Jackson, CEO von *Akron*. Wir lieben Heart's Bend, diese wunderschöne Stadt am Fluss, ein echtes Juwel, das nur darauf wartet, weiter zu wachsen und zu florieren.«

Seine Worte klangen wie *Ra-ta-ta-ta* in Haleys Ohren. Er plädierte für Wandel, Wachstum und Wohlstand. Die Vergangenheit sei vorbei. Die Zeiten änderten sich und Städte müssten sich mit ihnen verändern. Mit zunehmendem Tourismus, werde sich die wirtschaftliche Prägung wandeln.

Brant war aus demselben Holz geschnitzt wie Mama. Leistung, Leistung, Leistung. Setz dir Ziele. Blicke voraus, gehe voran und scheffel Geld! Sei erfolgreich.

Aber war nicht vieles andere mehr wert als Leistung und Geld? Wie etwa Geschichte und Tradition? Menschen?

Haley sah hinüber zu der Dame am Ende ihrer Reihe. Sie hatte die Hände bedächtig im Schoß gefaltet und hörte Brant aufmerksam zu.

Brant warf eine Präsentation an die Wand. »Wir sind bereit, anschließend das gesamte Gebiet mithilfe von Landschaftsgärtnern neu anzulegen und die Straßen wieder instand zu setzen. Entlang des Gebäudes mit den Lofts wird ein Park entstehen. Wir haben Cole Danner, der hier in Heart's Bend geboren und aufgewachsen ist, die Stelle als Bauleiter angeboten.« Brant lachte ein gekünsteltes CEO-Lachen. »Wir verführen ihn dazu, Ja zu sagen.«

Cole schob die Schulter nach vorn. Haley widersetzte sich dem Drang, nach vorne zu rennen und ihm eins überzubraten.

Lass dich doch von diesen Aufschneidern hier nicht als Vorzeigejungen aus der Stadt missbrauchen.
Brants Vorstellung endete, als Linus den Hammer fallen ließ. »Danke, Brant Jackson. Ihre fünf Minuten sind vorüber, aber ich möchte daran erinnern, dass *Akron* mittlerweile seit etlichen Jahren eng mit Heart's Bend verbunden ist und in unsere Stadt investiert.« Strähnen seines schütter werdenden Haars wehten über seinem Kopf, als hätte sie sein aalglattes Geschwätz elektrisch aufgeladen.
»Drummond, möchten Sie ans Mikro kommen?«, fragte Linus und nahm Platz.
»Nein.« Hatte er nicht gehört, was Drummond gesagt hatte? »Ich reiche es gern an Haley weiter.«
»In Ordnung, Haley Morgan hat das Wort. Sie ist die Tochter von David und Joann Morgan. Die meisten von Ihnen werden sie kennen. Langjährige, achtbare Bürger von Heart's Bend. David, schön Sie hier zu sehen.«
»Den Abend wollte ich mir nicht entgehen lassen.« Dad nickte Haley zu.
Cole sah kurz über die Schulter und richtete sich wieder auf. Haley stand auf und griff nach ihren Notizen. Sie wollte den Saal kommandieren, wie sie es in den Sitzungen der Versorgungseinheiten getan hatte, aber stattdessen fühlte sie sich wehrlos, schwach und dem Fortschritt unterlegen.
»Hallo allerseits, ich bin Haley Morgan. Aber das haben die meisten von Ihnen wohl schon vernommen. Manche von Ihnen erinnern sich vielleicht auch an Tammy Eason oder kennen ihre Eltern. Seit der ersten Klasse waren wir beste Freundinnen, bis sie im letzten Frühling nach erbittertem Kampf an einem Hirntumor starb.«
Die Enge der Stuhlreihe war beklemmend, deshalb stieg sie über Keith hinweg in den Gang.
»Mit zehn entdeckten wir, wie wir in den alten Hochzeitsladen hineinkommen konnten, und erklärten ihn zu unserer Festung. Wir spielten Braut und stolzierten in unseren imaginären Hochzeitskleidern die Treppe hinunter. Na ja, meistens spielte Tammy die Braut,

denn sie hatte schon damals beschlossen, Cole Danner dort drüber zu heiraten.« Leises Lachen ging durch den Saal. »Ich habe die Ladenbesitzerin gespielt. Tammy kam die breite, geschwungene Treppe hinunter und hielt sich für die Königin der Welt.« Die Worte kamen von Herzen. Nicht von ihren Notizen.

»Genau so war es damals.« Die Frau am Ende von Haleys Reihe hatte das Wort ergriffen. »Man zog das Kleid oben auf dem Mezzanin an und stieg anschließend wie eine wunderhübsche Debütantin die Stufen hinunter.«

Sie hob das Kinn und winkte ihr zu.

»Waren Sie eine von Coras Kundinnen?«

»Jawohl und ohne Cora hätte ich kein Brautkleid besessen.«

Brant Jackson war aufgestanden. »Das ist ja alles schön und gut. Aber Nostalgie und Romantik sorgen nicht für eine wachsende Stadt. Meine Damen, ich bin sehr für Hochzeiten.« Er schlug sich mit der Hand auf die Brust. »Ich bin selbst verheiratet und habe zwei Töchter. Aber im Einzugsgebiet von Nashville gibt es mindestens fünfundzwanzig Hochzeitsboutiquen. Einige davon sind weniger als fünfundvierzig Minuten von Heart's Bend entfernt. Wenn Sie so erpicht auf einen Hochzeitsladen sind, dann eröffnen Sie doch einen in unserer neuen Einkaufsmeile. Ich mache Ihnen gern ein Angebot.«

»Klar, und streichen sich meinen ganzen Profit über die Miete wieder ein«, sagte Haley unter tosendem Applaus und einem »Zeig's ihnen!«. Von Keith natürlich.

»Mr Jackson, Jane Scott hat in dieser Stadt, einem ›echten Juwel‹, wie Sie sagten, wenn ich mich recht erinnere, einen Hochzeitsladen eröffnet, als noch niemand so etwas kannte. Sie hat sich ohne Radio, Fernsehen, Facebook und Twitter oder einem ausgeklügelten Marketingplan hier behauptet. Sie hat Frauen verstanden. Sie hat angehende Bräute verstanden.«

»Und verstehen Sie diese angehenden Bräute denn ebenfalls?«, sagte Mr Jackson herausfordernd mit verschränkten Armen über der geschwollenen Brust. »Waren Sie nicht die letzten sechs Jahre beim Militär?«

»Entschuldigen Sie, Brant, aber Sie hat auch niemand unterbrochen.« Dad war auf den Beinen. »Lassen Sie sie ausreden.«

Danke, Daddy! Haley lief zum Mittelgang. Ihr Blut rauschte in den Adern.

»Heute haben wir eine Hochzeitskapelle. Wäre es für Paare von auswärts, die gern hier heiraten möchten, nicht schön, wenn Sie sich ihre Kleidung am selben Ort aussuchen könnten, an dem sie auch heiraten? Miss Cora hat Geschäftsfrauen den Weg bereitet zu einer Zeit, als die meisten Frauen nur zu Hause arbeiteten. Sie hat die Weltwirtschaftskrise überstanden, wurde im Zweiten Weltkrieg zu einer Führungspersönlichkeit. Sie war eine Wohltäterin.« Haley wandte sich an die älteren Damen in den Reihen. »Sie hat Frauen geholfen, auf dem Höhepunkt ihres Lebens ihre gesamten Möglichkeiten auszuschöpfen.«

»Was hat das damit zu tun, auf einem Grundstück in allerbester Lage einen Hochzeitsladen wiederzueröffnen?« Linus' Frage war engagiert und pointiert. »Wissen Sie, wie viele Geschäfte an diesem Ort wieder schließen mussten, nachdem Cora den Hochzeitsladen 1979 aufgegeben hat?«

»Natürlich.« Sie lief auf das Podium zu. »Der Grund ist, dass dieses Gebäude nicht dafür gedacht war, dass in ihm Bücher oder Computer verkauft werden. Er wurde für Hochzeits- und Abendkleider entworfen, für Schleier und Dessous, für angehende Bräute eben.« Haley hielt inne, um ihrer Intuition die richtigen Worte zu verleihen. »Ich wage zu sagen, dass dieses Stück Land nie dafür gedacht war, ein Parkplatz zu werden.«

Brant war aufgesprungen. »Das ist doch lächerlich!«

Haley überhörte ihn. »Dieses Gebäude ist dafür gemacht, Frauen auf dem Weg in die Liebe und Ehe zu begleiten, in der schönsten Zeit ihres Lebens.«

»Von denen die Hälfte in einer Scheidung enden.« Brant konnte einfach nicht an sich halten.

»Umso mehr Grund dafür, sie mit persönlicher Ansprache zu begleiten. In Gemeinschaft und Beziehungen.« Ihre Antwort fachte ein

Feuer in ihrem Inneren an. Haley ging näher auf das Podium und Brant Jackson zu. »Der Hochzeitsladen hat wahrscheinlich jede Familie in unserem Landkreis irgendwie berührt. Mr Jackson sagt, ihm gehe es um Wachstum und Wirtschaft. Mir auch.« Sie ließ den Saal hinter sich, als sie auf das Podium stieg. »Überlassen Sie mir den Laden. Lassen Sie mich ihn in das zurückverwandeln, was er einmal war. Wir sollten gemeinsam für den Handel und die Tradition von Heart's Bend einstehen, indem wir lokale Geschäfte unterstützen. Indem wir eine großartige Bürgerin von Heart's Bend ehren: Miss Cora.«

Im Saal brandete Applaus auf, ein paar Rufe waren zu hören und ein Pfiff. Als Haley sich umdrehte, jubelte Dad ihr zu.

»Er ist ein Schandfleck«, protestierte Linus mit einem Blick auf die anderen Ratsmitglieder.

»Wenn ich so weit bin, wird er das nicht mehr sein.« Sie stellte viel Selbstvertrauen zur Schau dafür, dass sie überhaupt nicht wusste, was sie hier tat.

»Haben Sie denn das nötig Geld für die Sanierung?« Die Frage kam von einer Stadträtin hinter dem Namensschild mit der Aufschrift »Jenny Jones«.

»Ich werde das Geld auftreiben.«

»Sie verschwendet Ihre Zeit, meine Damen und Herren.« Brant quetschte sich neben sie. »Wie oft haben wohlmeinende Menschen schon versprochen, diesen Laden aufrechtzuerhalten, und nichts, ich betone *nichts* ist daraus geworden? Es ist an der Zeit, ihn aufzugeben.« Er schlug mit der Hand auf den Tisch.

»Mir gefällt der Vorschlag, einen Laden in der neuen Einkaufsmeile zu eröffnen«, sagte der Stadtrat Art Hunter.

»Haley, warum denn nicht? Sie können Miss Coras Tradition doch dort fortführen«, sagte Linus.

»Ganz genau.« Brant reckte seine Brust vor. »Wir gewähren Ihnen die freie Standortwahl und bauen ihn ganz nach Ihren Wünschen aus. Auf unsere Kosten.«

»Nein, nein, nein, wir haben bereits einen Hochzeitsladen – an der

Ecke von Blossom Street und First Avenue!« Sie zitterte, schwächelte, fürchtete die Niederlage. Linus' und Brants Argument klang überzeugend. Sie konnte es den Gesichtern der Stadträte ansehen. »Geben Sie mir eine Chance.«

»Wir sind nicht dazu da, Ihre Ziele zu finanzieren, Miss Morgan.« Linus kam immer auf neue Gedanken.

»Ach ja? Auf mich hat es aber den Anschein, als hätten Sie kein Problem damit, Brant Jacksons und *Akrons* Ziele zu finanzieren.« Gelächter und Jubelrufe hallten durch den Saal. »Lassen Sie nicht zu, dass *Akron* Sie und uns alle zwingt, ein Stück unserer Geschichte dem allmächtigen Dollar zu opfern. Überlassen Sie mir den Laden. Ich werde Sie nicht enttäuschen.«

Der Saal explodierte vor Rufen und Meinungsäußerungen Haley hielt die Luft an, überrascht von dem Feuer, das in ihr brodelte.

Linus ließ den Hammer fallen und verlangte nach Ruhe. »Beruhigen Sie sich, beruhigen Sie sich doch. Drummond, Sie stehen. Haben Sie etwas zu sagen?«

Haley wandte sich dem Saal zu, tauschte einen irritierten Blick mit Cole aus und bemerkte, dass Dad und Keith sich genau wie Drummond erhoben hatten.

»Ich sage, schenken wir ihn ihr! Geben wir ihr die Chance. Warum denn nicht? Sie hat gute Argumente. Vielleicht war es tatsächlich ein Fehler, dass alle bisher versucht haben, etwas anderes als einen Hochzeitsladen auf dem Grundstück zu eröffnen.«

Weitere Stimmen und Äußerungen waren zu hören. Linus bat um Ruhe und schickte Haley und Brant zurück auf ihre Plätze.

Zitternd lief sie nach hinten zu ihrem Stuhl, nickte Dad und Drummond zu und schlug in Keiths erhobene Hand ein, während Linus den Stadtrat zu einer kurzen Absprache zusammenrief. Die gebeugten Köpfe wippten auf und nieder, während Linus sprach und sich mit dem Hammer auf die Handfläche schlug.

Einen Augenblick später stellte sich der Stadtrat am langen, glänzenden Tisch auf. »Sind Sie bereit, das Gebäude so zu sanieren, dass es den Bauvorschriften entspricht?«

»Jawohl.« Und wie!

»Linus, Sie können dieses Filetstück doch nicht ernsthaft einem Mädchen überlassen, das über keinerlei Mittel verfügt, das Projekt fertigzustellen.« Brant schritt umher wie ein aufgebrachter Bulle.

»Linus«, sagte Drummond, »die Stadt hat doch Gelder für Sanierungsprojekte. Stellen Sie ihr für den Anfang einen Teil davon zur Verfügung. Muss ich den Stadtrat daran erinnern, dass dieses Gebäude von Hugh Cathcart Thompson entworfen wurde?«

Der Stadtrat steckte erneut die Köpfe zusammen. Drummond sah sich mit wissendem Nicken zu ihr um.

Jemand rief: »Nun gebt ihr schon endlich den Laden!«

Linus brachte die Versammlung mit dem Hammer zur Ruhe. »Der Stadtrat wird seine Entscheidung bis Ende der Woche bekannt geben. Haley, lassen Sie uns Ihre Nummer hier. Wir melden uns dann bei Ihnen.«

Dad, Drummond, Keith und ein paar andere versammelten sich um Haley, klopften ihr auf die Schulter und drückten ihre Anerkennung aus.

»Sie waren brillant!« Das war Keith mit seinem breiten Grinsen. »Wenn die Ihnen den Laden nicht geben, wissen wir, wie sehr *Akron* sie in der Hand hat.«

»Ich würde sagen, das ist ein Grund zum Feiern.« Dad zog Haley eng an sich. »Gehen wir zu *Ella's*? Ich lade dich ein. Drummond? Keith? Was ist mit euch?«

»Ich könnte was zu essen vertragen.« Haley sah sich um, ob sie Cole entdeckte, aber er war verschwunden. »Wir treffen uns dort.«

Als sie nach draußen zu ihrem Motorrad lief, sah sie sich erneut nach Cole um, entdeckte von ihm aber keine Spur. Wühlte diese Ladengeschichte Erinnerungen an Tammy auf, denen er aus dem Weg gehen wollte? Wollte er wirklich, dass aus dem Laden ein Parkplatz wurde?

Haley fuhr die drei Straßen bis zu *Ella's* gegen die winterliche Brise an und ging die Versammlung in Gedanken noch einmal durch. Ein gespannter Schauer durchfuhr sie.

Es gefiel ihr nicht, dass sie sich mit Cole nicht einig war. Immerhin war er ihre Verbindung zu Tammy. Mehr denn je wusste sie, dass sie dafür geboren war, den Hochzeitsladen wiederzueröffnen.

9

Cole

Er saß auf dem äußersten Barhocker an Ellas Tresen, wartete auf seinen Burger und stieß mit den Knien gegen das grüne Lametta, das noch immer unter dem Tresen hing.

»Na, wie war die Sitzung?« Mom, die Inhaberin, Betreiberin, Chefin, Geschirrspülerin und Bedienung in einer Person war, stellte dreckige Teller in den Korb unter dem Tresen und schob sich Trinkgeld in die Tasche. Sie behielt es nicht, sondern teilte es immer unter dem Team auf.

»Dann bringen sie wenigstens ein bisschen mehr mit nach Hause.«

»Kommt drauf an. Für *Akron* okay, für Haley lief es großartig. Sie klang sehr überzeugend.«

Ihre Leidenschaft hatte ihn überrascht. Traf es das? Überrascht? Vielleicht überführt? Sollte er sich für diesen Laden so sehr einsetzen wie sie? Für diese Stadt, für ihre Geschichte, für die Besonderheit, einen Hochzeitsladen zu haben, der 1890 gegründet wurde? Für Tammy?

Der Koch schob sich durch die Küchentür, stellte einen Teller vor Cole und klopfte ihm auf den Rücken: »Schön, dich zu sehen.«

»Dich auch, Sean.«

»Hast du dich schon entschieden? Ob du für *Akron* arbeitest oder selbstständig bleibst?« Mom lehnte sich gegen den Tresen und klaute eine von Coles Pommes. »Wow, Sean weiß, wie man gute Pommes macht.«

»Bedien dich.« Cole schob den Teller in ihre Richtung. Er und Chris hatten in ihrer Teenzeit genau hier gesessen, Hausaufgaben gemacht, des Essen aus dem Diner gefuttert und wenn die Zahl der

Gäste sich lichtete, waren sie in eine der Tischnischen gerutscht und hatten auf ihren Gameboys gespielt.

Als Cole seinen Führerschein hatte, ließ Mom sie endlich nach der Schule nach Hause gehen. Aber einmal stündlich rief sie an und kaum war sie zu Hause, überprüfte sie die Hausaufgaben und durchwühlte ihre Rucksäcke, um sicherzugehen, dass sie nicht »vergaßen«, ihr alle Arbeiten und Infozettel von den Lehrern zu zeigen.

»Ich weiß es noch nicht.« Er nippte an seiner Coke und kämpfte mit dem Gefühl, das seit der Versammlung in seinem Magen rumorte. »*Akrons* Angebot ist gut, Mom.«

»Vergiss nicht, Geldgier hat deinen Vater verführt.«

Cole zog eine Grimasse. »Diebstahl und Urkundenfälschung sind wohl kaum dasselbe, wie eine gute Stelle anzutreten.«

»Das habe ich auch nicht gesagt. Aber du musst auch auf dein Herz hören. Lass dich um des Geldes willen nicht von dem weglocken, was du eigentlich liebst.«

Er griff nach der Ketchupflasche und verteilte ein paar Spritzer über seinen Pommes und auf seinem Burger. Er fühlte sich wie ein Verräter, dabei schuldete er Haley überhaupt nichts, ebenso wenig wie der Stadt. Er schuldete Tammy nichts. Sie war jetzt an einem viel schöneren Ort und dachte, das war so sicher wie das Amen in der Kirche, weder an ihn noch an Heart's Bend noch an die Sanierung eines antiken Stadtgebäudes.

»Wo wir gerade davon reden«, sagte Mom, »sieh mal, wer da kommt.«

Nämlich Haley und ihr Vater mit Keith Niven und Drummond Branson. Sie sah aus wie die strahlende Siegerin. Sie begrüßte zwei Frauen, die an einem Tisch saßen, Taylor und Emma, Drummonds Töchter.

Dann beschlossen sie, alle an einen größeren Tisch umzuziehen und drängten sich gemeinsam hinein.

Cole konzentrierte sich auf sein Essen. Er fühlte sich nicht dazugehörig. Ein Gefühl, mit dem er zu kämpfen hatte, seitdem sein Vater vor fünfzehn Jahre verhaftet worden war.

Aber er konnte den Blick auch nicht unentwegt auf seinen Teller richten. Als er wieder aufsah, blickte ihn Haley an. Sie tippte auf sich und gab ihm ein Zeichen, sie draußen zu treffen.

Cole bedeckte sein Essen mit einer Serviette und folgte ihr, aber nicht, ohne eine der Kellnerinnen zu bitten, ihnen zwei Tassen heiße Schokolade nach draußen zu bringen. Eine Art Friedensangebot, wenn man so wollte. Er nahm seinen Mantel vom Haken neben der Tür.

»Hi.« Haley saß draußen auf der Bank. Ihr dichtes Haar fiel ihr über die Schultern. Ihre Nasenspitze war rot vor Kälte. »Befinden wir uns im Krieg gegeneinander?«

»Im Krieg? Nein, Haley, ach komm.«

»Das musste ich fragen.«

»Weil ich bei *Akron* saß?« Er setzte sich zu ihr auf die Bank. Die blinkenden Lichterketten spiegelten sich rot, blau und grün in ihren Gesichtern.

»Keith sagt, die haben dir eine Stelle angeboten.« Sie vergrub ihre Hände in den Taschen und zog die Schultern hoch gegen den beißenden Wind.

»Das haben sie. Und sehr viel Geld.«

»Eine Menge Asche?«

»Wie bitte?«

»Egal.«

»Das Angebot ist großartig. Mehr als ich in meiner gesamten Laufbahn bisher verdient habe. Ich könnte nachts endlich wieder schlafen.«

»Dann solltest du es annehmen.« Sie schüttelte sich, als der Wind heftig um das Restaurant herumblies. »Du musst an deine Zukunft denken.«

»An meine Zukunft. Sprichst du da oder deine Eltern?«

»Ich.«

Als sie ihn ansah, erinnerte er sich, wie sehr er Haley immer gemocht hatte. Vielleicht hätte er sich mit ihr sogar zu einem Date getroffen, wenn Tammy nicht zwischen ihnen gestanden hätte. Haley war echt, hatte Humor und eine leidenschaftliche Seite. Trotzdem war sie unkompliziert. Sie war eine widersprüchliche Schönheit.

»Deine Rede heute Abend war ziemlich beeindruckend.«

Ihr Lächeln strahlte wie die Lichter. »Ich war selbst ein wenig überrascht von mir.«

Die Bedienung kam mit der heißen Schokolade heraus, aber Haley winkte ab. »Ich trinke keinen Kaffee.«

»Das ist heiße Schokolade.« Cole griff nach beiden Pappbechern, bedankte sich und reichte ihr einen.

»Oh, wow, wirklich? Danke.« Haley umfasste den Becher mit beiden Händen. »Alle versuchen dauernd, mir Kaffee anzudrehen. Bei der Luftwaffe musste ich manchen sechs Jahre lang immer wieder sagen: ›Ich trinke keinen Kaffee‹.«

»Das fiel mir wieder ein.«

Sie lehnte sich zu ihm hinüber und stupste ihn mit der Schulter an. »Danke.« Sie löste den Deckel, nahm vorsichtig einen ersten Schluck und zwischen ihnen entstand eine Stille.

»Was, wenn sie dir den Laden geben?«, fragte er.

»Was, wenn nicht?«

»Aber was, wenn doch?«

»Dann mache ich aus ihm ein Juwel.«

»Mit deinen zehn Riesen?«

Sie lachte. »Na, ist doch ein Anfang.« Haley sah in die Dunkelheit. »Kennst du das, wenn du auf deiner Maschine unterwegs bist und durch die Stadt fährst, die Geschwindigkeit beachtest und an allen Ampeln und Stoppschildern anhältst?«

»Dabei würdest du viel lieber auf offener Strecke fahren?« Cole trank seine Schokolade in kleinen Schlucken und griff die Emotion in ihrer Stimme auf.

»Genau. Vollgas geben, volles Rohr losheizen und mich so weit in die Kurven hängen, bis die Knie fast den Boden berühren.«

»Ist der Hochzeitsladen deine offene Strecke, Haley?«

»Vielleicht.« Gedankenverloren nahm sie einen Schluck Kakao. »Ich habe das Gefühl, bisher bin ich nur durch kleine Ortschaften gefahren mit ein paar wenigen temporeichen Etappen. Ich glaube, ich würde gern eine Weile in Reisegeschwindigkeit über die offene Strecke fahren. Ich war vier Jahre lang auf dem College, dann sechs bei der Luftwaffe mit ebenso vielen Versetzungen. Nach den ersten beiden habe ich mich fast von meinem gesamten Besitz getrennt. Wenn ich irgendwo ankam, habe ich kaum mehr ausgepackt.«

»Du wirst den Laden bekommen.«

Sie drehte sich zu ihm um und der Ruck setzte einen temperamentvollen, aber vagen Duft frei. »Woher weißt du das?«

»Wenn sie bei deiner Rede auch nur annähernd dasselbe empfunden haben wie ich, dann können sie gar nicht Nein sagen.«

Sie hielt ihren Becher mit beiden Händen und nahm einen weiteren Schluck. »Ich habe keine Ahnung, wie man einen Hochzeitsladen führt, aber ich habe den Willen. Ich fühle es bis in die Knochen.«

»Bis in die Knochen, hm? Die lügen selten.«

Ein neuer Mustang rollte auf den Parkbereich vor der Bank. Musik schallte aus dem Fenster. Der Fahrer stellte den Motor ab und stieg aus. Er lief um das Auto und öffnete seiner Begleitung die Tür.

»So jung waren wir mal?«, fragte Haley.

»Ach, komm, *so* alt sind wir auch wieder nicht. Ich bitte dich, wir sind kurz davor, Reisegeschwindigkeit zu erreichen.« Aber während er so dasaß, fühlte er sich alt. Als hätte er einen Teil des Lebens einfach übersprungen. Den Teil, in dem man sorglos sein konnte. Stattdessen hatte er die Verantwortung als Mann in der Familie gespürt.

»Willst du dich gar nicht verabreden? Heiraten?«

Haley zitterte. »Nicht wirklich.« Sie starrte auf ihren Becher. »Ich sehe mich lieber als gestandene Geschäftsfrau, die jeder in der Stadt respektiert und um Rat fragt. Die gute Tante von Heart's Bend. Ich fahre noch einen coolen Schlitten, selbst wenn ich schon alt und grau bin. Ich besitze ein Haus auf dem Hügel, im alten historischen Viertel und kaufe jedes Jahr einen drei Meter hohen Weihnachtsbaum und packe Geschenke für alle Patenkinder darunter.«

»Und warum musst du für diese Vorstellung eine alte Jungfer sein?«

»Weil ich es eben so sage. Weil ich glaube ...« Sie holte Luft und schüttelte mit einem kleinen Lächeln den Kopf: »Du ... du fängst immer irgendwo an zu graben und triffst auf meine innersten Gedanken. Als hättest du irgendwelche Superkräfte.«

Cole lachte. »Wohl kaum. Aber erinnere dich, wir konnten schon früher gut miteinander reden. Ich habe dir immer erzählt, was ich Tammy nicht sagen konnte. Als mein Vater sechs Jahre nach seiner Festnahme verurteilt wurde, habe ich *dich* angerufen.« Die Erinnerung kam ohne sein Zutun. »Da war gerade das zweite Jahr auf dem College um.«

»Du hast mich zuerst angerufen?«

Er zog den Kopf ein und zupfte am Rand seines Kakaobechers. »Wahrscheinlich ist es okay, wenn ich es dir jetzt gestehe.« Er streckte ihr seine Hand entgegen: »Freunde?«

»Natürlich. Immer.« Ihr Handschlag währte einen Augenblick, bis Haley ihre Hand zurückzog und mit dem Kopf zum Diner wies: »Ich muss wieder rein. Die werden sich schon wundern, was mit mir los ist.«

»Und ich habe einen großen Burger auf dem Tresen stehen gelassen.«

»Danke für die heiße Schokolade.«

Cole hielt ihr die Tür auf, winkte ihren Leuten zu und kehrte zu seinem Barhocker zurück. Sein Teller war weggeräumt, aber das kümmerte ihn nicht. Er war satt.

Mom kam aus der Küche: »Ach, da bist du ja. Willst du deinen Burger zurückhaben? Ich habe ihn in den Ofen gestellt und warm gehalten.«

Cole nickte. Seine Mama war die Beste. Ähnlich wie Haley. »Klar, gerne.«

Er sah zu Haleys Tisch hinüber. Sie lachte über etwas, das Taylor Gillingham, Drummonds Tochter, gerade sagte und sah aus wie das Mädchen, das er früher von seinem Platz am Tresen beobachtet hatte – nach der Schule oder in den Semesterferien.

Heute konnte er sich eingestehen, dass Haley immer das Mädchen gewesen war, das er nicht haben konnte. Nicht, dass er Tammy nicht geliebt hätte, das schon. Aber er hatte Haley nie auch nur in Betracht gezogen. Selbst heute noch fühlte sich dieses Eingeständnis ein bisschen an wie Fremdgehen.

Wusste Haley davon, wie die Dinge mit Tammy gelaufen waren? Wenn ja, warum sagte sie nichts? Sicher hatte Haley doch eine Meinung dazu, wie ihre Beziehung geendet hatte, lange bevor der Krebs Tammys Leben ein Ende gesetzt hatte.

CORA

4. Juli

In der ersten Juliwoche stand Cora der Sinn nach Feiern. Dank all der Junibräute, die ihre Ausstattung abholten, war in den letzten Wochen im Laden Hochbetrieb gewesen.

Rufus hatte ihr in diesem Monat jede Woche geschrieben, was sie maßlos gefreut hatte. Er hatte seine Liebe beteuert, wenn auch nicht durch seine Anwesenheit. Gleichzeitig hatte er einen Besuch im Sommer in Aussicht gestellt.

Ich sehne mich danach, dich wiederzusehen. Ich kann mir gar nicht vorstellen, dass es beinahe schon ein Jahr her ist, seitdem wir zuletzt zusammen waren. Ich erinnere mich an deine Küsse und wie du nach Erdbeeren schmecktest. Die ich so liebe. Genau wie dich. Cora

Seine Briefe verliehen ihr Kraft, machten sie stolz, wenn sie die First Avenue entlanglief und ihre Besorgungen erledigte. Sie war eine Frau, die geliebt wurde, und sie bot jedem die Stirn, der dem widersprach. Ihre Liebe konnte ihr niemand rauben.

Und dann kam der 4. Juli. Ob mit oder ohne Rufus, heute war Nationalfeiertag. Die Vorbereitungen für die alljährliche Feier ihrer Eltern zum Unabhängigkeitstag auf dem zwei Hektar großen

Grundstück hinter ihrem Haus waren bereits angelaufen. Die halbe Stadt würde da sein. Sie hatte Rufus gebeten zu kommen, aber er fürchtete, dass sein Auftrag auf dem Ohio es nicht zuließ.

»Cora?« Mama kam gepflegt und adrett in ihrem neuen, rosafarbenen Sommerkleid in die Küche. Sie hatte ihren Stil um Puffärmel erweitert. »Würdest du bitte die Schokoladentorte hinübertragen? Das letzte Mal, als ich etwas in den Händen hielt, während ich über den Hof ging, lief mir der Hund der Saglimbenis vor die Füße und schon lag ich da. Als hätte er geahnt, wie wehrlos ich war.«

»Dir ist also lieber, wenn der Hund mich von den Füßen fegt?« Cora trug ebenfalls ein neues Kleid. Es war gelb und hatte Puffärmel und einen Spitzenkragen.

»Wenn du es genau wissen willst, ja. Mein hinterhältiger Plan ist, dein bezauberndes Kleid von den Tollheiten eines Lumpenhundes ruinieren zu lassen.« Sie verzog das Gesicht. »Natürlich nicht. Der Hund scheint dich zu mögen. Aber mich sieht er am liebsten kopfüber auf der Erde.«

Cora grinste, nahm die Tortenplatte und folgte Mama zur Hintertür hinaus. Sommer im idyllischen Heart's Bend. Die leichte Brise duftete nach Sonne, sprießenden Feldfrüchten und den grünen Hügeln, die sich am Horizont aneinanderreihten.

Die Gebrüder Saglimbeni mit ihrem verrückten Hund steckten eine Strecke zum Ponyreiten ab und bereiteten einen Bereich für Kinderspiele vor.

Daddy heuerte jedes Jahr einen Schausteller an, der eine Schießbude und andere Spiele aufbaute. In Heart's Bend galt: Wer den 4. Juli richtig feiern wollte, ging zu den Scotts.

Stadtrat Patz traf Cora am Buffet. Kein Zweifel, dass sein waschkorbgroßer Magen mit Schokoladentorte gefüllt werden wollte. »Ihr Vater ist ein guter Mann, dass er jedes Jahr diesen Rummel veranstaltet. Das erspart der Stadt eine ganze Stange Geld. Was haben Sie denn da, Cora? Eine Schokoladenschichttorte?«

»So ist es, Mr Patz.« Sie stellte die Platte auf den Tisch für das Dessert.

»Glauben Sie, ich könnte ein kleines Stück kosten?« In den Worten des Mannes schwang Hunger mit.

»Natürlich.« Cora hob ein Stück auf einen angeschlagenen Teller aus der Kirchenküche. »Lassen Sie sich nur von niemandem sehen.« Sie deckte die Torte ab und scheuchte ihn höflich davon.

Dann ließ sie ihren Blick über die Festlichkeiten schweifen. Die Sonne hatte sich hinter die Wolken zurückgezogen und gewährte ihnen freundlich etwas Schatten, aber der Himmel war blau und die Brise vom Fluss sorgte für angenehme Temperaturen.

Idyllisch, sehr idyllisch. *Ach, Rufus, ich wünschte so sehr, du wärest hier.* Sie hatte Liebeskummer.

Der Rasen erstreckte sich bis zu Mamas Beeten und verlief dahinter um die Bäume herum bis zum Fluss, wo Captain Aldermann von der Feuerwache von Heart's Bend heute Abend den Himmel mit Feuerwerk erleuchten würde.

»Cora, huhu, Cora!« Odelia lief auf sie zu und winkte mit den Armen. Sie und ihr Schwarm Näherinnen aus dem Hochzeitsladen hatten die Erwartungen aller übertroffen. Seit dem Bombardement der Bestellungen im Juni hatten sie bereits fünfzig Aufträge fertiggestellt.

»Langsam, Odelia. Sehen Sie sich an, Sie sind ja ganz rot.«

»Ich habe gerade Miss Maddie Crum getroffen!« Miss Crum war im Frühjahr bei ihnen gewesen. In diesem Monat würde sie heiraten. Sie kam extra den weiten Weg aus Murfreesboro. »Sie ist in der Stadt und möchte ihr Hochzeitskleid abholen, falls es fertig ist.«

»Was denn, heute? Ist es denn fertig?«

»Dem Herrn sei Dank, habe ich es gestern Abend fertiggestellt. Sie sagte, sie werde herkommen ...« Odelia presste sich die Hand aufs Herz. »Du meine Güte, ich bekomme kaum mehr Luft.«

»Setzen Sie sich, setzen Sie sich doch bitte.« Cora begleitete sie zu einem Halbkreis aus hölzernen Gartenstühlen. Auf der anderen Seite vom Weg marschierte gerade eine Armee aus Frauen mit Tellern und Platten in den Händen in einer Viererreihe auf das Buffet zu. Niemand aus Heart's Bend aß je besser als am 4. Juli.

An diesem Tag waren sie alle frei. Ein Volk. Weder arm noch reich. Weder schwarz noch weiß. Weder jung noch alt. Sondern einfach Amerikaner, die dankbar waren für ihre Unabhängigkeit, wie eingeschränkt und bedroht diese auch immer sein mochte.

»Ich kann nicht glauben, dass ich den ganzen Weg aus der Innenstadt gelaufen bin.«

»Du bist aus der Innenstadt hierher gelaufen?«, fragte Cora. »Das sind mehr als zwei Meilen.«

»Jetzt sieh nicht so überrascht drein. In der Highschool habe ich Basketball gespielt.« Odelia fächerte sich mit den Händen Luft zu und ihr Atem wurde ruhiger. »Ich dachte, Sie könnten mich vielleicht zurück in die Stadt fahren.«

»Odelia, sie braucht ihr Kleid gewiss nicht heute, an einem Feiertag.«

»Ich weiß, aber ich habe es ihr versprochen. Sie ist mehr als zwei Stunden von zu Hause hierhergefahren. Ich würde es ungern sehen, wenn sie extra noch einmal herkommen müsste, nur, weil wir nicht paar Minuten erübrigen konnten, um ihr das Kleid zu bringen. Betrachten Sie es als guten Kundendienst.« Odelia bekräftigte ihr Argument mit den Schweißperlen, die ihr über die Wangen rannen.

»In Ordnung, Sie haben gewonnen.« Cora fing die kleine Claire Olinski ab, die gerade vorbeihuschte.

»Claire, bitte bring Mrs Darnell einen Eistee.« Sie sah zu Odelia hinab, die noch immer in ihrem Stuhl lehnte und nach Luft rang. »Sie ruhen sich aus und ich fahre ins Geschäft und bediene Miss Crum persönlich.«

»Sie sind ein Prachtstück, Cora, ganz egal, was Ihre Mama sagt.«

Cora lief zum Haus und lächelte, als Claire Tee über die Seite eines hohen Glases goss. Ihre rosa Zungenspitze ragte zwischen ihren Lippen hervor.

Cora holte ihre Handtasche, Schlüssel und Lenkradhandschuhe aus dem Haus. Es dürfte nicht länger als zwanzig Minuten dauern. Sie würde kaum etwas verpassen. Die meisten trudelten gerade erst ein.

Sie blieb im Foyer stehen. Stimmen waren zu hören, drangen durch eine geschlossene Tür. Das Zimmer ihrer Eltern.

Plötzlich flog die Tür auf und ihr Vater eilte in die Empfangshalle, Mama gleich hinterher. »Nein, Ernest, nein. Dafür sehe ich keinerlei Notwendigkeit.«

Mama blieb stehen, als sie Cora bemerkte. »Cora, was ist los?«

»Ist alles in Ordnung?«

»Natürlich, heute ist schließlich Unabhängigkeitstag«, sagte ihr Vater. »Was brauchst du denn, meine Hübsche?«

»Ich fahre ins Geschäft. Odelia hat Miss Crum versprochen, dass sie heute ihr Kleid abholen kann.«

»An einem Feiertag?«

»Sie sind ohnehin gerade in der Stadt und sie dachte, falls das Kleid fertig wäre, würde es ihnen die Fahrt ersparen.«

»Nun, dann lade sie doch ein«, sagte Daddy, »lade sie zu uns ein.«

»Ich kümmere mich um die Gäste.« Mama schob sich um ihren Vater herum und richtete ihre Frisur. Er beobachtete sie. Sein breites Lächeln erreichte nicht seine Augen.

»Daddy?«, sagte Cora.

»Alles ist in Ordnung, Liebling.« Er küsste sie auf die Wange. »Nimm den besorgten Blick aus deinem hübschen Gesicht.« Er trat durch die Küche und pfiff »God Bless America«. Er trug wollene Pumphosen mit Kniestrümpfen, glänzende braune Schuhe und eine Weste über seinem kurzärmligen, weißen Hemd. Zur Feier des Tages hatte er eine leuchtend rote Krawatte umgebunden.

Mama kam mit einer Platte hartgekochter Eier aus der Küche. »Beeil dich, damit du zum Anfangsgebet wieder hier bist. Reverend Oliver aus der farbigen Gemeinde wird heute die Eröffnung halten.«

»Ich bin flugs wieder da, versprochen!« Cora trat hinaus, drehte sich aber wieder um. Ihr war flau im Magen. Sie stritten wieder. Nur, worüber? Mama klang erschöpft.

Cora musste zugeben, dass ein solcher Streit mit dreißig beinahe genauso an ihr zehrte wie als Kind. Ein Anflug ihrer gedanklichen Panik kroch ihr in die Knochen und selbst die Sonne, die warm auf ihre Schultern schien, vermochte den kalten Schauer nicht zu verjagen.

Es war gewiss nichts. Ihr Vater hatte es ihr versichert. Lediglich eine Unstimmigkeit unter Liebenden. Sie war nun erwachsen und verstand, dass es in einer Ehe auch Schwierigkeiten gab. Ihre Eltern waren schließlich auch nur Menschen.

Als sie den vorderen Weg hinunterlief, sah sie, dass ihr Wagen, der an der Straße stand, von anderen Autos eingeparkt worden war. »Auch das noch.« Die südliche Wiese und die Straße waren zum Parken ausgewiesen.

»Kann ich dich irgendwohin fahren?«

Cora zuckte herum und sah Birch auf seinem Karren heranfahren, der von seinem Maultier Uncle Sam gezogen wurde.

»Spionierst du mir etwa nach, Birch Good?« Sie drängte sich zwischen den Autos hindurch zu Birch auf die Straße und strich Uncle Sam über die weiche Schnauze. »Wie geht es dir, alter Junge?«

»Gesund wie ein Fisch im Wasser. Ich dachte, es wäre klug, ihn zu einer solchen Gelegenheit mitzubringen.« Birch deutete auf ihre Handtasche. »Musst du irgendwohin? Ich kann dich fahren.«

»Birch, wäre das möglich? Odelia hat mit einer Kundin einen Termin vereinbart ...«

»Am Feiertag?«

»Ja, ersparen wir uns die Litanei.« Sie lief zum Kutschbock und streckte Birch die Hand entgegen. Als er sie ergriff, spannte sich ein Muskelstrang seines sonnengebräunten Arms. Er zog sie hinauf und auf den Sitz neben sich. Wie von selbst kehrte ihr innerer Friede zurück. Ihre Eltern würden alles bereinigen. Natürlich. Weshalb sich grämen, wenn heute der 4. Juli war? Ein Freudentag!

Birch schnalzte dem Maultier zu. »Ich habe Uncle Sam dieses Jahr zum Gespannrennen angemeldet. Wir mussten schließlich unseren Titel verteidigen. Erster Platz zum vierten Mal in Folge!«

»Du und deine Rennen.«

»Sie sind ein großer Spaß.«

»Du gewinnst einfach gern.«

»Schuldig im Sinne der Anklage.«

Cora sah ihn von der Seite an. Sein dunkelbraunes Haar wurde ihm vom Wind in die Stirn geweht und bildete einen starken Kontrast zum hellen Blau seiner Augen. Sein Kiefer wirkte robust, als könne er einen Kinnhaken verkraften.

Er hatte heute seinen Arbeitsanzug gegen die Sonntagshose eingetauscht und trug ein weißes Hemd mit blassgelben Flecken unter den Armen. Wäre er verheiratet, würde seine Frau ein Mittel zum Bleichen daraufgeben und sie entfernen. Aber es war sauber und der Duft von Seife und Rasierwasser umwehte sein Gesicht.

»Was ist?«, fragte er, als er ihren Blick bemerkte, und ein freches Grinsen überzog seine vollen Lippen.

»Gar nichts.« Peinlich berührt drehte sie sich wieder weg, sah nach vorne und richtete ihren Blick auf Uncle Sams Lauf. Was löste Birch in ihr aus, das ihr die Röte ins Gesicht trieb? Törichte Dummheit. Er hatte Ausstrahlung, das war alles. Die Hälfte aller Mädchen der Stadt starrte ihm mit offenen Mündern nach, wenn er vorüberlief. Und bemerkte er das? Nein. Nicht ein einziges Mal.

»Sicher, es sah auch nach *gar nichts* aus.«

Sie schürzte die Lippen und nahm die Schultern zurück. »Ich habe dich nur noch nie in Sonntagskleidung gesehen, das ist alles.«

»Du siehst mich doch jede Woche in der Sonntagsschule.«

»Wahrscheinlich ist es mir da noch nie aufgefallen.«

»Na, sieh mal an, wenn dabei nicht das Herz eines alten Burschen aufgeht.« Birch lenkte Uncle Sam auf die South Broad Street und weiter in die Stadt.

»Es ist ja nicht so, dass ich dir auffallen würde.«

»Jede Woche, Cora, jede Woche.«

Sie tauschten einen knappen Blick aus und sie rutschte ein wenig von ihm ab. Was sollte sie sonst mit einem solchen Geständnis anfangen? Wenn er weitergehende Absichten außer einer Freundschaft hegte, tat sie gut daran, ihn *nicht* weiter zu ermutigen.

Die South Broad Street mündete in die First Avenue, in der es vor Automobilen wimmelte, die um den Platz fuhren, auf dem sich lauter junge Menschen aufhielten. Flaggen wehten an den Geschäften und Laternenmasten.

Ein Ford-Cabriolet Modell T rollte vorbei, eine Schar junger Burschen und Mädchen hing lachend zu beiden Seiten heraus, winkte und sang aus vollem Halse »My Country Tis of Thee«.

»Wenn ich das sehe, fühle ich mich alt.« Birch nickte kurz in ihre Richtung und hielt vor dem Hochzeitsladen. »Als hätte ich nie Gelegenheit gehabt, jung zu sein. Ich war im Krieg, als ich mit meinen Freunden in einem Modell T hätte herumkutschieren sollen.«

»Der Krieg hat uns alle altern lassen, Birch.«

»Diese Kinder wissen nichts davon. Krieg werden sie nie erleben.«

»Wir können nur beten, dass das stimmt.«

Er blieb vor dem Geschäft stehen, sprang heraus und lief um Uncle Sam herum, um Cora hinunterzuhelfen. Ein weiterer Wagen mit jugendlichen Insassen und dem schneidigen Smithy Fetterman hinter dem Steuer rollte vorüber und bremste mit einem Pfiff in Richtung einer jungen Frau in Rüschenrock und hohen Sandalen.

Und Cora stand in ihren zweckmäßigen Schuhen am Straßenrand und schaute missbilligend hinüber. Auch sie hatte es verpasst, im offenen Wagen umherzufahren und aus vollem Halse zu singen.

Ist das Leben an mir vorübergezogen?

»Hallo, schöne Frau, ich war gerade auf dem Weg zu Ihnen.«

Beim Klang seiner Stimme wirbelte Cora herum. Das Herz klopfte ihr bis zum Hals. »Rufus!« Sie lag in seinen Armen, drückte sich an ihn, als er sie mit festem Griff hochhob und herumwirbelte. »Ich kann es nicht glauben. Ich kann es einfach nicht glauben! Du bist hier! Ach, Liebling, mein Liebling ...« Sie zitterte an seiner Brust, unendliche Schluchzer ließen sie erzittern und raubten ihr den Atem.

»Pssst, ich bin hier, ich bin ja hier. Ich halte dich fest.« Er legte seine Arme immer fester um sie.

Cora klammerte sich an ihn, fürchtete, er könne verschwinden oder sei nur ein Traum und sie werde jeden Augenblick erwachen. »Ich ... ich kann es nicht glauben ... ich kann ... Liebling, ach, mein Rufus!«

»Was denn, was denn, warum all die Tränen? Ruhig, meine hübsche Cora, ganz ruhig.«

Sein warmer Atem traf ihr Ohr und fachte den Überschwang ihrer Gefühle weiter an.

Sie sank zu Boden, ihr Gesicht hing an seiner Brust. Sie weinte, griff mit den Fäusten nach den offenen Revers seiner Uniformjacke. »Rufus, Rufus ...«

»Ich habe versprochen zu kommen.«

»Ja, aber Liebling ...« Ihre Stimme hatte keine Kraft, keinen wirklichen Klang. Sie war geschwächt, weil sie ihre Seele in seine Arme entlassen hatte. Erneut stiegen ihr Tränen in die Augen, weil ihr Herz vor Freude und Erleichterung schmerzte.

Sie bebte vom Weinen, nahm nichts weiter wahr als den Felsen von einem Mann, an den sie sich anlehnte, den Geruch von Pfeifentabak und einen schweren, intensiven Männerduft, der sie mehr ans Meer als an den Fluss erinnerte.

»Liebling, sollen wir den ganzen Tag hier stehen?«

Sie nickte mit leisem Glucksen, wischte sich die Wangen ab. Sie musste ein jämmerliches Bild abgeben.

»Ich habe mich nach einem Kuss von dir gesehnt«, flüsterte er ihr, und nur ihr allein ins Ohr.

Cora versuchte, den Kopf zu heben, aber sie konnte sich nicht bewegen. Sie war zittrig, nachdem die Anspannung eines ganzen Jahres von ihr abgefallen war. Eines Jahres, in dem sie das Durchhalten und Hoffen viel Kraft gekostet hatten.

»Also schön, dann bleiben wir hier stehen.« Er zog sie an sich, küsste sie auf die Wange, legte sein Kinn auf ihren Kopf. »Dann muss ich also nicht fragen, ob du überrascht bist, mich zu sehen?«

Cora sprudelte vor Lachen, überwand ihr Schluchzen. »Ach, Rufus, ich kann mir keine wundervollere Überraschung vorstellen.« Sie sog ihn auf, prägte sich die Form seiner Brust an ihrem Gesicht ein, die herbe, starke Note seines Dufts, das Gefühl seines Atems an ihrem Ohr und den hallenden Bass seiner Stimme. »Ich bin so glücklich, dich zu sehen.«

»Cora, meine schöne Cora.« Rufus hielt sie fest. »Ich war zum Feiertag in St. Louis und hatte Glück, dass ich ein Postboot hierher nehmen konnte.«

»Du bist nur meinetwegen gekommen?«

»Nur deinetwegen.« Er trat einen Schritt zurück, nahm ihr Gesicht zwischen beide Hände und strich mit den Daumen über ihre tränenverschmierten Wangen. »Ich habe dich vermisst.«

Er beugte sich zu ihr hinab. Ohne darauf zu achten, wer zusehen mochte, stellte sich Cora auf die Zehenspitzen, sehnsüchtig, *begierig* danach, dass sein Kuss sie erfüllte, sie belebte und ihre Befindlichkeiten wegwischte. Er liebte sie und von nun an ließ sie keinen Zweifel und keine Entmutigungen von irgendjemandem mehr gelten, ihr eigenes Herz eingeschlossen.

Aber sein Kuss war zart. Zögerlich. Warum reichte er ihr einen Löffel Milch, wenn sie sich nach dem Brot der Leidenschaft verzehrte?

Cora ergriff seine Schultern, hielt ihn fest und ließ ihr ganzes Dasein in diesen Kuss fließen. In der Ferne hörte sie ein Auto hupen und die Pfiffe von Passanten. Es kümmerte sie nicht. Sollten die Leute reden. Sie weigerte sich, ihn loszulassen, küsste ihn wie eine verliebte Frau, war bereit sich ihm vollends hinzugeben. Wenn er sie nur bitten würde.

Dann ging er darauf ein, sein Atem wurde zu einem sinnlichen Rhythmus, immer und immer wieder trafen seine Lippen auf ihre und gaben seinen eigenen Hunger preis.

Als sie sich voneinander lösten, war es ihr nicht möglich zu stehen, gar nicht daran zu denken, zum Laden zu laufen. »Liebling,« flüsterte sie. »Ich liebe dich so sehr.«

Rufus belohnte sie mit seinem verwegenen Lächeln, stieß mit seiner Stirn gegen ihre und gewährte ihr einen weiteren Kuss. »Und ich dich, liebste Cora.« Er ließ sie los, aber sie klammerte sich an seinen Arm. »Und nun verrate mir«, er berührte mit dem Finger ihre Nasenspitze, »was du an einem 4. Juli in der Stadt treibst? Ich dachte, die Scotts feierten ein grandioses Fest auf ihrem Anwesen.«

»Ja, das stimmt. Ach, warte erst ab, bis du es siehst. Alle sind da. Ich bin einer Kundin zuliebe in die Stadt gekommen. Du kannst Odelia dafür die Schuld geben. Sie hat Miss Crum versprochen, dass sie heute ihr Kleid abholen kann.« Cora ging, noch immer an Rufus geklammert, einen Schritt auf den Laden zu, als ihr Birch einfiel. Sie blieb stehen und sagte beim Umdrehen: »Ach, Liebling, das ist Birch Good. Ein Freund meines Vaters.«

Aber er war weg und mit ihm Uncle Sam. »Was sagt man dazu?« Sie drehte sich wieder zu Rufus um. »Ich muss mich kneifen, um zu glauben, dass du wirklich hier bist.« Sie drückte seinen Arm. »Bist du echt? Mein Herz kribbelt in der Brust.«

»Dieses Herz? Hier das?« Rufus tippte mit dem Finger auf den V-Ausschnitt ihres Kleides, zwischen ihre Brüste, und entfachte eine Flamme.

»Rufus, bitte, wir sind in der Öffentlichkeit.« Aber das Gefühl war betörend. Es überwältigte jeden Widerstand. Sie wollte sein Küssen, seine Berührungen und alles, was dazugehörte, wenn man einen Mann liebte.

»Dann lass uns hineingehen.« Er begleitete sie zum Laden, nahm ihr den Schlüssel aus der Hand und schloss auf. »Worum geht es denn? Du sagtest, du bedienst eine Kundin?«

»Sie kommt jede Minute, um ihr Hochzeitskleid abzuholen.« Cora nahm ihm die Schlüssel wieder aus der Hand. Ein Prickeln durchfuhr sie, als seine Finger über ihre Handfläche strichen.

Er stieß die Tür hinter ihnen zu und sie waren allein in dem heißen, stickigen Laden, fern von den neugierigen Blicken der First Avenue.

»Der Lichtschalter ... ist gleich dort drüben.« Cora deutete auf die Wand, direkt hinter der Tür des kleinen Salons. Sie waren allein. Völlig allein. Sie war außer sich vor Freude und zitterte zugleich vor Angst.

Als sie hinübergriff, um das Licht anzuschalten, wirbelte Rufus sie herum und drückte sie an die Wand. »Mein Liebling, du bist so wunderbar.« Er beugte sich hinunter, um ihren Hals zu küssen.

Cora sackte ihm entgegen, lehnte sich an seine breiten Arme, um sich aufrecht zu halten. Seine seidigen Lippen hinterließen eine glühende Spur an ihrem Schlüsselbein entlang.

»Rufus ... Liebling ... sie ... sie ... werden ... gleich hier sein.« Sie verlor das Bewusstsein und er fing sie in seinen Armen auf, seine Lippen trafen auf ihre, jeder Kuss leidenschaftlicher als der zuvor.

»Vergib mir, aber ich kann mich beim besten Willen nicht entsinnen, weshalb ich unser Wiedersehen so lange hinausgeschoben habe.« Er stellte ihre Füße auf den Boden. Seine Hand strich sanft über ihre Seite. Wenn das die Leidenschaft der Liebe war, mochte sie nie enden.

»Hier ...« Er zog einen funkelnden Anhänger aus der Tasche. »Zehn Karat. Für dich.«

»Ach, Rufus, das sollst du doch nicht.« Die Kette mit dem herzförmigen Anhänger lag in ihrer Hand und ihr sank das Herz ein wenig. War dies sein Antrag? Wollte er ihr denn keinen Ring schenken? Nicht jeder Mann tat das, aber ...

Rufus drehte sie um, strich mit seinen Küssen ganz langsam ihr Haar zur Seite und hängte ihr die Kette um den Hals. »Lass mich sehen. Ja, sehr schön, wirklich. Ich habe sie gefunden, als ich in New York war. Bei Tiffany's.«

»Du warst in New York? Das hast du gar nicht erzählt.«

»Ich habe etwas eingravieren lassen: ›Mein Liebling – Cora.‹ Sieh nur.«

Einen langen Moment blickte sie in seine blauen Augen. »Ich sehe alles, was ich gerade sehen muss. Dich, Rufus, dich.«

Er zog sie an sich heran und antwortete mit einem leidenschaftlichen Kuss.

»Liebling.« Cora lehnte sich zurück. »Hast du die Postkarte bekommen, die ich meinem Brief beigelegt habe? Von einer Miriam? Sie schien dich dringend sprechen zu wollen.« Er hatte es in keinem seiner Briefe erwähnt. »Wer ist sie?« Sie sprach in sanftem Tonfall, fragend, weit entfernt von einer Anschuldigung.

»Wie bitte?« Seine Augen suchten ihren Blick. »Miriam? Was

willst du ... Ach, Miriam. Ja, die Frau eines Kameraden. Sie wollte ihn zu seinem Geburtstag überraschen. Nichts weiter.«

»Gar nichts?«

»Ach, komm, ich will dich küssen, nicht über andere Frauen reden.« Seine Lippen strichen über ihre, während er seine Arme eng um sie schlang.

»Huhu, Miss Cora?« Das Läuten der Türglocke vorne trieb sie auseinander. Rufus, nach Atem ringend und mit einer blonden Locke über der Augenbraue, stopfte sich das Hemd in die Hose und verschwand in der Dunkelheit des kleinen Salons.

Zitternd, als hätte sie jemand mit kaltem Flusswasser übergossen, sammelte Cora sich, bevor sie um die Ecke des kleinen Salons trat. Nach all der Leidenschaft ihrer Tränen und der Leidenschaft von Rufus' Küssen hatte sie keine Vorstellung, wie sie aussah. Sie richtete ihre Frisur und war sich des verschwitzten Ausschnitts ihres Kleides bewusst.

»Miss Crum, kommen Sie herein.« Cora trat zur Seite, als die Frauen den Laden betraten, und war dankbar für den Luftzug. Doch er kühlte ihr glühendes Gesicht kaum und schaffte es nicht, ihre Liebesglut zu löschen.

»Miss Cora, haben Sie vielen Dank, dass wir kommen dürfen.« Maddie Mae Crum begrüßte Cora mit einer Umarmung. »Ich bin hocherfreut, dass Odelia mein Kleid fertiggestellt hat. Oh, Sie glühen ja.«

»Ihre Wangen sind ganz rot.« Mrs Crum warf Cora erneut einen verächtlichen Blick zu. »Haben Sie einen Sonnenbrand? Sehen Sie sich heute Nachmittag bloß vor. Wir wollen doch nicht, dass Ihr hübsches Gesicht mit roten Pusteln bedeckt ist.«

»Danke, natürlich nicht. Vielen Dank für den freundlichen Ratschlag, Mrs Crum.« Cora atmete auf, bemühte sich, nicht zu lachen, war jedoch erleichtert, ihr Geheimnis für sich behalten zu können.

»Ach, Ihr Geschäft ist einfach himmlisch. Das sage ich jedes Mal, nicht wahr?« Miss Crum sah in den kleinen Salon. Cora eilte um sie herum und verstellte ihr die Sicht, für den Fall, dass Rufus im Sessel in der Ecke vor dem Fenster saß. »Wir haben so viel zu tun auf der Farm, dass wir kaum in die Stadt kommen. Dies ist ein Vergnügen für uns.« Die Crums waren Farmer im mittleren Tennessee und Miss Crum hatte ihr Kleid über die *Modern Priscilla* bestellt. »Wo sind all die Kleider?«

»Hier, im größeren Salon hängen einige Ausstellungsstücke.« Cora führte Miss Crum in den großen Salon, wo einige ausgewählte Roben an Schneiderbüsten und Schaufensterpuppen hingen. »Es tut mir leid, dass ich Ihnen keine Erfrischungen anbieten kann. Aber bitte nehmen Sie doch Platz.«

»Oh nein, das ist nicht nötig. Uns ist klar, dass wir Ihre Zeit über Gebühr beanspruchen.«

»Ich hole Ihr Kleid.«

»Ist das die Treppe, die eine Braut hinuntersteigt, wenn sie ihr Kleid anprobiert? Eine Freundin hat mir davon erzählt.« Miss Crum blieb nicht sitzen, wie Cora ihr geheißen hatte.

Cora hielt auf halber Treppe inne. »J-ja, das ist sie.«

»Ach, bitte, meinen Sie, ich könnte mein Kleid anprobieren und die Treppe hinuntersteigen? Mama ist hier ... und Sie.« Miss Crums braune Augen glänzten vor Begeisterung. »Es würde mir die Welt bedeuten.«

»Mir auch.« Mrs Crum trat vor. »Wir haben damals kein Hochzeitsfest ausgerichtet und ich freue mich sehr für Maddie Mae, dass sie ihren großen Tag erlebt.«

Cora seufzte, bewahrte sich aber ihr Lächeln. »Dann muss sie natürlich die Treppe in ihrem Kleid hinuntersteigen. Es tut mir leid, dass es hier so warm ist.«

Sie stieg die Stufen hinab, streckte sich nach dem Fenster aus und öffnete das Oberlicht.

»Machen Sie sich keine Umstände. Ich öffne ein paar Fenster und schalte die Lichter an, während Sie Maddie Mae ausstaffieren.« Mrs Crum stellte ihre Handtasche auf den Stuhl neben das große Schaufenster und begann, die Fenster zu öffnen, während Cora innerlich schrie: *Rufus, versteck dich!*

»Gehen Sie schon hinauf, Miss Crum. Ich bin in einem Moment bei Ihnen.« Cora sah in den kleinen Salon. Leer. Wo war er hin? Sie sah in der Dienstkammer nach und auf der Damentoilette. Leer. Im Wandschrank? Nein, er war fort. Cora sah durch den Garderobenraum zur Hintertür hinaus. Rufus lehnte gegen einen Baum, rauchte seine Pfeife und zwinkerte ihr zu, als er sie sah. Sie hob die Hand. *Fünf Minuten noch.* Er nickte und warf ihr eine Kusshand zu.

In diesem Fall, vier Minuten.

Cora eilte hinauf ins Mezzanin, wo Miss Crum sie erwartete, und half ihr aus dem Kleid. Allein zu wissen, dass Rufus unten wartete, beschleunigte ihren tobenden Puls.

Beruhige dich, Cora. Kundinnen sind das Lebenselixier unseres Geschäfts. Aber, ach, Rufus war endlich gekommen!

Als sie Miss Crum eingekleidet und zugeknöpft hatte, schnappte sich Cora einen Schleier aus dem Schrank und steckte ihn ihr in die Haare. Dann eilte sie die Stufen hinab, legte eine Schallplatte auf den Phonographen und trat neben ihre Mutter im großen Salon.

»Kommen Sie herunter, Miss Crum.«

»Ich glaube, ich muss weinen.« Mrs Crum tupfte sich mit einem zerknitterten Taschentuch die Augen. »Sehen Sie nur, ist sie nicht wunderschön?«

»Das ist sie ganz gewiss.«

»Sind Sie verheiratet, Miss Cora?«

»Noch nicht.«

»Sehen Sie nur, was Sie erwartet. Maddie Mae, ich sage dir, Norbert werden die Augen aus dem Kopf fallen und bis zum Altar rollen.«

Cora betrachtete die Mutter-und-Tochter-Szene, ließ sie den Augenblick genießen und war ganz sicher, dass Rufus heute Abend um ihre Hand anhielt. Ihre Leidenschaft war so ungewöhnlich und schön und wurde mit jeder Begegnung nur stärker. Gewiss konnte er es nicht länger hinausschieben.

Und wenn er sich niederkniete und um ihre Hand anhielt, würde sie mit jeder Faser ihres Daseins rufen: »Ja!«

10

Birch

Zur Mittagsstunde saß Birch mit einem gut gefüllten Teller auf seinem Kutschbock und ließ Uncle Sam grasen. Es war das köstlichste Essen weit und breit.

Zubereitet von den besten Köchen. Blattkohl, Butterbohnen, Augenbohnen, Maiskolben, Maisbrot, Soleier und eingelegte Rote Bete. Gebratenes Schwein, Rind und Huhn. Kuchen und Torten aller Art.

Aber nichts davon reizte ihn. Nicht einmal das vorwurfsvolle Rumoren seines Magens konnte seine Geschmacksknospen oder seinen Appetit locken.

Dafür hatte er noch am Anblick von Cora in den Armen dieses breitschultrigen Flussschiffers zu kauen, der sie am helllichten Tag küsste, als wäre sie irgendein dahergelaufenes Flittchen.

Den ganzen Rückweg zum Anwesen der Scotts hatte er innerlich vor Wut, nein, vor *Abscheu* über ihre Unverfrorenheit gekocht. Um ein Haar wäre er gleich wieder nach Hause gefahren und hätte sich die Feierlichkeiten, das Essen und die gute Gemeinschaft geschenkt und geschmollt.

Aber, nein! Wenn sie derart unhöflich war, ihn zu ignorieren, weshalb sollte er sich die Feier vermiesen lassen? Er freute sich schon das ganze Jahr auf dieses Picknick.

Wem machte er etwas vor? Er freute sich darauf, Cora zu sehen, wann immer er sie zu Gesicht bekam. Er wollte mit ihr im Drei-Bein-Rennen antreten, ihr Lachen im Ohr haben, zusehen, wie die Sonne den rötlichen Schimmer in ihrem kastanienbraunen Haar hervorlockte.

Also schön. Jetzt mal ehrlich. Was er im Magen spürte, war weder Wut noch Abscheu, sondern pure, sündhafte Eifersucht.

Führe er nach Hause, gäbe er der Eifersucht nach. Überließe seinen Gefühlen die Oberhand. Und dagegen wehrte sich Birch. Wenn er etwas von seinem Vater gelernt hatte, dann seine Gefühle im Zaum zu halten. Seinen Kopf nicht vom Herzen steuern zu lassen.

Wenn Cora diesen Flussjockey bevorzugte, bitte sehr. Sie würde Birch nicht am Ufer stehen und um sie weinen sehen.

»Birch Good, was machst du denn hier draußen so ganz allein? Und dein Teller ist ja noch voll.« Janice Pettrey legte die Hand auf sein Knie und sah von unten zu ihm hinauf. Ihr Parfüm stieg ihm in die Nase, ihr blondes Haar fiel ihr über die Schulter. »Ich habe meinen berühmten Pekannuss-Kuchen gebacken.«

»Du weißt, dass ich deinen Kuchen sehr schätze. Mein Hunger ist nur doch nicht so groß, wie ich dachte.«

»Seit wann hat Birch Good denn keinen Hunger? Wanetta Cash, kannst du glauben, dass Birchs Teller noch nicht leer ist?«

»Was ist los, Birchy? Ist dein Magen nicht in Ordnung?« Wanetta reckte sich, um ihn am Bauch zu kitzeln, aber er fegte ihre Hand zur Seite.

»Ich habe dir schon mal gesagt, du sollst mich nicht Birchy nennen.«

Wanetta hob ihren Rock hoch, sodass man die Klemmen ihres Hüfthalters sah, mit denen die Strümpfe befestigt waren. Sie kletterte auf dem Rad des Karrens hinauf und ließ sich auf den Kutschbock fallen. Er wandte den Blick ab und spürte, wie seine Wangen erröteten.

»Ach komm, Birch, ich habe doch nur mit Janice herumgealbert. Janice, geh auf die andere Seite und spring rauf. Birch, rutsch mal zu mir rüber und mach ihr Platz.«

»Redest du immer in diesem Kommandoton?«

»Wie lange kennst du mich jetzt? Seit dem Kindergarten, oder? Ich habe dich damals schon herumkommandiert. Nun sieh dir Janice an, gelenkig wie eine Katze.«

Janice schmiegte sich an Birch, aber nicht, weil sie nicht genug Platz hatte. Die weiche Kurve ihrer Brust schob sich an seinen Arm und sein Puls explodierte wie ein Feuerwerk. Er rückte ein wenig näher an Wanetta heran, obwohl auch diese Bewegung ihn in Schrecken versetzte.

»Neben wem wirst du heute Abend beim Feuerwerk sitzen?«, fragte Janice.

»Ich schätze, der alte Uncle Sam hier wird ein wenig Zuspruch brauchen.« Birch deutete mit seiner Gabel auf das Maultier. »Er mag keinen großen Lärm.«

»Dann leisten Janice und ich dir Gesellschaft«, sagte Wanetta.

Als verstünde er sie, und davon ging Birch aus, hob Uncle Sam mit einem *Hüü-hoo* das Maul, schüttelte den Kopf und stampfte mit den Hufen.

Die Mädchen lachten. »Wir freuen uns auch schon, Uncle Sam.«

Birch streifte Janice mit einem Blick. Sie war anders als Wanetta. Hübsch. Freundlich. Schmale Figur. Lehrerin an der Grundschule. Er mochte ihre Gesellschaft. Sie hatten sich einmal am Sonntagabend nach der Bibelstunde über die *Vorrangstellung Christi* unterhalten. Er hatte nie davon gehört, bis sie über ihr hochgestochenes Lehrverständnis schwadronierte.

Ihr Gespräch hatte ihn einen Monat lang beschäftigt. Er hatte in der Bibel nachgelesen und es bestätigt gefunden: Christus war gerecht und überragend und der Erstgeborene. Er beugte seine Knie vor niemandem. Alle beugten sich vor ihm. Und doch starb er für die ganze Welt.

Die Mädchen lachten über etwas und Birch beugte sich über sein Essen. Plötzlich hatte er mächtig Hunger. Nun, da er das Glück hatte, zwischen zwei hübschen Damen zu sitzen.

Nicht, dass er viel Erfahrung mit dem schöneren Geschlecht hatte. Er hatte keine Schwestern und seitdem er alt genug war, hinter dem Pflug herzulaufen, hatte er nach der Schule auf der Farm gearbeitet. Die Landwirtschaft lag ihm im Blut.

Der einzige Sport, den er je getrieben hatte, war Football gewesen.

Dafür hatte sein Dad ihm jeden Herbst seine Pflichten erlassen. Der Trainer war darüber immer sehr dankbar gewesen.

»*Birch ist einer der besten Offensive Tackles, die ich je gesehen habe.*«

Aber Birch bewunderte das schönere Geschlecht und vielleicht war es an der Zeit, sich eine Frau zu suchen.

Die Mädchen schwatzten und zogen ihn nach und nach in ihr Gespräch hinein, tauschten Tratsch aus und fragten sich, wer wohl als Nächstes in den Hafen der Ehe einlief.

»Ich kann es kaum erwarten, bis ich im Hochzeitsladen an der Reihe bin. Schon seit Ewigkeiten gehe ich jeden Samstag an den Schaufenstern vorbei und träume von meinem großen Tag«, sagte Janice.

»Welches Mädchen macht das nicht?« Wanetta machte den Rücken gerade und schüttelte ihren Rocksaum auf. »Meine Tante Pam hat geheiratet, als ich sechs war, und obwohl sie ihre Hochzeit nur klein im Haus meiner Großeltern gefeiert hat, kaufte sie ihr Kleid und ihre Brautausstattung im Hochzeitsladen. Bei Miss Jane. Mama nahm mich einmal zu einer Anprobe mit und mehr brauchte sie nicht zu tun. Auf meinen Vater wartet die Investition in ein modisches Brautkleid und eine hübsche Aussteuer.«

Birch kaute und war froh, dass er den Mund voll hatte. Sonst hätte er womöglich gefragt, was sie von diesem Laden hielten, wenn sie wüssten, dass Cora am helllichten Tag ihrer Liebe zum Flusskapitän freien Lauf ließ.

»Was denkst du, Birch? Bist du je im Hochzeitsladen gewesen?«

»Janice, was sollte Birch schon in einem Hochzeitsladen wollen?«, winkte Wanetta leise kichernd ab.

»Doch, ich bin schon da gewesen.« Er räusperte sich und griff nach einem Glas kalten Wassers. »Ich habe Cora ein- oder zweimal geholfen.«

»Sieh an, Wanetta, was für ein toller Kerl.«

Birch empfand ein Gespräch mit einer Frau als ein seltsames Unterfangen. Nur nicht, wenn er mit Cora zusammen war. Dann war es, als würde sich in ihm etwas öffnen. Er fühlte sich frei, ihm kamen alle möglichen Scherze und Geschichten in den Sinn und er sprach gern über sein Leben. Er schenkte ihr sein Ohr und wünschte sich dabei, der starke Mann an ihrer Seite zu sein. Doch sie bemerkte es nie. Und er fand nie einen Weg, es ihr mitzuteilen.

»Wann willst du endlich sesshaft werden, Birch?« Janice hatte keine Scheu und spazierte geradewegs in seine Privatsphäre.

»Wenn ich die richtige Frau finde.« *Oder wenn sie erkennt, dass ich der richtige Mann bin.*

»Wenn du die richtige Frau findest?« Wanetta fasste ihn am Kinn und drehte sein Gesicht zu sich herüber. »Sieh dich um, Farmer Good. Hier sitzen zwei Prachtexemplare von Heart's Bend. Willig und bereit.«

»Willst du damit sagen, dass du mich liebst?«, lachte er schallend auf. »Der war gut, Wanetta.«

»Na schön. Das vielleicht nicht, aber ich bekäme gern die Gelegenheit, es auszuprobieren. Und Janice ebenfalls.«

»Wanetta, bitte lass ihn in Ruhe.«

Was sollte er dazu sagen? *Ich liebe Cora Scott, seitdem sie mich mit vierzehn im Fluss untergetaucht hat?* Er war damals neunzehn gewesen und hatte mit ihrem Bruder EJ herumgetobt. Ohne zu wissen, dass sie in ein paar Jahren in den Krieg ziehen würden.

Kurz darauf stieß Cora ihn jedenfalls mit dem Gesicht in die Strömung. Heute lachte er darüber und es war seine schönste Erinnerung an sie. Seit diesem Tag kannte er ihren Willen und ihre Stärke. Vielleicht brachte es ihn deshalb innerlich um, sie mit dem Kapitän zu sehen.

Wenn Cora Scott sich für ihn entschieden hatte, gab es nichts, das sie umstimmen konnte, bis sie ihn für sich gewann.

Aber er musste sie vergessen. Für heute. »Wie wäre es mit einem Stück von deinem berühmten Pekannuss-Kuchen?«

Er stand auf und wollte gerade nach unten springen, als ihm ein durchdringendes Hupen entgegenschallte. Er zuckte erschrocken herum und sah ein Ford-Cabrio Modell T mit Cora und ihrem Flussschiffer auf den Rasen der Scotts rollen.

Lachend stolperte sie heraus. Ihre Frisur war zerwühlt und nachlässig und von Haarnadeln befreit. Der Kapitän fing sie auf. Seine Hand lag oben um ihre Taille, schob sich höher und intim an ihre Brust heran.

Birch stieg über den Kutschbock nach hinten auf die Ladefläche. »Alles in Ordnung, Cora?«

»Birch, wo warst du denn?« Ihr Blick ging von Birch zu den Frauen neben ihm. »Janice, Wanetta, was macht ihr beide denn da?«

»Wir leisten Birch beim Mittagessen Gesellschaft.«

»Ich habe mich noch nach dir umgedreht, Birch, aber da warst du schon weg.« Cora trat auf sie zu, ihr Blick lag auf ihm, aber Rufus hielt sie an der Taille fest.

»Mir schien, dass ich nicht länger gebraucht wurde.« Übelkeit rührte sich in seinem Magen und er wünschte, er hätte nicht so viel Fleisch gegessen. »Die Mädchen und ich werden uns jedenfalls gemeinsam das Feuerwerk ansehen.«

»So ist es und mein Date heute Abend ist Uncle Sam.« Wanetta streckte sich nach vorn und tätschelte sein Hinterteil. Das Maultier hob mit einem *Hüü-hoo* den Kopf und schlug mit einem Huf auf die Erde.

Janices leises Gekicher steckte Birch an und er konnte nicht anders, als in ihr Lachen einzustimmen. Und den Witz weiterzuspinnen. »Sie und Janice haben eine Münze geworfen. Janice hat verloren. Sie muss mit mir vorliebnehmen.«

Wanetta lachte, streckte kurz ihr Knie heraus und Cora lächelte verwirrt. »Lustig.« Coras und Birchs Blicke trafen sich, aber er konnte nicht ausmachen, was ihm ihre haselnussgoldenen Augen sagen wollten.

»Schön, euch alle kennenzulernen, aber Cora, Liebling, ich sterbe vor Hunger.« Der Kapitän hob sie vom Boden und ihr Lachen fachte Birchs Eifersucht neu an, von der er geglaubt hatte, dass er sie bereits überwunden hatte.

»Er sieht so gut aus«, seufzte Janice, als Cora mit ihrem Begleiter davonlief.

»Wie bitte?« Birch ließ sich auf den Kutschbock plumpsen. »Dieser Schwächling von einem Flusskapitän?«

»Eifersüchtig, Birch?«, fragte Wanetta und stieß ihn mit dem Ellbogen an.

Er schob ihn weg. »Nein.«

»Ach, ich sehe doch, wie du sie jeden Sonntag anschmachtest und wenn du mich fragst, passt sie hervorragend zu diesem *Schwächling*, so, wie sie dich behandelt und deine Gefühle übergeht.«

Birch sah die Frau mit dem Kommandoton an. Verstehen und Wahrheit lagen in ihrer beiden Blicke. »Tja, es ist nicht leicht, gegen den Douglas Fairbanks der Flussschifffahrt anzukommen.«

»Du findest eine Bessere. Schließlich hast du uns zwei.«

»Ja«, sagte Birch, »aber eine von euch ist mit meinem Maultier verabredet.«

Haley

15. *Januar*

Am Freitagmorgen bekam Haley einen Anruf von Linus Peabody, der sie bat, um zehn Uhr zu ihm in das Büro des Stadtdirektors zu kommen.

Sie fuhr auf ihrer Harley hin. Der Wind drang durch die Wintermontur wie ein Messer durch weiche Butter. Motorradfahren hatte ihr nach einem Streit mit Dax oder einer anderen Enttäuschung immer geholfen, den Kopf freizubekommen.

Zuletzt als sie die Luftwaffe verlassen hatte. Das Motorrad war ihr Gefährt, ihr Anker, als sie erst Freunde in Texas besuchte und dann in Florida.

Aber seitdem sie in Heart's Bend wohnte, im kalten Winter, fühlte sich das Motorrad eher wie ein Klotz am Bein an. Es erinnerte sie an ihre Dummheit.

»Haley, kommen Sie herein.« Linus öffnete die Tür, bevor sie klopfen konnte.

»Danke, dass Sie gekommen sind. Ich habe heute mehrere Sitzungen, die ich nicht absagen kann, und ich dachte, Sie möchten sicher wissen, wie wir uns entschieden haben.«

Langsam trat sie auf seinen Schreibtisch zu. Sie war gespannt. Ihr Herz pochte.

»Nun dann, junge Dame, herzlichen Glückwunsch, Sie sind Eigentümerin der First Avenue 143!« Linus ließ einen Schlüsselbund an seinen Fingern baumeln. »Das sind die Schlüssel von Keith Niven. Seien Sie gewarnt, es sind die einzigen.«

Haley griff lächelnd nach dem Bund. »Sie überlassen mir den Laden? Ich meine, Sie schenken ihn mir wirklich? Was ist der Haken daran?«

»Ja, wir überlassen Ihnen den Laden. Offen gestanden war ich auf *Akrons* Seite, aber die anderen haben sich für Sie ausgesprochen. Ich musste mir zudem einiges von meiner Lieblingstante anhören. Sie hat ihre Brautausstattung bei Miss Cora gekauft und beharrt eisern darauf, dass die Tradition für die jungen Frauen in Heart's Bend weitergehen muss, wenn jemand bereit ist, das alte Geschäft wiederzueröffnen.«

»Ich fasse es nicht ...« Haley ballte ihre Faust fester um die Schlüssel und das harte Metall drückte sich in ihre Handfläche. »Ich ... ich werde Sie nicht enttäuschen.« Bei Gottes Gnaden, das würde sie nicht. »Muss ich etwas unterschreiben?«

Sie ließ ihren Blick über seinen Schreibtisch schweifen und suchte nach Papieren, einem Vertrag, irgendetwas.

»Wir halten den Vertrag noch offen, bis unsere Bedingungen erfüllt sind.«

Aha, der Haken. »Und die wären?«

»Sie wissen, dass wir mit diesen Geschäftsräumen schon mehrfach auf die Nase gefallen sind, deshalb stellen wir ein paar Bedingungen. Wir wollen, dass die Umbauarbeiten innerhalb eines Monats beginnen und innerhalb von drei Monaten abgeschlossen sind. Startpunkt ist der 1. Februar, am 1. Mai sollte der Umbau fertig sein. Wir möchten, dass der Laden am 15. Juni eröffnet ist.«

»Das klingt nach einem engen Zeitplan. An wen muss ich mich wenden, wenn etwas schiefgeht?«

»Ihr Ansprechpartner ist der Stadtrat, aber ich kann Ihnen schon jetzt sagen, dass wir bei etwaigen Sperenzchen das Gebäude mit allem, was Sie dann schon in die Renovierung gesteckt haben, wieder an uns nehmen. Wir *schenken* Ihnen ein Gebäude und erlassen Ihnen alle Steuerschulden. Dafür möchten wir einen Vertrauensbeweis Ihrerseits sehen. Wir gehen ein Risiko ein und diesmal übernehmen wir das Sagen darüber, wie und wann alles über die Bühne geht. Wenn die Sache misslingt, nehmen wir das Gebäude zurück, ohne Ihnen die Renovierungskosten zu erstatten. Wenn Sie Erfolg haben und ein Jahr lang im Geschäft bleiben, bekommen Sie den Vertrag und unseren Segen.«

Haley seufzte und zog eine Grimasse. »Aber Sie überlassen mir ein Projekt, das viel Geld kostet, und geben mir nur wenig Zeit, um das nötige Kapital aufzutreiben.«

Linus lehnte sich gegen seinen Schreibtisch und Haley dachte, dass er früher einmal gut ausgesehen haben musste. Aber er hatte immer diese gerunzelte Stirn, die ihn verärgert wirken ließ. »Dann schlage ich vor, dass Sie Gas geben. Wenn Sie Erfolg haben, besitzen Sie am Ende ein Geschäft und haben lediglich Renovierung und Inventar bezahlt. Wenn nicht, fühlen wir uns frei, an *Akron* zu verkaufen.« Er runzelte die Stirn. »*Akron* würde für dieses Grundstück töten.«

»Bildlich gesprochen.«

»Natürlich bildlich gesprochen. Wir sind hier nicht in einem Krimi.«

»Was ist mit den Gebühren und Genehmigungen? Bekomme ich da Erleichterung? Was, wenn die Stadt mir wegen irgendetwas Steine in den Weg legt?«

Steine im Weg mochte sie gar nicht. Damit hatte sie sich in der Luftwaffe genug herumgeärgert. Aber sie hatte schon engere Zeitpläne für eine Aufgabe erlebt und wesentlich mehr Papierkram. Und hatte es dennoch geschafft. Der Stadtrat hat seine Meisterin gefunden. Hoffentlich.

»Die Gebühren sind rein symbolischer Art.« Er lehnte sich zu ihr hinüber. »Dies ist ein mehr als faires Angebot, Miss Morgan. Für die Genehmigungen gilt die normale Bearbeitungszeit von zwei bis drei Wochen. Die würde ich sofort in Angriff nehmen. Wie gesagt, die Uhr tickt ab dem 1. Februar.«

»Danke.« Haley reckte die Faust in die Höhe, um ihre Entschlossenheit zu demonstrieren. »Ich werden Sie alle nicht enttäuschen.«

Irgendwo unter Jeans und Lederjacke waren noch die Überbleibsel von Captain Haley Morgan vorhanden, die eine mustergültige Versorgungseinheit in einem Kriegsgebiet geführt hatte. Die einen Oberst zurückgestutzt hatte, weil er nach einem Ersatzteil für seinen Privatwagen verlangte. Die denselben Oberst daran gehindert hatte, Vorschriften mit Füßen zu treten, obwohl er im Rang über ihr stand. Die Frau, die beim kleinsten Fingerschnipsen den Standort wechseln und buchstäblich innerhalb einer Stunde ihr gesamtes Leben einpacken konnte.

Dass dieser Laden ein Erfolg wurde, lag ihr mehr am Herzen, als in der elften Klasse mit Brandon Lutz zum Schulball zu gehen, mehr als an der Universität von Tennessee zugelassen zu werden, mehr als mit Topnoten die Offiziersschule abzuschließen, mehr als Captain zu werden. Mehr als sie Dax begehrt hatte, dem sie bei seinem allerersten Hallo verfallen war.

»Dann sagen Sie also Ja?«, fragte Linus und stand auf. »Denn ich habe noch einen hübschen Bonus für Sie.« Er holte einen offiziellen Umschlag aus seinem Aktenschrank. »Die Stadt hat Gelder für verschiedene Projekte zurückgestellt. In dem Topf, den Drummond Branson erwähnte.« Er reichte ihr den Umschlag. »Das sollte Ihnen den Start ermöglichen. Aber es ist ein Kredit. Sie müssen ihn an die Stadt zurückzahlen. Lesen Sie sich die Papiere durch und wenn Sie den Scheck einlösen wollen, bringen Sie alles unterschrieben und notariell beglaubigt wieder her.«

Haley spähte in den Umschlag. »Zwanzigtausend Dollar?«

»Damit sollten Sie loslegen können.«

Haley streckte die Hand aus: »Danke, danke, danke!«

»Also dann.« Steif und formell ertrug er ihren enthusiastischen Händedruck.

»Ich bringe Ihnen die Papiere zurück. Sie werden es alle nicht bereuen, Mr Peabody.«

»Sorgen Sie dafür.«

Draußen in der Kälte warf sie den Kopf in den Nacken, stampfte und lachte und lies einen stummen Schrei gen Himmel: *Danke, Jesus. Danke, Jesus!*

Mitten in ihrer Freude hörte sie das Ticken des städtischen Zeitplans. Sie kramte ihr Handy aus der Tasche und wählte Coles Nummer.

»Ich habe den Laden bekommen.«

»Wie bitte?«

»Nuschel ich? Ich habe den Laden bekommen! Die Stadt hat ihn mir geschenkt.«

»Geschenkt? Wow, okay. Was haben sie gesagt?«

»Linus hat mir eine ganze Ladung Bedingungen aufgehalst.« Haley nannte die Klauseln des Stadtrats und sagte dann: »Aber für den Start haben sie mir zwanzigtausend Dollar geliehen.«

»Das ist schön, aber nur ein Tropfen auf den heißen Stein, Haley. Du brauchst noch weitere achtzigtausend, wenn nicht mehr.«

»Hey, Gewitterwolke, verdunkel mir nicht meinen Sonnenschein. Mit zwanzigtausend kann ich immerhin loslegen, oder? Ich werde bei der *Downtown Genossenschaftsbank* fragen, ob sie mir einen Kredit geben.«

»Glückwunsch.«

»Dann bist du dabei? Ich brauche einen Bauleiter.« Sie hörte Geschirrklappern im Hintergrund und das kollektive Gemurmel der Gäste im Diner.

»Haley, ich weiß, was du sagen wirst und ...«

»Dann sag es einfach nicht. Bist du im *Ella's*? Bleib da. Ich bin auf dem Weg zu dir. Bitte hör mich an!«

Sie setzte ihren Helm auf und steckte den Scheck und den Papierkram in ihre Satteltasche. Cole konnte sagen und meinen, was er wollte, er würde ihr helfen. Das Prickeln, das sie überkam, wenn er in der Nähe war, würde bestimmt nachlassen, wenn sie sich erst an ihn gewöhnt hatte. Das war nichts als eine mädchenhafte Schwärmerei, weil seine blauen Augen immer zu leuchten schienen, wenn er sie anblickte. Da sah man es ja, reine Schwärmerei. Aber er musste ihr helfen. Wenn er es nicht für sie tat, dann vielleicht für Tammy. Ihr zu Ehren. Dass sie beide Tammy lieb gehabt hatten, musste doch für etwas gut sein.

Und abgesehen davon war er der Einzige, dem sie die Aufgabe zutraute.

Jasmine, die Kellnerin, begrüßte sie am Eingang. Ihr Haar war halb blau und halb pink gefärbt.

»Hi Jasmine, ich suche Cole.«

»Der sitzt am Tresen, auf seinem Stammplatz.«

Haley ließ sich auf den Hocker neben ihm fallen. »Hi.«

»Ich werde meine Meinung nicht ändern. Bitte lass mich in Ruhe frühstücken.« Er rammte seine Gabel in einen großen Teller Salat und Grünzeug.

»Du isst Salat zum Frühstück? Bist du auf Diät?«

»Ich brauche ein paar Vitamine und versuche ein bisschen kürzer zu treten. Chris und Cap waren über Weihnachten da und wir haben uns nur von Pizza und Plätzchen ernährt.«

»Haley, hallo, wie geht's? Soeben hat mein Tresen einiges an Schönheit hinzugewonnen.« Tina kam aus der Küche und stellte eine Ice Cream Soda vor ihn.

»Das ist deine Art kürzer zu treten?«

»Ich habe gesagt, ich habe zu viel Pizza und Plätzchen gegessen. Von Eiscreme hab ich nichts gesagt.«

»Sag du es ihm«, seufzte Tina. »Ich bin nur froh, dass ich Salat und Tomaten in ihn hineinbekomme.«

»Der Stadtrat hat Haley den alten Hochzeitsladen geschenkt, Mom.« Cole schob sich eine Gabel Salat in den Mund.

»Wie schön für dich! Wird Cole dein Bauleiter? Das kann er gut, wirklich gut.«

»Das habe ich schon gehört. Aber es klingt, als hätte er andere Pläne.« Haley klaute sich eine von seinen Tomaten. Er schob den Teller zu ihr hinüber und griff nach seiner Ice Cream Soda. »Wirst du mein Bauleiter?«

»Nicht, wenn ich zu *Akron* gehe.«

Tina zog sich zurück, sammelte die Kaffeebecher ein und lief zu den Tischen hinüber.

»Hilfst du mir, bitte? Das ist eine unglaubliche Chance für mich. Mein Lebenstraum. Wenn du es nicht für mich tust, dann tu es für Tammy.«

Er hob die Hand: »Stopp.« Er drehte sich um und sah sie an. »Ich wollte es erst nicht sagen, Haley, aber ich glaube nicht, dass Tammy den alten Hochzeitsladen wirklich wiedereröffnen wollte. Sie hat es nie auch nur erwähnt.«

»Das stimmt nicht. Sie hat sehr wohl davon gesprochen. Mit mir.« Na ja, manchmal jedenfalls. Auf dem College dann nicht mehr so viel. Und als Haley bei der Luftwaffe war noch weniger. Aber es war immer ihr gemeinsamer Plan gewesen. »Wir haben es uns mit dem kleinen Finger versprochen.«

»Mit dem kleinen Finger versprochen?« Cole verzog das Gesicht. »Ich weiß nicht einmal, was das bedeutet.« Er griff nach seinem Soda, trank aber nicht. »Hör zu, ich will deine Gefühle nicht verletzen, aber zwischen dir, mir, Tammy und diesem Hochzeitsladen besteht einfach keine Verbindung. Es tut mir leid, Haley.«

»Nur, weil sie es dir gegenüber nie erwähnt hat, bedeutet das doch nicht, dass sie ihre Meinung geändert hat. Vielleicht dachte sie, wir würden erst später im Leben dazukommen. Ich weiß nur, dass wir uns gegenseitig versprochen haben, den Laden wiederzueröffnen. Sie ist gestorben, aber das ...« Sie hasste es, wenn ihr die Tränen kamen. Immer schon. Vor allem vor Jungs.

Cole legte seine Hand auf ihre. »Ja, sie ist gestorben. Warum fühlst du dich der Sache dann so verpflichtet? Selbst Ehen enden, wenn ›der Tod uns scheidet‹.«

Seine Hand war fest und warm. Sie wollte die Hand erst wegziehen, aber seine Berührung rief dieselbe Empfindung hervor wie an dem Abend beim Laden. »Weil«, sie schluckte und zog vorsichtig ihre Hand zurück, »ich unser Versprechen halten muss, Cole. Ich kann das nicht erklären, aber dieser Laden ... Ich habe immer schon eine seltsame Verbindung dazu gespürt. Als gehörten wir zusammen.«

Er ließ sie los, drehte sich weg und sah geradeaus. »Wenn ich die Stelle bei *Akron* annehme, brauche ich mir keine Sorgen mehr ums Geld zu machen.«

»Aber wie wirst du dich fühlen, wenn ich auf die Nase falle, nur, weil du mir nicht geholfen hast? Wenn die Ecke Blossom Street und First Avenue ein hässlicher Parkplatz ist?«

Cole trank von seinem Ice Cream Soda und verrührte dann das Eis mit dem Rootbeer. »Ich kann dir ein paar Namen von hervorragenden Bauunternehmern nennen. Gomez Sanchez zum Beispiel. Ich kann meine Leute nicht mit zu *Akron* nehmen, daher sind sie frei, für dich zu arbeiten.«

»Aber ich kenne mich überhaupt nicht aus. Und ich kenne sie nicht. Dich kenne ich und dir vertraue ich.« Das Prickeln, das sie vorhin gespürt hatte, und die Wärme seiner Berührung ließen nach.

»Ich nehme die Stelle bei *Akron* an.« Er sah zu ihr hinüber. In seinen blauen Augen lag keine Entschuldigung.

»Okay. Aber könnten wir uns heute Nachmittag trotzdem zusammensetzen? Damit du mir ganz genau sagst, was getan werden muss? Und zwar nicht nur mündlich, sondern könntest du es mir mit Dollarbeträgen aufschreiben? Dann kannst du diesen Gomez auch gleich mitbringen, damit ich ihn kennenlerne.«

»Das kann ich tun.« Cole holte sein Handy heraus. »Ich rufe Gomez sofort an.«

Haley rutschte vom Barhocker und beugte sich zu ihm hinüber: »Noch lieber will ich aber dich.«

11

CORA

Thanksgiving 1930

Um nachdenken zu können, lief sie hinter dem Anwesen zwischen den Bäumen hindurch und schob das herabgefallene Laub mit den Füßen zur Seite.

Im Haus werkelten Mama und ihre Tanten in der Küche. Sie lachten, schnitten Kuchen und Torten zum Dessert an und kochten Kaffee.

Die Männer standen vorne auf der Veranda zusammen, nippten am Portwein und pafften ihre Zigarren, debattierten über College Football und darüber ob die *Vanderbilt Commodores* an diesem Wochenende die *Maryland Terps* besiegen würden.

Neben dem Haus betätigten sich die jüngeren Burschen selbst beim Sport, warfen den Football durch die Luft und riefen: »Touchdown!«

Cora erreichte eine Lichtung, hob ihr Gesicht in den grauen Himmel und atmete die feinen Bestandteile der kalten, klaren Luft ein. Unterhalb der Böschung plätscherte der Cumberland in langsamer Strömung um die Biegung und Cora sah gen Westen. Sie sehnte sich nach ihm.

Es war beinahe fünf Monate her, seitdem er sie am Unabhängigkeitstag überrascht hatte. Seitdem sie die Leidenschaft seiner Küsse geschmeckt hatte. Seitdem sie seine heiseren Worte gehört hatte. Seitdem sie seine Arme um sich gespürt hatte.

Sie wischte sich eilig die Tränen von den Wangen. Unter ihrer Brust stauten sich Ärger und eine Mischung aus Enttäuschung und

Sehnsucht. Sie musste wieder durchhalten, sich selbst zwingen, standhaft zu sein, zu glauben, zu warten.

Er hatte versprochen wiederzukommen und früher oder später hielt Rufus seine Versprechen. Aber wie lange konnte sie so noch weitermachen? Als gereifte Frau von dreißig Jahren, die den Mann, den sie liebte, nur zweimal im Jahr sah?

Im Haus wimmelte es vor Freunden und Verwandten, um Mamas großen Tisch herum war es gemütlich.

Es war schön gewesen, den Klang vertrauter Stimmen und Gelächter zu hören. Coras Herz war erfüllt von Liebe zu ihrer Familie. Und zugleich sehnte sie sich nach der Liebe dieses Mannes. Sie wünschte sich, dass Rufus St. Claire heute mit am Tisch saß. Sie hatte ihn eingeladen. Er hatte versprochen zu sehen, ob er kommen konnte.

Cora ging vorbildlich mit ihrer Enttäuschung um. Selbst Tante Dinah mit ihren unverblümten und neugierigen Fragen über ihre Heiratspläne hatte sie abblitzen lassen.

»Wer zu lange wartet, findet nur noch alte Greise oder Männer, die nicht heiratsfähig sind. Aber wenn ein Leben als alte Jungfer die Alternative ist, wirken sie dann plötzlich doch ganz passabel.«

»Große Güte, Dinah, nun lass das Mädchen doch in Ruhe.« Mama fasste Daddys Schwester nie mit Samthandschuhen an. »Du bist doch nur neidisch, dass Jane sie zu ihrer Nachfolgerin erkoren hat und nicht dich.«

Bravo, Mama. Danke. Natürlich kannte Mama selbst keine Zurückhaltung, wenn es um ihre Meinung zu Coras Angelegenheiten ging.

Als dann aber Dinahs Tochter, Coras Cousine Irma, verkündet hatte, in anderen Umständen zu sein, musste Cora fliehen. Irma war gerade einmal zweiundzwanzig. Sie war verheiratet mit einem ebenso anständigen wie fleißigen Burschen namens Rob und gründete bereits eine Familie.

Cora war verliebt in einen Mann, der eine Mätresse hatte – den Fluss. Also machte sie sich auf den Weg, um seine Liebhaberin zur

Rede zu stellen. Um zu sehen, über welche Macht sie verfügte, dass sie den Mann von ihr fernhalten konnte.

Mit geschlossenen Augen stellte sie sich Rufus vor, rief sich einzelne Stellen aus seinen Briefen ins Gedächtnis.

Ich fahre den Arkansas hinunter, Liebling. Ich wünschte, du könntest bei mir sein.

Du solltest den Mississippi sehen, meine Süße. Er ist mächtig und wild. Erinnert mich an dich.

Sobald ich kann, komme ich zu dir. Sei gewiss, dass du immer in meinen Gedanken bist.

Wild? Sie? Cora sah sich gern durch Rufus' Augen. Sie versuchte ihn zu verstehen, versuchte die Welt von seiner Kommandobrücke aus zu sehen. Als sie kürzlich nicht schlafen konnte, blickte sie hinter die Gardinen ihrer Leidenschaft und traf die Entscheidung.

Wenn er das nächste Mal in Heart's Bend an Land ging, würde sie mit ihm durchbrennen. Sie würde den Laden vermissen. Und die Kundinnen, die ihr so viel anvertrauten. Aber es war an der Zeit, ihre Liebe zu besiegeln.

Als Rufus am 4. Juli hier gewesen war, hatte er immer und immer wieder versprochen, sie zu heiraten – drei glorreiche Tage lang. Sie würde ihn beim Wort nehmen.

In der Nacht vor seiner Abreise hatte er sie auf dem Sofa im Salon beinahe überredet, ihre Unschuld aufzugeben. Von Leidenschaft erfüllt hatte Cora kaum denken und erst recht nicht ihren moralischen Kompass finden können. Ihr Herz und ihre Seele gehörten Rufus.

»Cora!« Sie drehte sich um und sah Mama durch das hohe Gras marschieren. »Ich dachte mir schon, dass ich dich hier draußen finden würde.« Der Duft einer Mentholzigarette umwehte sie.

»In der Küche war es heiß. Und überfüllt.« Der Wind blies Cora die Spitzen ihres lockigen Haars über die Augen. Vorsichtig strich Cora sie zur Seite. Rufus mochte es, wenn ihr das Haar über die Augen fiel. Er sagte, es lasse sie geheimnisvoll aussehen.

»Wir sind bereit für das Dessert.« Mama stellte sich neben Cora. Ihre freie Hand steckte in der Tasche ihres Kleides, ihre Wangen röteten sich bereits vom scharfen Wind. »Liberty serviert heute. Was würden wir bloß machen, wenn sie nicht so gutherzig wäre? Sie kommt heute Nachmittag zum Helfen und Abwaschen.«

»Sie kann das zusätzliche Geld gut gebrauchen.«

Liberty hatte im August geheiratet und erwartete bereits ihr erstes Kind. Sie strahlte, ihre dunklen Augen leuchteten, ihre Haut hatte die Farbe cremiger Milchschokolade. Cora beneidete sie. Bei allen Einschränkungen, die das Gesetz Farbigen auferlegte, war Liberty doch frei, den Mann zu lieben, den sie wollte. Die Rassentrennung konnte ihrem Herzen nichts anhaben, konnte nicht ändern, wer sie innerlich war, wer sie war, wenn sie mit ihrem Jake allein war.

Das war ihr Wunsch im Hinblick auf Rufus. Ihn frei lieben zu können. Cora mochte in der Stadt umherlaufen können, wo sie wollte, aber ein Mann, der ein Flussschiff steuerte, hielt sie gefangen. Schränkte sie darin ein, zu lieben. Erst hatte er sie geködert, dann ließ er sie zappeln. Sie war *nicht* frei zu gehen, wohin sie wollte. Denn sie wollte bei ihm sein.

Mama nahm einen langen Zug an ihrer Zigarette. Cora vertrieb eine Rauchwolke, obwohl sie der Mentholduft nicht störte. Er erinnerte sie an ihre Großeltern und verregnete Nachmittage im Salon, an denen sie Schach gespielt, gesungen und gelesen hatten.

»Du weißt, was Reverend Clinton über das Rauchen sagt, Mama.« Der gute Pastor war heute zu Gast bei ihren Eltern. Zusammen mit seiner Frau und ihren beiden Söhnen.

»Was glaubst du, weshalb ich nach draußen gekommen bin? Ich hatte keine Lust auf eine Predigt.«

»Alles in Ordnung?« Mama rauchte mehr, wenn sie angespannt war. Cora hörte zwar keine Auseinandersetzungen mehr hinter verschlossenen Türen, aber sie schienen sich ohne Worte zu streiten. Ihre Unterhaltungen waren steif und gestelzt, sie redeten nur das Nötigste.

»Wenn nicht jetzt, dann bald.«

»Daddy ist nicht mehr derselbe, seitdem Caldwell & Co. bankrott sind.« Der große Bankenverbund aus Nashville, zu dem die Bank ihres Vaters gehörte, war vor zwei Wochen geschlossen worden und gleichzeitig mehrere andere Banken. Die Zeitungen spekulierten, dass weitere folgen würden.

»Er ist ganz in sich gekehrt. Er beteuert zwar, es sei alles in Ordnung, es gehe uns gut, die Bank müsse zwar ein paar Wochen schließen, werde aber Anfang nächsten Jahres wieder öffnen. Aber ich habe ihn auch früher schon so erlebt und weiß, dass es ihm nicht gut geht. Uns geht es nicht gut.«

Mama seufzte, ließ die Zigarette zu Boden fallen und drückte sie mit der Spitze ihrer braunen Schnürschuhe aus.

»Ich erinnere mich nicht mehr an sehr viel, aber in den Bankenkrisen 1907 und 1914 wirkte er ebenfalls still und in sich gekehrt.«

»Eben. Ich mache mir Sorgen um ihn, Cora. Egal, wie sehr ich mich bemühe, ihm gut zuzureden, er scheint gefangen zu sein in dem, was ihn plagt. Gleichzeitig sagt er mir, ich solle mir keine Sorgen machen.« Mama zog eine weitere Zigarette und das silberne Feuerzeug, das ihr Vater von der amerikanischen Legion mitgebracht hatte, aus der Tasche. Der Mentholgeruch kämpfte gegen den Duft von Regen. »Und was machst du hier draußen, Cora?«

»Ich sagte doch schon, drinnen war es mir zu heiß und überfüllt.«

»War es die Sache mit Irma und Rob?«

»Ich freue mich riesig für sie. Wir brauchen mehr Kinder in der Gegend.«

»Es wäre gut, wenn du deinen Teil dazu beitragen könntest.«

»Wir feiern Thanksgiving, Mama. Sei dankbar.«

»Also schön. Birch ist vorbeigekommen. Auf dem Rückweg von den Melsons. Dein Vater hat ihn überredet, zum Dessert zu bleiben. Er hat nach dir gefragt.«

»Ich bringe keinen Bissen mehr herunter.« Cora klopfte auf ihren Magen und kämpfte mit den Tränen. »Ich habe zu viele von deinen wunderbaren Hefebrötchen gegessen.«

Mama beugte sich vor, um sie genau anzusehen. »Große Güte, Cora, du brauchst gar nichts zu sagen. Du brütest hier draußen über Rufus. Herrschaft noch mal, du kommst ganz nach deinem Vater.«

»Wenn du es nicht wissen willst, dann stell keine Fragen.«

»Ich verstehe einfach nicht, weshalb du um ihn weinst. Er schreibt dir romantische Ammenmärchen, um dich bei der Stange zu halten. Bitte sag mir, dass du nicht mit ihm ins Bett gehst.«

»Mama!«

»Du bist eine erwachsene Frau von dreißig Jahren. Ich bin nicht naiv.«

»Nein.« Ausnahmsweise war das ein ehrliches *Nein*. »Aber ich werde ihn heiraten. Das steht fest.«

»Wann? Cora Beth, das geht jetzt schon vier Jahre so. Er verspricht, zurückzukommen und dich zu heiraten, seitdem ihr euch kennengelernt habt. Weshalb tut er es dann nicht? Donnerwetter noch mal, er war im Juli hier. Da hätte er doch bei deinem Vater um deine Hand anhalten können.«

»Er will sich ganz sicher sein, dass er so weit ist. Er baut seinen Betrieb auf und möchte ein schönes Haus für mich und unsere Kinder bauen. Er hat schon beinahe genug gespart.« Cora sah Mama an. »In St. Louis.«

»In St. Louis? Du überlegst ernsthaft, den Laden aufzugeben? Jane wird sich im Grabe umdrehen.« Mama kicherte. »Was Dinah dann wohl sagen wird?«

»Jane würde wollen, dass ich mich verliebe und glücklich bin. Sie hat bedauert, nie geheiratet zu haben. Sie hat nicht viel darüber geredet, aber ich weiß es. Und wen kümmert, was Dinah sagt? Ich dachte, du und Odelia, ihr könntet den Laden weiterführen. Ich komme dann gelegentlich her und vergewissere mich, dass alles läuft.«

Mama runzelte die Stirn und knipste mit den Fingernägeln ihrer Zigarettenhand. »Ich habe keine Sehnsucht nach einer Stelle. Dein Vater hat hart dafür gearbeitet, uns einen Namen zu machen und mir zu erlauben, mich im Ort einzusetzen, wie es mir passend erschien. Ich arbeite nur aus Gefälligkeit für dich, als mütterliche Unterstützung. Aber ich sage es noch einmal: Ich bezweifle sehr, dass Rufus es ernst meint.«

»Das hast du bereits deutlich gemacht.«

»Aber, wenn du ihm dein Vertrauen schenkst, bin ich wohl verpflichtet, es dir gleichzutun.« Mama zog an ihrer Zigarette und gab dem Wind eine Tabaknote mit. »Ich habe dich gut erzogen. Cora, bitte versprich mir eins: Warte nicht ein weiteres Jahr, bitte. Die meisten deiner Freundinnen sind bereits verheiratet und haben Kinder. Sie leben ihr Leben.«

»Besitzen sie einen Hochzeitsladen? Führen sie ein Geschäft?«

»Die meisten würden es nicht wagen, ihren Beruf über Heim und Kinder zu stellen. Welches Geschäft könnte schöner sein, als der Platz als Ehefrau und Mutter? Kennst du nicht das Sprichwort: *Die Hand an der Wiege regiert die Welt*?«

»Alles schön und gut, aber wenn du erlaubst, würde ich das Geschäft der Ehe gern mit dem Mann betreiben, den ich liebe. Du warst bis über beide Ohren in Daddy verliebt, als du ihn geheiratet hast.«

»Es ist dein Leben, Cora.« Mama drückte ihre Zigarette an derselben Stelle aus wie ihre erste. »Es ist nicht das, was ich mir für dich wünsche, aber es ist dein Leben.«

»Mama, kannst du nicht stolz auf mich sein? Wenigstens deshalb, weil ich meinem Herzen treu bleibe? Was ist mit dem Geschäft? Es floriert. Wir haben diesen Herbst viel Geld mit den Postbestellungen verdient. Selbst nachdem ich die Annonce auslaufen ließ. Frauen fanden alte Ausgaben und haben uns ihre Bestellungen geschickt. Wir beschäftigen zwanzig Frauen. Bit Jenkins hat so viel verdient, dass sie ein Radio für ihre Familie kaufen konnte.«

»Ich bin stolz, wenn ich sehe, was du erreichst. Dass die Frauen aus dem Ort bei dir beschäftigt sind. Dass dein Geschäft den Kundinnen in ihrer wunderbarsten Zeit zur Seite steht.«

»Ist es immer noch wunderbar, Mama? Schon vierunddreißig Jahre lang verheiratet zu sein?«

»Ehe bedeutet Arbeit, Cora, da will ich dir gar nichts vormachen. An manchen Tagen ist es wunderbar, an anderen weniger.« Mama drehte sich der stürmischen Brise zu und schob sich das Haar aus dem Gesicht.

»Aber es lohnt sich. Ich fände es sehr schade, wenn du auf dieses Glück verzichten würdest, nachdem du so vielen dazu verholfen hast.

Jane hat nicht geheiratet, weil ihr das Herz gebrochen worden war. Sie hat nie mehr einen Mann hineingelassen. Wenn du nicht aufpasst, endest du genau wie sie.«

Cora sah zum Fluss hinüber, zu jener Biegung des Cumberland, in der sie Rufus' *Wayfarer* vor fünf Jahren zum ersten Mal gesehen hatte. Da hatte sie noch keine Ahnung gehabt, dass der schneidige Kapitän höchstpersönlich Waren in ihr Geschäft liefern würde. Dass ihm ihr Herz gehören würde.

»Nein, das werde ich nicht, Mama. Nein. Rufus steht zu seinem Wort.«

»Ich muss dich etwas fragen: Was ist mit dem armen Birch? Gefällt er dir einfach nicht?«

»Als ich Rufus zum ersten Mal sah, war es Sommer. Sein Gesicht war von der Arbeit in der Sonne gebräunt. Sein Haar war golden, fast weißblond. Und seine Augen so blau wie der endlose Himmel. Er kam durch die Hintertür des Ladens und war so groß, wie man es sich nur erträumen kann ...«

»Ich erinnere mich an diesen Tag, aber nicht an den goldenen Gott, den du beschreibst.«

Cora seufzte. »Dann konntest du es wohl nicht sehen. Für Birch habe ich nie dasselbe empfunden wie für Rufus.«

»Hallo, die Damen.« Birch trat unter den Bäumen hervor. Die Hose war ordentlich gebügelt, die Hemdärmel aufgerollt und offenbarten seine kräftigen Unterarme. »Ich habe mich schon gefragt, wohin die Damen wohl geflüchtet sind.«

Birchs und Coras Blicke trafen sich und sie wandte sich ab.

»Hat Liberty den Kuchen serviert?«, fragte Mama und klopfte auf ihre Tasche, eine Gewohnheit mit der sie überprüfte, ob ihre Zigaretten sowohl sicher als auch versteckt waren.

»Ja, das hat sie. Ich habe ein Stück Kürbistorte und ein Stück Pekannuss-Kuchen gegessen.«

»Du bist an unserem Tisch immer willkommen, Birch. Cora, ich gehe wieder hinein. Bleibt nicht zu lange hier draußen. Die Luft ist schon ordentlich abgekühlt.«

»Ich gehe mit dir ins Haus.« Cora drehte sich, um Mama zu folgen, aber Birch griff nach ihrem Arm.
»Könnte ich kurz mit dir reden?«
»Nehmt euch Zeit ihr zwei.«
»Wie geht es dir?« Birch ließ ihren Arm los.
»Es geht mir gut. Aber ich kann nicht glauben, dass du hierhergekommen bist, um mich zu fragen, wie es mir geht.«
»Es schien mir höflicher, als zu sagen: ›Was ist mit dir los?‹«
»Was mit mir ... Nichts. Was meinst du damit?«
»Na ja, vielleicht ist es Einbildung, aber mir scheint, du gehst mir aus dem Weg. Seit dem Sommer, seit dem Fest zum Unabhängigkeitstag, als dein Flussmensch aus dem Nichts auftauchte, hast du kaum mit mir geredet. Du läufst in der Kirche an mir vorbei, als hätte ich Aussatz.«
»Aussatz? Birch, sonst hatte ich nie den Eindruck, dass du zu Übertreibungen neigst.« Sie wappnete sich innerlich und verschränkte die Arme. »Die Wahrheit ist, dass *du* mir aus dem Weg gehst. Ich meine mich zu erinnern, dass du am 4. Juli Gesellschaft von Janice und Wanetta hattest. Ihr drei hattet viel Spaß. Seither hast du um *mich* einen Bogen gemacht, als hätte ich Aussatz.«
»Pah, du übertreibst völlig. Sie wollten sich immerhin zu mir und dem alten Uncle Sam setzen. Ich wäre lieber mit dir zusammen gewesen. Aber du hattest ja deinen Flusskapitän.«
Sie zitterte wegen des beißenden Windes und der Wahrheit, die sich in diesem Gespräch offenbarte. »Ich kann nicht diejenige sein, die du dir wünschst, Birch. Das kann ich einfach nicht.«
»Woher weißt du das?« Er trat vor, streckte die Arme aus und umarmte sie. »Du hast mir noch nie Gelegenheit dazu gegeben.«
»Nein.« Sie schob seine Brust weg und versuchte sich zu befreien.
»Ich glaube, du verschwendest dein Leben an einen Mann, den das nicht schert.«
»Dazu hast du kein Recht, Birch. Du hast doch bisher nichts getan, als ihn finster anzublicken.« Der Duft von Feuer wehte herüber und ließ Cora sehnsüchtig an ihre Jugend zurückdenken. Als Ernest Ju-

nior noch lebte und sie durch die Wälder liefen, sich Höhlen bauten, in Rollen schlüpften und abends zu einem warmen, gemütlichen Essen nach Hause gingen.

Selbst als Daddy 1907 und 1914 verschwunden war, hatte Mama zu Hause für Sicherheit und Stabilität gesorgt.

»Weil ich ihm nicht vertraue.«

»Bin ich denn eine Närrin? Erkenne ich keinen schlechten Mann, wenn ich ihn kennenlerne?«

»Du bist keine Närrin, Cora. Ich will nur sagen ...«

»Dass ich den falschen Mann liebe? Dass ich lieber dich lieben soll?« Keine Ausflüchte mehr. Sie stieß die Decke aus Anspielungen davon, die seit Jahren über ihrer Beziehung lag.

»Ja.« Er schob ihr die Hände in den Rücken und zog sie näher an sich heran. »Liebe mich.« In diesem Augenblick war er ihr Schild gegen die Kälte. »Ich liebe dich. Ich habe dich immer geliebt. Weißt du das denn nicht? Verstehst du es nicht?«

Sie verneinte mit einem Kopfschütteln und befreite sich aus seinen Armen. »Verstehst du nicht? Du ... du kannst mich nicht lieben, Birch. Du kannst nicht.«

»Warum nicht?«

»Weil ich dich nicht liebe und ich kann auch nicht so tun als ob. Ich will dich nicht verletzen.«

»Ich kann selbst auf mein Herz aufpassen, Cora.«

»Hörst du dir selbst zu? Du kannst dich entscheiden, aber ich nicht? Birch, er liebt mich und wenn er Pläne hat, Ziele hat, die mich warten lassen, dann werde ich warten. Du siehst also, du kannst nicht auf mich warten. Ich liebe dich nicht auf diese Weise. Ihn, ihn liebe ich. Er ist der Richtige für mich.« Sie griff nach seinem Hemdkragen. *Hör mir zu.* »Ich habe ihm mein Herz und mein Wort gegeben.«

»Du bist eine kluge, wunderbare Frau, Cora. Aber du hast dich freiwillig an den Charme eines Flussschiffers versklavst.«

»Dann will ich nie wieder frei sein.« Meinte sie das ernst? Sie wollte erleben, was sie in Libertys Gesicht gesehen hatte.

»Cora, Birch, kommt schnell. Es ist etwas mit Esmé.« Cousine

Porky aus Knox County kam zwischen den Bäumen hervor. »Sie ist zusammengebrochen.«

»Was? Mama ...« Cora lief den Weg auf das Haus zu. »Habt ihr den Doktor gerufen?«

Birch rannte neben ihr her, schob niedrig hängende Äste und wuchernde Büsche zur Seite. »Was ist passiert, Porky?«

»Es ist beim Dessert passiert. Ernst hat Esmé endlich erzählt, was los ist. Er hat alles verloren, Cora. Die Bank, das Haus, das Land, alles.«

Sie blieb stehen und krachte in eine kalte Wand des Grauens. »Porky, das hast du falsch verstanden. Er öffnet die Bank Anfang des Jahres wieder. Das war nur eine kleine Erschütterung, ein Schluckauf. Er kann nicht alles verloren haben. Das kann nicht sein. Wie sollte er alles *verloren* haben?« Sie wollte zum Haus laufen, aber ihre Füße erlaubten ihr nicht, diesen sicheren, sehr sicheren Ort zwischen Wald und Fluss zu verlassen.

»Der Zusammenbruch von *Caldwell* hat den ganzen Süden erschüttert, Cora«, sagte Porky mit einem Blick auf Birch. »Wir haben erst den Anfang gesehen. Wenn er sagt, dass er alles verloren hat, dann meint er auch *alles*.«

Haley

»Und?« Cole und Gomez unterhielten sich auf der Treppe auf Fachchinesisch.

Cole hob einen Finger. »Eine Sekunde.«

Seufz. Aber, hey, der Laden gehörte ihr! *Ihr.*

»Du lächelst«, sagte Cole.

»Ich weiß. Ich kann nichts dagegen machen. Ich bin so gerne hier. Es fühlt sich so gut an. Alles ist so sauber und hell.«

»Sauber? Hast du dir das Gebäude angeguckt? Die Toiletten? Die zweite Etage?«

Ja, sie hatte das Chaos gesehen. Hatte den ganzen Nachmittag über alles mit Cole und Gomez besichtigt. Es gab noch viel zu tun *und* zu putzen. Ein Teil von ihr hing noch bei den über achtzigtausend Dollar, die sie brauchte, um das Geschäft an den Start zu bringen. Der andere Teil war völlig hin und weg.

Aber nicht die Äußerlichkeiten begeisterten sie. Es war die Aura, die Ausstrahlung dieses Ortes. Alle Hoffnungen und Liebesgeschichten, die mit diesem Gemäuer verbunden waren.

»Haley, Gomez wird dich begleiten, um die Genehmigungen einzuholen. Er hat sämtliche Informationen, die du brauchst, um alles ohne Probleme über die Bühne zu bekommen.«

»Meinst du, wir können die zweite Etage zuerst umbauen, damit ich einziehen kann?« Selbst wenn sie zelten, Laternen und Kerzen anzünden und Fertiggerichte von *Java Jane's* in der Mikrowelle warm machen musste: Sie war so weit, wieder alleine wohnen zu müssen.

»Das könnten wir schon, aber da der Zeitplan eng ist, würde ich den Ladenbereich zuerst renovieren. Dann kann er abgenommen werden, auch wenn die zweite Etage noch nicht fertig ist.« Er bat Haley, sich zu ihm auf die Stufen zu setzen. »Lass uns das hier einmal durchgehen.« Er drehte sein iPad, sodass Haley darauf sehen konnte. »Die Elektrik und die Rohrleitungen müssen alle erneuert werden. Wir wissen nicht, was hinter den Wänden ist, aber ich hoffe, kein Asbest. Das Fundament sieht gut aus, aber nach der Prüfung wissen wir mehr. Gomez hat jemanden, der sofort herkommen kann. Wir müssen die Böden und Treppen schleifen und behandeln. Alle Wände müssen irgendwie behandelt und gestrichen werden. Ich würde mich für weiße oder graue Farben und einen dunklen Holzboden entscheiden.«

»Ich habe schon einen Stil im Kopf: Hollywood Regency.«

»Hollywood Regency? Nie gehört.«

»Der passt perfekt zu diesem Gebäude.« Sie tippte auf das iPad. »Noch was?«

»Das Dach muss erneuert werden. Da kannst du dich auf eine hübsche Summe gefasst machen. Die Fenster müssen ausgetauscht werden. Wir können neue, dichte Glasfenster einsetzen, nur vorne würde ich empfehlen, die alten Bleiglasfenster zu restaurieren. Das freut den Geschichtsverein.«

»Und es bewahrt den Charme des Ladens.«

»Genau, es bewahrt den Charme.« Sein Bein berührte ihres, als er sein Gewicht verlagerte und Haley rüstete sich gegen das Prickeln, das seine Gegenwart hervorrief. Sie musste dagegen ankämpfen. Sie durfte sich nicht von ihm verwirren lassen. Sich zu verlieben, kam nicht infrage. »Vorne muss der Außenbereich gerodet und neu gestaltet werden und die hintere Veranda bricht auseinander. Ich würde vorschlagen, wir reißen sie ab.«

»Nein, ich möchte sie gern behalten.«

Er seufzte. »In den Ursprungsplänen war sie nicht enthalten.«

»Aber ich möchte sie behalten.«

Cole sah zu Gomez hinüber. »Die Dame will sie also erhalten.« Er tippte auf den Bildschirm. »Hintere Veranda erneuern. Küche in der zweiten Etage sanieren. Neues Gästeklo und Badezimmer.« Mit jedem Wort schoss das Budget in die Höhe. »Ich weiß nicht, welche Einrichtung dir vorschwebt, aber du wirst auch noch Möbel brauchen: Vitrinen und was sonst noch in einen Brautladen gehört. Kasse und so weiter. Ich habe dafür mal eine Fantasiezahl eingesetzt und versucht, das Ganze ungefähr auf achtzigtausend zu begrenzen.«

»Ich weiß, ich weiß. Ich sehe mir alles an.« Sie hatte im Internet Vitrinen aus den 1890er-Jahren gefunden, aber die Preise waren so außerirdisch hoch, dass sie lieber welche finden wollte, die noch aufgemöbelt werden mussten. Aber das strapazierte wiederum ihren Zeitplan und ihr Umbaubudget.

Sie vermutete, dass sie weitere zehntausend brauchte, um loslegen zu können. Sie war immer noch auf der Suche nach Kleidern und Schleiern und anderer Brautausstattung.

»Ach ja, und dann hier oben.« Cole joggte hinauf ins Mezzanin, Gomez und Haley folgten ihm. »Du wirst dich erinnern, dass diese Tür verschlossen ist. Wir können den Schlüssel nicht finden, daher wissen wir nicht, was sich dahinter befindet.«

»Richtig. Keith glaubte, wir müssten es aufbohren.«

Cole beugte sich hinab, um das Schloss zu untersuchen. »Der Türknauf sieht original aus. Bist du sicher, dass du da durchbohren willst?« Er sah über die Schulter zu Gomez. »Meinst du, wir können sie öffnen, ohne das Schloss zu beschädigen?«

Der Mann beugte sich runter, um besser sehen zu können. »Bean Wells ist der beste Schlosser in der Gegend. Ich lasse es ihn sich mal ansehen.«

»In Ordnung?« Cole sah hinauf zu Haley. »Das sind weitere hundert Dollar, aber du sagtest, du wollest versuchen, es zu erhalten.«

»Was sind schon hundert bei den hunderttausend, die ich nicht habe?«

Gomez trat zurück, als Haley sich neben Cole beugte und das Schloss untersuchte. Als sie ihn ansah, waren seine Augen auf gleicher Höhe und blickten direkt in ihr Innerstes. Die Ausläufer seines Atems wehten ihr mit einem Hauch Minze übers Gesicht. Haley richtete sich auf. Diese *Augenblicke* mussten aufhören.

»Hey«, sagte sie, »was ist mit diesem Kerl von dem MicroFixIt-Laden? Hat der vielleicht einen Schlüssel?«

»Wenn, dann ist der Schlüssel mit ihm verschwunden. Den Laden gibt es schon lange nicht mehr.« Cole stand auf, tippte etwas in sein iPad und versuchte erneut die Tür zu öffnen. »Ich kann nicht glauben, dass noch nie jemand versucht hat hineinzukommen.«

»Vielleicht ist das Leuten vorbehalten, die hier einen Hochzeitsladen eröffnen wollen.«

»Haha!« Cole drehte sich mit einem Zwinkern zu ihr um und verursachte damit ein Kribbeln in ihrer Magengegend.

»Cole?« Eine tiefe Stimme drang aus dem Erdgeschoss herauf.

Er zog eine Grimasse, tauschte einen Blick mit Gomez und sah über das Geländer. »Brant Jackson, hallo.«

Haley beobachtete Cole, wie er die Treppe hinunterstieg und an der Tür leise und kurz angebunden mit dem Mann von *Akron* sprach. Sie konnte nicht viel hören. Nur: »Sie können mir doch nicht die Schuld geben ...«

»… brauchen Sie nicht …«

»Was ist mit …«

Brant sagte zum Abschluss etwas, ging hinaus und ließ Cole mit den Händen am Gürtel und gesenktem Kopf in dem kleinen Eingangsbereich des Ladens stehen.

Haley lief die Treppe hinab. »Was wollte er?«

»Nichts.«

Sie beugte sich vor, um ihm ins Gesicht zu sehen. »Nach nichts sieht das aber ganz und gar nicht aus.«

»Er hat mich gefeuert.«

»Dich gefeuert? Hat er dich denn überhaupt eingestellt?«

»Er hat gesagt, wenn ich ihnen nicht helfe, diese Ecke von Heart's Bend zu ihrem Parkplatz zu machen, dann suchen sie sich jemand anderen.« Cole sah sich im Laden um.

»Hey, Mr Jackson, wach auf – dieser Laden hat es in sich!«

Cole lachte, legte ihr den Arm um die Hüfte und zog sie von der offenen Eingangstür weg. »Pst, er kann dich hören.« Er streckte den Fuß aus und stieß die Tür zu.

»Von draußen? Wen kümmert's?« Haley wartete, dass er seinen Arm wegnahm, aber er hielt sie fest. »Tut mir leid.« Sie sah zu ihm auf, entwand sich seinem Arm und trat zur Seite. »Ich weiß, wie sehr du diese Stelle haben wolltest.«

»Tja, manchmal gewinnt man, manchmal verliert man.«

»Dann muss ich dich jetzt fragen: Cole, willst du mein Bauleiter werden?«

Er überlegte einen Moment, dann streckte er die Hand aus. »Unter einer Bedingung.«

Haley schlug ein. »Was immer du willst.«

»Du erwähnst Tammy nicht mehr.«

Haley zögerte, suchte in seinem Gesicht nach Gründen dafür. Aber sie sah nur einen festen Entschluss. »In Ordnung, abgemacht!«

12

CORA

Februar 1931

Cora erwachte von einem leuchtenden Blitz und einem Donnerschlag. Der Lärm riss sie aus einem schweren, traumlosen Schlaf. Ihre Nächte waren immer traumlos, seitdem die Bank in Konkurs gegangen war. Seitdem ihr Vater nicht mehr da war.

Ihr Herz trommelte ein rastloses Stakkato, als sie die Decke wegstrampelte und ans Fenster lief. Sie schob das Fenster auf.

»Ein Schneegewitter«, flüsterte sie, beugte sich hinaus und atmete die kalte, reine Schneeluft ein.

Die Flocken wirbelten, sanken, wehten umher, immer hinab, immer hinab. Sie hob die Hand und versuchte ein, zwei oder drei gefrorene Kristalle zu fangen. Aber sie schmolzen in der Wärme ihrer Hand.

»Gott, schmelze doch unsere Sorgen weg.«

Diese schlichten Worte waren ihr erstes, ernsthaftes Gebet, seit ihr Vater zwei Wochen vor Weihnachten verschwunden war. Er sagte zu Mama, er gehe Pfeifentabak kaufen, woraufhin sie ihm zurief, er solle ihr eine Packung Zigaretten mitbringen. Aber er kehrte nie zurück.

Er war Manns genug, eine Weihnachtskarte zu schicken, auf der stand, dass sie sich keine Sorgen machen sollten, es gehe ihm gut.

Mama aber nicht. Sie lief benommen herum und führte Selbstgespräche.

»Dein Vater läuft davon, wenn ihm alles zu viel wird, aber er kommt zurück. Er kommt immer zurück. Und wir sind immer noch in unserem Haus. Alles wird gut.«

Sie dekorierte für die Feiertage, stellte einen Weihnachtsbaum auf, der so riesig war, dass die Spitze sich am höchsten Punkt unter der Decke bog.

Cora und Mama schmückten ihn gemeinsam und hängten auch drei dieser neumodischen elektrischen Lichterketten auf. Mama wahrte den Schein, ging einkaufen, setzte sich für ihre Wohltätigkeitsvereine ein und unterrichtete in der Sonntagschule.

Sie sorgte für den Duft von Kuchen, Torten und Plätzchen im Haus. Cora fürchtete, allein durch die zuckersüße Luft ein oder zwei Pfund zuzunehmen.

Mama veranstaltete einen Weihnachtstee für die Näherinnen, die dreihunderteinundzwanzig Hochzeits-, Ausgeh- und Abendkleider mit einem ganzen Sortiment an Schleiern und anderen Accessoires geschneidert hatten.

Am ersten Weihnachtsfeiertag schliefen sie aus, wobei Cora sich fragte, ob Mama überhaupt schlief. Sie saß häufig in der dunklen Küche und rauchte.

Sie packten Geschenke aus und aßen Pancakes, Eier und Speck zum Frühstück und tranken heiße Schokolade. Dann begann Mama ein Festmahl für Freunde und die Familie vorzubereiten. Cora, Tante Dinah, Cousine Porky, alle sagten ihr, sie brauche sich die ganze Mühe dieses Jahr doch nicht zu machen, aber Mama giftete wütend zurück: »Oh doch, das muss ich. Also, wollt ihr Truthahn oder Schinken?«

Einen Tag vor Silvester klopfte ein Fremder an die Tür. Er trug einen dunklen Anzug mit Schlips und hatte seinen Filzhut tief in die Stirn gezogen. Mama machte viel Aufhebens und lud ihn zu Tee und frisch gebackenem Kürbisbrot ein. Sie war sich ganz sicher, dass er gute Neuigkeiten von Daddy brachte. Wegen dieses ganzen *törichten* finanziellen Debakels.

Der Mann tat ihr den Gefallen, aber nach dem ersten Schluck Tee trug er ohne jede Vorrede sein Anliegen vor: »Ihr Haus wurde als Pfand für diverse Kredite eingesetzt. Ich fürchte, Sie müssen nun die fälligen Raten zahlen oder Ihnen steht eine Zwangvollstreckung bevor.«

Die Hoffnung, die Mama mit ihrem unerschütterlichen Glauben, dass ihr Mann jeden Tag zurückkehren würde, wachgehalten hatte erlosch sofort. Die Worte des Mannes klangen noch im Raum nach. Ihre Miene war kalt und versteinert.

Und nun, da das Schneegewitter über Heart's Bend niederging, lebten Cora und Mama in der zweiten Etage des Geschäfts. Auf einem Viertel der Fläche, die sie vorher gehabt hatten. Aber da sie außer ihrer Kleidung, ihren Betten und Mamas Esszimmertisch alles verloren hatten, war das Apartment ein Gottesgeschenk.

»Cora, was tust du da?« Mamas Stimme erklang von der anderen Seite des kleinen Schlafzimmers. »Du lässt uns ja zu Tode frieren.«

»Ich bewundere den Schnee. Er ist wunderschön.« Ein weiterer, krachender Blitz warf ein geisterhaftes Licht über die Oberseite der Bäume und verklärte die winzigen Flocken in der Luft.

Mama legte ihr die Hand auf die Schulter. »Ja, er ist wunderschön, aber auch kalt.« Sie zerrte das Fenster hinunter. »Und jetzt geh wieder schlafen.« Sie trottete über den kalten Boden in ihr Bett.

Mamas Sanftmut, ihr Humor, ihre Eleganz waren verschwunden. Nichts war geblieben außer eckigen Kanten und Kritik.

Cora hatte Nachsicht mit ihr. Wäre sie anders damit umgegangen, wenn sie ihren Ehemann, ihr Zuhause, ihren preisgekrönten Garten und ihren Ruf verloren hätte?

Mama musste mit ansehen, wie ihr Besitz an die höchsten Bieter versteigert wurde. Cora hatte schon befürchtet, dass sie an diesem Tag ihren Verstand verlieren würde. Dass die Behörden bei Dutzenden Familien in der Gegend eine Zwangsvollstreckung durchführten, tröstete Mama nicht.

»Mama?« Cora legte sich wieder in ihr Bett und steckte ihre Füße unter die kalte Decke.

»Ja?«

»Fragst du dich nicht, ob bei ihm alles in Ordnung ist?«

»Nein. Er ist ein Feigling sondergleichen. Was für ein Mann verlässt um des Geldes willen dreimal seine Familie?«

»Daddy misst seinen Erfolg anhand von Geld.«

»Und was ist mit mir? Und mit dir? Zählen wir nicht? Ganz zu schweigen von all den Menschen in der Stadt, denen er mit seinen Bankgeschäften geschadet hat.«

»Mama, der Konkurs der *Caldwell Bank* hat hundertundzwanzig Banken mit sich gerissen.«

»Warum hat er sich *Caldwell* überhaupt angeschlossen? Uns ging es doch gut vorher. Man muss doch sehen ...«

Ein weiterer Blitz wurde vom Schnee reflektiert, prallte auf die polierte Scheibe und warf ein schroffes Licht auf Mamas gezeichnetes Gesicht.

»Wer sich dreimal betrügen lässt, ist selbst schuld.«

»Was willst du machen, wenn er zurückkommt?«

»Schlaf jetzt, Cora.«

»Denn er wird zurückkommen.«

»Lass uns hoffen, dass es nicht so ist.« Mama setzte sich auf. »Sonst erschieße ich ihn noch.«

»Nein, das wirst du nicht.«

»Wie kannst du so ruhig bleiben? Es würde mir helfen, wenn du ein bisschen wütender sein könntest. Er hat schließlich auch dein Geld von Tante Jane verloren. Und wenn du deine letzten Einnahmen von der Annonce eingezahlt hättest, wären auch sie weg.«

»Nicht das ganze Geld von Tante Jane. Ich hatte noch Bargeld im Laden.«

Im Rückblick staunte sie über ihre Intuition, Geld im Laden zu deponieren. Dann dachte sie über ihren Verlust nach. Cora versuchte, wütend auf ihren Vater zu sein, aber sie spürte vor allem Mitleid. Sie vermisste ihn.

»Versprich mir eins, Cora: Gib ihm nicht einen Dime, wenn du ihn jemals wiedersiehst. Nicht einen einzigen Dime!« Mama schüttelte ihr Kissen auf. Bei den leuchtenden Blitzen konnte Cora die tiefen Falten in ihrem Gesicht erkennen. »Sieh uns doch an in dieser winzigen Wohnung. Wie Einwandererfrauen, die gerade vom Schiff gestiegen sind.«

»Bleib freundlich, Mama.«

»Ich bin freundlich. Diese Frauen und ihr Mut waren höchst lobenswert, aber unsere Vorfahren sind vor über hundertsiebzig Jahren hier gelandet. Sie haben hart gearbeitet, um Tennessee zu einem erfolgreichen Staat zu machen und ihren Kindern ein reiches Erbe zu hinterlassen. Unseretwegen.«

»Daddy wusste nicht, dass die Banken Konkurs machen würden. Wir sollten dankbar sein, dass wir den Laden haben.«

»Nimm ihn nicht in Schutz, Cora.«

Sie rutschte weiter unter ihre Decke. Sie verteidigte ihn nicht. Aber sie wollte keine Bitterkeit einziehen lassen. Wie sehr diese einen Menschen entstellen konnte, zeigte sich in Mamas Gesicht.

»Die Wohnung ist doch gar nicht schlecht«, sagte sie.

Aber Mama behauptete, ihr Besenschrank im alten Haus sei größer gewesen. Aber Tante Jane hatte dem Laden mit ihrem hervorragenden Geschmack einen besonderen Stil verliehen, hatte ihn instand gehalten und in dem Jahr, bevor sie gestorben war, sogar noch das Badezimmer und die Küche erneuert. Der Wohn- und Schlafbereich war sogar recht großzügig.

Birch baute aus alten Brettern einen Raumteiler, damit sie sich ungesehen umkleiden konnten. Er half ihnen auch beim Umzug. Mamas Esszimmergarnitur passte nicht hinein, deshalb wies sie Birch an, alles zu Liberty und Jake hinüberzufahren.

Ihr bescheidenes Heim am Stadtrand verfügte nun über Chippendale-Möbel und eine Porzellanvitrine von Hepplewhite.

Mama schenkte Liberty zudem ihr Alltagsgeschirr und ihre Gläser und Jake den teuren Humidor.

»Mama?«

»Hm?«

»Du wirst dein Haus zurückbekommen, das verspreche ich dir.«

»Ich würde sagen, wir bekommen ein noch schöneres Haus, oder? Was hältst du davon, Liebling?«

»Großartig. Wenn Daddy zurückkehrt, bekommen wir ein neues, größeres und schöneres Haus.«

»Wir brauchen ihn gar nicht dafür. Lass uns noch mehr Kleider verkaufen und wir schaffen das allein.«

Cora drehte sich auf die Seite und beobachtete das Schneetreiben vor den leuchtenden Blitzen.

Der Hochzeitsladen rettete sie. Gab ihnen ein Zuhause und eine Aufgabe, der sie sich widmen konnten. Cora war dankbar. Doch auch wenn sie im neuen Jahr vor einem neuen Leben stand, fragte sie sich, ob das alles war, was Gott für sie bereithielt.

Natürlich hing sie an dem Laden. Beschäftigte gern zwanzig Frauen für die Bearbeitung der Bestellungen. Odelia drang sie dazu, eine weitere Annonce in *Modern Priscilla* zu schalten.

Aber ihr stand auch ein weiterer Geburtstag bevor, ohne dass Rufus fest zu ihrem Leben gehörte. Sie hatte ihm von ihrem Vater berichtet und seine Briefe waren voller Trost und Unterstützung gewesen.

Der Gedanke, ein weiteres Jahr lang nicht seine Frau zu sein, legte das Gefühl einer tiefen, kalten Einsamkeit auf sie. Es gab nicht genug Decken, um sie davon zu wärmen.

13

HALEY

Wenn sie etwas von ihren Eltern wollte, lungerte sie in ihrer Nähe herum. Haley erinnerte sich nicht genau, wann sie damit begonnen hatte, aber meist hatte es mehr oder weniger funktioniert.

Ihre Eltern waren Leseratten. Statt die neunundachtzigste Staffel von *Survivor* oder *CSI Dubuque* zu sehen, lasen sie tatsächlich Bücher. Dad las Marineromane, Mom Ärztezeitschriften, Ratgeber und Biografien.

»Was gibt's, Haley?« Mom machte sich nicht einmal die Mühe aufzublicken.

Haley lehnte an der Wand des Lesezimmers, die Hände in den Taschen ihrer Jeans vergraben, und machte eine gelegentliche Bemerkung, etwa wie sehr sie die gemütlichen Lesesessel aus Leder mochte.

»Ich muss mit euch reden.« Sie gab sich einen Ruck und setzte sich auf die Kante des passenden Ledersofas. Versehentlich veränderte sie dabei mit der Stiefelspitze den Winkel von Dads Leselampe.

Mom nahm ihre Lesebrille ab, legte ihren Daumen als Lesezeichen zwischen die Seiten und klappte es zu. »Geht es um den Laden?«

»Ja. Hört zu, ich weiß, ihr ...«

Dad hob einen Finger. »Warte kurz, lass mich diesen Absatz noch zu Ende lesen.« Er konnte nie mitten im Satz aufhören. »Alles klar, worum geht's?« Er legte sein Buch auf den Beistelltisch, lehnte sich vor, Ellbogen auf den Beinen, und wandte Haley seine Aufmerksamkeit zu.

»Ich brauche Geld.«

»Ich wusste es.« Mom schlug auf die breite Holzlehne ihres Sessels.

»Was habe ich dir gesagt, David? Haley kann diesen Laden nicht ohne Hilfe umbauen.«

»Hast du schon mit der Bank gesprochen?«, fragte Dad.

Haley nickte. »Heute Nachmittag. Sie freuen sich, dass ich den Laden bekommen habe, sind aber nicht begeistert davon, mir einen Kredit zu geben. Ich habe keine Sicherheiten vorzuweisen.« Sie sah von einem zum anderen. »Ihr beide könntet aber mit unterzeichnen.«

»Nein, das haben wir einmal bei Aaron getan und werden es nicht wiederholen.« Mom hielt sich immer an die Regeln, die sie einmal aufgestellt hatte. Dad meinte, das gebe ihr Sicherheit. Sie war fünfzehn gewesen, als ihr Vater gestorben war. Mithilfe der Regeln und Grenzen ihrer Mutter hatte sie sich sicher gefühlt.

»Ich bin nicht Aaron.« Ihr ältester Bruder Aaron hatte die Eltern vor ungefähr fünf Jahren gebeten, für ein großes Grundstück in Nordatlanta mitzuunterzeichnen. Seine Frau wollte dann aber ein größeres Haus und Haley wusste nur, dass es anschließend einigen Wirbel gegeben hatte, wegen Geld – um Zahlungsrückstände und auch weil die Schulden höher waren als der Immobilienwert. Ihr Bruder Seth hatte ihr erzählt, dass die Lage über ein Jahr lang ziemlich angespannt gewesen sei. Weil sie in Afghanistan und Kalifornien gewesen war, hatte Haley die ganze Geschichte verpasst. »Ich habe zwanzigtausend Dollar von der Stadt und ein bisschen eigenes Geld. Zehntausend Dollar. Davon will ich den Laden zum Laufen bekommen – Website, Werbung, Einrichtung und so weiter.« Haley beugte sich vor. »Cole Danner ist mein Bauleiter.«

»Cole?«, sagte Mom. »Wie willst du ihm denn vertrauen, nachdem was sein Vater getan hat?«

»Joann, komm schon.« Daddys Ermahnung war leise, aber unmissverständlich. »Cole ist ein guter Bauleiter. Und ein guter Mann.«

»Stimmt. Mach ihn nicht verantwortlich für das, was sein Vater getan hat, Mom. Sieh dir nur seine Mutter an, Tina. Unter ihrer Regie läuft das *Ella's* wie geschmiert.«

»Dann bitte sie doch um einen Kredit.«

»Ja, genau: ›Hey, Tina, meine wohlhabenden Eltern sehen es nicht ein, mir einen Kredit zu geben, deshalb schicken sie mich her, um dich zu fragen.«« Sarkasmus funktionierte bei Mom fast nie, aber Haley probierte es trotzdem. »Ihr wisst doch, dass ich alles zurückzahlen werde.«

»Wie viel brauchst du denn?« Als Ingenieur der Familie interessierte Dad sich immer für Fakten und Einzelheiten.

»Achtzigtausend.«

»Achtzigtausend!«, kreischte Mom und sprang aus ihrem Sessel. »David, denk gar nicht erst daran. Nein!«

»Warum nicht?« Haley stand auf und breitete die Arme aus. »Seht euch dieses Haus an. Ihr habt ein wunderschönes Zuhause, tolle Autos, einen Pool, ein Hausmädchen, einen Gärtner und seid Mitglieder im Country Club. Ihr fliegt jedes zweite Jahr nach Hawaii oder Europa. Ihr seid erfolgreich. Ich weiß, dass ihr Geld auf der Bank liegen habt. Ich bin eure Tochter. Warum könnt ihr mir nicht etwas leihen? *Leihen*. Ich bitte euch nicht darum, es mir zu schenken.«

Die drei standen schweigend im Dreieck. Kaltes, versteinertes Schweigen. Daddy klimperte mit dem Kleingeld in seiner Tasche, während er seine alten, abgetragenen Hausschuhe musterte. Mom starrte auf die überladenen Bretter der Einbauregale, die Hände in die Hüften gestemmt.

»Alles klar, vielen Dank.« Haley machte Anstalten zu gehen. Dass ihre Eltern komisch waren, war nichts Neues. Sie waren freundlich und aufmerksam und liebevoll, aber lebten nach ungewöhnlichen Idealen. Dad führte es auf Moms Teenagerzeit zurück, aber Haley vermutete, dass Mom einfach so war, dass es ihr im Blut lag. Sie blieb an der Tür stehen. »Ist es wegen der Uni?«

»Nein.« Daddys knappe Antwort warf weitere Fragen auf.

»Weshalb dann?«

»Joann, möchtest du es erklären?«

Haley blieb stehen, ihr Puls rauschte tief und gleichmäßig in ihren Ohren. »Mom, ist etwas los? Mit deiner Praxis? Oder bist du krank oder so?«

»Ich bin nicht krank. Und es ist auch nichts mit meiner Praxis.«

»Aber du willst deiner einzigen Tochter einfach nicht bei diesem Laden helfen.« Haley sagte es einfach gerade heraus, ohne Raum für Zweifel und spielte den Einzige-Tochter-Trumpf. Besondere Zeiten erforderten besondere Maßnahmen.

Mom sah sie an. »Ich will nicht, dass du den alten Hochzeitsladen wiedereröffnest. Sollen sie ihn doch abreißen und ihren dämlichen Parkplatz bauen. *Akron* will viel Geld nach Heart's Bend holen, Haley. Dieser Hochzeitsladen nützt doch nur einem kleinen Teil der Einwohner. Du wirst nur ein oder zwei Leute einstellen, *Akron* Hunderte.«

»Dir liegt Heart's Bends Wirtschaft mehr am Herzen als der Wunsch deiner Tochter?«

»Natürlich nicht. Ich frage mich nur, ob ein Hochzeitsladen wirklich klug ist. Wir leben nicht mehr im Jahr 1890 oder 1930, als Frauen sich schick machten, um in der Stadt eine Scheibe Fleisch oder ein Paar Strümpfe zu kaufen. Wer heiraten will, bestellt heute doch alles im Internet und kauft die Kleider in Atlanta oder New York. Niemand hat heute mehr eine Aussteuer. Wie willst du es schaffen, dass der Laden läuft? Hm, sag es mir?«

»Ich werde dafür sorgen. Ich habe einen Plan. Die Hochzeitsindustrie ist ein milliardenschwerer Markt.« Haley sah zwischen ihren Eltern hin und her. Irgendetwas war hier faul. Moms Widerstand richtete sich nicht gegen Haley. Und auch nicht gegen den Laden. »Habt ihr zwei Verbindungen zu *Akron*?«

»Nein, wir haben geschäftlich nichts mit *Akron* zu tun«, sagte Dad.

»Aber ihr seid dafür, dass die Ecke Blossom Street und First Avenue zum Parkplatz wird? Das will mir nicht in den Kopf gehen. Daddy, du bist im Innenstadtausschuss. Du hast mich bei der Stadtratsversammlung unterstützt. Mom, du warst im Vorstand des Geschichtsvereins.«

»Joann, erzähl es ihr doch.«

»Was soll Mom mir erzählen?«

»Da gibt es nichts zu erzählen.« Mom verließ das Zimmer und Haley blieb verwirrt zurück.

»Daddy, hilf mir.«

»Hal, ich unterstütze dich, wo immer ich kann. Aber meine Frau hat gerade das Zimmer verlassen und ich muss auf ihrer Seite stehen. Verstehst du das?«

»Was ist denn ihre Seite, Dad? Ich bin ja gar nicht *gegen* sie.«

»Ich weiß, ich weiß. Aber ihr liegt etwas schwer im Magen und dieser Laden rührt daran.« Dad drückte ihr sanft die Schulter. »Kopf hoch. Sie wird es dir erzählen, wenn sie so weit ist. Ich habe ihr schon gesagt, dass die Zeit reif dafür ist.«

»Was soll sie mir denn erzählen? Was hat der Hochzeitsladen mit Mom zu tun?«

»Das ist ihre Geschichte.« Daddy lehnte sich vor und sah den Korridor entlang.

»Manchmal sind wir verletzt, obwohl es nicht logisch ist. Aber es verletzt uns trotzdem. Deine Mom ist eine fantastische Frau. Ein Fels. Sie hat euch Kinder großgezogen, gleichzeitig ihre Karriere gestartet und dann ihre Praxis eröffnet.« Dad tat, als kratze er mit dem Finger an etwas.

»Aber sie trägt einen tiefen Schmerz mit sich herum, über den sie nicht redet. Und manchmal trübt er ihre Entscheidungen.«

»Ich bitte euch nur, mir etwas zu *leihen*, Daddy. Ich, als deine Tochter.«

»Ich weiß, Kleine. Und ich würde es dir auf der Stelle geben, wenn es nicht ganz tief in Mom etwas anrühren würde.«

»Dann erzähl mir davon. Worum geht's denn?«

»Das steht mir nicht zu.« Daddy küsste sie auf die Stirn. »Und was deinen Laden angeht: Ich erinnere mich an eine junge Frau mit großem Glauben in diesem Haus, die alle Hänseleien ihres Bruders ertrug, ohne mit der Wimper zu zucken, als sie nach einem Ferienlager mit Tammy zurückkam und erzählte, sie sei Jesus begegnet. Vertrau auf Gott und dein Gebet. Wenn es der richtige Weg ist, wirst du das Geld schon zusammenbekommen.«

Haley lehnte sich an den Türrahmen. Für jemanden, der Gott und Glauben in seinem Leben für überflüssig hielt und nur an Weihnachten und Ostern in die Kirche ging, lag in den Worten ihres Vaters ziemlich viel Wahrheit.

»Ehrlich gesagt, weiß ich gar nicht, wohin mein Glaube in den letzten paar Jahren verschwunden ist, Daddy.«

»Dann lauf ihm nach. Hol ihn dir zurück. Und lass ihn nicht mehr los.«

14

Cora

Juli 1931

Der Hochzeitsladen stattet junge Frauen in Notlagen aus
Von Hattie Lerner
Junge Frauen aus ganz Heart's Bend und Cheatum County stürmen in diesem Sommer den Hochzeitsladen, da die Inhaberin und Betreiberin Cora Scott auch denen hilft, die sich Hochzeitskleid und Brautausstattung nicht leisten können.
Wie das möglich sei, erkundigte sich die Verfasserin.
»Wir nehmen Spenden an«, sagt Scott. »Wenn eine Frau ein Kleid hat, das sie nicht mehr trägt, oder ein Brautkleid, das nicht für eine Tochter oder Nichte bestimmt ist, laden wir sie ein, es uns zu bringen. Wir arbeiten es für bedürftige Frauen um. Wir wünschen uns von Herzen, dass sich jede Braut an ihrem besonderen Tag auch als etwas Besonderes fühlen kann.«
Scott fügte hinzu, sie selbst, ihre Assistentin Mrs Odelia Darnell und ihre Mutter Mrs Esmé Scott, die Gattin des früheren Bankdirektors Ernest Scott, seien für jede Kundin da, unabhängig von ihren finanziellen Möglichkeiten.

»Natürlich musste sie auf jeden Fall Ernest erwähnen, nicht wahr?« Mama richtete sich auf. Sie hatte sich über Coras Schulter gebeugt und den Artikel laut vorgelesen, obwohl Cora ihn sehr gut selbst hätte lesen können.

Sie begann immer besser zu verstehen, warum erwachsene Kinder ihr eigenes Haus oder ihre eigene Wohnung haben sollten.

»Als sie darüber berichtet hat, dass ich wie eine Verrückte die First Avenue entlanggelaufen bin, hast du noch behauptet, das sei gut fürs Geschäft.«

»Was weiß denn ich schon?«

In der Küchennische in der zweiten Etage briet Mama Eier auf dem Herd und knallte die gusseiserne Pfanne auf die Flammen.

»Wirklich, das macht mich fertig. Sie weiß doch, wie gedemütigt ich … wir sind.«

»Lass gut sein, Mama. Uns geht es doch gut, oder?«

Mama hatte das Apartment in ein gemütliches Heim verwandelt. Sie hatte wunderschöne gebrauchte Möbel gefunden und einen teuer aussehenden Kerzenleuchter aus einem leer stehenden Haus in der Nähe von Nashville mitgebracht.

»Vermutlich schon.« Mama setzte sich zu Cora an den Tisch und widmete sich ihrem Frühstück.

Cora legte die Zeitung beiseite. »Sollen wir noch danken?«

Mama hob den Blick, während sie in ihren Toast biss. »Danken? Dafür, dass der Herr uns alles genommen hat?«

»Ja.« Cora wollte nach der Hand ihrer Mutter greifen, aber sie zog sie zurück und legte sie neben den Teller. Große Güte, wann hatten sie denn die Rollen getauscht? Nun war Cora die Mutter und Mama das aufmüpfige Kind. »Hast du mich nicht den Vers gelehrt: ›Der Herr gibt, der Herr nimmt‹? Sieh dir doch an, was wir alles haben, obwohl es die Bank nicht mehr gibt.«

»Dann sprich dein Gebet. Nur schnell. Ich hasse kalte Eier.«

Cora konnte es ertragen, dass ihr Vater verschwunden war und Mama immer verbitterter wurde. Aber sie weigerte sich, ihren Glauben aufzugeben. Welche Hoffnung bliebe ihr sonst, wenn sie nicht mehr auf den allmächtigen Gott hoffen konnte?

Als Cora Amen sagte, drückte Mama ihre Hand. »Du bewahrst dir deinen Glauben für uns beide zusammen, ja?«

Diese schwachen Momente waren selten, aber hin und wieder öffnete sich Mama und Cora sah, wie zart ihre verletzte Seele war.

»Immer, Mama.«

Birchs Großzügigkeit war es zu verdanken, dass Mama auf seiner Farm Gemüsebeete anlegen konnte. Im ersten Jahr hatten sie zwar nicht annähernd die Größe wie auf ihrem Anwesen, aber ihre Pflanzen entwickelten sich gut. Außerdem hatte sie begonnen, Hühner aufzuziehen, zur Hälfte zum Braten und zur Hälfte wegen der Eier.

Um Benzin zu sparen, fuhr Mama sechsmal in der Woche sechs Meilen mit dem Fahrrad, um sich um ihre Beete und ihre Hühner zu kümmern. Sonntags warf Birch den Hühnern Reste zu, damit sie den Tag frei hatte. Cora schlüpfte hinaus und ging zum Gottesdienst, während Mama ausschlief.

Ihr Vater war jetzt seit sieben Monaten fort. Und sein letzter Brief war vor vier Monaten gekommen. Selbst Rufus schrieb häufiger. Im März war er sogar drei Tage lang zu Besuch gekommen. Es war himmlisch gewesen. Wie sehr hatten sie es genossen, unten am Fluss entlangzuspazieren und ins Kino zu gehen.

Sein letzter Brief lag unter Coras Kopfkissen. Sie las ihn abends vor dem Schlafengehen.

Meine liebste Cora, ich denke so viel an dich, dass mein Kopf schmerzt. Aber es sind sehr schöne Gedanken ...

»Cora.« Odelia betrat ohne anzuklopfen das Apartment. »Avril Kreyling ist an der Tür. Sie sagt, sie will mit Ihnen reden.« Odelia hielt eine Blechbüchse hoch, die verführerisch duftete. »Ich habe Zimtwecken mitgebracht.«

»Gut. Ich brauchte ohnehin einen neuen Briefbeschwerer«, sagte Mama und piekte ihre Eier auf.

»Das müssen ausgerechnet Sie sagen, Esmé. Ich habe Ihren Pekannuss-Kuchen probiert.«

Odelia setzte sich zu ihnen an den kleinen Tisch, der früher auf der Veranda vor ihrem alten Haus gestanden hatte, griff nach einem Messer und öffnete ihre Dose mit Wecken. »Ich habe versucht, Avril heraufzubitten, aber sie war wie auf den Stufen festgewachsen.«

»Was wünscht sie denn?« Cora legte ihre Serviette beiseite. Avril war 1919 oder 1920 eine Kundin von Tante Jane gewesen. Sie war eine Schulfreundin von Cora und Mutter von drei Kindern.

»Ich konnte ihr kaum ein Wort entlocken. Esmé, diese Zimtwecken sind fluffig wie eine Feder. Sehen Sie sich das an.« Sie legte eine auf Mamas Teller.

»Odelia, Vorsicht, Sie ruinieren noch mein gutes Porzellan.«

»Ich gehe nach Avril sehen. Und ihr beide«, Cora deutete mit einer Handbewegung zwischen beiden hin und her, »benehmt euch. Wenn ich zurückkomme und es fließt Blut, rufe ich keinen Doktor.«

Das Lachen der beiden hallte ihr nach, während sie die Stufen hinabstieg und über das Mezzanin lief.

In der Eingangshalle schloss Cora die Tür auf. Sie öffnete sie weit und ließ einen Schwall Julisonne hinein.

»Avril?« Sie trat zu der Frau hinaus, die auf dem Treppenabsatz saß. Der Morgen war frisch und schön, die Sonne tränkte die wehenden Bäume. »Ist alles in Ordnung?«

Avril sah zur Seite, umschloss mit den Armen ihre Knie und mit ihren schmalen Händen die Ellbogen.

Sie war dünn und vom Ärmel ihres Hauskleids war ein kleiner Fetzen abgerissen. Verwaschene Flecken zierten ihre einstmals weiße Schürze und ihr Zeh schob sich beinahe schon durch die abgewetzte Spitze ihrer braunen Schuhe.

»Wir hatten große Pläne, Billy und ich. Junge, wir wollten die ganze Welt erobern.«

»Ich erinnere mich daran. Ihr zwei seid wirklich weit gekommen.«

»Er war so gut aussehend. Charmant. Er hat mein Herz im Sturm erobert.« Avril sah zu Cora hinüber, ihre Augen wie traurige Schlammlöcher in trockener, eingesunkener Erde. »Erinnern Sie sich, Cora? Alle Mädchen wollten mit ihm ausgehen, aber er hat mich erwählt. Mich, Avril Falk.«

»Ich erinnere mich gut daran. Er war genau, wie Sie ihn beschreiben. Aber keines der anderen Mädchen hatte eine Chance. Er war bis über beide Ohren in Sie verliebt.«

»Und jetzt sehen Sie mich an.« Sie zog die Haut an ihrer Hand glatt und rubbelte an einem Fleck. »Ich werde viel zu früh alt. Obwohl ich erst dreißig bin, habe ich schon Runzeln und Falten im Gesicht. Ich bewege mich wie eine Fünfzigjährige.« Sie legte die Hand auf ihr ungekämmtes, trockenes Haar. »Ich war seit zwei Jahren nicht mehr beim Friseur. Keines meiner Kleidungsstücke passt mir.« Sie zog an der losen Taille ihres Kleides.

»Wo ist denn Billy, Avril?«

»Weg. Das ganze Geld und fast alle Lebensmittel hat er mitgenommen. Alles, was ich letzten Sommer eingekocht habe.« Sie holte einen Zettel aus der Tasche und reichte ihn Cora. »Den hat er dagelassen.«

Cora zögerte. Ihre Hand zitterte. Das verschüttete Empfinden vom Verschwinden ihres Vaters breitete sich wieder aus. »Ich kenne das Gefühl, Avril. Aber er wird zurückkommen.«

»Ich weiß, dass Sie es kennen. Auch deshalb bin ich hier.«

Cora betrachtete Billys gleichmäßige, längliche Handschrift. Sie wirkte weich. Ganz anders, als sie bei einem Farmer erwartet hätte.

Ich halte es nicht aus. Es tut mir leid, Avril. Es tut mir leid.

»Er hält es nicht aus. Und was soll ich jetzt machen? Sag es mir, Billy, mein Junge.« Avril wischte sich mit der runzeligen Hand über die feuchten Wangen und griff mit eingerissenen und dreckigen Fingernägeln nach dem Zettel, den Cora ihr wiedergab. »Es tut dir leid, aber du hast das ganze Geld mitgenommen. Wertvolle Gläser mit Lebensmitteln, Gemüse und Obst, die dafür gedacht waren, unsere Familie zu ernähren. Ich habe drei Kinder zu Hause, Cora, und kein Geld. Was glaubt er, wer ihnen zu essen gibt?«

»Avril, warum hat er sich davongemacht?« Das Geschäft hielt Cora auf Trab, aber sie wusste, dass die Bank jede Woche Häuser, Geschäfte und Farmen zwangsvollstreckte.

»Die Bank hat uns das Land genommen, aber angeboten, Billy zu bezahlen, wenn er es bestellt. Für einen Hungerlohn, sage ich Ihnen. Ein paar Pennys für die Knochenarbeit.« Mit festem Griff richtete sie sich an Coras Arm auf. Ihre dünnen, blassen Finger zitterten. »Ich dachte, er würde zurückkommen … ich dachte, er würde zurückkommen.«

»Wie lange ist er schon fort?«

»Seit dem Frühjahr. Frühlingsanfang. Ich habe versucht, mit dem

Pflanzen anzufangen, aber selbst wenn der Achtjährige mir hilft, schaffe ich es nicht. Mein guter Willie meint, er müsse jetzt der Mann im Haus sein. Sie sollten ihn mal sehen. Er steht morgens auf, bevor der Hahn kräht, hängt den Pflug an den alten Brutus, erledigt seine Pflichten, kommt anschließend rein und kocht Kaffee, während ich mich um die Kleinen kümmere. Mein achtjähriger Sohn verrichtet Männerarbeit, weil sein Daddy es nicht aushält!« Avril ballte die Hände zu Fäusten, zitterte, schüttelte sich, spannte den Kiefer an. »Das ist nicht richtig, Cora. Das ist ganz und gar nicht richtig. Er sollte in der Schule sein, lernen, rumrennen, Baseball spielen.«

»Da haben Sie recht. Das sollte er. Harte Zeiten haben kein Respekt vor dem Alter.«

Avril tippte sich mit dem Daumen auf die Brust. »Aber ich. Ich weiß, was es heißt, die eigene Kindheit um der Arbeit willen zu verlieren. Meine Mama hat in einer Fabrik gearbeitet, als sie erst zehn Jahre alt war, unten in Birmingham.« Avril hob ihre Hand und knickte zwei Finger ab. »Sie hat zwei Finger verloren und am nächsten Tag hat man sie trotzdem wieder ans Fließband gesetzt. Als ich zehn war, hat mein Daddy mich in die Fabrik geschickt. Ohne dass meine Mama davon wusste.«

»Avril, wirklich? Davon habe ich noch nie gehört.«

Die Erinnerung zauberte ihr ein Lächeln auf die Lippen. »Sie kam hereinmarschiert, zerrte mich vom Fließband und warf dem Besitzer Worte an den Kopf, von denen Tapeten von den Wänden fallen. An dem Abend stritten sich meine Eltern erbittert. Mama sagte, wenn er mich je wieder in die Fabrik schickt, bringt sie ihn um. Sechs Monate später bekam er eine Stelle im Futtermittelwerk und wir zogen nach Heart's Bend. Von da an hatten wir ein gutes Leben. Ich durfte ein normales Mädchen sein. Ich lernte Billy kennen, sagte Ja. Ich hätte nie gedacht, dass ich meine Kinder hungern sehen würde, Cora. Im Leben nicht.«

Cora legte Avril den Arm um die Schultern, aber sie blieb steif und unbeeindruckt. »Würden Sie gern hineinkommen und einen Kaffee trinken? Mama brät Ihnen gern ein paar Eier. Und Odelia hat Zimtwecken mitgebracht.«

Avril schüttelte den Kopf. »Bin ich so schlimm dran, dass ich schon Odelias Wecken essen muss?« In ihrer Brust gluckste ein kleines Lachen. »Daddy ist vor ein paar Jahren davon beim Picknick ein Zahn abgebrochen. Die verflixten Dinger sind hart wie Stein.«

»Oder Mama brät Ihnen eine gute Portion Rührei. Und wir haben Toast und Kaffee.«

Avril wurde ernst. »Ich kann keine Eier essen, wenn die Kinder trockenen Toast zum Frühstück hatten.« Sie sah Cora an. »Wie lange ist Ihr Daddy schon weg?«

Cora zog ihre Hand zurück, legte die Arme vor der Taille aufeinander und lehnte sich vor. Sie richtete den Blick auf den Cumberland und den Hafen, wohin Rufus bald zurückkehren würde. »Seit sieben Monaten.«

»Schreibt er Ihnen oder ruft er an?«

»Er hat uns geschrieben, aber das ist schon eine Weile her.«

»Ein Bankdirektor und ein Farmer ... Wer hätte das gedacht? Männer, die im Krieg waren, die aber schlechten Zeiten nicht gewachsen sind.«

»Billy liebt Sie, Avril. Er wird zurückkehren. Daddy war schon zweimal fort und ist beide Male wiedergekommen.«

»Ach, Cora, in was für Zeiten leben wir bloß? Männer verlassen ihre Familien, die bettelarm sind. Banken schließen. Ernten bleiben aus. Dürre.« Erneut strömen Tränen über ihre Wangen. »Ich habe meine Tränen zurückgehalten, weil es nichts Schlimmeres gibt, als eine heulende Mama. Ich kann nicht einmal abends in mein Kopfkissen weinen, weil ich fürchte, dass sie mich hören können.«

»Avril, lassen Sie mich Ihnen ein paar unserer Vorräte holen. Mama hat einen schönen Garten draußen auf der Good Farm.«

Ihr sanftes Lächeln war kaum zu erkennen. »Ich habe noch immer den Geschmack von ihrem Blaubeerkuchen beim Sommerfest auf der Zunge. Sie hatte immer einen prächtigen Garten, Ihre Mama.«

»Dann müssen Sie ein paar Konserven mitnehmen.«
»Cora, ich bin nicht wegen der Almosen gekommen oder um mich bemitleiden zu lassen.«
»Warum sind Sie denn dann gekommen? Wie kann ich Ihnen helfen?«
»Ich wollte nur ...« Ihre Unterlippe zitterte und machte es ihr unmöglich zu sprechen. Sie holte Luft, atmete aus, kämpfte gegen ihre Tränen. »Ich wollte mich an die schönste Zeit meines Lebens erinnern, in der ich zuversichtlich Kinder zur Welt bringen konnte. Ich wollte dahin gehen, wo alle meine Träume möglich waren. Als ich jung und schön war und schrecklich verliebt in Billy. In Ihrem Laden, Cora, in Ihrem Hochzeitsladen war ich so glücklich wie sonst nirgendwo.« Avril beugte sich nach unten und wischte sich die Nase an ihrer Schürze ab. »Der Krieg war vorbei, unsere Männer waren wieder zu Hause und endlich konnten Billy und ich unser gemeinsames Leben beginnen. Ich habe jeden Augenblick in diesem Laden genossen. Jeden Moment, in dem ich meine Hochzeit geplant habe. Ich war außer mir vor Freude. Ich habe gelacht und gelacht.« Ihre Stimme nahm einen melancholischen Tonfall an, als sie hinzufügte: »Ich kann mich nicht einmal daran erinnern, wann ich das letzte Mal gelacht habe.«

Auf der Straße rumpelte ein Wagen heran und hielt vor dem Laden. Der Motor wurde ausgestellt und eine schlanke junge Frau mit glänzendem Haar, das ihr in Greta-Garbo-Wellen ins Gesicht fiel, stieg aus. Ihr folgten zwei ebenso schlanke wie gut gekleidete Damen, vielleicht ihre Mutter und Großmutter, und zwei junge Frauen.

»Ich schätze, ich muss dann mal los.« Avril stieß sich von der Treppe hoch. »Ich habe die Kinder im Garten spielen lassen.« Sie richtete ihren leeren Blick auf den blauen Horizont. »Glauben Sie, es regnet heute? Wir könnten gut ein bisschen Regen gebrauchen.«

»Guten Tag!«, rief die Dame, die nach der Mutter aussah, und winkte. »Wir sind die Kirkpatricks. Meine Tochter hat sich gerade verlobt. Wir hörten, dies sei der richtige Hochzeitsladen, um ihre Brautausstattung zu erwerben.«

»Da haben Sie richtig gehört.« Avril stand auf und unterstrich ihre herzliche Empfehlung: »Dies ist der ausnahmslos beste Hochzeitsladen in der Gegend und weit darüber hinaus.«

»Schön, Sie kennenzulernen. Kommen Sie herein.« Cora legte eine Hand auf Avrils Arm und stellte sich vor: »Ich will mich noch von meiner Freundin verabschieden, dann bin ich sofort bei Ihnen. Zu Ihrer Rechten finden Sie einen bequemen Diwan.« Sie drehte sich zu Avril um. »Warten Sie hier.«

Sie huschte um den Laden herum und schlüpfte in den Garderobenraum. Mit der Hacke stieß sie gegen ein loses Brett, hob es hoch und kniete sich davor. Sie fischte nach der Büchse, die unter dem Boden an der Wand lehnte.

Da war sie. Sie riss den Deckel hoch und zählte zwanzig Dollar ab. Ihre Reserven schwanden, aber sie konnte Avril nicht mit leeren Händen nach Hause schicken.

In dieser Büchse waren nur noch fünfhundert Dollar. Aber sie hatte zwei weitere versteckt. Sie nahm weitere vierzig Dollar heraus, schob sie gefaltet in ihre Handfläche und lief um die Ladenfassade herum. Sie fand Avril gegenüber im Gardeniapark.

»Avril!« Cora blieb wegen eines langsam fahrenden Lincoln stehen und hastete anschließend über die Straße. »Warten Sie.«

Als die Frauen sich am Rand der dürren, braunen Wiese trafen, schob Cora ihr das Geld in die Hand.

»Ich wusste, dass Sie so etwas tun würden.« Avril schob das Geld zurück. »Ich kann das Geld nicht annehmen. Ich kann mir nichts leihen, wann sollte ich es zurückzahlen?«

»Es ist ein Geschenk. Sie müssen es mir nicht zurückzahlen.«

»Das kann ich nicht.«

»Avril Kreyling, wenn Sie um ihres Stolzes willen Ihre Kinder hungern lassen, verzeihe ich Ihnen das nicht. Und Sie werden es sich auch nie verzeihen. Nehmen Sie es oder ich gehe einkaufen und bringe Lebensmittel vorbei. Immerhin bewahren Sie auf diese Weise Ihre Würde und können selbst einkaufen gehen.«

»Dann lassen Sie mich das Geld verdienen. Ich kann es nicht einfach nehmen. Darf ich den Laden putzen? Ihre Wäsche bei mir waschen?«

Cora atmete tief aus. Da die Bestellungen jetzt im Frühjahr nachließen, erledigte Odelia die Näharbeiten nur noch mit vier weiteren Frauen. Mama kümmerte sich um die Wäsche, hasste es aber. Sie vermisste Liberty unendlich.

»Dann waschen Sie gern unsere Wäsche.«

Avrils Lächeln war wie die Sonne zwischen ihren Tränen. »Danke ... danke vielmals!«

»Kommen Sie am Freitag, um die Wäsche abzuholen. Wenn wir alle mit dieser Regelung zufrieden sind, können wir sie beibehalten, solange Sie Bedarf haben. Aber das hier«, Cora drückte ihr das Geld wieder in die Hand, »ist ein Geschenk.«

Avril gab sich geschlagen, legte ihre Stirn auf Coras Brust und griff schluchzend nach ihren Armen. »Ich wusste, dass ich zu diesem alten Laden gehen sollte, und das habe ich getan. Sie haben mich gerettet, Cora Scott. Sie haben mich gerettet!«

15

Birch

Er lenkte seinen Karren zur Blossom Street, sprang hinunter und gab Uncle Sam einen sanften Klaps aufs Hinterteil. »Ich komme gleich wieder, mein Junge.«

Er sprang auf den Gehweg und lief unter der Eiche entlang zur Rückseite des Hochzeitsladens. »Cora!«

Während er wartete, hielt er mit einem Auge die Hintertür im Blick. Er war stolz auf Cora und Esmé, aber es sah nicht so aus, als käme Ernest Scott bald wieder. Der Mann hatte schlichtweg den Verstand verloren, mir nichts, dir nichts vor Weihnachten zu verschwinden. Wusste er, dass die Frauen nun auf der zweiten Etage des Ladens wohnten? In den winzigen Räumen? Bei dieser Hitze?

Der Sommer hätte heißer kaum sein können. Er fürchtete um seine Pflanzen. Jeden Morgen, wenn er aufwachte, bat er Gott um Regen. »Ich kann pflügen und säen, Herr, aber nur du kannst die Felder gedeihen lassen.«

»Cora!« Er blieb vor der Hintertür stehen, hämmerte mit den Fingerknöcheln an die Scheibe. »Es ist acht Uhr, meine Liebe, da sollte man bereits auf den Beinen sein.«

Leider hatte er Cora in diesem Sommer nicht viel zu Gesicht bekommen. In der Kirche waren sie sich über den Weg gelaufen, aber sie hatte sich abseits gehalten. Alles, was wegen dieses Flussschiffers zwischen ihnen gestanden hatte, hatte er beiseitegelegt. Liebe hofft in allen Dingen.

Esmé sah er jeden Tag, wenn sie zur Farm hinauskam und sich um ihre Beete kümmerte. Ihre Tomaten und Gurken übertrafen seine um Längen.

Er benutzte gesammeltes Regenwasser, damit die Beete wachsen konnten, aber seine Maisfelder hatten es dringend nötig, dass der Himmel die Schleusen öffnete.

Wenn die Dürre anhielt, wovon sollten sich die Scotts dann im Winter ernähren? Er hatte bereits beschlossen, ihnen eine Seite von dem Rind zu überlassen, das er diesen Herbst schlachten wollte. Und Esmé hatte bei Weitem genug Hühner, um die Hähne zu ärgern und bei Laune zu halten.

Genaugenommen war er nur mächtig eifersüchtig. Er hätte gern eine Henne, der er nachjagen konnte. Aber er arbeitete daran. Wenn sie bloß aufhören würde, nach ihrem Kapitän zu gackern, und stattdessen endlich ihn wahrnähme.

»Cora Scott!« Diesmal klopfte er fester.

Die Hintertür flog auf. »Birch Good, große Güte, weshalb um alles in der Welt brüllst du hier herum wie ein Rüpel, dass jedermann dich hört?« Sie wirkte in Eile, war zerzaust und wunderschön, mit ihrem kastanienbraunen Haar, das um ihr Gesicht wehte, und den funkelnden Augen.

»Worum sorgst du dich?« Birch nahm seine Kappe ab und schlug sie gegen seine Latzhose. Er raufte sich seinen lockigen Schopf und zerwühlte ihn in alle Richtungen. »Die anderen Läden öffnen schließlich erst um neun, frühestens.«

»Die Everlys wohnen gleich neben uns. Über ihrem Laden. Und sie haben einen Säugling. Weshalb bist du gekommen?«

»Komm mit, ich will dir etwas zeigen.« Er setzte die Kappe wieder auf, griff nach ihrer Hand und zog sie die enge Hintertreppe hinunter.

»Lass mich los! Du kannst mich doch nicht in aller Öffentlichkeit wegzerren. Ich bin barfuß, mein Haar ist unordentlich und ich trage keinen Lippenstift. Willst du, dass sie mich aus dem Frauenbund ausschließen?«

»Niemand wird dich ausschließen. Und tu nicht so, als würdest du den Frauenbund mögen, diese Schar hochnäsiger alter Hexen.« Sie erreichten den Karren und Birch schlug auf den Rand. »Na, was denkst du?«

Cora spähte über die Ladeklappe. »Bretter. Du zerrst mich von meiner Hintertür hierher, damit ich mich über einen Haufen zersägter Bäume ereifere?« Die Hand auf ihre schmale Hüfte gestützt, sah sie ihn an: »Die Zeiten sind hart, Birch, aber so hart auch wieder nicht.«

»Ich baue euch eine Veranda. Hinter dem Laden.« Er hob die Hände in Richtung Haus, legte die Daumen aneinander und bildete ein Dach. »Dann könnt ihr, du und deine Mama, den ganzen Sommer über bis in den Herbst draußen Abend essen. Damit ihr mal aus der überhitzten zweiten Etage herauskommt. Ich weiß doch, wie sehr ihr da oben schmoren müsst. Ich kann euch auch ein paar elektrische Leitungen verlegen, dann könnt ihr eine Lampe für gemütliche Lesestunden aufhängen.«

Birch sah sie an, ließ den Blick sinken und räusperte sich, als er die Schleier in ihren goldenen Augen sah. Es zog ihm die Brust zusammen, wenn er eine Frau weinen sah, und er hätte sie am liebsten in den Arm genommen.

»Danke!« Sie warf sich ihm an den Hals.

Langsam legte er die Arme um sie. »Ich dachte, ihr hättet gern ein bisschen Platz für euch. Damit dieser Laden mehr zu eurem Zuhause wird. Deine Mama hat ihre Veranda auf dem Anwesen geliebt.«

Cora lachte durch ihre Tränen hindurch, löste sich aus der Umarmung und wischte sich die Wangen ab. »Wir hatten uns gestern Abend in den Haaren.« Sie griff über die Ladeklappe hinweg und tätschelte das sanft-goldene Holz. »Ihr wunder-, wunderschönen Bretter.«

»Ist es in Ordnung, wenn ich sofort anfange?«

»Gerne. Je früher, desto besser! Hast du schon gefrühstückt?«

»Nur eine Tasse Kaffee.«

»Eier und Toast kommen sofort.« Cora eilte zum Haus. Ihr Rock schwang über ihren schlanken Waden und nackten Füße hin und her. Es ginge nicht mit rechten Dingen zu, wenn Birchs Herz da nicht in Flammen stünde. Mit einem tiefen Atemzug ließ er die Wagenklappe herunter und versuchte, das Bild aus seinem Kopf zu vertreiben, aber sein störrisches Wesen verwehrte es ihm. Er liebte jedes Bild von Cora Scott in seiner Erinnerung und dieses war schlichtweg zum Niederknien.

Gerade als er die erste Bretterladung herausholen wollte, tränkte ihr Duft seine Sinne. Sie schlang ihre Arme von hinten um seinen Hals und küsste ihn auf die Wange.

»Vielen Dank noch einmal, Birch.«

Er richtete sich auf, drehte sich zu ihr um und zog sie an sich. Ihre Nähe, ihre schmale, schlanke Figur, die sich an ihn schmiegte, ließ ihn schwach werden. »Du weißt, dass ich alles für dich tun würde. Ich liebe dich.« Er berührte den herzförmigen Anhänger an ihrem Halsansatz. »Warum trägst du dieses Ding? Er erkauft sich doch bloß deine Zuneigung.«

»Birch ...«

Er ließ sie los, doch ihre Nähe verstärkte sein Verlangen, sie für sich zu gewinnen. Es kümmerte ihn nicht, dass seine Liebe nicht erwidert wurde. Es kümmert ihn nur, dass er sie liebte.

Wenn sie sich endlich von diesem feigen Flusskapitän lossagte, würde er für sie da sein. Sie würde schon erkennen, dass Birch für sie bestimmt war. Schon allein ihre Körper passten ungemein gut zusammen.

»Ich sollte dir endlich deine gebratenen Eier bringen.« Sie lief zum Laden zurück. »Danke nochmals! Mama wird begeistert sein.«

»Wade Fry hilft mir dabei. Heute Abend sind wir fertig.«

»Wirklich? Wunderbar! Rufus kommt nächsten Monat, dann können wir auf der Veranda zu Abend essen.«

Birch trat einen Schritt zurück. Die Farben des Tages verblassten von Bunt zu Grau. »Rufus sagst du?«

»Ja, er hat endlich einen Augenblick Zeit für mich. Diesen Frühling und Sommer war er auf jedem Fluss außer dem Cumberland unterwegs.«

»Ich weiß nicht, ob ich dir gern eine Veranda baue, nur damit du dort mit einem anderen Mann sitzt.« Er war unfähig, in ihre Richtung zu schauen. Der Stich löschte jede Begeisterung.

»Ich bin immer ehrlich zu dir gewesen.«

»Das stimmt, du ...«

»Soll ich dir noch Eier bringen? Oder willst du deine Meinung ändern? Denn wenn du die Veranda nur unter bestimmten Bedingungen baust ...«

»Nein, es gibt keine Bedingungen oder Einschränkungen.« Er gehörte nicht zu denen, die ihre Versprechen nicht hielten.

Birch hob die erste Ladung Bretter auf seine Schultern.

Im Lauf der Zeit war ihm die Erkenntnis gekommen, dass ihr Flusskapitän nur ein Schürzenjäger war. Den Gerüchten und Geschichten, die im Umlauf waren, entnahm er, dass die halbe Stadt es wusste. Wie kam es, dass Cora ahnungslos war?

Wo war *Rufus*, als Cora und Esmé kein Zuhause mehr hatten? Wo war *Rufus*, als Esmé sich ein Stück Land für ihren Gemüsegarten wünschte? Wo war er, als sie im letzten Winter Holz für ihren Kamin in der Wohnung brauchten?

Cora verschwand im Haus und er konnte ihre Stimme hören: »Mama, Eier und Toast für Birch, bitte! Er baut uns eine Veranda.«

Er seufzte und rang die Schwere in seinem Herzen nieder, während er zurück zum Karren lief. Irgendwann würde er sich selbst davon überzeugen, dass er sie vergessen und sein Leben weiterleben musste.

Er hob sich eine weitere Ladung auf die Schulter und trug sie zur Hinterseite des Ladens. Klappernd warf er sie zu Boden. Er hielt inne und sah hinauf in den blauen Himmel, der durch die schattige Ulme blinzelte.

Ja, eines Tages würde er sich von Cora abwenden, aber heute war dieser Tag noch nicht gekommen.

Haley

Laut der Richtlinien durfte in Heart's Bend mit der Innensanierung begonnen werden, sobald der Antrag auf eine Umbaugenehmigung vorlag.

Daher machte sich Cole am Montag mit seinem Team an die Arbeit. In dem Augenblick, als sie die aufgestellten Wände einrissen, flutete Licht ins Gebäude.

Die Dielen unter dem hässlichen Teppichboden waren stumpf und ausgetrocknet, aber hervorragend erhalten. »Das ist ein echter Gewinn«, sagte Cole.

Am Wochenende arbeitete Haley an ihrem Geschäftsplan. Sie wäre dankbar darüber, wenn ihr einige Designer Kleider in Kommission geben könnten und wenn wenigstens ein oder zwei, die ihr gefielen, mit ihr verhandeln würden. Sie hatte noch keinen Ruf vorzuweisen und keinerlei Beziehungen in dieser Branche, daher …

Sie brauchte eine Mentorin! Eine, die ihr die Grundlagen vermittelte. Sie suchte im Internet und fand einen Laden in Birmingham namens *Malone & Co.*

Offenbar hatte die Inhaberin Charlotte Rose ihr Brautkleid in einer Truhe gefunden, nachdem es im Laufe der Jahre schon von drei anderen Frauen getragen worden war. Fasziniert suchte Haley weiter, bis sie auf einen Artikel in einer Zeitung aus Birmingham stieß.

Das Kleid wurde 1912 geschneidert und zum ersten Mal getragen. Dann fand es 1939 und 1968 seinen Weg zu zwei weiteren Frauen, bevor Charlotte es 2012 entdeckte.

Das Kleid passte allen vier Frauen wie maßgeschneidert, ohne dass es umgearbeitet werden musste. Es klang beinahe wie ein magisches Brautkleid. Die verschworene Schwesternschaft des weitergereichten Hochzeitskleides.

Haleys Herz schlug schneller, als sie den Bericht las. Sie musste Charlotte Rose kennenlernen.

Sie verkündete Cole, der auf dem Boden hockte, ihren Plan: »Ich werde die Inhaberin eines Hochzeitsladens in Birmingham anrufen. Ich will sie fragen, ob sie sich mit mir trifft.«

Cole zog gerade Teppichnägel aus dem Boden des kleinen Salons und sah auf. »In Birmingham? Gibt es denn keine Hochzeitsläden in Nashville?«

»Diese Besitzerin ist interessant. Ich fand spannend, was ich über sie gelesen habe.«

Er reichte ihr einen weiteren Hammer. »Hier, fang an, die Nägel rauszuziehen. Mannomann, wer auch immer diesen Teppich verlegt hat, hatte keine Ahnung, was er tat.«

Haley hockte sich hin und begann mit der Arbeit.

»Wie kommst du mit den Finanzen vorwärts?«

»Zählen auch verzweifelte Gebete?«

»Für mich schon«, sagte Cole. »Was ist mit deinen Eltern?«

»Dad würde mir schon helfen, Mom aber nicht. Sie hasst den Laden und ich kann sie nicht dazu bringen, mir zu erzählen, warum.«

Haley erinnerte sich an das Gespräch mit ihren Eltern und wunderte sich erneut.

Was hatte Mom gegen den Hochzeitsladen? Und warum erzählte sie es Haley nicht?

Cole hörte auf, Nägel herauszuziehen. »Bist du sicher, dass du ohne Geld weitermachen willst? Was ist mit der Bank?«

»Die hat abgelehnt.«

»Haley ...«

»Cole, ich gebe nicht auf. Und wenn ich den Laden halb fertig eröffnen muss ...«

»Dann wird der Laden von den Behörden nicht abgenommen.«

»Ich bekomme das Geld schon zusammen. Mann, ich habe mitten in der Wüste ein seltenes Ersatzteil für einen Panzer aufgetrieben, da werde ich doch wohl die paar mageren Dollar zusammenbekommen, um dieses Gebäude umzubauen.«

»Du nennst achtzigtausend ein paar magere Dollar?«

»Erinnerst du dich an die Geschichte über den Propheten Elisa, der für die Witwe gebetet hat, und anschließend wurde ihr Ölkrug nie leer? Da hatte sie das Geld, um ihre Schulden zurückzuzahlen.«

»Hast du denn einen Krug wertvolles Öl zu verkaufen? Exxon-Aktien vielleicht?«

»Nein, aber ich rede mit demselben Gott wie Elisa und er hat jede Menge Geld.«

»Du machst das wirklich aus Glauben heraus?«

Haley hockte sich gegen die Wand. »Mir bleibt gar nichts anderes übrig, Cole. Kennst du so ein Bauchgefühl, das dir sagt: ›Tu genau das!‹ – auch wenn es nicht logisch klingt?«

Er klopfte mit dem Hammer ganz leicht auf einen imaginären Nagel in der Diele.

»Ja. Einmal wusste ich, dass ich etwas nicht tun sollte, auch wenn das genauso unlogisch klang.«

»Und, bist du dem Bauchgefühl gefolgt?«

Er reckte sein Kinn vor. »Ja. Das war das Schwierigste, was ich je getan habe.«

»Wirklich? Obwohl dein Vater …«

»Klopf, klopf. Hallo?«

Haley wechselte Blicke mit Cole und stand auf. Eine ältere Dame betrat, auf einen Stock gestützt, die Eingangshalle. Hinter ihr auf dem Treppenabsatz stand ein antiquarischer Lederkoffer.

»Kann ich Ihnen helfen?«

»Sind Sie Haley?«

»Die bin ich. Kommen Sie herein.« Haley reichte ihr die Hand als Stütze und half ihr auf dem alten Metallstuhl Platz zu nehmen, den Cole hinter sie stellte, bevor er die Tür schloss.

»Es ist kalt draußen«, sagte die Dame fröstelnd. »Ich habe in der Zeitung von Ihnen gelesen. Dass die Stadt Ihnen das Gebäude überlassen hat. Ich musste es mit eigenen Augen sehen.«

Die Dame hatte eine besondere Ausstrahlung, eine zeitlose Eleganz und Haley war gespannt zu hören, was sie zu sagen hatte.

Cole lief hoch ins Mezzanin und kam mit einem weiteren alten Metallstuhl aus der zweiten Etage wieder, den er Haley hinstellte. Er nahm auf der Treppe Platz, während die Dame sich in dem staubigen Laden umsah.

»Trotz allem unbeschadet, wie ich sehe. Das Rückgrat des Ladens ist noch vorhanden. Ein stabiles Rückgrat.«

Haley beugte sich zu ihr hinüber. »Haben Sie Ihre Brautausstattung hier gekauft?«

»In der Tat, das habe ich«, sagte sie nickend mit verträumter Stimme. »Damals wurde der Saal *großer Salon* genannt.« Die Dame zeigte erst nach vorne und anschließend hinter sich: »Und dort war der *kleine Salon*.«

»Genauso nenne ich sie auch«, sagte Haley, lächelte der Dame zu und verspürte ein winziges Prickeln der Bestätigung. Ihre Recherchen aus der sechsten Klasse trugen Früchte.

Die Dame seufzte und legte ihre Hände in den Schoß. »Das ist gut. Sehr, sehr gut. Sie gehören hierher. Sie sind die Richtige.«

»Ich bin die Richtige? W-was meinen Sie damit?«

»Sehen Sie, die Kundinnen kamen in ihren wunderbaren Brautkleidern die Treppe hinunter, damit ihre Mütter und Großmütter und alle Verwandten und Freundinnen sie sehen konnten.« Die Frau deutete zu den Stufen und fuhr fort: »Alle sagten ›Oh!‹ und ›Ah!‹ – das war ein *berauschender* Moment.«

Haley sah die Treppe ins Mezzanin hinauf und stellte sich vor, wie eine Braut nach der anderen in ihrem Hochzeitskleid die Stufen hinunterkam. »Das muss wunderbar gewesen sein.« Sie sah die Dame an. »Wie kann ich Ihnen helfen, Mrs ...«

»Peabody. Lillian Peabody.« Sie deutete zur Tür. »Meine Schwiegertochter hat einen Koffer auf dem Treppenabsatz stehen gelassen. Junger Mann, würde Sie ihn bitte hereinholen?«

Cole sprang auf, hob den alten Koffer mit Leichtigkeit hoch und stellte ihn zu Mrs Peabodys Füßen ab. Er warf Haley einen fragenden Blick zu.

Was soll das Ganze?
Ich weiß es nicht.

»Peabody? Sind Sie verwandt mit Linus Peabody?«

»Er ist mein Neffe. Lassen Sie sich von ihm nicht das Leben schwermachen.« Mrs Peabody bedeutete Cole, ihre Tasche zu öffnen. »Meine Mutter hat 1934 geheiratet. Ihre Eltern haben alles verloren, als die Banken Konkurs anmelden mussten. Sie war Lehrerin, trat aber den größten Teil ihres Gehalts an ihre Familie ab. Als die Zeiten schwieriger wurden, verloren die Lehrerinnen ihre Stellen, damit die Männer bleiben und ihre Familien ernähren konnten. Als mein Vater um ihre Hand anhielt, setzte sich meine Mutter jedenfalls in den Kopf, kirchlich zu heiraten. Aber ihr Vater konnte eine kirchliche Trauung mit passendem Brautkleid, Blumen und Hochzeitstorte nicht bezahlen. Meine Großmutter bestand darauf, dass meine Mutter ihre törichten Vorstellungen ablegen, ihr Sonntagskleid anziehen und sich von einem Prediger in der Bauernstube trauen lassen sollte.«

»Irgendetwas sagt mir, dass sie das ablehnte«, sagte Haley.

»Dann kennen Sie meine Mutter wohl?« Mrs Peabody lachte leise und zwinkerte Haley zu. »›Mein Sonntagskleid?‹, sagte meine Mutter. ›Den Fetzen trage ich jede Woche. Alle haben mich schon hundertmal darin gesehen. Ich heirate doch nicht in einem verblichenen, blauen Kleid.‹«

»Ich kann es ihr nicht verübeln.«

»Mein Vater bot an, ihr ein Kleid zu kaufen, aber davon wollte mein Großvater nichts wissen. Er konnte zwar kaum seine Familie ernähren, aber er war ein stolzer Mann. Also machte sich meine Mutter daran, trotz allem ein Brautkleid zu finden.«

»Dann ist sie hierhergekommen? In den Laden?«

»Sie sind ein kluges Mädchen. Lassen Sie es bloß nicht gehen, junger Mann.«

»Oh, wir sind gar nicht ...«

»Wir sind Freunde, einfach nur Freunde.«

»Freunde geben die besten Liebespaare ab. Aber wo war ich stehen geblieben?«

Haley verkniff sich das Lachen. Ganz schön indiskret die alte Dame!

Mrs Peabody klopfte mit ihrem Stock auf den Koffer. »Das Kleid, das meine Mutter getragen hat, liegt darin. Und ich gebe es hiermit zurück.«

»Sie geben es zurück?« Haley unterdrückte den Drang, Cole jedes Mal anzusehen, wenn sie sich über Mrs Peabody amüsierte. »Das verstehe ich nicht. Warum sollten sie es zurückgeben wollen?«

»Meine Mutter konnte nie das Geld aufbringen, um sich ein Kleid zu kaufen. Sie knapste und sparte ein paar Monate lang, aber mein Vater war nicht bereit, die Hochzeit weiter hinauszuzögern. Also ging meine Großmutter zu Miss Cora und bat sie, Mama ein Brautkleid zu *leihen*.« Mrs Peabodys Blick ging in die Ferne. »Mama hat es nie zurückgegeben. Ich vermute, dass zwischen den beiden, zwischen Miss Cora und Mama, etwas im Argen lag.«

»Vielleicht hat Miss Cora es ihr geschenkt«, sagte Cole.

»Nein, es war eine Leihgabe. Ich erinnere mich, wie meine Großmutter darüber sprach. Wenn in meiner Kindheit in unserer Familie eine Hochzeit anstand, sagte meine Großmutter jedes Mal: ›Janice, hast du Cora das Kleid *jemals* zurückgegeben?‹ Und Mama antwortete immer mit einem knappen ›Nein‹. Vor meiner Hochzeit habe ich sie nach dem Kleid gefragt ... Das war das Schlimmste, wonach ich meine Mutter fragen konnte. Puh. Also habe ich mir ein neues Kleid gekauft. Genau hier, in diesem Laden. Mein Vater bestand darauf, aber Mama kam nicht zur Anprobe mit. Sie sagte, sie vertraue mir.«

»Klingt, als hätten sie und Miss Cora sich überworfen.«

»Gesprochen hat sie darüber allerdings nie. Kurz vor ihrem Tod sind wir ihre Sachen zusammen durchgegangen und, es ist kaum zu glauben, ich fand auch das Kleid, das Miss Cora ihr geliehen hat. ›Mama, dein Kleid, ich dachte, es wäre verloren gegangen.‹« Gefesselt lauschte Haley Mrs Peabodys Geschichte. »Mamas Augen wurden feucht und sie schüttelte den Kopf. ›Ich habe Cora unrecht getan. Ich hätte ihr das Kleid zurückgeben sollen. Ich habe es ihr gestohlen.‹« Mrs Peabody klopfte erneut mit dem Stock auf den Koffer. »Ich habe damals beschlossen, sollte der Laden je wieder eröffnen, würde ich das Kleid zurückbringen, damit eine andere Braut es tragen kann. Vielleicht verbindet sie ein paar glückliche Erinnerungen damit.«

Haley hob den Deckel hoch und fand ein schönes Kleid mit V-Ausschnitt und einem hochgeschlossenen Kragen hinten, der mit goldenem Satin eingefasst war. Der Rock war schlicht, aber lang. Haley holte es aus dem Koffer.

»Es ist wunderschön, Mrs Peabody.«

»Es ist ein wenig vergilbt und muss in die Reinigung, aber ich glaube, die Mädchen heute mögen alte Kleider. ›Vintage‹ nennen sie das wohl.«

»Vintage ist der letzte Schrei.«

Unter dem Kleid lag eine angelaufene silberne Tiara mit einer kleinen Reihe funkelnder Juwelen.

»Sie brauchen es aber nicht zurückzugeben, Mrs Peabody. Cora ist schon vor langer Zeit verstorben und ihr Laden seit mehr als dreißig Jahren geschlossen.« Aber Haley sah den Stolz in den Augen der alten Dame. Sie konnte ihn spüren. »Ich habe ohnehin gerade kein Geld, um es zu bezahlen.«

»Ich möchte kein Geld von ihnen haben, Haley.« Mrs Peabody griff in ihre Handtasche und reichte Haley einen weißen Umschlag. »Es ist nicht viel, aber für die Zinsen auf den Kaufpreis des Kleides sollte es reichen. 1934 hat ein solches Kleid ganze dreihundert Dollar gekostet. Können Sie sich das vorstellen?«

Haley gab ihr den Umschlag sofort zurück. »Mrs Peabody, ich kann doch kein Geld von Ihnen annehmen. Erst recht nicht, da Sie das Kleid zurückgeben. Zur Zeit Ihrer Mutter gehörte der Laden mir ja nicht einmal. Und auch niemandem aus meiner Familie oder meinem Bekanntenkreis. Ich bin nicht einmal mit den Scotts verwandt.«

»Dann betrachten Sie es als Rückgabe an den Laden.« Die Frau schob den Umschlag zu Haley. »Als Investition. Ich gebe das Kleid zurück, das Mama gestohlen hat, und möchte alles bereinigen.«

Haley sah in den Umschlag. »Fünftausend Dollar! Mrs Peabody, wirklich, das kann ich nicht annehmen.«

»Bitte, Liebes. Mein Gilbert hat gut vorgesorgt. Ich kenne Ihre Pläne für dieses Gebäude nicht, aber es sieht nach einigem an Arbeit aus. Sind Sie denn so wohlhabend? Brauchen Sie nicht etwas Geld?«

Mrs Peabody legte die Hand auf die Brust: »Ich habe gespürt, dass ich dieses Kleid und das Geld hierherbringen soll. Wie gesagt, Gil war nicht arm. Wir haben einen guten Teil beiseitegelegt. Im Namen meiner Mutter sind die Schulden zwischen den Familien Peabody und Scott hiermit beglichen.«

Haley sah sich mit feuchten Augen zu Cole um. *Was soll ich bloß machen?* Wäre so etwas unter ihrem Kommando bei der Luftwaffe passiert, wäre der Fall klar gewesen: Sie wäre den Regeln gefolgt. Aber hier war sie auf sich allein gestellt und entwickelte die Regeln erst beim Tun.

»Ich habe auch diese hier noch gefunden und dachte, die würden Ihnen gefallen.« Sie griff erneut in ihre Tasche und holte zwei Fotografien heraus, die sie an Haley weiterreichte. »Ich habe nur Söhne. Ihre Frauen interessieren sich mehr für die Brautkleider ihrer eigenen Mütter als für meins.« Die damalige Kundin tippte auf das rechte der beiden Fotos. »Das bin ich in meinem Kleid. Miss Cora hat mir 1955 geholfen, es auszusuchen.«

Eine viel jüngere Mrs Peabody blickte Haley aus der Schwarz-Weiß-Welt an. Ihr dunkles Haar war auf ihrem Kopf aufgetürmt und gab ihren schlanken Hals frei. Ihr schulterfreies Oberteil war aus Spitze und saß auf einem weiten Tüllrock.

»Mrs Peabody, eine wahre Schönheit.«

»Meinen Sie mich oder das Kleid? Ich sage Ihnen, das Kleid hat mir die ganze Show gestohlen.«

»Wo ist ihr Kleid jetzt?«

»Gil und ich sind in jüngeren Jahren häufiger umgezogen und dabei ist es auf der Strecke geblieben. Es bricht mir das Herz, wenn ich daran denke. Ich würde es Ihnen bringen, wenn ich es noch besäße.«

»Ich würde liebend gern mehr über Miss Cora erfahren.« Haley reichte Cole die Bilder, der sie in den Koffer mit dem Kleid steckte. »Von Menschen, die sie persönlich kannten.«

»Oh, viele Leute in der Stadt kannten sie. Sie war äußerst beeindruckend, eine attraktive Frau. Groß, feingliedrig. Äußerlich keine herausragende Schönheit, aber innerlich umso mehr.«

»Kannten Sie ihre Eltern? Oder ihren Ehemann?«

»Ich habe ihre Mama hin und wieder in der Stadt gesehen und ihren Ehemann auch. Es gab damals Gerüchte, Sie wissen ja, wie das hier ist, dass sie in einen Flussschiffer verliebt war. Haarsträubende Geschichte. Und dass sie und ihre Mutter in den Dreißigerjahren über dem Laden wohnten, nachdem alle Banken schließen mussten.«

»Hier? Sie haben hier gewohnt?«

Mrs Peabody versuchte sich stirnrunzelnd zu erinnern. »Mein Gedächtnis ist nicht mehr das, was es einmal war, aber ich meine gehört zu haben, dass ihr Vater in schlechten Zeiten genauso reagierte wie mein Schwiegervater: Er ließ die Familie im Stich. Mr Scott war Direktor einer Bank, die mit einem Bankenverband in den Konkurs gerissen worden war. Sie haben alles verloren. Die ganze Stadt war davon betroffen, als die *Genossenschaftsbank* von Heart's Bend schloss.

»Ist er jemals zurückgekehrt?« Dieser Teil von Coras Geschichte war neu für Cora.

»Meiner Erinnerung nach nicht. Mein Schwiegervater dagegen kam wieder zu Verstand und schlich zurück nach Hause.« Sie lachte und legte ihren hageren, runzligen Finger auf die Lippen: »Mein Mann wurde neun Monate später geboren. Nein, warten Sie, ich glaube, Mr Scott starb in den Jahren der Weltwirtschaftskrise. Das zumindest behauptete Mrs Scott. Aber man munkelte so einiges, von Scheidung war die Rede. Niemand hat Mr Scott je wiedergesehen, aber sein Grabstein liegt auf dem Friedhof. Die Scotts ließen sich nicht viel blicken, nur hin und wieder in der Kirche.«

Die Eingangstür öffnete sich erneut und eine elegante Blondine in Kleid und Stöckelschuhen sah herein: »Bist du so weit?«

»Haley, das ist meine Schwiegertochter Beatriz. Beatriz, das ist Haley. Sie haucht dem Hochzeitsladen neues Leben ein.« Mrs Peabody lief mit ihrem Stock auf ihre Schwiegertochter zu. »Haley, es war mir eine Freude.«

»Nein, Mrs Peabody, die Freude war ganz meinerseits. Bitte kommen Sie einmal wieder.« Haley geleitete die Dame zur Tür und wollte der Schwiegertochter den Scheck reichen. »Sie hat mir Geld gegeben, aber ...«

»Dann sollten Sie es annehmen. Wir haben sie schon lange nicht mehr so voller Freude erlebt. Ich glaube, Linus hat Ihnen den Laden nur gegeben, damit sie glücklich ist.« Beatriz umfasste Haleys Hand. »Nehmen Sie es und behalten Sie es. Setzen Sie es für die Eröffnung des Ladens ein. Ich weiß nicht warum, aber das alte Gebäude bedeutet ihr sehr viel.«

Haley schloss die Tür hinter ihrem Überraschungsbesuch. Es drehte sich alles. Sie spürte widerstreitende Gefühle. Haley begriff, dass die Ladeneröffnung mit dem Scheck von Mrs Peabody nun nicht mehr allein ihre Idee war. Es ging um mehr als die Einlösung eines Kindheitsversprechens.

Gott steckte mit darin. Und er hatte sich bemerkbar gemacht.

»Tja, da hast du deinen ersten Krug Öl, Haley.« Cole besah sich den Scheck und reichte ihn Haley zurück. »Dein Bauchgefühl könnte richtig sein. Und«, er nahm die Bilder zur Hand, »ich habe eine Idee, was wir mit den Fotos machen können.«

»Ich zittere.« Haley setzte sich neben ihn und versuchte gedanklich, gefühlsmäßig und mit allen Sinnen zu begreifen, was gerade passiert war.

»Wegen der Fotos? Ich wollte sie einfach einrahmen. Als illustrierte Geschichte des Ladens. Ich wette, wir finden noch mehr. Vielleicht wenn wir den verschlossenen Raum öffnen.«

»Doofmann. Ich meine wegen des Geldes.«

Er stieß sie mit der Schulter an und grinste. Dann verschloss er den Koffer und stellte ihn neben die Treppe. »Ja, ich weiß. Ziemlich cool.«

»Ich sage, ich habe Glauben, dass es klappt, und, zack, kommt eine Dame herein und schenkt mir fünftausend Dollar. Wo gibt's denn so was?«

»Wer weiß? Aber ich habe immer wieder gehört: Wenn man Gottes Willen folgt, passieren alle möglichen verrückten Dinge.«

»Stimmt das denn, Cole? Folge ich Gottes Willen?« Haley griff nach seiner Schulter und drehte ihn zu sich herum. »Wenn ich an meine Vergangenheit denke, fühle ich mich wie die allerletzte Kandidatin, die Gott beschenken würde.«

»Dich und jeden anderen Sünder auf der Welt.« Cole musterte sie einen Moment. Ein leichtes Lächeln erschien auf seinen Lippen, seine Schultern berührten ihre. »Wollen wir weiter Nägel aus dem Boden ziehen?« Er streckte ihr seinen Hammer entgegen.

Sie lachte und griff nach dem abgewetzten Werkzeug. »Du weißt wirklich, womit man einer Frau eine Freude macht.«

Er grinste. »Danke. Das ist wohl meine Superkraft.«

16

COLE

Neuschnee tauchte Heart's Bend am Mittwochmorgen ganz in Weiß, als Cole und Gomez mit Haley und dem Team den Laden nach der Besichtigung aufräumten. Jetzt konnten sie nur noch auf die Genehmigungen warten.

Er hatte schon einige Papierkriege erlebt und hoffte, dass dieses Projekt nicht durch das Raster der Bau- und Sicherheitsbehörde fiel. War es nicht einfach viel zu schön, um wahr zu sein, dass der Stadtrat Haley das Gebäude einfach so überlassen hatte, während *Akron* lauthals dagegen protestierte?

Er würde wachsam sein. In der Zwischenzeit hakte er bei einigen Bauprojekten nach, um die er sich vor Weihnachten beworben hatte. Aber alle sagten: »Wir warten noch ab.«

Klar, im Winter war es immer ruhiger, aber langsam wurde es seltsam. Wollte denn niemand neue Projekte beginnen?

Er stand auf der Treppe vor dem Laden und starrte auf die frisch geräumte Straße. Vor ihm lag ein ganzer Tag ohne Arbeit.

Cole wartete auf einen Schauer der Angst, auf einen Anflug von Panik, aber stattdessen verspürte er Zuversicht, dass sich schon alles fügen würde.

Die Ladentür hinter ihm fiel ins Schloss und Haley kam heraus, zog ihren Reißverschluss hoch und nahm ihre Handschuhe aus der Tasche. »Ich hasse Warten.«

»Den Klub kenne ich, da bin ich sogar Präsident.« Er legte ihr, in rein brüderlicher Manier, den Arm um die Schulter und drückte sie. Aber die Berührung verursachte ihm Herzklopfen. »Willst du Vizepräsidentin werden?«

»Ich weiß nicht. Wie viel Arbeit ist das denn?«

»Ach, nicht viel, ein paar Sorgen hier, ein bisschen Kummer da, mal ein oder zwei schlaflose Nächte.«

Haley lachte und er musterte sie von der Seite. Er fand sie immer schon faszinierend, die hübsche kleine Schwester seines Freundes Seth. Das Nesthäkchen einer Familie mit lauter Jungs. Sie war mit Raufen und Balgen aufgewachsen, sah aber wie eine Porzellanpuppe aus: zierlich, große Augen und volle Lippen umrahmt von feinen Gesichtszügen.

»Was ist?«

Er hatte sie zu lange angesehen. Cole schüttelte den Kopf und lief die Treppe hinunter. »Nichts.«

»Habe ich etwas im Gesicht? Du hast geguckt, als hätte ich da irgendwas.« Sie folgte ihm und wischte sich mit den Händen unter den Augen entlang, über Wangen und Kinn.

»Nein, mit deinem Gesicht ist alles in Ordnung.« *Es ist wunderschön.*

Cole nahm den kürzesten Weg zu seinem Lieferwagen. Was steckte hinter diesem Gefühl, sie anstarren zu wollen, zu berühren, über sie nachzudenken? Sie war Tammys beste Freundin!

Aber Tammy ist nicht mehr da.

Als er neben dem Wagen stand, holte er die Schlüssel aus der Tasche. Ihm kam eine Idee. »Hoffentlich bekommen wir nächste Woche die Genehmigungen.«

»Hoffentlich. Es ist schon Mitte Januar und das Ultimatum des Stadtrats läuft in ein paar Wochen aus.«

»Wenn es viel länger dauert, können wir um Aufschub bitten.«

»Das können wir zwar, aber ich habe nicht das Gefühl, dass Linus Peabody sich darauf einlässt. Nicht, wenn *Akron* bereit ist, so viel Geld für das Land zu zahlen.«

»Was machst du jetzt mit dem angefangenen Tag?«, fragte Cole. Sein Plan nahm Formen an.

»Ich weiß nicht. Eigentlich wollte ich nach Birmingham fahren und Charlotte Rose besuchen, aber sie ist unterwegs. Ich habe an

Entwürfen für den Laden gearbeitet. Ich möchte gern den Charme der guten alten Zeit einfangen. Es soll so aussehen, wie es bei Miss Cora aussah. Ich möchte dem Laden das Gefühl der Zwanziger- und Dreißigerjahre verleihen.«
»Hollywood Regency?«
»Ja, genau. Du erinnerst dich.«
»Würdest du dich gern umsehen? Ich kenne einige Antikmärkte ...«
Sie schüttelte den Kopf. »Nicht, bevor ich Geld habe. Es frustriert mich nur, wenn ich etwas finde, das ich dann nicht kaufen kann.«
»Kreditkarte?«
»Keine Chance.« Sie blickte in die entgegengesetzte Richtung, die Straße hinunter, und schüttelte den Kopf. Cole kannte die Geste. Dahinter steckte das Bedauern, der Wunsch, schon weiter zu sein. »Ich investiere meine Ersparnisse in die Website und die Waren. Die Möbel, die ich gerne hätte, müssen warten. Cole?«
»Haley?«
»Bin ich verrückt, das Ganze anzugehen?«
Cole lehnte sich gegen die Beifahrertür seines Lieferwagens. »Warum sollte jemand verrückt sein, der seine Träume verwirklicht?«
»Weil es ein dummer Traum ist? Ich weiß, ich soll Tammy nicht mehr erwähnen, aber ...«
»Ist schon okay.«
Sie blickte ihn an. »Sie hat dir gegenüber den Laden nie erwähnt?«
»Nein. Aber ...«
»Aber was? Wenn sie ihre Meinung geändert hat, stehe ich umso dümmer da.«
»Vielleicht stehst du auch mutig da. Und solidarisch.« Er suchte nach einem Wort, das zu dem Gefühl in seiner Brust passte. »Wie viele Leute würden schon aus Solidarität mit einer Freundin so etwas wagen? Wegen eines Versprechens mit dem kleinen Finger!«
Haley zog ihre Handschuhe an. »Als ich aus der Luftwaffe ausgeschieden bin, habe ich mich ziemlich verloren gefühlt und war auch noch völlig aufgewühlt wegen einer Beziehung. Und gerade erst war

Tammy gestorben ...« Der Wind pustete ihr die Haare aus dem Gesicht.

»Also habe ich alles verkauft, bin auf meine Maschine gesprungen und durch den ganzen Südwesten gefahren, um Kopf und Herz wieder frei zu bekommen.«

Sie hielt inne und er wartete und widerstand der Versuchung, die Stille mit irgendeiner banalen Bemerkung zu unterbrechen.

»Ich hatte gerade die texanische Grenze überquert, auf dem Weg zu Freunden, als mir durch den Kopf ratterte: ›Fahr nach Hause.‹ Ich wusste, dass es Gott war, aber zuerst habe ich mich gesträubt. Denn nach Hause zu fahren bedeutete, bei meinen Eltern zu wohnen. Zumindest am Anfang.«

»Weshalb hast du deine Meinung dann geändert?«

Ihr leises Lachen klang entschlossen: »Mein Herz wusste, dass es richtig war. Außerdem hatte ich keine Ahnung, was ich sonst hätte tun sollen. Es wird ganz schön kalt.« Sie lächelte Cole an und lief rückwärts zu ihrem Motorrad. »Wir hören uns.«

Cole lief hinter ihr her und versuchte sich zu überwinden, seine Idee wahrzumachen. »Was machst du heute?«

Als sie ihm ins Ohr geflüstert hatte: »*Ich will aber dich*«, an jenem Morgen im Diner, hatte das in ihm eine kleine Flamme entfacht, völlig unvermittelt. Aber sie weckte Sehnsüchte, die er lange vor Tammys Tod begraben hatte. Sie sorgte dafür, dass er *sie* wollte.

Bloß nicht Arbeit und Vergnügen mischen. Sie wollte einen Bauleiter, keinen Freund.

»Mich informieren vermutlich. Wegen Lieferungen herumtelefonieren. Allerdings hasse ich das, weil ich mich noch nicht auskenne. Die Modefirmen hören, dass ich keine Ahnung habe.«

»Wie wäre es dann mit ein bisschen Spaß?«

Sie musterte ihn mit zusammengekniffenen Augen. »Definiere Spaß.«

Er lachte. »Oh nein, da musst du mir schon vertrauen. Bist du dabei oder nicht?«

Als er ihrem Gesicht ansah, wie sie innerlich abwog, war er ziemlich sicher, dass sie Ja sagen würde. Wenn seine Erinnerung richtig war, kniff sie nie vor einer Herausforderung.

»Ich bin dabei. Auf geht's.« Sie schüttelte den Kopf und lief zu ihrer Harley. »Du hast mich an meiner Achillesferse erwischt.«

»Dann auf zu mir. Fahr mir nach. Ich wohne in der River Road.«

Als sie an seinem Haus angekommen waren, parkte sie ihre Maschine im Schatten seiner frei stehenden Garage, zog den Helm ab und folgte ihm. Als er das Flügeltor öffnete, ließ den Blick über das Grundstück schweifen.

»Es ist wunderschön hier. Ist das nicht die alte Farm der Goods?«

»Genau. Ein entfernter Cousin von mir hat sie geerbt, ein Großcousin zweiten Grades oder so. Er hat das Land aufgeteilt und verkauft. Aber er wollte, dass das Haus und zweieinhalb Hektar Land zusammenbleiben.« Cole grinste sie an. »Ich war zur richtigen Zeit am richtigen Ort. Er hat mir einen sehr guten Preis gemacht.«

»Wow, das ist ja verrückt.« Sie folgte ihm in die Garage. »Ich bekomme den Hochzeitsladen und du hast die Good-Farm. Das ist ja fast unheimlich.« Mit den Händen auf den Hüften blieb sie stehen. »Was machen wir hier? Bitte sag nicht, dass wir deine Garage aufräumen.«

»Unheimlich?« Er schnitt eine Grimasse. »Was ist so unheimlich daran, dass mir die Farm gehört und dir der Laden? Und – ta-daa – jawohl, wir räumen meine Garage auf.« Er machte eine ausholende Handbewegung in Richtung der tadellos ordentlichen Fläche.

»Ha! Hätte ich doch bloß Männer wie dich in meiner Einheit gehabt ... *Seufz*. Das wäre herrlich gewesen!« Sie stand in der Einfahrt und das morgendliche Sonnenlicht, das im Schnee glitzerte, war wie ein Weichzeichner für ihre schlanke Silhouette.

Sie war traumhaft. Er hatte sich bisher nicht eingestanden, wie traumhaft sie war. Auch nicht in der fünften Klasse, als sie ihm eins verpasst hatte.

Aber als Tammys beste Freundin und kleine Schwester seines Freundes Seth war Haley immer unerreichbar gewesen. Bis jetzt.

»Es ist sehr unheimlich, dass du erst die Good-Farm kaufst und ich dann den Hochzeitsladen bekomme.« Sie verhakte demonstrativ ihre Finger ineinander. »Die beiden Gebäude haben eine Verbindung: Birch und Miss Cora. Ich und ... du ...« Sie verstummte und richtete ihre Aufmerksamkeit auf seine Werkbank. »Ernsthaft, du bist ein Freak, Danner. Hier ist ja alles superordentlich. Jedes Werkzeug ist an seinem Platz.«

»Dann findet man es schneller.« Birch Good und Miss Cora? Er hatte ganz vergessen, dass sie eine gemeinsame Geschichte hatten. Mit so etwas beschäftigte man sich nicht weiter, oder? Sein Großcousin hatte irgendetwas erzählt, als er den Vertrag unterschrieben hatte, aber ...

Bei diesen aufwühlenden Gedanken und dem Gefühl einer kosmischen Verbindung, die sie beide nicht geplant hatten, wurde ihm ganz heiß. Er sah in Haleys Richtung und wusste nicht, wie er seine Gefühle in Worte fassen sollte, also schüttelte er sie ab und lief zur Abstellkammer.

Er öffnete die Tür, griff hinein und warf Haley eine Flakweste und eine Schutzbrille zu. »Achtung!«

Sie fing die zusammengebundene Ausrüstung mit einer Hand auf. »Was ist das?«

»Paintball.« Cole reichte ihr eine Tiberius T9.

»Paintball?«

Sie starrte mit ernster Miene auf die Ausrüstung und einen Moment lang fragte er sich, ob er eine Kriegserinnerung geweckt hatte, die sie vergessen wollte.

»Haley, es tut mir leid. Ich habe nicht richtig nachgedacht ... Ich weiß nicht, was du in Bagram erlebt hast ...«

Sie blickte auf. »Es tut dir leid?« Bei ihrem Grinsen schmolz ihm das Herz. »Auf geht's, Kollege!«

Sie drängte in die Abstellkammer und suchte sich Kleidung aus: einen alten Fleecepulli von Cole und die Tarnhose seines Bruders, die für ihre schmale Figur zu groß war. Sie straffte sie, indem sie Tücher um ihre Oberschenkel band.

Dann inspizierte sie die Gewehre. »Ich will sichergehen, dass du mir auch das beste gibst. Nicht so ein Schrottgerät, bei dem die Farbkugeln klemmen.«

»Würde ich dir das antun?«

»Ja.«

Er lachte. Sie hatte recht. Das würde er. Aber heute nicht. Nicht, wenn er einen fairen Kampf wollte. Wenn er einfach mit ihr zusammen sein wollte. Mit ihr zusammen lachen wollte. Er musste dringend mal wieder lachen.

Als sie eingekleidet waren, lief Haley hinaus und wies die Richtung mit der Tiberius auf der Hüfte. Als Nesthäkchen konnte sie ganz schön herumkommandieren. »Auf geht's Danner. Ich werde dich anmalen wie einen Rembrandt.«

Was für ein Spaß! »Das werden wir ja sehen, Morgan.«

Am Rand der Einfahrt blieb Haley stehen, um sich eine Bandana umzubinden, und zog sich eine Wollmütze darüber. »Bereit?«

»Ich muss sagen, Haley, du machst mir ein bisschen Angst.«

»Angst solltest du auch haben, Cole.« Sie entsicherte die Waffe. »Große Angst!«

In diesem Augenblick ging sein Herz noch ein bisschen mehr auf. *Was, wenn ...* Cole verbannte den Gedanken. Er war nicht bereit, eine mögliche Antwort zuzulassen. Weshalb also die Frage stellen?

Er griff nach der Flagge der Universität von Tennessee und lief auf das Wäldchen zu, wo er die Grenzen und Regeln erklärte.

»Es geht darum, diese Flagge zu erobern.« Er hob die Flagge.

»Ich kenne das Spiel, Cole.«

»Ich will dich nur an die Regeln erinnern. Außerdem warst du im echten Krieg, seit wir das letzte Mal gespielt haben, und ich möchte, dass du *meine* Regeln kennst.«

»Egal, mach weiter.« Sie joggte an ihm vorbei, drehte sich um und lief rückwärts. »Ich bin bereit für das Spiel.«

»Ich stelle die Flagge in dem Wäldchen auf, das nicht größer ist als zweihundert Quadratmeter. Ab da zählst du langsam bis zehn, ich laufe zu meinem Lager und das Spiel beginnt. Das Ziel ist, die Flagge zu erobern und zum eigenen Lager zu bringen, ohne einen Schuss abzubekommen. Wir spielen drei Runden, wer mehr Punkte hat, gewinnt.« Er hielt zwei Tücher in die Luft. »Rot oder blau?«

»Blau.«

Er warf Haley das Tuch zu. »Such dir ein Lager und knote das Tuch an den Baum. Wenn dich die Kugel während der Eroberung erwischt, bist du fünf Sekunden tot und das andere Team hat Zeit, die Flagge zu holen und wegzulaufen. Du musst langsam und laut zählen, wenn du tot bist. Wenn du schießt und nicht triffst, gibt es ebenfalls fünf Strafsekunden.«

Cole hörte das Gewehr knallen und spürte am Arm einen Schuss aus kurzer Distanz.

»Du bist tot. Fang an zu zählen.«

Er verzog das Gesicht. »Der Schuss zählt nicht.«

Sie lief weiter. »Was ist mein Preis, wenn ich gewinne?«

»Du darfst damit prahlen. Und das Spiel hat noch nicht angefangen.«

»Aber du hältst doch die Flagge in der Hand.« Sie blieb stehen, stützte das Gewehr auf die Hüfte und richtete die Mündung gen Himmel.

»Ja, weil ich sie aufs Spielfeld bringen will.«

»Von einem *Spielfeld* hast du nichts gesagt.« Bevor er mit der Wimper zucken konnte, hatte sie erneut geschossen und einen grünen Spritzer auf seinem Bein hinterlassen. »Das sind schon zwei! Ich brauche mehr als das Recht zu prahlen. Abendessen? Oder ehrenamtlicher Einsatz im Laden? Ach, darf ich das Gewehr behalten?«

»Nein, du darfst das Gewehr nicht behalten.« Cole lehnte sich in ihre Richtung, starrte sie an und versuchte nicht zu lachen. »*Mein* Spielzeug, *meine* Regeln. Momentan verschwendest du nur Kugeln.«

»Ich brauche ja nur drei.«

»Um zu gewinnen, musst du mich in drei verschiedenen Situationen treffen, wenn ich die Flagge *in der Hand* halte. Wenn ich mein Lager erreiche, ohne Farbe abzubekommen, sind das zehn Sekunden Auszeit für *dich*.«

»Das wird nicht passieren.«

»Das werden wir ja sehen.« Cole setzte sich rückwärts in Gang und streckte ihr die Zunge raus. Er genoss die Freiheit, die sich in ihm ausbreitete. Seit Tammys Tod hatte er sich nicht mehr so unbeschwert gefühlt. Seit sie die Hochzeit abgesagt hatte sogar.

Sie erreichten die Bäume, die Flagge flatterte über Coles Kopf im Wind.

»Ich befestige die Flagge und eröffne mein Lager. Keine Tricks, Morgan.« Er grinste. »Zumindest nicht in den ersten fünf Minuten.«

»Ich brauche keine Tricks.«

»Das sagst du jetzt.«

»Das jüngste Mädchen nach vier Brüdern zu sein, hat viele Nachteile. Die Beste im Paintball zu sein ist keiner davon.« Sie drehte ab, rannte unter den niedrigsten Ästen auf ihren Baum zu. Sie war drahtig. Eine Kanonenkugel, ein Blitz. »Gib Gas, Danner. Mir kribbeln schon die Finger!«

Cole beobachtete, wie sie an einem Baumstamm hinauflief, absprang, um den untersten Ast zu ergreifen, sich zurück auf den Boden schwang und zwischen den dichten Bäumen verschwand. Er steckte in Schwierigkeiten. In großen Schwierigkeiten.

Und zwar in mehrfacher Hinsicht.

17

HALEY

»Ich habe dich gewarnt!« Haley atmete die kalte, frische, herrliche Luft. Ihr Gewehr lag auf ihrer Hüfte. Sie beobachtete, wie Cole ihr entgegenhumpelte. Seine Tennesseeflagge zog er hinter sich her.

»Dass du aber auch wie eine Verrückte tricksen musst.«

»Tricksen? Wenn du nur so deinen Stolz wahren kannst …«

»Bitte gesteh mir doch *irgendetwas* zu. Ich bin gedemütigt.« Cole blieb neben ihr stehen und rang nach Luft. »Aber mal unter uns: Gut gespielt, Morgan, gut gespielt!«

»Das nächste Mal lasse ich dich gewinnen.« Sie lachte, drehte sich zum Haus um und nach zwei Schritten ließ Cole sie über die Spitze des Fahnenmastes stolpern, sodass sie mit dem Gesicht in den Schnee fiel. Haley rappelte sich hoch und protestierte: »Aha, jetzt weiß ich, wie hier gespielt wird!«

Er mimte Erstaunen. »Wie? Ich weiß gar nicht, wovon du redest.«

Haley ließ ihre Waffe fallen, atmete die kalte Luft tief ein und rannte so schnell mit Rebellenschrei auf ihn zu, dass er nicht reagieren konnte.

Sie rang ihn zu Boden und schaufelte ihm Schnee ins Gesicht, auf den Kopf und in den Nacken.

Er versuchte sich zu wehren, musste aber so sehr lachen, dass er nur dalag und alles über sich ergehen ließ. Haley rollte sich neben ihn in den weichen Schnee und blickte schwer atmend in den klaren, blauen Taghimmel.

»Danke, Cole.«

Er setzte sich auf und wischte sich den Schnee aus Nacken und Gesicht. »Wofür?« Er deutete auf ihren Oberkörper. »Du hast nirgendwo auch nur einen Spritzer Farbe. Erzähl bloß niemandem davon. Ich kann mich ja nicht mehr in der Stadt blicken lassen.«

Sie richtete sich auf. »Ich habe es nur bei Facebook, Tumblr und Twitter gepostet.«

Er schmetterte ihr einen Schwung Schnee ins Gesicht. »Ha-ha, ich gewinne, ich gewinne.« Er warf den Kopf in den Nacken und trommelte sich auf die Brust.

Haley traf ihn mit einem Schneeball genau in den geöffneten Mund. Er spuckte die kalten Eiskristalle lachend und prustend aus und sah sie einen Augenblick an.

»Ich hatte Spaß.«

»Ja, ich auch.« Sie versuchte, seinem Blick standzuhalten und ihn zu durchschauen. Er tat, als sei er der Kerl, der einfach Spaß mit einer Freundin hat. Aber bildete sie sich das bloß ein oder waren einige Momente besonders gewesen? »D-danke für den Tag. So etwas habe ich dringend gebraucht. Es ist schon eine Weile her, seitdem ich so gelacht habe.«

»Ja, bei mir auch.« Er lehnte sich vor, um ihr ins Gesicht sehen zu können. »Tammys Tod hat mir eine Weile die Freude am Leben genommen.«

»Ich hätte mehr für sie da sein sollen. Aber ich war total gefangen in meiner kraftraubenden Beziehung.«

»Dafür hatte sie Verständnis, Haley. Außerdem ging alles so schnell. Sie war so erschöpft und geschwächt ...«

»Als ich es in der Woche vor ihrem Tod ins Krankenhaus geschafft habe, musste ich im Foyer heulen, weil sie so ausgemergelt aussah. Aber ihre Augen, in denen konnte ich noch immer meine Tammy erkennen.«

»Sie hatte bis zum Ende Feuer in sich.«

Haley sah ihn an. »Kann ich dich etwas fragen?«

»Klar. Ich kann nur nicht versprechen zu antworten.«

»Triffst du dich mit deinem Vater? Generell?« Haley war an dem Tag im Schwimmbad gewesen, als das FBI seinen Vater wegen Betruges verhaftet hatte. Sie hatte gesehen, wie seine Mom hysterisch die Freilassung verlangte und allen erklärte, dass die Beamten ihn ohne ausreichende Beweise festnahmen.

Cole schüttelte den Kopf. »Er ist wieder draußen und wohnt in Nashville, aber wir sehen uns nicht.«

»Und deine Brüder und deine Mom?«

»Von Mom weiß ich es nicht. Ich glaube, Chris und Cap schon, aber ich frage nicht danach.« Cole klopfte rechts neben sich auf den Schnee und stieß die weißen Flocken dann ziellos weg.

»Weißt du, was ich mit den Jahren gelernt habe, Cole? Gute Menschen machen böse Fehler.«

»Wenn es gute Menschen sind, weshalb machen sie dann böse Fehler?«

Haley hatte sich das selbst im letzten Jahr gefragt. »Das wüsste ich auch gern. Hat er denn keine Reue gezeigt?«

»Klar, nachdem das FBI ihn erwischt hat. Da hat er plötzlich lammfromm getan. Aber er hat trotzdem Menschen um ihr Geld betrogen.« Cole rappelte sich vom verschneiten Untergrund hoch. »Ich habe ihm vergeben, Haley. Nach Tammys Tod war ich in der Kirche und habe gemerkt: Wenn ich Gott jetzt gegenübertreten müsste, könnte ich das nicht. Mit dieser Unversöhnlichkeit meinem Vater gegenüber will ich nicht in den Himmel kommen. Schließlich hat Gott mir auch vergeben. Aber das heißt nicht, dass ich ihn sehen oder eine Beziehung zu ihm haben möchte.«

»Vergebung aus der Ferne ist leicht.«

»Von mir wird Vergebung erwartet, keine Beziehung.« Er warf die Flagge auf den Boden. »Und wie ist es bei dir? Hast du der Person vergeben, die dich verletzt hat?«

»Erst ungefähr tausend Mal.« Haley kämpfte damit, alles loszulassen, zu vergeben, die Vergangenheit nicht immer neu aufzuwühlen. »Am ersten Sonntag, als ich wieder im Gottesdienst war, habe ich mich ganz nach hinten gesetzt und eine ganz liebenswürdige Dame hat gepredigt. Sie sagte mit ganz zarter Stimme das Tiefgreifendste, das ich je gehört habe: ›Das Problem ist‹, meinte sie, ›dass die meisten so tun, als würden wir eines Tages einen Bericht von Gott verlangen.

Aber in Wirklichkeit verlangt Gott einen Bericht von uns. Er wird uns gar nichts schulden, nur den gerechten Lohn.‹ Das hat mich ziemlich aufgerüttelt.«

Haley mogelte sich um den Rest der Wahrheit herum. Dass ihr Leben mit Dax sie an Grenzen geführt hatte, die sie niemals hatte ausloten wollen.

»Ich erinnere mich, dass du in der Highschool ein ziemlicher Jesus-Freak warst«, sagte Cole.

»Ach, Jesus kannst du streichen, dann bleibt ein Freak.« Wenn sie sich einmal für eine Richtung entschieden hatte, war sie voll bei der Sache. Da gab es keinen Weg zurück.

Cole lachte leise. »Wie bitte, das verstehe ich nicht. Wie soll die kleine, blonde, hübsche Haley Morgan ein Freak gewesen sein? Hast du dir etwa die Haare schwarz gefärbt und einen Nasenring getragen?«

»Kinderspielchen. Äußerlichkeiten. Symbole, keine Substanz. Ich habe mich meinem Dasein als Freak völlig verschrieben.« Sie fröstelte. Die Körperwärme, die sich beim Spiel aufgestaut hatte, war verbraucht, und die Kälte kroch ihr in die Glieder. Sie rappelte sich hoch. »Ich glaube, ich gehe dann mal. Mir wird kalt.«

»Wo wir gerade dabei sind, Fragen zu stellen ...« Cole stieß sich mit der Flagge vom Boden hoch. »Wie kommt es, dass du mich nie nach ... na ja, nach Tammy und mir fragst?«

Haley blinzelte ihn durch das wechselnde Sonnenlicht an. »Wonach soll ich dich denn fragen? Wie sehr ihr euch geliebt habt?«

Cole sah sie an. »Sie hat es dir nie erzählt, oder?«

»Was hat sie mir nie erzählt?«

Cole seufzte zögernd und sagte dann: »Haley, wir haben uns getrennt und die Hochzeit abgesagt.«

»Nein.« Sie beschattete ihre Augen mit der Hand und versuchte, seinen Gesichtsausdruck zu deuten. Wenn er gerade Witze machte, zeugte das von einem sehr fragwürdigen Humor. »Ihr habt euch getrennt? Und die Hochzeit abgesagt?«

»Es ging alles ganz schnell, vorletztes Jahr im November, direkt vor

Thanksgiving. Deshalb haben wir es für uns behalten. Wir wollten niemandem die Feiertage ruinieren. Allerdings dachte ich, dir hätte sie es erzählt. Sie hat heimlich alles abgesagt und wir wollten es dann im Januar allen sagen. Aber eine Woche später bekam sie die Krebsdiagnose und plötzlich fanden wir uns in dem ganzen Trubel aus Operationen und Behandlungen wieder.«

Haley starrte über die weißen schneebedeckten Felder in die Ferne. »Sie hat nie ein Wort davon gesagt.«

»Hätte ich das gewusst, hätte ich dich angerufen.« Cole zerkrümelte eine Portion Schnee in der bloßen Hand. »Der Krebs hat alles überschattet.«

Haley sah zu ihm hinüber. »Und warum? Warum habt ihr euch getrennt?«

»Sie hat gesagt, sie sei noch nicht so weit. Sie wollte Jura studieren.«

»Muss man denn Single sein, um Jura zu studieren?«

»Offenbar glaubte sie das. Als die Ehe so kurz bevorstand, ist ihr wohl klar geworden, dass sie nie ein Abenteuer gewagt hat, so wie du. Sie hat gesagt, dass sie mit acht beschlossen hatte, mich zu heiraten, und mit achtundzwanzig kam ihr das plötzlich kindisch vor. Sie wusste nicht mehr, ob sie wirklich *mich* oder ihren Kindheitstraum heiraten wollte.«

»Dasselbe frage ich mich in Bezug auf den Laden«, sagte Haley. »Hast du eine Ahnung, warum sie mir nichts davon erzählt hat? Ich ... ich kann gar nicht glauben, dass sie nicht mit mir darüber geredet hat. Klar, ich habe ihr natürlich mit meinen Sorgen die Ohren vollgeheult.«

Hatte sie sich von ihren Ängsten und Fehlern wegen Dax, dem Gefühl, betrogen zu werden, dem Kummer über ihre Entscheidungen so in Beschlag nehmen lassen, dass sie Tammy gar nicht *zugehört* hatte?

»Sie fühlte sich nicht gut, Haley. Ich habe mich gefragt, ob sie deshalb alles abgeblasen hat. Sie hat monatelang unter dröhnenden Kopfschmerzen und allem Möglichen anderen gelitten.«

»Es tut weh zu wissen, wie sehr sie im Stillen gelitten hat.« Haley wischte sich eine kalte Träne aus den Augen. »Dann dachte sie vermutlich dasselbe über den Hochzeitsladen? Dass er nur eine Kindheitsfantasie war?«

Vielleicht war die ganze Tortur mit dem Laden auch nur eine Farce. Sehnte sie sich nach etwas, das längst vergangen war? Nach der Unschuld und Hoffnung ihrer Kindheit?

»Ich weiß es nicht. Nur, dass sie mir gegenüber nie ein Wort darüber verloren hat.«

»Und mir gegenüber hat sie nie ein Wort darüber verloren, dass sie den einzigen Jungen verlassen hat, den sie je geliebt hat. Das klingt nicht logisch.«

»Im Rückblick sehe ich, wie sehr der Ausbruch der Krankheit sie verändert hat. Nach der Diagnose war sie wie ausgewechselt«, sagte Cole. »Ich schätze, jetzt kann ich es ja erzählen: Es war wirklich schwierig zwischen uns. Nach unserer Verlobung, je näher die Hochzeit rückte, desto schlimmer wurde es. Ich dachte, das wäre nur der Stress, aber sie entfernte sich innerlich von mir. Und gleichzeitig graute es mir, weil ich das Gefühl hatte, sie nicht auf die Weise zu lieben, wie man als Mann die Frau lieben sollte, die man heiratet.«

»Aber ihr wart doch schon ewig zusammen. Wieso wusstest du das nicht schon vorher?« Das sagte ausgerechnet sie. Die ihren Gefühlen völlig auf den Leim gegangen war. Viel zu lange war sie bei Dax geblieben. Sie hatte wahrlich keinen Grund, ihn zu kritisieren. »Warum hast du dann um ihre Hand angehalten?«

Er schüttelte den Kopf und warf noch einen Schneeball in den eisigen Wind. Über ihnen zogen dichte, graue Wolken aus dem Nordwesten heran. »Ich habe nie offiziell um ihre Hand angehalten.«

»Wie bitte? Wie kam es dann, dass ihr heiraten wolltet?«

»Ich weiß es auch nicht ... Wir haben über unsere Beziehung geredet, über die Zukunft, und plötzlich waren ihre Eltern eingeweiht. Du weißt ja, wie ihr Vater sein kann: Sie haben ihre Kalender rausgeholt und einen Termin festgelegt. Ich bin völlig benebelt nach Hause gegangen.«

»Aber gesagt hast du nichts. Du hast mitgespielt.«

»Haley.« Seine Stimme wurde lauter, während er sie ansah. »Ich dachte, es wäre das Richtige. Tammy sah gut aus, war klug, talentiert und hatte Charakter. Warum sollte ich sie nicht heiraten wollen? Mein Zögern erschien mir damals dumm. Ich wollte mich nicht von meinen Ängsten und Verletzungen aufhalten lassen. Seit der Highschool sind wir immer wieder zusammengekommen ... Du weißt es ja selbst, du warst dabei. Ich dachte, wenn Tammy und ich nicht füreinander bestimmt wären, wieso kamen wir dann immer wieder zusammen? Also habe ich mitgespielt.«

»Wow. Ich weiß gar nicht, was ich sagen soll ...« Haley lief in Richtung Haus, blieb stehen und drehte sich mit einem Mal zu Cole um. »Die Sache macht mich wütend. Es tut mir leid, aber so ist es. Tammy war meine beste Freundin. Ich kann damit leben, dass sie kein Interesse mehr am Hochzeitsladen hatte, aber sich von dir zu trennen? Eine Krebsdiagnose und ich war nicht für sie da! In keiner Situation. Erst ganz am Schluss.«

Sie war in der Zeit mit Dax so blind und dumm gewesen! Die ganze Welt hätte sich aufhören können zu drehen, ohne dass sie es mitbekommen oder sich dafür interessiert hätte.

»Die Krankheit hat sie verändert, Haley«, sagte Cole. »Und ich weiß nicht, ob sie die Sache mit dem Laden nicht doch irgendwann wieder verfolgt hätte, in fünf oder zehn Jahren.«

Haley lief los. Ihre Stiefel rutschten auf dem festen Schnee. Warme Tränen betäubten ihre innere Kälte. Jagte sie gerade irgendwelchen sentimentalen Gefühlen nach? Einem falschen Kindheitstraum? Haley blieb vor dem Garagentor stehen. Ein ganzes Tränenfass drang an die Oberfläche und raubte ihr die Kraft.

»Es ist nur ... Ich weiß nicht ... Was soll das Ganze ...?« Haley kippte gegen ihn, ihr Schluchzen überwältigte sie.

»Sch-sch, das ist in Ordnung, Haley.« Cole nahm sie in den Arm, sein fester Griff nahm ihren Tränen die Heftigkeit. »Alles wird gut.«

Die Scherben ihres gebrochenen Herzens bahnten sich in Form von Tränen ihren Weg nach draußen: Ihre Sorgen um Tammy, um Dax ... Und sie durchnässten Coles Brust.

Sie lehnte sich bei ihm an, legte die Arme um seinen Rücken und empfand seinen gleichmäßigen Herzschlag als Trost. Aber als er sie mit einem zärtlichen »Haley ...« an sich ziehen wollte, schob sie ihn weg, trat zurück und wischte sich mit der Hand über die feuchten Wangen.

»Ich sollte jetzt gehen ... Ich kann nicht ...« Der Wind frischte auf und gab ihr eisige Ohrfeigen. »Nicht noch einmal.«

Cole streckte den Arm nach ihr aus, aber sie entwand sich seinem Griff. »Was meinst du damit? Was heißt ›Nicht noch einmal‹?«

»Cole ...« Sie schüttelte den Kopf, zitterte vor Kälte, vor Emotionen und lief in die Garage. »Ich muss los.«

»Haley«, sagte er. »Komm ins Haus. Wärm dich auf. Trink eine heiße Schokolade. Lass uns weiterreden. Sag mir, was los ist.«

»Ich muss wirklich gehen.« In seinen Armen zu liegen, mit ihm zusammen zu sein, fühlte sich nach der Erfüllung eines lang gehegten Wunsches an. Aber er war nicht der Richtige. Er war es nie gewesen. Schlimmer noch: Sie hatte den Duft von Dax noch immer nicht aus ihrer Seele verbannt. Sich zu verlieben, war das Letzte, das Haley Morgan gerade wollte oder brauchte.

In der Garage legte sie die Waffe und Ausrüstung auf Coles Werkbank, zog seinen Fleecepulli und die Tarnhose seines Bruders aus. Auf dem Weg nach draußen blieb sie ein letztes Mal stehen. »Und Tammy hat den Laden *wirklich* nie erwähnt?«

»Nein.« Cole hielt sie ganz leicht am Arm fest. »Aber du solltest deinem Herzen folgen, Haley. Vergiss, was Tammy getan oder gelassen hätte. Tu das, was *du* willst. Wenn sie noch am Leben wäre, würde sie dir dasselbe sagen.«

Haley hob den Kopf und sah in seinem Gesicht alle möglichen unausgesprochenen Gefühle. »Wirklich? Nach heute bin ich mir da nicht mehr so sicher.«

CORA

August 1931

Der August zog mit einer regenlosen Hitze ins Land. Staub wirbelte vom Boden auf, dürstete nach einem Schauer vom Himmel. Am Abend war die schwüle Luft vom Klagegesang der Grillen erfüllt und Cora stellte sich vor, dass sie Gott mit ihrem Lied um Linderung baten.

Sie saß auf der Veranda, die Birch gebaut hatte, und wedelte sich mit einem Fächer von der Baptistengemeinde an der Main Street Luft zu. Sie hatte von einer technischen Neuheit gehört, die im Sommer das Haus kühlte: eine Klimaanlage. Wenn sich die Lage in der Stadt eines Tages wieder besserte, würde sie herausfinden, wie man einen solchen neumodischen Apparat im Laden installieren konnte.

Die Sommerbräute waren verschwitzt, wenn sie die Treppe hinunterstiegen, selbst wenn die Deckenventilatoren sich drehten.

»Ich frage mich gerade, ob ich meine Meinung nicht ändern sollte«, sagte Mama, die mit zwei Gläsern Eistee auf die Veranda trat. »Ob ich dich und meinen Garten wirklich alleinlassen kann.« Sie reichte Cora ein Glas und setzte sich in den Schaukelstuhl neben sie.

»Mama, das ist beschlossene Sache. Du gehst nach New York. Außerdem hat Tante Marian alles in Bewegung gesetzt, um dir eine Stelle im Schreibzimmer zu besorgen. Du kannst nicht ihren Ruf aufs Spiel setzen, indem du einfach deine Meinung änderst.«

»Die Leute ändern ständig ihre Meinung. Du versuchst mich bloß loszuwerden.«

»Ja. Du bist auf die Idee gekommen, nach New York zu ziehen, und offen gesagt gefällt mir die Vorstellung gut. Ich helfe dir, sie umzusetzen.« Cora griff über den kleinen Tisch nach Mamas Arm. »Aber ich werde dich vermissen.«

»Ich werde dich auch vermissen, Liebling. Aber, ach, wird es nicht großartig sein, eigenes Geld zu verdienen? Meinen eigenen Lohn. Ich kann gar nicht glauben, dass ich noch nie eigenes Geld besessen habe. Erst war es das Geld meines Vaters, dann das meines Ehemanns. In was für Zeiten wir leben!«

Gleich nachdem Birch die Veranda gebaut und Cora begonnen hatte, sie als Wohnraum mitzunutzen, hier am Tisch zu essen und abends draußen zu lesen, hatte Mama sich verändert. Sie begann den Gedanken zu äußern, dass sie ihr Leben wieder gestalten wolle.

Also hatte sie ihrer Schwester in New York geschrieben, die mit einem bedeutenden Versicherungsangestellten verheiratet war, und hatte sie nach einer Stelle gefragt. Marian erkundigte sich beim Chef ihres Mannes, ob es eine freie Stelle im Schreibzimmer gebe, und nun war morgen für Mama ein Platz im Mittagsbus reserviert.

»Was willst du mit deinem ersten Gehalt anfangen?«, fragte Cora, um Mama weiter in die Zukunft blicken zu lassen.

Mama nippte mit sorgenvoller Miene an ihrem Tee. »Ich dachte, dass ich dir etwas davon schicke. Ich wohne bei Marian und George, ich werde nicht viel brauchen.«

»Behalte bloß dein Geld, Mama. Ich habe mehr als genug.«

»Du hast mehr als genug, um dein Geschäft zu führen, aber das musst du gut verwahren, Cora. Wer weiß, wie lange diese Depression und diese Dürre noch andauern? Oder was notwendig sein wird, damit es weitergehen kann? Wer konnte ahnen, dass all das je passieren würde? Und warum sollte ich dir nicht helfen? Du hast für mich gesorgt seit dein Va... – na, seit allem eben.«

»Du hast mir mehr geholfen, als du dir je vorstellen kannst. Du warst die beste Gastgeberin, die dieser Laden jemals haben könnte – noch dazu ehrenamtlich.«

Mama winkte ab. »Wir sind doch eine Familie.«

»Warum gehst du von deinem ersten Gehalt nicht einkaufen?«, sagte Cora. »Kaufe dir ein oder zwei neue Kleider.«

»Ich würde meine Garderobe tatsächlich gern etwas erneuern. Höchstwahrscheinlich kann sie mit der New Yorker Mode nicht mithalten.«

Cora hörte nicht nur Mamas Seufzer, sie spürte ihn auch. Noch vor weniger als einem Jahr war sie die Gattin des Bankdirektors gewesen, eine Säule der Gesellschaft von Heart's Bend. Nun wohnte sie in der zweiten Etage über dem Laden ihrer Tochter. Morgen würde sie die Stadt im Bus verlassen, allein, unterwegs in eine fremde Stadt, zu einer Stelle, auf die sie die Highschool vor dreißig Jahren nur spärlich vorbereitet hatte. Und das nur, damit sie ohne Namen und Gesicht in einem Schreibzimmer saß.

»Mama«, Cora drückte ihren Arm, »ich weiß, das ist nicht das, was du dir vom Leben erhofft hast ...«

»Ich habe gehofft, mit meinen Enkelkindern zu spielen und sonntags mit dir und EJ groß zu Abend zu essen. Ich wollte meinen Garten pflegen und deinen Vater umsorgen, die gute Gattin eines bedeutenden Mannes sein. Das war ein guter Plan, Cora. Und lange Zeit ist er wie durch eine Zauberformel aufgegangen. Und jetzt sieh mich an.« Sie rieb sich mit dem Daumen über die Hand. »Ein Fall für die Wohlfahrt. Ich verlasse die Stadt in Schande.« Sie sah zu Cora hinüber. »Und lasse dich allein mit allem.«

»Viele Männer haben ihre Familien verlassen. Erinnerst du dich an Avril?«

Man munkelte in der Stadt von immer mehr Männern, die verschwanden. Zeiten der Not zwangen sie zu undenkbaren Entscheidungen.

»Ja schön, aber viele Männer haben ihre Familien auch *nicht* verlassen. Die haben die Schwierigkeiten wie wahre Männer angepackt.«

»Daddy ist ein wahrer Mann, Mama.« Sie konnte nicht anders, als ihn zu verteidigen. Sie blieb hoffnungsvoll. »Und was mich betrifft, ich bin nicht allein. Ich habe Odelia, meine Freunde und Rufus.«

»Rufus. Gut, ich habe mich ein wenig für ihn erwärmen können, aber, Cora, bitte nimm dich in Acht. Er erinnert mich zu sehr an deinen Vater. Einerseits ist er gut aussehend und charmant, aber dann wieder sagt er das eine und tut das andere.« Mama wandte den Blick ab. »Ich möchte zu gern wissen, welche Sünden ich begangen habe, dass mich dieser Untergang ereilt hat.«

»Das weißt du doch besser.«

»Ach ja?«
»Ist der Jesus, von dem du halb Heart's Bend in der Sonntagsschule erzählt hast, denn nicht der Gott, an den du glaubst? Nicht der Gott, der gut und freundlich ist, dessen Liebe und Treue niemals enden oder vergehen werden?«
»Wie kannst du nur so fromm sein? Sieh dir deine Misere doch an.«
»Welche Misere? Ich habe ein Dach über dem Kopf, Essen auf dem Tisch und Kleidung zum Anziehen. Wir haben unser Haus und unser Land verloren, na und? Wir haben immer noch uns und sind gesund. Du magst deine Hoffnung in Daddy verloren haben, aber ich nicht.«
Mama schüttelte den Kopf. »Er hat geschrieben, Cora, an dem Tag, an dem Birch die Veranda gebaut hat.«
»Wie? Das hast du mir gar nicht erzählt.« Cora beugte sich vor, um Mamas Gesicht sehen zu können, die sich mit zitternder Hand über die feuchten Wangen wischte.
»Er kommt nicht zurück, Cora. Er schämt sich zu sehr.«
Das also hatte ihre Wandlung ausgelöst. »Sag ihm, das sei sehr bedauerlich.« Cora stellte sich vor Mama und umfasste ihre Schultern. »Sag ihm, er soll trotzdem nach Hause kommen. Jeder hat auf irgendeine Weise mit Scham und Versagen zu kämpfen. Wo ist er überhaupt?«
»In Georgia oder Florida. Er kann sich nicht entscheiden.« Mama schnellte schluchzend nach vorn und vergrub den Kopf in ihren Händen. »Er ist fort. Der Mann, den ich seit meinem 16. Lebensjahr kenne und liebe, ist fort. Selbst wenn er zurückkäme, wäre er nicht derselbe. Diesmal nicht. Wie könnte ich ihm jemals wieder vertrauen?«
Cora legte ihren Arm um Mamas Schultern und hielt sie, während sie weinte. Ihre eigenen Tränen saßen fest hinter einer Mauer der Wut.
Mama hob den Kopf, zog ein Taschentuch aus der Tasche, um sich die Augen abzutupfen und die Nase zu putzen. »Ich sollte mein Mädchen nicht mit meinen Sorgen belasten.« Sie drehte sich mit einem

aufgesetzten Lächeln auf den Lippen zu ihr um. »Schließlich bin ich die Mutter, ich sollte die Sorgen der Familie tragen.«

»Niemand kann Sorgen alleine tragen.« Cora sank wieder in ihren Sessel. »Was ... was hat Daddy in seinem Brief geschrieben?«

»Er schreibt, dass er mir großes Unrecht angetan hat, und könnte meine Enttäuschung nicht ertragen.«

»Aber es ging doch nur um Geld ... um Dinge ... um Dinge, ohne die wir zurechtkommen. Aber wir kommen nicht ohne *ihn* zurecht.«

Mama legte ihre Hand fest auf Coras Arm. »Du hast es selbst gesagt: Dein Vater kann seine Rolle als Versorger nicht von seiner Rolle als Bankdirektor, als Mann des Geldes, trennen. Wenn er das eine nicht ausüben und sein kann, dann kann er auch nicht der sein, der er in seinen Augen für uns sein müsste ... für dich und für mich.« Sie wischte mit dem Taschentuch unter ihrer Nase. »Da hörst du es, jetzt verteidige ich ihn schon.«

Sie verschwand im Haus und das Geräusch der Tür, die ins Schloss fiel, klang in Coras Ohren wie die letzte Note eines langen Liedes.

Das Leben hatte sich verändert, es änderte sich nach wie vor und würde aller Wahrscheinlichkeit nie mehr dasselbe sein. Die einzigen Konstanten in ihrem Leben waren der Laden und Rufus. Sie weigerte sich, die Hoffnung auf ihr eigenes Happy End aufzugeben.

»Cora?« Vorsichtig rief jemand vom Rand der Veranda aus.

»Millie?« Cora öffnete die Fliegengittertür und bat die Frau herein. »Millie Kuehn? Wie geht es Ihnen? Ich habe Sie schon eine ganze Weile nicht gesehen.«

Millie Kuehn war eine weitere frühere Kundin und ein paar Jahre älter als Cora. Sie betrat zögerlich die Veranda.

»Wie lange ist es her? Zehn Jahre?«, fragte Cora und bot ihr Mamas Schaukelstuhl an.

»Zwölf.« Sie knipste mit ihren Fingernägeln. In ihren Augen lag ein leerer, gespenstischer Schatten. »Aber ich erinnere mich daran, als wäre es gestern gewesen.« Sie war den Tränen nah, ein Ausdruck der Not.

»Setzen Sie sich, Millie.« Cora begleitete sie zum Stuhl. »Was haben Sie auf dem Herzen?«

»Ich kann mich nicht beklagen.« Sie setzte sich behutsam, legte die Hände in den Schoß und begann zu schaukeln. »Wir haben keine Sorgen, die andere nicht auch hätten, selbst wenn Charles immer noch wütend ist über die Schließung der Bank und den Verlust unserer gesamten Ersparnisse.« Sie wischte sich ein wenig Feuchtigkeit von der Augenbraue. »Diese Hitze ... Er fürchtet, dass wir die Maisernte verlieren werden.«

»Reverend Clinton hat zu einem Treffen eingeladen, bei dem um Regen gebeten wird. Ich plane hinzugehen.«

»Falls Gott sich dafür interessieren würde, wäre er wahrscheinlich der Richtige, den man um Regen bitten sollte«, sagte Millie.

Wie kam es, dass Cora heute Morgen die Glaubensvermittlerin spielte? Sie hatte gewiss selbst ihre Zweifel, aber gerade deshalb kämpfte sie um ihren Glauben, gerade deshalb hielt sie an Rufus fest. Um bis zum Ende treu zu sein.

»Meine kleine Annie ist gerade zehn geworden. Sie hat mein Brautkleid gefunden und mich angebettelt, es anprobieren zu dürfen.« Millies dünnes Lachen stimmte in das Lied der Vögel ein, das durch das Fliegengitter hereindrang. »Sie ist darin versunken. Sie ist so ein zierliches Ding, aber sie sagte: ›Mama, eines Tages werde ich es tragen.‹ Ich habe zu ihr gesagt: ›Annie, das würde mich sehr ehren, aber wünschst du dir nicht, deinen großen Tag im Hochzeitsladen zu erleben? Wunderschön zurechtgemacht in deinem eigenen Kleid die große Treppe hinunterzusteigen? Und wir Frauen blicken von unten zu dir hinauf und machen dir Komplimente?« Millie holte Luft und legte die Hände aufs Herz. »Dieses Gefühl, als ich die Treppe hinunterstieg, voller Hoffnung, voller Liebe, wollte ich nie vergessen. Als ich anschließend durch den Mittelgang in der Kirche auf Charles zulief, wusste ich, dass alles wundervoll werden würde.« Ihre Finger am Spitzenkragen zuckten. »Aber ich kann nicht ... Ich kann es nicht mehr fühlen ... Es verblasst, Cora. Der Lauf der Zeit ist heimtückisch.«

»Aber uns bleibt die Erinnerung und der Glaube an das, was vor uns liegt. Stellen Sie sich nur vor, wie Annie die Stufen in Ihrem Kleid hinunterschreiten wird, Millie. Welch großartiger Tag wird das werden. Wir können das Kleid ganz nach ihrem Wunsch umarbeiten.« In einer Kleinstadt wie Heart's Bend gab es nur wenige Debütantinnen. Im Ort gab es nicht viel Platz für gesellschaftliche Anlässe. Zu heiraten war die Einführung in die Gesellschaft. »Ich erinnere mich noch, wie reizend Sie aussahen. Tante Jane und ich waren uns einig, dass Ihre Brautausstattung in jenem Jahr die schönste von allen war.«

»Tatsächlich?« Ihr Lächeln verschwand. »Ich habe alles während unseres ersten Ehejahres durch den Brand verloren. Alles bis auf das Kleid.« Abwesend strich Millie sich über die rosafarbene Narbe an ihrem Arm. »Ich glaube, ich habe mehr dem Kostüm nachgeweint als dem halben Haus, das wir verloren haben.«

»Wir können Annie auch ein schönes Kostüm schneidern. Oder eins in New York bestellen. Und für Sie als Brautmutter ein schönes Kleid besorgen. Sie werden sehen, es wird alles wieder ins Lot kommen, Millie. Nach dem Krieg ist für eine Braut alles anders geworden. Ein Mädchen hat heute so viele Möglichkeiten. Früher kam alle Brautmode aus Europa, aber heutzutage ist New York der letzte Schrei. Und preiswerter. Und wer weiß, was eine Arbeiterfamilie sich wird leisten können, wenn Annie heiratet.«

»Wenn die Zeiten sich nicht ändern, wird sie sich gar nichts leisten können.«

»Sie ist erst zehn, Millie.« Coras Stimme war voller Hoffnung.

»Wenn Charles sich durchsetzt, wird sie erst als alte Jungfer von dreißig Jahren heiraten.« Millie schnappte nach Luft. »Ach, Cora, das tut mir leid. Ich wollte nicht ...«

»Lieber mit dreißig unverheiratet auf den Richtigen warten, als mit zwanzig den Falschen heiraten.«

»Weisere Worte wurden nie gesprochen. Ich hatte Glück und durfte einen guten Mann heiraten.« Millie lehnte den Kopf zurück, ließ ihn auf dem Rand des Schaukelstuhls ruhen und schloss die Augen.

»Ich wollte einfach an einem glücklichen Ort sein. Eine Last loswerden. Ich erinnere mich an den Tee, den Ihre Tante servierte, während wir mit meiner Mutter und Großmutter, meinen Schwestern und meiner Cousine im großen Salon saßen und aufgeregt waren. Vollkommen aufgeregt. Das war der schönste Tag, der allerschönste.«

»Darf ich Ihnen heute einen Eistee anbieten?«

»Das war doch wunderbar, oder?« Millie lehnte sich zurück, schaukelte leicht vor und zurück und dämmerte weg. Ihre Augenlider zuckten im Schlaf.

Cora erhob sich von ihrem Stuhl und schlich hinein. Sie traf Mama mit Hut und Handschuhen im Garderobenraum, einen Umschlag in der Hand. »Ich wollte dich gerade suchen. Ich mache vor meiner Busreise noch ein paar Besorgungen. Und das hier hat ein Sonderkurier für dich abgegeben.«

Cora sah auf den schlichten, weißen Umschlag ohne jede Aufschrift. »Millie Kuehn sitzt auf der Veranda.«

»Weshalb ist sie da?« Mama schob die Spitzengardine am Fenster beiseite.

»Aus demselben Grund wie Avril Keyling und die anderen, die hereingeschaut haben. Um sich an glücklichere Zeiten zu erinnern.«

»Wir klammern uns alle an das Gute, das uns bleibt.« Mama trat in den kleinen Salon. »Außerdem war Gwen Parker hier. Sie hat sich verlobt und wollte einen Termin vereinbaren. Sie hat Geld gespart, seit sie acht ist, um sich hier ihr Kleid zu kaufen. Ich habe sie für Montag eingetragen.«

»In Ordnung. Danke.« Unausgesprochen hingen die Worte über ihnen: Am Montag würde Mama nicht mehr hier sein.

Nachdem Mama zu ihren Besorgungen aufgebrochen war, schob Cora den Umschlag in ihre Tasche und schenkte Millie ein Glas Tee ein. Aber als Cora nach draußen ging, war sie fort. Ihr Stuhl schaukelte noch von ihrem Aufbruch.

»Gott segne Sie, Millie.« Cora stellte den Tee ab und holte den Brief heraus. Ihr Herz schlug schneller, als sie sah, dass er von Rufus stammte und das Datum von gestern trug.

Meine Teuerste, ich bin morgen Abend im Hafen. Dinner? 19 Uhr? Ich brauche dringend deine Gesellschaft. Ich vermisse dich. Dein Rufus.

Cora drückte die Notiz an ihre Brust, roch an dem schlichten weißen Paper, atmete seinen Duft ein. Da sah man es wieder, Gott kümmerte sich um die Seinen. Man musste nur geduldig und standhaft sein.

Wahre Liebe siegte immer.

18

COLE

Am Montag früh hielt Cole am *Java Jane's*, um schnell einen Kaffee zu trinken, bevor er weiter zur Pension fuhr. Glücklicherweise hatten sie ihm einen Auftrag angeboten, weil sie einige Zimmer renoviert haben wollten. Zweifellos eine Gebetserhörung.

Seit dem Paintballspiel und der Aussprache mit Haley im Schnee letzte Woche hatte er sie nicht oft gesehen. Sie hatten das unausgesprochene Bedürfnis, allein zu sein. Um die Wahrheit zu verarbeiten. Um mit den Dingen klarzukommen, die noch immer im Raum standen. Mit Gefühlen, die sich nicht leugnen ließen.

Wie sie an seiner Brust geweint hatte, war ihm in Herz und Glieder gefahren. Irgendetwas, *irgendjemand* hatte sie verletzt, unabhängig von den Geheimnissen, die Tammy vor ihr gehabt hatte. Keine Frage, er wollte für Haley da sein. Am Freitag und Samstag hatte er recherchiert und nachgeforscht, welche günstigen Angebote es für den Umbau gab, damit er startklar war, wenn die Genehmigungen eintrafen.

Bislang war sein Einsatz erfolglos, aber er war zuversichtlich.

Bei *Java Jane's* rief ihm die Barista zu: »Guten Morgen, Cole. Wie immer?«

»Hallo Alice Sue, ja, wie immer, bitte.« Filterkaffee mit einem Schuss Milch. Cole legte eine Fünf-Dollar-Note auf den Tresen und sah sich um. Die übliche Schar an Gästen morgens um 9.

»Ach, das hätte ich fast vergessen, da wartet jemand hinten in der Ecke auf Sie.«

Alice Sue griff nach dem Schein, während sie ihm den großen Kaffee hinschob.

»Wer denn?« Er blickte in die Ecken. Hitze stieg ihm ins Gesicht, als er hinten seinen Vater erblickte. »Das Wechselgeld können Sie behalten.«

»Danke, Cole. Einen schönen Tag.«

Er holte tief Luft, überlegte, ob er einfach verschwinden sollte, aber sein Vater hatte ihn erkannt, nickte herüber und begrüßte ihn mit erhobenem Kaffeebecher. Cole umrundete die Tische und bahnte sich seinen Weg nach hinten. Wann hatte er seinen Vater zuletzt gesehen? Bei Chris' Abschlussfeier auf der Highschool? Kurz bevor er vor sechs Jahren verurteilt worden war?

Sein Vater stand auf, als er näher kam. »Guten Morgen, Cole.«

»Was machst du denn hier?« Cole betrachtete die eingefallenen Wangen seines Vaters und die grauen Haare, die dringend geschnitten werden müssten. Er war nur mehr die Hülle des Mannes, der er zu Coles Kindheit gewesen war. Vor fünfzehn Jahren hatte er viel bewegt und geleistet. Sein Bauunternehmen hatte überall im mittleren Tennessee Aufträge gehabt. Selbst *Akron* war dagegen nur ein kleiner Fisch im Teich.

Aber all das hatte eingetauscht gegen eine zehn- bis zwanzigjährige All-Inclusive-Reise in den Knast. Nur weil er Beweismaterial ausgehändigt hatte und wegen guter Führung war er vorzeitig entlassen worden.

»Ich wollte mit dir reden.«

»Hast du Arbeit?« Cole blieb stehen, deshalb rückte sein Vater vom Tisch zurück, erhob sich zu seiner vollen Größe von einem Meter neunundachtzig und blickte seinem Sohn in die Augen.

»Ich habe einen Job in Nashville, in einem Team, das sich um städtische Immobilien kümmert. Der Job ist stumpfsinnig, aber ich habe etwas zu tun.«

»Warum bist du dann hier?« Cole deutete auf die Uhr an der Wand. »Solltest du nicht bei der Arbeit sein?«

»Ich habe heute Spätschicht. Ich dachte, ich komme her, um dich zu sehen.«

»Hast du eine Wohnung?«

»Ja, ein kleines Loch irgendwo.« Sein Vater nahm einen Schluck Kaffee. »Wie geht es deiner Mutter?«

»Fantastisch, sie führt das *Ella's* erstklassig.« Mit Mom zu prahlen, fühlte sich gut an. Als würde er seinem Vater mit der Erinnerung an seine Dummheit eins aufs Dach geben. Er würde nie wieder eine Frau wie Mom finden und, hey, sie hatte sich ihr Leben sehr gut ohne ihn eingerichtet. »Cap ist auf der Vanderbilt-Uni und Chris in Georgetown, kurz vor dem BWL-Abschluss.«

»Ja, ich weiß. Ich habe Cap und Chris vor Weihnachten noch gesehen.«

Cole stutzte mit dem Kaffeebecher in der Hand. Seine Brüder trafen sich also mit ihrem Vater.

»Wie läuft dein Geschäft?«, fragte sein Vater einen Moment später. »Ist alles in Ordnung bei dir? Ich habe in der Zeitung gelesen, dass der Stadtrat den alten Hochzeitsladen Haley Morgan übereignet hat. Ist das die Tochter von Dave und Joann?«

»Ja, sie will den alten Laden wiedereröffnen.«

»Bist du an den Arbeiten beteiligt?«

»Mal sehen.«

»Die Bausubstanz ist solide. Ich habe ein paar kleinere Reparaturen durchgeführt, bevor Miss Cora ihn in den späten Siebzigern aufgegeben hat. Damals war ich achtzehn. Mein erster Bautrupp unter Jim Bartholomew. Der Mann hat mir alles beigebracht, was ich kann.«

»Alles außer Betrügen meinst du?«

Sein Vater drehte sein Rührstäbchen in den Fingern hin und her. »Den Seitenhieb habe ich wohl verdient.«

»Ich muss los, Dad. Bist du nur hier, um *Hallo* zu sagen?« Cole lief rückwärts zur Tür. Er wartete ab und war sich unschlüssig, welche Antwort er am liebsten hören würde.

Sein Vater zögerte, richtete seinen Blick auf den Kaffee, dann auf das große Fenster zur Main Street. »Ich habe mich wegen der Stratocaster gefragt ... Chris sagt, du hast die Gitarre in einem Glaskasten an der Wand hängen.«

»Chris redet zu viel.«

»Das mag ja sein, aber wir haben uns die Gitarre damals geteilt, Cole, und als die Zeiten rosig waren, konnte ich es mir leisten, ein solches Luxusinstrument zu behalten. Aber die Zeiten sind nicht mehr so rosig und ... Ja, ich weiß, es war alles meine Schuld, aber ich dachte, wenn du nicht darauf spielst, könntest vielleicht darüber nachdenken, sie zu verkaufen.«

»Geld! Bei dir geht es immer nur um Geld.«

»Tja, wenn man in Not ist, geht es immer ums Geld. Ich habe meine Zeit abgesessen. Ich arbeite, ich kümmere mich, aber ich könnte ein Auto gebrauchen, Cole. Man könnte sie zum Preis von zwei brandneuen Autos verkaufen.«

»Ich soll sie verkaufen und dir das Geld geben?«

»Ich dachte, wir könnten halbe-halbe machen. Ich weiß, wie es ist, ein Unternehmen aufzubauen. Du kannst momentan doch bestimmt auch Geld gebrauchen.«

»Ich verkaufe die Stratocaster nicht.«

»Nur um mich zu ärgern? Ich brauche das Geld wirklich dringend und sie ist mein rechtmäßiges Eigentum.«

Cole trat auf ihn zu. »Und meins auch. Ich oder die Familie mögen dir egal sein, aber mir nicht. Ob es dir gefällt oder nicht, diese Gitarre war die letzte gute Erinnerung an dich und sie steht nicht zum Verkauf.«

»Die Gitarre selbst ist doch nicht die Erinnerung, sondern die Zeit, in der wir sie gefunden, gespielt und repariert haben.«

»Ich muss jetzt los.« Wutentbrannt lief Cole zur Tür. Sein Vater hatte Nerven. Aber gerade als er hinausgehen wollte, sah er Brant Jackson und Linus Peabody die Köpfe in einer anderen Ecke des Cafés zusammenstecken. Was heckten die beiden denn da aus? Die Szene schwächte die Empörung über seinen Vater ab.

Er schlug die Tür seines Lieferwagens zu, stellte den Kaffeebecher in den Getränkehalter und startete den Motor. Die seltene Fender-Stratocaster verkaufen? Eher würde er im Brautkleid die große Treppe des Hochzeitsladens zu einer Schar alter Damen hinunterlaufen.

Und sollte er sie je verkaufen, würde er das Geld seiner Mutter oder seinen Brüdern oder irgendeiner anderen bedürftigen Seele geben.

Doch Linus und Brant beschäftigten ihn fast ebenso stark wie die Bitte seines Vaters. Der Stadtdirektor, der faktische Leiter des Stadtrats, wirkte zu vertraulich im Umgang mit dem Feind des Hochzeitsladens.

Cole verließ den Parkplatz in Richtung Rathaus, um sich nach den Genehmigungen zu erkundigen. Es rumorte in seinem Magen und er erklärte allem den Krieg, das sich ihm in den Weg stellte.

19

CORA

Im Halbdunkel des Kerzenscheins wartete Cora auf der Veranda. Abwesend zog sie Rufus' goldenen Herzanhänger an der Kette um ihren Hals entlang. Das Radio lehnte am Fenster und ließ Musik über die Veranda schallen. Sophie Tucker sang: »To me it's clear, he'll appear ... the man I love« – *Für mich ist eins klar: Bald ist er da ... der Mann, den ich liebe.*

Aber wo blieb er bloß, der Mann, den sie liebte? Rufus hatte schon eine Stunde Verspätung. Cora sprang auf, lief hinein und schaltete das Radio aus. Sie flog zwei Treppen hinauf, um nach dem Abendessen zu sehen. Die Hitze des Ofens machte es unerträglich, sich in der zweiten Etage aufzuhalten, obwohl sie den Ofen schon vor einer Stunde ausgestellt hatte. Über ihr drehte sich der Ventilator und versuchte, ein wenig kühlere Luft durch das offene Fenster hereinzuwehen.

Vielleicht sollte sie in dieser Nacht ihre Matratze einfach nach unten schleppen und auf der Veranda schlafen.

Sie öffnete die Ofentür und stellte fest, dass der Braten noch in Ordnung war, zum Glück. Sie setzte sich auf den Stuhl am Esstisch, an dem noch immer ein Platz für sie und Mama war.

Oh weh, wenn Mama hier wäre, würde sie ihr ein paar Takte erzählen.

Cora war froh, dass sie allein war, weit entfernt von Mamas kritischen Blicken.

Mamas berühmtes Soßenrezept dagegen könnte sie jetzt gut gebrauchen, um ihr Fleisch zu retten, das immer trockener wurde. Ihr Vater pflegte immer zu sagen, man könne die Soße auf Leder schmieren und die Gäste würden trotzdem um einen Nachschlag betteln.

Aber Mama saß im Bus nach New York.

Cora sah aus dem Fenster der zweiten Etage auf die Blossom Street hinunter. Fünf nach acht. Was könnte ihn aufgehalten haben? Jede Minute, die verstrich, lag ihr wie ein Stein im Magen.

Sie lief in den Laden hinunter und drapierte das Kleid neu, das sie heute Nachmittag ins Schaufenster gehängt hatte. Die Schuhe schob sie ein wenig weiter nach vorn, damit das Licht der Straßenlaterne sie erfasste.

Dieses Kleid gehörte zu ihren Lieblingsstücken. Odelia hatte es aus drei verschiedenen Schnittmustern zusammengefügt. Die langen Spitzenärmel machten sich hervorragend zu jeder Jahreszeit, vom Hochsommer einmal abgesehen.

Bis Ende der Woche würde es verkauft sein.

Von der Eingangstür aus sah sie nach, ob Rufus von der anderen Straßenseite durch den Gardeniapark kam. Aber sein langer Schatten zeichnete sich an keiner der Straßenecken ab.

Auf der Veranda blies der Wind durch das Fliegengitter und ließ die Flamme der Kerzen auf dem Leuchter tanzen. Cora beugte sich vor, um sie auszupusten, überlegte es sich dann aber anders. Was, wenn Rufus erschien und ihr romantischer Abend fände in der Dunkelheit statt, untermalt von einem Ständchen der Zikaden?

Sie setzte sich an den Tisch, rückte das Besteck zurecht, sorgte dafür, dass alles am richtigen Platz stand. Aber die Unruhe des Adrenalins scheuchte sie von ihrem Stuhl auf. Sie lief zum Gehweg der Blossom Street.

»Rufus?« Sie rief mit leiser Stimme. »Bist du da?«

Aber die einzige Antwort war das *Peng* der Fehlzündung eines Autos.

Als sie an der Ecke zur First Avenue gen Westen zum Hafen blickte, kroch ihr ein gespenstischer Schauer über die Haut. Die Innenstadt war dunkel. Still. Mehrere Straßenlaternen waren schon ausgebrannt.

Sie schlang die Arme um die Brust und eilte über die Veranda zurück in den Laden. Sie setzte sich in den kleinen Salon, wo sie über den Luxus eines zweiten Telefons verfügte.

»Vermittlung? Die Hafenmeisterei, bitte.«

Cora presste den Daumen auf die Lippen, während sie wartete und hörte, wie das Telefon läutete, ohne dass sich jemand meldete. Sie hängte auf. Etwas stimmte hier nicht. Sie wusste es. In ihrem Magen braute sich Unheil zusammen.

Als sie hinauf in die zweite Etage eilte, rauschte der Rock ihres Kleides und schwang ihr gegen die Beine, die dicken Sohlen ihrer Spangenschuhe hallten vor Entschlossenheit. Cora griff nach Hut und Handschuhen, nach Tasche und Schlüsseln.

In ihrem Auto umfassten ihre zitternden Hände das Steuer. Ihr Kopf war leer, ihr Herz hämmerte. Sie hatte keine Ahnung, was sie am Hafen vorfinden würde, aber sie musste es probieren.

Sie wusste, dass die *Wayfarer* heute Nachmittag angelegt hatte. Sie hatte Rufus' Deckhelfer im Diner unten an der Straße gesehen.

Herr, bitte lass mich ihn finden.

Erst würde sie ihn küssen, dann würde sie ihm die Leviten lesen, dass er zu spät kam und sie halb zu Tode ängstigte. Ein Postschiff war vor nicht allzu langer Zeit in den Untiefen des Greasy Creek gesunken.

Am Hafen angekommen, parkte sie am Straßenrand, lief über den Gehsteig, den Kai entlang zum Bootshaus, wo ein Mann mit blauer Mütze und graumeliertem Bart sie begrüßte.

»Ich suche Rufus St. Claire.«

»Der ist nicht da. Gegen sechs ist er los.«

»Wie? Nein, das ist unmöglich. Ich habe heute Nachmittag seine Deckhelfer in der Stadt gesehen. Er ist der Kapitän der *Wayfarer*.«

»Ich weiß, wer er ist, und ich sage Ihnen, Kapitän St. Claire hat gegen sechs Uhr abgelegt. Das habe ich mit eigenen Augen gesehen. Er kam rein, hat telefoniert, seine Post entgegengenommen, etwas gebrummt, das ich vor einer Dame nicht wiederholen möchte, hat seine Jungs zusammengetrommelt und ist den Fluss runtergefahren. Er war ein wenig aufgebracht.«

»Hat er eine Nachricht hinterlassen? Vielleicht für eine Miss Cora Scott?«

»Nein, aber ich war einen Augenblick nicht da.« Der Mann verschwand im Hinterzimmer und Cora hörte, wie er Kisten verschob. Er erschien mit einem weißen Umschlag in der Hand. Sie atmete erleichtert auf und griff nach dem Brief. *Gott sei Dank.*

Der Mann zog seine Hand zurück. »Warten Sie, der ist nicht für Sie. Der ist für den Kapitän. Vermutlich hat er ihn vergessen. Ich lege ihn bis zum nächsten Mal zurück in die Kiste.«

»Bitte, darf ich ihn einmal sehen?« Cora seufzte und lockerte ihre Haltung. »Ich war heute Abend mit ihm verabredet und mache mir Sorgen.«

Der alte Mann zögerte und händigte ihr schließlich den Brief aus. »Ein Blick schadet ja nicht. Aber öffnen Sie ihn bloß nicht, das kostet mich meinen Job.«

Entsetzen verstärkte Coras Sorgen: Die Handschrift sah vertraut aus. Sie erinnerte sie an die Schrift auf der Postkarte im vorletzten Frühjahr. Und der Name war derselbe: Oben links in der Ecke stand »Miriam«. Diesmal mit einer Absenderadresse, die Cora sich einprägte, bevor sie den Brief zurückgab. »Vielen Dank.«

»Soll ich dem Kapitän etwas ausrichten, falls er zurückkommt?«

»Nein, nein, danke.« Cora eilte durch die Tür hinaus in die Dunkelheit. Die Brise vom Fluss war frisch und klamm und duftete nach Sommer.

Rufus, du brichst mir das Herz!

»Sind Sie Cora?«

Sie drehte sich erschrocken um und sah einen Mann, der am Bootshaus lehnte. Pfeifenduft mischte sich in die Flussbrise.

»Ich habe kein Geld, falls Sie das wollen.« Sie hielt ihre Handtasche hoch. Abgesehen von den Autoschlüsseln war sie leer. Sie würde sie ungern verlieren, aber lieber ihr Wagen als ihr Geld.

»Suchen Sie den Kapitän? St. Claire?«

Gespannt und erwartungsvoll trat sie auf den Mann zu. »Ja genau. Wissen Sie, wo ich ihn finden kann? Oder wann er zurückkommt?«

»Sie sind die Frau, nicht wahr?«

»Was meinen Sie mit ›die Frau‹?«

»Die Frau, die ihn liebt? Leben Sie in der Stadt? Das Seemannsgarn auf dem Fluss besagt, dass ein Mädchen am Cumberland seit fünf Jahren auf ihn wartet. Sie hat ihn noch nicht durchschaut.«

»Ich weiß nicht, wovon Sie reden.« Aber das wusste sie sehr wohl, oder? »Inwiefern durchschaut?«

Der Mann paffte an seiner Pfeife und blickte Richtung Fluss. »Ich will nicht der sein, der Ihnen das Herz bricht.«

Der Hunger nach Wahrheit war größer als ihre Angst und ließ sie näher auf den Fremden zutreten. »Erzählen Sie mir, was Sie wissen. Bitte!«

Er klopfte seine Pfeife gegen die Mauer des Bootshauses. »Sind Sie sicher, dass Sie es wissen wollen? Wie gesagt, ich will nicht der sein, der Ihnen das Herz bricht.«

»Wie sollte das möglich sein, da Sie mich doch gar nicht kennen?«

Er lachte. »Auch wieder wahr.« Er sah sie stirnrunzelnd an und seufzte. »Es gefällt mir nicht, dass eine offenbar wohlmeinende Dame von einem Mann wie Rufus ausgenommen wird. Man munkelt, der Kapitän habe diverse Frauen entlang des Flusses. Mit dem Unterschied, dass Sie ihn tatsächlich lieben. Die anderen haben ihn längst durchschaut und benutzen ihn so wie er sie.«

»Das ist nicht wahr!« Aber bei ihren Worten begann sie innerlich zu beben. Sie zitterte von innen heraus. »Er hat mich gebeten ihn zu heiraten.«

Das Gelächter des Mannes, ein dunkles, morbides Scheppern, rauschte über sie hinweg. »Ihnen gehört der Hochzeitsladen, oder nicht? Ich arbeite auf der *Rowena* gegenüber.« Er nickte mit dem Kopf zum Postschiff, das vertäut am Dock lag. »Ich war schon Dutzende Male in Heart's Bend. Da hört man so einiges. Leider weiß ich nicht, wie es angeht, dass niemand sie bislang aufgeklärt hat.«

Weil sie geglaubt hatte. Weil sie gehofft hatte. Weil sie ihn geliebt hatte. Weil ...

Cora setzte zu einer Verteidigungsrede für ihn an. »Er baut erst noch sein Geschäft auf und spart Geld an. Dann werden wir heiraten.« Obwohl sie nicht wusste, warum sie ihre Pläne vor diesem Mann verteidigte. Vielleicht musste sie es um ihrer selbst willen laut ausgesprochen hören.

»Er baut sein Geschäft auf? Miss, er ist einer der reichsten Männer auf dem Fluss. Seinem Vater gehören zwei Schifffahrtsunternehmen.«

Er ließ ein Feuerzeug klicken und führte die Flamme an die Rauchkammer der Pfeife. Im Schein der kleinen, gelben Laterne am Bootshaus sah Cora eine gezackte Narbe quer über seiner Wange.

»Als Kapitän hat er einen legendären Ruf. Ich habe ihn durch Gewässer manövrieren sehen, die mir Albträume bereiten ... Und ich war schon als kleiner Junge auf dem Fluss. Als Romeo ist sein Ruf genauso legendär. Miss, er liebt sie nicht. Und er wird Sie auch nicht heiraten. Man munkelt auf dem Dock, dass er heute Abend abgereist ist, weil seine Frau gerade oben in St. Louis ein Kind bekommt.«

Seine Frau? »Sie lügen.« Aber die Worte des Mannes lasteten auf ihr, bis sie glaubte, zusammenzubrechen.

»Ich sage nur, was man auf dem Fluss so munkelt. Aber der Kapitän ist ausgekocht. Aus dem kriegen Sie nichts heraus. Selbst wenn er stockbesoffen ist.«

»Er trinkt nicht. Das hat er mir geschworen.«

»Geschworen, ja?« Der Mann paffte an seiner Pfeife. Er sprach leise und versöhnlich. »Es gefällt mir nicht, dass eine hübsche Braut wie Sie einem Mann wie St. Claire aufsitzt. Aber er hat Charme, keine Frage. Die magische Aura.«

Sie wollte davonlaufen, sich seine Lügen nicht länger anhören, aber ihre Füße versagten ihr den Dienst. Denn sie wusste, dass es stimmte. Seine kratzend-heisere Schilderung war die Wahrheit.

»D-danke, Mr ...«

»Daughtry. Alle nennen mich nur Daughtry.«

Cora lief zur Straße, wo sie ihren Wagen geparkt hatte, und bemerkte kaum die schrillen Sirenen, die durch die Abendluft kreischten.

Mehrere Männer kamen aus dem Bootshaus gelaufen. »Feuer!« Einer sprang hinter das Lenkrad eines alten Pritschenwagens, andere sprangen auf die Ladefläche. Sie klammerten sich an die Kanten, als der Fahrer lospreschte. Rauch quoll aus dem Auspuffrohr.

In mitfühlendem Gleichklang raunte der Wind über den ruhigen Fluss und trieb die Strömung an. Erneut schrillten die Sirenen. Ihr gespenstisches Lied schickte Gänsehaut über Coras Arme.

Ein stechender Schmerz durchschoss sie. Die Wehklage erscholl aus der tiefsten Kammer ihres Herzens. *Rufus! Rufus!*

Die Sirenen heulten erneut auf, durchdrangen die Luft mit ihrer Warnung. Weitere Männer kamen aus der Dunkelheit gerannt, liefen durch den Schein der Straßenlaternen und verschwanden wieder.

Als sie in die Richtung blickte, in die sie verschwanden, sah Cora dunklen Rauch an den dämmrigen Himmel wehen.

Sie erreichte gerade ihren Wagen, als Joe McPherson in seinem Pick-up anhielt und sich aus dem Fenster lehnte. »Gott sei Dank bist du in Sicherheit.«

»Natürlich, weshalb denn nicht?«

»Cora, dein Geschäft steht in Flammen!«

BIRCH

Erschrocken wachte er auf, als der Hahnenschrei ihn durchfuhr und sein Herz heftig pochen ließ. Er musste eingenickt sein. Das Letzte, woran er sich erinnerte, war, dass er Coras Gesicht mit einem feuchten Lappen gekühlt und sich dann in den Stuhl in der Ecke gesetzt hatte, um sich auszuruhen. Nur für einen Augenblick ...

Nun kroch der rötlich-goldene Schimmer des Augustmorgens

durch die Lücken der heruntergelassenen Blenden. Die Lampe neben Coras Bett flackerte. Der Docht lechzte nach Öl.

Birch rappelte sich auf und nahm Waschschüssel und Kanne mit hinunter in seine Küche. Er brauchte einen Kaffee. Und wollte das Frühstück herrichten. Er würde Cora so lange schlafen lassen, bis er mit einem Tablett wieder zu ihr hinaufging. Hoffentlich hatte sie Appetit.

Dann konnten sie überlegen, wo sie wohnen könnte, während das Geschäft renoviert wurde. *Wenn* es renoviert wurde. Demzufolge, was er letzte Nacht gesehen hatte, wäre ein großer Batzen Geld notwendig, um alles wieder instand zu setzen.

Am Spülstein hielt er inne, legte die Hände auf die Porzellankante und sah aus dem Fenster Richtung Horizont, der von der Dämmerung pink und golden schimmerte.

Sein Nachbar Wade wollte kommen und das Vieh füttern, aber Birch musste im Garten Unkraut jäten und sich um das Viehgeschirr kümmern. Birch war dankbar für Wade; dank ihm konnte er sich um die Frau kümmern, die er liebte.

Er hatte sich gestern Abend beinahe zu Tode erschrocken. Den Feueralarm zu hören, war das eine. Aber in die Stadt zu jagen und seine freiwilligen Pflichten zu erfüllen, nur um festzustellen, dass die Rauchschwaden aus dem Hochzeitsladen kamen, hatte ihm fast den Boden unter den Füßen weggerissen.

Er fuhr gerade vor, als Cora in das brennende Gebäude lief, um ihre »Sachen« zu holen. Birch rannte ihr nach, obwohl Feuerwehrhauptmann Hayes ihn aufhielt.

»*Das ist zu gefährlich!*«

»*Willst du sie dann ganz alleine da drin lassen?*« Er befreite sich und stürmte ihr nach, fand sie auf dem Mezzanin, hinter einem herabgestürzten, brennenden Balken.

Birch lehnte sich gegen den Spülstein und starrte aus dem Fenster. Sein Herz klopfte bei der Erinnerung, wie sie bewusstlos zwischen den Flammen gelegen hatte. Beinahe hätte er sie verloren! Die einzige Frau, die er je geliebt hatte. Und, zum Donnerwetter noch mal, er würde gewiss nicht auch eine weitere Minute damit verschwenden, bloß dazustehen und zuzusehen und sich zu wünschen, dass sie Teil seines Lebens wurde.

Sie hatte ihm Schlaf gestammelt, etwas von Rufus, hatte nach ihm gerufen. Aber dieser Taugenichts war nicht einmal in der Stadt.

Birch holte den Brotlaib aus der Holzkiste und stellte die Pfanne auf den Herd. Er fettete das Gusseisen mit etwas Schmalz, schlug ein paar Eier auf, verrührte sie mit Milch und legte das Brot hinein.

Er kochte mit dem Perkolator Kaffee und setzte den Wasserkessel fürs Coras Tee auf. Sie machte sich nicht viel aus Kaffee.

Aus der Geschirrvitrine im Esszimmer holte er vorsichtig zwei Tassen und Unterteller von Mamas gutem Lennox-Porzellan. Es war ein Hochzeitsgeschenk ihrer Tante gewesen, als sie seinen Vater geheiratet hatte. Sie hatte es innig geschätzt.

Zusammen mit Butter, Sirup und Mamas poliertem Silberbesteck stellte er das Geschirr auf das Tablett und machte sich daran, das Toastbrot zu rösten, bis es schön knusprig wurde.

Er schenkte sich eine Tasse Kaffee ein und Cora eine Tasse Tee mit Zucker und Sahne und trug das Tablett hinauf ins Gästezimmer. Die Stufen knarrten bei jedem Schritt.

»Wie schlimm ist es?«, fragte Cora und richtete sich auf, als er hereinkam. Sie sah müde aus, aber schön, wunderhübsch mit ihren dicken Locken, die ihr wild ins Gesicht fielen.

Birch ließ die Tür offen stehen, schluckte den Kloß im Hals hinunter und stellte das Tablett neben Cora auf das Bett. »Die Veranda ist hin und die gesamte Rückseite des Ladens ist überwiegend zerstört. Auch die Dienstkammer ist ziemlich abgebrannt. Im ganzen Haus stinkt es nach Rauch und natürlich gibt es einen Wasserschaden.«

»Mein Geld, meine Rücklagen ... Büchsen mit Geld ... unter den Dielen im Garderobenraum ...«

Birch nickte hinüber zum Tisch unter dem Fenster. »Ich habe die Geldbüchsen gefunden und mitgebracht.«

»Danke!« Sie atmete auf, lehnte sich zurück und bedeckte ihr Gesicht mit den Händen. »Möchte ich erfahren, wie es um das Warenlager bestellt ist? Ich bin eine solche Närrin. Eine solche Närrin!«
»Sag das nicht, Cora.«
»Aber es stimmt und die ganze Stadt weiß es.«
»Ich vermute nicht, dass dich jemand eine Närrin nennt. Vor allem da du beinahe umgekommen wärst, als du im Rauch ohnmächtig wurdest.« Er reichte ihr den Tee. »Warum in aller Welt bist du in ein brennendes Gebäude gerannt?«
»Wegen meiner Kassenbücher und zwei Tageseinnahmen. Ich habe gerade erst wieder begonnen, mein Geld zur neuen *Downtown Genossenschaftsbank* auf der High Avenue zu bringen. Ach, Birch, sag mir, wie sieht es mit meinen Lagerbeständen aus?«
»Wenn du die Waren in dem verschlossenen Raum aufbewahrst, sind sie vermutlich unbeschadet. Die Kleider im Fenster könnten Rauchschäden haben, aber die Flammen sind nicht bis dorthin gekommen. Das Feuer wurde gelöscht, bevor es sich über das Mezzanin ausbreiten konnte. Deine Kassenbücher und dergleichen sollten keinen Schaden genommen haben. Ich werde heute einmal hinfahren und nach deinen Einnahmen sehen.«
»Dem Herrn sei Dank!« Sie nippte an ihrem Tee. Ihre goldbraunen Augen waren feucht. »Waren es die Kerzen? Die das Feuer entzündet haben?«
»Wenn, dann wären sie beim Brand geschmolzen. Standen sie auf der Veranda?«
»Ja.« Das Wort blieb ihr im Halse stecken. »Ich habe sie brennen lassen, als ich losfuhr, um Rufus zu suchen.«
»Der Wind war heftig gestern Abend.«
Sie hob ihren Blick zur Decke. Tränen rannen ihr über die Wangen. »Das Einzige, was ich auf der Welt habe, ist der Laden, und den hätte ich beinahe zerstört. Und wofür? Für einen Mann, der mich angeblich liebt. Mich heiraten wollte. Aber nicht einmal eine Verabredung zum Dinner einhalten kann.«

»Was ist passiert?« Birch legte eine Scheibe Armer Ritter auf einen Teller, strich Butter und Sirup darauf und reichte ihn Cora. Sie nahm ihn entgegen, schien es aber gar nicht wahrzunehmen.

»Er ist einfach nicht gekommen, deshalb bin ich zum Dock gefahren, nur um dort zu erfahren, dass er schon wieder fort war, wegen irgendeines Notfalls. Aber Birch«, Cora wandte ihm den Blick zu, »ich habe ihn gesehen, durch den Rauch, er kam, um mich zu retten.« Sie drehte sich hinten und stopfte sich Kissen in den Rücken. »Ja, jetzt erinnere ich mich: Ich habe seinen blauen Mantel gesehen. Rufus kam herein und hat mich gerettet. Nicht wahr? Sag mir, dass er da war! Wo ist er?«

»Rufus hat dich nicht gerettet, Cora.« Birch schüttelte den Kopf. »Das war ich. Ich habe dich gerettet.«

»Du?« Sie griff sich mit der Hand an die Stirn. »Du warst der Mann mit Knöpfen wie an einer Kapitänsuniform?«

»Der Hauptmann ließ mich eine Schutzausrüstung anziehen. Er sagte, er sei nicht bereit, uns beide im Feuer zu verlieren.«

»Dann bist du es also gewesen?«

Birch deutete auf ihren Teller. »Mit dem Frühstück wirst du dich besser fühlen. Iss.« Er trank seinen Kaffee. Das zarte Porzellan fühlte sich ungewohnt an in seinen großen, rauen Händen.

Sie nahm einen kleinen Bissen. »Als ich klein war, hatte ich immer Angst im Dunkeln«, begann sie zu erzählen. Nicht so sehr in Birchs Richtung, mehr ins Zimmer hinein. Vielleicht für sich selbst. »Ich bin zu Daddy und Mama in Bett gekrochen und Daddy hat gesagt, ich würde mich nur im Dunkeln fürchten, weil ich nichts erkennen könne. Dann hat er ein Streichholz angezündet und allein mit dieser winzigen Flamme konnte ich das ganze Zimmer sehen.« Sie trommelte leicht mit den Fingern auf ihrer Wangen, ein leises Lachen auf den Lippen.

»Er ließ das Streichholz bis zu seinen Fingern abbrennen und blies es dann aus, aber meist verbrannte er sich. Er warf das Streichholz fluchend fort und dann tadelte Mama ihn: ›Ernie, bitte, achte auf deine Wortwahl.‹ Als ich sieben war, ging er fort. Ich hatte große Angst.

Aber Mama war stark. Ernest Junior bemühte sich, der Mann im Haus zu sein, obwohl er erst zehn war. Sie beide haben mich daran erinnert, dass nur das Licht dafür verantwortlich ist, dass wir im Dunkeln nicht sehen können. Aber wenn wir eine Lampe oder ein Streichholz anzünden oder zum Mond gucken, dann *können* wir etwas sehen. Ich wollte Daddy so gern sehen. Nach ein paar Monaten kam er schließlich zurück. Und das ganze Haus erstrahlte in seinem Licht.«

Birch lehnte sich in seinem Stuhl in der Ecke zurück, lauschte und wagte kaum zu atmen. Er wünschte, sie würde weitererzählen.

»In der Bankenkrise von 1914 hat er uns dann erneut verlassen. Und kehrte an einem strahlenden Herbsttag zurück. Alles war wieder in Ordnung. Dann zog EJ in den Krieg. Nur um zu sterben. Das waren Tage voller Dunkelheit.«

»Ja, das ist wahr.«

Sie blickte zu ihm hinüber, als stelle sie erst jetzt fest, dass er da war. »Natürlich ... du warst ja dabei. Im Krieg, in der Dunkelheit.« Sie sah auf den Teller in ihrem Schoß. »Das sieht gut aus, Birch.«

Er freute sich zu sehen, wie sie sich einen Bissen abschnitt und kaute, und nickte ihr aufmunternd zu.

»Darf ich dich etwas fragen?«

Sie sah ihn an, abwartend.

»Was genau ist es, das dich bei Rufus hält, Cora? Warum wartest du auf ihn?«

Sie legte Messer und Gabel beiseite. »Weil ich ... ich ... Wahrscheinlich will ich ihm gern glauben. Wenn ich mich an die Hoffnung klammere, dann kann er mich nicht verlassen. So wie Daddy und EJ.«

»EJ hat dich nicht verlassen. Er ist gefallen.«

»Aber er ist nicht hier, oder? Und Daddy auch nicht. Ich kann einfach nicht glauben, dass mich ein weiterer Mann verlässt, Birch.« Sie fingerte an dem Anhänger um ihren Hals. Den Rufus ihr damals an jenem glorreichen vierten Juli geschenkt hatte. Und warum? Um seine Zuneigung zu beweisen. Was wusste dieser Daughtry schon?

»Bloß nicht noch ein Mann. Wenn das wahr ist, rolle ich mich zusammen und sterbe.«

Er rutschte neben das Bett. »Aber ich bin hier, Cora. Direkt hier neben dir. Ich verlasse dich nicht. Ich werde dich niemals verlassen.«

»Guter Birch«, sagte sie und strich mit der Hand über seine Wange. »Du bist immer für mich da, Birch.«

»Dann heirate mich!« Sein Herz ließ die Worte heraussprudeln. Eigentlich hatte er auf eine nette, liebevolle Art um ihre Hand anhalten wollen. Er wollte ihre Hand nehmen und ihr den Ring seiner Mutter schenken. Aber diesen Augenblick konnte er nicht verstreichen lassen.

»Dich heiraten?« Sie zog ihre Hand weg.

»Ja, heirate mich.« Er sprang auf, lief durch den Flur in sein Schlafzimmer und fischte die Samtschatulle mit Mamas Ring aus seiner Sockenschublade. Als er zu Cora zurückkehrte, kniete er sich neben sie und hob die Schatulle hoch. »Ich liebe dich. Ich werde immer für dich da sein.«

»Ach, Birch.« Ihre Finger zitterten, mit denen sie sich den Mund zuhielt.

»Nein, nicht ›Ach, Birch‹. Sag ›Ja, Birch, ich heirate dich!‹ Ich habe auf dich gewartet, Cora. Ich habe den Krieg hindurch auf dich gewartet, während der Trauer über EJ, habe gewartet, als du um deine Tante Jane getrauert und als du das Geschäft übernommen hast. Ich habe nicht auf meinen Dad gehört, als er sagte, ich solle um dich werben. Ich glaubte, du bräuchtest Zeit. Aber das ist nicht gut gegangen. Plötzlich ist Rufus daherspaziert und seither muss ich mit ansehen, wie du nach diesem Armleuchter schmachtest. Wenn er dich liebt, warum hat er dich nicht längst geheiratet?«

Cora seufzte und stellte ihren Teller auf den Nachttisch. Tränen funkelten in ihren Augen. »Um ehrlich zu sein, ich weiß es nicht. Er hätte gestern Abend zum Essen kommen sollen. Als er nicht kam, bin ich zum Hafen hinuntergefahren. Man hat mir gesagt, er habe wieder abgelegt. Es ging um St. Louis und ein Kind. Jemand namens Daughtry hat mir erzählt, er sei verheiratet.«

Birch lehnte sich seufzend zurück, die Ringschatulle in der Hand. »Ich habe solche Gerüchte gehört, aber nichts Eindeutiges. Gerede eben.«

»Der Mann sagte, ich sei die einzige Frau, die ihn noch nicht durchschaut habe. Und er baut auch nicht sein Geschäft auf, wie er immer sagt. Er ist einer der reichsten Männer auf dem Fluss.«

»Dann hat er dich belogen?«

»Birch ...« Ihre Wangen erröteten tief und einen Augenblick lang schüttelte sie die Bürde des Feuers ab. »Fährst du mit mir nach St. Louis?«

»Warum um alles in der Welt willst du nach St. Louis? Um dich mit ihm zu treffen? Cora, du musst den Laden wieder herrichten. Verschwende doch nicht deine Zeit und dein Geld, um diesem Flegel nachzujagen.«

»Ich habe Geld, Birch. Ob du es glaubst oder nicht. Ich kann den Laden restaurieren. Daddy hat mich eine Versicherung abschließen lassen, als ich das Geschäft übernommen habe. Aber ich will die Wahrheit wissen. Bitte, fahr mit mir nach St. Louis. Ich habe eine Adresse. Ich glaube, dass er dort wohnt.«

»Cora, du hast hier gesessen und über die Dunkelheit philosophiert und jetzt bittest du mich, geradewegs mit dir hineinzufahren?«

»Ja, weil ich das Licht finden muss. Ich bin diese ... Dunkelheit leid. Ja genau, das ist es. Dunkelheit. Ich kann nichts erkennen. Was ist die Wahrheit? Ich fürchte, wenn ich sie nicht kenne, werde ich weiter töricht hoffen.« Sie hielt seinen Arm umfasst. Ihre Stimme klang entschlossen, ihr Blick war fest. »Ich habe mein ganzes Leben auf einen Mann wie Rufus gewartet. Einen, der mein Herz im Sturm erobert. Kaum dass ich dachte, ich sei zu alt für derlei romantische Vorstellungen, spazierte er in den Laden und in mein Herz. Er hat dieses Funkeln in den Augen, mit dem man geboren wird oder nicht. Als hätte ein Stern am Himmel ihn für so liebenswert gehalten, dass er zur Erde hinunterfuhr und in seinem Blick weiterlebte. Er raubte mir den Atem. Er lächelte mich an und ich glaube, ich müsste auf der Stelle ohnmächtig werden.«

Birch rückte von ihr ab, schob sich die Schatulle in die Tasche und blieb an der Tür stehen. »Jetzt weißt du, was ich für dich empfinde.«

»Es tut mir leid, Birch, aber ich muss doch aufrichtig sein.«

»Wenn du Aufrichtigkeit so sehr schätzt, weshalb erträgst du dann seine Lügen?«

»Aus Liebe vermutlich. Birch, fährst du mit mir hin? Habe ich überhaupt das Recht, dich darum zu bitten? Ich würde eine Freundin fragen, aber die meisten sind verheiratet und haben Familien, um die sie sich kümmern müssen. Daddy ist fort ... Mama ...«

»Cora, ruh dich aus.« Er kam zurück ans Bett, schob sie zärtlich in das Kissen zurück und nahm seinen Teller. »Du bist noch müde von letzter Nacht. Der Doktor sagt, du hast eine gute Menge Rauch eingeatmet. Du musst es langsam angehen lassen.«

»Aber kommst du mit? Bitte!«

»Du bist eine erwachsene Frau, oder? Fahr allein, wenn du dich vollständig erholt hast.« Er wollte diesen Wüstling nicht mit seinen Händen und Lippen in Coras Nähe sehen.

»Birch, ich schaffe es nicht allein. Ein Blick, ein liebevolles Wort der Erklärung und ich fürchte, ich bin wieder völlig verwirrt und verloren und glaube jede Lüge, die er mir erzählt. Ich traue meinem Herzen nicht zu, die Wahrheit zu erkennen. Ich bitte dich, sei mein Licht!«

Er nahm das Tablett und lief zur Tür. »Sonntag ist der einzige Tag an dem ich hier fortkomme. Werktags kann ich nicht herumscharwenzeln. Aber ich fahre erst, wenn du dich vollständig erholt hast.«

»Danke, Birch, danke!«

»Was, wenn wir ihn nicht antreffen, Cora? Oder schlimmer noch: Was, wenn wir Frau und Kind antreffen?«

»Dann weiß ich immerhin Bescheid, oder? Dann kann ich die Tür hinter Rufus St. Claire verschließen und mein Leben in die Hand nehmen.«

Dann würde sie ihm vielleicht ihr Ja-Wort geben und Mrs Good werden. »In Ordnung, aber überlege es dir gut, Cora. Du platzt in das

Leben einer anderen Frau und lässt sie wissen, dass der Mann, den sie liebt, nicht aufrichtig ist.«

»Verdient sie es denn nicht, es zu erfahren?«

»Wofür? Du schienst die ganze Zeit gerne im *Dunkeln* gelassen zu werden.«

»Das ist ungerecht. Ich wollte mir nur meinen Glauben bewahren.« Ihre Lippen bebten. »Ich habe ihn geliebt. Wahrscheinlich liebe ich ihn noch immer.«

Er seufzte. Sie eroberte zweifellos immer mehr sein Herz. »Ich begleite dich. Bis dahin solltest du darüber nachdenken, wo du wohnen willst, während der Laden renoviert wird.«

Ihr Lächeln war ihm Belohnung genug.

»Ich fahre später zu Tony Nance«, sagte er, »und höre nach, ob wir mit einem Trupp von Leuten den Laden aufräumen und wieder auf Vordermann bringen können.«

»Du bist wirklich gut zu mir.«

»Welchen Wert hätte es schon, wenn ich dir bloß sagte, dass ich dich liebe, aber es dir nicht auch zeigte?« Er nahm seine Tasse mitsamt der Untertasse und stellte sie aufs Tablett. »Iss nun dein Frühstück.« Er zeigte auf Coras Teller auf dem Nachttisch. »Ich habe einiges zu tun. Im Badezimmer am Ende des Flurs findest du frische Handtücher. Wenn du mich brauchst, dann läute diese Glocke dort.« Cora griff nach der Kuhglocke auf dem Nachttisch und bimmelte damit. Birch grinste. »Dann komme ich gerannt.«

HALEY

4. Februar

Man konnte sich keinen schöneren Tag vorstellen, um mit der Harley über die I-65 nach Birmingham zu fahren. Der erste Donnerstag im

Februar versprach ein perfekter, schöner, klarer und kalter Tag zu werden. Mom hatte ihr vorgeschlagen, den Pick-up ihres Vaters zu nehmen, da er mit seinem neuen BMW zur Arbeit fuhr, aber Haley war die Freiheit auf der Harley lieber.

Einen Monat nachdem sie den Antrag für den Umbau des Hochzeitsladens eingereicht hatte, brauchte sie einen Tag auf der Straße, um den Kopf frei zu bekommen und mit Gott zu reden.

Aber bevor sie losfuhr, hielt Haley noch am Laden. Sie hatte ihr Notizbuch mit all ihren Gedanken auf dem Mezzanin vergessen.

Während sie immer zwei Stufen auf einmal nach oben sprang, wuchs ihr Elan. Das war immer so, wenn sie den Laden betrat. Seit Cole und Gomez die Wände eingerissen hatten, waren die Salons von Licht durchflutet. Haley sah vom Mezzanin hinab. Über dem Laden lag ein Glanz, der nicht nur vom Fensterlicht herrührte. Als wäre das alte Gemäuer von neuem Leben erfüllt, weil es wieder geliebt wurde.

Sie tätschelte das Geländer. »Keine Sorge. Ich tue, was ich kann.« Immer und immer wieder war sie auf die Knie gefallen und hatte Gott gebeten, ihr zu helfen, das Geld und die Mittel aufzutreiben, die sie brauchte.

Nächste Woche hatte sie einen Termin bei einer Bank in Nashville.

Sie lief die Stufen hinab und erreichte die Eingangshalle in dem Moment, als die Tür aufschwang. Dax' breites Kreuz füllte den Türrahmen.

Haley taumelte zurück und stolperte mit den Fersen über die unterste Stufe. »W-was machst du denn hier?«

»Ich habe nach dir gesucht.« Mit gespielt bescheidenem Gesichtsausdruck auf den hohen Wangenknochen kam er langsam herein.

»Raus! Und zwar sofort«, feuerte sie ihm entgegen und drängte seine ein Meter zweiundneunzig große Gestalt zurück durch die Tür. Seine Anwesenheit beschmutzte ihren Laden, beschmutzte seine Schönheit und Unschuld. »Verschwinde!«

Dax trat zurück. Ihre Kraft war die einer Fliege verglichen mit seiner, die einem Baum ähnelte. »Himmel, beruhige dich, Haley!«

»Sag mir nicht, was ich tun soll.« Sie drückte den Knopf am Türknauf hinein und zog die Tür hinter sich zu, schloss ab und hielt ihr Notizbuch vor die Brust. »Woher wusstest du, dass ich hier bin?«

»Gar nicht. Aber ich erinnerte mich, dass du etwas von einem alten Hochzeitsladen in der Innenstadt erwähnt hast. Und als ich vorbeifuhr, sah ich dein Motorrad davorstehen.« Er grinste, als hätte er das Gold am Ende des Regenbogens gefunden.

»Na dann, tschüs.« Haley lief auf ihr Motorrad und das dunkle Auto dahinter zu. Das Frösteln in ihren Gliedern war heftiger als die Kälte.

Typisch Dax. Er tauchte einfach auf. Versuchte sich zurück in ihr Leben zu stehlen und sie mit großen Augen, falschem Blick und albernem Grinsen, von dem sie früher weiche Knie bekommen hatte, zurückzugewinnen. Es fuhr ihr noch immer in den Magen, wenn sie ehrlich war.

»Ich habe dich vermisst.« Dax lehnte seinen muskulösen Körper gegen sein Auto. Seine Füße versanken im grauen Schnee am Straßenrand. »Ich wollte sehen, ob wir ...«

»Wir? Es gibt weder ein Wir noch ein Uns!« Sie würde ihm am liebsten in den Arm boxen, wenn er es denn unter seinem Mantel und den am kalifornischen Strand gestählten Muskelpaketen spüren würde. »Was an ›Ich will dich nie wieder sehen!‹ hat Raum für Interpretation gelassen?«

»Du warst wütend.«

»Natürlich war ich wütend. Dax, du bist *verheiratet*.« Sie ballte eine Faust und war bereit zuzuschlagen. Ah, zu gern träfe sie mit ihrer Faust seine makellose Nase. »Und du hast mich in dein verworrenes Netz aus Lügen und Betrug hineingezogen. Und ich kann es dir nicht einmal verübeln, denn ich habe freiwillig mitgespielt.«

»Dann wirst du froh sein zu erfahren, dass die Situation geklärt ist.«

»Geklärt? Deine Ehe und deine Kinder sind *geklärt*? Hörst du dir selbst überhaupt zu?«

»Ich lasse mich scheiden.«

Haley lachte. »Klar, so wie die anderen zehntausend Male, als du das angekündigt hast? All die Male, als ich dich angefleht habe, sie zu verlassen?« Sie hatte ein Stück ihrer Seele verloren, als sie sich auf diesen Ochsen eingelassen hatte, der sie soeben mit einem Grinsen und stahlblauen Augen ansah. »Tu, was du willst, Dax, aber lass mich da raus. Es gibt weder jetzt noch irgendwann ein *Wir* aus dir und mir.«

Nachdem sie damals erfahren hatte, dass ihre nächste Station im Leben »zurück nach Hause« hieß, hatte sie gehofft, gebetet und geglaubt, dass ihre Rückkehr nach Heart's Bend, und jetzt die Eröffnung des Ladens, ein wenig von dem wiederherstellen würde, was sie an diesen Mann verloren hatte.

Ihre Unschuld. Ihre Würde. Respekt sich selbst gegenüber. Ihre Hoffnung und ihre Ziele im Leben.

Nun stand er vor ihr und drohte alles zunichtezumachen.

»Das ist er also? Der Hochzeitsladen?« Er lief erneut den Weg hinauf, betrachtete die Fassade, die Säulen neben dem Schaufenster, das verwilderte Grün.

»Dax«, sagte Haley und sah auf ihrem Handy nach der Uhrzeit, »ich muss los. Ich habe einen Termin.«

Er sah sie über die Schulter an. »Ich kann dir mit dem Umbau helfen. Das habe ich dir bereits angeboten. Was immer du willst, Liebling.«

Liebling? Das Wort aus seinem Mund verursachte einen bitteren Geschmack.

»Nein, danke.«

»Wirklich? Ach, komm, ich weiß doch, dass du kein Geld hast.«

»Deinetwegen.«

Dax leitete eine Kette von Fitnessstudios und hatte durch eine Serie von Fitness-DVDs einen gewissen Ruhm erlangt. Haleys Kreditkarte und Ersparnisse hatten ihm geholfen, seine erste DVD zu finanzieren.

»Du weißt, dass ich dir noch etwas schulde. Du hast mir geholfen, jetzt bin ich an der Reihe, dir zu helfen.« Er warf ihr ein keckes Grinsen zu und hob die Augenbrauen. »DM Enterprises hat ein sehr erfolgreiches Jahr hinter sich.«

Damit seine ekelhaften Tentakeln in ihrem Leben, in ihrem kostbaren Laden herumpfuschten? Auf keinen Fall! Wenn nicht um ihrer selbst willen, dann aus Wertschätzung für Miss Cora.

»Dax, du bist umsonst gekommen. Und ich muss wirklich los.«

»Ich habe eine Besprechung in Nashville.« Er lief auf sie zu. »Ein paar Country-Musiker haben mit meinen DVDs trainiert. Wir sprechen über eine Zusammenarbeit, über Musik zu einer neuen DVD-Serie.« Er wartete auf eine Reaktion auf diese Äußerung, erwartete, dass sie sich beeindruckt zeigte. »Gehst du mit mir zum Abendessen aus?«

»Nein.« Sie drehte sich zum Motorrad um und schob ihr Notizbuch in die Satteltasche. »Hab eine gute Besprechung und ein schönes Leben.«

»Ach komm, Baby, warum tust du mir das an?« Er lief um ihr Motorrad herum und streckte den Arm aus.

»Dax ...« Gerade als sie sich ihm entwand, kam Cole herangefahren und ließ auf der Beifahrerseite das Fenster herunter.

»Haley, bist du so weit? Für diesen *Termin*?«

Richtig, der *Termin*. »Ja, bin schon unterwegs. Bin ich zu spät dran? Tut mir leid.« Als sie auf dem Sattel saß, zog sie sich den Helm auf und ließ den Motor aufheulen. Cole wartete und seine Miene schien im selben Leerlauf wie der Motor seines Lieferwagens zu sein.

Einen kleinen Moment, eins musste sie noch klarstellen. Sie sprang von ihrer Maschine und lief zu Dax zurück, der noch immer neben seinem Auto stand.

»Ich will nicht, dass du noch hier bist, wenn ich zurückkomme. Nicht einmal, dass du noch in der Stadt bist!«

20

CORA

Oktober 1931

»Ich glaube, mir ist ziemlich übel.« Sie parkte den Wagen am Straßenrand, am westlichen Ende der Innenstadt von St. Louis, in der Nähe des Forestparks. Wäre ihr Wagen vor ein paar Jahren nicht ein Luxuskauf gewesen, hätte sie hier Sorge, jemand würde sie auffordern, doch bitte »um die Ecke zu parken«.

Was für eine noble, *noble* Wohngegend.

Neben ihr saß Birch auf dem Beifahrersitz. Er hatte seinen Filzhut tief in die Stirn gezogen, was die dünnen Falten in seinem Gesicht betonte. Er pfiff anerkennend. »Wusstest du davon?«

»Nein, gar nicht«, sagte sie leise, mehr zu sich selbst.

»Bei einem der reichsten Männer auf dem Fluss, sollte einen das vermutlich nicht verwundern.«

Der dichte Rasen war grün und sorgfältig gepflegt. In Heart's Bend waren die meisten Rasen derzeit braun von der Hitze und dem ausbleibenden Regen.

Cora zog die Handbremse an, nahm den Gang heraus, umklammerte mit den Händen das starre Lenkrad und sah zur großen Eingangstür, die zwischen einer Reihe von Fenstern lag.

Zwischen Birch und ihr war nichts zu hören, bis auf ihren Atem. Nach einem Augenblick rutschte Birch hin und her und strich sich über die Sonntagshose. Sein gebräunter, muskulöser Arm sah unter dem aufgerollten Ärmel seines häufig getragenen und häufig gewaschenen Hemdes hervor. Seine dunkle Krawatte hing ihm locker um den Hals, der oberste Knopf war offen. Schweißperlen standen ihm auf der Stirn und ein einzelnes Rinnsal floss an seinem Ohr hinab.

»Birch«, Cora streckte die Hand zu seinem Knie aus, »danke.«

Er sah sie an, aber nur einen kurzen Moment. »Immer gern. Das weißt du.«

Beinahe zwei Monate waren seit dem Brand im Laden vergangen. Cora war bei Odelia eingezogen, während Tony Nance einen Trupp Männer aufgestellt hatte, der das Gebäude renovierte.

Dass Odelia und Cora sich nicht gegenseitig an die Gurgel gingen, war allein Gottes Gnade zu verdanken. Von den Rauchgasen hatte sie sich erholt, zuweilen kämpfte sie aber noch mit Kopfschmerzen und abendlicher Müdigkeit.

Cora hatte ihre Versicherungspapiere hervorgekramt und ein Telegramm an das Hauptbüro in New York gesandt. Ein Inspektor kam vorbei und stellte fest, dass das Feuer nicht durch Brandstiftung entstanden war, und gab Gelder für die Instandsetzung frei.

Ihr Vater hatte gewiss viele Fehler, aber dass er auf dem Abschluss einer Versicherung bestanden hatte, rettete in diesen notvollen Zeiten den Laden.

Aber nichts von ihrem Glück hatte auf ihre Liaison mit Rufus abgefärbt. Nun saß sie also in St. Louis und suchte nach Antworten.

»Als ich klein war«, sagte Birch, »fuhr mein Dad zur Weltausstellung, um sich dort die Exponate anzusehen. Er wollte, dass ich mitkomme, aber Mama fand es zu überwältigend für einen Neunjährigen. Jahre später hat er mir erzählt, wie sehr er es bedauert, dass sie damals ihren Willen durchgesetzt hat.«

»Daddy und Mama sind auch hingefahren. EJ und ich sind bei Tante Jane geblieben.«

»Sollte ich jemals ein Kind haben, nehme ich es zur Weltausstellung mit. Dad hat erzählt, es hat sich wirklich gelohnt, und er hat mir eine Münze von dort mitgebracht. Ich besitze sie heute noch.«

»Wirklich? Mama und Daddy haben uns ein Buch von der Weltausstellung mitgebracht. Und ich besitze es ebenfalls noch.« Sie seufzte. »Gott sei Dank. Ich kann mir den Verlust gar nicht ausmalen, wenn der gesamte Laden in Flammen aufgegangen wäre.«

Ihre gegenwärtige Traurigkeit verwandelte sich in Wut. Dasselbe Wechselbad der Gefühle hatte sie das ganze Wochenende durchlebt. Beinahe hätte sie wegen ihrer törichten Hingabe an Rufus alles verloren: Ihr Geschäft, Bilder, Möbel, Geschirr, gehütete Erinnerungen wie das Buch von der Ausstellung. Ihre Zukunft.

»Wir sollten dein Buch und meine Münze zusammenbringen.« Es sollte eine heitere Bemerkung sein, aber Cora spürte die tiefere Aussage dahinter. Und da er sich räusperte und wegsah, spürte er offenbar dasselbe.

Seinen Heiratsantrag hatten sie seit dem Tag in seinem Haus nicht mehr erwähnt. Auch nicht auf der Herfahrt. Stattdessen hatten sie über Landwirtschaft und über das Wetter gesprochen und wer in der Stadt wohl am stärksten vom Bankenkollaps betroffen war. Sie hatten sich darüber unterhalten, wie die Renovierung des Ladens voranging, über die Herbsternte und das bevorstehende Fest.

Cora unterrichtete ihn über alle Neuigkeiten von Mama, da sie am Abend zuvor mit ihr telefoniert hatte.

»Ich habe ihr noch immer nichts vom Brand erzählt. Ich habe es einfach nicht übers Herz gebracht. Birch, du hättest das Glück und die Erleichterung in ihrer Stimme hören sollen. Sie hat von Herzen gelacht, als sie mir erzählt hat, wie sie mit meiner Tante und meinem Onkel im Theater war und die beiden in der Pause verloren hat. Diese Freude konnte ich nicht mit der Nachricht vom Feuer ruinieren. Wenn ich ihr davon erzählt hätte, wäre sie in den nächsten Bus nach Hause gestiegen. Das kann ich ihr nicht antun.«

Birch stimmte ihr zu. Cora kam gut zurecht. Es war nicht nötig, Esmé zurückzuholen.

»So, wir stehen jetzt lange genug hier, dass sie aus dem Fenster sehen und uns bemerken konnten.« Birch faltete die Landkarte und steckte sie ordentlich ins Handschuhfach. »Möchtest du umkehren? Du musst nicht hineingehen.«

»Aber wir sind den ganzen langen Weg gefahren.«

»Na und?«

»Glaubst du, er hat mich belogen, Birch? Wirklich? Warum sollte ich einem dahergelaufenen Daughtry glauben, wenn Rufus der Mann ist, den ich kenne, liebe und dem ich vertraue?«

»Frag nicht mich. Geh rein und finde es heraus.«

Sie nahm ihre perlenbesetzte Ingber-Tasche an sich und öffnete sie, holte ihre Handschuhe heraus und streifte sie entschlossen über. Aber mit jeder Bewegung wurde sie nervöser, ihr Adrenalin erwachte und sie fühlte sich kraftlos.

»Halt.« Birch legte seine Hände auf ihre. »Ich gehe nicht mit dir da hinein, wenn du ein nervöses Wrack bist. Dann sieht es so aus, als würdest du betteln und, es tut mir leid, aber das hast du nicht verdient. Cora, ich verstehe nicht, warum du dich nicht so sehen kannst, wie du wirklich bist: stark, unabhängig, sympathisch, eine sehr, sehr liebenswerte Christin.«

»Ich sehe doch, wie ich bin: eine ziemlich große, dürre, schlichte, törichte Frau, die Christus viel stärker in ihrem Leben braucht.«

Birch rutschte mit den Händen auf den Knien hin und her. »Wenn du unbedingt alles negativ sehen willst, werde ich nicht versuchen, dich von der Wahrheit zu überzeugen.«

»Birch, können wir es einfach hinter uns bringen? Danach kannst du mich schelten.«

»Dann los.« Er schnaufte und zerrte an seiner Krawatte. »Ich kann nicht versprechen, dass ich ihm nicht eins auf die Nase gebe.«

»Sei nicht töricht. Hast du ihn gesehen? Er hat Arme wie ein Profi-Boxer.«

Birch runzelte die Stirn. »Hast du meine Arme gesehen?« Ja, in der Tat, das hatte sie. »Ich habe viel Kraft, Cora.«

»Ganz genau. Und deshalb: keine Handgreiflichkeiten.« Cora zog an ihrem Türgriff und erstarrte. »Ich bin ganz kribbelig und aufgeregt.«

»Weil du dabei bist, die Wahrheit herauszufinden.«

»Du glaubst wohl, mich ganz schön gut zu kennen, oder?«

»Etwa nicht?« Er strich sein locker fallendes, dunkles Pony zurück und musterte sie mit seinen blassblauen Augen. »Ich kenne dich, seitdem wir klein sind. Seitdem ihr alle zum Picknick und so zu meiner Großmutter auf die Farm gekommen seid.« Er lachte tief und klangvoll und hob seine geschlossene Hand an den Mund. »Erinnerst du dich, als wir im Teich geschwommen sind und eine riesige Wasserschlange auftauchte und neben uns herschwamm?« Sein Lachen füllte den Wagen und er schlug sich aufs Knie. »Ich schwöre, du bist übers Wasser gelaufen, um wegzukommen.«

»Meine Güte, damals war ich zwölf. Und sei still. Du lachst genauso laut wie damals.«

»Das ist immer noch das Lustigste, das ich je gesehen habe. Man hätte es filmen müssen.«

»Du bist nicht gerade hilfreich.«

»Lachen hilft immer.« Er öffnete die Wagentür und lief auf ihre Seite. »Komm schon.« Er öffnete ihr die Tür und bot ihr die Hand an. »Wenn du willst, warte ich hier draußen. Vielleicht laufe ich zum Laden und kaufe mir etwas Kühles zu trinken.«

»Wie bitte?« Cora zögerte und griff nach seiner Hand. Beim Aussteigen verlieh ihr seine warme Hand Halt und beruhigte ihre angespannten Nerven. »Du schickst mich alleine da hinein? Ich hätte mehr von dir erwartet, Birch Good.« Sie klammerte sich an seine Hand.

»Wenn du mich fragst, solltest du wie eine tapfere Kriegerin hineingehen und es ihm zeigen.«

»Wie eine tapfere Kriegerin? Na schön.« Sie lief einen Schritt, aber ihre kraftlosen Glieder versagten ihr den Dienst. Sie stolperte gegen den Wagen.

Birch schob schnell die Hand um ihre Taille. »Schande, bei der langen Fahrt hierher müssen deine Beine eingeschlafen sein.«

Ihre Blicke trafen sich. »Falls ich es später vergessen sollte dir zu sagen: Du bist lieb, Birch. Danke, dass du hier bist.«

Sie liefen die drei kurzen Schritte zum glänzend schwarzen schmiedeeisernen Tor, das den dreistöckigen Rotklinkerbau umgab. Birch schob den Torriegel auf und Cora lief den langen Weg voraus zur Haustür. Ein- oder zweimal berührte Birch ganz sachte ihren Rücken. *Ich bin hier.*

Sie läutete die Glocke. Hinter der Haustür klapperten Schritte über, wahrscheinlich, einen Marmorboden. Dann wurde die Tür geöffnet. Eine junge farbige Frau in Dienstkleidung stand vor ihnen und Cora wünschte, es wäre ihre geliebte Liberty.

»Kann ich Ihnen helfen?«

»J-ja. Ich würde gern Miriam sprechen.« Ihr Herz pochte bei jeder Silbe.

»Wen darf ich ankündigen?«

»Miss Cora Scott.«

»Es ist Sonntagnachmittag und sie verbringt Zeit mit ihrer Familie. Ich werde sehen, ob Sie erreichbar ist.« Das Dienstmädchen öffnete den Windfang. »Warten Sie bitte in der Eingangshalle.«

»V-vielen Dank.« Cora lehnte sich an Birch. »Ich glaube, ich muss mich übergeben, Birch. Ich kündige es hiermit an.« Cora holte tief Luft. Ruhig, ganz ruhig! Sie ließ den Blick durch die Eingangshalle schweifen. In der Tat, wer hier lebte, besaß Geld. Der Marmorboden und die Damastvorhänge waren nur äußerliche Hinweise.

Leises Gemurmel drang von jenseits der Wand herüber. »Gut, hier, nehmen Sie Rufie. Bitte wechseln Sie ihm die Windel.«

Beim nächsten Atemzug kam eine schlanke, sehr schöne Frau mit Perlen um den Hals, dichtem, kastanienbraunem Haar und filigranem Gesicht auf sie zu, ihr Bauch prallvoll mit Leben. »Ich bin Miriam St. Claire. Wie kann ich Ihnen helfen?«

Birch legte seinen kräftigen Arm um Coras Taille.

»Bitte entschuldigen Sie, dass wir unangekündigt hereinplatzen. I-ich bin Cora Scott.« Sie reichte ihr die Hand, ein Reflex, eine mechanische Bewegung, denn sie hatte keine Vorstellung, was sie als Nächstes sagen sollte. Sie hatte sich eingeredet, Miriam wäre eine Schwester, eine Cousine, ein Mädchen, das Rufus in Wirklichkeit egal war. Aber sie war seine Frau. Mit einem Kind!

»Birch Good.« Er schüttelte Miriam die Hand. »Erfreut, Ihre Bekanntschaft zu machen.«

»Florence sagte, Sie müssten mit mir sprechen?« Sie legte die Hand auf den Bauch und sah zwischen Cora und Birch hin und her.

»W-wann ist denn die Entbindung?«

Sie lächelte und entspannte sich. »In einem Monat.« Sie fasste sich an die Stirn. »Vor zwei Monaten hätte ich ihn, oder sie, beinahe verloren. Welch Glück … Nun, wie kann ich Ihnen helfen?«

Konnte sie einfach die Flucht ergreifen? Miriam beeindruckte sie mit jedem Augenblick mehr. Und wenn sie lächelte, wusste Cora, dass sie belogen und betrogen worden war. Von Rufus. Wer würde *sie* schon wollen, mit ihrem schlichten, braunen Haar und den kantigen Gesichtszügen, wenn eine solche Clara Bow zu Hause wartete? Und ihm noch dazu Kinder gebar!

»Liebling, ich habe es läuten gehört. Wer ist denn da?«

Rufus. Sie hätte seine Stimme überall erkannt.

Cora kniff Birch in den Arm, als Rufus in dunklen Hosen und Samtjacke die Treppe herunterkam, die wilde Mähne ordentlich gekämmt.

»Eine Miss Cora Scott, Liebling. «

Er blieb stehen und die Farbe wich ihm aus den hohen Wangen. Ein dunkler, böser Blitz fuhr durch seinen Blick und Cora spürte Furcht in der Magengrube aufwallen. Sie hatte nie Angst vor ihm gehabt. Bis jetzt.

Mit wohlgesetzten, verstohlenen Bewegungen lief er auf sie zu. Ein Löwe, der sein Rudel beschützt. Sie hatte seine Höhle betreten und das würde er nicht zulassen.

Birch zog sie näher an sich heran. Sie konnte nicht aufhören zu zittern. Wie blendend er aussah. Stattlich und kraftvoll. Und wahrlich Furcht einflößend.

»Miss Scott«, sagte er und fixierte sie mit seinem Tonfall, seinem Blick und seiner Miene. *Sag kein Wort.* »Miriam, ist das eine Bekannte von dir aus dem Frauenbund?« Sie starrten sich an und sie spürte den Sog, die Zugkraft, den Willen, sie zu beherrschen.

»Nein, Liebling. Sie stand einfach vor der Tür und wollte mich sprechen.«

»Ich bin Birch Good.« Er trat vor und streckte Rufus die Hand entgegen, aber der Mann ignorierte ihn und durchbohrte Cora weiterhin mit seinen Blicken.

»Wenn Sie wegen einer Wohlfahrtsspende kommen: Wir haben unsere Almosen für diesen Monat bereits gegeben.« Er wollte sie zur Lüge verleiten.

»Liebling, wir haben doch die Kleider für die Wohlfahrtssammlung.« Miriam beäugte Cora. »Wir dürfen nicht vergessen, dass die Menschen harte Zeiten durchmachen. Lass mich Florence hinaufschicken und die Kleidung einpacken.« Sie drückte den Arm ihres Mannes und umwarb ihn mit ihrem strahlenden Lächeln.

»Nein«, rief Cora aus, fand ihren Mut wieder, ihre tapfere Kriegerin. »Wir brauchen keine Almosen. Wir k-kommen nicht wegen einer Spende.«

»Oh, mein Fehler.« Miriam drehte sich wieder zu ihnen um. Offenbar spürte sie die Anspannung. »Nun, wie kann ich Ihnen sonst helfen? Florence sagte, Sie müssten mich sprechen. Worum geht es denn?«

»Liebling«, sagte Rufus, »ich bin ausgedörrt. Könntest du mir ein Glas Tee holen? Den süßen, bitte, den ich so mag. Mit ein paar Eiswürfeln.«

»Gern, ich läute gleich nach Florence.« Sie lief nach vorn in die Ecke, wo versteckt zwischen den Gardinen ein Seil aus Damast hing. »Wollen wir Platz nehmen? Florence kann uns allen etwas Eistee bringen. Haben Sie schon einmal Eistee gekostet, Cora? Rufus hat das Rezept aus dem tiefsten Süden mitgebracht. Wie glücklich er sich schätzen kann, reisen zu dürfen und das Land zu sehen.«

»Ja, ich habe schon Eistee gekostet.«

»Miriam«, sagte Rufus. Seine Stimme war sanft und liebevoll. »Könntest du Florence bitte zur Hand gehen? Sie hat den Tee beim letzten Mal nicht richtig zubereitet. Der Tee war viel zu süß.«

»Ich glaube nicht, dass das möglich ist«, sagte Birch und sein seltsames Glucksen erhöhte die Anspannung nur.

Miriam willigte mit einem Nicken und einem dunklen Blick auf

Rufus ein, bevor sie im dunklen Korridor verschwand. In dem Augenblick, als sie außer Sichtweite war, trat Rufus auf Cora zu und fauchte sie mit zusammengebissenen Zähnen an: »Was tust du hier?«

Birch schob ihn zurück. »Immer mit der Ruhe, Kapitän.«

»Mein Laden hat gebrannt. Es gab ein Feuer.«

»Und deshalb kommst du hierher? Warum um alles in der Welt ...« Er sah durchs Fenster neben der Tür. »Du bist fünf Stunden gefahren, um mir zu erzählen, dass es in deinem Laden gebrannt hat?«

»Er hat deinetwegen gebrannt.« Cora tippte ihm auf die Brust. »Weil du nicht zum Abendessen erschienen bist und ich losgefahren bin, um dich zu suchen. Der Wind hat den Kerzenleuchter umgeweht.«

Sein Lachen verursachte ihr ein schmerzendes Zittern. »Gib mir nicht die Schuld an deiner Achtlosigkeit.«

»Warten Sie, St. Claire.« Birch schob ihn erneut zurück. »Sie hat sich Sorgen um Sie gemacht.

»Das ist nicht mein Problem.«

»Doch, es ist dein Problem.« Cora warf sich gegen ihn und schob ihn zurück. »Du verlogenes Schwein. Du bist verheiratet!« Die Worte schossen auf einer Woge aus Schmerz aus ihr heraus. »Wie konntest du nur? Wie konntest du mir das antun?«

Birch umfasste sie von hinten, zog sie zurück, hielt ihre Arme an der Seite fest. »Tu ihm den Gefallen nicht, Cora. Wenn Miriam das sieht, gibt sie dir die Schuld und verteidigt ihren Ehemann.«

»Was kümmert mich das?« Sie befreite sich mit einem Ruck. »Du hast eine Frau. Und ein Kind und eins ist unterwegs.«

»Wie hast du mich gefunden?«

»›Wie hast du mich gefunden?‹ Das ist deine Antwort? Nicht: ›Es tut mir leid, dass ich dich verletzt habe, Cora. Es tut mir leid, dass ich dich belogen habe.‹?« Von Tränen geblendet schwang sie die Faust in seine Richtung, schlug aber nur in die Luft.

»Du musst gehen.« Rufus schob sie in Richtung Tür, sein Blick ging zu Birch. »Es ist mir egal, wer Sie sind, aber wenn sie Ihnen am Herzen liegt, bringen Sie sie raus.«

Er sprach über sie hinweg, durch sie hindurch, als wäre sie nicht von Bedeutung. Und Birch unterstützte ihn.

Nein! Cora befreite sich und rammte ihren Absatz in Rufus' Fuß. »Ich lasse mich nicht abwimmeln.« Mit einem finsteren Blick auf Rufus rannte sie den Korridor hinunter und in die große Küche mit elektrischem Herd und Kühlschrank. »Miriam?«

Eine Hand griff nach ihr und zog sie zurück. »Halt den Mund, du kleine Hexe.«

»Lassen Sie sie los, St. Claire.« Birchs Stimme dröhnte durch die Küche, während sein Körper zugleich gegen Rufus stieß.

»Lass mich los«, schrie Cora und sank bei der Rauferei der Männer zu Boden. Rufus hielt ein Büschel Haare von ihr in der Faust.

»Lassen Sie sie gehen.«

Cora hörte die Faust eines Mannes gegen den Kiefer des anderen krachen. Sie griff hinauf und krallte ihre Fingernägel in Rufus' Hand.

»Hör auf ... Lass mich los!«

»Was um alles in der Welt ...?«, sagte Miriam. »Rufus, lass sie los! Was ist denn in dich gefahren?«

Rufus ließ Cora los und stieß sie auf den Holzfußboden. Als sie sich aufrichtete und an Birch lehnte, sah sie, wie er sich den Kiefer rieb.

»Nichts«, sagte er und sah seine Frau an. »Die beiden sind Schwindler.«

Miriam rückte den kleinen Jungen auf ihrer Hüfte zurecht. »Miss Scott, weshalb dringen Sie an einem beschaulichen Sonntagnachmittag in mein Haus ein?«

Über ihnen summte und kreiselte friedlich der Ventilator und verwirbelte die heiße Luft.

»Er ist mein Verlobter«, sagte Cora und hörte selbst den Fehler in ihrer Erklärung. »Nun ja, beinahe. Er hat mir versprochen, um meine Hand anzuhalten, sobald ...«

»Das ist unerhört. Miriam, Liebling, warum hörst du dir das an?«

Birch trat vor und nahm den Lügner ins Visier. »St. Claire, lassen Sie sie ausreden.«

»Wie hätte er ein solches Versprechen geben können?« Miriam kicherte zitternd. »Er ist doch mit mir verheiratet.«

»Davon wusste ich nichts, überhaupt nichts. Er hat zu mir gesagt, sobald er genug Geld verdient habe und mich versorgen könne, wie ich es verdiene, werde er mich heiraten.«

»Liebling«, umschmeichelte Rufus seine Frau, »sie lügt.«

Cora zuckte zurück. Ihre Scheuklappen fielen, als sie das Süßholz in seiner Stimme hörte und spürte.

»Sie lügt nicht, Mrs St. Claire«, sagte Birch.

Miriam gebot ihrem Mann mit einem Handzeichen und finsterem Blick zu schweigen. »Rufus, ich möchte hören, was sie zu sagen hat. Schlafen Sie mit ihm?«

Cora ließ den Kopf hängen. »Nein.« Nicht, dass sie nicht viele Male kurz davor gewesen war, einzuwilligen. »Aber ich liebe ihn.«

»Und wo leben Sie, Miss Scott?«

»In Heart's Bend, Tennessee. Ich habe von Ihnen erfahren, als in meinem Hochzeitsladen eine Postkarte ankam, die Sie an Rufus geschickt hatten.«

»Miriam, Liebling, warum hörst du ihr zu? Sie lügt.«

»St. Claire, ich warne Sie!« Birch trat einen Schritt auf Rufus zu und stellte sich vor Cora. »Lassen Sie sie ausreden.«

»Lügen Sie, Miss Scott? Was hat mein Mann Ihnen angetan, dass Sie aus – wie war das noch – Heart's Bend hierherfahren, um mir solche Ammenmärchen über ihn aufzutischen?«

»Wir waren vor zwei Monaten zum Abendessen bei mir verabredet. Als er nicht erschien, bin ich losgefahren, um ihn zu suchen. Ich habe die Kerzen brennen lassen und mein Hochzeitsladen hat Feuer gefangen.«

»Hör sie dir doch an, sie ist unzurechnungsfähig. Weshalb sollte ich mich mit ihresgleichen abgeben? Sie ist schlicht und einfältig.«

Die Worte trafen sie tief in der Seele, Blut sickerte aus ihrem Herzen. »Ein Mann im Hafen hat mir erzählt, dass er viele Frauen hat. Nur ich war so töricht, ihn nicht zu durchschauen. Der Mann hat erzählt, Rufus sei einer der reichsten Männer auf dem Fluss. Das wollte ich mir mit eigenen Augen ansehen.«

»Rufus? Ist das wahr?« Der Saum von Miriams elegantem Kleid tanzte und offenbarte, was ihre aufrechte Haltung zu verbergen suchte. »Hast du Miss Scott versprochen, sie zu heiraten? Hast du andere Frauen?«

»Miriam, ich befehle dir, diese Frau nicht länger in ihren Lügenmärchen zu bestärken. Wie sollte ich mich dazu herablassen, über deine Frage auch nur nachzudenken?«

»Mrs St. Claire, ich habe eine Postkarte erhalten, die Sie Ihrem Gatten geschickt hatten. Sie kam in meinem Laden in Heart's Bend an. Ich habe Rufus nach Ihnen gefragt. Er sagte mir, sie seien die Frau eines Kameraden.« Die Farbe wich aus Miriams zarten Gesichtszügen. Ihre nun blassen Wangen ließen ihre großen, grünen Kulleraugen entrückt erscheinen. Cora ergriff Birchs Arm. »Lass uns gehen.«

»Bist du sicher?«, sagte Birch und zog sie zurück. »Hast du alles gesagt, was du sagen wolltest? Denn diese Chance wirst du nie wieder haben.«

Sie holte tief Luft, sehnte sich danach, Rufus ein letztes Mal anzublicken, sah aber nur Miriams Gesichtsausdruck. Ihr eigenes Herz stand kurz davor zu zerreißen, daher wusste sie nicht, ob sie die richtigen Worte finden würde.

Welche Rolle spielte es, dass sie Rufus mit jeder Faser ihres Daseins geliebt hatte? Dass sie auf ihn gewartet hatte? Von ihrer Hochzeit und ihren Flitterwochen geträumt hatte, wenn sie sich ihm ganz hingeben würde? Dass sie den Spott ihrer Mutter und ihrer Freunde erduldet und ihn verteidigt hatte? Dass sie ihm vertraut hatte?

Er war verheiratet.

Cora spürte, wenn sie noch etwas sagen würde, verlöre sie einen Teil von sich, den sie nie wieder bekäme. Außerdem würde sie damit nur Miriam verletzen, die das größte Opfer von Rufus' Lügen und Verrat war. Wofür? Damit sie sich besser fühlte?

Und was war mit dem süßen Kind mit den rosigen Wangen und

dem Hundeblick? Oder dem im Mutterleib? Sie verdienten es, einen Vater zu haben, und sei er noch so jämmerlich.

»Es tut mir leid, dass ich Ihnen den Nachmittag verdorben habe, Mrs St. Claire. Ich werde jetzt gehen und Sie werden nie wieder von mir hören.«

»Aber ist es wahr?« Sie hielt Cora am Arm. »Ich muss es wissen. Wollte er … Hat er versprochen, Sie zu heiraten?« Sie verstärkte ihren Griff. »Ich kann ihn verlassen. Er hat sein Leben auf dem Fluss mit dem Geld meines Vaters aufgebaut.«

»Ich habe gehört, es war das Geld *seines* Vaters.«

»Nein, es hat meinem Vater gehört.« Sie drehte sich zu Rufus um. »Hast du den Leuten erzählt, es war das Geld *deines* Vaters?«

»Ich kann nicht glauben, dass du dich mit dieser … dieser Dirne verbündest.«

»Miriam«, sagte Cora, »wenn Sie ihn verlassen, dann ist das Ihre Entscheidung. Es liegt nicht an mir.«

»Aber ist es wahr? Er hat Ihnen die Ehe in Aussicht gestellt?«

Welche Antwort sollte sie geben? Miriam St. Claire war weitaus gedemütigter, als Cora es je sein würde. »Ja, das hat er.«

Mit der Hand auf dem Mund wich Miriam zurück, zog ihren Sohn näher an sich heran und eilte durch einen Seitenflur, aus der Küche hinaus, fort von der Wahrheit.

»Nun sieh dir an, was du getan hast«, kläffte Rufus ihr ins Gesicht.

»Nein, sieh dir an was *du* getan hast.«

Erhobenen Hauptes marschierte Cora aus dem Haus. Ihre Schritte trommelten einen Abschiedsmarsch auf dem Marmorboden. Sie bewahrte Haltung, während sie durch die Eingangstür, durch das Tor und über den Gehweg hinunterlief.

Über ihr, irgendwo am blauen Himmel, sangen die Vögel ihr Lied und der Wind rauschte durch die vielfarbigen Oktoberbäume.

Im Auto schlug sie die Tür zu und versuchte, ihren Schlüssel ins Zündschloss zu rammen, aber sie zitterte so stark, dass sie ihre Bewegungen nicht beherrschen konnte.

»Nein, nein, lass mich.« Birch nahm ihr die klimpernden Schlüssel ab und steckte einen ins Zündschloss. »Ich kann fahren, wenn du willst.«

»Nein.« Ihre Stimme sank ihr in die Brust, obwohl sie versuchte, ihren Kopf erhoben zu halten. »Ich ... ich kann fahren.«

»Du hast es geschafft, tapfere Kriegerin.«

»Hab ich das? Wirklich? Vielleicht habe ich das Heim dieses Kindes zerstört, nur um Gerechtigkeit zu erfahren.«

»Wage es nicht, Cora Scott. Wage es nicht, Rufus St. Claires Schuld auf dich zu nehmen.« Birch lehnte sich an die Beifahrertür. »Er tut einer Frau Leid an und sie fühlt sich schuldig, weil sie die Frau damit konfrontiert? Weil seine Frau verletzt ist, die übrigens, wenn du mich fragst, die Wahrheit erfahren musste.«

»Aber die Kinder müssen doch keinen Schaden davontragen. Wenn sie ihn verlässt ...«

»Das wird sie nicht, glaub mir.«

»Woher weißt du das? Sie hat Geld. Sie braucht ihn nicht.«

»Sie wird ihn nicht verlassen, weil er der Vater ihrer Kinder ist. Weil das Geld ihres Vaters ihn im Zaum hält. Weil er verwegen und imposant ist und solange er sie wie eine Königin behandelt, wenn er in der Stadt ist, vergisst sie, dass er umherstreunt, wenn er auf Reisen ist. Für sie ist die Lage ideal. Der Skandal einer Scheidung wäre schlimmer als das, was du ihr gerade angetan hast. Aber sie musste es erfahren. Und du?« Er legte ihr die Hand auf die Schulter. »Du musst ihn aus deinem Leben verbannen, Cora. Du bist jetzt frei von ihm. Du bist frei.«

»Bin ich das? Wirklich?«

Sie ließ den Motor an und wischte sich mit dem Handrücken einen Schwall Tränen von den Wangen.

»Tatsache bleibt, dass ich ihn geliebt habe, Birch. Ich liebe ihn noch immer. Ich wollte ein gemeinsames Leben mit ihm aufbauen.« Cora schaltete in den Gang, konnte aber nicht die Handbremse lösen und losfahren.

Sie ließ den Kopf gegen das Steuer sacken und zitterte so heftig, dass jeder Atemzug in der Lunge schmerzte. Tiefe Schluchzer stauten sich in ihrer Brust und als sie ausatmete, brach sie in Birchs geöffneten Armen zusammen.

»Ach, Birch, ach, Birch ...«

Er hielt sie fest, fing mit dem gekrümmten Finger ihre Tränen auf. »Du bist mehr als du glaubst, Cora. Viel mehr. Du wirst sehen, Liebling, alles kommt in Ordnung. So ist es richtig, lass es heraus. Alles kommt bestens in Ordnung.«

HALEY

Malone & Co. war ein herrlicher Laden. Haley mochte Charlotte und die Atmosphäre sofort. Sie war überaus attraktiv und souverän und hatte eine sympathische Art, die Haley half, ihre Auseinandersetzung mit Dax hinter sich zu lassen.

Es hatte die gesamte zweieinhalbstündige, eisige Fahrt über die I-65 und viel Gebet gebraucht, diesen Mann aus ihrer Gefühlswelt zu verbannen.

Er besaß eine Dreistigkeit, die alle Dreistigkeit noch überstieg.

Aber nun, da sie Charlottes Wohlwollen spürte, sammelte Haley ihre Gedanken und Emotionen.

Charlotte hatte Haleys Geschäftsplan durchgesehen und für gut befunden und sie darauf aufmerksam gemacht, dass sie zusätzlich Geld für eine Teilzeitkraft und die Instandhaltung des Gebäudes einplanen sollte. Sie gab ihr Tipps, wie sie mit Unternehmern vor Ort zusammenarbeiten und sich ihre Unterstützung sichern konnte. Machte Vorschläge, wie sie das Thema Werbung mit Tauschpartner angehen konnte und wo sie finanzielle Unterstützung finden konnte.

Sie erklärte ihr, wie man Kleider bestellte und welche Waren man sofort kaufen, welche auf Kommission bestellen sollte. Sie gab ihr Einblicke in alle möglichen Themen: Wie man eine Kundin an das richtige Kleid heranführt, über die Buchhaltung bis hin zu der Frage, wie viel Umsatz Haley in den ersten fünf Jahren erwarten konnte.

»In Tennessee wird im Jahr eine Milliarde Dollar für Hochzeiten ausgegeben.« Charlotte hob eine Augenbraue. »Da solltest du keine Schwierigkeiten haben, ein Stück vom Kuchen abzubekommen. Steht das Eröffnungsdatum schon fest?«

»Ja, so ungefähr. Die Stadt hat mir das Gebäude gegeben, aber nur wenn es bis zum 1. Mai renoviert und im Juni eröffnet ist. Die einzigen Schwierigkeiten sind die, dass ich das nötige Geld noch nicht zusammenhabe und dass die Umbaugenehmigungen noch durch die Mühlen der Bürokratie gehen. Die Stadt hat mir zwanzigtausend Dollar gegeben, die ich zurückzahlen muss, aber das reicht bei Weitem nicht aus. Doch dann kam diese ältere Dame mit dem Brautkleid ihrer *Mutter* vorbei.«

Die Erinnerung daran war wie ein belebender Funke. »Sie sagte, Miss Cora habe ihr das Kleid geliehen, aber ihre Mutter habe es nie zurückgegeben. Sie hat mir das Kleid *und* fünftausend Dollar geschenkt, als Zinsen, wie sie sagte.«

Charlotte warf ihr einen Blick zu. »Klingt, als würden die Leute daran glauben, was du tust.«

»Vermutlich schon. Ich muss nur selbst weiter daran glauben.« Die Worte von Dax, der seine Hilfe angeboten hatte, kamen ihr in den Sinn. Nein, nein, nein! Ihn hereinzulassen, würde sie und den Laden zugrunde richten.

Charlotte zeigte ihr den Laden und lief dann auf die große, breite Treppe zu, ganz ähnlich wie die in ihrem eigenen Laden. Sie bedeutete Haley, ihr zu folgen.

»Ich finde es wundervoll, dass diese frühere Kundin dir das Kleid ihrer Mutter gebracht hat. Das ist wirklich liebenswürdig. Aber überlege dir gut, ob du neben den neuen Kleidern auch gebrauchte anbieten willst. Hast du denn Platz für beides?«

»Den hätte ich tatsächlich. Es gibt einen kleineren und einen größeren Salon. Denkst du, ich könnte einen mit Vintage-Kleidern und einen mit den neuen Kollektionen bestücken?«

»Der Gedanke gefällt mir. Das ist etwas Besonderes. Eine Nische.«

Charlotte erzählte, dass sie Jahre gebraucht hatte, um Beziehungen zu Designern in New York, Paris und Mailand aufzubauen. Und, dass ihr Geschäft für exquisite und teure Kleider stehe.

»Ich habe ein Gespür dafür. Meine Assistentin Dixie nennt mich die Brautkleid-Flüsterin. Aber du hast eine andere Kundenschicht, andere Begabungen und Talente … deshalb tu das, was sich für dich richtig anfühlt. Vintage mit neuen Kollektionen kombiniert, klingt für mich interessant. Ich würde dir nur raten, nicht ein Geschäft für billige Kleider oder so etwas wie ein Warenhaus zu werden. Das nimmt einem den Spaß an der Sache.«

Haley stimmte ihr zu. »Der Laden wurde bis zur Mitte der Zwanzigerjahre von seiner Gründerin Jane Scott geführt. Dann übernahm ihn ihre Großnichte bis in die späten Siebziger. Den Geschichten zufolge, die man sich erzählt und die ich gehört habe, ging es ihnen vor allem um Gemeinschaft, um die Braut und ihre Familie.«

»Gemeinschaft ist der Schlüssel. Wenn das die Geschichte dieses Ladens ist, dann baue darauf auf.«

Oben angekommen, schaltete Charlotte eine Reihe Lampen an. »Das ist unser großer Salon.«

Haley holte tief Luft. Die eingebauten Deckenleuchten bestrahlten die Wände von oben, leuchteten, funkelten und versetzten sie in eine andere Welt.

»Ich bitte alle Kundinnen, sich auf das Podest zu stellen, dann dimme ich das Licht und schalte den Sternennebel an«, sagte Charlotte.

Mit einem anderen Schalter verwandelte sie den Salon in ein Märchenwunderland.

»Das verschlägt mir den Atem!« Haley wanderte durch die funkelnden, tanzenden Lichter. »Es ist wunderschön. Wie funktioniert das?«

»Da muss dein Handwerker meinen Handwerker anrufen, denn ich habe keine Ahnung. Diese Lichter waren sein Geniestreich.«

»Es ist unglaublich.«

»Aber das Beste kommt noch.« Charlotte bediente einen weiteren Schalter an der Wand und die Samtstimme von Michael Bublé erschallte über ihnen: »Stardust melodies …«

»Du machst mich fertig. Michael Bublé?«

»Meist besiegelt er den Kauf.«

Haley machte sich Notizen in ihrer Kladde. »Unglaublich, unglaub-lich. Da würde *ich* ja glatt noch heiraten.« Ups.

»Du willst nicht heiraten?« In Charlottes Frage schwang Überraschung und ein wenig Bedauern mit.

Haley ließ seufzend ihr Notizbuch sinken und sah sich zu Charlotte um. Sie hatte noch nicht so viel Bitterkeit über Dax aus ihrem Herzen getilgt, wie sie gehofft hatte. »Nein, nicht wirklich. Ich kümmere mich lieber um *diesen* Teil des Hochzeitsgeschäfts.«

Charlotte drückte ihr den Arm. »Schreib die Liebe nicht ab, Haley. Schließlich wird sie dein tägliches Geschäft. Bräute aller Art werden durch deinen Laden kommen. Manche sind ganz schön herausfordernd, manchmal wirst du ihnen sagen wollen, dass es bei der Hochzeit um die Ehe geht und nicht um das teuerste Kleid oder die beste Party-Location. Du musst schon an die Institution glauben, in die sie sich begeben. Du musst sie an die Schönheit von Liebe und Ehe erinnern. Lass mich dir sagen, Mangel an Erfahrung ist nichts im Vergleich dazu, wenn man nicht an die Ehe glaubt.«

Haley ließ sich in den Velourssessel sinken. Ihr Herz raste, Tränen stiegen ihr in die Augen. »Ich möchte ja gern daran glauben, wirklich.«

Charlotte hockte sich neben sie. »Was ist denn geschehen, das dir deine Hoffnung geraubt hat?«

»Eine total falsche Entscheidung. Und diese falsche Entscheidung ist heute Morgen auch noch in Heart's Bend aufgetaucht. Da soll einer schlau draus werden. Aber auch unabhängig davon habe ich mich schon immer mehr in der Rolle der Brautjungfer denn der als Braut gesehen. Ich bin nur mit Brüdern aufgewachsen, deshalb war ich ein Wildfang und habe mich bis zur Mittelstufe auch wie ein Junge gekleidet. Ich wäre gern mädchenhafter gewesen, aber niemand in meiner Familie war so …«

»Man muss als Frau oder Braut gar nicht mädchenhaft sein.«

Haley sah sie nickend an und lächelte. »Das stimmt allerdings.«

Charlotte strich Haley über die Schulter. »Ich habe auch nicht an die Liebe geglaubt, bis ich Tim kennenlernte. Ich habe meinen Vater nie gekannt und meine Mutter ist gestorben, als ich zwölf war. Eine Freundin von ihr, die schrullige Gerti, hat mich großgezogen.«

»Ich habe von dem Kleid gelesen, das du in einer Truhe gefunden hast.«

»Ich habe es nicht gefunden, Haley, es hat mich gefunden. Ich bin auf den Red Mountain gefahren, um nachzudenken, weil ich mir nicht sicher war, ob ich bereit bin, Tim zu heiraten. Da bin ich in eine Auktion für diese hässliche, alte Truhe geraten. Tausend Dollar hat sie gekostet! Es war verrückt. Aber der Auktionator war sehr überzeugend und hatte sich auf mich eingeschossen.«

»Dann hast du die Truhe also gekauft? Wusste er, was darin war?«

»Ich glaube schon. Er war mehr als ein Auktionator, Haley. Er war ein göttliches Eingreifen.«

»Göttliches Eingreifen könnte ich auch gut gebrauchen.« Haley lachte, aber es stimmte.

»Wir wissen nie, wie oder wann Gott in unserem Leben dazwischenfunkt, aber wir müssen glauben, dass er immer zu unserem Besten handelt. Ich habe das Kleid gefunden und seither bin ich auf einer tollen Reise, bei der ich entdecke, wer ich bin.« Charlottes Geschichte bekam einen sentimentalen Beiklang. »Ich habe noch zwei andere Frauen kennengelernt, die nach meiner Urgroßmutter das Kleid getragen haben. Ich habe erfahren, wie das Kleid auf wundersame Weise von Braut zu Braut weitergereicht wurde. Dass es jeder passte, die es anprobierte, obwohl wir alle nicht dieselbe Figur haben.«

»Ich frage mich, ob Frauen aus meiner Stadt ihre Kleider auch vorbeibringen werden und eines Tages bekommt es dann vielleicht eine entfernte Verwandte in die Hände.«

»Gut möglich. Mein Kleid war für eine Reise bestimmt. Alle, die es getragen haben, haben dadurch auf irgendeine Weise Heilung erlebt. Es musste nie geändert oder ausgebessert werden. Obwohl es schon 1912 geschneidert wurde, kam es nie aus der Mode. Mary

Grace und Hilary sahen auf ihren Fotos wie eine ganz moderne Braut aus. Der alte Prediger, der Tim und mich getraut hat, war Mary Graces Ehemann. Er sagte: ›Dieses Kleid ist wie die Gute Nachricht: Es nutzt sich nie ab, kommt immer zur rechten Zeit, ist immer modern und muss nie geändert werden.‹ Bei dem Kleid ging es gar nicht so sehr darum, dass ich Tim heiraten sollte, sondern darum zu erkennen, dass Gott mich liebt.«

»Wo ist es jetzt?«

»Zu Hause, gut verpackt und verstaut.«

»Hmm«, sagte Haley.

»Hmm?«, wiederholte Charlotte und sah Haley mit feuchten Augen an. »Was meinst du?«

»Ich weiß nicht …« Haley senkte den Blick und versuchte, ihren grübelnden Laut in Worte zu fassen.

»Wahrscheinlich meinte ich, wenn dieses Kleid einen himmlischen Auftrag hat, wer sagt dann, dass man es verpacken und verstauen sollte? Vielleicht solltest du dich stattdessen fragen, wer die nächste Braut sein könnte.«

Sie sah zu Charlotte hinüber, die ganz bleich geworden war. Haley wünschte, der Gedanke wäre ihr nie gekommen. »Ach, hör nicht auf mich. Was weiß ich denn schon? Ich habe dauernd schräge Ideen.«

»Nein, nein …« Charlotte entfernte sich. »Es ist nur … ich dachte immer, das Kleid gehöre mir, dachte, es habe schließlich nach Hause gefunden. Ich kannte meine Urgroßmutter und meine Großmutter nicht. Das Kleid gehört zur Familie.«

»Da hast du natürlich recht. Bewahre es für deine Töchter auf. Du solltest es weitergeben. Ich höre das immer wieder in den Geschichten, die frühere Kundinnen in Heart's Bend mir erzählen. Sie wollen, dass ihre Kleider, ihre Erlebnisse weitergereicht werden. Wie in einer verschworenen Schwesternschaft des Hochzeitsladens.«

»Genau, ganz genau! Für mich war es die verschworene Schwesternschaft des Brautkleides.«

Das Gespräch klang aus. Mom hatte Haley immer gewarnt, nicht jeden Gedanken auszusprechen. Irgendwann würde sie es lernen.

»Haley, hast du jemals ein Brautkleid anprobiert?« Charlotte beugte sich vor, um ihr ins Gesicht zu sehen.

»Wie? Nein, nein, ich meine, ich will ja nicht heiraten.«

»Aber, wenn du eine Braut bedienen willst, solltest du wissen, wie es sich anfühlt, wenn man in das seidige, weiße Kleid steigt.« Charlotte half ihr auf die Beine.

»Nein, das kann ich nicht. Nein, warum ... warum sollte ich das tun?«

Haley weigerte sich. Sie kannte sich mit großen Brüdern, Ausbildungsoffizieren und aufsässigen Gefreiten aus, da kam Charlotte nicht heran. »Ich will nicht unhöflich sein, aber ich werde kein Kleid anprobieren.«

»Haley ...« Charlotte öffnete eine glänzend schwarze Schiebetür und eine Fülle weißer Kleider kam zum Vorschein. »Du musst einfach.«

»Ich will aber nicht.«

Charlotte sah zu ihr hinüber. »Weil ...?« Die Ladenbesitzerin schmunzelte. »Ach, komm, vielleicht ist es ja ganz heilsam für deinen Schmerz beim Thema Ehe.«

»Nichts könnte da heilsam sein. Ich bin einfach nicht der Typ dafür.«

»Wirklich? Was schadet es dann, ein Kleid anzuprobieren?« Sie lief zu einer Reihe weißer Satinkleider. »Ist eins dabei, das du magst? Als ich den Laden eröffnet habe, habe ich jedes Kleid anprobiert.«

Charlotte nahm ein Kleid von der Stange. »Dieses hier ist von einer Designerin aus der Region, Heidi Elnora. Es ist schlicht, aber sehr schön, schulterfrei und mit ausgestelltem Rock. Es sieht aus, als könnte es zu dir passen, Haley.«

»Zu mir? Nein, ich bin der Uniform- und Jeans-Typ.«

»Vielleicht warst du das, aber ...« Charlotte schob Haley mitsamt dem Kleid in einen dreieckigen Raum mit gedämpftem Licht, das aus eingebauten Strahlern und einer Lampe hoch oben an der Decke schien. Der dunkelrote Teppich fühlte sich flauschig an. »Zieh es so weit wie möglich an, dann helfe ich dir mit den Knöpfen.«

Charlotte schloss die Tür und Haley war allein. Sie atmete aus und vermied es, sich im Spiegel anzusehen.

Herr, wie bin ich bloß hier hineingeraten? Sie wollte zukünftige Bräute bedienen und nicht selbst eine werden. Durch den Schaden, den sie zwischen Dax und seiner Frau angerichtet hatte, hatte sie das Recht auf ihr eigenes Happy End verwirkt.

»Wie sieht's bei dir aus?«, drang Charlottes Stimme durch die schmale Tür.

»Ganz gut.« Oder so.

Die Tür der Umkleidekabine öffnete sich und Charlotte kam mit einem kürzeren und einem längeren Schleier herein. »Was meinst du, dieser zweilagige, schulterlange Schleier oder lieber dieser kürzere? Du bist so zierlich, dass ich glaube, der kurze ... Haley, du bist ja noch gar nicht umgezogen!«

Sie sank auf die gepolsterte Bank. Die Qual, Dax wiedersehen zu müssen und die Erinnerung an das Leben mit ihm, waren doch noch zu frisch.

»Hast du dir je gewünscht, du hättest einen Teil deines Lebens anders verbracht?«

Charlotte legte die Schleier zu den Schuhen auf die Bank und setzte sich auf den Boden neben Haleys Füße. »Sicher. Ist es das, was dich beschäftigt? Wir haben uns zwar gerade erst kennengelernt, aber wenn du willst, höre ich gern zu.«

»Ist dir der Glaube an Gott wichtig, Charlotte?« Haley betrachtete das Kleid, das an der Wand hing.

»Ja, sehr.«

Haley lehnte sich seufzend nach hinten. »Ich habe Jesus mit vierzehn kennengelernt. Die ganze Highschool-Zeit über war ich total begeistert. Ich war die Einzige in meiner Familie, die in die Kirche ging, aber mein Glaube war echt.«

»Ich verstehe.«

»Als ich aufs College ging, bin ich ein bisschen davon abgekommen, habe Party gemacht, aber nicht allzu wild. Dann kam die Luftwaffe und ich habe höchstens mal zu viel getrunken, vielleicht mal eine Nacht mit jemandem verbracht.« Sie sah zu Charlotte hinüber. »Aber das passte nicht zu mir. So wollte ich nie sein.«

»Das heißt, die Bitte, dieses Kleid anzuprobieren, weckt all diese Erinnerungen?«, fragte Charlotte.

»In Kalifornien habe ich einen Mann kennengelernt, der mich umgehauen hat.«

»Und dann?«

»Er war verheiratet. Am Anfang wusste ich das nicht und als ich es erfuhr, war ich wütend wie eine wilde Hornisse. Aber ich habe die Beziehung nicht beendet, Charlotte. Ich habe geglaubt, dass er mich liebt und sie verlassen wird. Ich habe ihn gedrängt, sein Eheversprechen zu brechen.«

»Und *deshalb* bist du es nicht wert, ein Brautkleid zu tragen?«

Haley stand auf. »Stimmt das etwa nicht? Hat ein weißes Kleid nicht auch eine besondere Bedeutung? Oder sollte es sie zumindest haben? Ich habe dafür gekämpft, dass eine Ehe zerbricht, Charlotte. Wer macht denn so was? Ich habe ihm gesagt, er soll seine Frau und seine Kinder verlassen. Ich wollte ihn für mich allein haben, auf Kosten einer anderen und ihres Glücks.«

Es fühlte sich befreiend an, all das einmal auszusprechen.

»Du kannst nicht die Vergangenheit über dich und deine Zukunft bestimmen lassen, Haley. Du würdest heute nicht mehr so handeln wie damals und bist auch eine andere. Das genau ist doch der Punkt von Kreuz und Vergebung: Wir werden *weiß*gewaschen, wie Schnee.« Sie nahm das Kleid vom Haken. »Dieses Kleid heißt sogar *Schneeweiß*.«

Haley sank gegen die Wand. Ihre Tränen flossen. »Ich kann nicht. Ich *bin* nicht schneeweiß.«

»Haley, lass mich dir sagen: Selbstbestrafung kann keine Gerechtigkeit herstellen. Wenn Gott dir vergibt, warum kannst du dir dann nicht auch selbst vergeben?«

»Ich habe mir selbst vergeben.« Bis sie sich wieder erinnert hatte, wie tief sie gesunken war.

»Wirklich? Warum glaubst du dann, du wärst nichts wert, obwohl

Gott anderer Meinung ist?« Charlotte lief zur Tür. »Los, zieh das Kleid und die Schuhe an, such dir einen Schleier aus und dann komm heraus. Ich helfe dir mit den Knöpfen und dann wirst du, meine liebe Freundin, deinen großen Moment auf dem Podest erleben, mit Licht und Sternenstaub!«

»Charlotte, hör zu, ich bin wirklich dankbar …«

»Auf geht's!« Charlottes Ton war fast so streng wie der ihres Vorgesetzten aus der Grundausbildung. Die Tür fiel hinter Charlotte ins Schloss und unterstrich ihren Befehl.

Die Inhaberin von *Malone & Co.* sparte nicht mit Hieben. Haley wollte Dax vor allem *hinter* sich lassen. Sein Überraschungsauftritt rief ihre Reue, ihre Selbstverachtung und die Erinnerung an das Leben mit ihm wieder wach. Würde sie ihre tiefen Schuldgefühle je abstreifen können?

Mit einem Seufzer der Entschlossenheit zog Haley Stiefel, Jeans und Bluse aus und stieg vorsichtig in das Kleid. Die Seide schmiegte sich an ihre Beine und kühlte die Hitze ihres inneren Kampfes.

Das Oberteil rutschte über ihre Hüfte und lag um ihre Taille. Sie steckte ihre Arme durch die kurzen Spitzenärmel.

Mit zitternden Händen hob sie den Rock und rutschte mit den Füßen in die Schuhe, es waren Spangenschuhe im Stil der Zwanzigerjahre. Sie griff nach dem kurzen Schleier und betrat den Salon, wobei sie es noch immer vermied, sich selbst im Spiegel anzusehen. Sie konnte nicht hinsehen … Sie konnte es einfach nicht.

Was würde sie im Spiegel sehen? Würde das *schneeweiße* Kleid sie verspotten?

»Mensch, Haley!« Charlotte kam mit staunendem Blick und der Hand auf der Brust näher. »Du siehst *umwerfend* aus!«

»Ach komm, meine Haare sind zerzaust und meine Schminke ist von der Fahrt total verwischt.«

»Sofort aufhören! Ich will nicht mehr hören, was mit dir nicht in Ordnung ist. Oder dass ich unrecht habe.« Charlotte drehte Haley zum Spiegel. »Siehst du?«

Ganz langsam hob Haley ihren Blick und nahm das Kleid vorsichtig in Augenschein. Aber sie betrachtete sich nur bis zu den Schultern. Sie hatte ein Bild von Dax' Frau im Brautkleid gesehen und das war Haleys letzter Strohhalm.

»Steig auf das Podest. Ich stelle das Licht und die Musik an.«

Haley zögerte. »Charlotte, das ist noch nicht nötig ...«

»Oh, doch!«

»Reicht es nicht, dass ich das Kleid angezogen habe? Ich kapiere schon, es fühlt sich toll an. Die weiche Seide auf der Haut ...«

Charlotte betätigte den Lichtschalter und ein glitzernder Schimmer fiel auf Haley herab. Als sie aufblickte, sah sie sich vollständig im Spiegel. Das Kleid war wunderschön. Und sie selbst war ...

Streichmusik untermalte die Atmosphäre. Sie war innerlich tief berührt und zitterte am ganzen Körper. Dann nahmen die Tränen überhand.

»Ich kann nicht ... Ich kann einfach nicht.« Sie drehte sich um und wollte davonlaufen, aber Charlotte stand im Weg und verhinderte ihre Flucht.

»Haley, ich bin keine Prophetin, aber es geht hier nicht um ein Brautkleid. Es geht darum, dass du dich selbst so sehen kannst, wie du in Gottes Augen bist.« Sie drehte sie herum und schob sie zum Podest. »Nämlich weiß wie Schnee.«

Eine Männerstimme begann sanft zu singen. Aber diesmal war es nicht Michael Bublé. »What can wash away my sins, nothing but the blood of Jesus.« *Was wäscht unsere Sünden ab? Nur das Blut von Jesus.*

Zähneknirschend und mit geballter Faust kämpfte Haley gegen ihre Tränen an und bezwang den Zorn, der in ihr aufwallte.

»I-ich haben eine Familie zerstört, eine Ehe! Und ein Jahr lang war es mir egal. Weil ich unbedingt mit diesem Mann zusammen sein wollte.«

»Vergib dir selbst, Haley. Gott hat dir vergeben. Wieso solltest du dann weiter an deiner Schuld festhalten?«

»Eine Ehe zu zerstören ... ist nicht zu entschuldigen.« Sie hob die Faust. »Wie konnte ich so etwas bloß tun? Wie konnte ich nur? Ich wusste es besser, ich *weiß* es besser.« Haley zitterte so sehr, dass sie sich kaum auf den Beinen halten konnte.

Charlotte berührte sanft ihren Arm. »Lass die Sache los, Haley, sonst wird sie alles vergiften, was du in deinem ganzen Leben tust. Alles.«

Wie schaffte es diese Frau, ihr derartig viel Wahrheit zuzusprechen?

Haley stolperte vom Podest und fiel Charlotte in die Arme, dann sank sie zu Boden und die Spitze und Seide des schneeweißen Hochzeitskleides wurden feucht von ihren Tränen der Schuld, der Reue und der Vergebung.

Sie war überrumpelt worden, von einer Frau, die sie kaum kannte. Es war, als dränge Gott wie ein Strom in sie hinein und überwältige sie mit seinem Geist. Und der schlichte Akt der Anprobe eines Kleides, das sie nicht zu tragen verdiente, war ihr Neubeginn.

21

Cora

März 1932

Ein herrlicher Tag. Absolut herrlich. Der bevorstehende Frühling drängte die triste Kälte des Winters zurück und Cora war nach Feiern zumute.

Sie hatte saftige fünf Dollar für eine Annonce im *Tennessean* berappt und einen Dollar fünfunddreißig für eine Annonce im *Tribune*, um die Wiedereröffnung des Hochzeitsladens nach dem verheerenden Feuer anzukündigen.

Hattie Lerner verfasste eine kurze Notiz in der Klatschspalte im *Tribune* unter der liebenswürdigen Überschrift:
Wiedereröffnung des Hochzeitsladens für Bräute allerorts
Danke, Hattie.

Cora faltete die Zeitung zusammen und klemmte sie sich unter den Arm. Sie freute sich über ihre Annoncen und darüber, wieder arbeiten zu gehen. Sie wollte nach vorn blicken und die letzten acht Monate hinter sich lassen.

Schwieriger noch, als dass ihr Vater das Elternhaus verloren und die Familie verlassen hatte, war es gewesen, über Rufus hinwegzukommen. Sie verachtete sich für ihre Naivität. Es war ihr peinlich gewesen, sich erst an Birchs Schulter auszuweinen, dann Odelia die Wahrheit zu gestehen und schließlich ihrer Mutter, die im ersten Gespräch gnädigerweise nur zweimal gerufen hatte: »Wie ich dir gesagt habe, genau wie ich dir gesagt habe!«

Nun, das alles lag jetzt hinter ihr. Es war vorüber. Vergangenheit. Sie ließ die Zeitung in der Dienstkammer liegen, atmete den Duft von frischem Holz und neuer Farbe ein, der den Laden erfüllte ... Er ließ den Laden neu erscheinen. Wiederbelebt.

Cora eilte hinauf ins Mezzanin, dankbar, dass alles, was zerstört worden war, wiederhergestellt werden konnte, und zog den Schlüssel aus ihrer Rocktasche, um die Tür des Lagers zu öffnen.

Ein Funke Stolz erfüllte sie. Als der neue Teil des Ladens gestrichen worden war, hatte sie den Lagerraum herausgeputzt. Das frische Rosa der Wand hob sich schön von den weißen Hochzeitskleidern auf der Stange ab. Am Ende des Raumes, an der hinteren Wand, sah man durch ein Fenster die Landschaft. Der Raum war frisch, hell und luftig und beherbergte all das, was Cora liebte.

Sie hatte das Geld mit vollen Händen ausgegeben und alles Mögliche in New York bestellt: Kleider und Handschuhe, Schleier und Schuhe. Sie hatte Odelia und ihren Schneiderinnen drei Dollar zusätzlich für jedes Flitterwochenkleid und jedes Accessoire für die Hochzeitsnacht gezahlt.

Wenn sie schon selbst keine Braut wurde, wollte sie wenigstens die beste Braut*jungfer* weit und breit sein. Die zukünftigen Bräute konnten ihren Einkauf beginnen!

Cora schritt den Raum der Länge nach ab und inspizierte jedes champagnerfarbene Kleid. Und welche kräftigen Farben die Flitterwochenkleider in diesem Jahr hatten: Rot und Blau und Violett.

Am Fenster blieb sie stehen und blickte hinaus. In einem Anflug von Übermut schrie sie gegen die Scheibe: »Ich bin wieder da und werden den Kampf gewinnen!«

Bereit zur Arbeit, wirbelte sie herum, nahm zwei Dekorationsköpfe und die Schachtel mit den Schleiern mit und sah sich prüfend um. Was würde sie sonst noch brauchen? Die Schuhe würde sie später holen. Sie hatte die hübsche Idee, sie auf der Treppe auszustellen – ein Paar auf jeder Stufe.

So entsetzlich das Feuer gewesen war, es entpuppte sich nun als Segen. Die reinigenden Flammen hatten ihre eigene Torheit offenbart und *reinigten* sie tatsächlich von Rufus St. Claires unheilvollen Machenschaften.

Als Cora zum ersten Mal nach dem Feuer im Gottesdienst gewesen war, hatte sie Gott um Vergebung und um Linderung für ihren Kummer gebeten. Zwar spürte sie seinen Trost, aber es kamen tagsüber immer wieder dunkle Momente, in denen sie eine Erinnerung überfiel oder eine Sehnsucht und sie zusammenbrach.

Wie hatte sie nur so blind sein können? Ob sie ihrem Herzen je wieder trauen konnte?

Cora drapierte in der Vitrine im kleinen Salon die Schleier auf den Dekorationsköpfen, dann öffnete sie die Eingangstür, damit der frische Morgenduft die stickige Luft der Nacht verwehte. Und um die Schuldgefühle aus ihren Gedanken zu vertreiben.

Sie öffnete das Schiebefenster und sah Odelia die Straße entlangkommen. »Hast du das Konfekt abgeholt?«, rief sie.

»Ja, hier.« Odelia hob zwei große Schachteln über den Kopf.

»Cora, bitte hör auf, hier wie ein Flegel herumzuschreien.«

Sie drehte sich um und sah Mama schlank und elegant in ihrem New Yorker Kleid von *Saks Fifth Avenue* die Stufen herunterschweben. Ihre Dauerwelle hatte die Farbe der Morgensonne.

Sie war zurückgekehrt, nachdem Odelia ihr vom Feuer berichtet hatte. Cora hatte geplant, ihr später davon zu erzählen, wenn alles wieder in Ordnung war. Aber Odelia war anderer Meinung und Mama war ihr dankbar.

»Wenn Daddy dich jetzt sehen könnte, Mama.«

Sie lächelte und hob die Zigarette an ihre Lippen. »Ich habe ihm eine Fotografie von mir in diesem Kleid geschickt, gleich nachdem ich beim Friseur war.«

»Hat er geantwortet?«, fragte Cora. Sie hatte seit Weihnachten nichts von ihrem Vater gehört.

Mamas Lächeln verschwand. »Nein, aber das war auch nicht zu erwarten.« Zigarettenqualm schlängelte sich um ihr Haar. Trotz ihrer schlanken, exotischen Erscheinung konnte Mama ihre Verzweiflung nicht aus ihrem Blick vertreiben.

»Das Konfekt ist in der Dienstkammer.« Odelia kam von hinten und band sich ihre Schürze um. »Ich habe im Frauenbund gehört, dass wohl eine ganze Anzahl junger Frauen kommen und sich umsehen will. Sie haben keine Hoffnung, sich eine Brautausstattung leisten zu können, aber sie möchten gern ein wenig träumen.«

»Diese entsetzliche Depression kann doch nicht ewig andauern«, sagte Mama. »Präsident Hoover muss etwas dagegen unternehmen.«

»Der Präsident kann es nicht regnen lassen, Mama. Und er schert sich auch nicht um junge Frauen in Heart's Bend, die heiraten wollen. Aber wir. Wir können ihnen helfen, sich irgendeine Art Aufmachung leisten zu können.« Coras neuerliches Ziel wallte in ihr auf. »Wir finden schon einen Weg.«

»Ja, aber wenn du nicht aufpasst, geht dir das Geld aus, bevor alles vorüber ist. Du kannst nicht einfach weiterhin alles verschenken«, sagte Mama und verschwand in der neuen Dienstkammer, ihrer Aussage nach ihr Lieblingsplatz im ganzen Laden.

Nun, da sie ein paar Monate eine richtige Stelle in einer großen Stadt innegehabt hatte, fühlte sie sich mehr denn je als Expertin in allem. Und scheute sich nicht, ihre Meinung kundzutun.

»Dekorieren wir wie immer, Cora?«, fragte Odelia, als sie ins Mezzanin hinaufstieg.

»Ja, für die Schaufensterpuppen bitte Kleider aus New York. Und lassen Sie uns sämtliche Waren für die neuen Kleiderstangen im großen Salon holen.« Eine weitere Idee seit der Renovierung: Cora hatte Kleiderständer im großen Salon anbringen lassen. Nun mussten sie und Odelia abends nicht mehr alles weghängen. »Und auf den Kleiderbüsten können Sie die schönsten Stoffmuster ausstellen. Ach ja, und letzten Herbst habe ich einer Annonce in der *Vogue* gesehen, wie Schuhe auf einer Treppe ausgestellt wurden. Es sah entzückend aus. Lassen Sie uns etwas Ähnliches ausprobieren, ja?«

»So soll es sein.« Odelia eilte die Stufen hinauf. »Ich glaube, da ist jemand verliebt.«

»Verliebt?« Mama kam mit einer Tasse Kaffee und einer neuen Zigarette aus der Dienstkammer. »Wer ist verliebt?«

»Cora.«

»Wie bitte? Ich bin doch nicht verliebt.«

»Sie sind in letzter Zeit mächtig aufgedreht. Vor allem wenn Birch Good vorbeikommt.«

Mama trank ihren Kaffee und musterte Cora über den Tassenrand hinweg. »Da haben Sie recht. Cora, hiermit erkläre ich dich offiziell für Rufus-frei. Dem Himmel sei Dank!«

»Schön und gut, aber das bedeutet doch nicht, dass ich in Birch verliebt bin.« Große Güte. Zwei verrückte alte Damen ... Womit sie sich hier herumschlagen musste!

Gewiss, Cora mochte Birch. Sehr sogar. Sie verehrte ihn geradezu. In den letzten acht Monaten hatte er ihr das Leben gerettet. Aber verliebt? Nein, nein, nein!

Er war Farmer. Er lebte nach dem Gutdünken von Sonne und Regen. Das Land war sein Dienstherr. Ein solches Leben konnte sie sich nicht vorstellen.

Sie wollte gerade hinauflaufen und Odelia zur Hand gehen, als ein junger Mann in Kurieruniform vor der Tür stand. »Ich suche Mrs Scott.«

Mama kam aus dem kleinen Salon. »Ich bin Mrs Scott.«

»Ich habe ein Einschreiben für Sie, Ma'am.«

Mama klemmte sich die Zigarette zwischen die Lippen, reichte Cora ihren Kaffee und unterschrieb für ihren Brief. Cora holte eine Münze als Trinkgeld aus der Tasche.

»Mama, was ist es?«

Mama stand in der sonnendurchfluteten Eingangshalle und überflog den Brief. »Er ist von deinem Vater.«

»Von Daddy? Was schreibt er?« Cora stellte Mamas Tasse auf das kleine Pflanzgefäß zwischen den Fenstern und versuchte, über ihrer Schulter mitzulesen.

»E-er will die Scheidung.«

»Die Scheidung?« Cora griff nach dem Brief. »Das kann er nicht ernst meinen, das kann er einfach nicht!«

Er hatte zu Weihnachten geschrieben, dass es ihm gut gehe und er an sie denke, es aber nicht schaffe, die Schuldgefühle zu ertragen angesichts dessen, was er Heart's Bend und seinen Freunden angetan habe.

Dafür jetzt die Scheidung. Hatte er den Verstand verloren? Sie war ein Skandal!

Und doch las Cora hier im Brief schwarz auf weiß etwas von Scheidung.

»Das kann er nicht machen, Mama. Das wird das Gericht nicht zulassen. Er hat *uns* verlassen, nicht umgekehrt.«

Mamas Hand zitterte, als sie einen langen Zug aus ihrer Zigarette nahm. »Wenn er die Scheidung will, warum sollte ich ihm dann im Weg stehen? Er hat mich – uns! – dreimal verlassen, Cora.«

»Er wird zurückkommen.«

»Cora, Liebling, du bist sehr zuversichtlich. Aber diesmal kommt er nicht zurück. Es ist jetzt ein gutes Jahr her.« Mama wandte sich den Stufen zu. »Wie kann ich Odelia helfen? Soll ich die Schuhe arrangieren?«

»Wie kannst du so gleichgültig sein? Kümmert es dich denn nicht? Wenn Daddy verschwindet, ist das eine Sache, aber eine Scheidung ist etwas ganz anderes!«

Mama seufzte. »Wenn du es unbedingt wissen musst: Er hat mir schon einmal geschrieben und mich gefragt, ob ich die Scheidung wolle. Ich sagte, ich würde mit meinem guten Namen nicht das Gericht bemühen, aber wenn er sich von mir scheiden lassen wolle, stehe ich ihm nicht im Weg. Und jetzt wollen wir uns der großen Wiedereröffnung des Hochzeitsladens widmen.« Sie drehte sich um und rief die Treppe hinauf: »Odelia, vergessen Sie nicht die langen Satinhandschuhe! Sie sind zauberhaft.«

Mama lief die Stufen hinauf und Cora eilte ihr hinterher. »Mama, wie kommt es, dass du nicht traurig bist? Wie kannst du damit im Reinen sein?«

Oben auf der Treppe zog Mama eine weitere Zigarette aus der Tasche. Cora schnappte sie ihr weg. »Nicht bei den Kleidern.«

Mama seufzte. »Cora, ich habe viel darüber nachgedacht und ich möchte gern nach vorne blicken. Verstehst du das? Viele Frauen gehen durch eine Scheidung. Es wird völlig in Ordnung sein.« Sie schlug mit der Faust in die Luft. »Ich bin eine Kämpfernatur.«

»Viele Frauen? Wer denn, Mama? Welche Frau kennst du in dieser Stadt, die eine Scheidung erlebt hat?« Cora fiel niemand ein. »Und wen kümmern schon andere Frauen? Du hast Daddy geliebt, seitdem du sechzehn warst, und du hast ihn mit achtzehn geheiratet. Wie kann dann eine Scheidung in Ordnung für dich sein?«

Mary Denton ließ sich scheiden, aber ihr Gatte saß auch wegen Betrugs im Gefängnis. Vor ein paar Jahren hatten sich die Andersons scheiden lassen, aber sie war Trinkerin. Und abgesehen davon ...

»Cora, belass es einfach dabei.« Mama tätschelte ihr die Schulter. »Heute möchte ich glücklich sein.«

»Aber bist du denn glücklich, Mama?« Cora berührte sie am Arm. Wenn Rufus' Verlust schon so böse wehtat, wie musste sich erst Mama fühlen, die nach sechsunddreißig Jahren Ehe ihren Mann verlor?

»Du machst mich glücklich und dieser Laden auch. Cora, mach dir um mich keine Sorgen. Und jetzt lass uns die Schuhe auf die Treppe stellen.«

Die große Einweihung begann schleppend, endete aber damit, dass der Laden voller junger und alter Frauen war, die die Wiedereröffnung des Ladens feierten. Cora konnte für die kommende Woche in ihrem Kalender drei Termine eintragen und erwartete, dass weitere folgten.

Als sie den Laden um sieben schloss und die Lichter löschte, empfingen Mama und Odelia sie in der Eingangshalle mit einem Glas Tee. Mama hob ihr Glas: »Auf unseren Erfolg!«

»Auf einen glorreichen Tag!«, sagte Odelia. »Gut gemacht, Cora. Ich freue mich, dass hier nun wieder Normalität einkehrt.«

Mama lachte prustend, verschluckte sich am Tee, hielt sich den Mund zu und schüttelte den Kopf. Schließlich sagte Odelia, ihre Füße täten weh, und ging nach Hause.

Cora und Mama nahmen im Apartment ein leichtes Abendessen zu sich, freuten sich über ihren neuen Herd und einen Kühlschrank und wählten lockere Gesprächsthemen, die das Thema Scheidung nicht annähernd berührten.

Anschließend stand Cora auf und räumte das Geschirr ab. »Ich räume auf, Mama. Ruh du dich aus.«

»Danke, Liebling. Ich fühle mich tatsächlich recht erschöpft heute. Aber alles ist gut gelaufen, nicht wahr?«

»Ja, sehr gut.«

Als sie das Geschirr in den Spülstein hob, wurde sie von heftigem Schluchzen ergriffen. »Daddy …«

Er kam nicht zurück. Ihre Familie war zerbrochen. Cora versteckte ihr leises Weinen hinter einem Geschirrtuch und lehnte sich gegen die Wand. Mama durfte es nicht sehen oder hören.

Sie riss sich lange genug zusammen, um noch das Corned Beef aufzuräumen, dann schlich sie hinunter auf die Veranda.

Am dunklen Horizont ließ sich noch der letzte Schimmer des Sonnenuntergangs erahnen, die Sonne spendete aber keine Wärme mehr. Cora zog ihre Strickjacke enger um sich. Der Abend war kühl. Der Winter war noch nicht bereit abzutreten.

»Ein wenig Gesellschaft gefällig?« Birch sah am anderen Ende der Veranda durchs Fliegengitter.

»Ja, bitte, komm doch herein.« Sie stand auf, als er auf die Veranda trat, seinen Hut abnahm und sie auf die Wange küsste. »Was machst du hier?«

»Ich wollte hören, wie die Einweihung war.« Birch setzte sich auf den Stuhl neben ihr, legte den Hut auf seine Knie. »Ein schöner Abend.«

»Wunderschön.«

»Hattet ihr einen guten Tag?«

»Die Einweihung war ein Erfolg. Ich bin sehr zufrieden. Wie war dein Tag?«

»Ich habe begonnen, mit dem neuen Traktor zu pflügen. Uncle Sam ist froh, dass er im Stall bleiben darf.«

»Uncle Sam war ein guter, alter Muli.«

»Ein Partner, wenn man es genau betrachtet. Was wäre ich ohne ihn?«

Sie sah Birch verstohlen an. Er sah gut aus mit seinem zurückgekämmten Haar und den von der Frühlingssonne blassroten Wangen. »Daddy hat Mama heute die Scheidungspapiere geschickt.«

»Ach nein, Cora ...« Er lehnte sich vor, die Arme auf den Beinen, und schlug sich mit dem Hut auf die Hand. »Das tut mir leid. Wie geht es Esmé?«

»Gut, sagt sie. Offenbar hatte Daddy sie bereits um ihre Einwilligung gebeten.« Cora sah auf ihre Hände, die gefaltet im Schoß lagen. »Da frage ich mich, ob es so etwas wie wahre Liebe überhaupt gibt.«

»Hier, Liebling, hier sitzt sie.« Er griff nach ihrer Hand, zog sie hoch und schob seine Hand um ihre Taille. Sein Atem fühlte sich schön warm an auf ihrer Haut. »Ich liebe dich, wahrhaftig. Wenn du mich heiratest, verlasse ich dich nie. Scheidung ist keine Option.«

Cora fühlte, wie sie schwach wurde in seiner Umarmung. »Ach, Birch, du bist so gut zu mir.« Sie legte ihm die Hand auf die Wange. »Gut aussehend und ein guter Mann.«

»Dann heirate mich, Cora. Heirate mich.«

»Ich würde gern Ja sagen, wirklich. Aber ...«

»Aber was? Dir stehen nur deine eigenen Ängste im Weg. Ist es wegen Rufus? Liebst du ihn noch immer?«

»Nein, es ist nicht wegen Rufus. I-ich weiß bloß nicht, ob ich auf einer Farm leben möchte, Birch. Ich bin ein Stadtkind, ich bin Ladenbesitzerin.«

»Ich erwarte ja gar nicht, dass du den Laden aufgibst.« Birch strich ihr mit einer Seite des Fingers über das Kinn. »Ich habe dich nach dem Feuer gebeten, mich zu heiraten. Aber ich warte schon seit, nun ja, seitdem ich denken kann darauf. Willst du nicht meine Frau werden?«

»Birch ...« Sie lief zur Fliegengittertür und starrte in den Park. Zu dieser späten Stunde war es dunkel in der Stadt. Beinahe neun Uhr. Die Wege lagen ruhig und verlassen da. Aber die Wege zu Coras Herzen waren dicht, das Rauschen ihrer Vergangenheit und der drohenden Scheidung zu laut. »Ich weiß nicht, ob ich für dich empfinde, was eine Frau empfinden sollte, wenn sie heiratet. Außerdem kann ich Mama nicht allein lassen. Nicht wenn Daddy die Scheidung will.«

Er umarmte sie erneut. »Ich habe genug Liebe für uns beide. Und wir können gemeinsam für deine Mama da sein. Sie kann mit auf die Farm ziehen. Ich überlasse ihr ein großes Stück Land für ihre Beete.«

»Sie wird nicht bei uns leben wollen, wenn wir frisch verheiratet sind.«

»Dann kann sie sich um den Laden kümmern und im zweiten Stockwerk wohnen. Auf die Farm kommen, wann immer sie möchte, und ich gebe ihr dennoch so viel Land, wie sie für ihren Garten braucht. Sonntagabends essen wir gemeinsam. Spielen Schach am Kaminfeuer. Hören Radio.« Er ließ sie los, blieb aber neben ihr stehen, während sie weiter in den Park blickte. »Wade und ich haben schon darüber gesprochen, dass wir jenseits des Maisfeldes ein kleines Haus mit zwei Zimmern bauen könnten, wo sie wohnen kann. Mit eigener Zufahrt.«

»Sie kann doch gar nicht Autofahren.«

»Dann können wir es ihr beibringen.«

Cora lachte. »Verachtest du deine Mitbürger so sehr? Mama wäre ein Grauen hinter dem Steuer.« Sie strich ihm über die Brust und den Arm. »Womit haben wir dich bloß verdient, Birch Good?«

»Liebe kann den Charakter eines Mannes formen. Und ich liebe dich, Cora.«

Sie legte ihm die Hand auf die Brust. »Ich weiß nur nicht …«

Er hob ihr Kinn, um sie ansehen zu können. Das Licht der Veranda fiel auf sie. »Sag einfach Ja. Was gibt es da nicht zu wissen, Cora? Ich habe dir Zeit gelassen, als du mich nach deinem Kummer um Rufus darum gebeten hast. Als der Laden nach dem Feuer renoviert wurde. Aber die Zeit rennt davon und ich werde es müde, stehen zu bleiben.«

»Habe ich dich denn gebeten, für mich stehen zu bleiben?«

»Ja, weil du mir nicht auf den Kopf zugesagt hast: ›Nein, ich heirate dich nicht, Birch.‹«

»Konnte ich denn da ahnen, dass Mama durch eine solche schwere Zeit gehen würde?« Sie verschränkte die Arme und senkte die Stimme. »Eine Scheidung. Denk bloß, welchen Skandal das auslösen wird.«

»Ich erinnere dich ungern daran, Cora, aber deine Mutter macht schon seit über einem Jahr eine schwere Zeit durch. Du weißt, ich würde dir niemals im Wege stehen, dich um sie zu kümmern. Ich bin bei dir, ich helfe dir, ich tue alles, was in meiner Macht steht. Und sind nicht zwei sogar besser als einer allein? Du hast mich in dem Glauben gelassen, du würdest eine Heirat in Betracht ziehen, wenn ich dir Raum gebe. Das ist Monate her. Ich brauche eine Antwort.«

»Setzt du mir eine Frist?«

»Ich war bislang sehr geduldig, Cora.«

Sie lief zu ihrem Schaukelstuhl zurück und ließ sich abrupt darauf fallen. Der Schein der Lampe schnitt eine Schneise durch die voranschreitende Dunkelheit. »Wie kann ich wissen, dass ich nicht eine weitere törichte Entscheidung treffe? Dass ich dich nicht nur deshalb heirate, weil ein anderer mein Herz gebrochen hat?«

»Wenn du eine ehrliche Antwort hören möchtest: Du wärst töricht, wenn du mich *nicht* heiraten würdest. Die Zeiten sind schwierig. Überall verlieren Männer ihre Farmen. Ich nicht. Meine Farm ist nicht mit einer Hypothek belastet. Ich bin schuldenfrei. Ich habe Geld zur Seite gelegt. Nicht auf der Bank, Gott bewahre, aber ich habe einen guten Teil zurückgelegt. Ich habe den Keller voll mit eingekochtem Obst und Gemüse. Im Haus gibt es bislang keinen Strom und keine Toilette, aber ich besorge uns einen Generator, wenn du mich heiratest. Im Winter haben wir es schön warm und im Sommer kühl, dank der hohen Ulmen. Aber das muss ich dir nicht erzählen, du warst schon Hunderte Male in meinem Haus. Du kannst es nach deinen Wünschen gestalten, Cora. Neue Farbe, neue Tapeten. Der Herd stammt noch aus der Zeit vor dem Krieg, aber ich kaufe dir einen neuen. Und einen Kühlschrank, wie den hier im Laden. Wie würde dir das gefallen?«

»Birch, du möchtest, dass ich Ja sage? Aber wie stellst du dir das vor, hm? Soll ich hinauf zu Mama laufen und sagen: ›Es tut mir leid, dass Daddy sich von dir scheiden lässt, aber ich heirate jetzt Birch!‹?«

»In Ordnung, in Ordnung. Ich lasse dir Zeit, es ihr zu erzählen«, sagte er, streckte die Arme nach ihr aus, zog sie aus dem Schaukelstuhl hoch und in seine Arme. Der Duft von Gottes grüner Erde lag auf seiner Haut. Seine Augen, blau wie der Sommerhimmel, suchten ihren Blick. »Sag Ja und es bleibt unser Geheimnis, bis du meinst, du kannst es Esmé sagen. Ich möchte nur hören, dass du in die Heirat einwilligst. Ich schenke dir die ganze Liebe eines Mannes, Cora. Vertrau mir.«

Es schauderte sie bei seinem Liebesschwur. »Gib mir Zeit, Birch. Lass es mich Mama erzählen und dann sage ich Ja.«

Er ließ sie los. »In Ordnung. Wie lange, denkst du, wird es dauern?«

»Einen Monat? I-ich weiß es nicht. Ich kann Mamas Schmerz keine Frist setzen.«

»Dem Schmerz nicht, wohl aber deinen Überlegungen. Solltest du mich nicht heiraten wollen, dann sage es ehrlich. Sonst behandelst du mich wie Rufus dich. Du spielst mit meinen Gefühlen. Hältst mich hin, weil es dir nützt.«

»Das tue ich nicht. Wie kannst du so etwas sagen, Birch Good!«

»Aber ich liege nicht ganz daneben, oder? Cora ...« Seine Stimme warb um sie, während er mit den Lippen, sanft wie eine Feder, ihren Nacken berührte.

»Birch ...«

»Ich liebe dich. Ich *begehre* dich. Hast du denn gar keine derartigen Gefühle für mich?«

»Vielleicht ein wenig, ja, aber, nein, hör auf, du verwirrst mich!«

»Ich verwirre dich nicht. Du verschließt dich bloß. Ich habe keinen Zweifel daran, dass wir ein wundervolles Paar werden würden.« Birch trat wieder an sie heran. Ein leidenschaftlicher Schauer löschte ihren Widerstand, sie verlor den Wunsch zu fliehen. *Große Güte ...*

Birch. Diese Seite hatte er ihr zuvor nie gezeigt. Er nahm ihre Hand und legte sie sich auf die Brust. »Mein Herz pocht.«

Ihres ebenso. »Birch, nein, benimm dich.« Sie schob ihn zur Seite und rang nach Luft, versuchte zu Atem zu kommen.

Aber er drehte sie erneut zu sich um. Ohne Umschweife, ohne Erwartung suchten seine Lippen nach ihrem Mund. Er gab ihr schlichtweg all das, was in seinem Herzen war. Sie streckte ihre Arme gegen seine Brust, als er ihren Rücken eng umschloss, aber nach einem Augenblick, als sein Kuss leidenschaftlicher wurde, entspannte sie sich, legte die Arme um ihn und gab sich seiner Überzeugungskraft hin.

Birch, Birch. Sie rang nach Luft, als er abrupt losließ, zurücktrat und sich den Hut auf das zerzauste, dunkle Haar setzte. Sie hatte das Gefühl, als ströme Feuer durch ihre Adern, und sie wollte sich erneut nach ihm ausstrecken.

»Nur damit du eine Ahnung hast ...« Seine Stimme wurde von einem Lachen unterbrochen. »Wo immer das herkam, findet sich noch eine Menge mehr davon, Cora.« Er eilte durch die Fliegengittertür und die Verandastufen hinunter. »Wenn du dich entschieden hast, melde dich bei mir. Ich hoffe, dass du Ja sagst.«

Cora legte ihr Gesicht an das Gitter, beobachtete, wie er sich entfernte. Ihr Puls explodierte, ihr Herz stand noch immer in Flammen. Er hatte eine neue Leidenschaft in ihr geweckt, eine fremde, glühende Erregung, die nicht einmal Rufus entflammt hatte. Statt Einsamkeit und Leere zu empfinden, fühlte sie sich erfüllt und geliebt.

Sie sank auf ihren Stuhl und schlang die Arme um sich. Das *Ja* lag ihr auf der Zunge. Er war ein guter Mann. Ein liebenswerter Mann. Gottesfürchtig. War das möglich? Konnte das wirklich sein?

Liebte sie Birch Good?

22

HALEY

10. Februar

Sie saß auf der Treppe, das Handy am Ohr, die Finger an der Stirn. »Ich verstehe. Danke. ... Okay, das werde ich.« Sie beendete das Gespräch und legte das Handy neben sich auf die Stufe.

Im Rathaus war man irritiert über den Stand ihrer Genehmigungen und es war schon die zweite Februarwoche.

Mit einem Blick gen Decke schickte sie ihre Bitten um Hilfe und Beistand nach oben. Seit ihrem Besuch in Charlottes Laden hatte sie ein wenig Freiheit zurückgewonnen. Ihr Vertrauen in den Gott ihrer Jugend kehrte zurück.

Gebete kamen ihr mittlerweile wieder schneller über die Lippen. Nicht leere Worte an einen Gott, bei dem sie nie sicher war, ob er zuhörte, sondern zuversichtliche Gebete, die sie an einen Gott richtete, der sie nie verlassen würde.

Letzte Woche war sie zum ersten Mal seit der Zeit vor Dax in den Gottesdienst gegangen. Im Rückblick sah sie, dass er nur das Ende eines langen Weges war, auf dem sie sich langsam von allem entfernte, woran sie einmal geglaubt hatte. Sie hatte ihre Werte und Überzeugungen vom Alltag verschütten lassen.

Jetzt aber zurück in den Laden. Der Umbau ging nicht voran, weil die Genehmigungen noch gegen die Bürokratie kämpften.

Aber gestern war sie dem Verband der Geschäftsinhaber in der Innenstadt beigetreten. Anschließend hatte sie sich noch mit Emma Branson und Taylor Gillingham von der Hochzeitskirche in der River Road im *Ella's* getroffen, um eine mögliche Zusammenarbeit zu besprechen. Taylors Mann war in der Werbung tätig und Haley hoffte, dass er ihr seine Hilfe anbieten würde. Ehrenamtlich.

»Ich bin die Mutter seines Kindes. Er macht das, worum ich ihn bitte«, sagte Taylor mit listigem Grinsen.

Haley hatte auch Ideen mitgebracht, wie lokale Unternehmen in ihre Eröffnung eingebunden werden konnten, die vage auf den 15. Juni terminiert war. Wenn sie dann genug Waren auf Lager hatte. Es stellte sich heraus, dass der Umbau ein Kinderspiel war im Vergleich zur Lieferung der Waren, die ihr vorschwebten.

Mithilfe von Charlottes Kontakten hatte sie einige Designer in New York und einen in Atlanta angerufen, um zu fragen, ob es möglich sei, für eine besondere Verkaufsausstellung zur Eröffnung Waren auf Kommission zu bekommen. Aber alle hatten nur ein Lachen für sie übrig. Ein höfliches Tüll-und-Seide-Lachen natürlich.

»Diese Saison sind wir völlig ausgebucht. Vielleicht im Mai nächsten Jahres. Rufen Sie im Herbst gern wieder an, dann können wir etwas vereinbaren.«

Haley schloss die Augen, hob das Gesicht zur Decke und versuchte innerlich hinzuhören. Was sollte sie tun?

»Herr, wenn ich diesen Laden gar nicht übernehmen soll, dann mach mir das bitte klar. Wenn es nicht dein Wille ist, dann will ich es auch nicht.«

Haley genoss die friedliche Ruhepause, dachte an nichts weiter, halb hörte sie hin, was Gott zu sagen hatte, halb döste sie weg. Dann ging die Tür auf.

Eine ältere Dame mit zarten Falten im Gesicht trat ein. Ihr pelzbesetzter Mantel war bis zum Kinn zugeknöpft.

»Sind Sie Haley?«

»Jawohl, die bin ich. Was kann ich für Sie tun?«

Sie stemmte ihre Hände, die in Handschuhen steckten, in die Hüften. »Ich bin Mrs Elliot. Lenora Elliot.«

»Willkommen im Hochzeitsladen – oder in dem, was hoffentlich einmal der Hochzeitsladen werden wird.«

»Ich bin schon früher einmal hier gewesen.«

»Haben Sie Ihr Kleid hier gekauft? Bei Cora?«

»In der Tat, vor über sechzig Jahren. Diese breite Treppe bin ich hinuntergelaufen.« Sicheren Schrittes lief sie zum Fuß des Treppenaufgangs. Ihre Haltung war aufrecht, ihr Blick zum Mezzanin gerichtet. »Meine Mutter und meine Schwiegermutter saßen gleich hier drüben, zusammen mit meinen Schwestern und meiner besten Freundin.« Sie deutete auf den großen Salon. »Es war Frühling, aber die Winterkälte lag noch in der Luft. Im Laden war es warm und gemütlich, bei all den Hochzeitsgesprächen, heißem Tee und Musik. Wir haben alle geweint, als ich die Stufen hinuntergeschritten bin. Ich trug ein weißes, mittellanges Kleid mit herzförmigem Ausschnitt und einen ganz schlichten Schleier, aber ich war die Prinzessin des Tages! Die Jackie Onassis des Südens. Miss Cora empfahl mir ein ganz bezauberndes Kostüm für die Reise in die Flitterwochen. Wir konnten uns beides nicht leisten, deshalb räumte sie mir einen großzügigen Rabatt ein, damit es dennoch möglich war.«

»Wie ich höre, hat sie das für viele Kundinnen getan.«

»Eine wunderbarere Frau gab es nicht. Sie hat mir auch noch zauberhaften Schmuck gegeben. Natürlich war er nicht teuer, reiner Modeschmuck, aber andernfalls hätte ich gar nichts gehabt. Sie hat mich in die wunderhübsche Braut verwandelt, die ich immer sein wollte.«

»Leben Sie in Heart's Bend, Mrs Elliot?«

»Im ersten Jahr unserer Ehe haben wir hier gewohnt, aber dann bin ich mit meinem Mann nach Los Angeles verzogen. Dort haben wir unsere Familie gegründet. Bean ist vor einer Woche verstorben.« Ihre haselnussfarbenen Augen wurden feucht. »Er wollte gern hier zu Hause begraben werden.«

»Mein herzliches Beileid.«

»Ich haben diesen Mann fünfundsechzig Jahre lang geliebt. Sechzig davon waren wir verheiratet. Wir haben vier Kinder – zwei Jungs und zwei Mädchen. Ich wollte meine Töchter gern hier für ihre Hochzeit einkleiden und mich bei Miss Cora für ihre Freundlichkeit revanchieren, aber als die Hochzeiten bevorstanden, hatte sie ihren Laden schon aufgegeben.« Ihre Augen glänzten, als sie zu Haley aufblickte. »Sie waren natürlich junge, moderne Frauen aus Kalifornien und hatten ihre eigenen Vorstellungen, was sie bei ihrer Hochzeit tragen wollten. Für mein Kleid im Fünfzigerjahre-Stil konnte ich sie nicht begeistern. Jetzt betteln meine Enkelinnen darum und nennen es ›Vintage‹.« Mrs Elliot streckte Haley die Hand entgegen und drückte ihr ein Stück Papier in die Hand. »Ich habe gehört, dass Sie den Laden wiedereröffnen möchten, und wollte Ihnen nur viel Glück dafür wünschen. Gott segne Sie!«

»Dankeschön.« Haley sah hinab und erkannte einen gefalteten Scheck. »Mrs Elliot, ich bitte Sie, ich kann doch von Ihnen kein Geld annehmen.«

»Doch, das können und das werden Sie.« Sie hob das Kinn und zeigte mit langem, maniküretem Finger auf Haley. »In ein paar Jahren möchte ich meine Enkelinnen hierher begleiten.« Sie blieb an der Tür stehen. »Was für ein liebenswerter, großartiger Ort, und er hat in seiner Geschichte schon so viele Bräute gesehen.«

»Aber Sie kennen mich doch noch nicht einmal.« Sie hielt ihr den Scheck entgegen. »Wie wollen Sie mir da Ihr Geld anvertrauen?«

Mrs Elliot umschloss Haleys Hand. »In dem Augenblick, als ich hörte, dass jemand den Laden wiedereröffnet, hat mein Herz einen Sprung getan. Ich wusste, dass ich Sie unterstützen sollte. Ich wusste es einfach. Erwecken Sie dieses Gebäude zu neuem Leben, machen Sie es wieder zu einem der schönsten Orte von Heart's Bend.«

»Vielen Dank. Ich werde Sie nicht enttäuschen.« Haley steckte den Scheck in die Tasche.

Mrs Elliot besichtigte den Laden noch einmal und beschrieb die alte Standuhr, die breiten, goldenen Diwane, die Plüschsessel, das Teeservice, das Licht und die Aura des Ladens. Dann lief sie zur Eingangstür. »Ich hoffe, Sie bald mit meinen Enkelinnen wiederzusehen.«

Haley umarmte sie. »Das würde mich sehr freuen, Mrs Elliot. Und vielen Dank noch einmal. Es bedeutet mir viel.«

Als sie wieder allein war, zog Haley den Scheck aus der Tasche. Sie lehnte sich gegen das Geländer und las den Betrag: Zehntausend Dollar. *Zehn. Tausend. Dollar.*

Das konnte sie nicht. Einen solchen Betrag konnte sie nicht annehmen. »Mrs Elliot!« Haley rief von der Eingangstür aus nach ihr, dann rannte sie zum Gehweg, aber Mrs Elliot war bereits davongefahren.

Im Laden setzte sie sich auf die Stufen und betrachtete den Scheck. Leider keine Adresse, nur ihr Name.

Also gut. Dann würde sie ihn annehmen. Sie hatte nicht das Gefühl, diese Großzügigkeit verdient zu haben, aber als sie den Scheck Richtung Himmel schwenkte, erfüllte sie eine tiefe Dankbarkeit. »Vielen Dank!«

»Haley?« Cole kam herein und setzte sich neben sie auf die unterste Stufe. »Ich war gerade im Rathaus und habe mich nach den Genehmigungen erkundigt.«

Sie sah zu ihm auf. »Das musst du nicht. Ich rufe schon jeden Tag dort an.«

»Ich dachte einfach, ich lasse ein bisschen meine Muskeln spielen.« Er lehnte sich vor, die Arme auf den Knien.

»Wirklich?« Sie drückte seinen Arm. »Hast du denn welche?«

»Ha-ha, sehr witzig.« Er zog seine Jacke aus und spannte seinen Bizeps an, sodass er den Hemdärmel ausfüllte. »Ein paar Gramm hätte ich zu bieten.«

»Ich nehme jede Hilfe, die ich kriegen kann.«

Er rieb die Hände aneinander und schlüpfte wieder in seine Jacke. Ohne laufende Heizung war es kühl im Laden. »Gar nichts zu tun, macht mich verrückt. Habe ich dir erzählt, dass ich Brant Jackson in Linus Peabodys Büro getroffen habe? Und ich habe sie zusammen bei *Jave Jane's* gesehen, wie sie die Köpfe zusammensteckten. Wenn die beiden heimlich gemeinsame Sache machen …«

»Sieh mal, Cole.« Haley reichte ihm den Scheck. »Wieder kam eine von Coras Kundinnen vorbei. Sie gab mir den hier. Damit habe ich mein Renovierungsbudget halb erreicht.«

Er nahm ihr den Scheck aus der Hand. »Sie kam rein und hat dir zehntausend Dollar in die Hand gedrückt?«

»Erst hat sie in Erinnerungen geschwelgt und *dann* hat sie mir zehntausend Dollar in die Hand gedrückt.«

Cole grinste breit. »Haley, da ist *definitiv* jemand auf deiner Seite. Ich will von dir nie mehr einen Zweifel hören.«

»Nicht *jemand*.« Haley nahm den Scheck und schob ihn in ihre Tasche. In ihrer Magengrube prickelte ein Lächeln. »*Gott* ist auf meiner Seite.«

»Na schön, Gott ist auf deiner Seite.« Cole stand auf und schob die Hände in die Jeanstasche. Jeans, die ihm nur zu gut standen. Hatte er immer schon so gut ausgesehen? Schwierig zu sagen, da sie ihn immer nur mit Tammys Augen angesehen hatte.

»Warum, glaubst du, will Gott, dass ein hundertsechsundzwanzig Jahre alter Laden in Heart's Bend wiedereröffnet wird? Oder warum will er, dass ich das tue?«

Er sah sie an und die Intensität in seinem Blick durchzuckte sie. »Gute Frage.«

»Außer dass ich als Kind hier gespielt habe, verbindet mich nichts mit diesem Gebäude. Aber ich liebe es.«

»Vielleicht ist mehr gar nicht nötig«, gab Cole zu bedenken, »als dass wir einen Ort lieben? Ist das nicht die Gute Nachricht? ›Denn so sehr hat Gott die Welt geliebt …‹«

»Aber geht es um dieses Gebäude oder um die Menschen, die hierherkommen? Die Frauen, die heiraten wollen?«

»Ich glaube, du bist da einer wichtigen Sache auf der Spur.« Er hockte sich vor sie hin. Seine blauen Augen suchten ihren Blick. »I-ich wollte …« Er hielt inne und räusperte sich. »Willst du heute Abend zu mir kommen und Pizza essen, vielleicht einen Film schauen?«

Sein vertraulicher Tonfall, seine Frage ließ sie erröten. »Bittest du mich gerade um ein Date?«

Er grinste, senkte den Blick und wischte über einen unwirklichen Fleck auf dem Boden. »Vermutlich schon.«

»Wow. Okay …« Aber er war mit Tammy zusammen gewesen,

selbst wenn sie ihre Verlobung am Ende aufgelöst hatten. Haley war total anders als sie. »Cole, ich bin nicht Tammy.«

»Ich weiß.«

»Dir ist klar, dass du Haley Morgan fragst?«

»Völlig klar.« Seine blauen Augen sahen sie einen langen Moment an. »Ist es zu verrückt?«

»Nein, ich bin nur überrascht.«

Er lachte und beugte sich vor, legte die Stirn auf seine angewinkelten Knie. »Ich kenne dich jetzt über zwanzig Jahre, aber ich weiß nicht, ob ich wirklich jemals *dich* kannte. Immer war Tammy oder einer deiner Brüder dabei. Außer an dem einen Abend, an dem wir uns noch unterhalten haben.«

»Ja ...«

»Mir gefällt die Frau, die ich gerade kennenlerne.«

»Cole, du solltest nur wissen, dass es eine Haley gibt, die du nicht kennst. Eine, die ein paar ziemlich üble Entscheidungen im Leben getroffen hat.«

»Wie die für diesen Typen? Dax Mills? Der kürzlich hier war?«

»Ja. Hast du ihn erkannt? Hast du deshalb angehalten?« Dax wäre begeistert, dass ihn jemand auf der Straße erkannt hat. Haley hatte einmal den Eindruck gehabt, das sei sein einziges Ziel im Leben.

»Ich habe ihn erkannt. Ich habe mal mit einem seiner Videos trainiert. Aber ich habe angehalten, weil du verärgert wirktest.«

»Du hast von der Straße aus gesehen, dass ich verärgert war?«

Er zuckte die Schultern. »Ist das ein Verbrechen? Woher kennst du Dax?«

Nein, überhaupt nicht. »Wir waren zusammen.«

»Ah.« Cole dachte einen Moment nach. »Ist er nicht verheiratet?«

Er fügte das Puzzle zusammen, ohne dass Haley ihm alle Teile dafür lieferte. »Willst du immer noch mit mir Pizza essen?«

»Auf jeden Fall. Ich bin kein Heiliger, Haley. Ist zwischen euch beiden alles geklärt?«

»Von meiner Seite schon. Aber er scheint zu glauben, er könne jederzeit in mein Leben spazieren und mir sagen, was ich zu tun habe.«

»Okay, dann Pizza und ein Film bei mir. Um sechs?«

»Bist du sicher?«

Er musterte sie einen langen, ruhigen Moment lang. »Ich bin mir ganz sicher, aber wenn du ...«

»Ich bin dabei! Und wenn wir kalte Füße kriegen, nennen wir es einfach ein unterhaltsames Experiment.«

»Einverstanden.« Er streckte die Hand aus. Als Haley seine Hand ergriff, überkam sie dasselbe Gefühl wie am ersten Abend, als sie sich unterhalten hatten. Auf der Ladenveranda. Freundlich, warm, die Last fiel ihr von den Schultern.

»Cole, du solltest nur wissen, dass ich nicht auf der Suche nach einer Beziehung bin.« Kaum hatte sie die Worte ausgesprochen, wusste sie, dass es ein Fehler gewesen war. Es war zu forsch und unhöflich und rückte Coles sonst so entspannten Umgang in ein schlechtes Licht.

»Es geht um Pizza und einen Film, Haley.« Er lief zur Tür. »Nicht um einen Heiratsantrag.«

»Stimmt.« War er sauer? »Um sechs?«

Er blieb mit breitem Lächeln an der Tür stehen. Er war nicht nachtragend. Sie spürte die Dynamik bis in die Zehen. »Komm nicht zu spät.«

23

HALEY

Ihre Schlüssel. Sie musste nur ihre Schlüssel finden, dann war sie schon unterwegs. Zehn vor sechs. Sie würde ein paar Minuten später bei Cole sein, aber sie hatte heute Nachmittag Charlotte angerufen, weil sie einen Rat brauchte, wie sie an die Designer herankommen konnte, und sie hatten über das Leben, die Liebe und über Gott geredet.

Nachdem sie Charlotte einmal getroffen und zweimal mit ihr telefoniert hatte, empfand Haley eine tiefe Nähe zu ihr. Sie bewunderte sie und bezeichnete sie bereits als Freundin.

Wenn sie an Cole, an Charlotte und an Mrs Elliots Zehntausend-Dollar-Scheck dachte, spürte Haley einen frischen Luftzug durch den langen Tunnel wehen, in dem sie wegen Dax gesteckt hatte. Sie näherte sich dem Ende, sah sogar schon das Licht.

Sie fand ihre Schlüssel auf der Kücheninsel. Mom nahm gerade eine Flasche Wasser aus dem Kühlschrank.

»Wohin willst du?«, fragte sie. »Dein Dad und ich dachten, wir könnten heute zum Abendessen ausgehen. Im Osten der Stadt gibt es ein neues vegetarisches Restaurant.«

»Wann habe ich jemals angedeutet, dass ich vegetarisches Essen mag?«, lachte Haley. »Ich esse heute Pizza.«

»Allein?«

»Wenn du es unbedingt wissen willst: mit Cole.«

»Ist das so klug?« Mom nahm einen kurzen Schluck aus der Flasche. »Ich weiß, dass er mit dir an dem *Laden* arbeitet«, wie sie *Laden* sagte, klang auf jeden Fall vielsagend, »aber, wenn ihr zu viel zusammen seid ...«

»Dann was, Mom? Finden wir uns vielleicht sympathisch? Knutschen wir? Lachen zusammen?«

»Dann verliebt ihr euch noch.«

»Ich verliebe mich schon nicht in ihn. Und falls doch? Er ist ein toller Mann.«

»Sieh mal, ich weiß nicht, was zwischen dir und Dax passiert ist, aber ich weiß, dass es dich schier zerrissen hat.« Mom leuchtete mit ihrem Instinkt hinter Haleys verschlossene Gardinen. »Ich glaube, nach eurer Trennung, nach Tammys Tod und angesichts der Wiedereröffnung dieses verrückten Hochzeitsladens versuchst du, irgendetwas nachzujagen, das längst vorbei ist. Die Gefahr ist, dass du Zuneigung zu Cole mit Liebe verwechselst, auch wenn es keine ist.«

»Mom, mir ist die Trennung von Dax und der Verlust meiner besten Freundin völlig bewusst. Und, ja, den Laden zu eröffnen, ist ganz klar mit sentimentalen Gefühlen verbunden. Und frustrierend. Aber ich versuche gar nichts nachzujagen. Ich versuche, etwas aufzubauen. Ein Geschäft. Cole ist ein Freund. Das ist alles.«

»Wenn du dir da sicher bist.«

»Ich bin mir ganz sicher. Ich habe ihm schon gesagt, dass ich keine Beziehung will.«

»Man konnte dir noch nie vorwerfen, nicht ehrlich zu sein.« Moms leises Lachen zog Haley ein winziges bisschen auf ihre Seite. Sie war eine Perfektionistin, überergeizig und oft mehr Ausbildungsoffizier als Mutter, aber sie liebte ihre Familie.

»Es tut mir leid, Mom.«

Sie sah Haley mit großen Augen an. »Was tut dir leid?«

»Dass ich negativ über dich gedacht habe.«

»Über mich?« Mom nahm einen Schluck aus ihrer Wasserflasche und hielt ihren Blick auf Haley gerichtet.

»Ja. Ich habe gedacht, dass du uns nicht wirklich liebst, dass dir Karriere und Erfolg wichtiger sind.«

»Habe ich so auf dich gewirkt?« Mom war beharrlich. Sie wich nie einer Konfrontation oder schwierigen Wahrheiten aus.

»Ja, schon. Ich habe auch gedacht, du könnest mit einem Mädchen nicht so viel anfangen, und würdest die Jungs bevorzugen.«

»Haley, meine Güte, der Grund, dass wir fünf Kinder bekommen haben, ist doch der, dass ich nicht einsehen wollte, keine Tochter zu haben.«

»Dann war ich also auch ein Ziel, das du erreichen wolltest?«

Mom kam um die Insel herum und streckte die Hand zu Haley aus, dann zögerte sie und ließ sie wieder sinken. »Ich habe mir eine Tochter gewünscht. Die Beziehung zu meiner Mutter war sehr eng. Wir standen uns sehr nahe.«

»Aber aus meiner Sicht wolltest du nie eine andere Beziehung zu mir als zwischen Eltern und Kind. Du hast dich gut um mich gekümmert, Mom, keine Frage. Aber bis zur siebten Klasse war ich fast ein Junge. Ich hatte nie den Eindruck, dass du eine Tochter haben wolltest.«

»Also gut, dann entschuldige ich mich dafür.« Moms Augen wurden feucht bei ihrem Eingeständnis. »Ich habe mir eine Tochter gewünscht, aber nie darüber nachgedacht, ob ich auch eine gute Mutter für eine Tochter wäre.«

Haley sah sie an und lachte dann leise. »Es hat dir auch niemand versprochen, dass du eine gute Tochter haben würdest.«

»Du bist eine gute Tochter. Ich bin sehr stolz auf dich.« Mom legte die Hand auf ihre Brust. »Es tut mir leid, wenn du dich unerwünscht oder ungeliebt gefühlt hast. Das war nie das, was ich empfunden habe.«

Haley klimperte mit ihrem Schlüssel. Die Zeit verstrich und Cole wartete. »Alle Dinge wirken zum Guten. Ich weiß nicht, ob ich ohne die kleinen Verletzungen, die ich mit mir herumgetragen habe, Gott gefunden hätte.«

»Verletzungen? Ach, Haley …«

»Mom, es ist alles in Ordnung. Es geht mir gut, wirklich.«

Mom berührte Haley liebevoll am Arm. »Ich habe dich lieb. Sehr sogar. Das sollst du wissen. Du warst erwünscht. Wenn sich irgendeiner unerwünscht fühlen könnte, dann Seth. Als wir im Ultraschall sahen, dass er ein Junge war, hätte ich ihn am liebsten postwendend zurückgeschickt.«

»Sag's ihm nicht. Für Abigail wäre es ein Fest, das psychologisch zu analysieren. Seth vergöttert dich. Er ist ein echtes Mamakind.«

»Ich weiß. Und ich kann mir kein Leben ohne ihn vorstellen. Ebenso wenig wie ohne dich.«

Rührung machte sich breit. Diese spontanen Äußerungen waren mehr, als sie seit Langem gesagt hatten. Wahrscheinlich seit Haley auf der Highschool gewesen war und Liebeskummer wegen Brandon Lutz gehabt hatte, der mit Misty Stone statt mit ihr zur Schulfeier gegangen war. Mom hatte dieses tückische Teendrama damals tapfer durchgestanden.

»Und«, ihre Mutter holte tief Luft und drehte die Wasserflasche zwischen ihren Händen, »wie läuft es im *Laden*?«

Haley grinste. Sie bemühte sich. »Äh, gut, glaube ich. Wir haben immer noch nicht unsere Genehmigungen bekommen und das seit sechs Wochen.« Haley sah auf die Uhr am Herd. Sie war endgültig zu spät dran.

»Wie läuft es mit den Finanzen?«

»Schritt für Schritt komme ich voran. Es ist kaum zu glauben, aber heute kam eine Dame herein und gab mir einen Scheck über zehntausend Dollar.«

Mom riss die Augen auf. »Du machst Witze!«

»Sie war eine Kundin von Miss Cora und sagte, der Laden sei ihr wichtig. Sie sei dankbar, dass ihn jemand wieder eröffnet. Mrs Peabody, die Tante von Linus Peabody, hat mir ebenfalls Geld gegeben.«

Mom trank einen Schluck Wasser. »Du weißt, dass Linus die treibende Kraft hinter *Akrons* Engagement in Heart's Bend war?«

»Cole hat so etwas erwähnt. Glaubst du, Linus könnte hinter den verzögerten Genehmigungen stecken?«

»Würde mich nicht überraschen.«

»Okay, vielleicht sollte ich mit Cole heute Abend darüber reden.« Haley schickte sich an, zur Tür zu gehen. »Danke, Mom, dass du nach dem Laden gefragt hast. Ich weiß ja, dass du dagegen bist.«

»Ich bin nicht begeistert davon, aber ...« Sie seufzte. »Ich bin nicht gegen dich.«

»Darf ich dich dann fragen, was du gegen den Hochzeitsladen hast?«

Sie zögerte, was selten vorkam bei Dr. Morgan, die sonst immer flink und schlagfertig reagierte. »Du klimperst schon mit deinem Schlüssel. Bestimmt bist du spät dran.«

»Cole kann warten.«

Mom verließ die Küche. »Nun beeil dich schon. Dein Vater wird auch bald hier sein und Hunger haben. Hab einen schönen Abend!«

»Willst du es mir je erzählen?«, fragte Haley.

»Ich weiß es nicht«, sagte sie, ohne sich umzudrehen. »Manchmal bin ich nicht sicher, ob ich mich selbst wirklich kenne.«

Cole begrüßte Haley barfuß an der Haustür. Das T-Shirt vom Unisport saß eng an den Schultern und schlabberte um die Hüfte.

»Die Schnippel-Pflicht ruft!«

»Oh, hast du das Memo gar nicht bekommen?«, fragte Haley. »Ich schnippel nichts. Und ich mixe oder brate oder koche auch generell nicht.« Sie stellte ihren Rucksack neben der Haustür ab und zog ihre Handschuhe aus. Ihr war ein wenig kalt von der Fahrt. Aber sie spürte auch noch immer die Wärme, die sich bei diesem ehrlichen Gespräch mit Mom in ihr ausgebreitet hatte.

»Heute jedenfalls ist es deine Aufgabe. Zieh die Schuhe aus. Fühl dich wie zu Hause.«

»Wenn ich mich wie zu Hause fühlen soll, lässt du mich nichts schnippeln.« Sie zog ruckelnd ihre Stiefel aus und folgte ihm in die Küche, wo er Gemüse und ein Schneidebrett auf der Arbeitsplatte bereitgelegt hatte.

»Das hier ist deine Station.« Er reichte ihr ein großes Messer und wandte sich nach einem Blick zu ihr wieder seinem Pizzateig zu. »Du siehst gut aus.«

»Danke.« Sie wuschelte sich durchs Haar, um ihre vom Helm platt gedrückte Frisur aufzulockern.

Ihre Blicke trafen sich. Er lächelte und beobachtete sie mit einem strahlenden Blitzen in den Augen. Sie griff nach dem Messer. Ihr Herz schlug ein wenig schneller.

Ganz ruhig, alles ganz locker angehen.

»Und was mache ich jetzt hier?« Sie setzte sich auf den Hocker und sah die Gitarre in dem Glaskasten an der Wand über dem Esstisch hängen. »Hey, ist das die Gitarre, auf der du gespielt hast, als wir noch durchgeknallte Teenager waren?«

Er lachte. »Ja, das ist die Fender Stratocaster.«

»Ich erinnere mich, dass Tammy mir davon erzählte. Sie sagte, sie sei Unsummen wert.«

»Mein Dad hat sie von einer Nachlassversteigerung mitgebracht. Sie ist weit mehr wert, als er bezahlt hat. Ich glaube nicht, dass dem Auktionator bewusst war, was er da versteigerte.«

»Warum hast du sie denn in diesen Glaskasten gepackt? Willst du nicht darauf spielen?«

»Hey, Schwester«, sagte Cole und wies auf den Berg Gemüse vor Haleys Nase, »mach dich ans Werk.«

Nettes Ablenkungsmanöver. Haley überlegte, ob sie nachbohren sollte, aber wenn es um Danner Senior ging, wurde Cole immer wortkarg.

Haley betrachtete das Messer und die Paprikaschoten, Tomaten und Zwiebeln, die darauf warteten, klein geschnitten zu werden. »Glaubst du, Linus hält unsere Genehmigungen zurück?«

»Könnte sein. Aber er wird schlau genug sein, seine Fingerabdrücke nicht auf irgendwelchen Tricksereien zu hinterlassen.« Cole kratzte den Pizzateig aus einer großen Schüssel und breitete ihn auf der bemehlten Arbeitsfläche aus.

»Sollten wir irgendwas tun? Ich meine, wenn er die Arbeiten aufhält, kann er von mir nicht erwarten, den Laden bis Ende April umgebaut zu haben.«

»Klar kann er das. Er macht die Regeln und wir befolgen sie nur.«

»Dann werde ich morgen mit ihm sprechen.«

»Ich kann morgen früh hinfahren«, Cole sah zu ihr hinüber, »und für dich nachhören.«

»Danke, aber ich fahre selbst hin.«

»Bist du sicher? Ich kenne Leute im Bauamt, ich kenne Linus ...«

»Mir muss niemand zu Hilfe springen, Cole.«

»Das habe ich auch nie behauptet.«

Haley seufzte. *Sei doch nicht immer in Abwehrhaltung.* »Ich sollte lieber selbst hinfahren, findest du nicht? Schließlich ist es mein Laden.«

Er seufzte mit leichtem Nicken. »Klar. Aber, na ja, meld dich, wenn du irgendwas brauchst.«

»Ich brauche Pizza. Dringend.« Haley legte das Messer ab und beobachtete Cole einen Augenblick. War er enttäuscht? Er hatte schon so viel für sie getan, dass sie fand, sie sollte ein paar Schlachten selbst schlagen. Es war ja nicht so, dass sie ihn im Gefecht an ihrer Seite brauchte. Wenn sie Geschäftsfrau in Heart's Bend werden wollte, musste sie das ganze System ohnehin kennenlernen. »Wo hast du gelernt, Pizza zu backen?«

»Meine Oma war Italienerin. Sie hat uns Kindern das Kochen beigebracht.«

»Wir hatten eine Köchin, als ich aufgewachsen bin. Erinnerst du dich an sie? Hilda hieß sie.«

»Ja.« Cole verzog das Gesicht. »Sie war nicht besonders gut.«

»Das brauchst du mir nicht zu sagen. Ich schwöre, dass sie uns einmal gekochte Rinde mit gebratenen Kiefernzapfen hingestellt hat. Mom fand es köstlich. Wusstest du, dass es in der Stadt ein neues vegetarisches Restaurant gibt? Meine Eltern probieren es heute Abend aus.« Haley schüttelte sich.

»Hast du dich je gefragt, wie du von ihnen abstammen kannst?«

»Als Kind fast täglich. Dad habe ich verstanden, aber Mom? Da waren wir die beiden einzigen Frauen in einem Haus voller Männer und hätten gegensätzlicher nicht sein können. Aber Mom und ich haben uns heute gut darüber unterhalten.« Haley stützte das Kinn auf ihre Hand. »Das war schön.«

»Ja?« Cole sah sie an, knetete den Teig und breitete ihn auf einem von drei Pizzasteinen aus. »Hey, du schnippelst ja gar nicht.«

»Ich sagte doch schon, dass ich das nicht tue.«

Er schüttelte sich Mehl von den Händen, lief um die Kücheninsel herum und stellte sich hinter Haley. »Nimm das Messer ...« Er legte seine Hand auf ihre und griff nach dem Küchenutensil. Seine Hand war weich vom Mehl und warm, als er ihre Hand umfasste. Ein vibrierendes Gefühl lief ihr den Arm hinauf.

»... und die Paprika.« Cole setzte das Gemüse auf das Schneidebrett, legte seine linke Hand auf Haleys und schnitt mit dem Messer in das dicke, grüne Fruchtfleisch. Der Duft seiner Haut, seines Shirts weckte ein vorsichtiges Verlangen. »Zieh die Finger ein, damit du dich nicht schneidest. Gut so.«

Er umgab sie. Mit seinem Körper, seiner Stimme, den vorsichtigen Bewegungen beim Schneiden der Paprika. Sein Atem strich seitlich über ihre Wange und einen Moment fühlte sie sich in seiner Gegenwart verloren.

Aber als sie zu ihm aufblickte, sah sie, wie er sich aufs Schneiden konzentrierte. »Siehst du?«, sagte er und sah sie an, als sie ihn beobachtete.

»J-ja, ich sehe es.« Aber nicht, wie man Paprika schneidet. Sie sah seinen markanten Kiefer mit dem Ein-Tage-Bart, den sympathischen Schwung seiner Lippen, die endlose, blaue Weite in seinen Augen und die Beharrlichkeit in seinem Blick.

»Haley ...«

»Cole.« Seine Nähe raubte ihr den Atem. »I-ich bin nicht auf der Suche nach ...«

Er trat zurück. »Nach was? Einer Beziehung?« Er kehrte zu seinem Pizzateig zurück, wandte ihr den Rücken zu und breitete den restlichen Teig auf den Pizzasteinen aus. »Magst du Gemüsepizza? Mit Peperoni?«

»Ich mag alles außer Oliven und Anchovis.« Wie kindisch von ihr. Sie schrieb ihm ihre eigenen Gefühle zu.

Er grinste über die Schulter. »Geht mir genauso.«

Aber sein inneres Leuchten war verschwunden. Haley griff nach der Zwiebel, entfernte die Schale und bemühte sich redlich, sich nicht in den Daumen zu schneiden. »Dax war verheiratet, als ich ihn kennenlernte, aber das wusste ich nicht.«

Er warf ihr einen langen Blick zu. »Du musst mir das nicht erzählen, Haley.«

»Doch. Ich will es aber. Er hat mir mit seinem Charme die Hosen ausgezogen. Buchstäblich.«

»Haley ...«

»Ich war bis über beide Ohren verknallt. Ich wollte ihn unbedingt heiraten. Fast von dem Augenblick an, als ich ihn zum ersten Mal gesehen habe. Er war großartig. Ich hatte vorher noch nie jemanden wie ihn kennengelernt. Als er sich um mich bemühte, war ich hin und weg. Dieser umwerfende Mann interessiert sich für mich?«

»Du siehst sehr gut aus, Haley.«

Sie schnitt durch die Zwiebel und ließ sein Kompliment verhallen. Weil es sie berührte. Weil mehr Wucht dahinter war, als sie dachte.

»Aber nicht so wie die Frauen, die für Dax schwärmten. Er war der Typ, der mit Amazonen und Bikini-Models mit wallendem Haar und perfektem Busen ausging. Tammy wäre sein Typ gewesen. Aber nicht ich, die kleine, zierliche Luftwaffenkapitänin.«

»Und dann?« Cole holte sich ein Messer und griff nach der Paprika, aber seine Aufmerksamkeit gehörte ihr.

»Als ich erfuhr, dass er verheiratet ist, war ich niedergeschmettert.«

»Hast du ihn verlassen?«

»Nein, ich habe ihm gesagt, er soll seine Frau verlassen. Ich bin wahrlich nicht stolz darauf.«

Sie wartete. Auf den Blick. Das traurige Seufzen. Das Kopfschütteln. Sie verdiente es. Jede einzelne negative Reaktion.

Stattdessen warf er ihr vom Schneidebrett einen freundlichen Blick zu. »Ich vermute, er hat seine Frau nicht verlassen?«

»Er hat es versprochen. Ein halbes Jahr lang. Dann erfuhr ich, dass er Kinder hat. Das war, als wäre ich mit hundertsechzig gegen eine Mauer gedonnert. Wo war ich da hineingeraten? Aber ich bin trotzdem noch ein ganzes Jahr bei ihm geblieben.« Haley rutschte vom Hocker und sah durch die Glastüren auf die Terrasse und auf die Garage mit dem überdachten Durchgang. »Ich habe eine Familie ruiniert, das war meine Heldentat. Nenn mich Captain Familienzerstörer.«

»Er hat seinen Teil dazu beigetragen, Haley.«

»Das entschuldigt aber nicht mein Verhalten. Dass ich überhaupt meinen Teil dazu beigetragen habe, macht mich krank.«

»Wie kam es schließlich zur Trennung?«

»Durch Tammys Tod. Ich habe ihn schon drei Monate vorher verlassen, bin aber immer wieder eingeknickt. Als sie dann starb, ist der Himmel für mich auf der Erde einmarschiert. Zwei Monate lang hatte ich Albträume, in denen ich in meiner aktuellen Situation vor Gott und seinen Richterstuhl treten musste. Ich wusste, dass mein Leben so nicht in Ordnung war. An einem Nachmittag habe ich mich dann mit Dax im Park getroffen, um ihm zu sagen: ›Es ist aus und vorbei.‹« Mitten in unserer Auseinandersetzung über unsere Beziehung ruft seine Frau an. Eins seiner Kinder hatte sich beim Skateboardfahren verletzt. Sein Gesichtsausdruck ... Dax liebte seine Kinder! Ich habe ihm gesagt, er soll mich nie wieder anrufen. Er musste bei seiner Familie bleiben! Ich bin dann aus der Luftwaffe ausgeschieden und zurück nach Hause gezogen.«

Als sie sich umdrehte, stand Cole hinter ihr. »Ich bin froh, dass du nach Hause gekommen bist.« Er schob ihren Pony zur Seite und ein feuriges Kribbeln durchzuckte sie.

Tränen stiegen ihr in die Augen. »Nicht, Cole. Wir können nicht ... Ich kann nicht ...«

Sie hatte gedacht, als sie mit Charlotte zusammen geweint hatte, wäre ihre beschämende Männerwahl bereinigt worden, aber mit seiner freundlichen Akzeptanz und seiner liebevollen Reaktion weckte er ihr herzloses, echtes, inneres Ich.

Sie war nicht gut genug für einen Mann wie Cole. Sie war es einfach nicht. Sie konnte nichts sagen und blieb zitternd stehen, als Cole sie an seine Brust zog und umarmte.

Haley lehnte sich reglos an ihn. Ein aufmüpfiger Schluchzer bahnte sich den Weg durch ihre Brust. Sie brach in ein Wimmern aus und klammerte sich mit den Fäusten an Coles Shirt.

»Es ist in Ordnung, Haley.« Cole schaukelte sie sanft hin und her und löste jeden Gedanken von Scham und Angst. »Lass es raus.« Mit der Wange auf ihrem Kopf wiegte er sie hin und her. »Lass es raus.«

24

CHARLOTTE

Birmingham

Die Uhr in der anderen Zimmerecke zeigte 3:01 Uhr. Charlotte setzte sich auf. Es war dunkel und still im Zimmer, aber in ihrem Inneren spürte sie eine deutliche Regung. »Was ist los?«, flüsterte sie als ein Gebet zu dem, der von oben zuhörte.

Schon viele Male hatte sie seine nächtlichen Anstupser erlebt, die Aufforderung zu beten, ihn zu loben. Sein Wink um drei Uhr nachts störte sie nicht. Früher war sie in den frühen Morgenstunden voller Angst und Sorge hochgeschreckt.

Heute war es anders. Sie hatte die Liebe gefunden, die alle Furcht vertreibt. Sie stopfte sich ein Kissen in den Rücken, lehnte sich gegen das Kopfende und schloss die Augen. Ihr Mann Tim schlief neben ihr. Sein Atem war leise und friedlich.

Sie betete eine Weile im Geist und öffnete sich für sein Flüstern.

Ihre Gedanken gingen zurück zu dem, was sie heute erlebt hatte, zu ihrer Arbeit im Laden, zu den Kundinnen, die sie bedient hatte und dem ... Charlotte richtete sich auf, die Augen geweitet.

Ihm. Sie glaubte, heute *ihn* gesehen zu haben. Den lila Mann. Sie wusste nicht, wie sie ihn sonst nennen sollte. Vor vier Jahren war er aus dem Nichts aufgetaucht, hatte in ihr Leben gesprochen und ihren Glauben entfacht.

Sie hatte geschlussfolgert, dass er eine Art Engel sein musste. Vielleicht Gott selbst, wenn sie das so forsch sagen konnte. Eines Sonntags hatte sie im Gottesdienst Geschichten gehört von Menschen, die *hinter* den Vorhang dieser Welt blicken können, die Gott gesehen haben. Charlotte hatte sich nie ausgemalt, dass sie einmal dazugehören würde.

Der lila Mann war in ihrem Leben erschienen, als sie mit der Frage gerungen hatte, ob sie Tim heiraten sollte. An jenem Tag war er der Auktionator auf dem Red Mountain gewesen und hatte sie dazu gebracht, auf eine hässliche, ramponierte Truhe zu bieten, in der das Hochzeitskleid lag.

Da hatte sie noch keine Ahnung, dass in der hässlichen, ramponierten Truhe ein hundert Jahre altes Brautkleid mit einer langen Geschichte lag.

Der lila Mann war in ihren Laden gekommen. Als sie einen kleinen Anstoß brauchte. Als sie Mut brauchte.

»Babe, bist du wach?« Ihr Mann legte ihr die Hand auf den Rücken.

»Ja, ich denke nach und bete.« Charlotte ließ sich in seinen Arm sinken. »Habe ich dich geweckt?«

»Ich dachte, ich höre dich beten.«

»Tim, ich glaube, ich habe heute den lila Mann gesehen.«

»Du glaubst?«

Sie lächelte an seiner Brust. »Okay, ich habe den lila Mann gesehen.«

»Im Laden?«

»Ja, davor, auf dem Bürgersteig. Er sah hinein, als würde er warten.« Charlotte schauderte. »Ich glaube, er wollte, dass ich zu ihm hinauskomme, aber ich hatte eine Kundin.«

Allein bei der Erinnerung spürte sie die Intensität seines Blickes, den Wunsch, dass sie zu ihm nach draußen kam. Aber es war zu viel los gewesen.

Aufgeregt und besorgt richtete Charlotte sich auf.

»Hast du ihn verpasst?«

»Als ich fertig war, war er fort.« Charlotte rollte sich aus dem Bett, dachte nach, sah zum Fenster. »Ich habe ihn seit unserer Hochzeit nicht mehr gesehen. Er hat mich überrascht.«

»Was glaubst du, was er wollte?«

»Ich habe keine Ahnung.« Charlotte lief aus dem Schlafzimmer, durch den Flur in ihr Arbeitszimmer, wo sie das Licht anschaltete.

Das Kleid? Wollte er das Kleid?

»Char?« Tim kam ihr nach. »Was machst du da?«

»Wo haben wir das Kleid hingepackt?«

Sie waren im vorigen Jahr in das zweistöckige Haus gezogen, das Tim für sie entworfen hatte. Die Angst vor dem Umzug hatte sich damals vermischt mit der Freude darüber, dass sie schwanger war. Charlotte war bereit, ein Nest für ihr Baby Rose zu bauen. Aber ein paar Wochen später hatte sie eine Fehlgeburt.

»Dein Brautkleid?«, fragte Tim und lief um sie herum zum Schrank. »Ich habe es hier hineingehängt – es sei denn, du hast es mit in den Laden genommen.« Er schob die Schranktür zur Seite.

Nach ihrer Hochzeit hatte Charlotte das Kleid, das ihre Urgroßmutter Emily Ludlow bei ihrer Hochzeit 1912 getragen hatte, verstaut. Sie war eine Partylöwin und Wohltäterin gewesen.

Aber als sie das Kleid in der Truhe gefunden hatte, hatte es bereits eine eigene hundertjährige Geschichte gehabt. Noch zwei weitere Frauen hatten es getragen, zu denen sie keinerlei Verbindung hatte, außer ihrem Glauben an den, der ihr Leben schrieb.

Zuletzt, wie aus Versehen, war das Kleid bei ihr zu Hause gelandet.

»Hier ist es.« Tim holte einen Karton von hinten heraus – der auf der alten, zerschlissenen Truhe stand, in der Charlotte das Kleid gefunden hatte.

Er stellte den Karton auf ihren Schreibtisch. »Bist du sicher, dass du ihn öffnen willst? Du warst dir damals sicher, dass du es aufbewahren möchtest.«

Charlotte nickte. Das Wirken des Geistes von vorhin wurde durch Tims Bemerkung weiter bestärkt. »Genau das ist es ja, Tim. Ich sollte das Kleid nicht, zack, bumm, einpacken und wegräumen, nachdem es *meinen* Zielen gedient hat. Denn was ist mit Gottes Zielen?«

Er suchte in den Schreibtischschubladen nach einer Schere. »Ich dachte, du wolltest es für unsere Kinder aufbewahren.«

»Das stimmt ... das wollte ich ... aber ich weiß nicht, ob *er* es *allein* für unsere Kinder bestimmt hat.« Ihr Herzklopfen ließ jetzt alles ganz klar erscheinen.

»Du bist nicht diejenige, die es behalten und aufbewahren soll, richtig?« Tim fuhr mit einer Seite der Schere durch das Klebeband.

»Ich dachte, es wäre das Vermächtnis meiner Großmutter an mich. Endlich besaß ich etwas von meiner Familie! Aber, Tim, was für ein Wunder, dass ich es überhaupt in die Hände bekommen habe. Dieses Kleid gehört mir nicht. Es gehört Gott. Deshalb stand der lila Mann heute vor dem Fenster.« Die Einsicht weckte Charlottes Lebensgeister. »Er wollte mir sagen, es sei an der Zeit, es weiterzureichen. Nur leider hatte ich heute zu viel um die Ohren, um mit ihm zu reden. Ihn anzuhören. Fünf Minuten, länger hätte es nicht gedauert. Fünf Minuten! Stattdessen bin ich bei meiner Kundin geblieben und habe ihn vergessen, bis es zu spät war.«

»Aber Gott hat ja jetzt zu dir gesprochen.« Tim trat zurück und lief um Charlotte herum, um die Schere wegzuräumen. »Der Karton ist offen.«

Den Deckel zu öffnen, weckte eine Freude, die sie nur beim Anblick dieses einen Kleides empfand. Als durchlebe sie jeden einzelnen schönen Tag ihres Lebens noch einmal neu.

Der Gedanke, das Kleid wegzugeben, beherrschte sie. Aber wohin?

Charlotte holte das Kleid aus der Leinenhülle. Das seidige Oberteil lag sanft auf ihrem Arm, die Schleppe kräuselte sich auf ihren Füßen wie eine Schneeverwehung. Oberteil und Ärmel reflektierten das Licht und ließen das Kleid leuchten.

»Glaubst du, es könnte für eine Kundin gedacht sein?« Tim holte eine Schneiderpuppe hinten aus dem Schrank und stellte sie in die Ecke. »War heute eine besondere Kundin im Laden? Wenn der Mann heute aufgetaucht ist, könnte das ein Hinweis sein.«

»Ich weiß es nicht. Ich meine, ich spreche mit vielen Frauen, aber das Kleid ist mir bisher nie in den Sinn gekommen. Nicht einmal heute, als ich ihn gesehen habe.« Charlotte zog das Kleid über die Schneiderpuppe. »Ich weiß es nicht ...«

Sie trat zurück, musterte es, dachte nach, betete. Nur eine einzige Person kam ihr in den Sinn. »Vor ein paar Wochen habe ich einer neuen Ladeninhaberin aus Heart's Bend geholfen. Ich glaube, ich habe dir von ihr erzählt. Ich habe sie ein Kleid anprobieren lassen und ...«

»... Gott hat sie berührt. Es ging dabei irgendwie um ihre Vergangenheit.«

Charlotte sah zu ihrem Mann hinüber. »Haley. Das Kleid geht an Haley.« Erst sprach sie es im Glauben aus, aber kaum waren die Worte über Charlottes Lippen gekommen, wurde etwas in ihrem Inneren lebendig. »Genau, an Haley.«

»Bist du sicher?« Tim gähnte und kratzte sich am Kopf. Der Nervenkitzel der Suche ließ nach.

»Ja, ganz sicher. Klar, ich schlafe noch ein paar Nächte darüber, aber, ja, Tim, Haley ist die nächste Braut in diesem Hochzeitskleid!« Die heftige Gänsehaut auf ihren Armen unterstrich ihre Worte.

»Dann ruf sie an. Wann heiratet sie denn?«

»Das ist der Punkt: Sie heiratet gar nicht. Sie hat gesagt, sie will nicht heiraten. Sie will immer Braut*jungfer* sein, aber nie die Braut selbst. Sie hat eine herzzerreißende Trennung hinter sich.«

»Klingt nach dem perfekten Zeitpunkt, um ihr zu sagen, dass Gott etwas Großes für sie in der Hinterhand hat.« Tim küsste sie auf die Wange. »Ich gehe wieder ins Bett.«

»Ich bleibe noch hier und bete.« Charlotte zog einen Stuhl neben das Kleid und setzte sich voller Frieden und bereit zum Nachdenken hin. *Kleid, wo ist dein neues Zuhause?*

Tim blieb an der Tür stehen. »Und wenn wir eines Tages eine Tochter haben?«

»Dann muss Gott es ihr zurückschicken. Wenn sie es denn tragen soll.«

Als sie allein war, blieb Charlotte lange in der Stille und vor dem Glanz des Kleides sitzen. Die goldenen Fäden, die über hundert Jahre alt waren, hielten noch immer. Das Bestehen und die Reise dieses Kleides waren ein Wunder.

Es war nie geändert worden und doch passte es jeder Braut, die es trug. Obwohl es vor hundert Jahren geschneidert worden war, sah es aus, als könnte es heute auf dem Cover einer Brautzeitschrift erscheinen.

Eine Mischung aus Vintage und Moderne. Das Kleid war zeitlos.

Charlotte war sich immer sicherer: Haley Morgan war die nächste Braut, der dieses Kleid gehören würde.

25

Cora

Thanksgiving 1932

»Du solltest heute Birchs Antrag annehmen.« Mama hatte ihre Hände im Schoß gefaltet, das Fenster ihrer Beifahrertür halb heruntergekurbelt und der köstliche Duft ihres guten Brathähnchens, der Limabohnen und ihres frisch gebackenen Brotes wehte durch Coras Wagen. »Wenn er dich noch will.«

»Dein verwegener Vorstoß täuscht mich nicht.« Cora fuhr um die Kurve der Mason Road Richtung Good-Farm. Ein Fleck blauer Himmel versuchte den grau verhangenen Himmel zu durchbrechen. »Du willst nicht allein im Laden wohnen, Mama.«

»Du bist hier diejenige, die sich täuscht, Cora. Du glaubst, du hieltest Birch meinetwegen hin, dabei versteckst du dich. Hast Angst. Du glaubst, er sei deine letzte Chance, dein Glück zu finden, aber was, wenn er am Ende ist wie Daddy oder Rufus?« Mama hob ihr Kinn ein wenig höher. »Und wenn ich du wäre, hätte ich den Zinnober um deinen Hals längst in den Fluss geworfen. Der steht für nichts Gutes. Und ist eine Beleidigung für Birch, wenn du seinen Antrag annimmst.«

»Es ist schöner Schmuck. Aus echtem Gold. Nur weil Rufus ein Miststück war, ist es die Kette noch lange nicht.« Cora berührte das goldene Herz. Sie hatte es nicht abgelegt, seit er es ihr geschenkt und sie geküsst hatte, dass sie dahingeschmolzen war wie Eis an einem Sommertag. »Ich glaube nicht, dass Birch wie Daddy oder Rufus ist. Ich musste mir nur darüber klar werden, ob ich wirklich die Frau eines Farmers werden will.« Sie hatte den ganzen Frühling und Sommer bis in den Herbst hinein darüber nachgedacht, obwohl er ihr versichert hatte, dass sie den Laden nicht aufgeben müsste.

Bei all ihrem Gefühlschaos kam sie doch um die Wahrheit nicht herum. Birch war ein überragender Mann und er liebte sie. Und das ängstigte sie am meisten. Es fühlte sich nicht richtig an, von einem Mann so sehr geliebt zu werden. Im Vergleich zu ihm hatte Rufus sie gar nicht geliebt.

»Immerhin hat die Frau eines Farmers Essen auf dem Tisch.«

»Nachdem sie den ganzen Tag im Dreck arbeitet.«

»Du arbeitest doch auch den ganzen Tag, nur in anderem Dreck. Und Birch erwartet nicht, dass du den Laden aufgibst. Das hat er schon gesagt. Er weiß, wie wichtig er für dich ist. Und für Heart's Bend.«

Mama nahm eine Zigarette aus der Tasche. Sie trug die neuste Mode: eine Jupe-Culotte, ein Hosenrock, der locker um Hüfte und Beine schwang. Ihr Haar war grellblond gefärbt und sie hatte sich die Augenbrauen gezupft und neue aufgemalt, wie Joan Crawford.

»Wenn die Scheidung durch ist, werde ich wohl wieder nach New York zurückkehren. Bis dahin wird es Frühling sein. Vorher wüsste ich gern, dass du verheiratet und versorgt bist.«

»Du kannst bei Birch und mir wohnen.«

Sie sah Cora misstrauisch an. »Dann hast du dich entschieden?«

Sie nickte. »Aber ich fand, er sollte es zuerst erfahren.«

Mama blies einen langen Zug Rauch aus dem Fenster. »Es ist Zeit, nach vorn zu blicken, Cora. Für uns beide. Ich freue mich für dich.«

Aber sie war nervös. »Ich habe ihn seit der Parade zum Labor Day nicht mehr gesehen.« Als er ihr ein Eis gekauft hatte und mit ihr durch die Stadt spaziert war. Sie hatten sich unterhalten, er hatte ihre Hand genommen. Im Gardeniapark hatte er sie erneut gefragt, ob sie sich entschieden habe.

»Ich habe dir den ganzen Frühling und Sommer Zeit gelassen, Cora. Sicher steht deine Antwort nun fest.«

Ihre Erwiderung »Mama ist noch immer so labil« schien ihm zu genügen.

»Er wird sich freuen, deine Antwort zu hören«, sagte Mama. »Ich hoffe nur, du bist es wert, dass er gewartet hat.«

»Mama!«

Das Hochzeitsgeschäft lief derzeit schleppend. Die Dürre im Süden trieb noch mehr Farmen in den Ruin als die Bankenkrise und die Frauen heirateten in Sonntagskleidern oder nähten sich die Kleider ihre Mütter um.

Doch Cora hütete geflissentlich ihr Geld und jedes Mal, wenn sie etwas entnahm, achtete sie besorgt darauf, nicht alles aufs Spiel zu setzen, was Tante Jane so hart erarbeitet hatte.

»Ich habe gehört, Birch hat dieses Jahr die halbe Stadt zu seinem Thanksgiving-Fest eingeladen.« Mama seufzte und schüttelte den Kopf. »Ich vermisse die großen Feste auf unserem Anwesen sehr.«

Kaum zu glauben, dass es schon zwei Jahre her war, seitdem ihr Vater sie davon in Kenntnis gesetzt hatte, dass die Bank schließen müsse und er alles verloren habe.

»Wenn ich Birch heirate, kannst du wieder Gastgeberin spielen. Das liegt dir wesentlich besser als mir.«

»Ich werde in New York sein.«

»Du musst deine Entscheidung nur zurücknehmen und für dein erstes Enkelkind zurückkommen.« Cora sprach nur aus, was sie für richtig hielt und was sie für wahr halten wollte. Aber die Worte fühlten sich fremd an, als seien sie nicht für sie gedacht.

Einen Mann wie Rufus zu lieben, hatte ihr allen Wind aus den Segeln genommen. Konnte die Liebe zu einem Mann wie Birch sie wieder beflügeln?

»Das sehen wir dann.« Doch auf Mamas Lippen erschien ein Lächeln.

Im Frühling und Sommer hatte Mama ihre Trauer und die dramatischen Veränderungen in ihrem Leben damit verarbeitet, dass sie täglich auf Birchs Farm gefahren war und ihre Beete gepflegt hatte, deren Erzeugnisse auf der Landwirtschaftsmesse gekürt worden waren.

Cora bremste ab, bog in die lange Einfahrt zum Farmhaus ein. Ja, hier konnte sie sehr gut ihr restliches Leben verbringen. Sie parkte als Letzte in einer langen Reihe von Autos auf dem freien Feld.

Mama ließ ihren Blick über den Horizont und die Wiesen schweifen. »Sieh dir die ganzen Leute an. Das nenne ich ein richtiges Thanksgiving-Fest! Stell dir nur vor, bald bist du die Herrin des Hauses.« Sie nahm ihre Schale mit dem Hähnchen vom Rücksitz und griff mit dem Arm durch den Henkel des Brotkorbs.

»Eines nach dem anderen, Mama.« Sie stellte sich vor, wie Birch sie mit einem Schrei durch die Luft wirbelte und den Gästen zurief: »Ich bin verlobt!«

Als sie über die staubige Kieseinfahrt auf die versammelte Menge zuliefen, suchte Cora unter den Gesichtern nach Birch.

Am Buffet war Mama sofort umringt von einer Gruppe von Damen, die von ihrer Aufmachung fasziniert und erschüttert zugleich waren. In ihren schrillen Stimmen mischten sich Bedenken und Neid.

»Das könnte ich niemals tragen.«

»Dean würde mich darin nicht aus dem Haus lassen!«

»Also ich finde, du siehst bezaubernd aus.«

»Sehr gut, dass du dein Leben selbst in die Hand nimmst, Esmé.«

Cora begrüßte einige Freunde, lächelte und suchte weiterhin in der Menge nach Birch.

»Cora, meine Liebe, wie geht es dir?« Reverend Clintons Frau umarmte sie locker und drückte ihr die Schultern. »Die Sache mit deinem Daddy tut uns sehr leid.«

»Ja, da kann man nichts machen.« Cora setzte ein oberflächliches Lächeln auf. Meinte die Pastorenfrau die Scheidung? Mama behauptete, sie habe niemandem etwas gesagt. »Dann hat Mama davon erzählt?«

»Ja natürlich. So eine Tragödie für dich und Esmé! Unsere Gebete sind mit euch. Wir sind für euch da.«

»D-danke. Gebet bewirkt viel.«

Merkwürdig. Sehr merkwürdig. Cora sprach sie an, als sie vorüberlief. »Mama, warum hat Rosalee Clinton mir wegen Daddy

Trost zugesprochen? Bitte sag nicht, dass du die Scheidung erwähnt hast.« Sie wollte am Tag ihrer Verlobung nicht über Scheidung nachdenken.

»Nein, ich habe kein Wort von der Scheidung gesagt.« Mama schürzte seufzend die Lippen. »Aber vielleicht eine kleine Notlüge erzählt.«

»Ach du Schande, was hast du gesagt?« Cora drückte Mamas Arm und zog sie an die Seite. »Es gibt keine kleinen Notlügen. Das weiß ich von meiner Mutter, die mir nach einer Flunkerei den Mund mit Seife auswusch!«

»Nun ja, alle haben nach ihm gefragt.« Mama rang verlegen ihre Hände und sah zur Wiese hinüber, wo die Jungen und Männer Football spielten. Coras Herz schlug schneller, als sie endlich Birch erblickte. »Da erschien es mir angemessen. Was wäre dir denn lieber gewesen? Dass ich die Wahrheit sage? Eine Scheidung bedeutet Schande und Demütigung, es wird geredet und ausgegrenzt. Ich würde meinen Sitz im Frauenausschuss verlieren. Und vielleicht will ich noch einmal heiraten, schließlich bin ich erst vierundfünfzig.«

»Ich kann mir nicht einmal ausmalen, was du erzählt hast.« Cora verschränkte wartend die Arme. »Also los, was hast du gesagt?«

»Ich habe ein paar Leuten erzählt«, sie ließ den Kopf hängen und senkte ihre Stimme, »dass er, nun ja, verstorben ist.«

Cora rang nach Luft und trat einen Schritt zurück. »Das ist eine große, dreiste, *richtige* Lüge, Mama! Wie konntest du nur?«

Mama wand ihren Arm aus Coras Griff. »Ich habe es getan, um uns zu retten.«

»Uns? Du meinst, dich selbst. Du ziehst doch ohnehin zurück nach New York, was kümmert es dich da also? Nun lässt du mich mit dieser Lüge zurück.«

»Ich tue dir einen Gefallen, mein Mädchen.« Mama trat triumphierend auf sie zu. »Ich habe es getan, weil du meine Tochter bist. Weil du heiraten wirst. Denkst du, ich lasse zu, dass Ernies Feigheit und Selbstsucht deine Ehe überschatten? Dass er unsere Familie der

Schande aussetzt, nur weil er nicht nach Hause kommen und sich dem stellen kann, was er angerichtet hat? Weil er kein echter Mann sein kann? Jetzt haben die Leute *Mitleid* mit uns, und mit ihm auch, wie ich hinzufügen möchte. Mir ist ein vorgetäuschter Tod lieber als der Skandal einer Scheidung.«

»Und wo soll die Beerdigung stattfinden? Wo ist der frische Hügel im Familiengrab?«

»Ich habe erzählt, dass er in Florida gestoben sei und dort beerdigt wurde. Die Leute sind höflich genug, nicht weiter nachzufragen.«

»In Florida beerdigt? Statt im Familiengrab der Scotts auf dem Friedhof in Heart's Bend? Wo drei Generationen der Scotts und dein Sohn begraben sind? Willst du mir allen Ernstes erzählen, dass die Leute das glauben?«

»Ach, jetzt hör doch mal auf, Cora. Was soll die Wortklauberei? Er ist doch gar nicht wirklich gestorben. Geh zu Birch. Sag Ja. Denk an dein Leben und deine Zukunft. Genau dasselbe tue ich nämlich auch.«

»Du bist ein Schlitzohr durch und durch, Mama. Was glaubst du denn, werden unsere *höflichen* Mitbürger tun, wenn sie herausfinden, dass er noch lebt?«

»Hurra!« Mama hob die Hände in überraschtem Erstaunen. »Ein Wunder: Ernie Scott ist von den Toten zurückgekehrt!«

»Große Güte, Mama, dafür wirst du dich selbst verantworten müssen.«

Als sie zu Cora aufblickte, bebten ihre Lippen und ihr standen die Tränen in den Augen. »Sei nicht böse auf mich. Ernies Tod vorzutäuschen, war das Beste für uns alle. Das weißt du.«

Cora schmiegte sich an ihre Mutter, die vornehme, freundliche Frau, die sie die Liebe zu Gott und den Menschen gelehrt hatte, die ihr Möglichstes versuchte, um ihr Gesicht unter all den Menschen zu wahren, die sie schon ihr ganzes Leben lang kannte, und um weiter mit einem Funken Würde unter ihnen zu leben.

»Ich habe dich lieb, Mama.«

»Ich habe dich auch lieb, meine Süße, mein Liebling.« Mama

drückte sie fest an sich, trat dann aus Coras Umarmung heraus und nickte zur Wiese hinüber. »Los, hol dir deinen Mann.«

Sie errötete und Wärme stieg ihr ins Gesicht. »Ich bin aufgeregt.«

»Auf geht's, du wirst nicht jünger.«

»Diese Aufmunterung hört jedes Mädchen gern.« Cora strich den Rock ihres neuen Kleides glatt, das sie extra für heute aufbewahrt hatte.

»Du bist wunderschön.« Mama berührte Cora am Kinn. »Das Kleid bringt die Honigflecken in deinen Augen zum Leuchten. Und jetzt zeig den jungen Mädchen, wie eine reife, kluge und schöne Frau mit ihrem Mann umspringt. Also, wo bleibt dein hübsches Lächeln? Ah, da ist es ja. Das ist meine Tochter!« Mama hob die Hand und winkte Janice Pettrey zu. »Sieh dir Janice an, noch so jung und in diesen Burschen Ricky Cantwell verliebt. Und *du* gehst jetzt zu Birch.«

Aufgeregt! Cora war aufgeregt, als sie auf die Wiese trat und durch den Wind lief. Die Sonne stand kurz vor ihrem höchsten Punkt und warf ihr Licht auf den Weg. Dies war *ihr* Moment. Ihr gemeinsamer Moment.

Sie hob die Hand über die Augen und sah Birch über die Wiese laufen, ohne Hemd, den Ball an die Rippen gedrückt. Er lachte. Seine gebräunten Arme waren straff vor Muskeln.

Sein Haar glänzte, als der Pony über die Stirn wehte. Er sah aus wie die Jungen, die ihm hinterherliefen. Mit siebenunddreißig war er noch genauso sportlich und kraftvoll wie Orie Westbrook, ein früherer Football-Star der Rockmill-Highschool, der erst vor ein paar Jahren seinen Abschluss gemacht hatte. Er war mittlerweile mit Vera verheiratet und hatte einen kleinen Sohn, Jimmy.

Orie griff Birch an und rang ihn schwungvoll zu Boden. Lachend stand Birch wieder auf und warf den Ball Fred Clemson zu, der offenbar Schiedsrichter war.

Ihr Vater liebte Football und Cora hatte schon Radioübertragungen mit ihm verfolgt. Als sie zugestimmt hatte, 1927 mit ihm das erste, landesweit übertragene Rose-Bowl-Spiel zu hören, ein Spiel zwischen Daddys Lieblingsmannschaft aus Alabama und der kalifornischen Universitäts-Mannschaft in Stanford, waren seine Augen ein wenig feucht geworden.

Cora lief dahin, wo das Publikum stand, begrüßte alle, begeisterte sich für den kleinen Jimmy und wartete, dass Birch sie bemerkte. Er wirkte so *lebendig* und glücklich. Sein breites Grinsen brachte beinahe ihr Herz zum Zerspringen. Wie kam es, dass sie ihn noch nie so gesehen hatte? Es schien, als würde ihr Herz erwachen, nun, da sie die Entscheidung getroffen hatte, ihn zu heiraten.

Nach einem Touchdown liefen die Mannschaften zum Wasserspender. Cora winkte Birch zu in der Hoffnung, dass er zu ihr kam. Aber er schien nur seine Mannschaft zu sehen.

»Willst du auch Wasser, Cora?«, fragte Vera. »Wir können gemeinsam hinlaufen.«

»Wie gefällt es dir, Mutter zu sein?« Sie war jung, nicht älter als neunzehn. Mit zweiunddreißig fühlte Cora sich alt neben ihr.

»Es ist ganz schön anstrengend.« Sie sah Jimmy an, der auf einem Beißring kaute. »Er ist ein lieber Junge, aber ich ...«

Veras Stimme verhallte, als eine Szene vor ihnen Coras Aufmerksamkeit fesselte. Zwanzig Meter vor ihr lief die schöne Janice Pettrey auf Birch zu, ließ *diesen Burschen* Ricky zurück und sprang in seine Arme. Birch fing sie auf und mit ihrem Gesicht in seinem Nacken wirbelte er sie herum. Ihr entzücktes Lachen schallte durch die Luft. Und durchfuhr Cora.

Sie blieb stehen. Birch? Was war hier los?

»Cora?«, sagte Vera und sah zu ihr zurück. »Kommst du?«

»Ja, natürlich.« Cora zwang ihre Füße zum Gehorsam, obwohl der Anblick von Janice in Birchs Armen ihr in der Seele brannte.

Hatte er ihr nicht einen Antrag gemacht? *Sie* war seine Frau. Aber Cora konnte ihren Blick nicht von der vertraulichen Begegnung abwenden. Birch und Janice.

Er stellte Janice auf die Beine und beugte sich über sie. Seine Lippen berührten ihre und er küsste sie wie zum tausendsten Mal, zog sie eng an sich, während sie ihm die Arme um den Hals schlang.

Nein, nein ... Was geschah dort? Panik und Furcht ergriffen Cora. Die Szene vor ihren Augen löschte jeden Funken Hoffnung in ihr. Sie stand wieder in Rufus' Küche, starrte auf seine Frau, ihren runden Bauch und ihren kleinen Jungen und hörte ihn alle Liebesbekundungen leugnen.

Wie hatte er sie genannt? Unzurechnungsfähig. Schlicht und einfältig.

Am Wasserspender schlug Birch gerade Orie auf den Rücken, lachte und sah unbeabsichtigt in ihre Richtung. Als sich ihre Blicke trafen, schwand sein Strahlen.

»Cora!« Er bahnte sich seinen Weg zu ihr. »Ich wusste gar nicht, dass du kommst.«

Sie schüttelte den Kopf, sie war unfähig zu sprechen, Tränen raubten ihr die Sicht. Wer zweimal auf dieselbe Sache hereinfällt ... Wie konnte sie schon wieder an den falschen Mann geraten?

Birch holte sie mit einer großen Umarmung ein. »Du bist hier und ich freue mich!«

Sie befreite sich aus seinen Armen und verengte ihren Blick. Sie zitterte, als sie zu Janice hinübernickte. *Komm schon, tapfere Kriegerin, erhebe dich.* »Was geht hier vor sich?«

Birch senkte den Kopf, fuhr sich mit der Hand über den Nacken und trat mit dem Schuh gegen das hohe Gras. »Wir sind zusammen, Cora.«

»Ihr seid zusammen? W-was soll das heißen? Du hast mir einen Heiratsantrag gemacht!«

Ihre Worte prallten unsanft und schmerzhaft zwischen ihren Rippen hin und her.

»Du hast mir nie eine Antwort gegeben. Ich habe acht Monate lang gewartet, dass du Ja sagst. Selbst als deine Mama davon erfuhr und dich ermutigt hat einzuwilligen, hast du es nicht getan.«

»Ich wollte mir ganz sicher sein.«

»Nein, Cora, du hast versucht, einen Ausweg zu finden.«

»Ich suche keinen Ausweg. Ich will dich heiraten.«

»Ich habe dein Schweigen schließlich als Nein aufgefasst, Cora.«

Birch sah über die Schulter zu Janice hinüber, die mit den anderen lachte und redete und dabei ein stetes Auge auf Birch warf.

»Und deshalb hast du einfach mit Janice Pettrey angebandelt?«

»Wir haben uns auf der Geburtstagsfeier ihres Bruders unterhalten. Eine, zu der du auch eingeladen warst, so weit ich weiß. Wir hatten immer ein gutes Verhältnis und an dem Abend ging unser Gespräch noch tiefer. Seit dem Labor Day sind wir uns nähergekommen.«

Birch stand neben Cora, was sich unnatürlich und distanziert anfühlte. Sie hatte gehofft, mit ihrer Antwort in seine offenen Arme zu rennen, stattdessen rannte sie gegen eine zugeschlagene Tür.

»Du hast gesagt, ich soll dich wissen lassen, wenn ich so weit bin. Und nun bin ich so weit.«

»Das war im Frühjahr. Ich habe dir einen Monat Zeit gelassen und dann noch fünf weitere. Am Labor Day warst du immer noch nicht so weit. Du bist nie auch nur einen Schritt auf mich zugegangen. Nicht einen einzigen, Cora. Woher sollte ich ahnen, dass du an Thanksgiving hereinplatzen und eifersüchtig auf Janice werden würdest? Bist du zu mir gekommen und hast irgendetwas angedeutet? Denn ich habe nicht ein Sterbenswörtchen gehört. Also blicke ich in die Zukunft. Ich hätte noch ein weiteres Jahr gewartet, wenn du einen Schritt, einen einzigen Schritt auf mich zugegangen wärst, Cora. Aber das bist du nicht.«

»Mit Janice?« Sie deutete auf die junge Lehrerin, der ein Hauch kühler Novemberbrise durchs Haar wehte. »Du blickst mit Janice in die Zukunft, einem Mädchen, das zehn Jahr jünger ist als du? W-warum hast du mir nichts davon erzählt?«

»Gibt nicht mir die Schuld, Cora. Ich habe meine Gefühle für dich offen auf den Tisch gelegt und alles, was ich gehört habe, war: ›Fahr mit mir zu Rufus‹ und ›Mama ist labil‹. Das konnte ich verstehen. Wirklich. Ich verstehe es immer noch. Aber am Ende ist mir klar geworden, dass es dein Leben ist, nicht meins. Ich kann nicht aufhören zu leben, nur weil du dich nicht entscheiden kannst. Wusstest du übrigens, dass sie den Leuten erzählt, dein Vater sei gestorben?«

»Ja. Sie wollte sich den Skandal einer Scheidung ersparen. Birch…«

Cora legte sich die Finger an die Stirn. Die Anspannung dahinter begann sich zu drehen. »Ich weiß, dass ich dich habe warten lassen, und es tut mir leid. Aber ich weiß auch, dass ich jetzt so weit bin. Ich will dich heiraten. Ich bin hier, um dir mein Ja-Wort zu geben. Ja. Birch, ja!« Sie lächelte und trat auf ihn zu. »Ich werde dich heiraten!«

Er stieß ein seltenes Schimpfwort aus, schüttelte den Kopf und blickte in die Ferne. »Aber es ist zu spät, Cora. Ich kann dich nicht heiraten.«

»W-was meinst du? I-ich verstehe dich nicht.« Sie war gesprungen, aber kein Netz hatte sie aufgefangen. *Lieber Gott* ...

»Ich bin mit Janice zusammen.« Er vermied es, Cora anzublicken. »Wir lachen viel und kommen gut miteinander zurecht. Sie will mich heiraten und eine Familie gründen.«

»Ich auch.« Sie legte ihm die Hand auf den Arm. »Birch, ich bin hier.« *Sag Ja.*

»Liebst du mich, Cora? Denn Janice liebt mich. Sie will mich. Sie will die Frau eines Farmers werden und eine Horde Kinder großziehen. Willst du irgendetwas von alldem?«

Sie konnte nicht antworten. Sie stand nur da und zitterte wie welkes Herbstlaub.

»Cora? Willst du das?«

»Ja, und ich bemühe mich ...«

»Du bemühst dich?« Birch schüttelte den Kopf und sah zur Gruppe um den Wasserspender. »Früher dachte ich, es wäre genug, wenn du dich *bemühen* würdest, mich zu lieben. Aber jetzt nicht mehr. Nicht seitdem ich Janice kennengelernt habe.« Er rückte ein Stück von ihr ab. »Ich stelle dich frei von meinem Heiratsantrag, Cora. Ich ziehe meine Gefühle zurück.«

»Nein, nein, Birch. Ich möchte gar nicht freigestellt werden!«

»Aber du liebst mich nicht, oder?«

Sag es. Sag, dass du ihn liebst! Cora holte Luft, lange und tief, kämpfte eine Flut an Tränen nieder, starrte in den Himmel, wünschte, die törichte Sonne würde ihren Dienst tun und die grauen Wolken vertreiben.

»Das dachte ich mir. Ich wollte nächste Woche zu dir kommen, aber ich kann es dir ebenso gut heute sagen.« Birch rückte einen weiteren Schritt von ihr ab. »Ich werde um Janices Hand anhalten und ich möchte, dass du davon weißt. Es ist nicht so, dass ich es dir als Erste sagen müsste, aber in unserer Lage erscheint es mir nur angemessen.«

Cora zitterte, taumelte in den Abgrund, während sie stocksteif dastand und in den Horizont starrte. »Liebst du sie?«

»Wir verstehen uns gut. Sie ist temperamentvoll und hübsch, kann gut kochen und putzen und nähen und ist, wie gesagt, bereit, eine Familie zu gründen.«

»Du hast mir nicht geantwortet.« Cora trat auf ihn zu. »Liebst du sie?«

»Cora ...« Seine Miene wurde ernst, als er sie ansah. »Janice und ich haben bereits darüber gesprochen. Wir wollen im neuen Jahr sobald wie möglich heiraten. Dann ist es ruhig auf der Farm und wir haben Zeit, uns kennenzulernen.«

»Dann ist also schon alles vereinbart.«

Sie fand irgendwo in ihrem Inneren eine Antwort. »Ich wünsche euch alles Gute.«

Sie hatte auf Rufus gewartet, während Birch auf sie gewartet hatte, und nun stand sie ohne einen von beiden da. Offenbar fand die Liebe keinen leichten Weg zu ihr. Aber sie konnte es Birch nicht verdenken. Er hatte gewartet. Es lag allein an ihr.

»Danke. Das freut mich.«

Sie sah ihn an. »Ich wollte dich lieben.«

»Das wolltest du?« Er wischte sich eine Schweißperle von der Augenbraue. »Nach Labor Day wurde mir klar, dass du niemals Ja sagen würdest. Du hast dir von mir immer nur mehr Zeit erbeten. Janice hat mir schon nach unserer ersten Verabredung gesagt, dass sie mich liebt. Sie war so gewinnend, dass es schwer war, ihr zu widerstehen. Sie empfindet dasselbe für mich wie du vermutlich für Rufus. Ich hatte beim Warten auf dich gar nicht gemerkt, wie groß meine Sehnsucht geworden war. Liebe ist eine mächtige Kraft, Cora. Sie hat einen unglaublichen Sog. Es ist ungemein berauschend, wenn man geliebt wird.«

Sie sah auf ihre Hände, die sie unablässig verflocht. Eine Träne tropfte auf ihren Daumen. »Dann liebe sie mit allem, was du hast, zurück, Birch Good.«

»Du wolltest mich heiraten, obwohl du mich nicht liebst?«

Sie hob das Kinn. »Hast du nicht gerade selbst gesagt, geliebt zu werden, ist eine mächtige Kraft?« *Sag es. Sag, dass du ihn liebst!*

»Aber nicht mächtig genug für dich und mich, Cora. Meine Liebe hat dir nie den Kopf verdreht. Janices Liebe dagegen hat meinen verdreht.«

»Bist du glücklich?«

Er nickte. »Ich glaube schon.«

»Wärst du glücklich mit mir gewesen, wenn ich im März Ja gesagt hätte?«

»Wofür die Frage stellen, wenn die Antwort keine Rolle spielt?«

Sie legte ihre Hand auf seinen Arm. »Es tut mir leid, Birch. Dir und Janice alles Gute.«

»Danke.« Seine Hand ergriff ihre, als sie zurücktreten wollte. »Ach, Cora, sie freut sich schon, in den Laden zu kommen. Bitte bediene Sie freundlich. Wenn nicht meinetwegen, dann ihretwegen. Ihre Familie hat nicht viel Geld. Sie hat alles verloren, als die Banken schließen mussten. Sie hat ihr Lehrergehalt geteilt, damit sie über die Runden kommen. Aber ich wünsche ihr, dass sie ihr Glück genießen kann, ihren großen Tag im Hochzeitsladen.«

»Natürlich. Sie ist herzlich willkommen.«

Cora bahnte sich den Weg zu den Tischen, war hin und her gerissen zwischen Verwirrung und Tränen. Da brach die Sonne durch die Wolken und warf goldenes Licht auf die Thanksgivingfeier, auf Cora und ein weiteres Jahr ihres Lebens.

26

COLE

22. Februar

Ohne anzuklopfen, betrat er Linus' Büro und sagte seiner protestierenden Assistentin, er brauche nur eine Minute.

Seit seiner Verabredung mit Haley beherrschte sie völlig sein Denken. Er hatte es genossen, sie einmal ganz alleine kennenzulernen, zu entdecken, wer sie war, hatte zu gern ihre schwache und verletzliche Seite gesehen, liebte ihre Leidenschaft für den alten Hochzeitsladen.

Sein Puls ging schneller bei dem Gedanken, sich um sie zu bemühen. Aber er musste es ruhig angehen lassen. Sonst würde sie erschrecken und er hätte keine weitere Chance.

»Linus, wo sind unsere Genehmigungen?« Cole beugte sich über Linus' Schreibtisch und ließ den Mann auf seinem Stuhl zurücksinken.

»Linus, ich habe versucht, ihn aufzuhalten.«

Er hob beschwichtigend die Hand. »Ist in Ordnung, Sandy. Bringen Sie uns doch bitte einen Kaffee.«

»Für mich nicht, danke.« Cole richtete sich auf und warf Sandy ein gewinnendes Lächeln zu.

»Cole, was gibt's für Schwierigkeiten?« Linus stand auf und versuchte, ihm in die Augen zu blicken. Aber er war zu klein.

»Ich will die Genehmigungen, damit ich mit den Umbauten im Hochzeitsladen loslegen kann.«

Linus verzog das Gesicht. »Du weißt, dass ich mit den Genehmigungen gar nichts zu tun habe. Dafür ist Alastairs Abteilung zuständig: den Gang runter und dann die letzte Tür rechts. Ich hätte gedacht, jemand aus deiner Branche wüsste das, Cole.«

Cole schmunzelte und schüttelte den Kopf. Der Mann war gut, keine Frage.

»Er bespricht aber alles mit dir. Du bist sein Chef und er dein Lakaie.«

»Mir gefällt nicht, was du damit andeuten willst, Cole.«

»Und mir gefällt nicht, dass der Stadtrat Haley das Gebäude gibt, ihr eine Frist für den Umbau setzt und dann alle Genehmigungen zurückhält. Weißt du irgendetwas darüber, du guter Kamerad von Brant Jackson?«

»Hüte dich, hier hereinzukommen und mir ein hinterhältiges Verhalten vorzuwerfen.«

Cole seufzte. »Linus, gib uns einfach die Genehmigungen. Sie hat die Anträge am ersten Januar eingereicht. Wir sind in der dritten Februarwoche. Das hat es in dieser Stadt noch nie gegeben. Selbst bei deiner Form der Bürokratie nicht.«

»Was soll ich sagen? Unsere Stadt wächst.« Er war eine Schlange. Eine grinsende Rattenschlange. Nichts gegen die echte Rattenschlange. Oder andere Schlangen oder gegen Ratten.

»Ich gehe nicht wieder, bevor ich nicht die Genehmigungen habe. Also fangen wir an. Was willst du?«

Linus setzte sich und sah auf seinen Bildschirm. Seine hohe Stirn glänzte im sterilen Deckenlicht. Wie war er überhaupt an die Macht gekommen?

»Du weißt, was ich will«, sagte er.

»Wie bitte? Woher sollte ich das wissen?«

Linus blickte einen betont langen Moment zu ihm auf. »Denk nach. Du *weißt*, was ich will.«

»Nein, ich ...« Die Wucht der Erkenntnis ließ Cole zurücktreten. »Du willst die ... Nein, Linus. Nein. Was für ein verrückter, durchgeknallter ... Wie kannst du Haley das antun? Sie hat weder zu mir noch zur Stratocaster einen näheren Bezug. Ernsthaft? So führst du dein Amt?«

»Die Stratocaster wäre eine hübsche Ergänzung für meine Instrumentensammlung.«

Erst lief Cole zur Tür und rief zurück: »Die Gitarre kriegst du nicht!«, dann wieder zu Linus' Schreibtisch und zischte: »Das ist Erpressung!«

Linus lehnte sich auf seinem Stuhl zurück und schob die Unterlippe vor. Er bettelte um einen saftigen Faustschlag. »Ach, ich finde, das ist so etwas wie eine kleine Motivationshilfe. Du nicht?«

»Ich sollte die Staatsanwaltschaft einschalten.«

»Und was genau willst du sagen? Dass wir über die Genehmigungen diskutiert haben? Auf die ich keinen Einfluss habe?«

Cole lachte. Das Ganze war grotesk. »Linus, hast du überhaupt das nötige Kleingeld, um die Gitarre zu kaufen?«

Linus erhob sich. »Ich kann dir gleich heute Nachmittag einen Scheck über fünfzig Riesen ausstellen.«

»Fünfzig Riesen? Oh nein, das ist viel zu wenig. Sechzig Riesen, nein, siebzig!« Cole lief durchs Zimmer und schlug sich auf den Magen. »Ich spüre da noch einen weiteren Anstieg kommen.«

Linus sauste mit ausgestreckter Hand um seinen Schreibtisch herum: »Abgemacht, siebzigtausend!«

Cole trat mit erhobenen Händen zurück. »Ich habe nie gesagt, dass ich sie verkaufe.«

»Cole, ich habe gesagt, die Sache ist abgemacht. Du bringst diese Gitarre hierher.« Er lief zurück an seinen Schreibtisch, zog die mittlere Schublade auf und nahm eine Mappe heraus. Er klappte sie auf und Cole konnte die Genehmigungen für den Hochzeitsladen erkennen. »Und die gehören dann dir.«

»Du lügender Huren…«

»Keine unchristlichen Worte in meinem Büro, bitte. Dir musste doch klar sein, dass die Geschäfte hier nun mal so laufen. Immerhin hat dein Vater acht Jahre seines Lebens dafür gebüßt.«

»Und trotzdem bist du so dumm, damit weiterzumachen.«

»Ich würde nie Preise von Zulieferern drücken oder jemanden schmieren. Ich habe nie einen Cent von Brant Jackson angenommen.

Kein Gesetz verbietet es, Baugenehmigungen zurückzuhalten oder mit jemandem um eine Gitarre zu verhandeln.«

»Außer man hält Genehmigungen zurück, um die Gitarre zu bekommen.« Cole lief mit den Händen am Gürtel durchs Büro. »Ich vertraue dir nicht. Ich hatte schon immer meine Zweifel.«

»Mir ist egal, was du glaubst, Cole. Ich habe meine Chance auf ein kleines Druckmittel gewittert, um zu bekommen, was ich wollte. Also habe ich sie ergriffen.«

»Das ist Haleys Laden, nicht meiner, du Schwachkopf. Warum bestrafst du sie statt mich?«

»Wie gesagt, ich habe ein Druckmittel gewittert.« Linus setzte sich auf die Schreibtischkante. »Klingt, als läge sie dir ziemlich am Herzen, wenn du sogar überlegst, mir die Gitarre zu verkaufen.«

»Ich überlege *nicht,* sie dir zu verkaufen.«

»Dann noch einen schönen Tag!« Linus schob die Genehmigungen wieder in seine Schublade und knallte sie zu.

»Damit kommst du nicht durch.« Cole stürmte heraus. »Wie kommst du bloß mit ihm zurecht, Sandy?«

»Er bezahlt mir gutes Geld.«

»Er ist kriminell.«

»Ach, so übel ist er nicht. Nur ein bisschen dubios.«

Draußen fühlte es sich so an, als wäre die Sonne Lichtjahre von seiner Gemütskälte und der hitzigen Diskussion mit Linus entfernt. Klar, in Heart's Bend lebte man zuweilen nach dem Motto »Eine Hand wäscht die andere«. Aber da wollte sich Linus vom falschen Mann die Hand waschen lassen.

Als er im Lieferwagens saß, warf er die Tür zu und startete den Motor. Nach allem, was er jetzt wusste, konnte diese Rattenschlange auch Coles Bewerbungen um städtische Ausschreibungen aufhalten.

Nachdem er durch die Innenstadt gekurvt war, kehrte er im *Ella's* ein. Er spürte ein Ziehen in der Brust durch den Aufruhr. Mom kam gerade aus der Küche, als Cole sich zu seinem abgenutzten Barhocker schleppte. Sie stellte ihm eine Tasse hin und schenkte ihm Kaffee ein.

»Na, was quält dich?«

Cole griff nach den Milchdöschen und leerte zwei in seine Tasse. »Diese idiotische Stadt.«

»Diese idiotische Stadt hat sich sehr gut um uns gekümmert, als dein Vater uns verlassen hat. Also sei hübsch freundlich zu ihr. Was ist denn passiert?«

»Linus.«

»Linus?« Mom stützte ihre Ellbogen auf den Tresen und beugte sich zu Cole hinüber.

»Er hält Genehmigungen für den Hochzeitsladen zurück, weil er die Stratocaster haben will.«

Sie richtete sich auf und zuckte mit den Schultern. »Na und?« Dann winkte sie in Richtung Tür. »Hallo Mert, wie geht's?«

»Wie na und? Willst du damit sagen, ich soll sie verkaufen?«

»Was hast du denn sonst mit ihr vor? Willst du sie ewig in ihrem Glaskasten an der Wand hängen lassen? Du spielst doch ohnehin nicht darauf. Dann kann sie dir auch nützlich sein.«

»Dad und ich haben die Gitarre zusammen gekauft. *Wir* haben auf ihr gespielt.«

Mom seufzte und beugte sich zu ihm hinüber, die Ellbogen auf dem Tresen. »Wenn du sie behältst, kommt der Mann auch nicht wieder, der er in deinen Augen sein sollte. Er ist nicht der Vater, den du gekannt hast oder gern gehabt hättest oder dir immer noch wünschst. Aber er ist bereit, der Vater zu sein, der er in dieser Situation eben sein kann.«

Cole hob seinen Kaffeebecher. »Du hast Kundschaft.«

»Ich habe recht und das weißt du auch.«

»Mert winkt schon nach dir.«

»Jasmine kann sie bedienen.« Mom legte seine Hand auf den Tresen und blickte ihn mit ihrem Mutterinstinkt an. »Die Gitarre ist nicht die Beziehung zu deinem Dad. Wenn du dir eine Beziehung zu ihm wünschst, dann fahr einmal im Monat zum Kuchenessen zu ihm nach Nashville. Warum klammerst du dich an diese Gitarre? Ich glaube, es wäre befreiend für dich, sie wegzugeben, mitsamt dem Rest Bitterkeit, der damit verbunden ist.« Mom lief um den Tresen herum. »Verkaufe sie. Hilf Haley, die ich übrigens *sehr* sympathisch finde.«

»Ich sollte Linus bei der Staatsanwaltschaft anzeigen.«

»Das könntest du zwar, aber dann steht Aussage gegen Aussage und du verlierst noch mehr Zeit. Für Haley ist es wichtig, dass der Laden irgendwann im Juni eröffnet, sonst verliert sie ihn. Und die Stadt verliert ihn auch und wir bekommen einen hässlichen Parkplatz.«

Cole trank seinen Kaffee und warf seiner Mutter einen angestrengten Blick zu. Bei Letzterem hatte sie recht, aber nicht, was die Gitarre betraf. Oder doch? Lag ihm wirklich an der Gitarre? Oder nur an dem, wofür sie stand?

Er hatte schon seit Jahren nicht darauf gespielt. Mit einem Mal überkamen ihn die Erinnerungen an die schönen Zeiten mit seinem Vater und die dunklen Zeiten. Er sah, wie sein Vater im Stadtbad festgenommen wurde, wie er in Begleitung der FBI-Leute verschwand, wie er selbst unter Wasser tauchte. Sah die Abende, an denen er im Dunkeln auf seinem Bett saß und auf der Fender spielte, die Lautstärke so laut aufgedreht, dass sie seinen Schmerz übertönte.

Aber die Gitarre war mehr ein Keil zwischen ihnen als eine Verbindung. Er spielte auf seiner alten Gibson, wenn er mit Gott, mit seiner Wahrheit und seinem Licht in Kontakt treten wollte.

Er hatte seinen Vater zuletzt im *Java Jane's* gesehen, als er ihn gebeten hatte, die Gitarre zu verkaufen und ihm zu helfen. Cole seufzte. Haley und dieser Hochzeitsladen drangen in Bereiche vor, mit denen er sich lange nicht beschäftigt hatte.

Er sah sich im Diner um, nickte seiner Mutter zu und griff nach seinem Handy. Er wählte Linus' Nummer und sagte genau vier Worte: »Siebzigtausend. Friss oder stirb.«

»Einverstanden.«

»Und, Linus, wenn du einen solchen Mist noch einmal durchziehst, geh ich zur Polizei. Ich meine es ernst.« Er ließ ein paar Dollar für seinen Kaffee auf dem Tresen liegen und lief zur Tür, blieb neben seiner Mutter stehen und beugte sich zu ihrem Ohr hinunter.

»Wie ist seine Nummer? Dad's Nummer, meine ich?«

Sie sah auf, lächelte und holte ihr Handy aus der Tasche. »Das ist klasse, Cole, große Klasse.«

»Wir werden sehen.« Er suchte in ihren Kontakten nach Wilson Danner. Dann holte er tief Luft und rief seinen Vater an.

Haley

Sie war jeden Tag ins Rathaus gegangen und hatte nach den Genehmigungen gefragt. Die Angestellten dort kannten sie schon mit Namen. Gestern hatten sie ihr ein Stück Kuchen angeboten, den Harriet zu Bills Geburtstag mitgebracht hatte.

Aber die Umbaugenehmigungen? Nein, die waren noch nicht da.

Heute war sie von neuer Hoffnung beseelt. Zwei weitere ehemalige Kundinnen waren in den Laden gekommen und hatten mit Haley ihre Erinnerungen geteilt und ihr Geld geschenkt.

Mrs Reinhold und Mrs Patterson. Beide hatten ihr beträchtliche Summen anvertraut. Sie hatte mittlerweile fast fünfzigtausend Dollar zusammen. Auf wundersame Weise. Gottes Großzügigkeit beschämte sie und ihr Herz, das langsam verheilte.

Sie lief durch die Sicherheitsschranke im Rathaus und flüsterte auf dem Weg zur Baubehörde: »Bitte, Gott!«

Als sie durch die Tür kam, sprang Darlene auf und wedelte lächelnd mit einer Mappe. »Sieh mal, was ich hier für dich habe, Haley!«

Cora

4. Dezember 1932

»Ich sage euch, ich war so überrascht von seinem Antrag, dass ich beinahe umgefallen wäre!« Frauenkichern drang durch den Laden, als Cora mit einer Schachtel Konfekt durch die Hintertür hereinkam.

»Sie strahlen einfach nur.« Mamas Stimme kam lebhaft und beschwingt aus dem großen Salon. »Wir werden alles tun, was wir können, damit Ihr großer Tag so schön wird wie sie selbst. Und nun, nehmen Sie doch bitte auf dem Sofa Platz. Cora wird gleich bei Ihnen sein. Darf ich Ihnen allen einen Tee anbieten? Und eine Kleinigkeit zum Naschen? Können Sie glauben, dass bald schon wieder Weihnachten vor der Tür steht?«

Die Stimmen erwiderten: »Ja, oh ja.«

Mamas Absätze klapperten auf den Holzdielen, als sie durch den Laden lief. Cora lehnte sich in der Dienstkammer gegen die Regale. Janice Pettrey. Es musste ja so kommen. Wer könnte es sonst sein?

Die meisten Männer warteten mit ihrem Heiratsantrag bis Weihnachten. Birch nicht.

»Wir haben Kundschaft heute Morgen«, sagte Mama und griff nach den Tassen und Untertellern.

»Ich habe es vernommen.« Cora öffnete das Band um die Gebäckschachtel. »Könntest du heute ohne mich zurechtkommen?«

»Nein, keinesfalls! Odelia ist nicht hier und nur ihr beide könnt die Braut einkleiden. Du machst das einfach wundervoll. Ich übernehme nur die Bewirtung.« Mama lehnte sich zurück, um Cora ins Gesicht sehen zu können. »Was stimmt nicht mit dir?«

»Ich fühle mich einfach nicht gut.«

»Dann reiß dich zusammen. Ist es deine Regel? Du kannst dich hinlegen, wenn sie gegangen sind.« Sie stellte die Teetassen nebeneinander. »Ich muss hinauf und das Teewasser aufsetzen.« Mama fasste Cora an den Schultern. »Nun geh und begrüße deine Kundin.

Kopf hoch. Lächeln. Das ist mein Mädchen! Etwas mehr Ernsthaftigkeit.«

»Mama, ich kann nicht ... ich kann einfach nicht.«

»Natürlich kannst du. Wir sind Scott-Frauen. Vom schottischen Hochland. Und jetzt raus mit dir!«

Mama hatte ihren eigenen Kummer gehabt und mittlerweile durchgestanden. Gewiss konnte Cora mit derselben Würde und aufrechten Haltung ihre eigenen leidvollen Stromschnellen durchschiffen.

Aber sie fühlte sich so schwach und verletzt, dass sie kaum ihren Kopf gerade halten oder tief Luft holen konnte.

»Los jetzt, sie warten schon«, sagte Mama.

Als Cora aus dem kleinen Salon trat, rüstete sie sich, die lächelnde und strahlende Janice zu sehen, obwohl ihr bei jedem Schritt die Knie wackelten. In ihrem Bauch wuchs die Furcht.

»Guten Morgen, die Damen. Willkommen im Hochzeitsladen!«

Eine ältere Dame mit einem teuer wirkenden Mantel stand auf. »Wir freuen uns, hier zu sein. Die Dunlaps haben uns so viel Gutes erzählt. Ich bin Pasty Connery und das ist meine Tochter, die frisch verlobte Miranda, und ihre Schwestern ...«

Coras Blick streifte die Gesichter, als die Dame sie alle vorstellte. Die hübschen Connerydamen. Nicht Janice Pettrey. Sie zitterte vor Erleichterung.

»Die Dunlaps, natürlich, eine wunderbare Familie. Wie geht es Ruth?«

»Sie erwartet ihr erstes Kind.« Die jüngeren Frauen lächelten, während ihre Wangen erröteten.

»Nun, Miranda«, Cora wandte sich der Braut zu, »herzlichen Glückwunsch!« Die charmante Brünette mit den langen Wellen über den Schultern hob ihre linke Hand, an der ein Diamant funkelnd das Licht reflektierte.

»Ist er nicht atemberaubend?«

»Sehr.« Cora hatte erst wenige diamantene Verlobungsringe gesehen, da sie nicht sehr beliebt waren. Oder kaum *erschwinglich*.

»Er hat seiner Großmutter gehört. Wylie hat ihn für mich neu einfassen lassen.« Die Braut drückte ihre Hand an die Brust. »Ich werde ihn niemals abstreifen.«

»Das sollten Sie auch nicht. Wollen wir uns Brautkleider ansehen?« Cora begleitete Miranda und ihre Mutter durch den Laden und führte ihnen die gesamte Auswahl vor. Schließlich begleitete sie beide hinauf und beschrieb ihnen Odelias Dienste.

Aber Miranda war eine entschlussfreudige Person und wusste, was sie wollte. Sie entschied sich für ein Kleid von der Stange, mit Ärmeln und Oberteil aus Spitze, das vorne, unter dem hübschen, eckigen Ausschnitt, geknöpft wurde. Der Rock war üppig und lang und aus Satin und Tüll geschneidert.

»Ich möchte die schönste Frau im ganzen Saal sein!«, gestand Miranda, als sie hinter den Raumteiler trat, um sich umzukleiden.

»Die werden Sie auch ohne Zweifel sein.«

Miranda kicherte. »Ich bin jetzt schon aufgeregt. Waren Sie bei Ihrer Hochzeit aufgeregt?«

Cora reicht ihr das Kleid um die Ecke. »I-ich habe noch nicht geheiratet.«

Die großen, braunen Augen des Mädchens erschienen über dem Raumteiler. »Wirklich nicht? Ich ging einfach davon aus.«

»Das ist schon in Ordnung. Lassen Sie mich wissen, wenn Sie Hilfe brauchen. Sie können das Kleid vorne schon zuknöpfen, aber die Ärmel sind ein wenig schwierig. Ich gehe kurz ins Lager und suche nach einem Schleier.«

»Ich möchte gern einen langen Schleier. Meine Cousine hatte einen kürzeren und das hat mir nicht gefallen. Ich fand, es wirkte, als würde etwas fehlen. Ach, bitte, könnten Sie mir bei den Ärmeln helfen?«

Cora lief zurück, um hinter den Raumteiler zu treten und der schlanken, jungen Frau in das Kleid zu helfen, das sie in ihr lebenslanges Abenteuer begleiten würde. »Wie alt sind Sie, Miranda?«

»Zwanzig. Ich habe Wylie auf dem Debütantenball meiner Cousine kennengelernt. Er war der Bruder ihres Begleiters.« Sie blickte zu

Cora auf. »Ich habe mich in dem Augenblick in ihn verliebt, als ich ihn gesehen habe.«

»Dann schätzen Sie sich glücklich.« Sie rückte die Schultern des Kleides zurecht und trat zurück. »Sehr schön. Sie können sich fertig machen. Ich bin sofort zurück.«

»G-gibt es einen Grund, dass Sie nie geheiratet haben?« Mirandas Frage verfolgte Cora bis zum Treppenabsatz.

Sie zögerte und wehrte das Geschoss aus Emotionen ab. »Es hat sich einfach nicht ergeben.«

»Dann hoffe ich, dass es bald so weit ist. Die Liebe ist einfach berauschend.«

Ja, das war sie, trotz allem. Und zugleich konnte sie furchtbar schmerzhaft sein. Unten an der Treppe richtete Cora das Wort an die wartenden Damen, die auf der Sofakante saßen, an ihrem Tee nippten und das Konfekt verzehrten, das Mama ihnen gereicht hatte.

»Sie hat sich ein wundervolles Kleid ausgesucht. In einem Moment wird sie herunterkommen.«

Hinter der Vitrine suchte Cora den längsten Schleier aus, den sie dahatte. Sie legte ihn sich über den Arm und zeigte ihn den Damen, die ihre Wahl mit einem »Oooh« quittierten, dann lief sie die Stufen wieder hinauf.

Die Hintertür des Ladens fiel lärmend ins Schloss und brachte das ganze Gebäude zum Beben. Mama stand auf und sah sich um. »Was um alles in der Welt ...«

»Cora Scott, wo bist du?« Eine dröhnende Stimme gefolgt von schweren Schritten drang über die Dielen und hallte von der Mauer und in Coras Brust nach. »Ich muss mit dir reden! Und zwar sofort!«

Birch erschien um die Wand des kleinen Salons, sah hinauf zum Mezzanin. Seine blauen Augen funkelten wild, sein dunkles Haar war gekämmt, weigerte sich aber, an seinem Platz zu liegen.

»Birch, ich habe Kundschaft.« Cora kam ein paar Schritte hinunter. »Bitte sprich leiser. Mrs Connery, es tut mir leid. Ich weiß nicht, worum es geht. Mama?« Sie bedeutete ihr hinaufzukommen, den Schleier zu übernehmen und Miranda zu geben.

»Niemand rührt sich! Esmé, bleib stehen.« Birch hob die Hände. »Ich habe etwas zu sagen und ich sage es hier und jetzt.«

»Es gibt keinen Grund, unhöflich zu werden, junger Mann.« Die gute Mrs Connery, Gott segne sie.

»Cora, ich habe mein Leben in die Hand genommen.« Er begann, langsam die Stufen hinaufzusteigen. Seine Wangen nahmen eine tiefrote Färbung an. »Ich habe auf dich gewartet und gewartet. Vierzehn Jahre lang insgesamt. Und dann habe ich aufgegeben.«

»Ist das notwendig? Ich weiß das alles. Bist du gekommen, um mir das vor meiner verehrten Kundschaft ins Gesicht zu sagen?«

Miranda stand oben an der Treppe. Ihre weichen Gesichtszüge waren vor Verwirrung entgleist. »Was geht hier vor sich?«

»Ich bitte um Entschuldigung, junge Dame, aber ich habe etwas zu sagen und ich sage es nun. Cora, ich habe eine Frau gefunden. Eine gute Frau. Sie ist hübsch, humorvoll und sie hat mich geliebt.« Birch klopfte sich auf die Brust. »*Mich* liebte sie. Wollte mich heiraten.«

»Dann heirate sie. Verfolge deinen Plan. Ich halte dich nicht auf.«

Birch lief einen weiteren Schritt hinauf und kam Cora näher. »Doch, doch das tust du. Denn endlich hast du Ja gesagt. Endlich, nach Monaten und *Jahren*, in denen ich gewartet, mir deine Entschuldigungen angehört habe, kommst du eines schönen Nachmittags auf meine Farm und verkündest hübsch, wie du bist, dass du nun so weit seist. ›Ich heirate dich, Birch.‹ An Thanksgiving obendrein.«

»Das ist doch töricht.« Cora wandte sich dem Mezzanin zu. »Fahr heim, Birch, ich habe zu tun.«

Aber er überholte sie und hielt sie auf der Treppe auf. »Ich hatte meinen Frieden gemacht: Du und ich, wir würden getrennte Wege gehen. Aber, verflixt, du bist mir einfach nicht aus dem Kopf gegangen. Ich habe es versucht. Habe noch mehr Zeit mit Janice verbracht. Habe Mamas Ring hervorgeholt. Habe dreimal versucht, ihr einen Antrag zu machen. Aber, große Güte, ich konnte es nicht! Und warum? Weil ich dich liebe, Cora Scott. Ich bin so sehr in diese Liebe verstrickt, dass ich nicht einmal den Weg herausfinde!«

Die Damen untermalten seine Offenbarung mit allgemeinem Luftholen.

»Birch ... ich ... Was willst du damit sagen?«

»Ich will damit sagen ...« Er fiel auf die Knie, geradewegs auf der Treppe, und holte eine Schatulle aus seiner Jackentasche. »Cora Scott, willst du mich heiraten? Und, Lady, untersteh dich, Nein zu sagen, denn dann explodiert mir das Herz in der Brust und ich sterbe auf der Stelle! Ich verschwende keinen weiteren Augenblick ohne dich an meiner Seite als meiner Frau.« Er öffnete die Ringschatulle und hielt ihr einen funkelnden Saphir in goldener Fassung entgegen. »Bitte, heirate mich!«

Cora ließ den Schleier los und er sank wie eine unbeschwerte Wolke die Treppen hinunter und auf die Stufen. Ihr Herzschlag pochte in ihren Ohren, ihr Blick versenkte sich in seinem. »Wirklich? Ach, wirklich? Ich liebe dich, Birch Good. Ja, ja! Ich heirate dich, natürlich!« Ihre Hand zitterte, als er ihr den Ring über den Finger schob. Über und unter ihr frohlockten die Damen mit einem Raunen und leisem: »Wie schön!«

Sie sank gegen ihn, vergrub ihr Gesicht an seinem Hals, nässte seine warme Haut mit Freudentränen. Endlich!

Birch stand auf, hob Cora auf die Füße, riss sie unter dem stürmischen Beifall der Damen in einer großen Umarmung an sich und hielt sie so fest, dass sie beinahe keine Luft mehr bekam. Als er seine Lippen auf ihre legte, war sie durch und durch erfüllt mit Luft und Licht und Liebe.

Als Birch den Kuss abbrach, legte er seine Stirn an ihre Stirn. »Ist es wahr?«

»Ja, sehr, sehr wahr.« Mit den Händen um seinen Nacken küsste sie ihn und gab ihm alles hin. Ihr Herz, ihr Wort und auch ihr Versprechen.

»Fahren Sie fort, meine Damen«, sagte Birch und stieg die Stufen hinab. »Ich habe selbst noch zu tun. Aber was sagt man dazu? Ich werde *heiraten*!«

Cora rannte die Stufen hinab, um ihn ein letztes Mal zu küssen. Seine Lippen waren warm und sehnsüchtig, ihr Herz schlug gegen seins. Das war die Liebe, die sie sich ihr ganzes Leben lang gewünscht hatte. Geradewegs in ihren Armen.

27

Haley

2. März

Es war ein langer Tag gewesen. Haley bog zum Haus ihrer Eltern ein, parkte Dads Pick-up unter der Eiche und krabbelte wie eine alte Dame hinter dem Steuer hervor.

Mannomann, ein Umbau war Knochenarbeit. Nachdem sie die Genehmigungen voller Stolz ins Schaufenster gehängt hatte, schloss sie sich Coles Team an, erschien morgens noch vor ihnen zur Arbeit und war die Letzte, die ging.

Die Bauanträge waren zwar genehmigt, nicht aber ihr Antrag auf Fristverlängerung. Der Laden musste bis zum 1. Mai abgenommen worden sein.

Durch die Hintertür warf sie ihre Stiefel in den Garderobenraum und hängte ihren staubigen Mantel an einen Haken.

Es war ruhig und warm im Haus. Ein sanfter Schimmer kam aus dem Lesezimmer.

»Ich bin wieder da!« Haley holte sich eine Schüssel aus dem Küchenschrank und eine Packung Cornflakes aus der Speisekammer.

Als Haley klein war, erlaubte ihre Mutter keine Cornflakes im Haus, aber als Erwachsene schaffte sie es, sie hinter ihrem Rücken hereinzuschmuggeln.

»Haley?« Mom erschien im Durchgang zur Küche, ein Glas Wein und die Lesebrille in der Hand. »Wie war dein Tag?«

»Viel zu tun.« Sie nahm die Milch aus dem Kühlschrank, aber ihre Arme waren so schwer, dass sie kaum die Packung halten konnte.

»Werdet ihr rechtzeitig fertig?«

»Wir machen uns den Rücken krumm, um es zu schaffen. Ich glaube schon. Die Elektrik und die Rohre sind verlegt. Cole glaubt, die Wohnung im zweiten Stock wird am Montag so weit sein.« Haley warf Mom einen Blick zu. »Ich ziehe um, sobald sie fertig ist.«

Mom kam zur Kücheninsel, wo Haley Platz nahm und sich in ihre Cornflakes vertiefte. »Wir haben uns gefreut, dass du bei uns warst.«

Haley sah ihre Mutter an. Seit ihrem offenen Mutter-Tochter-Gespräch hatte sich die Stimmung zwischen ihnen verändert. Es gelang ihnen ein wenig leichter, ihre Zuneigung auszudrücken. »Danke, dass ich reinschneien durfte.«

Ein leichtes Lächeln erschien auf Moms Lippen. »Ich habe vorher nie gemerkt, wie ehrgeizig du bist.«

»Weil ich immer übersehen wurde.«

Mom runzelte die Stirn. »Na, jetzt stichst du jedenfalls heraus.«

Haley schaufelte sich einen großen Löffel Cornflakes in den Mund und sah auf ihr Handy. Sie wartete darauf, dass sich eine Designerin meldete. Charlotte hatte ihr den Kontakt zu Melinda House, einer europäischen Herstellerin, vermittelt, die einen Laden in New York eröffnet hatte. Sie hatte versprochen, ihr alles zu schicken, was sie auf Lager hatte. Aber das war schon zwei Wochen her und seither hatte sie nichts mehr von ihr gehört. Haley wusste, dass so etwas Zeit brauchte, aber die Uhr tickte.

»Ich habe etwas für dich.« Mom lief aus dem Zimmer.

Haley rutschte von ihrem Stuhl. Zu diesem Nachtmahl fehlte noch ein Toast. Sie sah in der Speisekammer nach. Kein Brot. Elende Weißmehl-Gegner.

Mom kam mit einem weißen Umschlag und einem Schlüssel zurück. »Hier.«

Haley drehte sich um, als Mom Schlüssel und Umschlag auf den Tisch legte. »Was ist das?«

»Im Umschlag ist Geld. I-ich wollte dir beim Laden unter die Arme greifen.« Sie seufzte und rieb sich mit den Fingern über die Schläfen. »Das ist eine längere Geschichte, aber nimm vorerst mal das Geld. Und den Schlüssel.«

»Mom, bist du sicher?« Haley schloss sie fest in die Arme. In ihr machte sich Liebe zu ihrer Mutter breit, die heimlich einen weichen Kern hatte. »Dankeschön. Aber wofür ist der Schlüssel?«
»Er ist für den verschlossenen Lagerraum im Laden.«
Haley sah sie einen Augenblick an. »W-woher hast du ihn?«
»Tja, Cora hat ihn mir gegeben.«
»Cora? Miss Cora, die Ladenbesitzerin? Du kanntest sie?«
»Ja, aber nicht sehr gut.«
»Wie? W-warum hat sie dir den Schlüssel gegeben?«
»Weil ...« Mom wich ihrem Blick aus. Ihre Unterlippe bebte. »... sie meine Schwester war.«

CORA

Januar 1935

Sie stand am Ufer des Cumberland, dort, wo der Weg vom alten Anwesen herunterführte. Wo sie mit EJ aufgewachsen war und gespielt hatte, wo sie erfahren hatte, dass ihr Vater die Bank verloren hatte, wo Birch ihr seinen ersten Antrag gemacht und ihr seine Liebe gestanden hatte.

Dichter, grauer Nebel hing über diesem Wintertag, während Cora aufs Wasser blickte und sich daran erinnerte, wie sie auf die Flussbiegung gestarrt und ein Zeichen von Rufus St. Claire herbeigesehnt hatte.

Heute war ihr zweiter Hochzeitstag mit Birch. Sie hatte nicht geahnt, dass sie einen Mann so sehr lieben konnte, oder auch so sehr geliebt werden konnte. Und um Haaresbreite hätte sie dieses Leben verpasst, das sie nun mit ihrem Ehemann führte.

Sie hofften bald auf Kinder.

Im letzten Jahr hatte sie Rufus' Briefe verbrannt. Nicht dass Birch den Mann je erwähnt hätte, aber als sie ihm erzählte, dass sie die

Briefe in die Metalltonne geworfen und angezündet hatte, war der Blick in seinen Augen mehr wert als tausend Worte. Er liebte sie leidenschaftlich in jener Nacht.

Aber dennoch, hin und wieder erschien Rufus in ihren Gedanken und wirbelte altes Geflüster und Sehnsüchte auf. In letzter Zeit wieder häufiger und es trieb sie auf die Knie.

Bitte lösche jede Spur von ihm aus meinem Herzen, Herr.

In einem Gottesdienst am Mittwochabend war ihr die Kette in den Sinn gekommen. Sie hatte sie nach Birchs Antrag abgelegt, bewahrte sie aber in einer Schachtel hinten in ihrer Sockenschublade auf. Heute früh hatte Cora sie herausgeholt und war an den Fluss gefahren.

Cora sah auf ihre Hand. Der goldene Anhänger, den Rufus ihr geschenkt hatte, lag auf ihrem Lederhandschuh. Der Wind blies am Ufer entlang und schlug ihr den Saum ihres Kleides gegen die Beine.

Sie hatte ihn behalten als ... ja, als was? Als Zeichen der Mahnung? Als Kostbarkeit? Dabei stand er für nichts als Schmerz und Lügen.

»Tschüs für immer, Rufus. Du kannst dich nie wieder in mein Leben drängen!«

Sie warf das Schmuckstück Richtung Fluss, beobachtete, wie es hochschnellte und dann hinuntertaumelte, sah, wie es sich drehte und im Wind herumwirbelte, auf dem Wasser aufschlug und dann schnell in den eiligen Stromschnellen des Flusses versank.

28

Cole

Er ließ seine Schlüssel gleich auf den Tisch hinter der Tür fallen und bückte sich, um seine Stiefel auszuziehen. Er lief am Kamin vorbei und blieb stehen, überlegte, ging dann vor dem Kaminrost in die Knie und warf einige Scheite hinein und zündete sie an.

Phosphorgeruch und das Knistern der brennenden Holzscheite drangen durchs Haus. Cole lief in die Küche und versuchte, die Löcher in der Wand über dem Esstisch zu ignorieren.

Er würde sie morgen zuschmieren und streichen, aber irgendwie fühlte sich das ganze Haus leer an ohne diese Gitarre. Als hätte er das letzte Überbleibsel seiner Kindheit aufgegeben.

Aber er hatte das Geld für einen guten Zweck eingesetzt. Ein solides Investment. Er war Linus beinahe dankbar für seine fiese Manipulation.

Er riss den Kühlschrank auf. Sein Magen knurrte, seine Glieder zitterten, weil ihm Nahrung und Adrenalin fehlten.

Er war müde nach den Zwölf-Stunden-Schichten, die er eingelegt hatte, um den Laden für Haley fertigzustellen. Aber jeden Tag in ihrer Nähe zu sein, war die Sache wert.

Cole fand sein Abendessen auf einem mit Alufolie bedeckten Teller. Pizzareste. Was sonst? Er schob sie auf einen Pappteller und in die Mikrowelle.

Während er darauf wartete, dass die Pizza warm wurde, betrachtete er die Wand, an der die Stratocaster gehangen hatte. Als er seinen Vater angerufen hatte, um ihm die Nachricht zu übermitteln, war er zusammengebrochen, und Cole hatte nur das Telefonat beenden können, um nicht selbst von seinen Gefühlen mitgerissen zu werden.

Schlimmer als die eigene Mutter weinen zu sehen, war nur das Schluchzen des eigenen Vaters.

»*Danke, Sohn, vielen Dank! Das bedeutet mir unendlich viel.*«

Cole musste grinsen, als er sich daran erinnert, wie sein Vater »Prachtkerl!« gerufen hatte auf seine Erklärung hin, wie viel Linus für die Gitarre geblecht hatte.

»*Gut gemacht, mein Sohn!*«

Sohn. Er war sein Sohn. Wenn Gott ihm seine Sünden vergeben konnte, warum sollte Cole nicht die seines Vaters verzeihen können? Die Verzweiflung seines Vaters beschämte ihn und in letzter Zeit fiel es ihm ein wenig leichter, die Vergangenheit ruhen zu lassen.

Er gab seinem Vater die Hälfte des Geldes. Seinen Anteil brachte er zur Bank und war froh um eine Rücklage für sich selbst, für den Hochzeitsladen und, vielleicht schon bald, für einen Verlobungsring.

Die Mikrowelle piepste. Cole holte seinen Teller heraus, nahm sich eine Flasche Wasser und ging zu seinem Stuhl. Heute musste irgendwo ein spannendes Basketballspiel laufen.

Er zappte gerade durch, als ein donnerndes Klopfen seine Tür erbeben ließ.

»Cole! Mach auf. Cole!«

»Haley?« Er öffnete die Tür und trat zur Seite, um sie hereinzulassen. »Was ist denn los?«

Sie stürmte durch die Tür. Ihr eindringlicher Duft passte zu ihrem temperamentvollen Auftritt. »Noch besser: Was ist *nicht* los?« Ihr Lächeln erfüllte den gesamten Raum. *Dagegen bist du nichts, du flackerndes Lichtlein.*

Cole zuckte es in den Fingern, sie zu berühren, sie an sich zu ziehen, ihr das Haar aus dem Gesicht zu streichen und …

»Ich habe den Schlüssel für den Lagerraum!« Haley marschierte in die Küche, ein wahres Energiebündel, und zog einen Schlüssel aus der Tasche. »Meine Mutter hatte den Schlüssel!« Sie warf ihn auf die Kücheninsel und sah dann stirnrunzelnd zur Wand. »Hey, wo ist denn deine Gitarre? Die in dem Kasten?«

»Ich habe sie verkauft.« Er stellte Pizza und Wasserflasche ab und streckte sich nach dem Schlüssel aus. »Deine Mom hatte ihn? Woher denn?«

»Du hast deine Gitarre verkauft? Warum? Du hast sie geliebt.«

Er winkte ab. »Haley, wie ist deine Mutter an den Schlüssel gekommen?«

Sie lehnte sich in seine Richtung. »Mach dich darauf gefasst, dass dir deine blauen Augen aus dem Kopf fallen werden: Miss Cora war Moms Schwester!«

»Sieh mal.« Er deutete auf den Boden. »Meine blauen Augen liegen auf dem Boden. Wie kann deine Mutter Coras Schwester sein?«

»Also die Version meiner Mutter, sie fasst sich ja immer sehr kurz, als wäre es ein Facebook-Posting, ist folgende: Ihr Vater, mein Großvater, hatte 1946 eine Kriegerwitwe geheiratet und ein Jahr später war meine Mutter unterwegs. Cora stammte aus seiner ersten Ehe und war im selben Alter wie meine Großmutter. Kannst du dir das vorstellen?« Sie zog eine Grimasse.

»Egal. Mein Großvater war über sechzig, als meine Mutter geboren wurde. Cora war siebenundvierzig Jahre älter. Alt genug, dass sie ihre Oma hätte sein können.«

Cole schüttelte den Kopf, ging voran in die Küche und schob ihr ein Stück Pizza auf einen Pappteller. »Manchmal liest man so was, aber, wow ... Standen sie sich nah? Hat deine Mutter deshalb etwas gegen den Laden?«

»Mehr will sie mir nicht erzählen, aber, Cole, sie hat mir den Schlüssel und einen Scheck über zehntausend Dollar gegeben! Sie hat gesagt, sie will mich unterstützen. Nicht so sehr den Laden, aber mich.«

Er legte ihr den Arm um die Schultern. Sie kuschelte sich mit dem Kopf bequem an ihn. »Wir haben fast das gesamte Geld zusammen, das wir brauchen, um alles fertig umzubauen. Übrigens habe ich die Rechnungen für die Elektrik und die Verlegung der Rohe bekommen. Sie haben uns keine Handwerkerkosten berechnet, nur das Material.«

»Du machst Witze.«

»Sag nie, Gott tut keine Wunder mehr.«

»Das habe ich auch nie gesagt.«

»Und das wiederum habe ich nie behauptet.«

»Du hast gerade gesagt: ›Sag nie, Gott tut keine Wunder mehr.‹«

»Das ist doch nur ein Spruch.« Cole küsste sie auf den Kopf. Ihre Blicke trafen sich und sie rückte von ihm ab. Aber er ergriff ihre Hand. »Haley ...«

»Cole, was machst du da?«

»I-ich ...« Die Mikrowelle piepste und sorgte für eine kurze Unterbrechung, während der er versuchte, seine Gefühle in Worte zu fassen. Sein Blut schoss ihm wie eine Springflut durch die Adern.

Haley stellte sich auf die andere Seite der Kücheninsel und streckte den Finger aus: »Die Mikrowelle ...«

»Ich habe sie gehört.«

Cole holte ihre Pizza heraus und stellte sie vor sie. Er warf einen schnellen Blick auf ihr Gesicht und nahm eine Serviette vom Ständer auf dem Drehteller. »Die Pizza ist zwei Tage alt.«

Das war sein toller Spruch? Wie alt die Pizza war? In seinem Brustkorb pochte sein Herz vor Sehnsucht. Seine Lippen kribbelten und hätten gern ihre geschmeckt.

»G-gute Pizza«, sagte Haley, schluckte einen heißen Bissen herunter und tupfte sich die Lippen mit der Serviette ab.

Stille. Nicht die schöne Form von Stille, die sich bei einem angenehmen, entspannten Zusammensein einstellt, sondern eine Stille, die auf seine peinliche Unbeholfenheit zurückzuführen war.

Cole lief ins Wohnzimmer, um sein kaltes Stück Pizza zu holen, das noch auf ihn wartete. Er nahm einen großen Bissen, aber sein Appetit war verschwunden.

Haley aß ihre Pizza am Ende des Küchentresens und sah zu ihm auf. »Wenn du mich küsst, wird es kompliziert.« Sie wandte sich wieder ihrem Teller zu. »Ich bin immer noch nicht auf der Suche nach einer Beziehung.«

Cole schob seinen Pizzateller vor und stützte sich auf dem Tresen auf. »Dich küssen? Was? Glaubst du, ich wollte ...«

Sie prustete los, schob ihr Faust vor den Mund und vor einen Bissen Pizza. Er lief zum Kühlschrank und holte eine Flasche Wasser.
»Okay, ja, ich wollte dich küssen.«
Nach einem langen Schluck lächelte Haley und tätschelte ihm mit ernsterer Miene die Hand. »Du ... du warst, seitdem ich denken kann, der süßeste Junge in der Klasse. Klug. Nett. Und jetzt ist aus dir ein echter Mann geworden, trotz allem, na ja, was mit deinem Vater passiert ist.« Ihre blauen Augen blickten ihn an. »Aber du warst Tammys Freund, immer Tammys Freund.«
Cole griff nach ihrer Hand, zog sie zu sich heran und lehnte seine Stirn an ihre Stirn. »Tammy ist aber nicht mehr hier.«
»Ich weiß, aber ...« Haley tippte sich auf die Brust. »Aber sie ist hier drin. Und außerdem bin ich nicht bereit ...«
»Haley, ich bin nicht Dax.«
Sie löste sich von ihm. »Ich weiß, und wenn irgendjemand eine Chance hat, dann bist du es, Cole. Ich brauche nur Zeit ... um mich zu sortieren. Damit meine Wunden heilen können. Damit ich mir selbst vergeben kann, dass ich mich habe täuschen lassen. Ich will einfach nur sicher sein, dass ich bei klarem Verstand bin. Dass ich mich darüber definiere, was Gott von mir denkt und nicht irgendein Mann.«
Er nickte. Ihm gefiel die Art ihrer feinen Einsicht. »Das ist sehr verständlich.« Mit einem Blick auf seine Pizza nahm er einen weiteren Bissen. »Als Tammy und ich uns getrennt haben, habe ich mich eine Weile dasselbe gefragt. Wie konnte ich es so weit kommen lassen? Meine Mutter sah, dass mich vor der Hochzeit etwas beschäftigte, und sagte, falls ich kalte Füße bekäme, solle ich mich daran erinnern, dass ich mich dafür entschieden habe. Denn diese Entscheidung könne durchtragen, wenn die Liebe einmal ausbleibe. Und die Liebe würde dann einspringen, wenn die Entscheidung einmal auf die Probe gestellt würde. Nimmt man Gott noch mit in die Gleichung auf, hat man schon die dreifache Schnur, die nicht reißt. Selbst wenn wir doch geheiratet hätten, glaube ich, dass wir es geschafft hätten. Es hätte Arbeit bedeutet, aber wir wären klargekommen.«

»Klingt aber nicht gerade romantisch, oder?«

Er lachte leise in sich hinein. »Du klingst wie Tammy zum Schluss. ›Du hast mir nicht einmal einen Antrag gemacht‹, hat sie gesagt.«

»Wie unterscheidet sich denn dann das, was du für mich empfindest, falls du denn etwas empfindest, von dem, was du für Tammy empfunden hast? Das frage ich mich nämlich, Cole. Kann ich dir vertrauen? Und mir selbst? Woher weiß ich, dass meine Gefühle, das heißt, falls da welche sein sollten, nicht aus derselben blinden Liebe bestehen, die ich für Dax empfunden habe? Ich will niemals wieder so von einem Menschen kontrolliert oder manipuliert werden.«

»Du bist nicht Tammy und ich bin nicht Dax. Das ist doch schon mal ein guter Anfang. Bitte wirf mich nicht in einen Topf mit diesem muskelbepackten Frauenhelden.«

Sie versuchte zu lächeln, aber in ihrem Blick lag Sorge. »Haley ...« Er streckte seine Arme nach ihr aus, zog sie um die Insel herum zu sich heran. »Du lässt mein Herz höher schlagen. Du beherrschst meine Gedanken. Wenn ich nicht mit dir zusammen bin, dann *will* ich mit dir zusammen sein. Wenn du in den Laden kommst, lächelt mein ganzer Körper. Jeder Tag, an dem du vorkommst, ist ein guter Tag. Ich will mit dir reden, dir zuhören, erfahren, was bei dir los ist. Ich bete für dich. Ich will, dass der Laden ein Erfolg wird, weil es *dich* glücklich macht.«

»Was du gerade gesagt hast«, Tränen liefen ihr aus den Augenwinkeln, »definiert man gemeinhin als Liebe. *L-liebst* du mich?«

Er trat mit einem Seufzer zurück. »Bisschen komisch, es auf diese Weise zu sagen, aber ja, ich glaube schon.«

29

CORA

Oktober 1950

»Danke, dass Sie gekommen sind, Grace und Ray.« Cora begleitete Grace Kirby zur Eingangstür des Hochzeitsladens. Sie traten durch das schwache, weiße Licht, das durch das Fenster hereinschien.

Birch stand mit Graces Ehemann Ray auf der vorderen Treppe. Cora stellte sich neben Birch, hakte sich bei ihm unter und lehnte sich gegen seine immer noch schlanke Farmer-Statur.

Im Zweiten Weltkrieg hatte sie ihn ein paar Jahre entbehren müssen. Orie Westbrook und sein Sohn Jimmy hatten sich mit einem Cousin von Birch um die Farm gekümmert. Als er nach Hause kam, weinte sie in seinen Armen. »Verlass mich nie wieder!«

»Ich bin jetzt wieder da, Liebling. Ich bin wieder zu Hause.«

Sie dachte, vielleicht würde aus ihrem Wiedersehen Nachwuchs erwachsen. Selbst mit sechsundvierzig sehnte sie sich noch nach einem Kind. Aber es sollte nicht sein. Stattdessen begann Mama ihren langen Kampf gegen den Krebs.

»Der Tod Ihrer Mutter tut uns schrecklich leid.« Grace zog Cora an ihren hüpfenden Busen. »Wir werden sie vermissen. Sie war ein Licht in unserem Leben, nicht wahr?«

»Das war sie.«

Heute Morgen hatten Cora und Birch sie auf dem Friedhof von Heart's Bend zur letzten Ruhe gebettet. Und hatten den Hochzeitsladen ihr zu Ehren vorübergehend zu einem Ort der Trauer erklärt, in den Leute von überallher strömten, um Esmé Scott zu gedenken und allem, was sie für die Stadt getan hatte. Und für die Kundinnen des Hochzeitsladens.

»Ich war ganz aufgeregt vor meiner Hochzeit.« Grace blieb auf der Treppe stehen und lächelte. »Erinnerst du dich, Ray? Nachdem meine Mama so früh gestorben war. Aber Esmé nahm mich zur Seite und erklärte mir, es sei alles in Ordnung. Cora, Sie haben mir geholfen, eine tadellose Brautausstattung zusammenzustellen.« Sie sah zum Laden hinüber. »Ich habe so schöne Erinnerungen an die Male, die ich hier war. Ich erinnere mich immer noch an Odelias süße Brötchen.« Sie tippte Cora an. »Die eher süße Felsbrocken waren.«

»Grace, es ist schon spät.« Ray setzte sich in Bewegung. »Lassen wir die beiden allein.«

»Auf Wiedersehen, Cora, wir beten für Sie!« Grace küsste erst Cora, dann Birch auf die Wange. Sie hatte noch zu Tante Janes Zeiten geheiratet. Aber was hatte das schon zu bedeuten? Nach einer Weile war es eins gewesen und Grace gehörte einfach zur Familie. Alle Kundinnen gehörten früher oder später zu dem einen, schönen Bild in Coras Herzen, das für alle Frauen stand, auf deren Weg der Laden eine Rolle spielte.

»Nicht so schnell mit den jungen Pferden, Ray!« Grace sah Cora an. »Sie und Ihre Mama waren feste Säulen in den Jahren der Großen Depression und des Krieges. Ich weiß, dass meine Mary Jane es Ihnen nie vergessen wird, wie freundlich Sie waren, als sie heiraten wollte und Ray seine Stelle verloren hatte.«

»Es war uns eine Ehre, ihr behilflich zu sein.«

»Grace, ich lasse den Motor an. Wenn du nicht im Wagen sitzt, sobald ich den Gang eingelegt habe, fahre ich ohne dich.« Ray lief den Bordstein hinunter.

Birchs leises Lachen rumpelte in seiner Brust.

Grace verzog das Gesicht und wedelte mit der Hand in Coras Richtung. »Er macht mir keine Angst. Wenn ich nicht da wäre, um ihm seinen Toast zu buttern, würde der alte Gaul verhungern!« Sie zwinkerte.

»Ich habe ihn genau da, wo ich ihn haben will.« Trotzdem eilte

Grace den Weg hinunter, als Ray den großen Motor seines Oldsmobile anließ. »Rufen Sie mich an, wenn Sie etwas brauchen, Cora, was auch immer es sein mag!«

»Danke, Grace. Das werde ich.«

Im Laden atmete Cora auf und sank auf das Sofa im großen Salon, während Birch die Tür verriegelte, sich neben sie setzte und sie an sich zog. Der Tag war vorüber.

»Wie geht es dir?« Er küsste sie auf die Stirn. In den achtzehn Jahren ihrer Ehe hatte er alle seine Versprechen gehalten – und übertroffen.

Er war so, wie Cora sich einen Ehemann erträumt hatte. Liebevoll. Geduldig. Treu. Ergeben und aufopferungsbereit. Und zu ihrer überraschten Verwunderung auch voller Leidenschaft. Tagsüber war er Farmer und nachts wurde er zum Romeo.

Romantisch oder sentimental konnte man Birch nicht nennen. Cora konnte an einer Hand abzählen, wie oft er ihr Blumen mitgebracht hatte. Aber er war aufmerksam und fürsorglich und achtete auf ihre Gefühle.

»Ich habe mich gefragt«, er griff nach ihrer Hand, »ob wir nicht eine Urlaubsreise machen wollen? Wir reden schon seit unserer Hochzeit davon. Nach Kalifornien oder nach Florida?«

Cora richtete sich auf. »Wirklich, Birch? Meinst du, das wäre möglich?«

»Warum nicht?« Er küsste sie mit einem Grinsen auf den Lippen und einem Funkeln in den Augen. »Orie kann sich um die Farm kümmern. Im Januar ist nicht viel zu tun.«

»Ich könnte den Laden einfach schließen.«

Mamas Kampf gegen den Krebs war so anstrengend gewesen, dass Birch und sie in den letzten anderthalb Jahren nur funktioniert hatten. Cora hatte mehr Nächte an der Seite ihrer Mutter verbracht als im Bett neben ihrem Ehemann.

Seine Hand strich langsam über ihre Wange bis zu ihrem Halsansatz. »Du bist heute noch schöner als damals, als ich dich geheiratet habe.«

»Hör auf. Ich bin ein Wrack. Völlig übermüdet und, meine Güte, seit Mamas letztem Schub habe ich keinen Friseursalon mehr von innen gesehen.«

Birch hob ihr Kinn und küsste sie. »Du bereust es nicht, oder? Dass du mich geheiratet hast?«

Cora zuckte zurück. »Birch Good, wie kannst du jemals so etwas fragen?« Sie strich mit dem Handrücken über seine hohen Wangenknochen. »Weißt du inzwischen nicht, dass ich ohne dich gar nicht atmen könnte? Weshalb fragst du?«

»Na ja … nachdem du deine Mama nun in den Tod begleitet und keine eigenen Kinder bekommen hast, frage ich mich, ob …«

»Psst, keine Zweifel. Ohne dich wäre ich jetzt allein.«

»Irgendein Mann hätte schon angeklopft, glaube mir.«

»Ich will aber nicht irgendeinen Mann. Ich will dich!«

»Du hast mich, Cora. Ich gehöre dir.«

Sie fiel an seine Brust. Ihr Herz floss über. So intensiv hatten sie sich ihre Zuneigung seit Langem nicht mehr erklärt. Vielleicht nicht mehr seit ihrer Hochzeitsnacht. Cora strich über seine muskulöse Brust. Er war nun vierundfünfzig, aber noch so jugendlich wie am Tag ihrer Eheschließung.

Vor vier Jahren hatte Cora angefangen, sich zu verändern. Sie legte an Gewicht zu und ihre gertenschlanke Figur gewann einige Kurven dazu. Sie freute sich darüber, aber Mama gab ihr gleich Warnungen mit auf den Weg.

»*Es wird überhand nehmen, Cora*«, sagte sie und drängte Cora, sich mit Kaffee und Zigaretten schlank zu halten.

Aber der Doktor vermutete, dass die Zigaretten Mamas Lungen ruiniert hatten. Außerdem mochte Birch ihre sanften Kurven und er war der Einzige, dem sie gefallen wollte.

»Hast du etwas von deinem Vater gehört?« Birch streichelte Cora über das Haar und strich es ihr aus dem Gesicht.

»Ich habe ihm gar nicht geschrieben. Ich weiß nicht, wo er wohnt.«

Sie stand auf und sah sich um. »Am besten räume ich auf, bevor ich zu müde bin. Ich muss den Laden morgen öffnen.«

»Cora, warum lässt du es nicht bleiben? Nimm dir ein paar Tage zum Trauern.«

Sie lächelte ihren Gatten an. »Die Arbeit wird mir beim Trauern helfen. Aber von dir, mein Lieber«, sie beugte sich herunter und piekte ihm in die Brust, »von dir möchte ich alles über diesen Urlaub hören!«

Cora räumte leere Tassen und Gläser auf ein Serviertablett. Das Buffet im kleinen Salon war leer gefegt, nur Schinken und Kartoffelsalat würden noch tagelang reichen.

»Ich rufe in dieser Woche im Reisebüro an.« Birch begann Stühle zusammenzuklappen und an die Wand zu lehnen. »Es war schön, die Millers bei der Beerdigung zu sehen.«

»Ich kann kaum glauben, dass sie extra aus Texas gekommen sind. Und hast du Clark und Darcy Hath begrüßt? Ich habe sie seit der Highschool nicht mehr gesehen.«

»Er hat gut am Ölgeschäft verdient. Da wünschte ich …«

»Nichts, Birch, du wünschtest gar nichts.« Mit dem Tablett in der Hand lief Cora zur Teeküche, blieb aber bei ihrem Mann stehen. »Ich wünsche mir kein anderes Leben.«

In der Küche stellte sie das Geschirr neben die Spüle. Birch hatte vor ein paar Jahren ein Becken in die Arbeitsplatte eingelassen und Strom verlegt, sodass Mama Kaffee und Tee für die Kundinnen kochen konnte, ohne zwei Stockwerke nach oben laufen zu müssen.

Cora sah aus dem Fenster. Die Farben des Herbstes strichen schon über die ausgedünnte grüne Wiese. *Ach, Mama …* Kummer und Erleichterung zugleich erfüllten sie. *Was mache ich bloß ohne dich?*

Sie war bis zum Schluss so willensstark wie eh und je, trug blonde Perücken und roten Lippenstift. Aber sie war auch sehr schwach gewesen. Klammerte sich an Coras Hand, wenn sie Zeitung las. Hattie Lerner schrieb noch immer ihre Klatschspalte.

»*Bin ich bereit, Jesus gegenüberzutreten, Cora?*«

»*Vertraust du ihm, Mama? Hast du Daddy vergeben?*«

»*Ja. Ja, ich vertraue ihm. Ich vergebe deinem Daddy.*«

Cora drehte sich um und griff nach einem Stuhl. Sie sah aus dem

Fenster. Ihre Gedanken gingen zurück zu ihrer Kindheit, als Mama in der Küche herrliche Düfte hervorbrachte, als Daddy mit seinem starken Rasierwasser und der Pomade im Haar zum Frühstück erschien. Als Cora durchs Herbstlaub lief, lachend, mit EJ.

Sie war noch nicht einmal fünfzig und hatte schon alle verloren. Sie ließ die Tränen laufen.

Birch strich ihr über die Schultern. »Warum schließen wir nicht ab und fahren nach Hause? Ich halte bei *Ella's Diner* und hole uns etwas zu essen, hm?«

Cora wischte sich die Wangen ab. »Wir haben tonnenweise Reste.«

»Die können warten. Wie wäre es mit diesen neumodischen Pizzadingern? Und wir können schauen, was heute im Fernsehen läuft.«

»Wir können im Farmhaus doch gar nichts empfangen.«

Birch lachte. »Einen Sender schon, aber das Bild ist ganz verschwommen. Dann schalten wir eben das Radio ein.« Zärtlich half er ihr auf die Beine. »Ich komme morgen früh mit und helfe dir aufzuräumen.«

»Lass mich nur noch schnell die Reste in den Kühlschrank stellen.«

Als sie die letzten Kleinigkeiten aufräumten, sah Cora sich noch einmal im Laden um. Morgen musste er wie ein einzigartiger Brautmodenladen aussehen, nicht wie ein Beerdigungslokal.

Ein dunkler Schatten fiel von der Eingangstür auf den Boden.

»Cora?« Ein älterer Herr trat ein. Ein bezauberndes, etwa dreijähriges Mädchen in Spitzenkleidchen, weißen Socken und sehr glänzenden, schwarzen Spangenschuhen klammerte sich an seine Hand. Ihr dunkles Haar war zu Locken frisiert und dann ausgekämmt worden, sodass es sich um ihr hübsches, herzförmiges Gesicht wellte. Ihre blauen Augen blickten Cora eindringlich an und nahmen alles um sie herum auf.

»Kann ich Ihnen helfen?«

»Begrüßt man so seinen alten Herrn?«

Sie holte tief Luft und sah ihn nur für einen Augenblick an. »Daddy?«

»Ja, ich bin's, dein Daddy!« Er nickte, trat vor, als wolle er sie umarmen, dann ging er wieder zurück. Tränen glänzten in seinen müden Augen. »Es tut mir schrecklich leid, das mit deiner Mutter.«

Cora rang mit den Händen, versuchte Anstand zu wahren. Abgesehen davon war sie zittrig wie ein Blatt im Sommerwind. »Was machst du hier?« Sie hatte aufgegeben, wütend auf ihn zu sein. Seine jährliche Weihnachtskarte war unterschrieben mit »Alles Liebe, Dad« und zeigte ihr, dass er lebendig und wohlauf war. Mehr nicht.

Für sie alle war er, vielleicht wie von Mama beabsichtigt, gestorben.

»Ich habe von Esmé erfahren. Ich wollte ihr meinen Respekt zollen.«

»Dann geh auf den Friedhof. Sie ist neben EJ begraben.«

»Danke. D-das werde ich. Cora ...« Er räusperte sich. »Es ist vermutlich zu spät, um zu sagen, dass es mir leidtut?«

»Für Mama schon.« Cora verschränkte die Arme. Sie wollte nicht, dass er in ihre Trauer, in ihr Leben eindrang. Er war nichts weiter als ein Dieb.

»Und für dich?«

»Daddy, ich habe meinen Frieden mit dir gemacht. Lass uns die Sache nicht wieder aufwühlen.«

»Cora, bist du so weit?« Birch kam herein. Seine Schritte verlangsamten sich, als er neben Cora trat. »Ernie.«

»Birch.« Ein leichtes Grinsen erschien auf Daddys Gesicht und er sprang vor, um ihm die Hand zu schütteln, wobei er das kleine Mädchen mit sich riss. »Ist das denn die Möglichkeit? Du hast sie dir noch geangelt!«

»Um genau zu sein, habe ich ihn mir geangelt.«

»W-wie lange seid ihr schon verheiratet? Habt ihr Kinder?«

»Achtzehn Jahre«, sagte Cora.

»Keine Kinder.« Birch legte ihr den Arm um die Taille. »Wir freuen uns aneinander.«

Daddy nickte, dann sah er langsam zu dem Mädchen neben sich. »Das ist ... na ja ...«, Daddy kniete sich neben sie, zog sie zu sich und weckte einen Anflug von Sehnsucht in Cora, »... jemand ganz Besonderes. Cora, ich hatte gehofft, du könntest auf sie aufpassen, wenn ich das Grab besuche. Sie ist noch ein bisschen zu jung, um mitzugehen. Und ich muss noch ein paar Dinge an deine Mama loswerden.«

»Du weißt doch, dass sie nicht wirklich dort ist. Du kannst genauso gut durch den Park spazieren und sie in die Luft sprechen.«

Bei ihrem scharfen Tonfall senkte er den Kopf. Aber sie bereute ihre Worte nicht.

»Würdest du für mich auf sie aufpassen? Ihre Mutter ist in der Pension. Sie wollte nicht mitkommen.«

»Dann bring sie doch zur Pension. Wer ist ihre Mutter überhaupt und warum hast du ihre Tochter bei dir?«

»I-ich ...« Daddy stand auf, räusperte sich, sah sich im Laden um und blickte überallhin, nur nicht zu Cora. »Ich habe wieder geheiratet.«

Birch umschloss Coras Taille fest und bewahrte sie davor wegzusacken. »Du hast wieder geheiratet?«

Cora sah zwischen dem kleinen Mädchen, das sie noch immer mit ihren babyblauen Augen betrachtete, und Daddy hin und her.

»Ja. Lydia war eine Kriegerwitwe. Wir haben uns in Nashville kennengelernt. An einem Abend für Militärangehörige. Ich habe Banjo in einer Bluegrass-Band gespielt. Na jedenfalls wollen wir ... wollen wir zurückkehren und hier leben, Cora. Wir wollen Joann hier in Heart's Bend großziehen. In einer Kleinstadt, weißt du.«

Coras Mund war ausgedörrt und jedes Wort, das sie gern gesagt hätte, verdunstete einfach. Sie sackte an Birchs Brust und schüttelte den Kopf. »Nein, nein ...«

Die meisten Kriegerwitwen, die Cora kannte, waren halb so alt wie sie, kaum über zwanzig. Einige wenige über dreißig. Noch viel weniger über vierzig. Frauen von im Kampf gefallenen Offizieren.

Welche Witwe wollte denn ihren ausgedienten Feigling von einem Vater? Seit ihre Freunde und Mamas Seite der Familie dachten, Daddy wäre tot, sprach niemand mehr von ihm. Niemand fragte: »Was macht Ernie mittlerweile?« Niemand spekulierte oder verkündete: »Ich habe von Ernie gehört. Er hat wieder geheiratet!«

Die Neuigkeiten fanden keinen Platz in ihrem Kopf.

»Cora«, Daddy schob das kleine Mädchen vor, »ich weiß, das ist eine Menge zu verkraften, aber ... das hier ist deine kleine Schwester Joann.«

HALEY

Als Haley und Cole den verschlossenen Lagerraum des Ladens betraten, wurde sie in eine andere Zeit zurückversetzt, in die Vergangenheit. In die Dreißiger-, die Vierziger- und die Fünfzigerjahre.

Cole ließ den Strahl der Taschenlampe über Boden und Wände gleiten, auf der Suche nach einem Lichtschalter. Der weiße Kegel fiel auf alte Schaufensterpuppen, Schneiderbüsten, eine Kleiderstange mit Brautkleidern, Leinen- und Wollkostümen, eine Reihe staubiger Spangenschuhe und fransige, zerschlissene Schleier.

Sie hatten seinen Liebesschwur im Raum stehen gelassen. Dort hing er in seiner Küche über ihnen in der Luft. Als er vorschlug, den Schlüssel auszuprobieren und den Lagerraum zu inspizieren, eilte Haley gleich zur Tür.

Er ging ihr auf die Nerven, übertrat all ihre Schranken. Und was noch schlimmer war: Es war ihr nicht einmal unangenehm. *Noch nicht, Herr. Noch nicht!*

»Eine Zeitkapsel«, flüsterte sie und konnte sich nicht von der Stelle rühren.

Cole stellte einen großen Karton vor die Tür, damit sie offen blieb. Dann zog er an der Schnur, die an der nackten Glühbirne in der Mitte der Zimmerdecke baumelte. Die Wände waren vom Boden bis zur Decke holzvertäfelt, oben von Stuckleisten und unten von breiten Ziersockeln gesäumt.

Links von Haley hingen Kleider und Kostüme auf altmodischen Kleiderständern mit Rollen. Rechts von ihr bestand die Wand aus

Einbauregalen, auf denen Schuhkartons, Hut- und Handschuhschachteln lagerten.

Weiter hinten im Raum standen zwei Vitrinen, eine davon leer, eine voll mit buntem und angelaufenem Modeschmuck.

Dann entdeckten sie an der hinteren Wand, an einer morschen Schnur befestigt, den größten Schatz von allem: ein Foto neben dem anderen!

»Das müssen Hunderte sein.« Haley beugte sich vor und begutachtete sie einzeln.

Cole schob einen Karton mit Fotos zu Haley hinüber und leuchtete mit seiner Taschenlampe über die Schwarz-Weiß-Fotos, die verblassten Farbfotos und die Polaroids. »Warum hat sie das alles hiergelassen? Wie kommt es, dass keiner der vorigen Mieter die Tür aufgebrochen hat?«

Haley legte sich die Hand auf den Bauch. Sie spürte eine zurückhaltende, aber ersehnte Freude in sich aufsteigen. »Weil dieser Ort immer dafür bestimmt war, der Hochzeitsladen zu sein!«

Cole beleuchtete die Reihe mit den Einbauregalen von der Decke bis zum Boden. »Die sind solide gebaut. Müssen nur sauber gemacht werden. Hier drin ist nicht viel zu tun. Willst du diesen Raum behalten?« Er ließ den Lichtkegel über eine Wand gleiten. »Die Wand hier könnten wir auch rausreißen und alles zum Mezzanin hin öffnen.«

»Nein, nein ...« Haley drehte sich langsam um, atmete den Duft aus Zeder und vergangenen Zeiten, aus Chanel No. 5, altem Holz und Leder ein. »Dieser Raum ist auf Dauer angelegt. Wenn ich nicht mehr hier bin, kann auch die nächste Inhaberin noch sehen, dass Cora hier gewesen ist, dass ich hier gewesen bin.« Haley entdeckte ein Foto von Cora auf dem Regal unter dem Fenster. »Sie wollte, dass wir uns an sie erinnern, dass wir wissen, dass sie hier gewesen ist und ihren Dienst aus Menschlichkeit getan hat. Dass sie ihren Kundinnen gedient hat.«

Haley studierte das Bild: Cora in ihrem Brautkleid an der Seite eines gut aussehenden Mannes im Anzug, das dunkle Haar hatte er zurückgekämmt, er lächelte ... *glücklich*. Unverstellt.

Cole betrachtete sie einen Augenblick. »Ein hübsches Paar.«

»Das muss bei ihrer Hochzeit mit Birch Good gewesen sein.« Haley drehte den Rahmen um und entfernte den Rückendeckel, um nach einem Datum zu sehen. »Ich kann immer noch kaum glauben, dass sie meine *Tante* ist.« Haley fuhr herum, um Cole anzusehen. »Sie ist meine Tante. Glaubst du ... dass ich dieses Gebäude deshalb so sehr liebe?«

Er grinste. Um seinen Mund war ein Zucken, als wolle er sie küssen. Vielleicht hätte sie gar nichts dagegen. »Gott wirkt auf geheimnisvolle Weise.«

Sie verzog das Gesicht. »Das ist deine Antwort? Binsenweisheiten?« Sie lachte und entfernte die Rückseite vom Bilderrahmen. Ein Umschlag fiel ihr vor die Füße.

»Das ist eine gute Binsenweisheit. Und wahr noch dazu.« Er bückte sich, um den Brief aufzuheben. »Vorne steht ›Joann‹ drauf.«

»Er ist für Mom!« Haley stellte das Bild und den Rahmen auf der eingebauten Schreibtischplatte ab. »Soll ich ihn öffnen?« Mit einem Blick zu Cole holte sie ihr Handy heraus. »Ich rufe Mom an.«

Aber Mom hatte einen Patienten. Jedem Postgeheimnis zum Trotz konnte Haley nicht widerstehen und öffnete den Umschlag. Sie zog einen handgeschriebenen Brief auf Leinenpapier heraus.

»Mai 1980. Ihre Handschrift ist sehr ordentlich. Wunderschön.«

»Was steht drin?« Cole drängte sich nicht auf, sondern gab ihr Raum und lehnte sich gegen die Arbeitsplatte.

Haley sank auf den Boden, kreuzte die Beine und las laut vor.

Liebe Joann,
ich denke an dich. Meine kleine Schwester. Die ich nie kennengelernt habe. Nun, in fortgeschrittenem Alter, werde ich sentimental. Ich bin gerade achtzig geworden, habe den Laden aufgegeben und bin auf der Farm mit meinem Birch.

Ich habe kürzlich auf dem Markt mit deiner Mutter gesprochen. Sie hat mir von deiner medizinischen Laufbahn berichtet und dass du dein erstes Kind bekommen hast, einen Sohn. Wie wunderbar.

Dad wäre stolz. Um ehrlich zu sein, bin ich ebenfalls stolz. Nach EJs Tod hätte ich nie erwartet, noch einmal Geschwister zu haben, erst recht keine Schwester, die siebenundvierzig Jahre jünger ist als ich. Als ich dich damals im Laden kennenlernte, war ich noch voller Trauer über Mamas Tod, vielleicht auf gewisse Weise auch über meine eigene Kinderlosigkeit. Birch und ich hatten uns gerade darüber unterhalten, als du mit Daddy hereinkamst.

Du hättest mein Kind sein können. Meine Enkelin. Aber du warst meine Schwester, bist meine Schwester.

Ich habe dich aus der Ferne aufwachsen sehen. In den letzten Jahren habe ich das bedauert. Ich möchte mich für unsere Auseinandersetzung damals an jenem Nachmittag im Ella's entschuldigen, als du mich informiert hast, dass Daddy im Sterben liegt.

Du musst wissen, Mama und ich hatten ihn schon fast dreißig Jahre lang für tot erklärt, als du mir die Nachricht brachtest. Es gelang meinem Herzen einfach nicht, erneut zu trauern. Ich hatte bereits getrauert, Joann. Ich hatte mich von dem Daddy, den ich kannte, bereits verabschiedet, als sich meine Eltern 1932 scheiden ließen.

Aber heute wünschte ich, ich wäre an seiner Seite gewesen, um mich endgültig zu verabschieden und ihm zu sagen, dass ich ihm vergeben habe. Es tut mir sehr leid, wenn dich mein Verhalten auf irgendeine Weise verletzt hat.

Ich habe überlegt, ob ich dir vielleicht den Laden überlassen sollte, aber da du im medizinischen Bereich erfolgreich bist, wäre ein Geschäft für Brautmoden vielleicht nicht ganz deine Sache.

Ich denke schon seit Jahren über diesen Brief nach. Ich frage mich, ob und wann und wie ich dir von meinem Leben und wer ich war, erzählen kann. Auch wenn es dir vielleicht jetzt egal ist, könnte eine Zeit kommen, in der du es gern wissen möchtest. Und wenn nicht du, dann deine Kinder.

Ich habe den Vorteil, dass ich achtzig Jahre alt bin und weiß, dass ich heute nach anderen Idealen lebe wie mit zwanzig, dreißig, vierzig oder fünfzig. Das Alter hat mich weicher gemacht. Was mir ungemein wichtig erschien, als ich jünger war, erscheint mir heute töricht.

Der Hochzeitsladen war mein Leben, bis ich mit zweiunddreißig geheiratet habe. Selbst danach hat der Laden meinen Alltag sehr bestimmt. Aber mein Lebensinhalt wurde Birch. Joann, wenn du einen guten Mann gefunden hast, dann bleibe unbedingt bei ihm. Es gibt nichts Wohltuenderes, Tröstlicheres und

Schöneres im Leben, als die Jahre hindurch an der Seite des Mannes zu leben, den man liebt. Und der einen liebt.

Es gibt in den Sprüchen einen Vers, der mich berührt: »Drei sind es, die mir zu wunderbar sind, und vier, die ich nicht erkenne: Der Weg des Adlers am Himmel, der Weg einer Schlange auf dem Felsen, der Weg eines Schiffes im Herzen des Meeres und der Weg eines Mannes mit einem Mädchen.«

Der Weg eines Mannes mit einem Mädchen: Bringt er einen nicht schlichtweg zum Staunen? Ich durfte diesen herrlichen Weg kennenlernen. Und er bleibt in der Tat ein Geheimnis, aber ein ganz wunderbares! Werde ich nicht in der Tat sentimental? Große Güte.

Ich habe zu viele Jahre den falschen Mann geliebt. Einen raubeinigen und charmanten Flussschiffkapitän, der mein Herz und meinen klaren Verstand im Sturm eroberte. Ich war von ihm besessen, bis ich erfuhr, dass er bereits Frau und Kinder hatte.

Haley rang nach Luft und sah Cole mit großen Augen an. »Ach du Schreck, sie hatte auch einen Dax in ihrem Leben.«

Sie strich sich mit der Hand über den Arm. »Guck mal hier: Gänsehaut.«

»Aber sie hat noch zum richtigen Mann gefunden.«
»Offensichtlich.«

Birch gehörte schon immer zu meinem Leben. Er war ein Freund von unserem Bruder EJ.

»Von *unserem* Bruder. Mom hatte einen Bruder! Er ist im Ersten Weltkrieg ums Leben gekommen. Wenn man darüber nachdenkt, Cole, sind wir alle viel mehr miteinander verbunden, als wir wussten.«

»Cora nimmt deine Mom eindeutig mit in die Familie hinein und macht zumindest *diese* Verbindung greifbar.«

Als ich mich verrannt hatte, blieb er an meiner Seite und war für mich da, viel mehr, als ich verdient hatte. Als ich schließlich wieder zu Verstand kam, hätte ich ihn beinahe an Janice Pettrey verloren. Aber, dem Gott der Liebe sei Dank, Birch kehrte zu mir zurück.

Ich hatte solche Angst, Joann, nach meinem Fehler mit Rufus. Wenn ich einmal so betrogen worden war, wie konnte ich sicher sein, dass es mir nicht noch einmal passierte, selbst wenn mein Herz, mein Verstand, meine Augen und Ohren mir sagten, dass Birch Good ein würdiger, ehrenwerter und guter Mann war?

Mein Zögern hätte mich beinahe um die Liebe meines Lebens gebracht.

Haleys Stimme brach ab. Sie blickte zu Cole hinauf. »Cora hätte beinahe die Liebe ihres Lebens verloren.«

Er ließ sich neben sie fallen und strich ihr Pony zur Seite. Die zarte Berührung seiner Finger auf ihrer Stirn ließen sie erneut schaudern. »Wenn Birch warten kann, kann ich das auch.«

Sie hob den Blick zu seinen tiefblauen Augen. »I-ich weiß nicht, ob du die Liebe meines Lebens bist, Cole.«

»Das wusste sie auch nicht. Aber sie hat ihm eine Chance gegeben. Sie hat sich selbst die Chance gegeben.«

»Dann sollte ich keine Angst haben, meinst du? Ich sollte dem guten Mann vertrauen, der vor mir sitzt?«

»Ich denke, dass sie das sagen wollte. Vielleicht spürst du noch nicht dieselbe Leidenschaft für mich, wie du sie für Dax empfunden hast ...«

»Das mit Dax war keine Leidenschaft, das war krankhaft. Nachdem wir ... na ja ... Als wir zusammen waren, habe ich mich ständig verloren und leer gefühlt und nach etwas gesehnt, das er mir nie gegeben hat. Er hat immer nur genommen. An sich gerissen.« Sie seufzte. »Den Sex-ohne-Verpflichtung-Hype kann man echt knicken.«

»Dazu kann ich nichts sagen.« Er zwinkerte, als sie ihn mit hochrotem Kopf ansah.

»Sei froh.«

Er beugte sich vor, um über ihre Schulter den Brief zu lesen. »Na dann, lies noch den Rest von Coras Weisheiten.«

Ich vermute, dass du dich über das Erbe ärgerst, das Daddy mir hinterlassen hat. Aber als seine Bank geschlossen wurde, habe ich einen guten Teil des Geldes von Tante Jane verloren. Ich glaube, das wollte er ein wenig gutmachen, Joann. Bei all seinen Fehlern war Daddy doch ein ehrenwerter Mann.

Ich habe das Geld nie gebraucht. Ich habe es in den Safe gelegt. Die Kombination lautet 24 – 82 – 16. Verwende du es. Für meinen Neffen. Oder vielleicht für deine anderen Kinder, wenn du welche hast. Ach, wie wunderbar zu schreiben, dass ich einen Neffen habe!

Ich vermiete den Laden vorerst, aber nach meinem Tod wird er verkauft werden, es sei denn, du übernimmst ihn. Ich hoffe es.

Tante Jane hat einen Hochzeitsladen für die Frauen von Heart's Bend eröffnet, für unsere Töchter und Enkelinnen. Aber ich kann ihn nicht fortführen. Meine alten Knochen ermüden zu schnell. Ich lasse Tante Jane im Stich, weil ich keine Erbin für den Laden hinterlasse.

Edwina Park führt darin nun ein Geschäft für Alltagskleider, wir werden also sehen. Ich habe zu ihr gesagt: »Das ist doch fantasielos, Edie, sei doch lieber weiterhin für die Bräute da.« Aber sie will mehr Kundschaft haben. Ach, sie weiß nicht, was sie verpasst!

Eine weitere Lektion meines Lebens ist die, dass alle Zügel in der Hand des allmächtigen Gottes liegen. Ich tue gut daran, ihm zu vertrauen. Und du ebenfalls.

Ich schließe mit meinem aufrichtigen Wunsch, dass du ein gutes und erfolgreiches Leben führen mögest, liebe Schwester. In diesem Leben mögen wir uns nicht gekannt haben, aber vielleicht im nächsten.

Alles Liebe
Cora Beth Scott Good

Haley drückte den Brief an ihre Brust, eine wahre Flut an Emotionen durchfuhr sie. Cole wiegte ihren Kopf an seiner Schulter.

»Jetzt erklärt sich alles, oder?«

Sie nickte und wischte sich die Tränen ab. »Von Tante Jane zu Tante Cora zu mir.«

Die überwältigende Erkenntnis, wie das Leben, wie Gott alles zum Guten zusammenführte, nahm ihr die Furcht. »Was so völlig willkürlich wirkte, klingt jetzt genau richtig, göttlich geradezu, als hätte mich alles, selbst Dax, an diesen Punkt geführt.«

Ihre Gesichter waren sich ganz nahe, als sie zu Cole aufblickte. Sie schluckte ihr Herzklopfen herunter. Würde sie für ihn bereit sein? Schon bald? »Ich werde dich nicht für immer warten lassen.«

»Gut.« Er nahm ihren Nacken zwischen seine Hände und küsste sie auf die Stirn. »Denn mein Herz ist kurz davor zu zerspringen.« Er suchte ihren Blick, ließ seinen Mund langsam zu ihrem sinken …

»Chef!« Unter ihnen fiel eine Tür ins Schloss. Gomez' Stimme hallte durch den Fußboden. »Bist du hier?«

Cole räusperte sich und lachte leise. »Hier oben!« Er stand auf und sah zu Haley hinunter. »Unser erster Kuss wird nicht überstürzt, nur weil G die Treppe raufkommt.« Er stand im Türrahmen und rief: »Im Lagerraum. Wir haben den Schlüssel gefunden!«

Gomez' breite, dunkle Gestalt erschien in der Tür. »Mal im Ernst, sieh dir dieses Zimmer an. Was ist das alles?«

»Eine Zeitkapsel. Waren aus Coras Zeiten.« Haley sprang auf. »Wir haben einen Brief.«

Cole griff danach. »Und einen Safe. Cora schreibt, dass sie Geld in einem Safe hinterlassen hat.«

»Einen Safe? Da war kein Safe beim Rundgang.« Gomez legte die Stirn in Falten und beugte sich vor, um das Regal mit den Schuhen zu inspizieren. »Meine Tochter steht auf so altes Zeug.«

Cole lief an der Wand entlang. »Der Safe muss hier drin sein.«

Gomez begann, auf der gegenüberliegenden Seite zu suchen, trat mit den Hacken auf die Dielen und grinste, als er rechts hinten in der Ecke ein loses Brett fand.

Cole hockte sich auf einem Knie daneben, als Gomez die Diele entfernte. Haley beugte sich vor und sah einen alten, grauen Stahlsafe, der nach oben gerichtet unter dem Boden verborgen war.

Cole reichte ihr den Brief. »Nenn mir die Kombination.«

»24 – 82 – 16.«

Die Räder rasteten ein und Cole öffnete den Safe, griff hinein und holte eine Geldtasche heraus, die er Haley reichte.

»Ist noch etwas drin?«

Er richtete die Taschenlampe auf den dunklen, offenen Safe. »Das war alles.«

Haley legte den Brief auf den Schreibtisch neben Coras Bild und öffnete den Reißverschluss der Geldtasche. Sie sah hinein, lachte und blickte zu Cole auf. »Geld. Bargeld!«

»Du machst Witze.«

Haley hielt die Scheine hoch, Hunderter und ein paar Tausender. Ihr Herz raste. Es war unglaublich. »Da ist ein Zettel, auf dem steht: ›20.000 Dollar. Tante Janes Geld, das verloren ging, als Daddys Bank schließen musste.‹«

Sie sah erst zu Cole, dann zu Gomez. Die drei starrten sich in überwältigter Stille an.

Dann hob Cole sie mit einem Schrei hoch und wirbelte sie herum. »Jetzt hast du dein Geld!«

Seine Umarmung fühlte sich genau richtig an. Als passten sie zueinander. Sie konnte atmen in seinen Armen. »Warte, warte«, sagte sie und hockte sich auf den Boden. »Genau genommen ist das Moms Geld. Ich muss es ihr zeigen.«

»Sie wird es dir überlassen, Haley«, sagte Cole. »Da bin ich ganz sicher.«

Gomez starrte auf das Loch im Boden und tippte mit dem Fuß weitere Dielen an. »So etwas habe ich noch nie gesehen. Und ich bin schon dreißig Jahre im Geschäft.«

»Cole?« Eine Männerstimme kam von der Treppe. »Ich bin's, Mark Blanton. Ich komme, um die zweite Etage abzunehmen.« Seine Schritte drangen hoch ins Mezzanin. »Sie sagten, jemand wolle hier einziehen?«

»Wir sind hier, Mark.« Cole küsste Haley auf die Stirn und lief rückwärts zur Tür. »Mach dich bereit, oben einzuziehen.«

Gomez lief schmunzelnd hinter Cole zur Tür und kratzte sich am Kopf. »Der Junge ist *enamorado – verliebt*. So habe ich ihn schon lange nicht mehr erlebt. Was hast du mit ihm gemacht, Haley?«

Sie versuchte, ihr Grinsen und das Kribbeln im Bauch zu unterdrücken. »Nichts. Und sag den Leuten ja nicht, dass wir verliebt sind.«

Gomez hob die Hände. »Man munkelt ohnehin schon über euch. Vor allem nachdem er seine Gitarre verkauft hat.«

»W-wie? Die Stratocaster?«

»Hat er dir das etwa gar nicht erzählt? Linus hat die Genehmigungen bewusst zurückgehalten und Cole damit unter Druck gesetzt, ihm seine Gitarre zu verkaufen.« Gomez schüttelte den Kopf. »Ich hätte ihm gesagt, er soll in den Fluss springen. Dieser Kerl? *Que sinvergüenza!* Aber Cole wollte nicht noch mehr Zeit verschwenden.«

Cole erschien in der Tür. »G, Mark hat noch eine Frage an dich. Aber so weit sieht alles gut aus.« Er schob sich an Haley vorbei zu den Kartons mit den Fotos. »Ich dachte, wir könnten sie einrahmen, zumindest einige, und überall im Laden aufhängen. Quasi eine Bilderausstellung über die Geschichte des Hochzeitsladens. Ich könnte Rahmen dafür bauen ...«

Sie sprang auf ihn zu, schlang ihre Arme um seinen Hals und stellte sich auf die Zehenspitzen. Sie spürte seine weichen, feuchten Lippen, die ihr Wüstenherz benetzten.

Cole zog sie mit sich, als er gegen die Wand kippte, er rutschte zu Boden und fing sie in seinem Schoß auf. Er streichelte ihren Rücken und zog sie an sich. Sein Kuss, seine Leidenschaft war auch ihre.

Als er sich löste, schüttelte er den Kopf. »Lady ... ich traue mich ja fast nicht zu fragen, wie das jetzt kam.«

»Du hast deine Gitarre wegen der Genehmigungen verkauft!«

Seine Augen funkelten dunkel und er wandte sich zur Tür: »G, du Großmaul.«

»Nein, nein, Cole. Ich bin froh, dass er es mir erzählt hat. Ich kann nicht glauben, dass du das für mich getan hast. Liebst du mich wirklich so sehr?«

»Es war mir selbst nicht bewusst, bis die Gitarre ins Spiel kam, aber ja, ich liebe dich so sehr.«

»Du reißt mich mit, Danner. Es ist schwer, jemandem zu widerstehen, der einen so liebt, wie du.«

Liebevoll hielt er ihr Gesicht in den Händen und küsste sie. Seine Zärtlichkeit füllte jeden offenen Spalt, den Dax in ihrer Seele hinterlassen hatte.

Dafür war sie also nach Hause gekommen. Für den Laden. Für Cole. Für die Liebe.

30

10. Juni
Drei Tage vor der großen Einweihung

Seitdem Haley den Lagerraum geöffnet hatte, überrollte sie eine Welle des Glücks.

Im März zog sie in das kleine Apartment im zweiten Stock, richtete sich ein und verbrachte die meisten Abende mit Cole. Sie öffnete ihm mehr und mehr ihr Herz.

Er war so, wie Dax nie gewesen war. Er war das, was sie brauchte. Wenn sie mit ihm zusammen war, war die ganze Welt in Ordnung.

Sie hatten den Umbau des Hochzeitsladens mitsamt neuem Dach, neuen Gehwegen und Grünanlage pünktlich fertiggestellt. Alles war finanziell im Rahmen geblieben und die Bauabnahme ohne Schwierigkeiten verlaufen.

Immer wieder erlebte sie neue Wunder.

Kundinnen aus früheren Zeiten kamen herein und während sie die Fotos betrachteten, vertrauten sie Haley ihre Geschichten an.

Sie strich die Wände in einem sanften Taubengrau und die Leisten in Weiß. An einem Wochenende entdeckte sie auf einem Antikmarkt einen prachtvollen, vielarmigen Kristallkronleuchter und hängte ihn in den großen Salon. Cole fand einen zweiten für die Eingangshalle.

Sie begab sich auf die Suche und fand einen langen, geschwungenen Diwan, der heruntergekommen war, aber hervorragend in die Zeit und zum Hollywood-Retro-Stil passte. Cole vermittelte ihr den Kontakt zu einem Schreiner, der ihm zu seiner früheren Pracht verhalf.

Sie kaufte Vitrinen und gemütliche Teppiche für die glänzenden Holzdielen. Die Teeküche im Erdgeschoss wurde so ausgestattet, dass sie Tee, Kaffee und Gebäck reichen konnten. Haley wusste aus sicheren Quellen, dass es so im Hochzeitsladen Sitte war.

Cole steckte über hundert Fotos in seine tollen, selbst gebauten Rahmen. Er und Haley hatten sie gestern den ganzen Tag im Laden aufgehängt.

»Es ist unglaublich, den Raum mit diesen Frauen zu teilen. Sie fühlen sich jetzt schon wie Familie an.«

Cole legte ihr den Arm um die Schultern und betrachtete die lächelnden Gesichter hinter dem glänzenden Glas. »Sie sind Familie. Auch ein Grund, warum du den Laden eröffnest: um das Erbe lebendig zu halten.«

Sein Kuss war noch inniger als der davor.

Ein Wunder fehlte ihr allerdings noch: Ware. Es war frustrierend und sie wusste nicht, warum, aber sie bekam einfach nicht die Kleider und Accessoires, die sie gern gehabt hätte. Sie war verzweifelt.

Drei Tage. Mehr Zeit blieb nicht mehr bis zur großen Einweihung. Bislang hatte sie doch so viele Wunder erlebt.

Sie saß an ihrem Schreibtisch auf dem Mezzanin, das Telefon an einem Ohr, ein Finger im anderen und hörte sich die Ausreden eines Mitarbeiters von Melinda House an.

»Ja, ich weiß, dass es für diesen Sommer zu spät ist. Aber ich habe mit Ihrer Designerin persönlich gesprochen. Sie hat mir versprochen, alles zu schicken, was Sie auf Lager haben. Das ist jetzt drei Monate her. ... Ja, egal, ich bin nicht wählerisch ... Ja nun, so führe ich meinen Laden eben zurzeit.«

Sie ließ den Kopf auf den Tisch sinken. Der Akzent des Mannes irgendwo im Großherzogtum von Hessenberg dröhnte in ihrem Kopf.

»Aber ich finde hier keine Bestellung von Ihnen.«

»Dann sehen Sie doch bitte noch einmal nach.« Haley lehnte sich in ihrem Stuhl zurück. Ein elender Kopfschmerz lauerte schon. Sie hatte alle Anforderungen des Stadtrats erfüllt. Es fehlte nur noch die Eröffnung im Juni.

Cole und sein unglaubliches Team hatten den Umbau fristgerecht über die Bühne gebracht. Sie bekam Dinge, Geld und Arbeit geschenkt. Ihre Eltern ließen Geld für Website und Werbung springen. Sie bezahlten sogar Cole, dass er ein Schild im Vintage-Look baute: *Der Hochzeitsladen.*

Coras zwanzigtausend Dollar lagen auf der Bank.

Aber jetzt waren es nur noch weniger als drei Tage und ihre Schaufensterpuppen waren noch nackt.

Die Eröffnung des Ladens überstieg ihre Kindheitsträume bei Weitem. Sie war bewegt von den Geschichten der Frauen, die stundenlang bei ihr saßen und ihre Geschichten erzählten und mit feuchten Augen die Fotos durchsahen.

Sie erzählten Geschichten von Liebe und Verlust. Von glücklichen Ehen und von unglücklichen. Vom Kindergebären und Erziehen. Davon, sie an den Irrsinn des Krieges zu verlieren. Von Erfolg und Versagen. Von Reichtum und Armut.

Von Enkelkindern. Reisen nach Europa. Wochenenden am Strand. Von der Rückkehr an den Ort der Flitterwochen. Vom Altwerden. Davon, wie das Fenster des Lebens sich schloss. Davon, Witwe zu werden.

Haley konnte und würde sie nicht dadurch enttäuschen, dass ihre große Einweihung nicht stattfand. Sie würde sich nicht aufhalten lassen von der vorletzten Hürde vor der Vertragsunterzeichnung für den Laden. Und sie würde den Laden ein Jahr lang halten können. So wahr ihr Gott helfe.

»Es tut mir leid,« sagte der Mitarbeiter ein letztes Mal, »aber ich habe hier keinen Vermerk mit Ihrem Namen oder dem Ihres Geschäfts.«

»Ich rufe seit drei Monaten bei Ihnen an. Jedes Mal wurde mir gesagt: ›Die Bestellung ist unterwegs.‹«

»Ich weiß nicht, was ich Ihnen noch sagen soll.«

»Sagen Sie mir, dass Sie irgendetwas da haben, das Sie mir schicken können. Irgendetwas! Was immer Sie auf Lager haben. Sie müssen nichts extra schneidern oder anpassen. Ich bin eine Traumkundin!«

Haley sah auf die Ansammlung von Kartons, die sich in der Wandnische stapelten. Sie hatte bestimmt dreißig Vintage-Kleider und einige Outfits für abends. Sie könnte immerhin als Vintage-Laden öffnen, ein paar Wochen lang. Aber wenn einer Braut kein Kleid passte, hatte sie keine Möglichkeit, ein Kleid umzunähen oder abzuändern.

Letzte Woche hatte sie Charlotte angerufen. Sie hatte ihr den Namen ihrer wichtigsten Schneiderin, Brey-Lindsey, genannt. Aber sie konnte bis zum Herbst keine Aufträge annehmen. Die Kleider würden dann erst nächstes Jahr im Frühjahr ausgeliefert.

Sie hatte in der *Heart's Bend Tribune* und im *Nashville Tennessean* Anzeigen geschaltet. Taylor Gillinghams Mann Jack hatte ihr sogar einen Platz in der Morgensendung im Radio verschafft.

Die Website und die Facebookseite waren am Start. Und wurden sogar besucht. Und jetzt stand sie mit einem leeren Laden da. Abgesehen von einigen Vintage-Stücken, die ausgebessert werden mussten.

Ach, Moment, sie hatte ja auch noch zehn Paar Musterschuhe, fünf Paar Handschuhe und etwa zwanzig Schleier mit drei Kleidern für Brautjungfern und vier Kleider für Brautmütter.

Herr, was soll ich bloß machen?

»Haley?« Gomez lautes Organ unterbrach ihr Gebet, als er zum Mezzanin hochstieg. »Warum sind die Schaufensterpuppen denn nackt?«

Sie starrte ihn an und lachte. Ja, langsam bekam die Sache eine gewisse Komik. »Hast du noch nicht gehört, G? Das ist der letzte Schrei in diesem Jahr: Nackthochzeiten.«

Er lachte nicht. »Das ist nicht witzig, Haley. Meine Tochter will nächstes Jahr heiraten.«

»Haley?« Cole gesellte sich zu ihnen aufs Mezzanin. »Immer noch keine Waren?«

Sie schüttelte den Kopf, wurde aber sofort hellhörig, als die Stimme am anderen Ende der Leitung sich wieder meldete: »Ja, wir können Ihnen einige Stücke aus unserem Lagerbestand schicken.«

»Das wollte ich hören!« Haley war auf den Beinen. »Können Sie über Nacht liefern? Ich zahle alles.«

»Wir brauchen eine Vorabzahlung.« Sie schluckte, als er ihr den Betrag nannte. »Dann ist alles bis Ende des Monats bei Ihnen.«

»Aber ich brauche es morgen.«

Sie verhandelten weitere fünf Minuten, dann beendete sie das Gespräch und gab auf. Sie sah Cole an und sagte: »Nichts. Ich habe keine neuen Kleider. Wie konnte ich durch all die netten Gesten und kleinen Wunder schon so weit kommen und am Ende doch noch scheitern?«

»Du wirst nicht scheitern.« Cole zog sie an sich heran und küsste sie auf den Kopf. »Gib jetzt den Mut nicht auf. Haley, sieh dir an, was wir erreicht haben. Es ist Zeit zu feiern!«

»Ich würde nur zu gerne feiern. Wenn ich bloß Ware hätte.«

Er nahm ihre Hand und führte sie die Stufen hinunter. »Sieh dich um. Erinnerst du dich, wie runtergekommen alles aussah, als wir mit Keith Niven hier durchgelaufen sind?« Er setzte sich auf den prachtvollen, geschwungenen Diwan. »Der Laden sieht nach Millionen von Dollar aus.«

»Das stimmt. Ich kann kaum glauben, wie schön alles geworden ist. Die weißen Bräute werden leuchten vor den roten und goldenen Akzenten und dem dunklen Holz.« Sie setzte sich neben Cole und legte den Kopf auf seine Schulter. »Meinst du, Cora hätte es gefallen?«

»Cora hätte es großartig gefunden. Und dich auch.«

Seine tiefe und volle Stimme brachte Haley dazu, sich aufzurichten und ihm in die Augen zu blicken. Ein Kribbeln fuhr ihr durch den Körper.

Sie holte tief Luft. »Ich liebe dich, Cole Danner. So wahr mir Gott helfe, es ist die Wahrheit.«

Ein breites Grinsen erschien auf seinem Gesicht und er hob ihr Kinn. Sein Kuss bestärkte das Eingeständnis ihrer Liebe und ihre Gefühle nur umso mehr.

Nach dem Kuss kuschelte Haley sich in seinen Arm. »Heute wusste ich einfach, dass es stimmt. Ich liebe dich. Sehr sogar.« Sie verschränkten ihre Hände ineinander. »Und wenn ich den Laden verliere, habe ich immer noch dich. Allein dafür hat sich die Reise der letzten sechs Monate gelohnt.«

COLE

Er wachte auf, als eine Tür zuschlug. Die Morgensonne schien grell durch seine Windschutzscheibe.

Er griff nach dem Hebel für den Sitz und stellte ihn aufrecht, beugte sich vor und schüttelte den Schlaf aus den Knochen. Da hatte er so viel Geld für seinen Lieferwagen geblecht, dass man doch meinen könnte, er wäre auch für einen guten Nachtschlaf zu gebrauchen. Aber in seinem Rücken zog es und sein Knie schmerzte, weil er es die ganze Nacht hinter das Lenkrad geklemmt hatte.

Zehn Uhr. Dem Schild an der Tür zufolge öffnete *Malone & Co.* um zehn. Cole fuhr sich mit der Hand durchs Haar, knibbelte einen Kaugummi aus der Packung, die er im Aschenbecher aufbewahrte und joggte über die Straße zum Laden.

Nachdem er sich gestern Abend von Haley verabschiedet hatte, war er hierher gefahren. Nach dem Abendessen und einem Film, den sie zusammengekuschelt und mit verschränkten Beinen und Händen auf der Couch gesehen hatten, wusste er, dass er etwas tun musste, um ihr zu helfen. Er verliebte sich immer mehr in sie und dachte schon an Hochzeit.

Auf dem Heimweg gestern Abend war ihm dann die Idee gekommen: Charlotte Rose in Haleys Namen um Hilfe bitten.

Helfen Sie ihr!

Er hatte den Lieferwagen Richtung Süden gelenkt und war nach Birmingham gefahren.

Eine leise Glocke läutete, als er das alte Haus betrat, das zu einer modernen Brautmodenboutique umgebaut worden war. Eine schlanke Frau mit attraktivem Äußeren kam gerade von hinten in den Ladenraum und blieb stehen, als sie ihn sah. »Hallo, kann ich Ihnen helfen?«

Cole fuhr sich mit der Hand über den Kiefer. Die dichten Stoppeln kratzten an den Fingern. »Ja, ich bin auf der Suche nach Charlotte Rose. Ich bin Cole Danner, der Freund von Haley Morgan.«

Ihre Augen leuchteten. »Ich bin Charlotte Rose.« Sie reichte ihm die Hand und drückte kräftig zu. »Wie geht es Haley? Gestern war sie voller Panik wegen der Waren.«

»Deshalb bin ich hier. Die große Einweihung ist am Montag und sie hat noch nichts auf Lager. Na ja, ein paar Vintage-Kleider, aber die reichen noch nicht. Melinda House hat sie völlig im Regen stehen lassen. Dann hat Haley Ihre Schneiderin angerufen, die sehr hilfsbereit war, aber vor nächstem Frühjahr auch nichts liefern kann.«

»Ja, Brautmodendesigner springen leider nicht auf Zuruf.« Charlotte gab ihm ein Zeichen, ihr nach hinten zu folgen. »Wie ist der Laden geworden? Ist sie beim Hollywood-Regency-Stil geblieben?«

»Ja, er sieht richtig klasse aus. Wir brauchen nur noch etwas, das wir verkaufen können.«

»Cole, das ist meine Assistentin Dixie.« Eine weitere attraktive Frau sah von ihrem Kaffee auf. »Dix, das ist Cole. Er ist Haley zuliebe hier. Erinnerst du dich, die Inhaberin aus Heart's Bend, von der ich dir erzählt habe?«

»Ja. Schön Sie kennenzulernen, Cole.« Dixie sah zu Charlotte hinüber. »Was ist denn los?«

»Sie braucht Hilfe. Sie hat keine Ware. Selbst Brey-Lindsey konnte nichts für sie tun.«

»Dabei hätte sie mittlerweile alles genommen. Was auch immer auf Lager war. Sie war nicht wählerisch.«

»Wissen Sie, was ich mich frage, Cole?« Charlotte reichte ihm einen Becher Kaffee und deutete auf Milch und Zucker. »Weshalb sind Sie hier? Warum hat Haley nicht angerufen?«

»Sie ist frustriert. Ich weiß nicht genau, warum sie nicht angerufen hat. Vielleicht wollte sie Sie nicht belästigen. Sie sagt, Sie haben schon so viel für sie getan. Aber das ist mir egal. Ich bin hier und ich flehe

Sie an!« Er stellte seine Tasse ab. Sein Adrenalinspiegel war auch ohne Koffein schon hoch genug.

»Ach, Mensch, das ertrage ich nicht.« Dixie schlug sich mit der Hand auf die Brust. »Wir müssen ihr helfen, Char!«

»Natürlich helfen wir ihr. Oder besser: Wir helfen Cole, ihr zu helfen.« Sie verließ den Pausenraum und gab Cole wiederum ein Zeichen, ihr zu folgen. »Wir sehen hier die klassische Geschichte vom prächtigen Ritter in glänzender Rüstung.« Sie blieb abrupt stehen und wirbelte herum. »Lieben Sie Haley? Werden Sie sie heiraten?«

Er stockte und verzog das Gesicht. »Ja und ja. Jedenfalls *möchte* ich sie gern heiraten. Habe ich den Test bestanden? War das überhaupt ein Test?«

In Charlottes Miene spiegelte sich etwas, das er nicht deuten konnte. »Es war kein Test, aber, ja, Sie haben bestanden. Dixie, lass uns die Sommer- und Herbstkollektion zusammenpacken. Cole, haben Sie einen Lieferwagen?«

»Ja.«

»Sehr gut.« Als sie oben auf der Treppe angekommen waren, zog Charlotte ihr Telefon aus der Tasche und wählte. »Tim, mein Bester, kann ich dich für einen Tag ausleihen? Wir haben einen Notfall.« Sie sah Cole an und grinste schief. »Ja, einen *echten* Brautkleidnotfall. Ich werde mich revanchieren. Danke, Liebling!«

Er mochte diese Frau. Sehr sogar.

»Dix, heute ist ohnehin nicht viel los, lass uns einfach schließen. Cole, mein Mann Tim hilft Ihnen, alles hinzufahren, was wir brauchen. Dixie und ich fahren dann in meinem Auto hinterher. Sagen Sie mir, was Haley schon da hat, dann ergänzen wir den Rest.«

»Sie sind eine wahre Lebensretterin!« Er wusste, es wäre richtig, herzukommen. »Ich kann auch für die Waren und Ihre Zeit bezahlen.«

»Ausgeschlossen! Sehen Sie, ich bin zwar großzügig, aber ich bin auch Geschäftsfrau. Ich bringe lediglich die Waren in Haleys Laden und lasse meine Kleider in Heart's Bend verkaufen. Sie arbeitet gewissermaßen für mich. Ich wickele die Verkäufe über mein Konto ab und wir teilen uns dann den Gewinn. Das hilft ihr, bis ihre eigenen Waren eintreffen. Dix, pack du Schleier, Schuhe, Handschuhe, Hüte, Unterwäsche und BHs zusammen. Cole, helfen Sie mir mit den Kleidern. Wenn Tim kommt, kann er die Kleiderständer und Schaufensterpuppen einladen, ach ja, und die Verkaufsstände.«

Cole stand zwischen ihnen, konnte aber nach den ersten Anweisungen ihrem Gespräch kaum mehr folgen. Charlotte und Dixie verfielen in ein Hochzeits-Fachchinesisch, das womöglich gar keine normale menschliche Sprache war.

Sie vollendeten jeweils die Sätze der anderen und benutzten mit beängstigender Präzision Abkürzungen und Akronyme, als wären sie eine militärische Kampftruppe.

»Was meinen Sie, Cole, klingt das danach, was Haley noch fehlt? Oder sollten wir sie lieber anrufen? Nein, es sollte eine Überraschung bleiben. Der Mann, der sie liebt, fährt mit leuchtend weißen Kleidern vor ...«

»Äh, ja, das klingt gut. Ich habe nur, um ehrlich zu sein, keine Ahnung, wovon Sie gesprochen haben, abgesehen von Kleidern und Schuhen und einer Überraschung.«

Charlotte lachte. »Tim wird Sie mögen.«

Dixie warf die Hände in die Luft und setzte sich in Bewegung. »Dann ran an die Arbeit!«

Charlotte sagte: »Cole, folgen Sie mir. Es gibt da eine besondere Truhe, die Sie schleppen müssen.«

31

HALEY

Am Samstagabend war es still und dunkel im Laden, abgesehen vom Schein der Abendsonne. Auf dem Mezzanin reihte Haley ihre leeren Schaufensterpuppen auf.

»Ich habe Sie heute hierher beordert, um zu erfahren, weshalb Sie nackt sind. Wo ist Ihre Uniform? Ich kann Sie nicht hören! Wir sind ein Team, eine Einheit. Wir geben aufeinander Acht. Ich habe meinen Beitrag geleistet. Was ist mit Ihnen? Ich kann Sie nicht hören, Pilotin. Wir müssen uns ganz auf die große Einweihung konzentrieren oder wir werden eine Niederlage für Miss Cora erleiden.«

Ihr Tonfall war der eines Generals, der eine Militärparade kommandiert und sie wurde lauter. »Wir werden mit den Gegebenheiten zurechtkommen. Mit Vintage-Uniformen. Sie«, sie zeigte auf die erste Puppe, »Sie sind Mrs Peabodys Mutter.«

Haley griff nach dem Koffer, ließ die Schlösser aufschnappen und hob das Kleid aus dem goldenen Seidenfutter. Vorsichtig zog sie das Kleid über den Kopf der Puppe, schob es um ihre runden Schultern und ließ das Kleid zu Boden sinken. Dann trat sie zurück.

»Mrs Peabodys Mutter, Sie sind wunderschön.« Sie betrachtete die gesichtslose Schaufensterpuppe mit einer kleinen Träne im Auge. Sie sah wirklich wunderschön aus. Haley strich die Ärmel glatt. »Tammy, du verpasst gerade ein Märchen. Es würde noch mehr Spaß machen, wenn du dabei wärst.«

Aber vielleicht hatte Tammy deshalb das Interesse am Laden verloren: Er war nicht für sie bestimmt. Er war Haleys Erbe.

Sie wischte sich mit der Hand über die Augen, griff nach dem Schleier von Mrs Peabodys Mutter und lockerte die langen Tüllschichten. Ihre Finger streiften einige zerschlissene und löchrige Stellen.

Sie würde einen anderen Schleier finden müssen, aber für heute ... Sie brauchte Musik! Haley durchsuchte die Alben auf ihrem Handy und hielt bei Michael Bublé an.

Die weiche Melodie von »The Way You Look Tonight« füllte das Mezzanin.

»Mrs Peabodys Mutter, Sie dürfen im Schaufenster stehen.« Haley wuchtete sich die Plastikfrau auf die Hüfte und machte sich auf den Weg hinunter in den großen Salon.

Aber gerade als sie das Fenster erreichte und die Schaufensterpuppe in der Mitte abstellte, blickte Cole sie durch die Scheibe an. Überrascht griff Haley nach der Hand der Puppe und riss sie ab. »Cole, was machst du denn?« Sie winkte mit der Plastikhand. »Jetzt muss ich den Notarzt rufen!«

»Mach die Tür auf.«

»Warum?«

»Tu es einfach.«

Sie zog ein beleidigtes Gesicht, legte die Hand von Mrs Peabodys Mutter auf den Schaufensterboden und eilte zur Tür, um aufzuschließen.

»Was ist denn los?«, fragte sie und trat zur Seite, um Cole hereinzulassen, der sie bei den Schultern packte und nach hinten zu den Stufen schob.

»Bleib genau hier stehen.«

»Was wird hier gespielt?«

Stimmen drangen von außen herein. »Stell die Kleiderstangen vorerst in den großen Salon. Wir fragen Haley, was sie damit machen will.«

Und schon spazierte Charlotte Rose durch die Eingangstür. »Die Kavallerie ist da. Haley, das ist meine Assistentin Dixie. Dix, Haley. Und jetzt ...«

»Charlotte, was machst du denn hier?«

Dixie lief ein paar Stufen hinauf, in der Hand einen Stapel Schuhkartons. »Was hältst du davon, wenn wir die Schuhe auf den Stufen ausstellen?«

»Dix, das ist eine klasse Idee! Haley? Was denkst du?«

»Wartet! Sagt mir mal jemand, was hier los ist?« Sie hielt Cole fest, als er mit einem Arm voller Kleider an ihr vorbeilief. »Was hast du getan?«

»Ich habe um Hilfe gebeten.«

Dixie stellte die Schuhe auf die Stufen. »Schön, dich kennenzulernen.« Sie streckte ihre Hand aus und nickte zu Cole hinüber. »Den solltest du dir warmhalten.«

»J-ja, klar, aber was läuft hier?«

Dixie spähte in den großen Salon. »Haley, dieser Laden ist fantastisch. Ich bin ganz offiziell eifersüchtig. Der Hollywood-Regency-Stil, die Treppe ... imposant! Charlotte, irgendetwas sagt mir, dass wir bald renovieren werden. Haley, da hast du einen Volltreffer gelandet.«

Haley lief ein paar Stufen hinauf und sagte in schönster Offiziersstimme: »Alles stehen geblieben!« Cole und ein gut aussehender Mann mit einem Arm voll Kleidern blieben reglos in der Eingangshalle stehen. Charlotte und Dixie starten sie von der Tür zum großen Salon aus an.

»Würde mir bitte jemand erklären, was hier los ist?«

Alle atmeten aus. Cole und der andere Mann setzten sich wieder in Bewegung. Charlotte legte ihr den Arm um die Schultern. »Cole ist gestern Abend zu uns gefahren. Offenbar hat er in seinem Wagen geschlafen. Jedenfalls hat er uns erzählt, was mit deiner Ware los ist. Es tut mir schrecklich leid, überrascht mich aber nicht. Kaum, dass wir morgens geöffnet hatten, stand er jedenfalls vor der Tür und sagte, er werde nicht zulassen, dass du scheiterst. Also haben wir alles eingeladen ... – Das ist übrigens mein Mann Tim. Tim, habe ich dir schon erzählt, dass Haley eine Harley fährt?«

»Nein, das hast du nicht. Haley, schön dich kennenzulernen.«

Charlotte beugte sich zu Haley vor. »Er hat seine Motocross-Maschinen für mich verkauft.«

»Haley, willst du nicht ein paar Kleider hier oben auf diesem genialen Mezzanin ausstellen?«, fragte Dixie und lief mit ihrem iPad herum, um sich Notizen zu machen. »Dann können die Kundinnen herumlaufen, die Kleider durchgucken und den ganzen Laden überblicken.«

»Offiziell ist das Mezzanin der Umkleidebereich, aber für die Einweihung klingt das gut.«

Charlotte lief durch den Laden, besprach mit Haley Präsentation und Beleuchtung und erklärte ihr die befristete Partnerschaft mit dem Hochzeitsladen. Haley musste dieses »Wow!«-Wunder in ihrem Leben erst einmal sacken lassen.

Als alle Waren ausgeladen waren, erwischte sie Cole in der Teeküche. »Du bist nach Birmingham gefahren? Warum hast du mir nicht Bescheid gesagt?«

Er zuckte mit den Schultern. »Falls es nicht klappt, wollte ich nicht, dass du enttäuscht bist. Ich dachte, wenn es klappt, ist es eine schöne Überraschung.«

Sie fiel ihm in die Arme. »Du erstaunst mich immer wieder.«

Er küsste sie, zog sie an sich und ihre Herzen lagen beieinander. »Ich konnte doch meine Lieblingsfrau nicht hängen lassen.«

»Ich genieße es sehr, deine Lieblingsfrau zu sein.«

Cole streckte den Fuß aus und stieß die Küchentür zu. Er strich Haleys Haare zu Seite und begann, ihre Stirn zu küssen, dann ihre Schläfen, ihre Wangen, ihren Kiefer und ihr Kinn.

Seine Berührungen über ihren Hals und ihre Arme waren weich wie Federn. Sie verschränkten die Finger ineinander und ihre Lippen trafen sich. Er hob ihre Hände an seinen Nacken und zog sie in seine Arme. Er sagte nichts. Und sagte doch alles.

32

Haley

Um zwei Uhr stand sie zwischen Charlotte und Dixie oben auf der Treppe und betrachtete ihr neues Königreich.
Den Hochzeitsladen.
Er pulsierte vor Leben, ein Strom aus weißen, cremefarbenen und goldenen Kleidern ergoss sich von einem Salon in den anderen.
Die interessanten Vintage-Kleider standen zwischen den neuen, wie Brautkleid-Berater, die daran erinnerten, woher der Laden kam und wohin er ging.
Cole und Tim waren draußen am Werk, um eine kurzfristige Idee von Dixie umzusetzen und die Fenster mit weißen Lichterketten zu dekorieren. Tim hatte sich anfangs gegen die neuerliche Aufgabe gesperrt.
»Das ist auch nicht nötig«, befreite Haley ihn von der Pflicht. Er hatte sich ohnehin schon genug für jemanden eingesetzt, den er gar nicht kannte.
Aber als Dixie bellte: »Auf geht's!«, rannten beide Männer zur Tür.
Haley nickte ihrer neuen Freundin zu. »Du hättest einen guten Oberfeldwebel abgegeben.«
Charlotte, die Grande Dame der Brautmoden, betrachtete den Salon mit verschränkten Armen. Sie hob zustimmend das Kinn.
»Du wirst eine phänomenale Eröffnung erleben. Das spüre ich.«
»Wie sieht denn der Plan aus für Montag?« Dixie stand neben Charlotte. »Kann man sich für einen Newsletter anmelden? Gibt es etwas zu gewinnen? Musik? Hast du Brautmodenberater? Mitarbeiter?«
»Ja, man kann sich eintragen. Gewinne habe ich allerdings verges-

sen. Ja, es gibt Musik, und nein, es gibt keine Mitarbeiter außer mir und meiner Wenigkeit. Ich habe noch niemanden eingestellt. Bis vor ein paar Wochen war ich noch im Bautrupp.«

»Alles klar. Dix, kannst du am Montag noch einmal herkommen und ein paar Tage als Beraterin einspringen?«, fragte Charlotte. »Ich komme zu Hause mit unseren Teilzeitmitarbeiterinnen klar. Haley, sorge dafür, dass du wenigstens eine Person einstellen kannst. Die Kleider von *Elnora*, die ich mitgebracht habe, werden dir von den Ständern gerissen werden, da bin ich ganz sicher.«

»Charlotte, du musst mir nicht deine beste Mitarbeiterin ausleihen.«

»Doch, das muss ich.« Charlotte öffnete die Arme. »Wir sitzen jetzt in einem Boot. Du hast meine Ware und ich möchte, dass wir beide Geld verdienen. Außerdem kannst du eine Menge von Dix lernen.«

»Haley, du hast hier etwas.« Dixie strich Haley über die Gänsehaut auf ihren Armen.

»Ich weiß. Manchmal bin ich einfach überwältigt.«

Charlotte drehte sich zu Haley um. »Nun, da die Einweihung geklärt ist, habe ich noch etwas für dich.«

»Mehr als du schon für mich getan hast?« Haley wies auf den Laden. »Was könntest du sonst noch für mich haben? Sieh dir an, was du schon für mich getan hast. Ich kann euch gar nicht genug danken, Charlotte und Dixie.«

Charlotte verschwand im Lagerraum und holte eine alte Truhe hervor. »Erinnerst du dich an die Geschichte von meinem Brautkleid und dass ich es in einer ramponierten, alten Truhe gefunden habe?«

»Ja?« Was tat sie da? Haley trat einen Schritt zurück.

Charlotte kniete sich neben die Truhe. »Du warst diejenige, die gesagt hat, ich sollte vielleicht die nächste Braut finden.«

»Das war doch nur so dahingesagt. Was weiß ich denn schon?«

»Aber Gott hat mich vor ein paar Monaten mitten in der Nacht geweckt und mit mir über dich gesprochen. Und über dieses Kleid. Haley, du bist die nächste Braut für dieses Kleid.«

»Charlotte, d-das kann ich nicht annehmen, doch nicht dein besonderes Kleid.« Das hatte sie gar nicht verdient. Davon war sie weit entfernt. Vor Kurzem hatte sie sich überhaupt erstmals an den Gedanken gewöhnt, dass sie Cole liebte. Haley sah auf die mitgenommene, verkratzte Holzkiste. Sie zitterte. Gottes Wärme erfasste sie.

»Ich bin nur gehorsam.« Charlotte löste das Schloss und hob den Deckel hoch. Sie holte ein Kleid heraus, das ein ganz eigenes Licht und eine eigene Anmut hatte. Das rein weiße Kleid verbreitete durch seine Nähte einen goldenen Glanz in den Raum, der auf Haley überging.

»Es wurde 1912 von einer schwarzen Schneiderin für eine weiße Braut in Birmingham gefertigt.« Charlotte hielt das Kleid hoch. Der runde Ausschnitt warf weiche Falten und die lange Schleppe wirbelte über den frisch gebohnerten Boden.

»Ach, Charlotte, es ist das herrlichste Kleid von allen.«

Sie hielt Haley das Kleid an. »Bei meiner Hochzeit sagte der Mann, der uns getraut hat, Ehemann von Braut Nummer zwei, dieses Kleid sei wie die Gute Nachricht von Jesus Christus: Es passt jeder, die es anprobiert. Es ist zeitlos, verschleißt nicht und muss nie abgeändert werden. Es ist immer modern und immer schön.«

Haley trat zurück. »Die Wahrheit ist zeitlos, aber, Charlotte, das kann ich nicht annehmen.« Sie zog sich ein wenig weiter ins Mezzanin zurück, spürte eine Spannung zwischen der, die sie war, und der, die sie dabei war zu werden.

Charlotte ließ das Kleid sinken und strich über das seidige Oberteil. »Ich liebe dieses Kleid. Es symbolisiert alles für mich: Wahrheit, Glaube, Wunder, Familie, Liebe. Es verkörpert, wer ich bin, die Familie, aus der ich stamme. Deshalb habe ich es eingepackt. Ich habe es nicht einmal zurück in die alte Truhe gelegt. Ich dachte, es wäre endlich zu Hause angekommen, da, wo es hingehört. Dann habe ich dich kennengelernt. Wie konnte ich einen solchen Segen nur an mich nehmen, verstecken und das Kleid für später aufheben, wenn doch heute die Zeit ist, es zu tragen?« Ihre Stimme wurde brüchig, ihre Augen glänzten. »Ich habe etwas behalten, das mir gar nicht gehörte. Ich muss es loslassen.« Sie hielt es erneut Haley an. »»Umsonst habt ihr genommen, umsonst sollt ihr geben.‹ Für dich: von mir und Jesus.«

Haley kamen zitternd die Tränen. Es brauchte eine Menge Liebe, damit alte Sünden im Meer versanken.

Dixie stieg von der Treppe aufs Mezzanin. »Haley, ich kenne Charlotte jetzt schon ein paar Jahre. Sie sagt die Wahrheit über dieses Kleid. Die Fackel geht weiter an dich.«

»Es ist Gottes Art dir zu zeigen, dass er dich liebt. Zeit, von der Ersatzbank aufzustehen und Fehler und Schuld zurückzulassen.«

Charlotte sah urkomisch aus, wie eine in die Jahre gekommene Cheerleaderin, die nicht sicher war, ob ihr Bild treffend war. Haley musste hinter vorgehaltener Hand lachen.

»Na also, da ist die Freude ja!«

»Du und deine albernen Metaphern, Char!« Dixie berührte Haleys Arm. »Komm schon, probier es an.«

Haley streckte die Hand nach dem Kleid aus. Das weiche, seidige Material fühlte sich schön an. »Jetzt? Ich bin doch noch gar nicht verlobt.«

»Das macht nichts.« Charlotte beugte sich vor, um sie anzusehen. »Probierst du es an? Für mich? Ich kann es kaum erwarten, es weiterzureichen! Ich will sehen, wie Gott dir steht.«

Haley konnte es ihrer Freundin nicht abschlagen. »Also schön. Aber wenn es dir passt, Amazone, wird es für mich zu groß sein.«

»Wart's ab, Supermaus.«

Im Lagerraum zerrte sich Haley Shorts und Top vom Leib und stieg in das hundertvier Jahre alte Kleid. Der Stoff glitt über ihre Beine, das Oberteil rutschte über ihre Hüften und saß perfekt auf ihrer Taille, der Rock fiel um ihre Beine und der Saum reichte ihr bis zu den Zehen.

Haley lugte aus der Tür. »Ist die Luft rein?«

»Keine Männer in Sicht, die holen das Essen.« Charlotte winkte sie heraus. Ihre Augen glänzten wie polierte Edelsteine. »Ach, Haley ...«

Charlotte führte sie zum ovalen Holzspiegel und postierte sie davor. Anders als bei der Anprobe des schneeweißen Kleides gefiel ihr diesmal ihr Spiegelbild. Das Kleid ließ sie ... ganz rein aussehen. Heil geworden. Wiederhergestellt.

»Es ist wunderschön«, flüsterte sie kichernd. »Und es passt!«

»Es ist die Gute Nachricht«, sagte Charlotte und schloss die Knöpfe am Rücken. »Es passt jeder, die es anprobiert. Der Trick heißt Glaube. Siehe da, alles zugeknöpft.«

Haley drehte sich über das Mezzanin, der Rock schwang frei um ihre Beine, die Seide war ganz weich auf der Haut. »Es fühlt sich großartig an. Mir ist gleichzeitig nach Weinen und Lachen zumute.«

In dem Laden, in dem sie einst Hochzeit gespielt, in dem sie und Tammy sich ein Versprechen mit dem kleinen Finger gegeben hatten, in dem siebenunddreißig Jahre lang ihr Erbe verborgen lag, schloss sich mit dieser ganz greifbaren, ganz realen Erfahrung der Kreis ihres Lebens.

Charlotte legte ihr die Hände auf die Schultern. »Es gehört dir, Haley. Ich reiche es an dich weiter. Trage es voller Freude und Anmut und Frieden bei deiner Hochzeit. Aber räume es nie weg. Höre auf Gott, wann du es weitergeben sollst.«

Haley hob ihren kleinen Finger: »Das verspreche ich.«

Charlotte zögerte, dann hob sie ihre Hand und verhakte ihren kleinen Finger mit Haleys.

33

Ein Jahr später
10. Juni

Der Duft von Sommer ließ sich in der Nachmittagsbrise bereits erahnen, die durch die Bäume ringsum die Hochzeitskapelle wehte.

Haley sah in den blauen Himmel, während sie an Coles Arm durch die Tür schritt. Sie trug *das Brautkleid*, trug Liebe und Wahrheit, und hatte einen Strauß pinkfarbener Blumen in der Hand.

Die Gäste strömten mit ihnen aus der kleinen Hochzeitskapelle und jubelten »Mr und Mrs Danner« zu.

Unten an der Treppe hob Cole sie hoch, wirbelte sie herum in der späten Nachmittagssonne, die durch die Bäume strahlte. Licht, alles in ihr war Licht.

Die Gäste, ungefähr vierzig insgesamt, ließen Lavendelblüten, Glockenblumen und Katzenminze auf sie regnen.

Taylor Gillingham lief neben ihnen her und schoss heimlich Fotos.

»Herzlichen Glückwunsch, Hal!«, sagte Dad und küsste sie auf die Wange. Schon bevor er sie den Gang zum Altar hinuntergeführt hatte, konnte er nicht mehr aufhören zu grinsen.

»Haley, meine wunderschöne Tochter!« Mom war seit der Ladeneröffnung, seitdem sie Coras Brief gelesen und Haley Coras Geld überlassen hatte, noch sentimentaler geworden.

In der vergangenen Woche hatte der Stadtrat den Laden offiziell Haley übergeben und sie zur Geschäftsfrau des Jahres gekürt.

Hinter Cole kam sein Vater und klopfte ihm mit aufrichtigen Glückwünschen auf die Schulter.

Als sie der Eingebung gefolgt und nach Hause zurückgekehrt war, hätte sie sich nie träumen lassen, dass es so enden würde. Oder dass es bei der Eröffnung des Ladens um das Thema Familie ging und darum heil zu werden und dass sie die wahre Liebe finden würde.

Während Cora die Beziehung zu ihrem Vater nie bereinigt hatte, war Cole auf dem besten Weg dahin. Er und sein Vater trafen sich einmal in der Woche zum Abendessen, wurden wieder Vater und Sohn und lebten in der Gegenwart und nicht mehr in der Vergangenheit.

»Also gut, auf zum Empfang!« Haleys ältester Bruder Aaron führte die kleine Gruppe zu ihren Autos. »Die halbe Stadt wartet schon.«

Der Empfang fand bei Cole zu Hause, in *ihrem* Zuhause, statt: Es war die alten Good-Farm, auf der Miss Cora und Birch fünfundfünfzig Jahre lang gelebt hatten. Einmal in Fahrt, hatte Mom ihnen endlose Familiengeschichten erzählt.

»Wartet auf uns!« Haleys Brautjungfern kamen aus der Kapelle und schwenkten ihre Sträuße. Charlotte, Mrs Peabody, Mrs Elliot und Mrs Rothschild, Verbündete des Kleides, Verbündete des Ladens.

Vor der Hochzeit hatte Mrs Elliot erklärt, sie hoffe, den Brautstrauß zu fangen. »Die jungen Frauen werden schon einen Wettlauf erleben für ihr Geld.«

Ach ja, die Liebe. Ihre Sehnsucht schwand nie, so lange noch ein Hauch Leben da war.

»Komm, Babe, unsere Kutsche wartet!«

Als sie mit Cole in die Limousine gestiegen war, kuschelte sie sich auf seinen Schoß: »Ich glaube, mir zerspringt gleich das Herz in der Brust.«

»Meines ist schon zersprungen. Vor einem Jahr.«

Sie küsste ihn, strich ihm über das Haar und genoss, wie seine blauen Augen sie ansahen.

»Ich fühle mich total erfüllt.« Sie küsste ihn erneut. »Das also ist die Liebe ...«

»Das also ist die Liebe.« Er zog sie an sich und ihre Lippen trafen sich feurig.

»Ist das Kleid nicht umwerfend?«

»Sehr. Und mir gefällt auch die Geschichte dahinter und drum herum. Und die Frau darin.«

»Die Hochzeitskapelle war unglaublich romantisch und erhaben. Ich habe mich gefühlt, als würde ich auf einem Königshof heiraten.«

»Wenn wir vor Gott geheiratet haben, dann war es wohl auch so.«

»Was fanden Sie heute am Schönsten, Mr Danner?«

Er strich ihr eine verirrte Locke von der Schulter. Seine warme, zärtliche Berührung ließ sie schaudern. »Das weißt du nicht, Liebling? Dich.«

Danksagung

Ich möchte dem Internet und YouTube danken und allen, die scheinbar nutzlose und uninteressante Informationen hochladen. Ich bedanke mich von ganzem Herzen und spreche allen anderen Schriftstellern aus der Seele, die in eurer Cybermine nach Informationen gesucht und ein Goldnugget Wahrheit gefunden haben. Eure Videos vom Anlegen eines Schiffes waren ein großer Segen für mich.

Außerdem möchte ich meiner Schreibpartnerin Susan May Warren einen Dank zurufen. Wir stehen vor dem 17. gemeinsamen Buch und wie immer hast du für klare und sinnvolle Worte gesorgt. Ich warte noch darauf, dass deine geniale Ader auf mich abfärbt, aber bis es so weit ist, begnüge ich mich mit deiner Freundschaft und deinen Gedanken. Klopfe bitte deinem Sohn David von mir auf die Schulter. Ich muss immer noch grinsen, wenn ich daran denke, dass ich um Hilfe bitten wollte und nach ihm gefragt habe statt nach dir. Ha! Du hast ihn gut erzogen.

Beth Vogt, meine FaceTime-Partnerin. Deine Einsichten und Vorschläge haben mir geholfen, mein Buch zu verbessern. Ich bin dankbar, dass es dich gibt.

Ein besonderes Herz-Emoticon geht an die Lektorinnen dieses Buches, Becky Philpott und Karli Jackson – das dynamische Duo. Ich schätze euch beide ganz enorm. Danke für all eure Geduld, Hilfe, Weisheit und Führung, dafür, dass ihr nur einen Anruf entfernt wart und bei besagten Anrufen mit mir gelacht habt! Ihr seid die Besten!

Dankbar bin ich für meine Herausgeberin Daisy Hutton. Es ist eine Freude, dich zu kennen und erst recht mit dir zu arbeiten. Ich freue mich, gemeinsam mit dir auf dieser Bücherreise unterwegs zu sein.

Eine Million Herz-Emoticons an das gesamte Team von Thomas Nelson/Zondervan, das so viel hinter den Kulissen tut. Ich bin dankbar! Meine Grüße fliegen zu EUCH. Ihr wisst, wer alles beteiligt ist!

Eine dicke Umarmung für meinen Buddy Jim Bartholomew für Informationen über Umbauten und Renovierungen. Und für das Essen. Mögliche Fehler nehme ich ausnahmslos auf meine Kappe.

Ich küsse und umarme meinen Ehemann, der eine Autorin in der Familie erträgt, die spätes Abendessen, Abgabetermine und ständige Fragen zu den kleinsten Wendungen mit sich bringt. »Ist das glaubwürdig? Glaubst du, das funktioniert?«

Meine Liebe und Hingabe möchte ich auch meiner Mutter zusprechen, die jedes Buch liest und weiterreicht. Und an ihre Freunde, die für mich beten. Ich fühle mich durch dich gesegnet, Mom, und auch durch die Ermutigung deiner Freunde.

Ein Jubel für meine Gemeindefamilie und für ihren tosenden Applaus, als unser Pastor verkündete, dass ich auf der New York Times-Bestsellerliste stehe. Vor allem schätze ich, dass ihr leidenschaftlich Gott anbetet und Jesus liebt und dass wir in seiner Freundschaft Gemeinschaft haben.

Schlussendlich geht es bei dieser ganzen Reise um Jesus. Für ihn tue ich das alles. Nicht in einer religiös-gesetzlichen Art, sondern weil er mein Herz gestohlen hat und ich möchte, dass die Welt ihn kennenlernt. Er hat sein Leben für mich hingegeben, also schreibe ich jetzt für ihn. Dankeschön, Jesus!

Denise Hunter

Der zweite Bräutigam

Paperback, 14 x 21,5 cm, 384 Seiten
Nr. 395.626, ISBN 978-3-7751-5626-4
Auch als E-Book e

Die Trauung des Hochzeits-Gurus Kate ist perfekt organisiert, aber am Hochzeitsmorgen fehlt der Bräutigam. Was wird geschehen, wenn das das Fernsehpublikum live miterlebt? Kate braucht irgendeinen Bräutigam, und zwar sofort. Da bietet der sympathische Lucas Hilfe an …

Kate Breslin

Eine Feder für den Lord

Paperback, 14 x 21,5 cm, 384 Seiten
Nr. 395.704, ISBN 978-3-7751-5704-9
Auch als E-Book e

Frauenrechtlerin Grace will Kriegsdienstverweigerer Jack öffentlich an den Pranger stellen. Gegen jede Vernunft fühlen sie sich zueinander hingezogen. Doch Jack ist nicht der gutaussehende Lebemann, für den er sich ausgibt. Jane Eyre trifft Downton Abbey!

Bitte fragen Sie in Ihrer Buchhandlung nach diesen Büchern!
Oder schreiben Sie an: SCM Verlag, D-71087 Holzgerlingen;
E-Mail: info@scm-verlag.de; Internet: www.scm-verlag.de

Nicola Vollkommer

Wie Möwen im Wind

Paperback, 14 x 21,5 cm, 288 Seiten
Nr. 395.583, ISBN 978-3-7751-5583-0
Auch als E-Book e

Lady Charlotte hat keine Wahl: Sie muss standesgemäß heiraten, damit die Macht der Familie erhalten bleibt. Doch dann öffnet sich die Tür eines alten Klosterturms und dunkle Geheimnisse reißen ihren Heimatort in den Abgrund.
Ein Cornwall-Roman von Nicola Vollkommer.

Julie Klassen

Die Ehre der Sophie Dupont

Paperback, 14 x 21,5 cm, 496 Seiten
Nr. 395.717, ISBN 978-3-7751-5717-9
Auch als E-Book e

Stephen reist nach Devon, um seinen Bruder Wesley zu finden. Doch er stellt entsetzt fest, dass sich Wesley abgesetzt hat und Sophie, die Tochter seines Gastgebers, in einer unmöglichen Situation zurückgelassen hat. Der neue Roman der Erfolgsautorin Julie Klassen – eine fesselnde Geschichte über Ehre und Vergebung.

Bitte fragen Sie in Ihrer Buchhandlung nach diesen Büchern!
Oder schreiben Sie an: SCM Verlag, D-71087 Holzgerlingen;
E-Mail: info@scm-verlag.de; Internet: www.scm-verlag.de